D1471701

COLLECTION FOLIO

Marcel Proust

A la recherche du temps perdu

V

Sodome et Gomorrhe

Gallimard

Sodome et Gomorrhe I

Première apparition des hommes-femmes, descendants de ceux des habitants de Sodome qui furent épargnés par le feu du ciel.

> « La femme aura Gomorrhe et l'homme aura Sodome. »
>
> Alfred de Vigny.

On sait que bien avant d'aller ce jour-là (le jour où avait lieu la soirée de la princesse de Guermantes) rendre au duc et à la duchesse la visite que je viens de raconter, j'avais épié leur retour et fait, pendant la durée de mon guet, une découverte, concernant particulièrement M. de Charlus, mais si importante en elle-même que j'ai jusqu'ici, jusqu'au moment de pouvoir lui donner la place et l'étendue voulues, différé de la rapporter. J'avais, comme je l'ai dit, délaissé le point de vue merveilleux, si confortablement aménagé au haut de la maison, d'où l'on embrasse les pentes accidentées par où l'on monte jusqu'à l'hôtel de Bréquigny, et qui sont gaîment décorées à l'italienne par le rose campanile de la remise appartenant au marquis de Frécourt. J'avais trouvé plus pratique, quand j'avais pensé que le duc et la

duchesse étaient sur le point de revenir, de me poster
sur l'escalier. Je regrettais un peu mon séjour d'altitude.
Mais à cette heure-là, qui était celle d'après le déjeuner,
j'avais moins à regretter, car je n'aurais pas vu, comme le
matin, les minuscules personnages de tableaux que devenaient à distance les valets de pied de l'hôtel de Bréquigny, faire la lente ascension de la côte abrupte, un
plumeau à la main, entre les larges feuilles de mica trans-
parentes qui se détachaient si plaisamment sur les contreforts rouges. A défaut de la contemplation du géologue,
j'avais du moins celle du botaniste et regardais par les
volets de l'escalier le petit arbuste de la duchesse et la
plante précieuse exposés dans la cour avec cette insistance qu'on met à faire sortir les jeunes gens à marier, et
je me demandais si l'insecte improbable viendrait, par
un hasard providentiel, visiter le pistil offert et délaissé.
La curiosité m'enhardissant peu à peu, je descendis
jusqu'à la fenêtre du rez-de-chaussée, ouverte elle aussi,
et dont les volets n'étaient qu'à moitié clos. J'entendais
distinctement, se préparant à partir, Jupien qui ne pouvait me découvrir derrière mon store où je restai immobile
jusqu'au moment où je me rejetai brusquement de côté
par peur d'être vu de M. de Charlus, lequel, allant chez
Mme de Villeparisis, traversait lentement la cour, bedonnant, vieilli par le plein jour, grisonnant. Il avait fallu
une indisposition de Mme de Villeparisis (conséquence de
la maladie du marquis de Fierbois avec lequel il était
personnellement brouillé à mort) pour que M. de Charlus
fît une visite, peut-être la première fois de son existence,
à cette heure-là. Car avec cette singularité des Guermantes qui, au lieu de se conformer à la vie mondaine,
la modifiaient d'après leurs habitudes personnelles (non
mondaines, croyaient-ils, et dignes par conséquent qu'on
humiliât devant elles cette chose sans valeur, la mondanité — c'est ainsi que Mme de Marsantes n'avait pas de
jour, mais recevait tous les matins ses amies, de 10 heures
à midi —), le baron, gardant ce temps pour la lecture,
la recherche des vieux bibelots, etc., ne faisait jamais

une visite qu'entre 4 et 6 heures du soir. A 6 heures il
allait au Jockey ou se promener au Bois. Au bout d'un
instant je fis un nouveau mouvement de recul pour ne pas
être vu par Jupien ; c'était bientôt son heure de partir
au bureau, d'où il ne revenait que pour le dîner, et même
pas toujours depuis une semaine que sa nièce était allée
avec ses apprenties à la campagne chez une cliente finir
une robe. Puis, me rendant compte que personne ne
pouvait me voir, je résolus de ne plus me déranger de
peur de manquer, si le miracle devait se produire, l'arrivée presque impossible à espérer (à travers tant d'obstacles, de distance, de risques contraires, de dangers) de
l'insecte envoyé de si loin en ambassadeur à la vierge qui
depuis longtemps prolongeait son attente. Je savais que
cette attente n'était pas plus passive que chez la fleur
mâle, dont les étamines s'étaient spontanément tournées
pour que l'insecte pût plus facilement la recevoir ; de
même la fleur-femme qui était ici, si l'insecte venait,
arquerait coquettement ses « styles », et pour être mieux
pénétrée par lui ferait imperceptiblement, comme une
jouvencelle hypocrite mais ardente, la moitié du chemin.
Les lois du monde végétal sont gouvernées elles-mêmes
par des lois de plus en plus hautes. Si la visite d'un
insecte, c'est-à-dire l'apport de la semence d'une autre
fleur, est habituellement nécessaire pour féconder une
fleur, c'est que l'autofécondation, la fécondation de la fleur
par elle-même, comme les mariages répétés dans une même
famille, amènerait la dégénérescence et la stérilité, tandis
que le croisement opéré par les insectes donne aux générations suivantes de la même espèce une vigueur inconnue de leurs aînées. Cependant cet essor peut être
excessif, l'espèce se développer démesurément ; alors,
comme une antitoxine défend contre la maladie, comme
le corps thyroïde règle notre embonpoint, comme la
défaite vient punir l'orgueil, la fatigue le plaisir, et comme
le sommeil repose à son tour de la fatigue, ainsi un acte
exceptionnel d'autofécondation vient à point nommé
donner son tour de vis, son coup de frein, fait rentrer

dans la norme la fleur qui en était exagérément sortie.
Mes réflexions avaient suivi une pente que je décrirai
plus tard et j'avais déjà tiré de la ruse apparente des
fleurs une conséquence sur toute une partie inconsciente
de l'œuvre littéraire, quand je vis M. de Charlus qui
ressortait de chez la marquise. Il ne s'était passé que
quelques minutes depuis son entrée. Peut-être avait-il
appris de sa vieille parente elle-même, ou seulement par
un domestique, le grand mieux ou plutôt la guérison
complète de ce qui n'avait été chez Mme de Villeparisis
qu'un malaise. A ce moment, où il ne se croyait regardé
par personne, les paupières baissées contre le soleil,
M. de Charlus avait relâché, dans son visage, cette tension, amorti cette vitalité factices, qu'entretenaient chez lui
l'animation de la causerie et la force de la volonté. Pâle
comme un marbre, il avait le nez fort, ses traits fins ne
recevaient plus d'un regard volontaire une signification
différente qui altérât la beauté de leur modelé ; plus rien
qu'un Guermantes, il semblait déjà sculpté, lui Palamède XV, dans la chapelle de Combray. Mais ces traits
généraux de toute une famille prenaient pourtant, dans
le visage de M. de Charlus, une finesse plus spiritualisée,
plus douce surtout. Je regrettais pour lui qu'il adultérât
habituellement de tant de violences, d'étrangetés déplai-
santes, de potinages, de dureté, de susceptibilité et
d'arrogance, qu'il cachât sous une brutalité postiche
l'aménité, la bonté qu'au moment où il sortait de chez
Mme de Villeparisis, je voyais s'étaler si naïvement sur
son visage. Clignant des yeux contre le soleil, il semblait
presque sourire, je trouvai à sa figure vue ainsi au repos
et comme au naturel quelque chose de si affectueux, de
si désarmé, que je ne pus m'empêcher de penser combien
M. de Charlus eût été fâché s'il avait pu se savoir regardé ;
car ce à quoi me faisait penser cet homme, qui était si
épris, qui se piquait si fort de virilité, à qui tout le monde
semblait odieusement efféminé, ce à quoi il me faisait
penser tout d'un coup, tant il en avait passagèrement
les traits, l'expression, le sourire, c'était à une femme.

J'allais me déranger de nouveau pour qu'il ne pût m'apercevoir ; je n'en eus ni le temps, ni le besoin. Que vis-je ! Face à face, dans cette cour où ils ne s'étaient certainement jamais rencontrés (M. de Charlus ne venant à l'hôtel Guermantes que dans l'après-midi, aux heures où Jupien était à son bureau), le baron, ayant soudain largement ouvert ses yeux mis-clos, regardait avec une attention extraordinaire l'ancien giletier sur le seuil de sa boutique, cependant que celui-ci, cloué subitement sur place devant M. de Charlus, enraciné comme une plante, contemplait d'un air émerveillé l'embonpoint du baron vieillissant. Mais, chose plus étonnante encore, l'attitude de M. de Charlus ayant changé, celle de Jupien se mit aussitôt, comme selon les lois d'un art secret, en harmonie avec elle. Le baron, qui cherchait maintenant à dissimuler l'impression qu'il avait ressentie, mais qui, malgré son indifférence affectée, semblait ne s'éloigner qu'à regret, allait, venait, regardait dans le vague de la façon qu'il pensait mettre le plus en valeur la beauté de ses prunelles, prenait un air fat, négligent, ridicule. Or Jupien, perdant aussitôt l'air humble et bon que je lui avais toujours connu, avait — en symétrie parfaite avec le baron — redressé la tête, donnait à sa taille un port avantageux, posait avec une impertinence grotesque son poing sur la hanche, faisait saillir son derrière, prenait des poses avec la coquetterie qu'aurait pu avoir l'orchidée pour le bourdon providentiellement survenu. Je ne savais pas qu'il pût avoir l'air si antipathique. Mais j'ignorais aussi qu'il fût capable de tenir à l'improviste sa partie dans cette sorte de scène des deux muets, qui (bien qu'il se trouvât pour la première fois en présence de M. de Charlus) semblait avoir été longuement répétée ; — on n'arrive spontanément à cette perfection que quand on rencontre à l'étranger un compatriote; avec lequel alors l'entente se fait d'elle-même, le truchement étant identique, et sans qu'on se soit pourtant vu, la scène préétablie.

Cette scène n'était, du reste, pas positivement comique,

elle était empreinte d'une étrangeté, ou si l'on veut d'un
naturel, dont la beauté allait croissant. M. de Charlus
avait beau prendre un air détaché, baisser distraitement
les paupières, par moments il les relevait et jetait alors
sur Jupien un regard attentif. Mais (sans doute parce qu'il
pensait qu'une pareille scène ne pouvait se prolonger
indéfiniment dans cet endroit, soit pour des raisons qu'on
comprendra plus tard, soit enfin par ce sentiment de la
brièveté de toutes choses qui fait qu'on veut que chaque
coup porte juste, et qui rend si émouvant le spectacle de
tout amour), chaque fois que M. de Charlus regardait Jupien, il s'arrangeait pour que son regard fût accompagné
d'une parole, ce qui le rendait infiniment dissemblable des
regards habituellement dirigés sur une personne qu'on
connaît peu ou qu'on ne connaît pas ; il regardait Jupien
avec la fixité particulière de quelqu'un qui va vous dire :
« Pardonnez-moi mon indiscrétion, mais vous avez un
long fil blanc qui pend dans votre dos », ou bien : « Je ne
dois pas me tromper, vous devez être aussi de Zurich, il
me semble bien vous avoir rencontré souvent chez le
marchand d'antiquités. » Telle, toutes les deux minutes,
la même question semblait intensément posée à Jupien
dans l'œillade de M. de Charlus, comme ces phrases
interrogatives de Beethoven, répétées indéfiniment, à
intervalles égaux, et destinées — avec un luxe exagéré de
préparations — à amener un nouveau motif, un changement de ton, une « rentrée ». Mais justement la beauté des
regards de M. de Charlus et de Jupien venait, au contraire,
de ce que, provisoirement du moins, ces regards ne
semblaient pas avoir pour but de conduire à quelque
chose. Cette beauté, c'était la première fois que je voyais
le baron et Jupien la manifester. Dans les yeux de l'un
et de l'autre, c'était le ciel, non pas de Zurich, mais de
quelque cité orientale dont je n'avais pas encore deviné
le nom, qui venait de se lever. Quel que fût le point qui
pût retenir M. de Charlus et le giletier, leur accord
semblait conclu et ces inutiles regards n'être que des
préludes rituels, pareils aux fêtes qu'on donne avant

un mariage décidé. Plus près de la nature encore — et la multiplicité de ces comparaisons est elle-même d'autant plus naturelle qu'un même homme, si on l'examine pendant quelques minutes, semble successivement un homme, un homme-oiseau, un homme-poisson, un homme-insecte, — on eût dit deux oiseaux, le mâle et la femelle, le mâle cherchant à s'avancer, la femelle — Jupien — ne répondant plus par aucun signe à ce manège, mais regardant son nouvel ami sans étonnement, avec une fixité inattentive, jugée sans doute plus troublante et seule utile, du moment que le mâle avait fait les premiers pas, et se contentant de lisser ses plumes. Enfin l'indifférence de Jupien ne parut plus lui suffire ; de cette certitude d'avoir conquis à se faire poursuivre et désirer, il n'y avait qu'un pas et Jupien, se décidant à partir pour son travail, sortit par la porte cochère. Ce ne fut pourtant qu'après avoir retourné deux ou trois fois la tête, qu'il s'échappa dans la rue où le baron, tremblant de perdre sa piste (sifflotant d'un air fanfaron, non sans crier un « au revoir » au concierge qui, à demi saoul et traitant des invités dans son arrière-cuisine, ne l'entendit même pas), s'élança vivement pour le rattraper. Au même instant où M. de Charlus avait passé la porte en sifflant comme un gros bourdon, un autre, un vrai celui-là, entrait dans la cour. Qui sait si ce n'était pas celui attendu depuis si longtemps par l'orchidée, et qui venait lui apporter ce pollen si rare sans lequel elle resterait vierge ? Mais je fus distrait de suivre les ébats de l'insecte, car au bout de quelques minutes, sollicitant davantage mon attention, Jupien (peut-être afin de prendre un paquet qu'il emporta plus tard et que, dans l'émotion que lui avait causée l'apparition de M. de Charlus, il avait oublié, peut-être tout simplement pour une raison plus naturelle), Jupien revint, suivi par le baron. Celui-ci, décidé à brusquer les choses, demanda du feu au giletier, mais observa aussitôt : « Je vous demande du feu, mais je vois que j'ai oublié mes cigares. » Les lois de l'hospitalité l'emportèrent sur les règles de la coquetterie. « En-

trez, on vous donnera tout ce que vous voudrez », dit le
giletier, sur la figure de qui le dédain fit place à la joie.
La porte de la boutique se referma sur eux et je ne pus
plus rien entendre. J'avais perdu de vue le bourdon, je
ne savais pas s'il était l'insecte qu'il fallait à l'orchidée,
mais je ne doutais plus, pour un insecte très rare et une
fleur captive, de la possibilité miraculeuse de se conjoindre, alors que M. de Charlus (simple comparaison pour
les providentiels hasards, quels qu'ils soient, et sans la
moindre prétention scientifique de rapprocher certaines
lois de la botanique et ce qu'on appelle parfois fort mal
l'homosexualité), qui, depuis des années, ne venait dans
cette maison qu'aux heures où Jupien n'y était pas, par
le hasard d'une indisposition de Mme de Villeparisis,
avait rencontré le giletier et avec lui la bonne fortune
réservée aux hommes du genre du baron par un de ces
êtres qui peuvent même être, on le verra, infiniment plus
jeunes que Jupien et plus beaux, l'homme prédestiné
pour que ceux-ci aient leur part de volupté sur cette
terre : l'homme qui n'aime que les vieux messieurs.

Ce que je viens de dire d'ailleurs ici est ce que je ne
devais comprendre que quelques minutes plus tard,
tant adhèrent à la réalité ces propriétés d'être invisible,
jusqu'à ce qu'une circonstance l'ait dépouillée d'elles.
En tous cas, pour le moment j'étais fort ennuyé de ne
plus entendre la conversation de l'ancien giletier et du
baron. J'avisai alors la boutique à louer, séparée seulement de celle de Jupien par une cloison extrêmement
mince. Je n'avais pour m'y rendre qu'à remonter à notre
appartement, aller à la cuisine, descendre l'escalier de
service jusqu'aux caves, les suivre intérieurement pendant toute la largeur de la cour, et, arrivé à l'endroit du
sous-sol où l'ébéniste, il y a quelques mois encore, serrait
ses boiseries, où Jupien comptait mettre son charbon,
monter les quelques marches qui accédaient à l'intérieur
de la boutique. Ainsi toute ma route se ferait à couvert,
je ne serais vu de personne. C'était le moyen le plus
prudent. Ce ne fut pas celui que j'adoptai, mais, longeant

les murs, je contournai à l'air libre la cour en tâchant de
ne pas être vu. Si je ne le fus pas, je pense que je le dois
plus au hasard qu'à ma sagesse. Et au fait que j'aie pris
un parti si imprudent, quand le cheminement dans la
cave était si sûr, je vois trois raisons possibles, à supposer
qu'il y en ait une. Mon impatience d'abord. Puis peut-
être un obscur ressouvenir de la scène de Montjouvain,
caché devant la fenêtre de Mlle Vinteuil. De fait, les
choses de ce genre auxquelles j'assistai eurent toujours,
dans la mise en scène, le caractère le plus imprudent et
le moins vraisemblable, comme si de telles révélations
ne devaient être la récompense que d'un acte plein de
risques, quoique en partie clandestin. Enfin j'ose à
peine, à cause de son caractère d'enfantillage, avouer la
troisième raison, qui fut, je crois bien, inconsciemment
déterminante. Depuis que pour suivre — et voir se démentir — les principes militaires de Saint-Loup, j'avais
suivi avec grands détails la guerre des Boers, j'avais
été conduit à relire d'anciens récits d'explorations, de
voyages. Ces récits m'avaient passionné et j'en faisais
l'application dans la vie courante pour me donner plus
de courage. Quand des crises m'avaient forcé à rester
plusieurs jours et plusieurs nuits de suite non seulement
sans dormir, mais sans m'étendre, sans boire et sans
manger, au moment où l'épuisement et la souffrance
devenaient tels que je pensais n'en sortir jamais, je pensais à tel voyageur jeté sur la grève, empoisonné par des
herbes malsaines, grelottant de fièvre dans ses vêtements
trempés par l'eau de la mer, et qui pourtant se sentait
mieux au bout de deux jours, reprenait au hasard sa
route, à la recherche d'habitants quelconques, qui seraient
peut-être des anthropophages. Leur exemple me tonifiait,
me rendait l'espoir, et j'avais honte d'avoir eu un moment
de découragement. Pensant aux Boers qui, ayant en face
d'eux des armées anglaises, ne craignaient pas de s'exposer au moment où il fallait traverser, avant de retrouver
un fourré, des parties de rase campagne : « Il ferait beau
voir, pensai-je, que je fusse plus pusillanime, quand le

théâtre d'opérations est simplement notre propre cour, et quand, moi qui me suis battu plusieurs fois en duel sans aucune crainte, au moment de l'affaire Dreyfus, le seul fer que j'aie à craindre est celui du regard des voisins qui ont autre chose à faire qu'à regarder dans la cour. »

Mais quand je fus dans la boutique, évitant de faire craquer le moins du monde le plancher, en me rendant compte que le moindre craquement dans la boutique de Jupien s'entendait de la mienne, je songeai combien Jupien et M. de Charlus avaient été imprudents et combien la chance les avait servis.

Je n'osais bouger. Le palefrenier des Guermantes, profitant sans doute de leur absence, avait bien transféré dans la boutique où je me trouvais une échelle serrée jusque-là dans la remise. Et si j'y étais monté j'aurais pu ouvrir le vasistas et entendre comme si j'avais été chez Jupien même. Mais je craignais de faire du bruit. Du reste c'était inutile. Je n'eus même pas à regretter de n'être arrivé qu'au bout de quelques minutes dans ma boutique. Car d'après ce que j'entendis les premiers temps dans celle de Jupien et qui ne furent que des sons inarticulés, je suppose que peu de paroles furent prononcées. Il est vrai que ces sons étaient si violents que, s'ils n'avaient pas été toujours repris une octave plus haut par une plainte parallèle, j'aurais pu croire qu'une personne en égorgeait une autre à côté de moi et qu'ensuite le meurtrier et sa victime ressuscitée prenaient un bain pour effacer les traces du crime. J'en conclus plus tard qu'il y a une chose aussi bruyante que la souffrance, c'est le plaisir, surtout quand s'y ajoutent — à défaut de la peur d'avoir des enfants, ce qui ne pouvait être le cas ici, malgré l'exemple peu probant de la Légende dorée — des soucis immédiats de propreté. Enfin au bout d'une demi-heure environ (pendant laquelle je m'étais hissé à pas de loup sur mon échelle afin de voir par le vasistas que je n'ouvris pas), une conversation s'engagea. Jupien refusait avec force l'argent que M. de Charlus voulait lui donner.

Au bout d'une demi-heure, M. de Charlus ressortit. « Pourquoi avez-vous votre menton rasé comme cela, dit-il au baron d'un ton de câlinerie. C'est si beau une belle barbe ! — Fi ! c'est dégoûtant », répondit le baron.

Cependant il s'attardait encore sur le pas de la porte et demandait à Jupien des renseignements sur le quartier. « Vous ne savez rien sur le marchand de marrons du coin, pas à gauche, c'est une horreur, mais du côté pair, un grand gaillard tout noir ? Et le pharmacien d'en face, il a un cycliste très gentil qui porte ses médicaments. » Ces questions froissèrent sans doute Jupien car, se redressant avec le dépit d'une grande coquette trahie, il répondit : « Je vois que vous avez un cœur d'artichaut. » Proféré d'un ton douloureux, glacial et maniéré, ce reproche fut sans doute sensible à M. de Charlus qui, pour effacer la mauvaise impression que sa curiosité avait produite, adressa à Jupien, trop bas pour que je distinguasse bien les mots, une prière qui nécessiterait sans doute qu'ils prolongeassent leur séjour dans la boutique et qui toucha assez le giletier pour effacer sa souffrance, car il considéra la figure du baron, grasse et congestionnée sous les cheveux gris, de l'air noyé de bonheur de quelqu'un dont on vient de flatter profondément l'amour-propre, et, se décidant à accorder à M. de Charlus ce que celui-ci venait de lui demander, Jupien, après des remarques dépourvues de distinction telles que : « Vous en avez un gros pétard ! », dit au baron d'un air souriant, ému, supérieur et reconnaissant : « Oui, va, grand gosse ! »

« Si je reviens sur la question du conducteur de tramway, reprit M. de Charlus avec ténacité, c'est qu'en dehors de tout, cela pourrait présenter quelque intérêt pour le retour. Il m'arrive en effet, comme le calife qui parcourait Bagdad pris pour un simple marchand, de condescendre à suivre quelque curieuse petite personne dont la silhouette m'aura amusé. » Je fis ici la même remarque que j'avais faite sur Bergotte. S'il avait jamais à répondre devant un tribunal, il userait non des phrases propres à convaincre les juges, mais de ces phrases bergot-

tesques que son tempérament littéraire particulier lui
suggérait naturellement et lui faisait trouver plaisir à
employer. Pareillement M. de Charlus se servait, avec le
giletier, du même langage qu'il eût fait avec des gens du
monde de sa coterie, exagérant même ses tics, soit que la
timidité contre laquelle il s'efforçait de lutter le poussât à
un excessif orgueil, soit que, l'empêchant de se dominer
(car on est plus troublé devant quelqu'un qui n'est pas de
votre milieu), elle le forçât de dévoiler, de mettre à nu sa
nature, laquelle était en effet orgueilleuse et un peu folle,
comme disait Mme de Guermantes. « Pour ne pas perdre
sa piste, continua-t-il, je saute comme un petit professeur,
comme un jeune et beau médecin, dans le même tramway
que la petite personne, dont nous ne parlons au féminin
que pour suivre la règle (comme on dit en parlant d'un
prince : Est-ce que Son Altesse est bien portante ?). Si elle
change de tramway, je prends, avec peut-être les microbes
de la peste, la chose incroyable appelée « correspondance »,
un numéro, et qui, bien qu'on le remette à *moi*, n'est pas
toujours le n° 1 ! Je change ainsi jusqu'à trois, quatre
fois de « voiture ». Je m'échoue parfois à onze heures du
soir à la gare d'Orléans, et il faut revenir ! Si encore ce
n'était que de la gare d'Orléans ! Mais une fois, par
exemple, n'ayant pu entamer la conversation avant, je
suis allé jusqu'à Orléans même, dans un de ces affreux
wagons où on a comme vue, entre des triangles d'ouvrages
dits de « filet », la photographie des principaux chefs-
d'œuvre d'architecture du réseau. Il n'y avait qu'une
place de libre, j'avais en face de moi, comme monument
historique, une « vue » de la cathédrale d'Orléans, qui est
la plus laide de France, et aussi fatigante à regarder ainsi
malgré moi que si on m'avait forcé d'en fixer les tours
dans la boule de verre de ces porte-plume optiques qui
donnent des ophtalmies. Je descendis aux Aubrais en
même temps que ma jeune personne qu'hélas, sa famille
(alors que je lui supposais tous les défauts excepté celui
d'avoir une famille) attendait sur le quai ! Je n'eus pour
consolation, en attendant le train qui me ramènerait à

Paris, que la maison de Diane de Poitiers. Elle a eu beau charmer un de mes ancêtres royaux, j'eusse préféré une beauté plus vivante. C'est pour cela, pour remédier à l'ennui de ces retours seul, que j'aimerais assez connaître un garçon des wagons-lits, un conducteur d'omnibus. Du reste ne soyez pas choqué, conclut le baron, tout cela est une question de genre. Pour les jeunes gens du monde par exemple, comme on dit, je ne désire aucune possession physique, mais je ne suis tranquille qu'une fois que je les ai touchés, je ne veux pas dire matériellement, mais touché leur corde sensible. Une fois qu'au lieu de laisser mes lettres sans réponse, un jeune homme ne cesse plus de m'écrire, qu'il est à ma disposition morale, je suis apaisé, ou du moins je le serais, si je n'étais bientôt saisi par le souci d'un autre. C'est assez curieux, n'est-ce pas ? A propos de jeunes gens du monde, parmi ceux qui viennent ici, vous n'en connaissez pas ? — Non, mon bébé. Ah ! si, un brun, très grand, à monocle, qui rit toujours et se retourne. — Je ne vois pas qui vous voulez dire. » Jupien compléta le portrait, M. de Charlus ne pouvait arriver à trouver de qui il s'agissait, parce qu'il ignorait que l'ancien giletier était une de ces personnes, plus nombreuses qu'on ne croit, qui ne se rappellent pas la couleur des cheveux des gens qu'ils connaissent peu. Mais pour moi, qui savais cette infirmité de Jupien et qui remplaçais brun par blond, le portrait me parut se rapporter exactement au duc de Châtellerault. « Pour revenir aux jeunes gens qui ne sont pas du peuple, reprit le baron, en ce moment j'ai la tête tournée par un étrange petit bonhomme, un intelligent petit bourgeois, qui montre à mon égard une incivilité prodigieuse. Il n'a aucunement la notion du prodigieux personnage que je suis et du microscopique vibrion qu'il figure. Après tout qu'importe, ce petit âne peut braire autant qu'il lui plaît devant ma robe auguste d'évêque. — Évêque ! s'écria Jupien qui n'avait rien compris des dernières phrases que venait de prononcer M. de Charlus, mais que le mot d'évêque stupéfia. Mais cela ne va guère avec la religion, dit-il. — J'ai trois papes dans ma famille, répondit M. de Charlus, et le droit de draper en rouge à cause d'un titre cardinalice, la nièce du cardinal, mon grand-oncle, ayant apporté à mon grand-père le titre de duc qui fut substitué. Je vois que les métaphores vous laissent sourd et l'histoire de France indifférent. Du reste, ajouta-t-il, peut-être moins en manière de conclusion que d'avertissement, cet attrait qu'exercent sur moi les jeunes personnes qui me fuient, par crainte, bien entendu, car seul le respect leur ferme la bouche pour me crier qu'elles m'aiment, requiert-il d'elles un rang social éminent. Encore leur feinte indifférence peut-elle produire malgré cela l'effet directement contraire. Sottement prolongée, elle m'écœure. Pour prendre un exemple dans une classe qui vous sera plus familière, quand on répara mon hôtel, pour ne pas faire de jalouses entre toutes les duchesses qui se disputaient l'honneur de pouvoir me dire qu'elles m'avaient logé, j'allai passer quelques jours à l' « hôtel », comme on dit. Un des garçons d'étage m'était connu, je lui désignai un curieux petit « chasseur », qui fermait les portières et qui resta réfractaire à mes propositions. A la fin, exaspéré, pour lui prouver que mes intentions étaient pures, je lui fis offrir une somme ridiculement élevée pour monter seulement me parler cinq minutes dans ma chambre. Je l'attendis inutilement. Je le pris alors en un tel dégoût que je sortais par la porte de service pour ne pas apercevoir la frimousse de ce vilain petit drôle. J'ai su depuis qu'il n'avait jamais eu aucune de mes lettres, qui avaient été interceptées, la première par le garçon d'étage qui était envieux, la seconde par le concierge de jour qui était vertueux, la troisième par le concierge de nuit qui aimait le jeune chasseur et couchait avec lui à l'heure où Diane se levait. Mais mon dégoût n'en a pas moins persisté et, m'apporterait-on le chasseur comme un simple gibier de chasse sur un plat d'argent, je le repousserais avec un vomissement. Mais voilà le malheur, nous avons parlé de choses sérieuses et maintenant c'est fini entre nous pour ce que j'espérais. Mais vous pourriez me rendre de grands services, vous entremettre ; et puis non, rien que cette idée me rend quelque gaillardise et je sens que rien n'est fini. »

Dès le début de cette scène, une révolution, pour mes yeux dessillés, s'était opérée en M. de Charlus, aussi complète, aussi immédiate que s'il avait été touché par une baguette magique. Jusque-là, parce que je n'avais pas compris, je n'avais pas vu. Le vice (on parle ainsi pour la commodité du langage), le vice de chacun l'accompagne à la façon de ce génie qui était invisible pour les hommes tant qu'ils ignoraient sa présence. La bonté, la fourberie, le nom, les relations mondaines ne se laissent pas découvrir, et on les porte cachés. Ulysse lui-même ne reconnaissait pas d'abord Athéné. Mais les dieux sont immédiatement perceptibles aux dieux, le semblable aussi vite au semblable, ainsi encore l'avait été M. de Charlus à Jupien. Jusqu'ici je m'étais trouvé, en face de M. de Charlus, de la même façon qu'un homme distrait, lequel, devant une femme enceinte dont il n'a pas remarqué la taille alourdie, s'obstine, tandis qu'elle lui répète en souriant : « Oui, je suis un peu fatiguée en ce moment », à lui demander indiscrètement : « Qu'avez-vous donc ? » Mais que quelqu'un lui dise : « Elle est grosse », soudain il aperçoit le ventre et ne verra plus que lui. C'est la raison qui ouvre les yeux ; une erreur dissipée nous donne un sens de plus.

Les personnes qui n'aiment pas se reporter comme exemples de cette loi aux messieurs de Charlus de leur connaissance, que pendant bien longtemps elles n'avaient pas soupçonnés, jusqu'au jour où sur la surface unie de l'individu pareil aux autres sont venus apparaître, tracés en une encre jusque-là invisible, les caractères qui composent le mot cher aux anciens Grecs, n'ont, pour se persuader que le monde qui les entoure leur apparaît d'abord nu, dépouillé de mille ornements qu'il offre à de plus instruits, qu'à se souvenir combien de fois, dans la vie, il leur est arrivé d'être sur le point de commettre une gaffe. Rien, sur le visage privé de caractères de tel ou tel homme, ne pouvait leur faire supposer qu'il était précisément le frère, ou le fiancé, ou l'amant d'une femme dont

elles allaient dire : « Quel chameau! » Mais alors, par
bonheur, un mot que leur chuchote un voisin arrête sur
leurs lèvres le terme fatal. Aussitôt apparaissent, comme
un *Mané, Thécel, Pharès*, ces mots : il est le fiancé, ou il
est le frère, ou il est l'amant de la femme qu'il ne convient
pas d'appeler devant lui : « chameau ». Et cette seule
notion nouvelle entraînera tout un regroupement, le
retrait ou l'avance de la fraction des notions, désormais
complétées, qu'on possédait sur le reste de la famille.
En M. de Charlus un autre être avait beau s'accoupler,
qui le différenciait des autres hommes, comme dans le
centaure le cheval, cet être avait beau faire corps avec le
baron, je ne l'avais jamais aperçu. Maintenant l'abstrait
s'était matérialisé, l'être enfin compris avait aussitôt perdu
son pouvoir de rester invisible, et la transmutation de
M. de Charlus en une personne nouvelle était si complète
que non seulement les contrastes de son visage, de sa
voix, mais rétrospectivement les hauts et les bas eux-
mêmes de ses relations avec moi, tout ce qui avait paru
jusque-là incohérent à mon esprit, devenait intelligible,
se montrait évident, comme une phrase, n'offrant aucun
sens tant qu'elle reste décomposée en lettres disposées
au hasard, exprime, si les caractères se trouvent replacés
dans l'ordre qu'il faut, une pensée que l'on ne pourra plus
oublier.

De plus je comprenais maintenant pourquoi tout à
l'heure, quand je l'avais vu sortir de chez Mme de Villeparisis, j'avais pu trouver que M. de Charlus avait l'air
d'une femme : c'en était une! Il appartenait à la race de ces
êtres, moins contradictoires qu'ils n'en ont l'air, dont
l'idéal est viril, justement parce que leur tempérament
est féminin, et qui sont dans la vie pareils, en apparence
seulement, aux autres hommes ; là où chacun porte,
inscrite en ces yeux à travers lesquels il voit toutes choses
dans l'univers, une silhouette intaillée dans la facette
de la prunelle, pour eux ce n'est pas celle d'une nymphe,
mais d'un éphèbe. Race sur qui pèse une malédiction et
doit vivre dans le mensonge et le parjure, puisqu'elle sait

tenu pour punissable et honteux, pour inavouable, son désir, ce qui fait pour toute créature la plus grande douceur de vivre ; qui doit renier son Dieu, puisque, même chrétiens, quand à la barre du tribunal ils comparaissent comme accusés, il leur faut, devant le Christ et en son nom, se défendre comme d'une calomnie de ce qui est leur vie même ; fils sans mère, à laquelle ils sont obligés de mentir toute la vie et même à l'heure de lui fermer les yeux ; amis sans amitiés, malgré toutes celles que leur charme fréquemment reconnu inspire et que leur cœur souvent bon ressentirait ; mais peut-on appeler amitiés ces relations qui ne végètent qu'à la faveur d'un mensonge et d'où le premier élan de confiance et de sincérité qu'ils seraient tentés d'avoir les ferait rejeter avec dégoût, à moins qu'ils n'aient à faire à un esprit impartial, voire sympathique, mais qui alors, égaré à leur endroit par une psychologie de convention, fera découler du vice confessé l'affection même qui lui est la plus étrangère, de même que certains juges supposent et excusent plus facilement l'assassinat chez les invertis et la trahison chez les Juifs pour des raisons tirées du péché originel et de la fatalité de la race ? Enfin — du moins selon la première théorie que j'en esquissais alors, qu'on verra se modifier par la suite, et en laquelle cela les eût par-dessus tout fâchés si cette contradiction n'avait été dérobée à leurs yeux par l'illusion même qui les faisait voir et vivre — amants à qui est presque fermée la possibilité de cet amour dont l'espérance leur donne la force de supporter tant de risques et de solitudes, puisqu'ils sont justement épris d'un homme qui n'aurait rien d'une femme, d'un homme qui ne serait pas inverti et qui par conséquent ne peut les aimer ; de sorte que leur désir serait à jamais inassouvissable si l'argent ne leur livrait de vrais hommes, et si l'imagination ne finissait pas leur faire prendre pour de vrais hommes les invertis à qui ils se sont prostitués. Sans honneur que précaire, sans liberté que provisoire jusqu'à la découverte du crime, sans situation qu'instable, comme pour le poète la veille fêté dans tous les salons, applaudi

dans tous les théâtres de Londres, chassé le lendemain
de tous les garnis sans pouvoir trouver un oreiller où
reposer sa tête, tournant la meule comme Samson et
disant comme lui :

Les deux sexes mourront chacun de son côté ;

exclus même, hors les jours de grande infortune où le plus
grand nombre se rallie autour de la victime, comme les
Juifs autour de Dreyfus, de la sympathie — parfois de la
société — de leurs semblables, auxquels ils donnent le
dégoût de voir ce qu'ils sont, dépeint dans un miroir qui,
ne les flattant plus, accuse toutes les tares qu'ils n'avaient
pas voulu remarquer chez eux-mêmes et qui leur fait
comprendre que ce qu'ils appelaient leur amour (et à
quoi, en jouant sur le mot, ils avaient, par sens social,
annexé tout ce que la poésie, la peinture, la musique, la
chevalerie, l'ascétisme ont pu ajouter à l'amour) découle
non d'un idéal de beauté qu'ils ont élu, mais d'une maladie
inguérissable ; comme les Juifs encore (sauf quelques-uns
qui ne veulent fréquenter que ceux de leur race, ont toujours à la bouche les mots rituels et les plaisanteries consacrées), se fuyant les uns les autres, recherchant ceux qui
leur sont le plus opposés, qui ne veulent pas d'eux, pardon-
nant leurs rebuffades, s'enivrant de leurs complaisances ;
mais aussi rassemblés à leurs pareils par l'ostracisme qui
les frappe, l'opprobre où ils sont tombés, ayant fini par
prendre, par une persécution semblable à celle d'Israël,
les caractères physiques et moraux d'une race, parfois
beaux, souvent affreux, trouvant (malgré toutes les
moqueries dont celui qui, plus mêlé, mieux assimilé à la
race adverse, est relativement, en apparence, le moins
inverti, accable celui qui l'est demeuré davantage) une
détente dans la fréquentation de leurs semblables, et
même un appui dans leur existence, si bien que, tout en
niant qu'ils soient une race (dont le nom est la plus grande
injure), ceux qui parviennent à cacher qu'ils en sont, ils
les démasquent volontiers, moins pour leur nuire, ce
qu'ils ne détestent pas, que pour s'excuser, et allant cher-

cher, comme un médecin l'appendicite, l'inversion jusque
dans l'histoire, ayant plaisir à rappeler que Socrate était
l'un d'eux, comme les Israélites disent de Jésus qu'il était
juif, sans songer qu'il n'y avait pas d'anormaux quand
l'homosexualité était la norme, pas d'antichrétiens avant
le Christ, que l'opprobre seul fait le crime, parce qu'il n'a
laissé subsister que ceux qui étaient réfractaires à toute
prédication, à tout exemple, à tout châtiment, en vertu
d'une disposition innée tellement spéciale qu'elle répugne
plus aux autres hommes (encore qu'elle puisse s'accompagner de hautes qualités morales) que de certains vices
qui y contredisent comme le vol, la cruauté, la mauvaise
foi, mieux compris, donc plus excusés du commun des
hommes ; formant une franc-maçonnerie bien plus étendue, plus efficace et moins soupçonnée que celle des loges,
car elle repose sur une identité de goûts, de besoins,
d'habitudes, de dangers, d'apprentissage, de savoir, de
trafic, de glossaire, et dans laquelle les membres mêmes
qui souhaitent de ne pas se connaître, aussitôt se reconnaissent à des signes naturels ou de convention, involon-
taires ou voulus, qui signalent un de ses semblables au
mendiant dans le grand seigneur à qui il ferme la portière
de sa voiture, au père dans le fiancé de sa fille, à celui qui
avait voulu se guérir, se confesser, qui avait à se défendre,
dans le médecin, dans le prêtre, dans l'avocat qu'il est
allé trouver ; tous obligés à protéger leur secret, mais
ayant leur part d'un secret des autres que le reste de
l'humanité ne soupçonne pas et qui fait qu'à eux les
romans d'aventure les plus invraisemblables semblent
vrais ; car dans cette vie d'un romanesque anachronique,
l'ambassadeur est ami du forçat ; le prince, avec une
certaine liberté d'allures que donne l'éducation aristocratique et qu'un petit bourgeois tremblant n'aurait pas,
en sortant de chez la duchesse s'en va conférer avec
l'apache ; partie réprouvée de la collectivité humaine,
mais partie importante, soupçonnée là où elle n'est pas,
étalée, insolente, impunie là où elle n'est pas devinée ;
comptant des adhérents partout, dans le peuple, dans

l'armée, dans le temple, au bagne, sur le trône ; vivant
enfin, du moins un grand nombre, dans l'intimité cares-
sante et dangereuse avec les hommes de l'autre race, les
provoquant, jouant avec eux à parler de son vice comme
s'il n'était pas sien, jeu qui est rendu facile par l'aveugle-
ment ou la fausseté des autres, jeu qui peut se prolonger
des années jusqu'au jour du scandale où ces dompteurs
sont dévorés ; jusque-là obligés de cacher leur vie, de
détourner leurs regards d'où ils voudraient se fixer, de les
fixer sur ce dont ils voudraient se détourner, de changer
le genre de bien des adjectifs dans leur vocabulaire,
contrainte sociale légère auprès de la contrainte intérieure
que leur vice, ou ce qu'on nomme improprement ainsi,
leur impose non plus à l'égard des autres mais d'eux-
mêmes, et de façon qu'à eux-mêmes il ne leur paraisse
pas un vice. Mais certains, plus pratiques, plus pressés,
qui n'ont pas le temps d'aller faire leur marché et de
renoncer à la simplification de la vie et à ce gain de temps
qui peut résulter de la coopération, se sont fait deux
sociétés dont la seconde est composée exclusivement
d'êtres pareils à eux.

Cela frappe chez ceux qui sont pauvres et venus de la
province, sans relations, sans rien que l'ambition d'être
un jour médecin ou avocat célèbre, ayant un esprit encore
vide d'opinions, un corps dénué de manières et qu'ils
comptent rapidement orner, comme ils achèteraient pour
leur petite chambre du Quartier Latin des meubles
d'après ce qu'ils remarqueraient et calqueraient chez
ceux qui sont déjà « arrivés » dans la profession utile et
sérieuse où ils souhaitent de s'encadrer et de devenir
illustres ; chez ceux-là, leur goût spécial, hérité à leur
insu, comme des dispositions pour le dessin, pour la
musique, à la cécité, est peut-être la seule originalité
vivace, despotique — et qui tels soirs les force à manquer
telle réunion utile à leur carrière avec des gens dont, pour
le reste, ils adoptent les façons de parler, de penser, de
s'habiller, de se coiffer. Dans leur quartier, où ils ne
fréquentent sans cela que des condisciples, des maîtres ou

quelque compatriote arrivé et protecteur, ils ont vite
découvert d'autres jeunes gens que le même goût particulier rapproche d'eux, comme dans une petite ville se
lient le professeur de seconde et le notaire qui aiment
tous les deux la musique de chambre, les ivoires du moyen
âge ; appliquant à l'objet de leur distraction le même
instinct utilitaire, le même esprit professionnel qui les
guide dans leur carrière, ils les retrouvent à des séances
où nul profane n'est plus admis qu'à celles qui réunissent
des amateurs de vieilles tabatières, d'estampes japonaises,
de fleurs rares, et où, à cause du plaisir de s'instruire, de
l'utilité des échanges et de la crainte des compétitions,
règnent à la fois, comme dans une bourse aux timbres,
l'entente étroite des spécialistes et les féroces rivalités des
collectionneurs. Personne d'ailleurs dans le café où ils ont
leur table ne sait quelle est cette réunion, si c'est celle
d'une société de pêche, des secrétaires de rédaction, ou
des enfants de l'Indre, tant leur tenue est correcte, leur
air réservé et froid, et tant ils n'osent regarder qu'à la
dérobée les jeunes gens à la mode, les jeunes « lions » qui,
à quelques mètres plus loin font grand bruit de leurs
maîtresses, et parmi lesquels ceux qui les admirent sans
oser lever les yeux apprendront seulement vingt ans plus
tard, quand les uns seront à la veille d'entrer dans une
académie et les autres de vieux hommes de cercle, que le
plus séduisant, maintenant un gros et grisonnant Charlus,
était en réalité pareil à eux, mais ailleurs, dans un autre
monde, sous d'autres symboles extérieurs, avec des
signes étrangers, dont la différence les a induits en erreur.
Mais les groupements sont plus ou moins avancés ; et
comme l' « Union des gauches » diffère de la « Fédération
socialiste » et telle société de musique mendelssohnienne
de la Schola Cantorum, certains soirs, à une autre table,
il y a des extrémistes qui laissent passer un bracelet sous
leur manchette, parfois un collier dans l'évasement de leur
col, forcent par leurs regards insistants, leurs gloussements
leurs rires, leurs caresses entre eux, une bande de collé-
giens à s'enfuir au plus vite, et sont servis, avec une poli-

tesse sous laquelle couve l'indignation, par un garçon qui, comme les soirs où il sert les dreyfusards, aurait plaisir à aller chercher la police s'il n'avait avantage à empocher les pourboires.

C'est à ces organisations professionnelles que l'esprit oppose le goût des solitaires, et sans trop d'artifices d'une part, puisqu'il ne fait en cela qu'imiter les solitaires eux-mêmes qui croient que rien ne diffère plus du vice organisé que ce qui leur paraît à eux un amour incompris, avec quelque artifice toutefois, car ces différentes classes répondent, tout autant qu'à des types physiologiques divers, à des moments successifs d'une évolution pathologique ou seulement sociale. Et il est bien rare, en effet, qu'un jour ou l'autre, ce ne soit pas dans de telles organisations que les solitaires viennent se fondre, quelquefois par simple lassitude, par commodité (comme finissent ceux qui en ont été le plus adversaires par faire poser chez eux le téléphone, par recevoir les Iéna, ou par acheter chez Potin). Ils y sont d'ailleurs généralement assez mal reçus, car, dans leur vie relativement pure, le défaut d'expérience, la saturation par la rêverie où ils sont réduits, ont marqué plus fortement en eux ces caractères particuliers d'efféminement que les professionnels ont cherché à effacer. Et il faut avouer que chez certains de ces nouveaux venus, la femme n'est pas seulement intérieurement unie à l'homme, mais hideusement visible, agités qu'ils sont dans un spasme d'hystérique, par un rire aigu qui convulse leurs genoux et leurs mains, ne ressemblant pas plus au commun des hommes que ces singes à l'œil mélancolique et cerné, aux pieds prenants, qui revêtent le smoking et portent une cravate noire ; de sorte que ces nouvelles recrues sont jugées, par de moins chastes pourtant, d'une fréquentation compromettante, et leur admission difficile ; on les accepte cependant et ils bénéficient alors de ces facilités par lesquelles le commerce, les grandes entreprises, ont transformé la vie des individus, leur ont rendu accessibles des denrées jusque-là trop dispendieuses à acquérir et même difficiles à trouver, et qui maintenant les submergent par la pléthore de ce que seuls ils n'avaient pu arriver à découvrir dans les plus grandes foules.

Mais, même avec ces exutoires innombrables, la contrainte sociale est trop lourde encore pour certains, qui se recrutent surtout parmi ceux chez qui la contrainte mentale ne s'est pas exercée et qui tiennent encore pour plus rare qu'il n'est leur genre d'amour. Laissons pour le moment de côté ceux qui, le caractère exceptionnel de leur penchant les faisant se croire supérieurs à elles, méprisent les femmes, font de l'homosexualité le privilège des grands génies et des époques glorieuses et, quand ils cherchent à faire partager leur goût, le font moins à ceux qui leur semblent y être prédisposés, comme le morphinomane fait pour la morphine, qu'à ceux qui leur en semblent dignes, par zèle d'apostolat, comme d'autres prêchent le sionisme, le refus du service militaire, le saint-simonisme, le végétarisme et l'anarchie. Quelques-uns, si on les surprend le matin, encore couchés, montrent une admirable tête de femme, tant l'expression est générale et symbolise tout le sexe ; les cheveux eux-mêmes l'affirment ; leur inflexion est si féminine ; déroulés, ils tombent si naturellement en tresses sur la joue, qu'on s'émerveille que la jeune femme, la jeune fille, Galatée qui s'éveille à peine dans l'inconscient de ce corps d'homme où elle est enfermée, ait su si ingénieusement, de soi-même, sans l'avoir appris de personne, profiter des moindres issues de sa prison, trouver ce qui était nécessaire à sa vie. Sans doute le jeune homme qui a cette tête délicieuse ne dit pas : « Je suis une femme. » Même, si — pour tant de raisons possibles — il vit avec une femme, il peut lui nier que lui en soit une, lui jurer qu'il n'a jamais eu de relations avec des hommes. Qu'elle le regarde comme nous venons de le montrer, couché dans un lit, en pyjama, les bras nus, le cou nu sous les cheveux noirs : le pyjama est devenu une camisole de femme, la tête, celle d'une jolie Espagnole. La maîtresse s'épouvante de ces confidences faites à ses regards, plus

vraies que ne pourraient être des paroles, des actes mêmes,
et que les actes mêmes, s'ils ne l'ont déjà fait, ne pourront
manquer de confirmer, car tout être suit son plaisir, et si
cet être n'est pas trop vicieux, il le cherche dans un
sexe opposé au sien. Et pour l'inverti le vice commence,
non pas quand il noue des relations (car trop de raisons
peuvent les commander), mais quand il prend son plaisir avec des femmes. Le jeune homme que nous venons
d'essayer de peindre était si évidemment une femme,
que les femmes qui le regardaient avec désir étaient vouées
(à moins d'un goût particulier) au même désappointe-
ment que celles qui, dans les comédies de Shakespeare,
sont déçues par une jeune fille déguisée qui se fait passer
pour un adolescent. La tromperie est égale, l'inverti
même le sait, il devine la désillusion que, le travestisse-
ment ôté, la femme éprouvera, et sent combien cette
erreur sur le sexe est une source de fantaisiste poésie.
Du reste, même à son exigeante maîtresse, il a beau
ne pas avouer (si elle n'est pas gomorrhéenne) : « Je suis
une femme », pourtant en lui, avec quelles ruses, quelle
agilité, quelle obstination de plante grimpante, la femme
inconsciente et visible cherche-t-elle l'organe masculin !
On n'a qu'à regarder cette chevelure bouclée sur l'oreiller
blanc pour comprendre que le soir, si ce jeune homme
glisse hors des doigts de ses parents, malgré eux, malgré
lui, ce ne sera pas pour aller retrouver des femmes. Sa
maîtresse peut le châtier, l'enfermer, le lendemain
l'homme-femme aura trouvé le moyen de s'attacher à
un homme, comme le volubilis jette ses vrilles là où se
trouve une pioche ou un râteau. Pourquoi, admirant
dans le visage de cet homme des délicatesses qui nous
touchent, une grâce, un naturel dans l'amabilité comme
les hommes n'en ont point, serions-nous désolés d'apprendre que ce jeune homme recherche les boxeurs ?
Ce sont des aspects différents d'une même réalité. Et
même, celui qui nous répugne est le plus touchant, plus
touchant que toutes les délicatesses, car il représente un
admirable effort inconscient de la nature : la reconnais-

sance du sexe par lui-même, malgré les duperies du
sexe, apparaît la tentative inavouée pour s'évader vers
ce qu'une erreur initiale de la société a placé loin de lui.
Pour les uns, ceux qui ont eu l'enfance la plus timide
sans doute, ils ne se préoccupent guère de la sorte matérielle de plaisir qu'ils reçoivent, pourvu qu'ils puissent
le rapporter à un visage masculin. Tandis que d'autres,
ayant des sens plus violents sans doute, donnent à leur
plaisir matériel d'impérieuses localisations. Ceux-là
choqueraient peut-être par leurs aveux la moyenne du
monde. Ils vivent peut-être moins exclusivement sous le
satellite de Saturne, car pour eux les femmes ne sont pas
entièrement exclues comme pour les premiers, à l'égard
desquels elles n'existeraient pas sans la conversation, la
coquetterie, les amours de tête. Mais les seconds re-
cherchent celles qui aiment les femmes, elles peuvent
leur procurer un jeune homme, accroître le plaisir qu'ils
ont à se trouver avec lui ; bien plus, ils peuvent, de la
même manière, prendre avec elles le même plaisir qu'avec
un homme. De là vient que la jalousie n'est excitée, pour
ceux qui aiment les premiers, que par le plaisir qu'ils
pourraient prendre avec un homme et qui seul leur
semble une trahison, puisqu'ils ne participent pas à
l'amour des femmes, ne l'ont pratiqué que comme habitude et pour se réserver la possibilité du mariage, se
représentant si peu le plaisir qu'il peut donner, qu'ils ne
peuvent souffrir que celui qu'ils aiment le goûte ; tandis
que les seconds inspirent souvent de la jalousie par leurs
amours avec des femmes. Car dans les rapports qu'ils
ont avec elles, ils jouent pour la femme qui aime les
femmes le rôle d'une autre femme, et la femme leur
offre en même temps à peu près ce qu'ils trouvent chez
l'homme, si bien que l'ami jaloux souffre de sentir celui
qu'il aime rivé à celle qui est pour lui presque un homme,
en même temps qu'il le sent presque lui échapper, parce
que, pour ces femmes, il est quelque chose qu'il ne
connaît pas, une espèce de femme. Ne parlons pas non
plus de ces jeunes fous qui, par une sorte d'enfantillage,

pour taquiner leurs amis, choquer leurs parents, mettent
une sorte d'acharnement à choisir des vêtements qui
ressemblent à des robes, à rougir leurs lèvres et noircir
leurs yeux ; laissons-les de côté, car ce sont eux qu'on
retrouvera, quand ils auront trop cruellement porté la
peine de leur affectation, passant toute une vie à essayer
vainement de réparer, par une tenue sévère, protestante,
le tort qu'ils se sont fait quand ils étaient emportés par
le même démon qui pousse des jeunes femmes du faubourg Saint-Germain à vivre d'une façon scandaleuse,
à rompre avec tous les usages, à bafouer leur famille,
jusqu'au jour où elles se mettent avec persévérance et
sans succès à remonter la pente qu'elles avaient trouvé
si amusant, ou plutôt n'avaient pas pu s'empêcher
de descendre. Laissons enfin pour plus tard ceux qui
ont conclu un pacte avec Gomorrhe. Nous en parlerons
quand M. de Charlus les connaîtra. Laissons tous ceux,
d'une variété ou d'une autre, qui apparaîtront à leur tour,
et pour finir ce premier exposé, ne disons un mot que
de ceux dont nous avions commencé de parler tout à
l'heure, des solitaires. Tenant leur vice pour plus exceptionnel qu'il n'est, ils sont allés vivre seuls du jour qu'ils
l'ont découvert, après l'avoir porté longtemps sans le
connaître, plus longtemps seulement que d'autres. Car
personne ne sait tout d'abord qu'il est inverti, ou poète,
ou snob, ou méchant. Tel collégien qui apprenait des
vers d'amour ou regardait des images obscènes, s'il se
serrait alors contre un camarade, s'imaginait seulement
communier avec lui dans un même désir de la femme.
Comment croirait-il n'être pas pareil à tous, quand ce qu'il
éprouve il en reconnaît la substance en lisant Mme de
Lafayette, Racine, Baudelaire, Walter Scott, alors qu'il
est encore trop peu capable de s'observer soi-même pour
se rendre compte de ce qu'il ajoute de son cru, et que si
le sentiment est le même l'objet diffère, que ce qu'il
désire c'est Rob-Roy et non Diana Vernon ? Chez beaucoup, par une prudence défensive de l'instinct qui précède la vue plus claire de l'intelligence, la glace et les

murs de leur chambre disparaissent sous des chromos représentant des actrices ; ils font des vers tels que :

> *Je n'aime que Chloé au monde,*
> *Elle est divine, elle est blonde,*
> *Et d'amour mon cœur s'inonde.*

Faut-il pour cela mettre au commencement de ces vies un goût qu'on ne devait point retrouver chez eux dans la suite, comme ces boucles blondes des enfants qui doivent ensuite devenir le plus bruns ? Qui sait si les photographies de femmes ne sont pas un commencement d'hypocrisie, un commencement aussi d'horreur pour les autres invertis ? Mais les solitaires sont précisément ceux à qui l'hypocrisie est douloureuse. Peut-être l'exemple des Juifs, d'une colonie différente, n'est-il même pas assez fort pour expliquer combien l'éducation a peu de prise sur eux, et avec quel art ils arrivent à revenir, peut-être pas à quelque chose d'aussi simplement atroce que le suicide (où les fous, quelque précaution qu'on prenne, reviennent et, sauvés de la rivière où ils se sont jetés, s'empoisonnent, se procurent un revolver, etc.), mais à une vie dont les hommes de l'autre race non seulement ne comprennent pas, n'imaginent pas, haïssent les plaisirs nécessaires, mais encore dont le danger fréquent et la honte permanente leur feraient horreur. Peut-être, pour les peindre, faut-il penser sinon aux animaux qui ne se domestiquent pas, aux lionceaux prétendus apprivoisés mais restés lions, du moins aux noirs, que l'existence confortable des blancs désespère et qui préfèrent les risques de la vie sauvage et ses incompréhensibles joies. Quand le jour est venu où ils se sont découverts incapables à la fois de mentir aux autres et de se mentir à soi-même, ils partent vivre à la campagne, fuyant leurs pareils (qu'ils croient peu nombreux) par horreur de la monstruosité ou crainte de la tentation, et le reste de l'humanité par honte. N'étant jamais parvenus à la véritable maturité, tombés dans la mélancolie, de temps à autre, un dimanche sans lune, ils vont faire

une promenade sur un chemin jusqu'à un carrefour, où
sans qu'ils se soient dit un mot, est venu les attendre un
de leurs amis d'enfance qui habite un château voisin.
Et ils recommencent les jeux d'autrefois, sur l'herbe,
dans la nuit, sans échanger une parole. En semaine,
ils se voient l'un chez l'autre, causent de n'importe
quoi, sans une allusion à ce qui s'est passé, exactement
comme s'ils n'avaient rien fait et ne devaient rien refaire,
sauf, dans leurs rapports un peu de froideur, d'ironie,
d'irritabilité et de rancune, parfois de la haine. Puis le
voisin part pour un dur voyage à cheval, et à mulet,
ascensionne des pics, couche dans la neige ; son ami, qui
identifie son propre vice avec une faiblesse de tempérament, la vie casanière et timide, comprend que le vice
ne pourra plus vivre en son ami émancipé, à tant de milliers de mètres au-dessus du niveau de la mer. Et en
effet, l'autre se marie. Le délaissé pourtant ne guérit
pas (malgré les cas où l'on verra que l'inversion est
guérissable). Il exige de recevoir lui-même le matin, dans
sa cuisine, la crème fraîche des mains du garçon laitier et,
les soirs où des désirs l'agitent trop, il s'égare jusqu'à
remettre dans son chemin un ivrogne, jusqu'à arranger
la blouse de l'aveugle. Sans doute la vie de certains invertis paraît quelquefois changer, leur vice (comme on dit)
n'apparaît plus dans leurs habitudes ; mais rien ne se
perd : un bijou caché se retrouve ; quand la quantité
des urines d'un malade diminue, c'est bien qu'il transpire
davantage, mais il faut toujours que l'excrétion se fasse.
Un jour cet homosexuel perd un jeune cousin, et, à son
inconsolable douleur, vous comprenez que c'était dans
cet amour, chaste peut-être et qui tenait plus à garder
l'estime qu'à obtenir la possession, que les désirs avaient
passé par virement, comme dans un budget, sans rien
changer au total, certaines dépenses sont portées à un
autre exercice. Comme il en est pour ces malades chez
qui une crise d'urticaire fait disparaître pour un temps
leurs indispositions habituelles, l'amour pur à l'égard
d'un jeune parent semble, chez l'inverti, avoir momen-

tańément remplacé, par métastase, des habitudes qui reprendront un jour ou l'autre la place du mal vicariant et guéri.

Cependant le voisin marié du solitaire est revenu ; devant la beauté de la jeune épouse et la tendresse que son mari lui témoigne, le jour où l'ami est forcé de les inviter à dîner, il a honte du passé. Déjà dans une position intéressante, elle doit rentrer de bonne heure, laissant son mari ; celui-ci, quand l'heure est venue de rentrer, demande un bout de conduite à son ami que d'abord aucune suspicion n'effleure, mais qui au carrefour se voit renversé sur l'herbe, sans une parole, par l'alpiniste bientôt père. Et les rencontres recommencent, jusqu'au jour où vient s'installer non loin de là un cousin de la jeune femme, avec qui se promène maintenant toujours le mari. Et celui-ci, si le délaissé vient le voir et cherche à s'approcher de lui, furibond, le repousse avec l'indignation que l'autre n'ait pas eu le tact de pressentir le dégoût qu'il inspire désormais. Une fois pourtant se présente un inconnu envoyé par le voisin infidèle ; mais, trop affairé, le délaissé ne peut le recevoir et ne comprend que plus tard dans quel but l'étranger était venu.

Alors le solitaire languit seul. Il n'a d'autre plaisir que d'aller à la station de bains de mer voisine demander un renseignement à un certain employé de chemin de fer. Mais celui-ci a reçu de l'avancement, est nommé à l'autre bout de la France ; le solitaire ne pourra plus aller lui demander l'heure des trains, le prix des premières, et avant de rentrer rêver dans sa tour, comme Grisélidis, il s'attarde sur la plage, telle une étrange Andromède qu'aucun Argonaute ne viendra délivrer, comme une méduse stérile qui périra sur le sable, ou bien il reste paresseusement, avant le départ du train, sur le quai, à jeter sur la foule des voyageurs un regard qui semblera indifférent, dédaigneux ou distrait à ceux d'une autre race, mais qui, comme l'éclat lumineux dont se parent certains insectes pour attirer ceux de la même

espèce, ou comme le nectar qu'offrent certaines fleurs
pour attirer les insectes qui les féconderont, ne trompe-
rait pas l'amateur presque introuvable d'un plaisir trop
singulier, trop difficile à placer, qui lui est offert, le
confrère avec qui notre spécialiste pourrait parler la
langue insolite ; tout au plus à celle-ci quelque loqueteux
du quai fera-t-il semblant de s'intéresser, mais pour un
bénéfice matériel seulement, comme ceux qui, au Collège
de France, dans la salle où le professeur de sanscrit parle
sans auditeur, vont suivre le cours, mais seulement pour
se chauffer. Méduse! Orchidée! Quand je ne suivais que
mon instinct, la méduse me répugnait à Balbec ; mais
si je savais la regarder, comme Michelet, du point de vue
de l'histoire naturelle et de l'esthétique, je voyais une
délicieuse girandole d'azur. Ne sont-elles pas, avec le
velours transparent de leurs pétales, comme les mauves
orchidées de la mer ? Comme tant de créatures du règne
animal et du règne végétal, comme la plante qui produirait la vanille, mais qui, parce que, chez elle, l'organe
mâle est séparé par une cloison de l'organe femelle,
demeure stérile si les oiseaux-mouches ou certaines
petites abeilles ne transportent le pollen des unes aux
autres ou si l'homme ne les féconde artificiellement,
M. de Charlus (et ici le mot fécondation doit être pris au
sens moral, puisqu'au sens physique l'union du mâle
avec le mâle est stérile, mais il n'est pas indifférent qu'un
individu puisse rencontrer le seul plaisir qu'il est susceptible de goûter, et « qu'ici-bas tout être » puisse donner
à quelqu'un « sa musique, sa flamme ou son parfum »),
M. de Charlus était de ces hommes qui peuvent être
appelés exceptionnels, parce que, si nombreux soient-ils,
la satisfaction, si facile chez d'autres, de leurs besoins
sexuels dépend de la coïncidence de trop de conditions,
et trop difficiles à rencontrer. Pour des hommes comme
M. de Charlus (et sous la réserve des accommodements
qui paraîtront peu à peu et qu'on a pu déjà pressentir,
exigés par le besoin de plaisir qui se résigne à de demi-
consentements), l'amour mutuel, en dehors des difficul-

tés si grandes, parfois insurmontables, qu'il rencontre chez le commun des êtres, leur en ajoute de si spéciales, que ce qui est toujours très rare pour tout le monde devient à leur égard à peu près impossible, et que, si se produit pour eux une rencontre vraiment heureuse ou que la nature leur fait paraître telle, leur bonheur, bien plus encore que celui de l'amoureux normal, a quelque chose d'extraordinaire, de sélectionné, de profondément nécessaire. La haine des Capulet et des Montaigu n'était rien auprès des empêchements de tout genre qui ont été vaincus, des éliminations spéciales que la nature a dû faire subir aux hasards déjà peu communs qui amènent l'amour, avant qu'un ancien giletier, qui comptait partir sagement pour son bureau, titube, ébloui, devant un quinquagénaire bedonnant ; ce Roméo et cette Juliette peuvent croire à bon droit que leur amour n'est pas le caprice d'un instant, mais une véritable prédestination préparée par les harmonies de leur tempérament, non pas seulement par leur tempérament propre, mais par celui de leurs ascendants, par leur plus lointaine hérédité, si bien que l'être qui se conjoint à eux leur appartient avant la naissance, les a attirés par une force comparable à celle qui dirige les mondes où nous avons passé nos vies antérieures. M. de Charlus m'avait distrait de regarder si le bourdon apportait à l'orchidée le pollen qu'elle attendait depuis si longtemps, qu'elle n'avait chance de recevoir que grâce à un hasard si improbable qu'on le pouvait appeler une espèce de miracle. Mais c'était un miracle aussi auquel je venais d'assister, presque du même genre, et non moins merveilleux. Dès que j'eus considéré cette rencontre de ce point de vue, tout m'y sembla empreint de beauté. Les ruses les plus extraordinaires que la nature a inventées pour forcer les insectes à assurer la fécondation des fleurs qui, sans eux, ne pourraient pas l'être parce que la fleur mâle y est trop éloignée de la fleur femelle, ou celle qui, si c'est le vent qui doit assurer le transport du pollen, le rend bien plus facile à détacher de la fleur mâle, bien plus aisé à attraper au

passage par la fleur femelle, en supprimant la sécrétion
du nectar, qui n'est plus utile puisqu'il n'y a pas d'insectes à attirer, et même l'éclat des corolles qui les attirent,
et la ruse qui, pour que la fleur soit réservée au pollen
qu'il faut, qui ne peut fructifier qu'en elle, lui fait sécré-
ter une liqueur qui l'immunise contre les autres pollens —
ne me semblaient pas plus merveilleuses que l'existence
de la sous-variété d'invertis destinée à assurer les plaisirs
de l'amour à l'inverti devenant vieux : les hommes qui
sont attirés non par tous les hommes, mais — par un
phénomène de correspondance et d'harmonie comparable à ceux qui règlent la fécondation des fleurs hétéro-
stylées trimorphes comme le *Lythrum salicaria* — seulement par les hommes beaucoup plus âgés qu'eux. De
cette sous-variété Jupien venait de m'offrir un exemple,
moins saisissant pourtant que d'autres que tout herbo-
risateur humain, tout botaniste moral, pourra observer,
malgré leur rareté, et qui leur présentera un frêle jeune
homme qui attendait les avances d'un robuste et bedonnant quinquagénaire, restant aussi indifférent aux avances
des autres jeunes gens que restent stériles les fleurs
hermaphrodites à court style de la *Primula veris* tant
qu'elles ne sont fécondées que par d'autres *Primula veris*
à court style aussi, tandis qu'elles accueillent avec joie
le pollen des *Primula veris* à long style. Quant à ce qui
était de M. de Charlus, du reste, je me rendis compte
dans la suite qu'il y avait pour lui divers genres de
conjonctions et desquelles certaines, par leur multiplicité,
leur instantanéité à peine visible, et surtout le manque
de contact entre les deux acteurs, rappelaient plus encore
ces fleurs qui dans un jardin son fécondées par le pollen
d'une fleur voisine qu'elles ne toucheront jamais. Il y
avait, en effet, certains êtres qu'il lui suffisait de faire venir
chez lui, de tenir pendant quelques heures sous la domination de sa parole, pour que son désir, allumé dans
quelque rencontre, fût apaisé. Par simples paroles la
conjonction était faite aussi simplement qu'elle peut se
produire chez les infusoires. Parfois, ainsi que cela lui

était sans doute arrivé pour moi le soir où j'avais été mandé par lui après le dîner Guermantes, l'assouvissement avait lieu grâce à une violente semonce que le baron jetait à la figure du visiteur, comme certaines fleurs, grâce à un ressort, aspergent à distance l'insecte inconsciemment complice et décontenancé. M. de Charlus, de dominé devenu dominateur, se sentait purgé de son inquiétude et calmé, renvoyait le visiteur, qui avait aussitôt cessé de lui paraître désirable. Enfin, l'inversion elle-même, venant de ce que l'inverti se rapproche trop de la femme pour pouvoir avoir des rapports utiles avec elle, se rattache par là à une loi plus haute qui fait que tant de fleurs hermaphrodites restent infécondes, c'est-à-dire à la stérilité de l'autofécondation. Il est vrai que les invertis à la recherche d'un mâle se contentent souvent d'un inverti aussi efféminé qu'eux. Mais il suffit qu'ils n'appartiennent pas au sexe féminin, dont ils ont en eux un embryon dont ils ne peuvent se servir, ce qui arrive à tant de fleurs hermaphrodites et même à certains animaux hermaphrodites, comme l'escargot, qui ne peuvent être fécondés par eux-mêmes, mais peuvent l'être par d'autres hermaphrodites. Par là les invertis, qui se rattachent volontiers à l'antique Orient ou à l'âge d'or de la Grèce, remonteraient plus haut encore, à ces époques d'essai où n'existaient ni les fleurs dioïques ni les animaux unisexués, à cet hermaphroditisme initial dont quelques rudiments d'organes mâles dans l'anatomie de la femme et d'organes femelles dans l'anatomie de l'homme semblent conserver la trace. Je trouvais la mimique, d'abord incompréhensible pour moi, de Jupien et de M. de Charlus aussi curieuse que ces gestes tentateurs adressés aux insectes, selon Darwin, par les fleurs dites composées, haussant les demi-fleurons de leurs capitules pour être vues de plus loin, comme certaine hétérostylée qui retourne ses étamines et les courbe pour frayer le chemin aux insectes, ou qui leur offre une ablution, et tout simplement même comparable aux parfums de nectar, à l'éclat des corolles qui

attiraient en ce moment des insectes dans la cour.
A partir de ce jour, M. de Charlus devait changer l'heure
de ses visites à Mme de Villeparisis, non qu'il ne pût
voir Jupien ailleurs et plus commodément, mais parce
qu'aussi bien qu'ils l'étaient pour moi, le soleil de l'après-
midi et les fleurs de l'arbuste étaient sans doute liés à son
souvenir. D'ailleurs, il ne se contenta pas de recommander
les Jupien à Mme de Villeparisis, à la duchesse de Guermantes, à toute une brillante clientèle, qui fut d'autant
plus assidue auprès de la jeune brodeuse que les quelques
dames qui avaient résisté ou seulement tardé furent
de la part du baron l'objet de terribles représailles, soit
afin qu'elles servissent d'exemple, soit parce qu'elles
avaient éveillé sa fureur et s'étaient dressées contre ses
entreprises de domination. Il rendit la place de Jupien
de plus en plus lucrative jusqu'à ce qu'il le prît définitivement comme secrétaire et l'établît dans les conditions
que nous verrons plus tard. « Ah! en voilà un homme
heureux que ce Jupien », disait Françoise qui avait
une tendance à diminuer ou à exagérer les bontés selon
qu'on les avait pour elle ou pour les autres. D'ailleurs
là, elle n'avait pas besoin d'exagération ni n'éprouvait
d'ailleurs d'envie, aimant sincèrement Jupien. « Ah!
c'est un si bon homme que le baron, ajoutait-elle, si bien,
si dévot, si comme il faut! Si j'avais une fille à marier et
que j'étais du monde riche, je la donnerais au baron les
yeux fermés. — Mais, Françoise, disait doucement
ma mère, elle aurait bien des maris cette fille. Rappelez-
vous que vous l'avez déjà promise à Jupien. — Ah!
dame, répondait Françoise, c'est que c'est encore quelqu'un qui rendrait une femme bien heureuse. Il y a
beau avoir des riches et des pauvres misérables, ça ne
fait rien pour la nature. Le baron et Jupien, c'est bien
le même genre de personnes. »

Au reste j'exagérais beaucoup alors, devant cette
révélation première, le caractère électif d'une conjonction si sélectionnée. Certes, chacun des hommes pareils
à M. de Charlus est une créature extraordinaire, puisque,

s'il ne fait pas de concessions aux possibilités de la vie, il recherche essentiellement l'amour d'un homme de l'autre race, c'est-à-dire d'un homme aimant les femmes (et qui par conséquent ne pourra pas l'aimer) ; contrairement à ce que je croyais dans la cour où je venais de voir Jupien tourner autour de M. de Charlus comme l'orchidée faire des avances au bourdon, ces êtres d'exception que l'on plaint sont une foule, ainsi qu'on le verra au cours de cet ouvrage, pour une raison qui ne sera dévoilée qu'à la fin, et se plaignent eux-mêmes d'être plutôt trop nombreux que trop peu. Car les deux anges qui avaient été placés aux portes de Sodome pour savoir si ses habitants, dit la Genèse, avaient entièrement fait toutes ces choses dont le cri était monté jusqu'à l'Éternel, avaient été on ne peut que s'en réjouir, très mal choisis par le Seigneur, lequel n'eût dû confier la tâche qu'à un Sodomiste. Celui-là, les excuses : « Père de six enfants, j'ai deux maîtresses, etc. » ne lui eussent pas fait abaisser bénévolement l'épée flamboyante et adoucir les sanctions. Il aurait répondu : « Oui, et ta femme souffre les tortures de la jalousie. Mais même quand ces femmes n'ont pas été choisies par toi à Gomorrhe, tu passes tes nuits avec un gardeur de troupeaux de l'Hébron. » Et il l'aurait immédiatement fait rebrousser chemin vers la ville qu'allait détruire la pluie de feu et de soufre. Au contraire, on laissa s'enfuir tous les Sodomistes honteux, même si, apercevant un jeune garçon, ils détournaient la tête, comme la femme de Loth, sans être pour cela changés, comme elle, en statues de sel. De sorte qu'ils eurent une nombreuse postérité chez qui ce geste est resté habituel, pareil à celui des femmes débauchées qui, en ayant l'air de regarder un étalage de chaussures placées derrière une vitrine, retournent la tête vers un étudiant. Ces descendants des Sodomistes, si nombreux qu'on peut leur appliquer l'autre verset de la Genèse : « Si quelqu'un peut compter la poussière de la terre, il pourra aussi compter cette postérité », se sont fixés sur toute la terre, ils ont eu accès à toutes les professions, et entrent si bien dans les clubs les plus fermés que, quand un Sodomiste n'y est pas admis, les boules noires y sont en majorité celles de Sodomistes, mais qui ont soin d'incriminer la sodomie, ayant hérité le mensonge qui permit à leurs ancêtres de quitter la ville maudite. Il est possible qu'ils y retournent un jour. Certes ils forment dans tous les pays une colonie orientale, cultivée, musicienne, médisante, qui a des qualités charmantes et d'insupportables défauts. On les verra d'une façon plus approfondie au cours des pages qui suivront ; mais on a voulu provisoirement prévenir l'erreur funeste qui consisterait, de même qu'on a encouragé un mouvement sioniste, à créer un mouvement sodomiste et à rebâtir Sodome. Or, à peine arrivés, les Sodomistes quitteraient la ville pour ne pas avoir l'air d'en être, prendraient femme, entretiendraient des maîtresses dans d'autres cités où ils trouvéraient d'ailleurs toutes les distractions convenables. Ils n'iraient à Sodome que les jours de suprême nécessité, quand leur ville serait vide, pas ces temps où la faim fait sortir le loup du bois. C'est dire que tout se passerait en somme comme à Londres, à Berlin, à Rome, à Pétrograd ou à Paris.

En tous cas ce jour-là, avant ma visite à la duchesse, je ne songeais pas si loin et j'étais désolé d'avoir, par attention à la conjonction Jupien-Charlus, manqué peut-être de voir la fécondation de la fleur par le bourdon.

Sodome et Gomorrhe II

CHAPITRE PREMIER

M. de Charlus dans le monde. – Un médecin. – Face caractéristique de Mᵐᵉ de Vaugoubert. – Mᵐᵉ d'Arpajon, le jet d'eau d'Hubert Robert et la gaîté du grand-duc Wladimir. – Mᵐᵉ d'Amoncourt, Mᵐᵉ de Citri, Mᵐᵉ de Saint-Euverte, etc. – Curieuse conversation entre Swann et le prince de Guermantes. – Albertine au téléphone. – Visites en attendant mon dernier et deuxième séjour à Balbec. – Arrivée à Balbec. – Jalousie à l'égard d'Albertine. – Les intermittences du cœur.

Comme je n'étais pas pressé d'arriver à cette soirée Guermantes où je n'étais pas certain d'être invité, je restais oisif dehors ; mais le jour d'été ne semblait pas avoir plus que moi de hâte à bouger. Bien qu'il fût plus de neuf heures, c'était lui encore qui sur la place de la Concorde donnait à l'obélisque de Louqsor un air de nougat rose. Puis il en modifia la teinte et le changea en une matière si métallique que l'obélisque ne devint pas seulement plus précieux, mais sembla plus mince et presque flexible. On s'imaginait qu'on aurait pu tordre, qu'on avait peut-être déjà légèrement faussé ce bijou. La lune était maintenant dans le ciel comme un quartier d'orange pelé délicatement quoique un peu entamé. Mais elle devait quelques heures plus tard être faite de l'or le plus résistant. Blottie toute seule derrière elle, une pauvre petite étoile allait servir d'unique compagne à la lune solitaire, tandis que celle-ci, tout en protégeant son amie, mais plus hardie et allant de l'avant, brandirait comme une arme irrésistible et comme un symbole oriental, son ample et merveilleux croissant d'or.

Devant l'hôtel de la princesse de Guermantes, je rencontrai le duc de Châtellerault ; je ne me rappelais plus qu'une demi-heure auparavant me persécutait encore la crainte — laquelle allait du reste bientôt me ressaisir — de venir sans avoir été invité. On s'inquiète, et c'est parfois longtemps après l'heure du danger, oubliée grâce à la distraction, que l'on se souvient de son inquiétude. Je dis bonjour au jeune duc et pénétrai dans l'hôtel. Mais ici il faut d'abord que je note une circonstance minime, laquelle permettra de comprendre un fait qui suivra bientôt.

Il y avait quelqu'un qui, ce soir-là comme les précédents, pensait beaucoup au duc de Châtellerault, sans soupçonner du reste qui il était : c'était l'huissier (qu'on appelait dans ce temps-là « l'aboyeur ») de Mme de Guermantes. M. de Châtellerault, bien loin d'être un des intimes — comme il était l'un des cousins — de la princesse, était reçu dans son salon pour la première fois. Ses parents, brouillés avec elle depuis dix ans, s'étaient réconciliés depuis quinze jours, et forcés d'être ce soir absents de Paris, avaient chargé leur fils de les représenter. Or, quelques jours auparavant, l'huissier de la princesse avait rencontré dans les Champs-Élysées un jeune homme qu'il avait trouvé charmant mais dont il n'avait pu arriver à établir l'identité. Non que le jeune homme ne se fût montré aussi aimable que généreux. Toutes les faveurs que l'huissier s'était figuré avoir à accorder à un monsieur si jeune, il les avait au contraire reçues. Mais M. de Châtellerault était aussi froussard qu'imprudent ; il était d'autant plus décidé à ne pas dévoiler son incognito qu'il ignorait à qui il avait affaire ; il aurait eu une peur bien plus grande — quoique mal fondée — s'il l'avait su. Il s'était borné à se faire passer pour un Anglais, et à toutes les questions passionnées de l'huissier désireux de retrouver quelqu'un à qui il devait tant de plaisir et de largesses, le duc s'était borné à répondre, tout au long de l'avenue Gabriel : « *I do not speak french.* »

Bien que, malgré tout — à cause de l'origine maternelle de son cousin — le duc de Guermantes affectât de trouver un rien de Courvoisier dans le salon de la princesse de Guermantes-Bavière, on jugeait généralement l'esprit d'initiative et la supériorité intellectuelle de cette dame d'après une innovation qu'on ne rencontrait nulle part ailleurs dans ce milieu. Après le dîner, et quelle que fût l'importance du raout qui devait suivre, les sièges, chez la princesse de Guermantes, se trouvaient disposés de telle façon qu'on formait de petits groupes, qui, au besoin, se tournaient le dos. La princesse marquait alors son sens social en allant s'asseoir, comme par préférence, dans l'un d'eux. Elle ne craignait pas du reste d'élire et d'y attirer tel membre d'un autre groupe. Si par exemple elle avait fait remarquer à M. Detaille, lequel avait naturellement acquiescé, combien Mme de Villemur, que sa place dans un autre groupe faisait voir de dos, possédait un joli cou, la princesse n'hésitait pas à élever la voix : « Madame de Villemur, M. Detaille, en grand peintre qu'il est, est en train d'admirer votre cou. » Mme de Villemur sentait là une invite directe à la conversation ; avec l'adresse que donne l'habitude du cheval, elle faisait lentement pivoter sa chaise selon un arc de trois quarts de cercle et, sans déranger en rien ses voisins, faisait presque face à la princesse. « Vous ne connaissez pas M. Detaille ? demandait la maîtresse de maison, à qui l'habile et pudique conversion de son invitée ne suffisait pas. — Je ne le connais pas, mais je connais ses œuvres », répondait Mme de Villemur, d'un air respectueux, engageant, et avec un à-propos que beaucoup enviaient, tout en adressant au célèbre peintre, que l'interpellation n'avait pas suffi à lui présenter d'une manière formelle, un imperceptible salut. « Venez,

monsieur Detaille, disait la princesse, je vais vous présenter à Mme de Villemur. » Celle-ci mettait alors autant
d'ingéniosité à faire une place à l'auteur du _Rêve_ que
tout à l'heure à se tourner vers lui. Et la princesse s'avançait une chaise pour elle-même ; elle n'avait en effet inter-
pellé Mme de Villemur que pour avoir un prétexte de
quitter le premier groupe où elle avait passé les dix
minutes de règle, et d'accorder une durée égale de présence au second. En trois quarts d'heure tous les groupes
avaient reçu sa visite, laquelle semblait n'avoir été guidée
chaque fois que par l'improviste et les prédilections,
mais avait surtout pour but de mettre en relief avec quel
naturel « une grande dame sait recevoir ». Mais maintenant les invités de la soirée commençaient d'arriver et
la maîtresse de maison s'était assise non loin de l'entrée
— droite et fière, dans sa majesté quasi royale, les yeux
flambant par leur incandescence propre — entre deux
Altesses sans beauté et l'ambassadrice d'Espagne.

Je faisais la queue derrière quelques invités arrivés
plus tôt que moi. J'avais en face de moi la princesse, de
laquelle la beauté ne me fait pas seule sans doute, entre
tant d'autres, souvenir de cette fête-là. Mais ce visage
de la maîtresse de maison était si parfait, était frappé
comme une si belle médaille, qu'il a gardé pour moi une
vertu commémorative. La princesse avait l'habitude de
dire à ses invités, quand elle les rencontrait quelques
jours avant une de ses soirées : « Vous viendrez, n'est-ce
pas ? » comme si elle avait un grand désir de causer avec
eux. Mais comme au contraire elle n'avait à leur parler
de rien, dès qu'ils arrivaient devant elle, elle se contentait sans se lever, d'interrompre un instant sa vaine conversation avec les deux Altesses et l'ambassadrice et de
remercier en disant : « C'est gentil d'être venu », non
qu'elle trouvât que l'invité eût fait preuve de gentillesse
en venant, mais pour accroître encore la sienne ; puis
aussitôt le rejetant à la rivière, elle ajoutait : « Vous trou-
vérez M. de Guermantes à l'entrée des jardins », de
sorte qu'on partait visiter et qu'on la laissait tranquille.

A certains même elle ne disait rien, se contentant de leur montrer ses admirables yeux d'onyx, comme si on était venu seulement à une exposition de pierres précieuses.

La première personne à passer avant moi était le duc de Châtellerault.

Ayant à répondre à tous les sourires, à tous les bonjours de la main qui lui venaient du salon, il n'avait pas aperçu l'huissier. Mais dès le premier instant l'huissier l'avait reconnu. Cette identité qu'il avait tant désiré d'apprendre, dans un instant il allait la connaître. En demandant à son « Anglais » de l'avant-veille quel nom il devait annoncer, l'huissier n'était pas seulement ému, il se jugeait indiscret, indélicat. Il lui semblait qu'il allait révéler à tout le monde (qui pourtant ne se douterait de rien) un secret qu'il était coupable de surprendre de la sorte et d'étaler publiquement. En entendant la réponse de l'invité : « Le duc de Châtellerault », il se sentit troublé d'un tel orgueil qu'il resta un instant muet. Le duc le regarda, le reconnut, se vit perdu, cependant que le domestique, qui s'était ressaisi et connaissait assez son armorial pour compléter de lui-même une appellation trop modeste, hurlait avec l'énergie professionnelle qui se veloutait d'une tendresse intime : « Son Altesse Monseigneur le duc de Châtellerault! » Mais c'était maintenant mon tour d'être annoncé. Absorbé dans la contemplation de la maîtresse de maison, qui ne m'avait pas encore vu, je n'avais pas songé aux fonctions, terribles pour moi — quoique d'une autre façon que pour M. de Châtellerault — de cet huissier habillé de noir comme un bourreau, entouré d'une troupe de valets aux livrées les plus riantes, solides gaillards prêts à s'emparer d'un intrus et à le mettre à la porte. L'huissier me demanda mon nom, je le lui dis aussi machinalement que le condamné à mort se laisse attacher au billot. Il leva aussitôt majestueusement la tête et, avant que j'eusse pu le prier de m'annoncer à mi-voix pour ménager mon amour-propre si je n'étais pas invité, et celui de la princesse de Guermantes si je l'étais, il hurla les syllabes inquiétantes avec une force capable d'ébranler la voûte de l'hôtel.

L'illustre Huxley (celui dont le neveu occupe actuellement une place prépondérante dans le monde de la littérature anglaise) raconte qu'une de ses malades n'osait plus aller dans le monde parce que souvent, dans le fauteuil même qu'on lui indiquait d'un geste courtois, elle voyait assis un vieux monsieur. Elle était bien certaine que, soit le geste inviteur, soit la présence du vieux monsieur, était une hallucination, car on ne lui aurait pas ainsi désigné un fauteuil déjà occupé. Et quand Huxley, pour la guérir, la força à retourner en soirée, elle eut un instant de pénible hésitation en se demandant si le signe aimable qu'on lui faisait était la chose réelle, ou si, pour obéir à une vision inexistante, elle allait en public s'asseoir sur les genoux d'un monsieur en chair et en os. Sa brève incertitude fut cruelle. Moins peut-être que la mienne. A partir du moment où j'avais perçu le grondement de mon nom, comme le bruit préalable d'un cataclysme possible, je dus, pour plaider en tous cas ma bonne foi et comme si je n'étais tourmenté d'aucun doute, m'avancer vers la princesse d'un air résolu.

Elle m'aperçut comme j'étais à quelques pas d'elle et, ce qui ne me laissa plus douter que j'avais été victime d'une machination, au lieu de rester assise comme pour les autres invités, elle se leva, vint à moi. Une seconde après, je pus pousser le soupir de soulagement de la malade d'Huxley quand, ayant pris le parti de s'asseoir dans le fauteuil, elle le trouva libre et comprit que c'était le vieux monsieur qui était une hallucination. La princesse venait de me tendre la main en souriant. Elle resta quelques instants debout, avec le genre de grâce particulier à la stance de Malherbe qui finit ainsi :

Et pour leur faire honneur les Anges se lever.

Elle s'excusa de ce que la duchesse ne fût pas encore arrivée, comme si je devais m'ennuyer sans elle. Pour me dire ce bonjour, elle exécuta autour de moi, en me tenant la main, un tournoiement plein de grâce, dans le tourbillon duquel je me sentais emporté. Je m'attendais presque à ce qu'elle me remît alors, telle une conductrice de cotillon, une canne à bec d'ivoire, ou une montre-bracelet. Elle ne me donna à vrai dire rien de tout cela, et comme si au lieu de danser le boston elle avait plutôt écouté un sacro-saint quatuor de Beethoven dont elle eût craint de troubler les sublimes accents, elle arrêta là la conversation, ou plutôt ne la commença pas et, radieuse encore de m'avoir vu entrer, me fit part seulement de l'endroit où se trouvait le prince.

Je m'éloignai d'elle et n'osai plus m'en rapprocher, sentant qu'elle n'avait absolument rien à me dire et que, dans son immense bonne volonté, cette femme merveilleusement haute et belle, noble comme l'étaient tant de grandes dames qui montèrent si fièrement à l'échafaud, n'aurait pu, faute d'oser m'offrir de l'eau de mélisse, que me répéter ce qu'elle m'avait déjà dit deux fois : « Vous trouverez le prince dans le jardin. » Or, aller auprès du prince, c'était sentir renaître sous une autre forme mes doutes.

En tous cas fallait-il trouver quelqu'un qui me présentât. On entendait, dominant toutes les conversations, l'intarissable jacassement de M. de Charlus, lequel causait avec Son Excellence le duc de Sidonia, dont il venait de faire la connaissance. De profession à profession, on se devine, et de vice à vice aussi. M. de Charlus et M. de Sidonia avaient chacun immédiatement flairé celui de l'autre, et qui, pour tous les deux, était, dans le monde, d'être monologuistes, au point de ne pouvoir souffrir aucune interruption. Ayant jugé tout de suite que le mal étant sans remède, comme dit un célèbre sonnet, ils avaient pris la détermination, non de se taire, mais de parler chacun sans s'occuper de ce que dirait l'autre. Cela avait réalisé ce bruit confus, produit dans les comédies de Molière par plusieurs personnes qui disent ensemble des choses différentes. Le baron, avec sa voix éclatante, était du reste certain d'avoir le dessus, de couvrir la voix faible, de M. de Sidonia — sans décourager ce dernier pourtant, car, lorsque M. de Charlus reprenait un instant haleine, l'intervalle était rempli par le susurrement du grand d'Espagne qui avait continué imperturbablement son discours. J'aurais bien demandé à M. de Charlus de me présenter au prince de Guermantes, mais je craignais (avec trop de raison) qu'il ne fût fâché contre moi. J'avais agi envers lui de la façon la plus ingrate en laissant pour la seconde fois tomber ses offres et en ne lui donnant pas signe de vie depuis le soir où il m'avait si affectueusement reconduit à la maison. Et pourtant je n'avais nullement comme excuse anticipée la scène que je venais de voir, cet après-midi même, se passer entre Jupien et lui. Je ne soupçonnais rien de pareil. Il est vrai que peu de temps auparavant, comme mes parents me reprochaient ma paresse et de n'avoir pas encore pris la peine d'écrire un mot à M. de Charlus, je leur avais violemment reproché de vouloir me faire accepter des propositions déshonnêtes. Mais seuls la colère, le désir de trouver la phrase qui pouvait leur être le plus désagréable m'avaient dicté cette réponse mensongère. En réalité, je n'avais rien imaginé de sensuel, ni même de sentimental, sous les offres du baron. J'avais dit cela à mes parents comme une folie pure. Mais quelquefois l'avenir habite en nous sans que nous le sachions, et nos paroles qui croient mentir dessinent une réalité prochaine.

M. de Charlus m'eût sans doute pardonné mon manque de reconnaissance. Mais ce qui le rendait furieux, c'est que ma présence ce soir chez la princesse de Guermantes, comme depuis quelque temps chez sa cousine, paraissait narguer le déclaration solennelle : « On n'entre dans ces salons-là que par moi. » Faute grave, crime peut-être inexplicable, je n'avais pas suivi la voie hiérarchique. M. de Charlus savait bien que les tonnerres qu'il brandissait contre ceux qui ne se pliaient pas à ses ordres, ou qu'il avait pris en haine, commençaient à passer, selon beaucoup de gens, quelque rage qu'il y mît, pour des tonnerres en carton, et n'avaient plus la force de

chasser n'importe qui de n'importe où. Mais peut-être
croyait-il que son pouvoir amoindri, grand encore, restait
intact aux yeux des novices tels que moi. Aussi ne le
jugeai-je pas très bien choisi pour lui demander un
service dans une fête où ma présence seule semblait un
ironique démenti à ses prétentions.

Je fus à ce moment arrêté par un homme assez vulgaire, le professeur E... Il avait été surpris de m'apercevoir chez les Guermantes. Je ne l'étais pas moins de l'y
trouver, car jamais on n'avait vu, et on ne vit dans la
suite, chez la princesse, un personnage de sa sorte. Il
venait de guérir le prince, déjà administré, d'une pneu-
monie infectieuse, et la reconnaissance toute particulière
qu'en avait pour lui Mme de Guermantes était cause
qu'on avait rompu avec les usages et qu'on l'avait invité.
Comme il ne connaissait absolument personne dans ces
salons et ne pouvait y rôder indéfiniment seul comme un
ministre de la mort, m'ayant reconnu, il s'était senti,
pour la première fois de sa vie, une infinité de choses à
me dire, ce qui lui permettait de prendre une contenance,
et c'était une des raisons pour lesquelles il s'était avancé
vers moi. Il y en avait une autre. Il attachait beaucoup
d'importance à ne jamais faire d'erreur de diagnostic.
Or son courrier était si nombreux qu'il ne se rappelait
pas toujours très bien, quand il n'avait vu qu'une fois
un malade, si la maladie avait bien suivi le cours qu'il
lui avait assigné. On n'a peut-être pas oublié qu'au moment de l'attaque de ma grand'mère, je l'avais conduite
chez lui le soir où il se faisait coudre tant de décorations.
Depuis le temps écoulé, il ne se rappelait plus le faire-
part qu'on lui avait envoyé à l'époque. « Madame votre
grand'mère est bien morte, n'est-ce pas ? me dit-il d'une
voix où une quasi-certitude calmait une légère appré-
hension. Ah ! En effet ! Du reste, dès la première minute
où je l'ai vue, mon pronostic avait été tout à fait sombre,
je me souviens très bien. »

C'est ainsi que le professeur E... apprit ou rapprit la
mort de ma grand'mère, et, je dois le dire à sa louange,

qui est celle du corps médical tout entier, sans manifester,
sans éprouver peut-être de satisfaction. Les erreurs des
médecins sont innombrables. Ils pèchent d'habitude
par optimisme quant au régime, par pessimisme quant
au dénouement. « Du vin ? en quantité modérée cela ne
peut vous faire de mal, c'est en somme un tonifiant...
Le plaisir physique ? après tout c'est une fonction. Je
vous le permets sans abus, vous m'entendez bien. L'excès
en tout est un défaut. » Du coup, quelle tentation pour
le malade de renoncer à ces deux résurrecteurs, l'eau et
la chasteté! En revanche, si l'on a quelque chose au
cœur, de l'albumine, etc., on n'en a pas pour longtemps.
Volontiers, des troubles graves, mais fonctionnels, sont
attribués à un cancer imaginé. Il est inutile de continuer
des visites qui ne sauraient enrayer un mal inéluctable.
Que le malade, livré à lui-même, s'impose alors un régime
implacable, et ensuite guérisse ou tout au moins survive,
le médecin salué par lui avenue de l'Opéra quand il le
croyait depuis longtemps au Père-Lachaise, verra dans
ce coup de chapeau un geste de narquoise insolence.
Une innocente promenade effectuée à son nez et à sa
barbe ne causerait pas plus de colère au président d'assises
qui, deux ans auparavant, a prononcé contre le badaud,
qui semble sans crainte, une condamnation à mort. Les
médecins (il ne s'agit pas de tous, bien entendu, et nous
n'omettons pas, mentalement, d'admirables exceptions)
sont en général plus mécontents, plus irrités de l'infirma-
tion de leur verdict que joyeux de son exécution. C'est
ce qui explique que le professeur E..., quelque satisfaction intellectuelle qu'il ressentît sans doute à voir qu'il
ne s'était pas trompé, sut ne me parler que tristement du
malheur qui nous avait frappés. Il ne tenait pas à abréger
la conversation, qui lui fournissait une contenance et
une raison de rester. Il me parla de la grande chaleur
qu'il faisait ces jours-ci, mais, bien qu'il fût lettré et
eût pu s'exprimer en bon français, il me dit : « Vous ne
souffrez pas de cette hyperthermie ? » C'est que la médecine a fait quelques petits progrès dans ses connaissances

depuis Molière, mais aucun dans son vocabulaire. Mon interlocuteur ajouta : « Ce qu'il faut, c'est éviter les sudations que cause, surtout dans les salons surchauffés, un temps pareil. Vous pouvez y remédier, quand vous rentrez et avez envie de boire, par la chaleur » (ce qui signifie évidemment des boissons chaudes).

A cause de la façon dont était morte ma grand'mère, le sujet m'intéressait et j'avais lu récemment dans un livre d'un grand savant que la transpiration était nuisible aux reins en faisant passer par la peau ce dont l'issue est ailleurs. Je déplorais ces temps de canicule par lesquels ma grand'mère était morte et n'étais pas loin de les incriminer. Je n'en parlai pas au docteur E..., mais de lui-même il me dit : « L'avantage de ces temps très chauds, où la transpiration est très abondante, c'est que le rein en est soulagé d'autant. » La médecine n'est pas une science exacte.

Accroché à moi, le professeur E... ne demandait qu'à ne pas me quitter. Mais je venais d'apercevoir, faisant à la princesse de Guermantes de grandes révérences de droite et de gauche, après avoir reculé d'un pas, le marquis de Vaugoubert. M. de Norpois m'avait dernièrement fait faire sa connaissance et j'espérais que je trouverais en lui quelqu'un qui fût capable de me présenter au maître de maison. Les proportions de cet ouvrage ne me permettent pas d'expliquer ici à la suite de quels incidents de jeunesse M. de Vaugoubert était un des seuls hommes du monde (peut-être le seul) qui se trouvât ce qu'on appelle à Sodome être « en confidences » avec M. de Charlus. Mais si notre ministre auprès du roi Théodose avait quelques-uns des mêmes défauts que le baron, ce n'était qu'à l'état de bien pâle reflet. C'était seulement sous une forme infiniment adoucie, sentimentale et niaise qu'il présentait ces alternances de sympathie et de haine par où le désir de charmer, et ensuite la crainte — également imaginaire — d'être, sinon méprisé, du moins découvert, faisait passer le baron. Rendues ridicules par une chasteté, un « platonisme » (auxquels, en grand ambitieux, il avait, dès l'âge du concours, sacrifié tout plaisir), par sa nullité intellectuelle surtout, ces alternances, M. de Vaugoubert les présentait pourtant. Mais tandis que chez M. de Charlus les louanges immodérées étaient clamées avec un véritable éclat d'éloquence, et assaisonnées des plus fines, des plus mordantes railleries et qui marquaient un homme à jamais, chez M. de Vaugoubert, au contraire, la sympathie était exprimée avec la banalité d'un homme de dernier ordre, d'un homme du grand monde, et d'un fonctionnaire, les griefs (forgés généralement de toutes pièces comme chez le baron) par une malveillance sans trêve mais sans esprit et qui choquait d'autant plus qu'elle était d'habitude en contradiction avec les propos que le ministre avait tenus six mois avant et tiendrait peut-être à nouveau dans quelque temps : régularité dans le changement qui donnait une poésie presque astronomique aux diverses phases de la vie de M. de Vaugoubert, bien que sans cela personne moins que lui ne fît penser à un astre.

Le bonsoir qu'il me rendit n'avait rien de celui qu'aurait eu M. de Charlus. A ce bonsoir M. de Vaugoubert, outre les mille façons qu'il croyait celles du monde et de la diplomatie, donnait un air cavalier, fringant, souriant, pour sembler, d'une part, ravi de l'existence — alors qu'il remâchait intérieurement les déboires d'une carrière sans avancement et menacée d'une mise à la retraite — d'autre part, jeune, viril et charmant, alors qu'il voyait et n'osait même plus aller regarder dans sa glace les rides se figer aux entours d'un visage qu'il eût voulu garder plein de séductions. Ce n'est pas qu'il eût souhaité des conquêtes effectives, dont la seule pensée lui faisait peur à cause du qu'en-dira-t-on, des éclats, des chantages. Ayant passé d'une débauche presque infantile à la continence absolue datant du jour où il avait pensé au Quai d'Orsay et voulu faire une grande carrière, il avait l'air d'une bête en cage, jetant dans tous les sens des regards qui exprimaient la peur, l'appétence et la

stupidité. La sienne était telle qu'il ne réfléchissait pas
que les voyous de son adolescence n'étaient plus des
gamins et que, quand un marchand de journaux lui
criait en plein nez : *La Presse !* plus encore que de désir
il frémissait d'épouvante, se croyant reconnu et dépisté.

Mais, à défaut des plaisirs sacrifiés à l'ingratitude du
Quai d'Orsay, M. de Vaugoubert — et c'est pour cela
qu'il aurait voulu plaire encore — avait de brusques
élans de cœur. Dieu sait de combien de lettres il assommait le ministère, quelles ruses personnelles il déployait,
combien de prélèvements il opérait sur le crédit de
Mme de Vaugoubert (qu'à cause de sa corpulence, de sa
haute naissance, de son air masculin, et surtout à cause
de la médiocrité du mari, on croyait douée de capacités
éminentes et remplissant les vraies fonctions de ministre)
pour faire entrer sans aucune raison valable un jeune
homme dénué de tout mérite dans le personnel de la
légation. Il est vrai que quelques mois, quelques années
après, pour peu que l'insignifiant attaché parût, sans
l'ombre d'une mauvaise intention, avoir donné des marques de froideur à son chef, celui-ci, se croyant méprisé
ou trahi, mettait la même ardeur hystérique à le punir
que jadis à le combler. Il remuait ciel et terre pour qu'on
le rappelât, et le directeur des Affaires politiques recevait
journellement une lettre : « Qu'attendez-vous pour me
débarasser de ce lascar-là ? Dressez-le un peu, dans son
intérêt. Ce dont il a besoin, c'est de manger un peu de
vache enragée. » Le poste d'attaché auprès du roi Théodose était à cause de cela peu agréable. Mais pour tout le
reste, grâce à son parfait bon sens d'homme du monde,
M. de Vaugoubert était un des meilleurs agents du Gou-
vernement français à l'étranger. Quand un homme prétendu supérieur, jacobin, qui était savant en toutes choses,
le remplaça plus tard, la guerre ne tarda pas à éclater
entre la France et le pays dans lequel régnait le roi.

M. de Vaugoubert, comme M. de Charlus, n'aimait
pas dire bonjour le premier. L'un et l'autre préféraient
« répondre », craignant toujours les potins que celui

auquel ils eussent sans cela tendu la main avait pu entendre sur leur compte depuis qu'ils ne l'avaient vu. Pour
moi, M. de Vaugoubert n'eut pas à se poser la question,
j'étais en effet allé le saluer le premier, ne fût-ce qu'à
cause de la différence d'âge. Il me répondit d'un air
émerveillé et ravi, ses deux yeux continuant à s'agiter
comme s'il y avait eu de la luzerne défendue à brouter
de chaque côté. Je pensai qu'il était convenable de solliciter de lui ma présentation à Mme de Vaugoubert avant
celle au Prince, dont je comptais ne lui parler qu'ensuite.
L'idée de me mettre en rapports avec sa femme parut
le remplir de joie pour lui comme pour elle et il me mena
d'un pas délibéré vers la marquise. Arrivé devant elle
et me désignant de la main et des yeux, avec toutes les
marques de considération possibles, il resta néanmoins
muet et se retira au bout de quelques secondes, d'un air
frétillant, pour me laisser seul avec sa femme. Celle-ci
m'avait aussitôt tendu la main, mais sans savoir à qui
cette marque d'amabilité s'adressait, car je compris que
M. de Vaugoubert avait oublié comment je m'appelais,
peut-être même ne m'avait pas reconnu, et, n'ayant pas
voulu, par politesse, me l'avouer, avait fait consister la
présentation en une simple pantomime. Aussi je n'étais
pas plus avancé ; comment me faire présenter au maître
de la maison par une femme qui ne savait pas mon nom ?
De plus, je me voyais forcé à causer quelques instants
avec Mme de Vaugoubert. Et cela m'ennuyait à deux
points de vue. Je ne tenais pas à m'éterniser dans cette
fête car j'avais convenu avec Albertine (je lui avais donné
une loge pour *Phèdre*) qu'elle viendrait me voir un peu
avant minuit. Certes je n'étais nullement épris d'elle ;
j'obéissais en la faisant venir ce soir à un désir tout sensuel, bien qu'on fût à cette époque torride de l'année où
la sensualité libérée visite plus volontiers les organes
du goût, recherche surtout la fraîcheur. Plus que du
baiser d'une jeune fille, elle a soif d'une orangeade, d'un
bain, voire de contempler cette lune épluchée et juteuse
qui désaltérait le ciel. Mais pourtant je comptais me

débarrasser, aux côtés d'Albertine — laquelle du reste me rappelait la fraîcheur du flot — des regrets que ne manqueraient pas de me laisser bien des visages charmants (car c'était aussi bien une soirée de jeunes filles que de dames que donnait la princesse). D'autre part, celui de l'imposante Mme de Vaugoubert, bourbonien et morose, n'avait rien d'attrayant.

On disait au ministère, sans y mettre ombre de malice, que, dans le ménage, c'était le mari qui portait les jupes et la femme les culottes. Or il y avait plus de vérité là-dedans qu'on ne le croyait. Mme de Vaugoubert, c'était un homme. Avait-elle toujours été ainsi, ou était-elle devenue ce que je la voyais, peu importe, car dans l'un et l'autre cas on a affaire à l'un des plus touchants miracles de la nature et qui, le second surtout, font ressembler le règne humain au règne des fleurs. Dans la première hypothèse — si la future Mme de Vaugoubert avait toujours été aussi lourdement hommasse — la nature, par une ruse diabolique et bienfaisante, donne à la jeune fille l'aspect trompeur d'un homme. Et l'adolescent qui n'aime pas les femmes et veut guérir trouve avec joie ce subterfuge de découvrir une fiancée qui lui représente un fort aux halles. Dans le cas contraire, si la femme n'a d'abord pas les caractères masculins, elle les prend peu à peu pour plaire à son mari, même inconsciemment, par cette sorte de mimétisme qui fait que certaines fleurs se donnent l'apparence des insectes qu'elles veulent attirer. Le regret de ne pas être aimée, de ne pas être homme, la virilise. Même en dehors du cas qui nous occupe, qui n'a remarqué combien les couples les plus normaux finissent par se ressembler, quelquefois même par interchanger leurs qualités ? Un ancien chancelier allemand, le prince de Bülow, avait épousé une Italienne. A la longue, sur le Pincio, on remarqua combien l'époux germanique avait pris de finesse italienne, et la princesse italienne de rudesse allemande. Pour sortir jusqu'à un point excentrique des lois que nous traçons, chacun connaît un éminent diplomate français dont l'origine

n'était rappelée que par son nom, un des plus illustres
de l'Orient. En mûrissant, en vieillissant, s'est révélé en
lui l'Oriental qu'on n'avait jamais soupçonné, et en le
voyant on regrette l'absence du fez qui le compléterait.

Pour en revenir à des mœurs fort ignorées de l'ambassadeur dont nous venons d'évoquer le silhouette ances-
tralement épaissie, Mme de Vaugoubert réalisait le type,
acquis ou prédestiné, dont l'image immortelle est la
princesse Palatine, toujours en habit de cheval et qui,
ayant pris de son mari plus que la virilité, épousant les
défauts des hommes qui n'aiment pas les femmes, dé-
nonce dans ses lettres de commère les relations qu'ont
entre eux tous les grands seigneurs de la cour de Louis XIV.
Une des causes qui ajoutent encore à l'air masculin des
femmes telles que Mme Vaugoubert est que l'abandon
où elles sont laissées par leur mari, la honte qu'elles en
éprouvent flétrissent peu à peu chez elles tout ce qui est
de la femme. Elles finissent par prendre les qualités et
les défauts que le mari n'a pas. Au fur et à mesure qu'il
est plus frivole, plus efféminé, plus indiscret, elles deviennent comme l'effigie sans charme des vertus que
l'époux devrait pratiquer.

Des traces d'opprobre, d'ennui, d'indignation, ter-
nissaient le visage régulier de Mme de Vaugoubert.
Hélas, je sentais qu'elle me considérait avec intérêt et
curiosité comme un de ces jeunes hommes qui plaisaient
à M. de Vaugoubert, et qu'elle aurait tant voulu être
maintenant que son mari vieillissant préférait la jeunesse.
Elle me regardait avec l'attention de ces personnes de
province qui, dans un catalogue de magasin de nouveautés,
copient la robe tailleur si seyante à la jolie personne
dessinée (en réalité la même à toutes les pages, mais
multipliée illusoirement en créatures différentes grâce
à la différence des poses et à la variété des toilettes).
L'attrait végétal qui poussait vers moi Mme de Vaugoubert était si fort qu'elle alla jusqu'à m'empoigner le bras
pour que je la conduisisse boire un verre d'orangeade.
Mais je me dégageai en alléguant que moi, qui allais

bientôt partir, je ne m'étais pas fait présenter encore au
maître de la maison.

La distance qui me séparait de l'entrée des jardins où
il causait avec quelques personnes n'était pas bien grande.
Mais elle me faisait plus peur que si pour la franchir il
eût fallu s'exposer à un feu continu.

Beaucoup de femmes par qui il me semblait que j'eusse
pu me faire présenter étaient dans le jardin où, tout en
feignant une admiration exaltée, elles ne savaient pas
trop que faire. Les fêtes de ce genre sont en général
anticipées. Elles n'ont guère de réalité que le lendemain,
où elles occupent l'attention des personnes qui n'ont
pas été invitées. Un véritable écrivain, dépourvu du sot
amour-propre de tant de gens de lettres, si, lisant l'article d'un critique qui lui a toujours témoigné la plus
grande admiration, il voit cités les noms d'auteurs médiocres mais pas le sien, n'a pas le loisir de s'arrêter à
ce qui pourrait être pour lui un sujet d'étonnement, ses
livres le réclament. Mais une femme du monde n'a rien
à faire, et en voyant dans *le Figaro* : « Hier le prince et la
princesse de Guermantes ont donné une grande soirée, etc. », elle s'exclame : « Comment ! j'ai, il y a trois
jours, causé une heure avec Marie-Gilbert sans qu'elle
m'en dise rien ! » et elle se casse la tête pour savoir ce
qu'elle a pu faire aux Guermantes. Il faut dire qu'en ce
qui concernait les fêtes de la princesse, l'étonnement était
quelquefois aussi grand chez les invités que chez ceux
qui ne l'étaient pas. Car elles explosaient au moment où
on les attendait le moins, et faisaient appel à des gens que
Mᵐᵉ de Guermantes avait oubliés pendant des années.
Et presque tous les gens du monde sont si insignifiants
que chacun de leurs pareils ne prend, pour les juger,
que la mesure de leur amabilité, invité les chérit, exclu
les déteste. Pour ces derniers, si, en effet, la princesse,
même s'ils étaient de ses amis, ne les conviait pas, cela
tenait souvent à sa crainte de mécontenter « Palamède »
qui les avait excommuniés. Aussi pouvais-je être certain
qu'elle n'avait pas parlé de moi à M. de Charlus, sans

quoi je ne me fusse pas trouvé là. Il s'était maintenant
accoudé devant le jardin, à côté de l'ambassadeur d'Allemagne, à la rampe du grand escalier qui ramenait dans
l'hôtel, de sorte que les invités, malgré les trois ou
quatre admiratrices qui s'étaient groupées autour du
baron et le masquaient presque, étaient forcés de venir
lui dire bonsoir. Il y répondait en nommant les gens par
leur nom. Et on entendait successivement : « Bonsoir,
monsieur du Hazay, bonsoir, madame de La Tour du
Pin-Verclause, bonsoir, madame de La Tour du Pin-
Gouvernet, bonsoir, Philibert, bonsoir, ma chère Ambassadrice, etc. » Cela faisait un glapissement continu
qu'interrompaient des recommandations bénévoles ou
des questions (desquelles il n'écoutait pas la réponse),
et que M. de Charlus adressait d'un ton radouci, factice
afin de témoigner l'indifférence et bénin : « Prenez
garde que la petite n'ait pas froid, les jardins c'est toujours un peu humide. Bonsoir, madame de Brantes.
Bonsoir, madame de Mecklembourg. Est-ce que la
jeune fille est venue ? A-t-elle mis la ravissante robe rose ?
Bonsoir, Saint-Géran. » Certes il y avait de l'orgueil
dans cette attitude. M. de Charlus savait qu'il était un
Guermantes occupant une place prépondérante dans
cette fête. Mais il n'y avait pas que de l'orgueil, et ce mot
même de fête évoquait, pour l'homme aux dons esthétiques, le sens luxueux, curieux, qu'il peut avoir si cette
fête est donnée non chez des gens du monde, mais dans
un tableau de Carpaccio ou de Véronèse. Il est même
plus probable que le prince allemand qu'était M. de
Charlus devait plutôt se représenter la fête qui se déroule
dans *Tannhäuser*, et lui-même comme le Margrave,
ayant, à l'entrée de la Warburg, une bonne parole
condescendante pour chacun des invités, tandis que leur
écoulement dans le château ou le parc est salué par la
longue phrase, cent fois reprise, de la fameuse « Marche ».

Il fallait pourtant me décider. Je reconnaissais bien
sous les arbres des femmes avec qui j'étais plus ou moins
lié, mais elles semblaient transformées parce qu'elles

étaient chez la princesse et non chez sa cousine, et que je les voyais assises non devant une assiette de Saxe mais sous les branches d'un marronnier. L'élégance du milieu n'y faisait rien. Eût-elle été infiniment moindre que chez « Oriane », le même trouble eût existé en moi. Que l'électricité vienne à s'éteindre dans notre salon et qu'on doive la remplacer par des lampes à huile, tout nous paraît changé. Je fus tiré de mon incertitude par Mme de Souvré. « Bonsoir, me dit-elle en venant à moi. Y a-t-il longtemps que vous n'avez vu la duchesse de Guermantes ? » Elle excellait à donner à ce genre de phrases une intonation qui prouvait qu'elle ne les débitait pas par bêtise pure comme les gens qui, ne sachant pas de quoi parler, vous abordent mille fois en citant une relation commune, souvent très vague. Elle eut au contraire un fin fil conducteur du regard qui signifiait : « Ne croyez pas que je ne vous aie pas reconnu. Vous êtes le jeune homme que j'ai vu chez la duchesse de Guermantes. Je me rappelle très bien. » Malheureusement cette protection qu'étendait sur moi cette phrase d'apparence stupide et d'intention délicate était extrêmement fragile et s'évanouit aussitôt que je voulus en user. Mme de Souvré avait l'art, s'il s'agissait d'appuyer une sollicitation auprès de quelqu'un de puissant, de paraître à la fois aux yeux du solliciteur le recommander, et aux yeux du haut personnage ne pas recommander ce solliciteur, de manière que ce geste à double sens lui ouvrait un crédit de reconnaissance envers ce dernier sans lui créer aucun débit vis-à-vis de l'autre. Encouragé par la bonne grâce de cette dame à lui demander de me présenter à M. de Guermantes, elle profita d'un moment où les regards du maître de maison n'étaient pas tournés vers nous, me prit maternellement par les épaules et, souriant à la figure détournée du prince qui ne pouvait pas la voir, elle me poussa vers lui d'un mouvement prétendu protecteur et volontairement inefficace qui me laissa en panne presque à mon point de départ. Telle est la lâcheté des gens du monde.

Celle d'une dame qui vint me dire bonjour en m'appelant par mon nom fut plus grande encore. Je cherchais à retrouver le sien tout en lui parlant ; je me rappelais très bien avoir dîné avec elle, je me rappelais des mots qu'elle avait dits. Mais mon attention, tendue vers la région intérieure où il y avait ces souvenirs d'elle, ne pouvait y découvrir ce nom. Il était là pourtant. Ma pensée avait engagé comme une espèce de jeu avec lui pour saisir ses contours, la lettre par laquelle il commençait, et l'éclairer enfin tout entier. C'était peine perdue, je sentais à peu près sa masse, son poids, mais, pour ses formes, les confrontant au ténébreux captif blotti dans la nuit intérieure, je me disais : « Ce n'est pas cela. » Certes mon esprit aurait pu créer les noms les plus difficiles. Par malheur il n'avait pas à créer mais à reproduire. Toute action de l'esprit est aisée si elle n'est pas soumise au réel. Là, j'étais forcé de m'y soumettre. Enfin d'un coup le nom vint tout entier : « Madame d'Arpajon. » J'ai tort de dire qu'il vint, car il ne m'apparut pas, je crois, dans une propulsion de lui-même. Je ne pense pas non plus que les légers et nombreux souvenirs qui se rapportaient à cette dame et auxquels je ne cessais de demander de m'aider (par des exhortations comme celle-ci : « Voyons, c'est cette dame qui est amie de Mme de Souvré, qui éprouve à l'endroit de Victor Hugo une admiration si naïve, mêlée de tant d'effroi et d'horreur »), je ne crois pas que tous ces souvenirs, voletant entre moi et son nom, aient servi en quoi que ce soit à le renflouer. Dans ce grand « cache-cache » qui se joue dans la mémoire quand on veut retrouver un nom, il n'y a pas une série d'approximations graduées. On ne voit rien, puis tout d'un coup apparaît le nom exact et fort différent de ce qu'on croyait deviner. Ce n'est pas lui qui est venu à nous. Non, je crois plutôt qu'au fur et à mesure que nous vivons, nous passons notre temps à nous éloigner de la zone où un nom est distinct, et c'est par un exercice de ma volonté et de mon attention, qui augmentait l'acuité de mon regard intérieur, que tout

d'un coup j'avais percé la demi-obscurité et vu clair.
En tous cas, s'il y a des transitions entre l'oubli et le souvenir, alors ces transitions sont inconscientes. Car les
noms d'étape par lesquels nous passons, avant de trouver
le nom vrai, sont, eux, faux, et ne nous rapprochent en
rien de lui. Ce ne sont même pas à proprement parler
des noms, mais souvent de simples consonnes et qui ne se
retrouvent pas dans le nom retrouvé. D'ailleurs ce travail de l'esprit passant du néant à la réalité est si mystérieux, qu'il est possible, après tout, que ces consonnes
fausses soient des perches préalables, maladroitement
tendues pour nous aider à nous accrocher au nom exact.
« Tout ceci, dira le lecteur, ne nous apprend rien sur le
manque de complaisance de cette dame ; mais puisque
vous vous êtes si longtemps arrêté, laissez-moi, Monsieur
l'auteur, vous faire perdre une minute de plus pour vous
dire qu'il est fâcheux que, jeune comme vous l'étiez
(ou comme était votre héros s'il n'est pas vous), vous
eussiez déjà si peu de mémoire, que de ne pouvoir vous
rappeler le nom d'une dame que vous connaissiez fort
bien. » C'est très fâcheux en effet, Monsieur le lecteur.
Et plus triste que vous croyez, quand on y sent l'annonce
du temps où les noms et les mots disparaîtront de la
zone claire de la pensée, et où il faudra, pour jamais,
renoncer à se nommer à soi-même ceux qu'on a le mieux
connus. C'est fâcheux en effet qu'il faille ce labeur dès la
jeunesse pour retrouver des noms qu'on connaît bien.
Mais si cette infirmité ne se produisait que pour des
noms à peine connus, très naturellement oubliés, et dont
on ne voulût pas prendre la fatigue de se souvenir, cette
infirmité-là ne serait pas sans avantages. « Et lesquels,
je vous prie ? » Hé, Monsieur, c'est que le mal seul fait
remarquer et apprendre et permet de décomposer les
mécanismes que sans cela on ne connaîtrait pas. Un
homme qui chaque soir tombe comme une masse dans
son lit et ne vit plus jusqu'au moment de s'éveiller et de
se lever, cet homme-là songera-t-il jamais à faire, sinon
de grandes découvertes, au moins de petites remarques

sur le sommeil ? A peine sait-il s'il dort. Un peu d'insomnie n'est pas inutile pour apprécier le sommeil, projeter
quelque lumière dans cette nuit. Une mémoire sans défail-
lance n'est pas un très puissant excitateur à étudier les
phénomènes de mémoire. « Enfin, Mme d'Arpajon vous
présenta-t-elle au Prince ? » Non, mais taisez-vous et
laissez-moi reprendre mon récit.

Mme d'Arpajon fut plus lâche encore que Mme de
Souvré, mais sa lâcheté avait plus d'excuses. Elle savait
qu'elle avait toujours eu peu de pouvoir dans la société.
Ce pouvoir avait été encore affaibli par la liaison qu'elle
avait eue avec le duc de Guermantes ; l'abandon de celui-
ci y porta le dernier coup. La mauvaise humeur que lui
causa ma demande de me présenter au Prince détermina
chez elle un silence, qu'elle eut la naïveté de croire un
semblant de n'avoir pas entendu ce que j'avais dit. Elle
ne s'aperçut même pas que la colère lui faisait froncer
les sourcils. Peut-être au contraire s'en aperçut-elle, ne
se soucia pas de la contradiction et s'en servit pour la
leçon de discrétion qu'elle pouvait me donner sans trop
de grossièreté, je veux dire une leçon muette et qui
n'était pas pour cela moins éloquente.

D'ailleurs, Mme d'Arpajon était fort contrariée ;
beaucoup de regards s'étant levés vers un balcon Renais-
sance à l'angle duquel, au lieu des statues monumentales
qu'on y avait appliquées si souvent à cette époque, se
penchait, non moins sculpturale qu'elles, la magnifique
duchesse de Surgis-le-Duc, celle qui venait de succéder
à Mme d'Arpajon dans le cœur de Basin de Guermantes.
Sous le léger tulle blanc qui la protégeait de la fraîcheur
nocturne on voyait, souple, son corps envolé de Victoire.

Je n'avais plus recours qu'auprès de M. de Charlus,
rentré dans une pièce du bas, laquelle accédait au jardin.
J'eus tout le loisir (comme il feignait d'être absorbé dans
une partie de whist simulée qui lui permettait de ne pas
avoir l'air de voir les gens) d'admirer la volontaire et
artiste simplicité de son frac qui, par des riens qu'un
couturier seul eût discernés, avait l'air d'une « Harmonie »

noir et blanc de Whistler ; noir, blanc et rouge plutôt,
car M. de Charlus portait, suspendue à un large cordon
au jabot de l'habit, la croix en émail blanc, noir et rouge
de Chevalier de l'Ordre religieux de Malte. A ce moment
la partie du baron fut interrompue par Mᵐᵉ de Gallardon, conduisant son neveu, le vicomte de Courvoisier,
jeune homme d'une jolie figure et d'un air impertinent :
« Mon cousin, dit Mᵐᵉ de Gallardon, permettez-moi
de vous présenter mon neveu Adalbert. Adalbert, tu
sais, le fameux oncle Palamède dont tu entends toujours
parler. — Bonsoir, madame de Gallardon », répondit
M. de Charlus. Et il ajouta sans même regarder le jeune
homme : « Bonsoir, Monsieur », d'un air bourru et d'une
voix si violemment impolie, que tout le monde en fut
stupéfait. Peut-être M. de Charlus, sachant que Mᵐᵉ de
Gallardon avait des doutes sur ses mœurs et n'avait pu
résister une fois au plaisir d'y faire une allusion, tenait-il
à couper court à tout ce qu'elle aurait pu broder sur un
accueil aimable fait à son neveu, en même temps qu'à
faire une retentissante profession d'indifférence à l'égard
des jeunes gens ; peut-être n'avait-il pas trouvé que ledit
Adalbert eût répondu aux paroles de sa tante par un air
suffisamment respectueux ; peut-être, désireux de pousser plus tard sa pointe avec un aussi agréable cousin,
voulait-il se donner les avantages d'une agression préalable, comme les souverains qui, avant d'engager une
action diplomatique, l'appuient d'une action militaire.

Il n'était pas aussi difficile que je le croyais que M. de
Charlus accédât à ma demande de me présenter. D'une
part, au cours de ces vingt dernières années, ce Don
Quichotte s'était battu contre tant de moulins à vent
(souvent des parents qu'il prétendait s'être mal conduits
à son égard), il avait avec tant de fréquence interdit
« comme une personne impossible à recevoir » d'être
invité chez tels ou telles Guermantes, que ceux-ci
commençaient à avoir peur de se brouiller avec tous les
gens qu'ils aimaient, de se priver jusqu'à leur mort de
la fréquentation de certains nouveaux venus dont ils

étaient curieux, pour épouser les rancunes tonnantes
mais inexpliquées d'un beau-frère ou cousin qui aurait
voulu qu'on abandonnât pour lui femme, frère, enfants.
Plus intelligent que les autres Guermantes, M. de Charlus
s'apercevait qu'on ne tenait plus compte de ses exclusives
qu'une fois sur deux et, anticipant l'avenir, craignant
qu'un jour ce fût de lui qu'on se privât, il avait commencé
à faire la part du feu, à baisser, comme on dit, ses prix.
De plus, s'il avait la faculté de donner pour des mois, des
années, une vie identique à un être détesté — à celui-là
il n'eût pas toléré qu'on adressât une invitation, et
se serait plutôt battu comme un portefaix avec une reine,
la qualité de ce qui lui faisait obstacle ne comptant plus
pour lui —, en revanche il avait de trop fréquentes
explosions de colère pour qu'elles ne fussent pas assez
fragmentaires. « L'imbécile, le méchant drôle! on va vous
remettre cela à sa place, le balayer dans l'égout où malheureusement il ne sera pas inoffensif pour la salubrité de la
ville », hurlait-il, même seul chez lui, à la lecture d'une
lettre qu'il jugeait irrévérente, ou en se rappelant un
propos qu'on lui avait redit. Mais une nouvelle colère
contre un second imbécile dissipait l'autre, et pour peu
que le premier se montrât déférent, la crise occasionnée
par lui était oubliée, n'ayant pas assez duré pour faire
un fond de haine où construire. Aussi, peut-être eussé-je
— malgré sa mauvaise humeur contre moi — réussi
auprès de lui quand je lui demandai de me présenter au
Prince, si je n'avais pas eu la malheureuse idée d'ajouter
par scrupule et pour qu'il ne pût pas me supposer l'indélicatesse d'être entré à tout hasard en comptant sur lui
pour me faire rester : « Vous savez que je les connais très
bien, la Princesse a été très gentille pour moi. — Hé bien,
si vous les connaissez, en quoi avez-vous besoin de moi
pour vous présenter ? » me répondit-il d'un ton claquant
et, me tournant le dos, il reprit sa partie feinte avec le
Nonce, l'ambassadeur d'Allemagne et un personnage que
je ne connaissais pas.

Alors, du fond de ces jardins où jadis le duc d'Aiguillon

faisait élever des animaux rares, vint jusqu'à moi, par
les portes grandes ouvertes, le bruit d'un reniflement qui
humait tant d'élégances et n'en voulait rien laisser perdre.
Le bruit se rapprocha, je me dirigeai à tout hasard dans
sa direction, si bien que le mot « bonsoir » fut susurré
à mon oreille par M. de Bréauté, non comme le son fer-
railleux et ébréché d'un couteau qu'on repasse pour
l'aiguiser, encore moins comme le cri du marcassin dévas-
tateur des terres cultivées, mais comme la voix d'un sauveur possible. Moins puissant que Mme de Souvré, mais
moins foncièrement atteint qu'elle d'inserviabilité,
beaucoup plus à l'aise avec le Prince que ne l'était
Mme d'Arpajon, se faisant peut-être des illusions sur ma
situation dans le milieu des Guermantes, ou peut-être
la connaissant mieux que moi, j'eus pourtant, les premières secondes, quelque peine à capter son attention,
car, les papilles du nez frétillantes, les narines dilatées,
il faisait face de tous côtés, écarquillant curieusement son
monocle comme s'il s'était trouvé devant cinq cents
chefs-d'œuvre. Mais, ayant entendu ma demande, il
l'accueillit avec satisfaction, me conduisit vers le Prince
et me présenta à lui d'un air friand, cérémonieux et vulgaire, comme s'il lui avait passé, en les lui recommandant,
une assiette de petits fours. Autant l'accueil du duc de
Guermantes était, quand il le voulait, aimable, empreint
de camaraderie, cordial et familier, autant je trouvai
celui du Prince compassé, solennel, hautain. Il me sourit
à peine, m'appela gravement : « Monsieur ». J'avais souvent entendu le duc se moquer de la morgue de son cousin.
Mais aux premiers mots qu'il me dit et qui, par leur froideur et leur sérieux faisaient le plus entier contraste
avec le langage de bon camarade de Basin, je compris
tout de suite que l'homme foncièrement dédaigneux était
le duc qui vous parlait dès la première visite de « pair à
compagnon » et que, des deux cousins, celui qui était
vraiment simple c'était le Prince. Je trouvai dans sa
réserve un sentiment plus grand, je ne dirai pas d'égalité,
car ce n'eût pas été concevable pour lui, au moins de la

considération qu'on peut accorder à un inférieur, comme il arrive dans tous les milieux fortement hiérarchisés, au Palais par exemple, dans une Faculté, où un procureur général ou un « doyen », conscients de leur haute charge, cachent peut-être plus de simplicité réelle et, quand on les connaît davantage, plus de bonté, de cordialité, dans leur hauteur traditionnelle que de plus modernes dans l'affection de la camaraderie badine. « Est-ce que vous comptez suivre la carrière de Monsieur votre père ? » me dit-il d'un air distant, mais d'intérêt. Je répondis sommairement à sa question, comprenant qu'il ne l'avait posée que par bonne grâce, et je m'éloignai pour le laisser accueillir les nouveaux arrivants.

J'aperçus Swann, voulus lui parler, mais à ce moment je vis que le prince de Guermantes, au lieu de recevoir sur place le bonsoir du mari d'Odette, l'avait aussitôt, avec la puissance d'une pompe aspirante, entraîné avec lui au fond du jardin, même, dirent certaines personnes, « afin de le mettre à la porte ».

Tellement distrait dans le monde que je n'appris que le surlendemain, par les journaux, qu'un orchestre tchèque avait joué toute la soirée et que, de minute en minute, s'étaient succédé les feux de Bengale, je retrouvai quelque faculté d'attention à la pensée d'aller voir le célèbre jet d'eau d'Hubert Robert.

Dans une clairière réservée par de beaux arbres dont plusieurs étaient aussi anciens que lui, planté à l'écart, on le voyait de loin, svelte, immobile, durci, ne laissant agiter par la brise que la retombée plus légère de son panache pâle et frémissant. Le XVIIIᵉ siècle avait épuré l'élégance de ses lignes, mais fixant le style du jet, semblait en avoir arrêté la vie ; à cette distance on avait l'impression de l'art plutôt que la sensation de l'eau. Le nuage humide lui-même qui s'amoncelait perpétuellement à son faîte gardait le caractère de l'époque comme ceux qui dans le ciel s'assemblent autour des palais de Versailles. Mais de près on se rendait compte que tout en respectant, comme les pierres d'un palais antique, le dessin préalablement

tracé, c'était des eaux toujours nouvelles qui, s'élançant
et voulant obéir aux ordres anciens de l'architecte, ne les
accomplissaient exactement qu'en paraissant les violer,
leur mille bonds épars pouvant seuls donner à distance
l'impression d'un unique élan. Celui-ci était en réalité
aussi souvent interrompu que l'éparpillement de la chute,
alors que, de loin, il m'avait paru infléchissable, dense,
d'une continuité sans lacune. D'un peu près, on voyait
que cette continuité, en apparence toute linéaire, était
assurée à tous les points de l'ascension du jet, partout où
il aurait dû se briser, par l'entrée en ligne, par la reprise
latérale d'un jet parallèle qui montait plus haut que le
premier et était lui-même, à une plus grande hauteur,
mais déjà fatigante pour lui, relevé par un troisième. De
près, des gouttes sans force retombaient de la colonne
d'eau en croisant au passage leurs sœurs montantes, et
parfois, déchirées, saisies dans un remous de l'air troublé
par ce jaillissement sans trêve, flottaient avant d'être
chavirées dans le bassin. Elles contrariaient de leurs
hésitations, de leur trajet en sens inverse, et estompaient
de leur molle vapeur la rectitude et la tension de cette
tige, portant au-dessus de soi un nuage oblong fait de
mille gouttelettes, mais en apparence peint en brun doré
et immuable, qui montait, infrangible, immobile, élancé
et rapide, s'ajouter aux nuages du ciel. Malheureusement
un coup de vent suffisait à l'envoyer obliquement sur la
terre ; parfois même un simple jet désobéissant divergeait
et, si elle ne s'était pas tenue à une distance respectueuse,
aurait mouillé jusqu'aux moelles la foule imprudente et
contemplative.

Un de ces petits accidents, qui ne se produisaient guère
qu'au moment où la brise s'élevait, fut assez désagréable.
On avait fait croire à Mme d'Arpajon que le duc de Guermantes — en réalité non encore arrivé — était avec
Mme de Surgis dans les galeries de marbre rose où on
accédait par la double colonnade, creusée à l'intérieur,
qui s'élevait de la margelle du bassin. Or, au moment où
Mme d'Arpajon allait s'engager dans l'une des colonnades,

un fort coup de chaude brise tordit le jet d'eau et inonda
si complètement la belle dame que, l'eau dégoulinant de
son décolletage dans l'intérieur de sa robe, elle fut aussi
trempée que si on l'avait plongée dans un bain. Alors, non
loin d'elle, un grognement scandé retentit assez fort pour
pouvoir se faire entendre à toute une armée et pourtant
prolongé par périodes comme s'il s'adressait non pas à
l'ensemble, mais successivement à chaque partie des
troupes ; c'était le grand-duc Wladimir qui riait de tout
son cœur en voyant l'immersion de Mme d'Arpajon, une
des choses les plus gaies, aimait-il à dire ensuite, à laquelle
il eût assisté de toute sa vie. Comme quelques personnes
charitables faisaient remarquer au Moscovite qu'un mot
de condoléances de lui serait peut-être mérité et ferait
plaisir à cette femme qui, malgré sa quarantaine bien
sonnée, et tout en s'épongeant avec son écharpe, sans
demander le secours de personne, se dégageait malgré
l'eau qui mouillait malicieusement la margelle de la
vasque, le Grand-Duc, qui avait bon cœur, crut devoir
s'exécuter et, les derniers roulements militaires du rire à
peine apaisés, on entendit un nouveau grondement plus
violent encore que l'autre. « Bravo, la vieille! » s'écriait-il
en battant des mains comme au théâtre. Mme d'Arpajon
ne fut pas sensible à ce qu'on vantât sa dextérité aux
dépens de sa jeunesse. Et, comme quelqu'un lui disait,
assourdi par le bruit de l'eau, que dominait pourtant le
tonnerre de Monseigneur : « Je crois que Son Altesse
Impériale vous a dit quelque chose. — Non! c'était à
Mme de Souvré », répondit-elle.

Je traversai les jardins et remontai l'escalier où l'absence du Prince, disparu à l'écart avec Swann, grossissait
autour de M. de Charlus la foule des invités, de même
que, quand Louis XIV n'était pas à Versailles, il y avait
plus de monde chez Monsieur, son frère. Je fus arrêté au
passage par le baron, tandis que derrière moi deux dames
et un jeune homme s'approchaient pour lui dire bonjour.

— C'est gentil de vous voir ici, me dit-il, en me tendant la main. Bonsoir, madame de la Trémoïlle, bonsoir,

ma chère Herminie. Mais sans doute le souvenir de ce
qu'il m'avait dit sur son rôle de chef dans l'hôtel Guermantes lui donnait le désir de paraître éprouver à l'endroit
de ce qui le mécontentait, mais qu'il n'avait pu empêcher,
une satisfaction à laquelle son impertinence de grand
seigneur et son égaillement d'hystérique donnèrent
immédiatement une forme d'ironie excessive : « C'est
gentil, reprit-il, mais c'est surtout bien drôle. » Et il se
mit à pousser des éclats de rire qui semblèrent à la fois
témoigner de sa joie et de l'impuissance où la parole
humaine était de l'exprimer, cependant que certaines
personnes, sachant combien il était à la fois difficile d'accès
et propre aux « sorties » insolentes, s'approchaient avec
curiosité et, avec un empressement presque indécent,
prenaient leurs jambes à leur cou. « Allons, ne vous fâchez
pas, me dit-il, en me touchant doucement l'épaule, vous
savez que je vous aime bien. Bonsoir, Antioche, bonsoir,
Louis-René. Avez-vous été voir le jet d'eau ? me demanda-t-il sur un ton plus affirmatif que questionneur. C'est
bien joli, n'est-ce pas ? C'est merveilleux. Cela pourrait
être encore mieux, naturellement, en supprimant certaines choses, et alors il n'y aurait rien de pareil en France.
Mais, tel que c'est, c'est déjà parmi les choses les mieux.
Bréauté vous dira qu'on a eu tort de mettre des lampions,
pour tâcher de faire oublier que c'est lui qui a eu cette
idée absurde. Mais, en somme, il n'a réussi que très peu
à enlaidir. C'est beaucoup plus difficile de défigurer un
chef-d'œuvre que de le créer. Nous nous doutions du
reste déjà vaguement que Bréauté était moins puissant
qu'Hubert Robert. »

Je repris la file des visiteurs qui entraient dans l'hôtel.
« Est-ce qu'il y a longtemps que vous avez vu ma délicieuse cousine Oriane ? » me demanda la Princesse qui
avait depuis peu déserté son fauteuil à l'entrée, et avec
qui je retournais dans les salons. « Elle doit venir ce soir,
je l'ai vue cet après-midi, ajouta la maîtresse de maison.
Elle me l'a promis. Je crois du reste que vous dînez avec
nous deux chez la reine d'Italie, à l'ambassade, jeudi. Il y

aura toutes les Altesses possibles, ce sera très intimidant.»
Elles ne pouvaient nullement intimider la princesse de
Guermantes, de laquelle les salons en foisonnaient et qui
disait : « Mes petits Cobourg » comme elle eût dit : « Mes
petits chiens. » Aussi, Mme de Guermantes dit-elle : « Ce
sera très intimidant », par simple bêtise, qui, chez les gens
du monde, l'emporte encore sur la vanité. A l'égard de sa
propre généalogie, elle en savait moins qu'un agrégé
d'histoire. Pour ce qui concernait ses relations, elle tenait
à montrer qu'elle connaissait les surnoms qu'on leur avait
donnés. M'ayant demandé si je dînais la semaine suivante
chez la marquise de la Pommelière, qu'on appelait souvent « la Pomme », la Princesse, ayant obtenu de moi une
réponse négative, se tut pendant quelques instants. Puis,
sans aucune autre raison qu'un étalage voulu d'érudition
involontaire, de banalité et de conformité à l'esprit général, elle ajouta : « C'est une assez agréable femme, la
Pomme ! »

Tandis que la Princesse causait avec moi, faisaient
précisément leur entrée le duc et la duchesse de Guermantes. Mais je ne pus d'abord aller au-devant d'eux, car
je fus happé au passage par l'ambassadrice de Turquie,
laquelle, me désignant la maîtresse de maison que je
venais de quitter, s'écria en m'empoignant par le bras :
« Ah ! quelle femme délicieuse que la Princesse ! Quel être
supérieur à tous ! Il me semble que si j'étais un homme,
ajouta-t-elle, avec un peu de bassesse et de sensualité
orientales, je vouerais ma vie à cette céleste créature. » Je
répondis qu'elle me semblait charmante en effet, mais que
je connaissais plus sa cousine la duchesse. « Mais il n'y a
aucun rapport, me dit l'ambassadrice. Oriane est une
charmante femme du monde qui tire son esprit de Mémé
et de Babal, tandis que Marie-Gilbert, c'est *quelqu'un*. »

Je n'aime jamais beaucoup qu'on me dise ainsi sans
réplique ce que je dois penser des gens que je connais.
Et il n'y avait aucune raison pour que l'ambassadrice de
Turquie eût sur la valeur de la duchesse de Guermantes
un jugement plus sûr que le mien. D'autre part, ce qui

expliquait aussi mon agacement contre l'ambassadrice,
c'est que les défauts d'une simple connaissance, et même
d'un ami, sont pour nous de vrais poisons, contre lesquels
nous sommes heureusement « mithridatés ». Mais, sans
apporter le moindre appareil de comparaison scientifique
et parler d'anaphylaxie, disons qu'au sein de nos relations
amicales ou purement mondaines, il y a une hostilité
momentanément guérie, mais récurrente par accès.
Habituellement on souffre peu de ces poisons tant que les
gens sont « naturels ». En disant « Babal », « Mémé », pour
désigner des gens qu'elle ne connaissait pas, l'ambassadrice de Turquie suspendait les effets du « mithrida-
tisme » qui, d'ordinaire, me la rendait tolérable. Elle
m'agaçait, ce qui était d'autant plus injuste qu'elle ne
parlait pas ainsi pour faire mieux croire qu'elle était
intime de « Mémé », mais à cause d'une instruction trop
rapide qui lui faisait nommer ces nobles seigneurs selon
ce qu'elle croyait la coutume du pays. Elle avait fait ses
classes en quelques mois et n'avait pas suivi la filière.

Mais en y réfléchissant je trouvais à mon déplaisir de
rester auprès de l'ambassadrice une autre raison. Il n'y
avait pas si longtemps que chez « Oriane » cette même
personnalité diplomatique m'avait dit, d'un air motivé et
sérieux, que la princesse de Guermantes lui était franchement antipathique. Je crus bon de ne pas m'arrêter à ce
revirement : l'invitation à la fête de ce soir l'avait amené.
L'ambassadrice était parfaitement sincère en me disant
que la princesse de Guermantes était une créature sublime.
Elle l'avait toujours pensé. Mais n'ayant jamais été jusqu'ici
invitée chez la Princesse, elle avait cru devoir donner à
ce genre de non-invitation la forme d'une abstention
volontaire par principes. Maintenant qu'elle avait été
conviée et vraisemblablement le serait désormais, sa
sympathie pouvait librement s'exprimer. Il n'y a pas
besoin, pour expliquer les trois quarts des opinions qu'on
porte sur les gens, d'aller jusqu'au dépit amoureux,
jusqu'à l'exclusion du pouvoir politique. Le jugement
reste incertain : une invitation refusée ou reçue le déter-

mine. Au reste, l'ambassadrice de Turquie, comme disait la duchesse de Guermantes qui passa avec moi l'inspection des salons, « faisait bien ». Elle était surtout fort utile. Les étoiles véritables du monde sont fatiguées d'y paraître. Celui qui est curieux de les apercevoir doit souvent émigrer dans un autre hémisphère, où elles sont à peu près seules. Mais les femmes pareilles à l'ambassadrice ottomane, toutes récentes dans le monde, ne laissent pas d'y briller pour ainsi dire partout à la fois. Elles sont utiles à ces sortes de représentations qui s'appellent une soirée, un raout, et où elles se feraient traîner, moribondes, plutôt que d'y manquer. Elles sont les figurantes sur qui on peut toujours compter, ardentes à ne jamais manquer une fête. Aussi, les sots jeunes gens, ignorant que ce sont de fausses étoiles, voient-ils en elles les reines du chic, tandis qu'il faudrait une leçon pour leur expliquer en vertu de quelles raisons Mme Standish, ignorée d'eux et peignant des coussins, loin du monde, est au moins une aussi grande dame que la duchesse de Doudeauville.

Dans l'ordinaire de la vie, les yeux de la duchesse de Guermantes étaient distraits et un peu mélancoliques ; elle les faisait briller seulement d'une flamme spirituelle chaque fois qu'elle avait à dire bonjour à quelque ami, absolument comme si celui-ci avait été quelque mot d'esprit, quelque trait charmant, quelque régal pour délicats dont la dégustation a mis une expression de finesse et de joie sur le visage du connaisseur. Mais pour les grandes soirées, comme elle avait trop de bonjours à dire, elle trouvait qu'il eût été fatigant, après chacun d'eux, d'éteindre à chaque fois la lumière. Tel un gourmet de littérature, allant au théâtre voir une nouveauté d'un des maîtres de la scène, témoigne sa certitude de ne pas passer une mauvaise soirée en ayant déjà, tandis qu'il remet ses affaires à l'ouvreuse, sa lèvre ajustée pour un sourire sagace, son regard avivé pour une approbation malicieuse ; ainsi c'était dès son arrivée que la duchesse allumait pour toute la soirée. Et tandis qu'elle donnait son manteau du soir, d'un magnifique rouge Tiepolo, lequel laissa voir un

véritable carcan de rubis qui enfermait son cou, après
avoir jeté sur sa robe ce dernier regard rapide, minutieux
et complet de couturière qui est celui d'une femme du
monde, Oriane s'assura du scintillement de ses yeux non
moins que de ses autres bijoux. Quelques « bonnes
langues » comme M. de Jouville eurent beau se précipiter
sur le duc pour l'empêcher d'entrer : « Mais vous ignorez
donc que le pauvre Mama est à l'article de la mort ? On
vient de l'administrer. — Je le sais, je le sais, répondit
M. de Guermantes en refoulant le fâcheux pour entrer.
Le viatique a produit le meilleur effet », ajouta-t-il en
souriant de plaisir à la pensée de la redoute à laquelle il
était décidé à ne pas manquer, après la soirée du Prince.
« Nous ne voulions pas qu'on sût que nous étions rentrés »,
me dit la duchesse. Elle ne se doutait pas que la Princesse
avait d'avance infirmé cette parole en me racontant qu'elle
avait vu un instant sa cousine qui lui avait promis de
venir. Le duc, après un long regard dont pendant cinq
minutes il accabla sa femme : « J'ai raconté à Oriane les
doutes que vous aviez. » Maintenant qu'elle voyait qu'ils
n'étaient pas fondés et qu'elle n'avait aucune démarche à
faire pour essayer de les dissiper, elle les déclara absurdes,
me plaisanta longuement. « Cette idée de croire que vous
n'étiez pas invité ! On est toujours invité ! Et puis, il y
avait moi. Croyez-vous que je n'aurais pas pu vous faire
inviter chez ma cousine ? » Je dois dire qu'elle fit souvent,
dans la suite, des choses bien plus difficiles pour moi ;
néanmoins je me gardai de prendre ses paroles dans ce
sens que j'avais été trop réservé. Je commençais à connaître l'exacte valeur du langage parlé ou muet de l'amabilité aristocratique, amabilité heureuse de verser un
baume sur le sentiment d'infériorité de ceux à l'égard
desquels elle s'exerce, mais pas pourtant jusqu'au point
de la dissiper, car dans ce cas elle n'aurait plus de raison
d'être. « Mais vous êtes notre égal, sinon mieux », semblaient, par toutes leurs actions, dire les Guermantes ; et
ils le disaient de la façon la plus gentille que l'on puisse
imaginer, pour être aimés, admirés, mais non pour être

crus ; qu'on démêlât le caractère fictif de cette amabilité,
c'est ce qu'ils appelaient être bien élevés ; croire l'amabilité réelle, c'était la mauvaise éducation. Je reçus du
reste à peu de temps de là une leçon qui acheva de m'en-
seigner, avec la plus parfaite exactitude, l'extension et les
limites de certaines formes de l'amabilité aristocratique.
C'était à une matinée donnée par la duchesse de Montmorency pour la reine d'Angleterre ; il y eut une espèce
de petit cortège pour aller au buffet et en tête marchait la
souveraine ayant à son bras le duc de Guermantes. J'arrivai à ce moment-là. De sa main libre, le duc me fit au
moins à quarante mètres de distance mille signes d'appel
et d'amitié, et qui avaient l'air de vouloir dire que je pouvais m'approcher sans crainte, que je ne serais pas mangé
tout cru à la place des sandwiches au chester. Mais moi,
qui commençais à me perfectionner dans le langage des
cours, au lieu de me rapprocher même d'un seul pas, à
mes quarante mètres de distance je m'inclinai profondément, mais sans sourire, comme j'aurais fait devant
quelqu'un que j'aurais à peine connu, puis continuai mon
chemin en sens opposé. J'aurais pu écrire un chef-d'œuvre,
les Guermantes m'en eussent moins fait d'honneur que
de ce salut. Non seulement il ne passa pas inaperçu aux
yeux du duc, qui ce jour-là pourtant eut à répondre à plus
de cinq cents personnes, mais à ceux de la duchesse,
laquelle, ayant rencontré ma mère, le lui raconta en se
gardant bien de lui dire que j'avais eu tort, que j'aurais dû
m'approcher. Elle lui dit que son mari avait été émerveillé
de mon salut, qu'il était impossible d'y faire tenir plus
de choses. On ne cessa de trouver à ce salut toutes les
qualités, sans mentionner toutefois celle qui avait paru
la plus précieuse, à savoir qu'il avait été discret, et on ne
cessa pas non plus de me faire des compliments dont je
compris qu'ils étaient encore moins une récompense pour
le passé qu'une indication pour l'avenir, à la façon de celle
délicatement fournie à ses élèves par le directeur d'un
établissement d'éducation : « N'oubliez pas, mes chers
enfants, que ces prix sont moins pour vous que pour vos

parents, afin qu'ils vous renvoient l'année prochaine. »
C'est ainsi que Mme de Marsantes, quand quelqu'un d'un
monde différent entrait dans son milieu, vantait devant
lui les gens discrets « qu'on trouve quand on va les chercher et qui se font oublier le reste du temps », comme on
prévient, sous une forme indirecte, un domestique qui
sent mauvais que l'usage des bains est parfait pour la
santé.

Pendant que, avant même qu'elle eût quitté le vestibule,
je causais avec Mme de Guermantes, j'entendis une voix
d'une sorte qu'à l'avenir je devais, sans erreur possible,
discerner. C'était, dans le cas particulier, celle de M. de
Vaugoubert causant avec M. de Charlus. Un clinicien
n'a même pas besoin que le malade en observation sou-
lève sa chemise ni d'écouter la respiration, la voix suffit.
Combien de fois plus tard fus-je frappé dans un salon
par l'intonation ou le rire de tel homme, qui pourtant
copiait exactement le langage de sa profession ou les
manières de son milieu, affectant une distinction sévère
ou une familière grossièreté, mais dont la voix fausse
suffisait pour apprendre « c'est un Charlus » à mon
oreille exercée comme le diapason d'un accordeur! A ce
moment tout le personnel d'une ambassade passa, lequel
salua M. de Charlus. Bien que ma découverte du genre
de maladie en question datât seulement du jour même
(quand j'avais aperçu M. de Charlus et Jupien), je n'aurais pas eu besoin, pour donner un diagnostic, de poser
des questions, d'ausculter. Mais M. de Vaugoubert
causant avec M. de Charlus parut incertain. Pourtant il
aurait dû savoir à quoi s'en tenir après les doutes de
l'adolescence. L'inverti se croit seul de sa sorte dans
l'univers ; plus tard seulement, il se figure — autre
exagération — que l'exception unique, c'est l'homme
normal. Mais, ambitieux et timoré, M. de Vaugoubert
ne s'était pas livré depuis bien longtemps à ce qui eût été
pour lui le plaisir. La carrière diplomatique avait eu sur
sa vie l'effet d'une entrée dans les ordres. Combinée avec
l'assiduité à l'École des Sciences politiques, elle l'avait

voué depuis ses vingt ans à la chasteté du chrétien. Aussi, comme chaque sens perd de sa force et de sa vivacité, s'atrophie quand il n'est plus mis en usage, M. de Vaugoubert, de même que l'homme civilisé qui ne serait plus capable des exercices de force, de la finesse d'ouïe de l'homme des cavernes, avait perdu la perspicacité spéciale qui se trouvait rarement en défaut chez M de Charlus ; et aux tables officielles, soit à Paris, soit à l'étranger, le ministre plénipotentiaire n'arrivait même plus à reconnaître ceux qui, sous le déguisement de l'uniforme, étaient au fond ses pareils. Quelques noms que prononça M. de Charlus, indigné si on le citait pour ses goûts, mais toujours amusé de faire connaître ceux des autres, causèrent à M. de Vaugoubert un étonnement délicieux. Non qu'après tant d'années il songeât à profiter d'aucune aubaine. Mais ces révélations rapides, pareilles à celles qui dans les tragédies de Racine apprennent à Athalie et à Abner que Joas est de la race de David, qu'Esther « dans la pourpre assise » a des parents « youpins », changeant l'aspect de la légation de X... ou tel service du ministère des Affaires étrangères, rendaient rétrospectivement ces palais aussi mystérieux que le temple de Jérusalem ou la salle du trône de Suse. Pour cette ambassade dont le jeune personnel vint tout entier serrer la main de M. de Charlus, M. de Vaugoubert prit l'air émerveillé d'Élise s'écriant dans *Esther* :

> *Ciel ! quel nombreux essaim d'innocentes beautés*
> *S'offre à mes yeux en foule et sort de tous côtés !*
> *Quelle aimable pudeur sur leur visage est peinte !*

Puis désireux d'être plus « renseigné », il jeta en souriant à M. de Charlus un regard niaisement interrogateur et concupiscent : « Mais voyons, bien entendu », dit M. de Charlus, de l'air docte d'un érudit parlant à un ignare. Aussitôt M. de Vaugoubert (ce qui agaça beaucoup M. de Charlus) ne détacha plus ses yeux de ces jeunes secrétaires, que l'ambassadeur de X... en France, vieux cheval de retour, n'avait pas choisis au hasard. M. de Vaugoubert

se taisait, je voyais seulement ses regards. Mais, habitué
dès mon enfance à prêter, même à ce qui est muet, le
langage des classiques, je faisais dire aux yeux de M. de
Vaugoubert les vers par lesquels Esther explique à Élise
que Mardochée a tenu, par zèle pour sa religion, à ne
placer auprès de la Reine que des filles qui y appartins-
sent.

Cependant son amour pour notre nation
A peuplé ce palais de filles de Sion,
Jeunes et tendres fleurs par le sort agitées,
Sous un ciel étranger comme moi transplantées.
Dans un lieu séparé de profanes témoins.
Il (l'excellent ambassadeur) *met à les former son étude et*
[*ses soins.*

Enfin M. de Vaugoubert parla, autrement que par ses
regards. « Qui sait, dit-il avec mélancolie, si, dans le pays
où je réside, la même chose n'existe pas ? — C'est
probable, répondit M. de Charlus, à commencer par le
roi Théodose, bien que je ne sache rien de positif sur lui.
— Oh! pas du tout! — Alors il n'est pas permis d'en
avoir l'air à ce point-là. Et il fait des petites manières. Il a
le genre "ma chère", le genre que je déteste le plus. Je
n'oserais pas me montrer avec lui dans la rue. Du reste,
vous devez bien le connaître pour ce qu'il est, il est connu
comme le loup blanc. — Vous vous trompez tout à fait
sur lui. Il est du reste charmant. Le jour où l'accord avec
la France a été signé, le Roi m'a embrassé. Je n'ai jamais
été si ému. — C'était le moment de lui dire ce que vous
désiriez. — Oh! mon Dieu, quelle horreur, s'il avait
seulement un soupçon! Mais je n'ai pas de crainte à cet
égard. » Paroles que j'entendis, car j'étais peu éloigné,
et qui firent que je me récitai mentalement :

Le Roi jusqu'à ce jour ignore qui je suis,
Et ce secret toujours tient ma langue enchaînée.

Ce dialogue, moitié muet, moitié parlé, n'avait duré
que peu d'instants, et je n'avais encore fait que quelques
pas dans les salons avec la duchesse de Guermantes

quand une petite dame brune, extrêmement jolie, l'arrêta :

« Je voudrais bien vous voir. D'Annunzio vous a aperçue d'une loge, il a écrit à la princesse de T... une lettre où il dit qu'il n'a jamais rien vu de si beau. Il donnerait toute sa vie pour dix minutes d'entretien avec vous. En tous cas, même si vous ne pouvez pas ou ne voulez pas, la lettre est en ma possession. Il faudrait que vous me fixiez un rendez-vous. Il y a certaines choses secrètes que je ne puis dire ici. Je vois que vous ne me reconnaissez pas, ajouta-t-elle en s'adressant à moi ; je vous ai connu chez la princesse de Parme (chez qui je n'étais jamais allé). L'empereur de Russie voudrait que votre père fût envoyé à Petersbourg. Si vous pouviez venir mardi, justement Isvolski sera là, il en parlerait avec vous. J'ai un cadeau à vous faire, chérie, ajouta-t-elle en se tournant vers la duchesse, et que je ne ferais à personne qu'à vous. Les manuscrits de trois pièces d'Ibsen, qu'il m'a fait porter par son vieux garde-malade. J'en garderai une et vous donnerai les deux autres. »

Le duc de Guermantes n'était pas enchanté de ces offres. Incertain si Ibsen ou d'Annunzio étaient morts ou vivants, il voyait déjà des écrivains, des dramaturges allant faire visite à sa femme et la mettant dans leurs ouvrages. Les gens du monde se représentent volontiers les livres comme une espèce de cube dont une face est enlevée, si bien que l'auteur se dépêche de « faire entrer » dedans les personnes qu'il rencontre. C'est déloyal évidemment, et ce ne sont que des gens de peu. Certes, ce ne serait pas ennuyeux de les voir « en passant », car grâce à eux, si on lit un article ou un livre ou un article, on connaît « le dessous des cartes », on peut « lever les masques ». Malgré tout, le plus sage est de s'en tenir aux auteurs morts. M. de Guermantes trouvait seulement « parfaitement convenable » le monsieur qui faisait la nécrologie dans *le Gaulois*. Celui-là, du moins, se contentait de citer le nom de M. de Guermantes en tête des personnes remarquées « notamment » dans les enterrements où le duc s'était inscrit. Quand ce dernier préférait que son nom ne figurât pas, au lieu de s'inscrire il envoyait une lettre de condoléances à la famille du défunt en l'assurant de ses sentiments bien tristes. Que si cette famille faisait mettre dans le journal : « Parmi les lettres reçues, citons celle du duc de Guermantes, etc. », ce n'était pas la faute de l'échotier, mais du fils, frère, père de la défunte, que le duc qualifiait d'arrivistes, et avec qui il était désormais décidé à ne plus avoir de relations (ce qu'il appelait, ne sachant pas bien le sens des locutions, « avoir maille à partir »). Toujours est-il que les noms d'Ibsen et d'Annunzio, et leur survivance incertaine, firent se froncer les sourcils du duc, qui n'était pas encore assez loin de nous pour ne pas avoir entendu les amabilités diverses de Mme Timoléon d'Amoncourt. C'était une femme charmante, d'un esprit, comme sa beauté, si ravissant, qu'un seul des deux eût réussi à plaire. Mais, née hors du milieu où elle vivait maintenant, n'ayant aspiré d'abord qu'à un salon littéraire, amie successivement — nullement amante, elle était de mœurs fort purés — et exclusivement de chaque grand écrivain qui lui donnait tous ses manuscrits, écrivait des livres pour elle, le hasard l'ayant introduite dans le faubourg Saint-Germain, ces privilèges littéraires l'y servirent. Elle avait maintenant une situation à n'avoir pas à dispenser d'autres grâces que celles que sa présence répandait. Mais habituée jadis à l'entregent, aux manèges, aux services à rendre, elle y persévérait bien qu'ils ne fussent plus nécessaires. Elle avait toujours un secret d'État à vous révéler, un potentat à vous faire connaître, une aquarelle de maître à vous offrir. Il y avait bien dans tous ces attraits inutiles un peu de mensonge, mais ils faisaient de sa vie une comédie d'une complication scintillante et il était exact qu'elle faisait nommer des préfets et des généraux.

Tout en marchant à côté de moi, la duchesse de Guermantes laissait la lumière azurée de ses yeux flotter devant elle, mais dans le vague, afin d'éviter les gens avec qui elle ne tenait pas à entrer en relations, et dont elle devi-

naît parfois, de loin, l'écueil menaçant. Nous avancions
entre une double haie d'invités, lesquels, sachant qu'ils ne
connaîtraient jamais « Oriane », voulaient au moins,
comme une curiosité, la montrer à leur femme : « Ursule,
vite, vite, venez voir Mme de Guermantes qui cause avec
ce jeune homme. » Et on sentait qu'il ne s'en fallait pas
de beaucoup pour qu'ils fussent montés sur des chaises
pour mieux voir, comme à la revue du 14 juillet ou au
Grand Prix. Ce n'est pas que la duchesse de Guermantes
eût un salon plus aristocratique que sa cousine. Chez
la première fréquentaient des gens que la seconde n'eût
jamais voulu inviter, surtout à cause de son mari. Jamais
elle n'eût reçu Mme Alphonse de Rothschild, qui, intime
amie de Mme de la Trémoïlle et de Mme de Sagan,
comme Oriane elle-même, fréquentait beaucoup chez
cette dernière. Il en était encore de même du baron
Hirsch, que le prince de Galles avait amené chez elle,
mais non chez la Princesse à qui il aurait déplu, et aussi
de quelques grandes notorités bonapartistes ou même
républicaines, qui intéressaient la duchesse mais que le
Prince, royaliste convaincu, n'eût pas voulu recevoir
par principe. Son antisémitisme, étant aussi de principe,
ne fléchissait devant aucune élégance, si accréditée fût-
elle, et s'il recevait Swann dont il était l'ami de tout
temps, étant d'ailleurs le seul des Guermantes qui
l'appelât Swann et non Charles, c'est que, sachant que la
grand'mère de Swann, protestante mariée à un juif,
avait été la maîtresse du duc de Berri, il essayait, de temps
en temps, de croire à la légende qui faisait du père de
Swann un fils naturel du Prince. Dans cette hypothèse,
laquelle était d'ailleurs fausse, Swann, fils d'un catholique, fils lui-même d'un Bourbon et d'une catholique,
n'avait rien que de chrétien.

    « Comment, vous ne connaissez pas ces splendeurs ? »
me dit la duchesse, en me parlant de l'hôtel où nous
étions. Mais après avoir célébré le « palais » de sa cousine,
elle s'empressa d'ajouter qu'elle préférait mille fois « son
humble trou ». « Ici, c'est admirable pour *visiter*. Mais je

mourrais de chagrin s'il me fallait rester à coucher dans
des chambres où ont eu lieu tant d'événements historiques. Ça me ferait l'effet d'être restée après la fermeture,
d'avoir été oubliée, au château de Blois, de Fontainebleau ou même au Louvre, et d'avoir comme seule ressource contre la tristesse de me dire que je suis dans la
chambre où a été assassiné Monaldeschi. Comme camomille, c'est insuffisant. Tiens, voilà Mme de Saint-
Euverte. Nous avons dîné tout à l'heure chez elle. Comme
elle donne demain sa grande machine annüelle, je pensais
qu'elle serait allée se coucher. Mais elle ne peut pas rater
une fête. Si celle-ci avait eu lieu à la campagne, elle serait
montée sur une tapissière plutôt que de ne pas y être
allée. »

En réalité, Mme de Saint-Euverte était venue, ce soir,
moins pour le plaisir de ne pas manquer une fête chez
les autres que pour assurer le succès de la sienne, recruter les derniers adhérents, et en quelque sorte passer *in
extremis* la revue des troupes qui devaient le lendemain
évoluer brillamment à sa garden-party. Car, depuis pas
mal d'années, les invités des fêtes Saint-Euverte n'étaient
plus du tout les mêmes qu'autrefois. Les notabilités
féminines du milieu Guermantes, si clairsemées alors,
avaient — comblées de politesses par la maîtresse de la
maison — amené peu à peu leurs amies. En même temps,
par un travail parallèlement progressif, mais en sens
inverse, Mme de Saint-Euverte avait d'année en année
réduit le nombre des personnes inconnues au monde
élégant. On avait cessé de voir l'une, puis l'autre. Pendant quelque temps fonctionna le système des « fournées », qui permettait, grâce à des fêtes sur lesquelles on
faisait le silence, de convier les réprouvés à venir se
divertir entre eux, ce qui dispensait de les inviter avec
les gens bien. De quoi pouvaient-ils se plaindre ? N'a-
vaient-ils pas (*panem et circenses*) des petits fours et un
beau programme musical ? Aussi, en symétrie en quelque sorte avec les deux duchesses en exil, qu'autrefois,
quand avait débuté le salon Saint-Euverte, on avait

vues en soutenir, comme deux cariatides, le faîte chance-
lant, dans les dernières années on ne distingua plus,
mêlées au beau monde, que deux personnes hétérogènes :
la vieille Mme de Cambremer et la femme à belle voix
d'un architecte à laquelle on était souvent obligé de
demander de chanter. Mais ne connaissant plus personne chez Mme de Saint-Euverte, pleurant leurs com-
pagnes perdues, sentant qu'elles gênaient, elles avaient
l'air prêtes à mourir de froid comme deux hirondelles
qui n'ont pas émigré à temps. Aussi l'année suivante
ne furent-elles pas invitées ; Mme de Franquetot tenta
une démarche en faveur de sa cousine qui aimait tant la
musique. Mais comme elle ne put pas obtenir pour elle
une réponse plus explicite que ces mots : « Mais on peut
toujours entrer écouter de la musique si ça vous amuse,
ça n'a rien de criminel ! » Mme de Cambremer ne trouva
pas l'invitation assez pressante et s'abstint.

Une telle transmutation, opérée par Mme de Saint-
Euverte, d'un salon de lépreux en un salon de grandes
dames (la dernière forme, en apparence ultra-chic, qu'il
avait prise), on pouvait s'étonner que la personne qui
donnait le lendemain la fête la plus brillante de la saison
eût eu besoin de venir la veille adresser un suprême appel
à ses troupes. Mais c'est que la prééminence du salon
Saint-Euverte n'existait que pour ceux dont la vie mondaine consiste seulement à lire le compte rendu des matinées et soirées, dans *le Gaulois* ou *le Figaro*, sans être
jamais allés à aucune. A ces mondains qui ne voient le
monde que par le journal, l'énumération des ambassa-
drices d'Angleterre, d'Autriche, etc., des duchesses
d'Uzès, de la Trémoïlle, etc., etc., suffisait pour qu'ils
s'imaginassent volontiers le salon Saint-Euverte comme
le premier de Paris, alors qu'il était un des derniers. Non
que les comptes rendus fussent mensongers. La plupart
des personnes citées avaient bien été présentes. Mais
chacune était venue à la suite d'implorations, de politesses, de services, et en ayant le sentiment d'honorer
infiniment Mme de Saint-Euverte. De tels salons, moins

recherchés que fuis, et où on va pour ainsi dire en service
commandé, ne font illusion qu'aux lectrices de « Monda-
nités ». Elles glissent sur une fête, vraiment élégante
celle-là, où la maîtresse de la maison, pouvant avoir
toutes les duchesses, lesquelles brûlent d'être « parmi
les élus », ne demandait qu'à deux ou trois. Aussi ces
femmes, qui ne font pas mettre le nom de leurs invités
dans le journal, méconnaissant ou dédaignant le pouvoir
qu'a pris aujourd'hui la publicité, sont-elles élégantes
pour la reine d'Espagne, mais méconnues de la foule,
parce que la première sait et que la seconde ignore qui
elles sont.

Mᵐᵉ de Saint-Euverte n'était pas de ces femmes, et en
bonne butineuse elle venait cueillir pour le lendemain
tout ce qui était invité. M. de Charlus ne l'était pas, il
avait toujours refusé d'aller chez elle. Mais il était brouillé
avec tant de gens, que Mᵐᵉ de Saint-Euverte pouvait
mettre cela sur le compte du caractère.

Certes, s'il n'y avait eu là qu'Oriane, Mᵐᵉ de Saint-
Euverte eût pu ne pas se déranger, puisque l'invitation
avait été faite de vive voix, et d'ailleurs acceptée avec
cette charmante bonne grâce trompeuse dans l'exercice
de laquelle triomphent ces académiciens de chez lesquels
le candidat sort attendri et ne doutant pas qu'il peut
compter sur leurs voix. Mais il n'y avait pas qu'elle.
Le prince d'Agrigente viendrait-il ? Et Mᵐᵉ de Durfort ?
Aussi, pour veiller au grain, Mᵐᵉ de Saint-Euverte
avait-elle cru plus expédient de se transporter elle-
même ; insinuante avec les uns, impérative avec les
autres, pour tous elle annonçait à mots couverts d'ini-
maginables divertissements qu'on ne pourrait revoir une
seconde fois, et à chacun promettait qu'il trouverait chez
elle la personne qu'il avait le désir, ou le personnage qu'il
avait le besoin de rencontrer. Et cette sorte de fonction
dont elle était investie pour une fois dans l'année —
telles certaines magistratures du monde antique — de
personne qui donnera le lendemain la plus considérable
garden-party de la saison lui conférait une autorité mo-

mentanée. Ses listes étaient faites et closes, de sorte que,
tout en parcourant les salons de la Princesse avec lenteur pour verser successivement dans chaque oreille :
« Vous ne m'oublierez pas demain », elle avait la gloire
éphémère de détourner les yeux, en continuant à sourire, si elle apercevait un laideron à éviter ou quelque
hobereau qu'une camaraderie de collège avait fait admettre chez « Gilbert », et duquel la présence à sa garden-party n'ajouterait rien. Elle préférait ne pas lui
parler pour pouvoir dire ensuite : « J'ai fait mes invitations verbalement, et malheureusement je ne vous ai
pas rencontré. » Ainsi elle, simple Saint-Euverte, faisait-
elle de ses yeux fureteurs un « tri » dans la composition
de la soirée de la Princesse. Et elle se croyait, en agissant
ainsi, une vraie duchesse de Guermantes.

Il faut dire que celle-ci n'avait pas non plus tant qu'on
pourrait croire la liberté de ses bonjours et de ses sourires. Pour une part, sans doute, quand elle les refusait,
c'était volontairement : « Mais elle m'embête, disait-elle,
est-ce que je vais être obligée de lui parler de sa soirée
pendant une heure [1] ? » Mais pour beaucoup, c'était
par timidité, peur d'avoir une scène de son mari, qui ne

---

1. On vit passer une duchesse fort noire, que sa laideur
et sa bêtise, et certains écarts de conduite, avaient exilée
non de la société, mais de certaines intimités élégantes.
« Ah! susurra Mme de Guermantes, avec le coup d'œil
exact et désabusé du connaisseur à qui on montre un bijou
faux, on reçoit ça ici! » Sur la seule vue de la dame à demi
tarée, et dont la figure était encombrée de trop de grains
de poils noirs, Mme de Guermantes cotait la médiocre
valeur de cette soirée. Elle avait été élevée, mais avait
cessé toutes relations avec cette dame ; elle ne répondit à
son salut que par un signe de tête des plus secs. « Je ne
comprends pas, me dit-elle, comme pour s'excuser, que
Marie-Gilbert nous invite avec toute cette lie. On peut dire
qu'il y en a ici de toutes les paroisses. C'était beaucoup
mieux arrangé chez Mélanie Pourtalès. Elle pouvait avoir
le Saint-Synode et le Temple de l'Oratoire si ça lui plaisait,
mais, au moins, on ne nous faisait pas venir ces jours-là. »

voulait pas qu'elle reçût des artistes, etc. (Marie-Gilbert
en protégeait beaucoup, il fallait prendre garde de ne
pas être abordée par quelque illustre chanteuse allemande), par quelque crainte aussi à l'égard du nationalisme qu'en tant que, détenant, comme M. de Charlus,
l'esprit des Guermantes, elle méprisait au point de vue
mondain (on faisait passer maintenant, pour glorifier
l'état-major, un général plébéien avant certains ducs),
mais auquel pourtant, comme elle se savait cotée mal
pensante, elle faisait de larges concessions, jusqu'à
redouter d'avoir à tendre la main à Swann dans ce milieu
antisémite. A cet égard elle fut vite rassurée, ayant appris
que le Prince n'avait pas laissé entrer Swann et avait
eu avec lui « une espèce d'altercation ». Elle ne risquait
pas d'avoir à faire publiquement la conversation avec
« pauvre Charles » qu'elle préférait chérir dans le privé.

— Et qu'est-ce encore que celle-là ? s'écria Mme de
Guermantes en voyant une petite dame l'air un peu
étrange, dans une robe noire tellement simple qu'on
aurait dit une malheureuse, lui faire, ainsi que son mari,
un grand salut. Elle ne la reconnut pas et, ayant de ces
insolences, se redressa comme offensée, et regarda sans
répondre : « Qu'est-ce que c'est que cette personne,
Basin ? » demanda-t-elle d'un air étonné, pendant que
M. de Guermantes, pour réparer l'impolitesse d'Oriane,
saluait la dame et serrait la main du mari. « Mais, c'est
Mme de Chaussepierre, vous avez été très impolie. —
Je ne sais pas ce que c'est Chaussepierre. — Le neveu
de la vieille mère Chanlivault. — Je ne connais rien de
tout ça. Qui est la femme, pourquoi me salue-t-elle ? —
Mais, vous ne connaissez que ça, c'est la fille de Mme de
Charleval, Henriette Montmorency. — Ah ! mais j'ai
très bien connu sa mère, elle était charmante, très spirituelle. Pourquoi a-t-elle épousé tous ces gens que je ne
connais pas ? Vous dites qu'elle s'appelle Mme de Chaussepierre ? » dit-elle en épelant ce dernier mot d'un air
interrogateur et comme si elle avait peur de se tromper.
Le duc lui jeta un regard dur. « Cela n'est pas si ridicule

que vous avez l'air de croire de s'appeler Chaussepierre!
Le vieux Chaussepierre était le frère de la Charleval
déjà nommée, de Mme de Sennecour et de la vicomtesse
du Merlerault. Ce sont des gens bien. — Ah! assez,
s'écria la duchesse qui, comme une dompteuse, ne voulait jamais avoir l'air de se laisser intimider par les regards
dévorants du fauve. Basin, vous faites ma joie. Je ne sais
pas où vous avez été dénicher ces noms, mais je vous
fais tous mes compliments. Si j'ignorais Chaussepierre,
j'ai lu Balzac, vous n'êtes pas le seul, et j'ai même lu
Labiche. J'apprécie Chanlivault, je ne hais pas Charleval, mais j'avoue que du Merlerault est le chef-d'œuvre.
Du reste, avouons que Chaussepierre n'est pas mal non
plus. Vous avez collectionné tout ça, ce n'est pas possible.
Vous qui voulez faire un livre, me dit-elle, vous devriez
retenir Charleval et du Merlerault. Vous ne trouverez
pas mieux. — Il se fera faire tout simplement procès,
et il ira en prison ; vous lui donnez de très mauvais
conseils, Oriane. — J'espère pour lui qu'il a à sa disposition des personnes plus jeunes s'il a envie de demander
des mauvais conseils, et surtout de les suivre. Mais s'il
ne veut rien faire de plus mal qu'un livre! » Assez loin
de nous, une merveilleuse et fière jeune femme se détachait doucement dans une robe blanche, toute en diamants et en tulle. Mme de Guermantes la regarda qui
parlait devant tout un groupe aimanté par sa grâce.

— Votre sœur est partout la plus belle ; elle est charmante ce soir, dit-elle, tout en prenant une chaise, au
prince de Chimay qui passait. Le colonel de Froberville
(il avait pour oncle le général du même nom) vint s'asseoir
à côté de nous, ainsi que M. de Bréauté, tandis que M. de
Vaugoubert, se dandinant (par un excès de politesse
qu'il gardait même quand il jouait au tennis où, à force
de demander des permissions aux personnages de marque avant d'attraper la balle, il faisait inévitablement
perdre la partie à son camp), retournait auprès de M. de
Charlus (jusque-là quasi enveloppé par l'immense jupe
de la comtesse Molé, qu'il faisait profession d'admirer

entre toutes les femmes) et, par hasard, au moment où
plusieurs membres d'une nouvelle mission diplomatique
à Paris saluaient le baron. A la vue d'un jeune secrétaire
à l'air particulièrement intelligent, M. de Vaugoubert
fixa sur M. de Charlus un sourire où s'épanouissait visi-
blement une seule question. M. de Charlus eût peut-
être volontiers compromis quelqu'un, mais se sentir,
lui, compromis par ce sourire partant d'un autre et qui
ne pouvait avoir qu'une signification, l'exaspéra. « Je n'en
sais absolument rien, je vous prie de garder vos curiosités
pour vous-même. Elles me laissent plus que froid. Du
reste, dans le cas particulier, vous faites un impair de
tout premier ordre. Je crois ce jeune homme absolument
le contraire. » Ici, M. de Charlus, irrité d'avoir été dé-
noncé par un sot, ne disait pas la vérité. Le secrétaire
eût, si le baron avait dit vrai, fait exception dans cette
ambassade. Elle était, en effet, composée de personnalités
fort différentes, plusieurs extrêmement médiocres, en
sorte que, si l'on cherchait quel avait pu être le motif du
choix qui s'était porté sur elles, on ne pouvait découvrir
que l'inversion. En mettant à la tête de ce petit Sodome
diplomatique un ambassadeur aimant au contraire les
femmes avec une exagération comique de compère de
revue qui faisait manœuvrer en règle son bataillon de
travestis, on semblait avoir obéi à la loi des contrastes.
Malgré ce qu'il avait sous les yeux, il ne croyait pas à
l'inversion. Il en donna immédiatement la preuve en
mariant sa sœur à un chargé d'affaires qu'il croyait bien
faussement un coureur de poules. Dès lors il devint un
peu gênant et fut bientôt remplacé par une Excellence
nouvelle qui assura l'homogénéité de l'ensemble. D'autres
ambassades cherchèrent à rivaliser avec celle-là, mais
elles ne purent lui disputer le prix (comme au concours
général, où un certain lycée l'a toujours) et il fallut que
plus de dix ans se passassent avant que, des attachés
hétérogènes s'étant introduits dans ce tout si parfait,
une autre pût enfin lui arracher la funeste palme et marcher en tête.

Rassurée sur la crainte d'avoir à causer avec Swann, Mme de Guermantes n'éprouvait plus que de la curiosité au sujet de la conversation qu'il avait eue avec le maître de maison. « Savez-vous à quel sujet ? demanda le duc à M. de Bréauté. — J'ai entendu dire, répondit celui-ci, que c'était à propos d'un petit acte que l'écrivain Bergotte avait fait représenter chez eux. C'était ravissant, d'ailleurs. Mais il paraît que l'acteur s'était fait la tête de Gilbert, que, d'ailleurs, le sieur Bergotte aurait voulu en effet dépeindre. — Tiens, cela m'aurait amusée de voir contrefaire Gilbert, dit la duchesse en souriant rêveusement. — C'est sur cette petite représentation, reprit M. de Bréauté en avançant sa mâchoire de rongeur, que Gilbert a demandé des explications à Swann, qui s'est contenté de répondre, ce que tout le monde trouva très spirituel : " Mais, pas du tout, cela ne vous ressemble en rien, vous êtes bien plus ridicule que ça ! " Il paraît, du reste, reprit M. de Bréauté, que cette petite pièce était ravissante. Mme Molé y était, elle s'est énormément amusée. — Comment, Mme Molé va là ? dit la duchesse étonnée. Ah ! c'est Mémé qui aura arrangé cela. C'est toujours ce qui finit par arriver avec ces endroits-là. Tout le monde, un beau jour, se met à y aller, et moi, qui me suis volontairement exclue par principe, je me trouve seule à m'ennuyer dans mon coin. » Déjà, depuis le récit que venait de leur faire M. de Bréauté, la duchesse de Guermantes (sinon sur le salon Swann, du moins sur l'hypothèse de rencontrer Swann dans un instant) avait, comme on voit, adopté un nouveau point de vue. « L'explication que vous nous donnez, dit à M. de Bréauté le colonel de Froberville, est de tout point controuvée. J'ai mes raisons pour le savoir. Le Prince a purement et simplement fait une algarade à Swann et lui a fait assavoir, comme disaient nos pères, de ne plus avoir à se montrer chez lui, étant donné les opinions qu'il affiche. Et selon moi, mon oncle Gilbert a eu mille fois raison, non seulement de faire cette algarade, mais aurait dû en finir il y a plus de six mois avec un dreyfusard avéré. »

Le pauvre M. de Vaugoubert, devenu cette fois-ci de trop lambin joueur de tennis une inerte balle de tennis elle-même qu'on lance sans ménagements, se trouva projeté vers la duchesse de Guermantes, à laquelle il présenta ses hommages. Il fut assez mal reçu, Oriane vivant dans la persuasion que tous les diplomates — ou hommes politiques — de son monde étaient des nigauds.

M. de Froberville avait forcément bénéficié de la situation de faveur qui depuis peu était faite aux militaires dans la société. Malheureusement, si la femme qu'il avait épousée était parente très véritable des Guermantes, c'en était une aussi extrêmement pauvre, et comme lui-même avait perdu sa fortune, ils n'avaient guère de relations et c'étaient de ces gens qu'on laissait de côté, hors des grandes occasions, quand ils avaient la chance de perdre ou de marier un parent. Alors, ils faisaient vraiment partie de la communion du grand monde, comme les catholiques de nom qui ne s'approchent de la sainte Table qu'une fois l'an. Leur situation matérielle eût même été malheureuse si Mme de Saint-Euverte, fidèle à l'affection qu'elle avait eue pour feu le général de Froberville, n'avait pas aidé de toutes façons le ménage, donnant des toilettes et des distractions aux deux petites filles. Mais le colonel, qui passait pour un bon garçon, n'avait pas l'âme reconnaissante. Il était envieux des splendeurs d'une bienfaitrice qui les célébrait elle-même sans trêve et sans mesure. La garden-party annuelle était pour lui, sa femme et ses enfants, un plaisir merveilleux qu'ils n'eussent pas voulu manquer pour tout l'or du monde, mais un plaisir empoisonné par l'idée des joies d'orgueil qu'en tirait Mme de Saint-Euverte. L'annonce de cette garden-party dans les journaux qui, ensuite, après un récit détaillé, ajoutaient machiavéliquement : « Nous reviendrons sur cette belle fête », les détails complémentaires sur les toilettes, donnés pendant plusieurs jours de suite, tout cela faisait tellement mal aux Froberville, qu'eux, assez sevrés de plaisirs et qui savaient pouvoir compter sur celui de cette matinée, en arrivaient chaque année à souhaiter que le mauvais temps en gênât la réussite, à consulter le baromètre et à anticiper avec délices les prémices d'un orage qui pût faire rater la fête.

— Je ne discuterai pas politique avec vous, Froberville, dit M. de Guermantes, mais, pour ce qui concerne Swann, je peux dire franchement que sa conduite à notre égard a été inqualifiable. Patronné jadis dans le monde par nous, par le duc de Chartres, on me dit qu'il est ouvertement dreyfusard. Jamais je n'aurais cru cela de lui, de lui un fin gourmet, un esprit positif, un collectionneur, un amateur de vieux livres, membre du Jockey, un homme entouré de la considération générale, un connaisseur de bonnes adresses qui nous envoyait le meilleur porto qu'on puisse boire, un dilettante, un père de famille. Ah! j'ai été bien trompé. Je ne parle pas de moi, il est convenu que je suis une vieille bête, dont l'opinion ne compte pas, une espèce de va-nu-pieds, mais rien que pour Oriane, il n'aurait pas dû faire cela, il aurait dû désavouer ouvertement les Juifs et les sectateurs du condamné.

« Oui, après l'amitié que lui a toujours témoignée ma femme, reprit le duc, qui considérait évidemment que condamner Dreyfus pour haute trahison, quelque opinion qu'on eût dans son for intérieur sur sa culpabilité, constituait une espèce de remerciement pour la façon dont on avait été reçu dans le faubourg Saint-Germain, il aurait dû se désolidariser. Car, demandez à Oriane, elle avait vraiment de l'amitié pour lui. » La duchesse, pensant qu'un ton ingénu et calme donnerait une valeur plus dramatique et sincère à ses paroles, dit d'une voix d'écolière, comme laissant sortir simplement la vérité de sa bouche et en donnant seulement à ses yeux une expression un peu mélancolique : « Mais c'est vrai, je n'ai aucune raison de cacher que j'avais une sincère affection pour Charles! — Là, vous voyez, je ne lui fais pas dire. Et après cela, il pousse l'ingratitude jusqu'à être dreyfusard! »

« A propos de dreyfusards, dis-je, il paraît que le prince Von l'est. — Ah! vous faites bien de me parler de lui, s'écria M. de Guermantes, j'allais oublier qu'il m'a demandé de venir dîner lundi. Mais, qu'il soit dreyfusard ou non, cela m'est parfaitement égal puisqu'il est étranger. Je m'en fiche comme de colin-tampon. Pour un Français, c'est autre chose. Il est vrai que Swann est juif. Mais jusqu'à ce jour — excusez-moi, Froberville — j'avais eu la faiblesse de croire qu'un Juif peut être Français, j'entends un Juif honorable, homme du monde. Or Swann était cela dans toute la force du terme. Hé bien! il me force à reconnaître que je me suis trompé, puisqu'il prend parti pour ce Dreyfus (qui, coupable ou non, ne fait nullement partie de son milieu, qu'il n'aurait jamais rencontré) contre une société qui l'avait adopté, qui l'avait traité comme un des siens. Il n'y a pas à dire, nous nous étions tous portés garants de Swann, j'aurais répondu de son patriotisme comme du mien. Ah! il nous récompense bien mal. J'avoue que de sa part je ne me serais jamais attendu à cela. Je le jugeais mieux. Il avait de l'esprit (dans son genre, bien entendu). Je sais bien qu'il avait déjà fait l'insanité de son honteux mariage. Tenez, savez-vous quelqu'un à qui le mariage de Swann a fait beaucoup de peine? C'est à ma femme. Oriane a souvent ce que j'appellerai une affectation d'insensibilité. Mais au fond, elle ressent avec une force extraordinaire. » Mme de Guermantes, ravie de cette analyse de son caractère, l'écoutait d'un air modeste mais ne disait pas un mot, par scrupule d'acquiescer à l'éloge, surtout par peur de l'interrompre. M. de Guermantes aurait pu parler une heure sur ce sujet qu'elle eût encore moins bougé que si on lui avait fait de la musique. « Hé bien! je me rappelle, quand elle a appris le mariage de Swann, elle s'est sentie froissée ; elle a trouvé que c'était mal de quelqu'un à qui nous avions témoigné tant d'amitié. Elle aimait beaucoup Swann ; elle a eu beaucoup de chagrin. N'est-ce pas, Oriane ? » Mme de Guermantes crut devoir répondre à une interpellation aussi

directe sur un point de fait qui lui permettrait, sans en
avoir l'air, de confirmer des louanges qu'elle sentait
terminées. D'un ton timide et simple, et un air d'autant
plus appris qu'il voulait paraître « senti », elle dit avec
une douceur réservée : « C'est vrai, Basin ne se trompe
pas. — Et pourtant ce n'était pas encore la même chose.
Que voulez-vous, l'amour est l'amour, quoique, à mon
avis, il doive rester dans certaines bornes. J'excuserais
encore un jeune homme, un petit morveux, se laissant
emballer par les utopies. Mais Swann, un homme intelligent, d'une délicatesse éprouvée, un fin connaisseur
en tableaux, un familier du duc de Chartres, de Gilbert
lui-même! » Le ton dont M. de Guermantes disait cela
était d'ailleurs parfaitement sympathique, sans ombre
de la vulgarité qu'il montrait trop souvent. Il parlait
avec une tristesse légèrement indignée, mais tout en lui
respirait cette gravité douce qui fait le charme onctueux
et large de certains personnages de Rembrandt, le bourg-
mestre Six par exemple. On sentait que la question de
l'immoralité de la conduite de Swann dans l'Affaire ne
se posait même pas pour le duc, tant elle faisait peu de
doute ; il en ressentait l'affliction d'un père voyant un
de ses enfants, pour l'éducation duquel il a fait les plus
grands sacrifices, ruiner volontairement la magnifique
situation qu'il lui a faite et déshonorer, par des frasques
que les principes ou les préjugés de la famille ne peuvent
admettre, un nom respecté. Il est vrai que M. de Guermantes n'avait pas manifesté autrefois un étonnement
aussi profond et aussi douloureux quand il avait appris
que Saint-Loup était dreyfusard. Mais d'abord il considérait son neveu comme un jeune homme dans une
mauvaise voie et de qui rien, jusqu'à ce qu'il se soit
amendé, ne saurait étonner, tandis que Swann était ce
que M. de Guermantes appelait « un homme pondéré,
un homme ayant une position de premier ordre. » Ensuite
et surtout, un assez long temps avait passé pendant lequel,
si, au point de vue historique, les événements avaient
en partie semblé justifier la thèse dreyfusiste, l'opposi-

tion antidreyfusarde avait redoublé de violence, et de purement politique d'abord était devenue sociale. C'était maintenant une question de militarisme, de patriotisme, et les vagues de colère soulevées dans la société avaient eu le temps de prendre cette force qu'elles n'ont jamais au début d'une tempête. « Voyez-vous, reprit M. de Guermantes, même au point de vue de ses chers Juifs, puisqu'il tient absolument à les soutenir, Swann a fait une boulette d'une portée incalculable. Il prouve qu'ils sont tous unis secrètement et qu'ils sont en quelque sorte forcés de prêter appui à quelqu'un de leur race, même s'ils ne le connaissent pas. C'est un danger public. Nous avons évidemment été trop coulants, et la gaffe que commet Swann aura d'autant plus de retentissement qu'il était estimé, même reçu, et qu'il était à peu près le seul juif qu'on connaissait. On se dira : *Ab uno disce omnes*. » (La satisfaction d'avoir trouvé à point nommé, dans sa mémoire, une citation si opportune éclaira seule d'un orgueilleux sourire la mélancolie du grand seigneur trahi.)

J'avais grande envie de savoir ce qui s'était exactement passé entre le Prince et Swann et de voir ce dernier, s'il n'avait pas encore quitté la soirée. « Je vous dirai, me répondit la duchesse, à qui je parlais de ce désir, que moi je ne tiens pas excessivement à le voir parce qu'il paraît, d'après ce qu'on m'a dit tout à l'heure chez Mme de Saint-Euverte, qu'il voudrait avant de mourir que je fasse la connaissance de sa femme et de sa fille. Mon Dieu, ça me fait une peine infinie qu'il soit malade, mais d'abord j'espère que ce n'est pas aussi grave que ça. Et puis enfin ce n'est tout de même pas une raison, parce que ce serait vraiment trop facile. Un écrivain sans talent n'aurait qu'à dire : " Votez pour moi à l'Académie parce que ma femme va mourir et que je veux lui donner cette dernière joie. " Il n'y aurait plus de salons si on était obligé de faire la connaissance de tous les mourants. Mon cocher pourrait me faire valoir : " Ma fille est très mal, faites-moi recevoir chez la princesse de Parme. " J'adore Charles, et cela me

ferait beaucoup de chagrin de lui refuser, aussi est-ce pour
cela que j'aime mieux éviter qu'il me le demande. J'espère
de tout mon cœur qu'il n'est pas mourant, comme il le
dit, mais vraiment, si cela devait arriver, ce ne serait pas
le moment pour moi de faire la connaissance de ces deux
créatures qui m'ont privée du plus agréable de mes amis
pendant quinze ans, et qu'il me laisserait pour compte une
fois que je ne pourrais même pas en profiter pour le voir
lui, puisqu'il serait mort ! »

Mais M. de Bréauté n'avait cessé de ruminer le démenti
que lui avait infligé le colonel de Froberville.

— Je ne doute pas de l'exactitude de votre récit, mon
cher ami, dit-il, mais je tenais le mien de bonne source.
C'est le prince de La Tour d'Auvergne qui me l'avait
narré.

— Je m'étonne qu'un savant comme vous dise encore
le prince de La Tour d'Auvergne, interrompit le duc de
Guermantes, vous savez qu'il ne l'est pas le moins du
monde. Il n'y a plus qu'un seul membre de cette famille :
c'est l'oncle d'Oriane, le duc de Bouillon.

— Le frère de Mme de Villeparisis ? demandai-je, me
rappelant que celle-ci était une demoiselle de Bouillon.

— Parfaitement. Oriane, Mme de Lambresac vous dit
bonjour.

En effet, on voyait par moments se former et passer
comme une étoile filante un faible sourire destiné par la duchesse de Lambresac à quelque personne qu'elle avait reconnue. Mais ce sourire, au lieu de se préciser en une affirmation active, en un langage muet mais clair, se noyait presque aussitôt en une sorte d'extase idéale qui ne distinguait
rien, tandis que la tête s'inclinait en un geste de béné-
diction béate rappelant celui qu'incline vers la foule des
communiantes un prélat un peu ramolli. Mme de Lambresac ne l'était en aucune façon. Mais je connaissais
déjà ce genre particulier de distinction désuète. A Combray
et à Paris, toutes les amies de ma grand'mère avaient
l'habitude de saluer, dans une réunion mondaine, d'un
air aussi séraphique que si elles avaient aperçu quelqu'un

de connaissance à l'église, au moment de l'Élévation ou pendant un enterrement, et lui jetaient mollement un bonjour qui s'achevait en prière. Or, une phrase de M. de Guermantes allait compléter le rapprochement que je faisais. « Mais vous avez vu le duc de Bouillon, me dit M. de Guermantes. Il sortait tantôt de ma bibliothèque comme vous y entriez, un monsieur court de taille et tout blanc. » C'était celui que j'avais pris pour un petit bourgeois de Combray, et dont maintenant, à la réflexion, je dégageais la ressemblance avec Mme de Villeparisis. La similitude des saluts évanescents de la duchesse de Lambresac avec ceux des amies de ma grand'mère avait commencé de m'intéresser en me montrant que dans les milieux étroits et fermés, qu'ils soient de petite bourgeoisie ou de grande noblesse, les anciennes manières persistent, nous permettant comme à un archéologue de retrouver ce que pouvait être l'éducation, et la part d'âme qu'elle reflète, au temps du vicomte d'Arlincourt et de Loïsa Puget. Mieux maintenant la parfaite conformité d'apparence entre un petit bourgeois de Combray de son âge et le duc de Bouillon me rappelait (ce qui m'avait déjà tant frappé quand j'avais vu le grand-père maternel de Saint-Loup, le duc de La Rochefoucauld, sur un daguerréotype où il était exactement pareil comme vêtements, comme air et comme façons à mon grand-oncle) que les différences sociales, voire individuelles, se fondent à distance dans l'uniformité d'une époque. La vérité est que la ressemblance des vêtements et aussi la réverbération par le visage de l'esprit de l'époque tiennent, dans une personne, une place tellement plus importante que sa caste, qui en occupe une grande seulement dans l'amour-propre de l'intéressé et l'imagination des autres, que, pour se rendre compte qu'un grand seigneur du temps de Louis-Philippe est moins différent d'un bourgeois du temps de Louis-Philippe que d'un grand seigneur du temps de Louis XV, il n'est pas nécessaire de parcourir les galeries du Louvre.

A ce moment, un musicien bavarois à grands cheveux,

que protégeait la princesse de Guermantes, salua Oriane. Celle-ci répondit par une inclinaison de tête, mais le duc, furieux de voir sa femme dire bonsoir à quelqu'un qu'il ne connaissait pas, qui avait une touche singulière, et qui, autant que M. de Guermantes croyait le savoir, avait fort mauvaise réputation, se retourna vers sa femme d'un air interrogateur et terrible, comme s'il disait : « Qu'est-ce que c'est que cet ostrogoth-là ? » La situation de la pauvre Mme de Guermantes était déjà assez compliquée, et si le musicien eût eu un peu pitié de cette épouse martyre, il se serait au plus vite éloigné. Mais, soit désir de ne pas rester sur l'humiliation qui venait de lui être infligée en public, au milieu des plus vieux amis du cercle du duc, desquels la présence avait peut-être bien motivé un peu sa silencieuse inclinaison, et pour montrer que c'était à bon droit, et non sans la connaître, qu'il avait salué Mme de Guermantes, soit obéissant à l'inspiration obscure et irrésistible de la gaffe qui le poussa — dans un moment où il eût dû se fier plutôt à l'esprit — à appliquer la lettre même du protocole, le musicien s'approcha davantage de Mme de Guermantes et lui dit : « Madame la duchesse, je voudrais solliciter l'honneur d'être présenté au duc. » Mme de Guermantes était bien malheureuse. Mais enfin, elle avait beau être une épouse trompée, elle était tout de même la duchesse de Guermantes et ne pouvait avoir l'air d'être dépouillée de son droit de présenter à son mari les gens qu'elle connaissait. « Basin, dit-elle, permettez-moi de vous présenter M. d'Herweck. »

— Je ne vous demande pas si vous irez demain chez Mme de Saint-Euverte, dit le colonel de Froberville à Mme de Guermantes pour dissiper l'impression pénible produite par la requête intempestive de M. d'Herweck. Tout Paris y sera.

Cependant, se tournant d'un seul mouvement et comme d'une seule pièce vers le musicien indiscret, le duc de Germantes, faisant front, monumental, muet, courroucé, pareil à Jupiter tonnant, resta immobile ainsi quelques secondes, les yeux flambant de colère et d'étonnement,

ses cheveux crespelés semblant sortir d'un cratère. Puis,
comme dans l'emportement d'une impulsion qui seule
lui permettait d'accomplir la politesse qui lui était demandée, et après avoir semblé par son attitude de défi attester
toute l'assistance qu'il ne connaissait pas le musicien
bavarois, croisant derrière le dos ses deux mains gantées
de blanc, il se renversa en avant et assena au musicien un
salut si profond, empreint de tant de stupéfaction et de
rage, si brusque, si violent, que l'artiste tremblant recula
tout en s'inclinant pour ne pas recevoir un formidable
coup de tête dans le ventre.

— Mais c'est que justement je ne serai pas à Paris,
répondit la duchesse au colonel de Froberville. Je vous
dirai (ce que je ne devrais pas avouer) que je suis arrivée à
mon âge sans connaître les vitraux de Montfort-l'Amaury.
C'est honteux, mais c'est ainsi. Alors pour réparer cette
coupable ignorance, je me suis promis d'aller demain les
voir.

M. de Bréauté sourit finement. Il comprit, en effet, que,
si la duchesse avait pu rester jusqu'à son âge sans connaître les vitraux de Montfort-l'Amaury, cette visite
artistique ne prenait pas subitement le caractère urgent
d'une intervention « à chaud » et eût pu sans péril, après
avoir été différée pendant plus de vingt-cinq ans, être
reculée de vingt-quatre heures. Le projet qu'avait formé
la duchesse était simplement le décret rendu, dans la
manière des Guermantes, que le salon Saint-Euverte
n'était décidément pas une maison vraiment bien, mais
une maison où on vous invitait pour se parer de vous dans
le compte rendu du *Gaulois*, une maison qui décernerait
un cachet de suprême élégance à celles, ou, en tous cas, à
celle, si elle n'était qu'une, qu'on n'y verrait pas. Le délicat amusement de M. de Bréauté, doublé de ce plaisir
poétique qu'avaient les gens du monde à voir Mme de
Guermantes faire des choses que leur situation moindre
ne leur permettait pas d'imiter, mais dont la vision seule
leur causait le sourire du paysan attaché à sa glèbe qui
voit des hommes plus libres et plus fortunés passer au-

dessus de sa tête, ce plaisir délicat n'avait aucun rapport avec le ravissement dissimulé, mais éperdu, qu'éprouva aussitôt M. de Froberville.

Les efforts que faisait M. de Froberville pour qu'on n'entendît pas son rire l'avaient fait devenir rouge comme un coq, et malgré cela c'est en entrecoupant ses mots de hoquets de joie qu'il s'écria d'un ton miséricordieux : « Oh! pauvre tante Saint-Euverte, elle va en faire une maladie! Non! la malheureuse femme ne va pas avoir sa duchesse, quel coup! mais il y a de quoi la faire crever! » ajouta-t-il, en se tordant de rire. Et dans son ivresse il ne pouvait s'empêcher de faire des appels de pied et de se frotter les mains. Souriant d'un œil et d'un seul coin de la bouche à M. de Froberville dont elle appréciait l'intention aimable, mais moins le mortel ennui, Mme de Guermantes finit par se décider à le quitter. « Écoutez, je vais être *obligée* de vous dire bonsoir », lui dit-elle en se levant d'un air de résignation mélancolique, et comme si ç'avait été pour elle un malheur. Sous l'incantation de ses yeux bleus, sa voix doucement musicale faisait penser à la plainte poétique d'une fée. « Basin veut que j'aille voir un peu Marie. »

En réalité, elle en avait assez d'entendre Froberville, lequel ne cessait plus de l'envier d'aller à Montfort-l'Amaury quand elle savait fort bien qu'il entendait parler de ces vitraux pour la première fois, et que, d'autre part, il n'eût pour rien au monde lâché la matinée Saint-Euverte. « Adieu, je vous ai à peine parlé, c'est comme ça dans le monde, on ne se voit pas, on ne se dit pas les choses qu'on voudrait se dire ; du reste, partout, c'est la même chose dans la vie. Espérons qu'après la mort ce sera mieux arrangé. Au moins on n'aura toujours pas besoin de se décolleter. Et encore qui sait ? On exhibera peut-être ses os et ses vers pour les grandes fêtes. Pourquoi pas ? Tenez, regardez la mère Rampillon, trouvez-vous une très grande différence entre ça et un squelette en robe ouverte ? Il est vrai qu'elle a tous les droits, car elle a au moins cent ans. Elle était déjà un des monstres sacrés devant lesquels je refusais de m'incliner quand j'ai fait mes débuts dans le monde. Je la croyais morte depuis très longtemps ; ce qui serait d'ailleurs la seule explication du spectacle qu'elle nous offre. C'est impressionnant et liturgique. C'est du « Campo-Santo »! » La duchesse avait quitté Froberville ; il se rapprocha : « Je voudrais vous dire un dernier mot. » Un peu agacée : « Qu'est-ce qu'il y a encore ? » lui dit-elle avec hauteur. Et lui, ayant craint qu'au dernier moment elle ne se ravisât pour Montfort-l'Amaury : « Je n'avais pas osé vous en parler à cause de Mme de Saint-Euverte, pour ne pas lui faire de peine, mais puisque vous ne comptez pas y aller, je puis vous dire que je suis heureux pour vous, car il y a de la rougeole chez elle! — Oh! Mon Dieu! dit Oriane qui avait peur des maladies. Mais pour moi ça ne fait rien, je l'ai déjà eue. On ne peut pas l'avoir deux fois. — Ce sont les médecins qui disent ça ; je connais des gens qui l'ont eue jusqu'à quatre. Enfin, vous êtes avertie. » Quant à lui, cette rougeole fictive, il eût fallu qu'il l'eût réellement et qu'elle l'eût cloué au lit pour qu'il se résignât à manquer la fête Saint-Euverte attendue depuis tant de mois. Il aurait le plaisir d'y voir tant d'élégances! le plaisir plus grand d'y constater certaines choses ratées, et surtout celui de pouvoir longtemps se vanter d'avoir frayé avec les premières et, en les exagérant ou en les inventant, de déplorer les secondes.

Je profitai de ce que la duchesse changeait de place pour me lever aussi afin d'aller vers le fumoir m'informer de Swann. « Ne croyez pas un mot de ce qu'a raconté Babal, me dit-elle. Jamais la petite Molé ne serait allée se fourrer là-dedans. On nous dit ça pour nous attirer. Ils ne reçoivent personne et ne sont invités nulle part. Lui-même l'avoue : " Nous restons tous les deux seuls au coin de notre feu. " Comme il dit toujours *nous*, non pas comme le roi, mais pour sa femme, je n'insiste pas. Mais je suis très renseignée », ajouta la duchesse. Elle et moi nous croisâmes deux jeunes gens dont la grande et dissemblable beauté tirait d'une même femme son origine. C'étaient les deux fils de Mme de Surgis, la nouvelle maî-

tresse du duc de Guermantes. Ils resplendissaient des
perfections de leur mère, mais chacun d'une autre. En
l'un avait passé, ondoyante en un corps viril, la royale
prestance de Mme de Surgis, et la même pâleur ardente,
roussâtre et nacrée affluait aux joues marmoréennes de la
mère et de ce fils ; mais son frère avait reçu le front grec,
le nez parfait, le cou de statue, les yeux infinis ; ainsi faite
de présents divers que la déesse avait partagés, leur double
beauté offrait le plaisir abstrait de penser que la cause de
cette beauté était en dehors d'eux ; on eût dit que les principaux attributs de leur mère s'étaient incarnés en deux
corps différents; que l'un était sa stature et son teint, l'autre
son regard, comme Mars et Vénus n'étaient que la Force
et la Beauté de Jupiter. Pleins de respect pour M. de
Guermantes, dont ils disaient : « C'est un grand ami
de nos parents », l'aîné cependant crut qu'il était prudent
de ne pas venir saluer la duchesse dont il savait, sans en
comprendre peut-être la raison, l'inimitié pour sa mère,
et à notre vue il détourna légèrement la tête. Le cadet,
qui imitait toujours son frère, parce qu'étant stupide et,
de plus, myope, il n'osait pas avoir d'avis personnel,
pencha la tête selon le même angle, et ils se glissèrent tous
deux vers la salle de jeux, l'un derrière l'autre, pareils à
deux figures allégoriques.

Au moment d'arriver à cette salle, je fus arrêté par la
marquise de Citri, encore belle mais presque l'écume aux
dents. D'une naissance assez noble, elle avait cherché
et fait un brillant mariage en épousant M. de Citri,
dont l'arrière-grand'mère était Aumale-Lorraine. Mais,
aussitôt cette satisfaction éprouvée, son caractère néga-
teur lui avait fait prendre les gens du grand monde en
une horreur qui n'excluait pas absolument la vie mondaine. Non seulement, dans une soirée, elle se moquait de
tout le monde, mais cette moquerie avait quelque chose
de si violent que le rire même n'était pas assez âpre et se
changeait en guttural sifflement : « Ah ! me dit-elle, en me
montrant la duchesse de Guermantes qui venait de me
quitter et qui était déjà un peu loin, ce qui me renverse

c'est qu'elle puisse mener cette vie-là. » Cette parole était-elle d'une sainte furibonde, et qui s'étonne que les Gentils ne viennent pas d'eux-mêmes à la vérité, ou bien d'une anarchiste en appétit de carnage ? En tous cas, cette apostrophe était aussi peu justifiée que possible. D'abord, la « vie que menait » Mme de Guermantes différait très peu (à l'indignation près) de celle de Mme de Citri. Mme de Citri était stupéfaite de voir la duchesse capable de ce sacrifice mortel : assister à une soirée de Marie-Gilbert. Il faut dire, dans le cas particulier, que Mme de Citri aimait beaucoup la princesse, qui était en effet très bonne, et qu'elle savait en se rendant à sa soirée lui faire grand plaisir. Aussi avait-elle décommandé, pour venir à cette fête, une danseuse à qui elle croyait du génie et qui devait l'initier aux mystères de la chorégraphie russe. Une autre raison qui ôtait quelque valeur à la rage concentrée qu'éprouvait Mme de Citri en voyant Oriane dire b onjour à tel ou telle invité est que Mme de Guermantes, bien qu'à un état beaucoup moins avancé, présentait les symptômes du mal qui ravageait Mme de Citri. On a, du reste, vu qu'elle en portait les germes de naissance. Enfin, plus intelligente que Mme de Citri, Mme de Guermantes aurait eu plus de droits qu'elle à ce nihilisme (qui n'était pas que mondain), mais il est vrai que certaines qualités aident plutôt à supporter les défauts du prochain qu'elles ne contribuent à en faire souffrir ; et un homme de grand talent prêtera d'habitude moins d'attention à la sottise d'autrui que ne ferait un sot. Nous avons assez longuement décrit le genre d'esprit de la duchesse pour convaincre que, s'il n'avait rien de commun avec une haute intelligence, il était du moins de l'esprit, de l'esprit adroit à utiliser (comme un traducteur) différentes formes de syntaxe. Or, rien de tel ne semblait qualifier Mme de Citri à mépriser des qualités tellement semblables aux siennes. Elle trouvait tout le monde idiot, mais dans sa conversation, dans ses lettres, se montrait plutôt inférieure aux gens qu'elle traitait avec tant de dédain. Elle avait, du reste, un tel besoin de des-

truction que, lorsqu'elle eut à peu près renoncé au monde,
les plaisirs qu'elle recherca alors subirent l'un après
l'autre son terrible pouvoir dissolvant. Après avoir quitté
les soirées pour des séances de musique, elle se mit à
dire : « Vous aimez entendre cela, de la musique ? Ah!
mon Dieu, cela dépend des moments. Mais ce que cela
peut être ennuyeux! Ah! Beethoven, la barbe! » Pour
Wagner, puis pour Franck, pour Debussy, elle ne se
donnait même pas la peine de dire « la barbe » mais se
contentait de faire passer sa main, comme un barbier, sur
son visage. Bientôt, ce qui fut ennuyeux , ce fut tout.
« C'est si ennuyeux les belles choses! Ah! les tableaux
c'est à vous rendre fou... Comme vous avez raison, c'est
si ennuyeux d'écrire des lettres! » Finalement ce fut la vie
elle-même qu'elle vous déclara une chose rasante, sans
qu'on sût bien où elle prenait son terme de comparaison.

Je ne sais si c'est à cause de ce que la duchesse de
Guermantes, le premier soir que j'avais dîné chez elle,
avait dit de cette pièce, mais la salle de jeu ou fumoir,
avec son pavage illustré, ses trépieds, ses figures de dieux
et d'animaux qui vous regardaient, les sphinx allongés
aux bras des sièges, et surtout l'immense table en marbre ou en mosaïque émaillée, couverte de signes symboliques plus ou moins imités de l'art étrusque et égyptien,
cette salle de jeu me fit l'effet d'une véritable chambre
magique. Or, sur un siège approché de la table étince-
lante et augurale, M. de Charlus, lui, ne touchant à
aucune carte, insensible à ce qui se passait autour de lui,
incapable de s'apercevoir que je venais d'entrer, semblait
précisément un magicien appliquant toute la puissance
de sa volonté et de son raisonnement à tirer un horoscope.
Non seulement, comme à une Pythie sur son trépied,
les yeux lui sortaient de la tête, mais, pour que rien ne
vînt le distraire de travaux qui exigeaient la cessation
des mouvements les plus simples, il avait (pareil à un
calculateur qui ne veut rien faire d'autre tant qu'il n'a
pas résolu son problème) posé auprès de lui le cigare
qu'il avait un peu auparavant dans la bouche et qu'il

n'avait plus la liberté d'esprit nécessaire pour fumer. En apercevant les deux divinités accroupies que portait à ses bras le fauteuil placé en face de lui, on eût pu croire que le baron cherchait à découvrir l'énigme du Sphinx, si ce n'avait pas été plutôt celle d'un jeune et vivant Œdipe, assis précisément dans ce fauteuil, où il s'était installé pour jouer. Or, la figure à laquelle M. de Charlus appliquait, et avec une telle contention, toutes ses facultés spirituelles, et qui n'était pas, à vrai dire, de celles qu'on étudie d'habitude *more geometrico*, c'était celle que lui proposaient les lignes de la figure du jeune marquis de Surgis ; elle semblait, tant M. de Charlus était profondément absorbé devant elle, être quelque mot en losange, quelque devinette, quelque problème d'algèbre dont il eût cherché à percer l'énigme ou à dégager la formule. Devant lui les signes sibyllins et les figures inscrites sur cette table de la Loi semblaient le grimoire qui allait permettre au vieux sorcier de savoir dans quel sens s'orientaient les destins du jeune homme. Soudain, il s'aperçut que je le regardais, leva la tête comme s'il sortait d'un rêve et me sourit en rougissant. A ce moment l'autre fils de Mᵐᵉ de Surgis vint auprès de celui qui jouait, regarder ses cartes. Quand M. de Charlus eut appris de moi qu'ils étaient frères, son visage ne put dissimuler l'admiration que lui inspirait une famille créatrice de chefs-d'œuvre aussi splendides et aussi différents. Et ce qui eût ajouté à l'enthousiasme du baron, c'est d'apprendre que les deux fils de Mᵐᵉ de Surgis-le-Duc n'étaient pas seulement de la même mère mais du même père. Les enfants de Jupiter sont dissemblables, mais cela vient de ce qu'il épousa d'abord Métis, dans le destin de qui il était de donner le jour à de sages enfants, puis Thémis, et ensuite Eurynome, et Mnémosyne, et Léto, et en dernier lieu seulement Junon. Mais d'un seul père Mᵐᵉ de Surgis avait fait naître deux fils qui avaient reçu des beautés d'elle, mais des beautés différentes.

J'eus enfin le plaisir que Swann entrât dans cette pièce, qui était fort grande, si bien qu'il ne m'aperçut

pas d'abord. Plaisir mêlé de tristesse, d'une tristesse que
n'éprouvaient peut-être pas les autres invités, mais qui
chez eux consistait dans cette espèce de fascination
qu'exercent les formes inattendues et singulières d'une
mort prochaine, d'une mort qu'on a déjà, comme dit le
peuple, sur le visage. Et c'est avec une stupéfaction
presque désobligeante, où il entrait de la curiosité indis-
crète, de la cruauté, un retour à la fois quiet et soucieux
sur soi-même (mélange à la fois de *suave mari magno* et
de *memento quia pulvis*, eût dit Robert), que tous les
regards s'attachèrent à ce visage duquel la maladie avait
si bien rongé, rogné les joues, comme une lune décrois-
sante, que, sauf sous un certain angle, celui sans doute
sous lequel Swann se regardait, elles tournaient court
comme un décor inconsistant auquel une illusion d'op-
tique peut seule ajouter l'apparence de l'épaisseur.
Soit à cause de l'absence de ces joues qui n'étaient plus
là pour le diminuer, soit que l'artério-sclérose, qui est
une intoxication aussi, le rougît comme eût fait l'ivro-
gnerie, ou le déformât comme eût fait la morphine, le
nez de polichinelle de Swann, longtemps résorbé dans
un visage agréable, semblait maintenant énorme, tumé-
fié, cramoisi, plutôt celui d'un vieil Hébreu que d'un
curieux Valois. D'ailleurs peut-être chez lui, en ces
derniers jours, la race faisait-elle apparaître plus accusé
le type physique qui la caractérise, en même temps que
le sentiment d'une solidarité morale avec les autres Juifs,
solidarité que Swann semblait avoir oubliée toute sa vie,
et que, greffées les unes sur les autres, la maladie mortelle, l'affaire Dreyfus, la propagande antisémite, avaient
réveillée. Il y a certains Israélites, très fins pourtant et
mondains délicats, chez lesquels restent en réserve et
dans la coulisse, afin de faire leur entrée à une heure
donnée de leur vie, comme dans une pièce, un mufle et un
prophète. Swann était arrivé à l'âge du prophète. Certes,
avec sa figure d'où, sous l'action de la maladie, des seg-
ments entiers avaient disparu, comme dans un bloc
de glace qui fond et dont des pans entiers sont tombés,

il avait bien « changé ». Mais je ne pouvais m'empêcher d'être frappé combien davantage il avait changé par rapport à moi. Cet homme, excellent, cultivé, que j'étais bien loin d'être ennuyé de rencontrer, je ne pouvais arriver à comprendre comment j'avais pu l'ensemencer autrefois d'un mystère tel que son apparition dans les Champs-Élysées me faisait battre le cœur au point que j'avais honte de m'approcher de sa pèlerine doublée de soie, qu'à la porte de l'appartement où vivait un tel être, je ne pouvais sonner sans être saisi d'un trouble et d'un effroi infinis ; tout cela avait disparu, non seulement de sa demeure mais de sa personne, et l'idée de causer avec lui pouvait m'être agréable ou non, mais n'affectait en quoi que ce fût mon système nerveux.

Et, de plus, combien il était changé depuis cet après-midi même où je l'avais rencontré — en somme quelques heures auparavant — dans le cabinet du duc de Guermantes! Avait-il vraiment eu une scène avec le Prince et qui l'avait bouleversé? La supposition n'était pas nécessaire. Les moindres efforts qu'on demande à quelqu'un qui est très malade deviennent vite pour lui un surmenage excessif. Pour peu qu'on l'expose, déjà fatigué, à la chaleur d'une soirée, sa mine se décompose et bleuit comme fait, en moins d'un jour, une poire trop mûre ou du lait près de tourner. De plus, la chevelure de Swann était éclaircie par places, et, comme disait Mme de Guermantes, avait besoin du fourreur, avait l'air camphrée, et mal camphrée. J'allais traverser le fumoir et parler à Swann quand malheureusement une main s'abattit sur mon épaule : « Bonjour, mon petit, je suis à Paris pour quarante-huit heures. J'ai passé chez toi, on m'a dit que tu étais ici, de sorte que c'est à toi que doit ma tante l'honneur de ma présence à sa fête. » C'était Saint-Loup. Je lui dis combien je trouvais la demeure belle. « Oui, ça fait assez monument histo-rique. Moi, je trouve ça assommant. Ne nous mettons pas près de mon oncle Palamède, sans cela nous allons être happés. Comme Mme Molé (car c'est elle qui tient la corde en ce moment) vient de partir, il est tout désemparé. Il paraît que c'était un vrai spectacle, il ne l'a pas quittée d'un pas, il ne l'a laissée que quand il l'a eu mise en voiture. Je n'en veux pas à mon oncle, seulement je trouve drôle que mon conseil de famille, qui s'est toujours montré si sévère pour moi, soit composé précisément des parents qui ont le plus fait la bombe, à commencer par le plus noceur de tous, mon oncle Charlus, qui est mon subrogé tuteur, qui a eu autant de femmes que don Juan, et qui à son âge ne dételle pas. Il a été question à un moment qu'on me nomme un conseil judiciaire. Je pense que, quand tous ces vieux marcheurs se réunissaient pour examiner la question et me faisaient venir pour me faire de la morale et me dire que je faisais de la peine à ma mère, ils ne devaient pas pouvoir se regarder sans rire. Tu examineras la composition du conseil, on a l'air d'avoir choisi exprès ceux qui ont le plus retroussé de jupons. »

En mettant à part M. de Charlus, au sujet duquel l'étonnement de mon ami ne me paraissait pas plus justifié, mais pour d'autres raisons et qui devaient d'ailleurs se modifier plus tard dans mon esprit, Robert avait bien tort de trouver extraordinaire que des leçons de sagesse fussent données à un jeune homme par des parents qui ont fait les fous, ou le font encore. Quand l'atavisme, les ressemblances familiales seraient seuls en cause, il est inévitable que l'oncle qui fait la semonce ait à peu près les mêmes défauts que le neveu qu'on l'a chargé de gronder. L'oncle n'y met d'ailleurs aucune hypocrisie, trompé qu'il est par la faculté qu'ont les hommes de croire, à chaque nouvelle circonstance, qu'il s'agit « d'autre chose », faculté qui leur permet d'adopter des erreurs artistiques, politiques, etc., sans s'apercevoir que ce sont les mêmes qu'ils ont prises pour des vérités, il y a dix ans, à propos d'une autre école de peinture qu'ils condamnaient, d'une autre affaire politique qu'ils croyaient mériter leur haine, dont ils sont revenus, et qu'ils épousent sans les reconnaître sous un nouveau déguisement. D'ailleurs, même si les fautes de l'oncle sont différentes de celles du neveu, l'hérédité peut n'en être pas moins, dans une certaine mesure, la loi causale, car l'effet ne ressemble pas toujours à la cause, comme la copie à l'original, et même, si les fautes de l'oncle sont pires, il peut parfaitement les croire moins graves.

Quand M. de Charlus venait de faire des remontrances indignées à Robert, qui d'ailleurs ne connaissait pas les goûts véritables de son oncle, à cette époque-là, et même si c'eût encore été celle où le baron flétrissait ses propres goûts, il eût parfaitement pu être sincère, en trouvant, du point de vue de l'homme du monde, que Robert était infiniment plus coupable que lui. Robert n'avait-il pas failli, au moment où son oncle avait été chargé de lui faire entendre raison, se faire mettre au ban de son monde ? ne s'en était-il pas fallu de peu qu'il ne fût blackboulé au Jockey ? n'était-il pas un objet de risée par les folles dépenses qu'il faisait pour une femme de la dernière catégorie, par ses amitiés avec des gens, auteurs, acteurs, Juifs, dont pas un n'était du monde, par ses opinions qui ne se différenciaient pas de celles des traîtres, par la douleur qu'il causait à tous les siens ? En quoi cela pouvait-il se comparer, cette vie scandaleuse, à celle de M. de Charlus qui avait su, jusqu'ici, non seulement garder, mais grandir encore sa situation de Guermantes, étant dans la société un être absolument privilégié, recherché, adulé par la société la plus choisie, et qui, marié à une princesse de Bourbon, femme éminente, avait su la rendre heureuse, avait voué à sa mémoire un culte plus fervent, plus exact qu'on n'a l'habitude dans le monde, et avait ainsi été aussi bon mari que bon fils ?

— Mais es-tu sûr que M. de Charlus ait eu tant de maîtresses ? demandai-je, non certes dans l'intention diabolique de révéler à Robert le secret que j'avais surpris, mais agacé cependant de l'entendre soutenir une erreur avec tant de certitude et de suffisance. Il se contenta de hausser les épaules en réponse à ce qu'il croyait de ma part de la naïveté. « Mais d'ailleurs, je ne l'en blâme pas, je trouve qu'il a parfaitement raison. » Et il commença à m'esquisser une théorie qui lui eût fait horreur à Balbec (où il ne se contentait pas de flétrir les séducteurs, la mort lui paraissant le seul châtiment proportionné au crime). C'est qu'alors il était encore amoureux et jaloux. Il alla jusqu'à me faire l'éloge des maisons de passe. « Il n'y a que là qu'on trouve chaussure à son pied, ce que nous appelons au régiment son gabarit. » Il n'avait plus pour ce genre d'endroits le dégoût qui l'avait soulevé à Balbec quand j'avais fait allusion à eux, et en l'entendant maintenant, je lui dis que Bloch m'en avait fait connaître, mais Robert me répondit que celle où allait Bloch devait être « extrêmement purée, le paradis du pauvre ». « Ça dépend, après tout : où était-ce ? » Je restai dans le vague, car je me rappelai que c'était là, en effet, que se donnait pour un louis cette Rachel que Robert avait tant aimée. « En tous cas, je t'en ferai connaître de bien mieux, où il va des femmes épatantes. » En m'entendant exprimer le désir qu'il me conduisît le plus tôt possible dans celles qu'il connaissait et qui devaient, en effet, être bien supérieures à la maison que m'avait indiquée Bloch, il témoigna d'un regret sincère de ne le pouvoir pas cette fois puisqu'il repartait le lendemain. « Ce sera pour mon prochain séjour, dit-il. Tu verras, il y a même des jeunes filles, ajouta-t-il d'un air mystérieux. Il y a une petite demoiselle de... je crois d'Orgeville, je te dirai exactement, qui est la fille de gens tout ce qu'il y a de mieux ; la mère est plus ou moins née Là Croix-l'Évêque, ce sont des gens du gratin, même un peu parents, sauf erreur, à ma tante Oriane. Du reste, rien qu'à voir la petite, on sent que c'est la fille de gens bien (je sentis s'étendre un instant sur la voix de Robert l'ombre du Génie des Guermantes qui passa comme un nuage, mais à une grande hauteur et ne s'arrêta pas). Ça m'a tout l'air d'une affaire merveilleuse. Les parents sont toujours malades et ne peuvent s'occuper d'elle. Dame, la petite se désennuie, et je compte sur

toi pour lui trouver des distractions, à cette enfant!
— Oh! quand reviendras-tu ? — Je ne sais pas ; si tu ne
tiens pas absolument à des duchesses (le titre de duchesse
étant pour l'aristocratie le seul qui désigne un rang particulièrement brillant, comme on dirait, dans le peuple,
des princesses), dans un autre genre il y a la première
femme de chambre de Mme Putbus. »

A ce moment, Mme de Surgis entra dans le salon de jeu
pour chercher ses fils. En l'apercevant, M. de Charlus
alla à elle avec une amabilité dont la marquise fut d'autant plus agréablement surprise, que c'est une grande
froideur qu'elle attendait du baron, lequel s'était posé
de tout temps comme le protecteur d'Oriane et, seul
de la famille — trop souvent complaisante aux exigences
du duc à cause de son héritage et par jalousie à l'égard
de la duchesse —, tenait impitoyablement à distance les
maîtresses de son frère. Aussi Mme de Surgis eût-elle
fort bien compris les motifs de l'attitude qu'elle redoutait
chez le baron, mais ne soupçonna nullement ceux de
l'accueil tout opposé qu'elle reçut de lui. Il lui parla
avec admiration du portrait que Jacquet avait fait d'elle
autrefois. Cette admiration s'exalta même jusqu'à un
enthousiasme qui, s'il était en partie intéressé pour
empêcher la marquise de s'éloigner de lui, pour « l'accrocher », comme Robert disait des armées ennemies dont
on veut forcer les effectifs à rester engagés sur un certain
point, était peut-être aussi sincère. Car si chacun se
plaisait à admirer dans les fils le port de reine et les yeux
de Mme de Surgis, le baron pouvait éprouver un plaisir
inverse, mais aussi vif, à retrouver ces charmes réunis
en faisceau chez leur mère, comme en un portrait qui
n'inspire pas lui-même de désirs, mais nourrit, de
l'admiration esthétique qu'il inspire, ceux qu'il réveille.
Ceux-ci venaient rétrospectivement donner un charme
voluptueux au portrait de Jacquet lui-même, et en ce
moment le baron l'eût volontiers acquis pour étudier
en lui la généalogie physiologique des deux jeunes Surgis.

— Tu vois que je n'exagérais pas, me dit Robert.
Regarde un peu l'empressement de mon oncle auprès de
Mme de Surgis. Et même, là, cela m'étonne. Si Oriane
le savait, elle serait furieuse. Franchement il y a assez de
femmes sans aller juste se précipiter sur celle-là, ajouta-
t-il ; comme tous les gens qui ne sont pas amoureux,
il s'imaginait qu'on choisit la personne qu'on aime après
mille délibérations et d'après des qualités et convenances
diverses. Du reste, tout en se trompant sur son oncle,
qu'il croyait adonné aux femmes, Robert, dans sa rancune, parlait de M. de Charlus avec trop de légèreté. On
n'est pas toujours impunément le neveu de quelqu'un.
C'est très souvent par son intermédiaire qu'une habitude héréditaire est transmise tôt ou tard. On pourrait
faire ainsi toute une galerie de portraits, ayant le titre
de la comédie allemande *Oncle et Neveu*, où l'on verrait
l'oncle veillant jalousement, bien qu'involontairement,
à ce que son neveu finisse par lui ressembler. J'ajouterai
même que cette galerie serait incomplète si l'on n'y faisait
pas figurer les oncles qui n'ont aucune parenté réelle,
n'étant que les oncles de la femme du neveu. Les Messieurs de Charlus sont, en effet, tellement persuadés
d'être les seuls bons maris, en plus les seuls dont une
femme ne soit pas jalouse, que généralement, par affection pour leur nièce, ils lui font épouser aussi un Charlus.
Ce qui embrouille l'écheveau des ressemblances. Et à
l'affection pour la nièce se joint parfois de l'affection aussi
pour son fiancé. De tels mariages ne sont pas rares, et
sont souvent ce qu'on appelle heureux.

— De quoi parlions-nous ? Ah ! de cette grande blonde,
la femme de chambre de Mme Putbus. Elle aime aussi
les femmes, mais je pense que cela t'est égal ; je peux te
dire franchement, je n'ai jamais vu créature aussi belle.
— Je me l'imagine assez Giorgione ? — Follement Giorgione ! Ah ! si j'avais du temps à passer à Paris, ce qu'il
y a de choses magnifiques à faire ! Et puis, on passe à une
autre. Car pour l'amour, vois-tu, c'est une bonne blague,
j'en suis bien revenu.

Je m'aperçus bientôt, avec surprise, qu'il n'était pas moins revenu de la littérature, alors que c'était seulement des littérateurs qu'il m'avait paru désabusé à notre dernière rencontre (« C'est presque tous fripouille et compagnie », m'avait-il dit), ce qui se pouvait expliquer par sa rancune justifiée à l'endroit de certains amis de Rachel. Ils lui avaient, en effet, persuadé qu'elle n'aurait jamais de talent si elle laissait Robert, « homme d'une autre race », prendre de l'influence sur elle, et avec elle se moquaient de lui, devant lui, dans les dîners qu'il leur donnait. Mais en réalité l'amour de Robert pour les Lettres n'avait rien de profond, n'émanait pas de sa vraie nature, il n'était qu'un dérivé de son amour pour Rachel, et il s'était effacé de celui-ci, en même temps que son horreur des gens de plaisir et que son respect religieux pour la vertu des femmes.

— Comme ces deux jeunes gens ont un air étrange! Regardez cette curieuse passion du jeu, marquise, dit M. de Charlus, en désignant à Mme de Surgis ses deux fils, comme s'il ignorait absolument qui ils étaient, ce doivent être deux Orientaux, ils ont certains traits caractéristiques, ce sont peut-être des Turcs, ajouta-t-il, à la fois pour confirmer encore sa feinte innocence, témoigner d'une vague antipathie, qui, quand elle ferait place ensuite à l'amabilité, prouverait que celle-ci s'adresserait seulement à la qualité de fils de Mme de Surgis, n'ayant commencé que quand le baron avait appris qui ils étaient. Peut-être aussi M. de Charlus, de qui l'insolence était un don de nature qu'il avait joie à exercer, profitait-il de la minute pendant laquelle il était censé ignorer qui était le nom de ces deux jeunes gens pour se divertir aux dépens de Mme de Surgis et se livrer à ses railleries coutumières, comme Scapin met à profit le déguisement de son maître pour lui administrer des volées de coups de bâton.

— Ce sont mes fils, dit Mme de Surgis, avec une rougeur qu'elle n'aurait pas eue si elle avait été plus fine sans être plus vertueuse. Elle eût compris alors que l'air d'indifférence absolue ou de raillerie que M. de Charlus manifestait à l'égard d'un jeune homme n'était pas plus sincère que l'admiration toute superficielle qu'il témoignait à une femme n'exprimait le vrai fond de sa nature. Celle à qui il pouvait tenir indéfiniment les propos les plus complimenteurs aurait pu être jalouse du regard que, tout en causant avec elle, il lançait à un homme qu'il feignait ensuite de n'avoir pas remarqué. Car ce regardlà était un regard autre que ceux que M. de Charlus avait pour les femmes ; un regard particulier, venu des profondeurs, et qui, même dans une soirée, ne pouvait s'empêcher d'aller naïvement aux jeunes gens, comme les regards d'un couturier qui décèlent sa profession par la façon immédiate qu'ils ont de s'attacher aux habits.

— Oh! comme c'est curieux, répondit non sans insolence M. de Charlus, en ayant l'air de faire faire à sa pensée un long trajet pour l'amener à une réalité si différente de celle qu'il feignait d'avoir supposée. Mais je ne les connais pas, ajouta-t-il, craignant d'être allé un peu loin dans l'expression de l'antipathie et d'avoir paralysé ainsi chez la marquise l'intention de lui faire faire leur connaissance. « Est-ce que vous voudriez me permettre de vous les présenter ? demanda timidement Mme de Surgis. — Mais, mon Dieu! comme vous penserez, moi, je veux bien, je ne suis pas peut-être un personnage bien divertissant pour d'aussi jeunes gens », psalmodia, M. de Charlus avec l'air d'hésitation et de froideur de quelqu'un qui se laisse arracher une politesse.

— Arnulphe, Victurnien, venez vite, dit Mme de Surgis. Victurnien se leva avec décision. Arnulphe, sans voir plus loin que son frère, le suivit docilement.

— Voilà le tour des fils, maintenant, me dit Robert. C'est à mourir de rire. Jusqu'au chien du logis, il s'efforce de complaire. C'est d'autant plus drôle que mon oncle déteste les gigolos. Et regarde comme il les écoute avec sérieux. Si c'était moi qui avais voulu les lui présenter, ce qu'il m'aurait envoyé dinguer. Écoute, il va falloir que j'aille dire bonjour à Oriane. J'ai si peu de temps à passer à Paris que je veux tâcher de voir ici tous les gens à qui j'aurais été sans cela mettre des cartes.

— Comme ils ont l'air bien élevés, comme ils ont de jolies manières, était en train de dire M. de Charlus.

— Vous trouvez ? répondait Mme de Surgis ravie. Swann m'ayant aperçu s'approcha de Saint-Loup et de moi. La gaîté juive était chez Swann moins fine que les plaisanteries de l'homme du monde. « Bonsoir, nous dit-il. Mon Dieu ! tous trois ensemble, on va croire à une réunion de syndicat. Pour un peu on va chercher où est la caisse ! » Il ne s'était pas aperçu que M. de Beauserfeuil était dans son dos et l'entendait. Le général fronça involontairement les sourcils. Nous entendions la voix de M. de Charlus tout près de nous : « Comment ? vous vous appelez Victurnien, comme dans le *Cabinet des Antiques*, disait le baron pour prolonger la conversation avec les deux jeunes gens. — De Balzac, oui », répondit l'aîné des Surgis, qui n'avait jamais lu une ligne de ce romancier, mais à qui son professeur avait signalé, il y avait quelques jours, la similitude de son prénom avec celui de d'Esgrignon. Mme de Surgis était ravie de voir son fils briller et M. de Charlus extasié devant tant de science.

— Il paraît que Loubet est en plein pour nous, de source tout à fait sûre, dit à Saint-Loup, mais cette fois à voix plus basse pour ne pas être entendu du général, Swann pour qui les relations républicaines de sa femme devenaient plus intéressantes depuis que l'affaire Dreyfus était le centre de ses préoccupations. Je vous dis cela parce que je sais que vous marchez à fond avec nous.

— Mais, pas tant que ça ; vous vous trompez complètement, répondit Robert. C'est une affaire mal engagée dans laquelle je regrette bien de m'être fourré. Je n'avais rien à voir là-dedans. Si c'était à recommencer, je m'en tiendrais bien à l'écart. Je suis soldat et avant tout pour l'armée. Si tu restes un moment avec M. Swann, je te retrouverai tout à l'heure, je vais près de ma tante.

Mais je vis que c'était avec Mlle d'Ambresac qu'il allait causer et j'éprouvais du chagrin à la pensée qu'il m'avait menti sur leurs fiançailles possibles. Je fus rasséréné quand j'appris qu'il lui avait été présenté une demi-heure avant par Mᵐᵉ de Marsantes, qui désirait ce mariage, les Ambresac étant très riches.

— Enfin, dit M. de Charlus à Mᵐᵉ de Surgis, je trouve un jeune homme instruit, qui a lu, qui sait ce que c'est que Balzac. Et cela me fait d'autant plus de plaisir de le rencontrer là où c'est devenu le plus rare, chez un de mes pairs, chez un des nôtres, ajouta-t-il en insistant sur ces mots. Les Guermantes avaient beau faire semblant de trouver tous les hommes pareils, dans les grandes occasions où ils se trouvaient avec des gens « nés », et surtout moins bien « nés », qu'ils désiraient et pouvaient flatter, ils n'hésitaient pas à sortir les vieux souvenirs de famille. « Autrefois, reprit le baron, aristocrates voulait dire les meilleurs, par l'intelligence, par le cœur. Or, voilà le premier d'entre nous que je vois sachant ce que c'est que Victurnien d'Esgrignon. J'ai tort de dire le premier. Il y a aussi un Polignac et un Montesquiou, ajouta M. de Charlus qui savait que cette double assimilation ne pouvait qu'enivrer la marquise. D'ailleurs vos fils ont de qui tenir, leur grand-père maternel avait une collection célèbre du xviiiᵉ siècle. Je vous montrerai la mienne si vous voulez me faire le plaisir de venir déjeuner un jour, dit-il au jeune Victurnien. Je vous montrerai une curieuse édition du *Cabinet des Antiques* avec des corrections de la main de Balzac. Je serai charmé de confronter ensemble les deux Victurnien. »

Je ne pouvais me décider à quitter Swann. Il était arrivé à ce degré de fatigue où le corps d'un malade n'est plus qu'une cornue où s'observent des réactions chimiques. Sa figure se marquait de petits points bleu de Prusse, qui avaient l'air de ne pas appartenir au monde vivant, et dégageait ce genre d'odeur qui, au lycée, après les « expériences », rend si désagréable de rester dans une classe de « Sciences ». Je lui demandai s'il n'avait pas eu une longue conversation avec le prince de Guermantes et s'il ne voulait pas me raconter ce qu'elle avait été.

— Si, me dit-il, mais allez d'abord un moment avec
M. de Charlus et Mme de Surgis, je vous attendrai ici.

En effet, M. de Charlus ayant proposé à Mme de
Surgis de quitter cette pièce trop chaude et d'aller
s'asseoir un moment avec elle dans une autre, n'avait
pas demandé aux deux fils de venir avec leur mère, mais à
moi. De cette façon, il se donnait l'air, après les avoir
amorcés, de ne pas tenir aux deux jeunes gens. Il me
faisait de plus une politesse facile, Mme de Surgis-le-
Duc étant assez mal vue.

Malheureusement, à peine étions-nous assis dans une
baie sans dégagements, que Mme de Saint-Euverte,
but des quolibets du baron, vint à passer. Elle, peut-être
pour dissimuler, ou dédaigner ouvertement les mauvais
sentiments qu'elle inspirait à M. de Charlus, et surtout
montrer qu'elle était intime avec une dame qui causait si
familièrement avec lui, dit un bonjour dédaigneusement
amical à la célèbre beauté, laquelle lui répondit, tout en
regardant du coin de l'œil M. de Charlus avec un sourire
moqueur. Mais la baie était si étroite que Mme de Saint-
Euverte, quand elle voulut derrière nous, continuer de
quêter ses invités du lendemain, se trouva prise et ne put
facilement se dégager, moment précieux dont M. de
Charlus, désireux de faire briller sa verve insolente aux
yeux de la mère des deux jeunes gens, se garda bien de ne
pas profiter. Une niaise question que je lui posai sans
malice lui fournit l'occasion d'un triomphal couplet dont
la pauvre Saint-Euverte, quasi immobilisée derrière
nous, ne pouvait guère perdre un mot.

— Croyez-vous que cet impertinent jeune homme,
dit-il en me désignant à Mme de Surgis, vient de me
demander, sans le moindre souci qu'on doit avoir de
cacher ces sortes de besoins, si j'allais chez Mme de Saint-
Euverte, c'est-à-dire, je pense, si j'avais la colique. Je
tâcherais en tous cas de m'en soulager dans un endroit
plus confortable que chez une personne qui, si j'ai
bonne mémoire, célébrait son centenaire quand je
commençai à aller dans le monde, c'est-à-dire pas chez

elle. Et pourtant, qui plus qu'elle serait intéressante à
entendre ? Que de souvenirs historiques, vus et vécus,
du temps du Premier Empire et de la Restauration,
que d'histoires intimes aussi qui n'avaient certainement
rien de « Saint », mais devaient être très « Vertes », si l'on
en croit la cuisse restée légère de la vénérable gamba-
deuse ! Ce qui m'empêcherait de l'interroger sur ces
époques passionnantes, c'est la sensibilité de mon appareil olfactif. La proximité de la dame suffit. Je me dis
tout d'un coup : « Oh ! mon Dieu, on a crevé ma fosse
d'aisances », c'est simplement la marquise qui, dans
quelque but d'invitation, vient d'ouvrir la bouche. Et
vous comprenez que si j'avais le malheur d'aller chez
elle, la fosse d'aisances se multiplierait en un formidable
tonneau de vidange. Elle porte pourtant un nom mys-
tique qui me fait toujours penser avec jubilation, quoiqu'elle ait passé depuis longtemps la date de son jubilé,
à ce stupide vers dit « déliquescent » : Ah ! verte, combien
verte était mon âme ce jour-là... » Mais il me faut une
plus propre verdure. On me dit que l'infatigable mar-
cheuse donne des « garden-parties », moi j'appellerais ça
« des invites à se promener dans les égouts ». Est-ce que
vous allez vous crotter là ? demanda-t-il à Mᵐᵉ de Surgis,
qui cette fois se trouva ennuyée. Car voulant feindre de
n'y pas aller, vis-à-vis du baron, et sachant qu'elle donnerait des jours de sa propre vie plutôt que de manquer
la matinée Saint-Euverte, elle s'en tira par une moyenne,
c'est-à-dire l'incertitude. Cette incertitude prit une forme
si bêtement dilettante et si mesquinement couturière,
que M. de Charlus, ne craignant pas d'offenser Mᵐᵉ de
Surgis, à laquelle pourtant il désirait plaire, se mit à rire
pour lui montrer que « ça ne prenait pas ».

— J'admire toujours les gens qui font des projets,
dit-elle ; je me décommande souvent au dernier moment.
Il y a une question de robe d'été qui peut changer les
choses. J'agirai sous l'inspiration du moment.

Pour ma part, j'étais indigné de l'abominable petit
discours que venait de tenir M. de Charlus. J'aurais voulu

combler de biens la donneuse de garden-parties. Malheureusement dans le monde, comme dans le monde
politique, les victimes sont si lâches qu'on ne peut pas
en vouloir bien longtemps aux bourreaux. Mme de
Saint-Euverte, qui avait réussi à se dégager de la baie
dont nous barrions l'entrée, frôla involontairement le
baron en passant, et, par un réflexe de snobisme qui
annihilait chez elle toute colère, peut-être même dans
l'espoir d'une entrée en matière d'un genre dont ce ne
devait pas être le premier essai : « Oh! pardon, monsieur
de Charlus, j'espère que je ne vous ai pas fait mal »,
s'écria-t-elle comme si elle s'agenouillait devant son
maître. Celui-ci ne daigna répondre autrement que par
un large rire ironique et concéda seulement un « bonsoir », qui, comme s'il s'apercevait seulement de la présence de la marquise une fois qu'elle l'avait salué la
première, était une insulte de plus. Enfin, avec une platitude suprême, dont je souffris pour elle, Mme de Saint-
Euverte s'approcha de moi et, m'ayant pris à l'écart, me
dit à l'oreille : « Mais, qu'ai-je fait à M. de Charlus ?
On prétend qu'il ne me trouve pas assez chic pour lui »,
dit-elle, en riant à gorge déployée. Je restai sérieux.
D'une part, je trouvais stupide qu'elle eût l'air de croire
ou de vouloir faire croire que personne n'était, en effet,
aussi chic qu'elle. D'autre part, les gens qui rient si fort
de ce qu'ils disent, et qui n'est pas drôle, nous dispen-
sent par là, en prenant à leur charge l'hilarité, d'y participer.

— D'autres assurent qu'il est froissé que je ne l'invite
pas. Mais il ne m'encourage pas beaucoup. Il a l'air de
me bouder (l'expression me parut faible). Tâchez de le
savoir et venez me le dire demain. Et s'il a des remords
et veut vous accompagner, amenez-le. A tout péché
miséricorde. Cela me ferait même assez plaisir, à cause
de Mme de Surgis que cela ennuierait. Je vous laisse
carte blanche. Vous avez le flair le plus fin de toutes ces
choses-là et je ne veux pas avoir l'air de quémander des
invités. En tous cas, sur vous, je compte absolument.

Je songeai que Swann devait se fatiguer à m'attendre. Je ne voulais pas, du reste, rentrer trop tard à cause d'Albertine, et, prenant congé de Mme de Surgis et de M. de Charlus, j'allai retrouver mon malade dans la salle de jeu. Je lui demandai si ce qu'il avait dit au Prince dans leur entretien au jardin était bien ce que M. de Bréauté (que je ne lui nommai pas) nous avait rendu et qui était relatif à un petit acte de Bergotte. Il éclata de rire : « Il n'y a pas un mot de vrai, pas un seul, c'est entièrement inventé et aurait été absolument stupide. Vraiment c'est inouï, cette génération spontanée de l'erreur. Je ne vous demande pas qui vous a dit cela, mais ce serait vraiment curieux, dans un cadre aussi délimité que celui-ci, de remonter de proche en proche pour savoir comment cela s'est formé. Du reste, comment cela peut-il intéresser les gens, ce que le Prince m'a dit ? Les gens sont bien curieux. Moi, je n'ai jamais été curieux, sauf quand j'ai été amoureux et quand j'ai été jaloux. Et pour ce que cela m'a appris ! Êtes-vous jaloux ? » Je dis à Swann que je n'avais jamais éprouvé de jalousie, que je ne savais même pas ce que c'était. « Hé bien ! je vous en félicite. Quand on l'est un peu, cela n'est pas tout à fait désagréable, à deux points de vue. D'une part parce que cela permet aux gens qui ne sont pas curieux de s'intéresser à la vie des autres personnes, ou au moins d'une autre. Et puis, parce que cela fait assez bien sentir la douceur de posséder, de monter en voiture avec une femme, de ne pas la laisser aller seule. Mais cela, ce n'est que dans les tout premiers débuts du mal ou quand la guérison est presque complète. Dans l'intervalle, c'est le plus affreux des supplices. Du reste, même les deux douceurs dont je vous parle, je dois vous dire que je les ai peu connues ; la première, par la faute de ma nature qui n'est pas capable de réflexions très prolongées ; la seconde, à cause des circonstances, par la faute de la femme, je veux dire des femmes, dont j'ai été jaloux. Mais cela ne fait rien. Même quand on ne tient plus aux choses, il n'est pas absolument indifférent d'y avoir tenu, parce que c'était toujours pour des raisons qui échappaient aux autres. Le souvenir de ces sentiments-là, nous sentons qu'il n'est qu'en nous ; c'est en nous qu'il faut rentrer pour le regarder. Ne vous moquez pas trop de ce jargon idéaliste, mais ce que je veux dire, c'est que j'ai beaucoup aimé la vie et que j'ai beaucoup aimé les arts. Hé bien! maintenant que je suis un peu trop fatigué pour vivre avec les autres, ces anciens sentiments si personnels à moi, que j'ai eus, me semblent, ce qui est la manie de tous les collectionneurs, très précieux. Je m'ouvre à moi-même mon cœur comme une espèce de vitrine, je regarde un à un tant d'amours que les autres n'auront pas connus. Et de cette collection à laquelle je suis maintenant plus attaché encore qu'aux autres, je me dis, un peu comme Mazarin pour ses livres, mais, du reste, sans angoisse aucune, que ce sera bien embêtant de quitter tout cela. Mais venons à l'entretien avec le Prince, je ne le raconterai qu'à une seule personne, et cette personne, cela va être vous. » J'étais gêné, pour l'entendre, par la conversation que, tout près de nous, M. de Charlus, revenu dans la salle de jeu, prolongeait indéfiniment. « Et vous lisez aussi ? Qu'est-ce que vous faites ? » demanda-t-il au comte Arnulphe, qui ne connaissait même pas le nom de Balzac. Mais sa myopie, comme il voyait tout très petit, lui donnait l'air de voir très loin, de sorte que, rare poésie en un sculptural dieu grec, dans ses prunelles s'inscrivaient comme de distantes et mystérieuses étoiles.

— Si nous allions faire quelques pas dans le jardin, Monsieur, dis-je à Swann, tandis que le comte Arnulphe, avec une voix zézayante qui semblait indiquer que son développement, au moins mental, n'était pas complet, répondait à M. de Charlus avec une précision complaisante et naïve : « Oh! moi, c'est plutôt le golf, le tennis, le ballon, la course à pied, surtout le polo. » Telle Minerve, s'étant subdivisée, avait cessé, dans certaine cité, d'être la déesse de la Sagesse et avait incarné une part d'elle-même en une divinité purement sportive, hippique, « Athénè Hippia ». Et il allait aussi à Saint-Moritz faire du ski, car Pallas Tritogeneia fréquente les hauts sommets et rattrape les cavaliers. « Ah! » répondit M. de Charlus, avec le sourire transcendant de l'intellectuel qui ne prend même pas la peine de dissimuler qu'il se moque, mais qui, d'ailleurs, se sent si supérieur aux autres et méprise tellement l'intelligence de ceux qui sont le moins bêtes, qu'il les différencie à peine de ceux qui le sont le plus, du moment qu'ils peuvent lui être agréables d'une autre façon. En parlant à Arnulphe, M. de Charlus trouvait qu'il lui conférait par là même une supériorité que tout le monde devait envier et reconnaître. « Non, me répondait Swann, je suis trop fatigué pour marcher, asseyons-nous plutôt dans un coin, je ne tiens plus debout, » C'était vrai, et pourtant, commencer à causer lui avait déjà rendu une certaine vivacité. C'est que dans la fatigue la plus réelle il y a, surtout chez les gens nerveux, une part qui dépend de l'attention et qui ne se conserve que par la mémoire. On est subitement las dès qu'on craint de l'être, et pour se remettre de sa fatigue, il suffit de l'oublier. Certes, Swann n'était pas tout à fait de ces infatigables épuisés qui, arrivés défaits, flétris, ne se soutenant plus, se raniment dans la conversation comme une fleur dans l'eau et peuvent pendant des heures puiser dans leurs propres paroles des forces qu'ils ne transmettent malheureusement pas à ceux qui les écoutent et qui paraissent de plus en plus abattus au fur et à mesure que le parleur se sent plus réveillé. Mais Swann appartenait à cette forte race juive, à l'énergie vitale, à la résistance à la mort de qui les individus eux-mêmes semblent participer. Frappés chacun de maladies particulières, comme elle l'est, elle-même, par la persécution, ils se débattent indéfiniment dans des agonies terribles qui peuvent se prolonger au delà de tout terme vraisemblable, quand déjà on ne voit plus qu'une barbe de prophète surmontée d'un nez immense qui se dilate pour aspirer les derniers souffles, avant l'heure des prières rituelles et que commence le défilé ponctuel

des parents éloignés s'avançant avec des mouvements
mécaniques, comme sur une frise assyrienne.

Nous allâmes nous asseoir, mais, avant de s'éloigner du
groupe que M. de Charlus formait avec les deux jeunes
Surgis et leur mère, Swann ne put s'empêcher d'attacher
sur le corsage de celle-ci de longs regards de connaisseur
dilatés et concupiscents. Il mit même son monocle pour
mieux apercevoir, et, tout en me parlant, de temps à autre
il jetait un regard vers la direction de cette dame.

— Voici mot pour mot, me dit-il, quand nous fûmes
assis, ma conversation avec le Prince, et si vous vous rappelez ce que je vous ai dit tantôt, vous verrez pourquoi je
vous choisis pour confident. Et puis aussi, pour une autre
raison que vous saurez un jour. « Mon cher Swann, m'a
dit le prince de Guermantes, vous m'excuserez si j'ai
paru vous éviter depuis quelque temps. (Je ne m'en étais
nullement aperçu, étant malade et fuyant moi-même tout
le monde.) D'abord, j'avais entendu dire, et je prévoyais
bien que vous aviez, dans la malheureuse affaire qui
divise le pays, des opinions entièrement opposées aux
miennes. Or, il m'eût été excessivement pénible que vous
les professiez devant moi. Ma nervosité était si grande que,
la Princesse ayant entendu, il y a deux ans, son beau-frère
le grand-duc de Hesse dire que Dreyfus était innocent,
elle ne s'était pas contentée de relever le propos avec
vivacité, mais ne me l'avait pas répété pour ne pas me
contrarier. Presque à la même époque, le prince royal
de Suède était venu à Paris et, ayant probablement
entendu dire que l'impératrice Eugénie était dreyfusiste,
avait confondu avec la Princesse (étrange confusion vous
l'avouerez, entre une femme du rang de ma femme et
une Espagnole, beaucoup moins bien née qu'on ne le dit,
et mariée à un simple Bonaparte) et lui avait dit : " Princesse, je suis doublement heureux de vous voir, car je
sais que vous avez les mêmes idées que moi sur l'affaire
Dreyfus, ce qui ne m'étonne pas puisque Votre Altesse
est bavaroise. " Ce qui avait attiré au Prince cette réponse :
" Monseigneur, je ne suis plus qu'une princesse fran-

çaise, et je pense comme tous mes compatriotes. " Or,
mon cher Swann, il y a environ un an et demi, une
conversation que j'eus avec le général de Beauserfeuil me
donna le soupçon que, non pas une erreur, mais de
graves illégalités, avaient été commises dans la conduite
du procès. »

Nous fûmes interrompus (Swann ne tenait pas à ce
qu'on entendît son récit) par la voix de M. de Charlus
qui (sans se soucier de nous, d'ailleurs), passait en reconduisant Mᵐᵉ de Surgis et s'arrêta pour tâcher de la
retenir encore, soit à cause de ses fils, ou de ce désir
qu'avaient les Guermantes de ne pas voir finir la minute
actuelle, lequel les plongeait dans une sorte d'anxieuse
inertie. Swann m'apprit à ce propos, un peu plus tard,
quelque chose qui ôta, pour moi, au nom de Surgis-
le-Duc toute la poésie que je lui avais trouvée. La marquise
de Surgis-le-Duc avait une beaucoup plus grande situation mondaine, de beaucoup plus belles alliances que
son cousin, le comte de Surgis qui, pauvre, vivait dans
ses terres. Mais le mot qui terminait le titre, « le Duc »,
n'avait nullement l'origine que je lui prêtais et qui
m'avait fait le rapprocher, dans mon imagination, de
Bourg-l'Abbé, Bois-le-Roi, etc. Tout simplement, un
comte de Surgis avait épousé, pendant la Restauration,
la fille d'un richissime industriel, M. Leduc, ou Le Duc,
fils lui-même d'un fabricant de produits chimiques,
l'homme le plus riche de son temps, et qui était pair de
France. Le roi Charles X avait créé, pour l'enfant issu
de ce mariage, le marquisat de Surgis-le-Duc, le marquisat de Surgis existant déjà dans la famille. L'adjonc-
tion du nom bourgeois n'avait pas empêché cette branche
de s'allier, à cause de l'énorme fortune, aux premières
familles du royaume. Et la marquise actuelle de Surgis-
le-Duc, d'une grande naissance, aurait pu avoir une
situation de premier ordre. Un démon de perversité
l'avait poussée, dédaignant la situation toute faite, à
s'enfuir de la maison conjugale, à vivre de la façon la
plus scandaleuse. Puis, le monde dédaigné par elle à

vingt ans, quand il était à ses pieds, lui avait cruellement manqué à trente, quand, depuis dix ans, personne,
sauf de rares amies fidèles, ne la saluait plus, et elle
avait entrepris de reconquérir laborieusement, pièce
par pièce, ce qu'elle possédait en naissant (aller et retour
qui ne sont pas rares).

Quant aux grands seigneurs ses parents, reniés jadis
par elle, et qui l'avaient reniée à leur tour, elle s'excusait
de la joie qu'elle aurait à les ramener à elle sur des souvenirs d'enfance qu'elle pourrait évoquer avec eux. Et en
disant cela, pour dissimuler son snobisme, elle mentait
peut-être moins qu'elle ne croyait. « Basin, c'est toute ma
jeunesse ! » disait-elle le jour où il lui était revenu. Et, en
effet, c'était un peu vrai. Mais elle avait mal calculé en le
choisissant comme amant. Car toutes les amies de la
duchesse de Germantes allaient prendre parti pour elle,
et ainsi Mme de Surgis descendrait pour la deuxième fois
cette pente qu'elle avait eu tant de peine à remonter.
« Hé bien ! était en train de lui dire M. de Charlus, qui
tenait à prolonger l'entretien, vous mettrez mes hommages au pied du beau portrait. Comment va-t-il ? Que
devient-il ? — Mais, répondit Mme de Surgis, vous savez
que je ne l'ai plus : mon mari n'en a pas été content. —
Pas content ! d'un des chefs-d'œuvre de notre époque,
égal à la duchesse de Châteauroux de Nattier et qui, du
reste, ne prétendait pas à fixer une moins majestueuse et
meurtrière déesse ! Oh ! le petit col bleu ! C'est-à-dire que
jamais Ver Meer n'a peint une étoffe avec plus de maî-
trise, ne le disons pas trop haut pour que Swann ne s'attaque pas à nous dans l'intention de venger son peintre
favori, le maître de Delft. » La marquise, se retournant,
adressa un sourire et tendit la main à Swann qui s'était
soulevé pour la saluer. Mais, presque sans dissimulation,
qu'une vie déjà avancée lui en eût ôté soit la volonté
morale par l'indifférence à l'opinion, ou le pouvoir physique par l'exaltation du désir et l'affaiblissement des
ressorts qui aident à le cacher, dès que Swann eut, en
serrant la main de la marquise, vu sa gorge de tout près

et de haut, il plongea un regard attentif, sérieux, absorbé, presque soucieux, dans les profondeurs du corsage, et ses narines, que le parfum de la femme grisait, palpitèrent comme un papillon prêt à aller se poser sur la fleur entrevue. Brusquement il s'arracha au vertige qui l'avait saisi, et Mme de Surgis elle-même, quoique gênée, étouffa une respiration profonde, tant le désir est parfois contagieux. « Le peintre s'est froissé, dit-elle à M. de Charlus, et l'a repris. On avait dit qu'il était maintenant chez Diane de Saint-Euverte. — Je ne croirai jamais, répliqua le baron, qu'un chef-d'œuvre ait si mauvais goût. »

— Il lui parle de son portrait. Moi, je lui en parlerais aussi bien que Charlus, de ce portrait, me dit Swann, affectant un ton traînard et voyou et suivant des yeux le couple qui s'éloignait. Et cela me ferait sûrement plus de plaisir qu'à Charlus, ajouta-t-il.

Je lui demandai si ce qu'on disait de M. de Charlus était vrai, en quoi je mentais doublement, car si je ne savais pas qu'on eût jamais rien dit, en revanche je savais fort bien, depuis tantôt, que ce que je voulais dire était vrai. Swann haussa les épaules, comme si j'avais proféré une absurdité.

— C'est-à-dire que c'est un ami délicieux. Mais ai-je besoin d'ajouter que c'est purement platonique. Il est plus sentimental que d'autres, voilà tout ; d'autre part, comme il ne va jamais très loin avec les femmes, cela a donné une espèce de crédit aux bruits insensés dont vous voulez parler. Charlus aime peut-être beaucoup ses amis, mais tenez pour assuré que cela ne s'est jamais passé ailleurs que dans sa tête et dans son cœur. Enfin, nous allons peut-être avoir deux secondes de tranquillité. Donc, le prince de Guermantes continua : « Je vous avouerai que cette idée d'une illégalité possible dans la conduite du procès m'était extrêmement pénible à cause du culte que vous savez que j'ai pour l'armée ; j'en reparlai avec le général, et je n'eus plus, hélas ! aucun doute à cet égard. Je vous dirai franchement que, dans tout cela, l'idée qu'un innocent pourrait subir le plus infamante des peines ne m'avait

même pas effleuré. Mais tourmenté par cette idée d'illégalité, je me mis à étudier ce que je n'avais pas voulu lire,
et voici que des doutes, cette fois non plus seulement sur
l'illégalité mais sur l'innocence, vinrent me hanter. Je ne
crus pas en devoir parler à la Princesse. Dieu sait qu'elle
est devenue aussi Française que moi. Malgré tout, du
jour où je l'ai épousée, j'eus tant de coquetterie à lui
montrer dans toute sa beauté notre France, et ce que
pour moi elle a de plus spendide, son armée, qu'il m'était
trop cruel de lui faire part de mes soupçons qui n'atteignaient, il est vrai, que quelques officiers. Mais je suis
d'une famille de militaires, je ne voulais pas croire que
des officiers pussent se tromper. J'en reparlai encore à
Beauserfeuil, il m'avoua que des machinations coupables
avaient été ourdies, que le bordereau n'était peut-être pas
de Dreyfus, mais que la preuve éclatante de sa culpabilité
existait. C'était la pièce Henry. Et quelques jours après,
on apprenait que c'était un faux. Dès lors, en cachette de
la Princesse, je me mis à lire tous les jours *le Siècle*,
l'Aurore ; bientôt je n'eus plus aucun doute, je ne pouvais plus dormir. Je m'ouvris de mes souffrances morales
à notre ami, l'abbé Poiré, chez qui je rencontrai avec
étonnement la même conviction, et je fis dire par lui des
messes à l'intention de Dreyfus, de sa malheureuse femme
et de ses enfants. Sur ces entrefaites, un matin que j'allais
chez la Princesse, je vis sa femme de chambre qui cachait
quelque chose qu'elle avait dans la main. Je lui demandai
en riant ce que c'était, elle rougit et ne voulut pas me le
dire. J'avais la plus grande confiance dans ma femme,
mais cet incident me troubla fort (et sans doute aussi la
Princesse à qui sa cameriste avait dû le raconter), car ma
chère Marie me parla à peine pendant le déjeuner qui
suivit. Je demandai ce jour-là à l'abbé Poiré s'il pourrait
dire le lendemain sa messe pour Dreyfus. » Allons, bon!
s'écria Swann à mi-voix en s'interrompant.

Je levai la tête et vis le duc de Guermantes qui venait à
nous. « Pardon de vous déranger, mes enfants. Mon petit,
dit-il en s'adressant à moi, je suis délégué auprès de vous

par Oriane. Marie et Gilbert lui ont demandé de rester à
souper à leur table avec cinq ou six personnes seulement :
la princesse de Hesse, Mme de Ligne, Mme de Tarente,
Mme de Chevreuse, la duchesse d'Arenberg. Malheureusement, nous ne pouvons pas rester, parce que nous allons
à une espèce de petite redoute. » J'écoutais, mais chaque
fois que nous avons quelque chose à faire à un moment
déterminé, nous chargeons en nous-mêmes un certain
personnage habitué à ce genre de besogne de surveiller
l'heure et de nous avertir à temps. Ce serviteur interne me
rappela, comme je l'en avais prié il y a quelques heures,
qu'Albertine, en ce moment bien loin de ma pensée,
devait venir chez moi aussitôt après le théâtre. Aussi, je
refusai le souper. Ce n'est pas que je ne me plusse chez la
princesse de Guermantes. Ainsi les hommes peuvent
avoir plusieurs sortes de plaisirs. Le véritable est celui
pour lequel ils quittent l'autre. Mais ce dernier, s'il est
apparent, ou même seul apparent, peut donner le change
sur le premier, rassure ou dépiste les jaloux, égare le jugement du monde. Et pourtant, il suffirait pour que nous le
sacrifiions à l'autre d'un peu de bonheur ou d'un peu de
souffrance. Parfois un troisième ordre de plaisirs plus
graves, mais plus essentiels, n'existe pas encore pour nous
chez qui sa virtualité ne se traduit qu'en éveillant des
regrets, des découragements. Et c'est à ces plaisirs-là
pourtant que nous nous donnerons plus tard. Pour en
donner un exemple tout à fait secondaire, un militaire
en temps de paix sacrifiera la vie mondaine à l'amour,
mais la guerre déclarée (et sans qu'il soit même besoin de
faire intervenir l'idée d'un devoir patriotique), l'amour
à la passion, plus forte que l'amour, de se battre. Swann
avait beau dire qu'il était heureux de me raconter son
histoire, je sentais bien que sa conversation avec moi, à
cause de l'heure tardive, et parce qu'il était trop souffrant,
était une de ces fatigues dont ceux qui savent qu'ils se
tuent par les veilles, par les excès, ont en rentrant un
regret exaspéré, pareil à celui qu'ont de la folle dépense
qu'ils viennent encore de faire les prodigues, qui ne pour-

ront pourtant pas s'empêcher le lendemain de jeter l'argent par les fenêtres. A partir d'un certain degré d'affaiblissement, qu'il soit causé par l'âge ou par la maladie, tout plaisir pris aux dépens du sommeil, en dehors des habitudes, tout dérèglement, devient un ennui. Le causeur continue à parler par politesse, par excitation, mais il sait que l'heure où il aurait pu encore s'endormir est déjà passée, et il sait aussi les reproches qu'il s'adressera au cours de l'insomnie et de la fatigue qui vont suivre. Déjà, d'ailleurs, même le plaisir momentané a pris fin, le corps et l'esprit sont trop démeublés de leurs forces pour accueillir agréablement ce qui paraît un divertissement à votre interlocuteur. Ils ressemblent à un appartement un jour de départ ou de déménagement, où ce sont des corvées que les visites que l'on reçoit assis sur des malles, les yeux fixés sur la pendule.

— Enfin seuls, me dit-il ; je ne sais plus où j'en suis. N'est-ce pas, je vous ai dit que le Prince avait demandé à l'abbé Poiré s'il pourrait dire sa messe pour Dreyfus. « Non, me répondit l'abbé (je vous dis " me ", me dit Swann, parce que c'est le Prince qui me parle, vous comprenez ?) car j'ai une autre messe qu'on m'a chargé de dire également ce matin pour lui. — Comment, lui dis-je, il y a un autre catholique que moi qui est convaincu de son innocence ? — Il faut le croire. — Mais la conviction de cet autre partisan doit être moins ancienne que la mienne. — Pourtant, ce partisan me faisait déjà dire des messes quand vous croyiez encore Dreyfus coupable. — Ah! je vois bien que ce n'est pas quelqu'un de notre milieu. — Au contraire! — Vraiment, il y a parmi nous des dreyfusistes ? Vous m'intriguez ; j'aimerais m'épancher avec lui, si je le connais, cet oiseau rare. — Vous le connaissez. — Il s'appelle ? — La princesse de Guermantes. » Pendant que je craignais de froisser les opinions nationalistes, la foi française de ma chère femme, elle, avait eu peur d'alarmer mes opinions religieuses, mes sentiments patriotiques. Mais, de son côté, elle pensait comme moi, quoique depuis plus longtemps que moi. Et ce que sa femme de chambre cachait en entrant dans sa chambre, ce qu'elle allait lui acheter tous les jours c'était *l'Aurore*. Mon cher Swann, dès ce moment je pensai au plaisir que je vous ferais en vous disant combien mes idées étaient sur ce point parentes des vôtres ; pardonnez-moi de ne l'avoir pas fait plus tôt. Si vous vous reportez au silence que j'avais gardé vis-à-vis de la Princesse, vous ne serez pas étonné que penser comme vous m'eût alors plus écarté de vous que penser autrement que vous. Car ce sujet m'était infiniment pénible à aborder. Plus je crois qu'une erreur, que même des crimes ont été commis, plus je saigne dans mon amour de l'armée. J'aurais pensé que des opinions semblables aux miennes étaient loin de vous inspirer la même douleur, quand on m'a dit l'autre jour que vous réprouviez avec force les injures à l'armée et que les drey-fusistes acceptassent de s'allier à ses insulteurs. Cela m'a décidé, j'avoue qu'il m'a été cruel de vous confesser ce que je pense de certains officiers, peu nombreux heureuse-ment, mais c'est un soulagement pour moi de ne plus avoir à me tenir loin de vous et surtout que vous sentiez bien que, si j'avais pu être dans d'autres sentiments, c'est que je n'avais pas un doute sur le bien-fondé du jugement rendu. Dès que j'en eus un, je ne pouvais plus désirer qu'une chose, la réparation de l'erreur. » Je vous avoue que ces paroles du prince de Guermantes m'ont profondé-ment ému. Si vous le connaissiez comme moi, si vous saviez d'où il a fallu qu'il revienne pour en arriver là, vous auriez de l'admiration pour lui, et il en mérite. D'ail-leurs, son opinion ne m'étonne pas, c'est une nature si droite !

Swann oubliait que, dans l'après-midi, il m'avait dit au contraire que les opinions en cette affaire Dreyfus étaient commandées par l'atavisme. Tout au plus avait-il fait exception pour l'intelligence, parce que chez Saint-Loup elle était arrivée à vaincre l'atavisme et à faire de lui un dreyfusard. Or, il venait de voir que cette victoire avait été de courte durée et que Saint-Loup avait passé dans l'autre camp. C'était donc maintenant à la droiture du cœur qu'il donnait le rôle dévolu tantôt à l'intelligence. En réalité, nous découvrons toujours après coup que nos adversaires avaient une raison d'être du parti où ils sont et qui ne tient pas à ce qu'il peut y avoir de juste dans ce parti, et que ceux qui pensent comme nous, c'est que l'intelligence, si leur nature morale est trop basse pour être invoquée, ou leur droiture, si leur pénétration est faible, les y a contraints.

Swann trouvait maintenant indistinctement intelligents ceux qui étaient de son opinion, son vieil ami le prince de Guermantes, et mon camarade Bloch qu'il avait tenu à l'écart jusque-là, et qu'il inivita à déjeuner. Swann intéressa beaucoup Bloch en lui disant que le prince de Guermantes était dreyfusard. « Il faudrait lui demander de signer nos listes pour Picquart ; avec un nom comme le sien, cela ferait un effet formidable. » Mais Swann, mêlant à son ardente conviction d'Israélite la modération diplomatique du mondain, dont il avait trop pris les habitudes pour pouvoir si tardivement s'en défaire, refusa d'autoriser Bloch à envoyer au Prince, même comme spontanément, une cicilaire à signer. « Il ne peut pas faire cela, il ne faut pas demander l'impossible, répétait Swann. Voilà un homme charmant qui a fait des milliers de lieues pour venir jusqu'à nous. Il peut nous être très utile. S'il signait votre liste, il se compromettrait simplement auprès des siens, serait châtié à cause de nous, peut-être se repentirait-il de ses confidences et n'en ferait-il plus. » Bien plus Swann refusa son propre nom. Il le trouvait trop hébraïque pour ne pas faire mauvais effet. Et puis, s'il approuvait tout ce qui touchait à la revision, il ne voulait être mêlé en rien à la campagne anti-militariste. Il portait, ce qu'il n'avait jamais fait jusque-là, la décoration qu'il avait gagnée comme tout jeune mobile, en 70, et ajouta à son testament un codicille pour demander que, contrairement à ses dispositions précédentes, des honneurs militaires fussent rendus à son grade de chevalier de la Légion d'honneur. Ce qui assembla autour de l'église de Combray tout un escadron de ces cavaliers sur l'avenir desquels

pleurait autrefois Françoise, quand elle envisageait la
perspective d'une guerre. Bref Swann refusa de signer la
circulaire de Bloch, de sorte que, s'il passait pour un
dreyfusard enragé aux yeux de beaucoup, mon camarade
le trouva tiède, infecté de nationalisme, et cocardier.

Swann me quitta sans me serrer la main pour ne pas
être obligé de faire des adieux dans cette salle où il avait
trop d'amis, mais il me dit : « Vous devriez venir voir votre
amie Gilberte. Elle a réellement grandi et changé, vous ne
la reconnaîtriez pas. Elle serait si heureuse! » Je n'aimais
plus Gilberte. Elle était pour moi comme une morte qu'on
a longtemps pleurée, puis l'oubli est venu, et, si elle
ressuscitait, elle ne pourrait plus s'insérer dans une vie
qui n'est plus faite pour elle. Je n'avais plus envie de la
voir, ni même cette envie de lui montrer que je ne tenais
pas à la voir et que chaque jour, quand je l'aimais, je me
promettais de lui témoigner quand je ne l'aimerais plus.

Aussi, ne cherchant plus qu'à me donner, vis-à-vis de
Gilberte, l'air d'avoir désiré de tout mon cœur la retrouver et d'en avoir été empêché par des circonstances dites
« indépendantes de ma volonté » et qui ne se produisent
en effet, au moins avec une certaine suite, que quand la
volonté ne les contrecarre pas, bien loin d'accueillir avec
réserve l'invitation de Swann, je ne le quittai pas qu'il ne
m'eût promis d'expliquer en détail à sa fille les contre-
temps qui m'avaient privé, et me priveraient encore,
d'aller la voir. « Du reste, je vais lui écrire tout à l'heure
en rentrant, ajoutai-je. Mais dites-lui bien que c'est une
lettre de menaces, car, dans un mois ou deux, je serai tout
à fait libre, et alors qu'elle tremble, car je serai chez vous
aussi souvent même qu'autrefois. »

Avant de laisser Swann, je lui dis un mot de sa santé.
« Non, ça ne va pas si mal que ça, me répondit-il. D'ailleurs, comme je vous le disais, je suis assez fatigué et
accepte d'avance avec résignation ce qui peut arriver.
Seulement, j'avoue que ce serait bien agaçant de mourir
avant la fin de l'affaire Dreyfus. Toutes ces canailles-là
ont plus d'un tour dans leur sac. Je ne doute pas qu'ils

soient finalement vaincus, mais enfin ils sont très puissants, ils ont des appuis partout. Dans le moment où ça va le mieux, tout craque. Je voudrais bien vivre assez pour voir Dreyfus réhabilité et Picquart colonel. »

Quand Swann fut parti, je retournai dans le grand salon où se trouvait cette princesse de Guermantes avec laquelle je ne savais pas alors que je dusse être un jour si lié. La passion qu'elle eut pour M. de Charlus ne se découvrit pas d'abord à moi. Je remarquai seulement que le baron, à partir d'une certaine époque et sans être pris contre la princesse de Guermantes d'aucune de ces inimitiés qui chez lui n'étonnaient pas, tout en continuant à avoir pour elle autant, plus d'affection peut-être encore, paraissait mécontent et agacé chaque fois qu'on lui parlait d'elle. Il ne donnait plus jamais son nom dans la liste des personnes avec qui il désirait dîner.

Il est vrai qu'avant cela j'avais entendu un homme du monde très méchant dire que la Princesse était tout à fait changée, qu'elle était amoureuse de M. de Charlus, mais cette médisance m'avait paru absurde et m'avait indigné. J'avais bien remarqué avec étonnement que, quand je racontais quelque chose qui me concernait, si au milieu intervenait M. de Charlus, l'attention de la Princesse se mettait aussitôt à ce cran plus serré qui est celui d'un malade qui, nous entendant parler de nous, par conséquent d'une façon distraite et nonchalante, reconnaît tout d'un coup qu'un nom est celui du mal dont il est atteint, ce qui à la fois l'intéresse et le réjouit. Telle, si je lui disais : « Justement M. de Charlus me racontait... », la Princesse reprenait en mains les rênes détendues de son attention. Et une fois, ayant dit devant elle que M. de Charlus avait en ce moment un assez vif sentiment pour une certaine personne, je vis avec étonnement s'insérer dans les yeux de la Princesse ce trait différent et momentané qui trace dans les prunelles comme le sillon d'une fêlure et qui provient d'une pensée que nos paroles, à leur insu, ont agitée en l'être à qui nous parlons, pensée secrète qui ne se traduira pas par des mots, mais qui montera,

des profondeurs remuées par nous, à la surface un instant
altérée du regard. Mais si mes paroles avaient ému la
Princesse, je n'avais pas soupçonné de quelle façon.

D'ailleurs peu de temps après, elle commença à me
parler de M. de Charlus, et presque sans détours. Si elle
faisait allusion aux bruits que de rares personnes faisaient
courir sur le baron, c'était seulement comme à d'absurdes
et infâmes inventions. Mais, d'autre part, elle disait :
« Je trouve qu'une femme qui s'éprendrait d'un homme de
l'immense valeur de Palamède devrait avoir assez de
hauteur de vues, assez de dévouement, pour l'accepter et
le comprendre en bloc, tel qu'il est, pour respecter sa
liberté, ses fantaisies, pour chercher seulement à lui aplanir
les difficultés et à le consoler de ses peines. » Or, par ces
propos pourtant si vagues, la princesse de Guermantes
révélait ce qu'elle cherchait à magnifier, de la même façon
que faisait parfois M. de Charlus lui-même. N'ai-je pas
entendu à plusieurs reprises ce dernier dire à des gens
qui jusque-là étaient incertains si on le calomniait ou
non : « Moi, qui ai eu bien des hauts et bien des bas dans
ma vie, qui ai connu toute espèce de gens, aussi bien des
voleurs que des rois, et même je dois dire, avec une légère
préférence pour les voleurs, qui ai poursuivi la beauté
sous toutes ses formes, etc. », et par ces paroles qu'il
croyait habiles, et en démentant des bruits dont on ne
soupçonnait pas qu'ils eussent couru (ou pour faire à la
vérité, par goût, par mesure, par souci de la vraisemblance
une part qu'il était seul à juger minime), il ôtait leurs
derniers doutes sur lui aux uns, inspirait leurs premiers à
ceux qui n'en avaient pas encore. Car le plus dangereux
de tous les recels, c'est celui de la faute elle-même dans
l'esprit du coupable. La connaissance permanente qu'il a
d'elle l'empêche de supposer combien généralement elle
est ignorée, combien un mensonge complet serait aisément cru, et, en revanche, de se rendre compte à quel
degré de vérité commence pour les autres, dans des paroles
qu'il croit innocentes, l'aveu. Et d'ailleurs il aurait eu de
toute façon bien tort de chercher à le taire, car il n'y a

pas de vices qui ne trouvent dans le grand monde des
appuis complaisants, et l'on a vu bouleverser l'aménage-
ment d'un château pour faire coucher une sœur près de
sa sœur dès qu'on eut appris qu'elle ne l'aimait pas qu'en
sœur. Mais ce qui me révéla tout d'un coup l'amour de la
Princesse, ce fut un fait particulier et sur lequel je n'insis-
terai pas ici, car il fait partie du récit tout autre où M. de
Charlus laissa mourir une reine plutôt que de manquer
le coiffeur qui devait le friser au petit fer pour un contrôleur d'omnibus devant lequel il se trouva prodigieuse-
ment intimidé. Cependant, pour en finir avec l'amour de
la Princesse, disons quel rien m'ouvrit les yeux. J'étais,
ce jour-là, seul en voiture avec elle. Au moment où nous
passions devant une poste, elle fit arrêter. Elle n'avait pas
emmené de valet de pied. Elle sortit à demi une lettre de
son manchon et commença le mouvement de descendre
pour la mettre dans la boîte. Je voulus l'arrêter, elle se
débattit légèrement, et déjà nous nous rendions compte
l'un et l'autre que notre premier geste avait été, le sien
compromettant en ayant l'air de protéger un secret, le
mien indiscret en m'opposant à cette protection. Ce fut
elle qui se ressaisit le plus vite. Devenant subitement
très rouge, elle me donna la lettre, je n'osai plus ne pas la
prendre, mais, en la mettant dans la boîte, je vis, sans le
vouloir, qu'elle était adressée à M. de Charlus.

Pour revenir en arrière et à cette première soirée chez
la princesse de Guermantes, j'allai lui dire adieu, car son
cousin et sa cousine me ramenaient et étaient fort pressés.
M. de Guermantes voulait cependant dire au revoir à son
frère. Mme de Surgis ayant eu le temps, dans une porte,
de dire au duc que M. de Charlus avait été charmant pour
elle et pour ses fils, cette grande gentillesse de son frère,
et la première que celui-ci eût eue dans cet ordre d'idées,
toucha profondément Basin et réveilla chez lui des sentiments de famille qui ne s'endormaient jamais longtemps.
Au moment où nous disions adieu à la Princesse, il tint,
sans dire expressément ses remerciements à M. de Charlus, à lui exprimer sa tendresse, soit qu'il eût en effet peine

à la contenir, soit pour que le baron se souvînt que le
genre d'action qu'il avait eu ce soir ne passait pas inaperçu
aux yeux d'un frère, de même que, dans le but de créer
pour l'avenir des associations de souvenirs salutaires, on
donne du sucre à un chien qui a fait le beau. « Hé bien !
petit frère, dit le duc en arrêtant M. de Charlus et en le
prenant tendrement sous le bras, voilà comment on passe
devant son aîné sans même un petit bonjour. Je ne te vois
plus, Mémé, et tu ne sais pas comme cela me manque.
En cherchant de vieilles lettres j'en ai justement retrouvé
de la pauvre maman qui sont toutes si tendres pour toi.
— Merci, Basin, répondit M. de Charlus d'une voix
altérée, car il ne pouvait jamais parler sans émotion de
leur mère. — Tu devrais te décider à me laisser t'installer
un pavillon à Guermantes », reprit le duc. « C'est gentil
de voir les deux frères si tendres l'un avec l'autre, dit la
Princesse à Oriane. — Ah ! çà, je ne crois pas qu'on puisse
trouver beaucoup de frères comme cela. Je vous inviterai
avec lui, me promit-elle. Vous n'êtes pas mal avec lui ?...
Mais qu'est-ce qu'ils peuvent avoir à se dire », ajouta-t-elle
d'un ton inquiet, car elle entendait imparfaitement leurs
paroles. Elle avait toujours eu une certaine jalousie du
plaisir que M. de Guermantes éprouvait à causer avec
son frère d'un passé à distance duquel il tenait un peu sa
femme. Elle sentait que, quand ils étaient heureux d'être
ainsi l'un près de l'autre et que, ne retenant plus son
impatiente curiosité, elle venait se joindre à eux, son
arrivée ne leur faisait pas plaisir. Mais, ce soir, à cette
jalousie habituelle s'en ajoutait une autre. Car si Mme de
Surgis avait raconté à M. de Guermantes les bontés
qu'avait eues son frère, afin qu'il l'en remerciât, en même
temps des amies dévouées du couple Guermantes avaient
cru devoir prévenir la duchesse que la maîtresse de son
mari avait été vue en tête-à-tête avec le frère de celui-ci.
Et Mme de Guermantes en était tourmentée. « Rappelle-
toi comme nous étions heureux jadis à Guermantes,
reprit le duc en s'adressant à M. de Charlus. Si tu y
venais quelquefois l'été, nous reprendrions notre bonne

vie. Te rappelles-tu le vieux père Courveau : « Pourquoi
est-ce que Pascal est troublant ? Parce qu'il est trou...
trou... — Blé, prononça M. de Charlus comme s'il
répondait encore à son professeur. — Et pourquoi est-ce
que Pascal est troublé ? parce qu'il est trou... parce qu'il
est trou... — Blant. — Très bien, vous serez reçu,
vous aurez certainement une mention, et Mme la duchesse
vous donnera un dictionnaire chinois. » Si je me rappelle,
mon petit Mémé ! Et la vieille potiche que t'avait rap-
portée Hervey de Saint-Denis, je la vois encore. Tu
nous menaçais d'aller passer définitivement ta vie en
Chine tant tu étais épris de ce pays ; tu aimais déjà
faire de longues vadrouilles. Ah ! tu as été un type spécial,
car on peut dire qu'en rien tu n'as jamais eu les goûts
de tout le monde... » Mais à peine avait-il dit ces mots
que le duc piqua ce qu'on appelle un soleil, car il connaissait, sinon les mœurs, du moins la réputation de son frère.
Comme il ne lui en parlait jamais, il était d'autant plus
gêné d'avoir dit quelque chose qui pouvait avoir l'air
de s'y rapporter, et plus encore d'en avoir paru gêné.
Après une seconde de silence : « Qui sait, dit-il pour
effacer ses dernières paroles, tu étais peut-être amoureux
d'une Chinoise avant d'aimer tant de blanches et de
leur plaire, si j'en juge par une certaine dame à qui tu as
fait bien plaisir ce soir en causant avec elle. Elle a été
ravie de toi. » Le duc s'était promis de ne pas parler de
Mme de Surgis, mais, au milieu du désarroi que la gaffe
qu'il avait faite venait de jeter dans ses idées, il s'était
jeté sur la plus voisine, qui était précisément celle qui
ne devait pas paraître dans l'entretien, quoiqu'elle l'eût
motivé. Mais M. de Charlus avait remarqué la rougeur
de son frère. Et, comme les coupables qui ne veulent pas
avoir l'air embarrassé qu'on parle devant eux du crime
qu'ils sont censés ne pas avoir commis et croient devoir
prolonger une conversation périlleuse : « J'en suis charmé,
lui répondit-il, mais je tiens à revenir sur ta phrase
précédente, qui me semble profondément vraie. Tu disais
que je n'ai jamais eu les idées de tout le monde ; comme

c'est juste! tu disais que j'avais des goûts spéciaux. —
Mais non », protesta M. de Guermantes, qui, en effet,
n'avait pas dit ces mots et ne croyait peut-être pas chez
son frère à la réalité de ce qu'ils désignent. Et, d'ailleurs,
se croyait-il le droit de le tourmenter pour des singularités
qui en tous cas étaient restées assez douteuses ou assez
secrètes pour ne nuire en rien à l'énorme situation du baron ?
Bien plus, sentant que cette situation de son frère allait
se mettre au service de ses maîtresses, le duc se disait
que cela valait bien quelques complaisances en échange ;
eût-il à ce moment connu quelque liaison « spéciale »
de son frère que, dans l'espoir de l'appui que celui-ci
lui prêterait, espoir uni au pieux souvenir du temps
passé, M. de Guermantes eût passé dessus, fermant les
yeux sur elle, et au besoin y prêtant la main. « Voyons,
Basin ; bonsoir, Palamède, dit la duchesse qui, rongée
de rage et de curiosité, n'y pouvait plus tenir, si vous
avez décidé de passer la nuit ici, il vaut mieux que nous
restions à souper. Vous nous tenez debout, Marie et
moi, depuis une demi-heure. » Le duc quitta son frère
après une significative étreinte et nous descendîmes tous
trois l'immense escalier de l'hôtel de la Princesse.

Des deux côtés, sur les marches les plus hautes,
étaient répandus des couples qui attendaient que leur
voiture fût avancée. Droite, isolée, ayant à ses côtés son
mari et moi, la duchesse se tenait à gauche de l'escalier,
déjà enveloppée dans son manteau à la Tiepolo, le col
enserré dans le fermoir de rubis, dévorée des yeux par
des femmes, des hommes, qui cherchaient à surprendre
le secret de son élégance et de sa beauté. Attendant sa
voiture sur le même degré de l'escalier que Mme de
Guermantes, mais à l'extrémité opposée, Mme de Gallardon, qui avait perdu depuis longtemps tout espoir
d'avoir jamais la visite de sa cousine, tournait le dos
pour ne pas avoir l'air de la voir, et surtout pour ne pas
offrir la preuve que celle-ci ne la saluait pas. Mme de
Gallardon était de fort méchante humeur parce que des
messieurs qui étaient avec elle avaient cru devoir lui

parler d'Oriane : « Je ne tiens pas du tout à la voir, leur avait-elle répondu, je l'ai, du reste, aperçue tout à l'heure, elle commence à vieillir ; il paraît qu'elle ne peut pas s'y faire. Basin lui-même le dit. Et dame! je comprends ça, parce que, comme elle n'est pas intelligente, qu'elle est méchante comme une teigne et qu'elle a mauvaise façon, elle sent bien que, quand elle ne sera plus belle, il ne lui restera rien du tout. »

J'avais mis mon pardessus, ce que M. de Guermantes, qui craignait les refroidissements, blâma, en descendant avec moi, à cause de la chaleur qu'il faisait. Et la génération de nobles qui a plus ou moins passé par monseigneur Dupanloup parle un si mauvais français (excepté les Castellane), que le duc exprima ainsi sa pensée : « Il vaut mieux ne pas être couvert avant d'aller dehors, du moins *en thèse générale*. » Je revois toute cette sortie, je revois, si ce n'est pas à tort que je le place sur cet escalier, portrait détaché de son cadre, le prince de Sagan, duquel ce dut être la dernière soirée mondaine, se découvrant pour présenter ses hommages à la duchesse, avec une si ample révolution du chapeau haut de forme dans sa main gantée de blanc, qui répondait au gardénia de la boutonnière, qu'on s'étonnait que ce ne fût pas un feutre à plume de l'ancien régime, duquel plusieurs visages ancestraux étaient exactement reproduits dans celui de ce grand seigneur. Il ne resta qu'un peu de temps auprès d'elle, mais ses poses, même d'un instant, suffisaient à composer tout un tableau vivant et comme une scène historique. D'ailleurs, comme il est mort depuis, et que je ne l'avais de son vivant qu'aperçu, il est tellement devenu pour moi un personnage d'histoire, d'histoire mondaine du moins, qu'il m'arrive de m'étonner en pensant qu'une femme, qu'un homme que je connais sont sa sœur et son neveu.

Pendant que nous descendions l'escalier, le montait, avec un air de lassitude qui lui seyait, une femme qui paraissait une quarantaine d'années bien qu'elle eût davantage. C'était la princesse d'Orvillers, fille naturelle,

disait-on, du duc de Parme, et dont la douce voix se
scandait d'un vague accent autrichien. Elle s'avançait,
grande, inclinée, dans une robe de soie blanche à fleurs,
laissant battre sa poitrine délicieuse, palpitante et
fourbue, à travers un harnais de diamants et de saphirs.
Tout en secouant la tête comme une cavale de roi qu'eût
embarrassée son licol de perles, d'une valeur inestimable
et d'un poids incommode, elle posait çà et là ses regards
doux et charmants, d'un bleu qui, au fur et à mesure
qu'il commençait à s'user, devenait plus caressant encore,
et faisait à la plupart des invités qui s'en allaient un
signe de tête amical. « Vous arrivez à une jolie heure,
Paulette! dit la duchesse. — Ah! j'ai un tel regret!
Mais vraiment il n'y a pas eu la possibilité matérielle »,
répondit la princesse d'Orvillers qui avait pris à la
duchesse de Guermantes ce genre de phrases, mais y
ajoutait sa douceur naturelle et l'air de sincérité donné
par l'énergie d'un accent lointainement tudesque dans
une voix si tendre. Elle avait l'air de faire allusion à des
complications de vie trop longues à dire, et non vulgairement à des soirées, bien qu'elle revînt en ce moment
de plusieurs. Mais ce n'était pas elles qui la forçaient
de venir si tard. Comme le prince de Guermantes avait
pendant de longues années empêché sa femme de recevoir
Mme d'Orvillers, celle-ci, quand l'interdit fut levé, se
contenta de répondre aux invitations, pour ne pas avoir
l'air d'en avoir soif, par de simples cartes déposées. Au
bout de deux ou trois ans de cette méthode, elle venait
elle-même, mais très tard, comme après le théâtre.
De cette façon, elle se donnait l'air de ne tenir nullement
à la soirée, ni à y être vue, mais simplement de venir
faire une visite au Prince et à la Princesse, rien que pour
eux, par sympathie, au moment où, les trois quarts des
invités déjà partis, elle « jouirait mieux d'eux ». « Oriane
est vraiment tombée au dernier degré, ronchonna
Mme de Gallardon. Je ne comprends pas Basin de la
laisser parler à Mme d'Orvillers. Ce n'est pas M. de
Gallardon qui m'eût permis cela. » Pour moi, j'avais

reconnu en Mme d'Orvillers la femme qui, près de
l'hôtel Guermantes, me lançait de longs regards langou-
reux, se retournait, s'arrêtait devant les glaces des
boutiques. Mme de Guermantes me présenta, Mme d'Orvillers fut charmante, ni trop aimable, ni piquée. Elle
me regarda comme tout le monde, de ses yeux doux...
Mais je ne devais plus jamais, quand je la rencontrerais,
recevoir d'elle une seule de ces avances où elle avait
semblé s'offrir. Il y a des regards particuliers et qui ont
l'air de vous reconnaître, qu'un jeune homme ne reçoit
jamais de certaines femmes — et de certains hommes
— que jusqu'au jour où ils vous connaissent et apprennent que vous êtes l'ami de gens avec qui ils sont liés
aussi.

On annonça que la voiture était avancée. Mme de
Guermantes prit sa jupe, rouge comme pour descendre
et monter en voiture, mais, saisie peut-être d'un remords,
ou du désir de faire plaisir et surtout de profiter de la
brièveté que l'empêchement matériel de le prolonger
imposait à un acte aussi ennuyeux, regarda Mme de Gallardon ; puis, comme si elle venait seulement de l'apercevoir, prise d'une inspiration, elle retraversa, avant de
descendre, toute la longueur du degré et, arrivée à sa
cousine ravie, lui tendit la main. « Comme il y a longtemps ! » lui dit la duchesse qui, pour ne pas avoir à
développer tout ce qu'était censé contenir de regrets
et de légitimes excuses cette formule, se tourna d'un air
effrayé vers le duc, lequel, en effet, descendu avec moi
vers la voiture, tempêtait en voyant que sa femme était
partie vers Mme de Gallardon et interrompait la circulation des autres voitures. « Oriane est tout de même encore
bien belle ! dit Mme de Gallardon. Les gens m'amusent
quand ils disent que nous sommes en froid ; nous pouvons, pour des raisons où nous n'avons pas besoin de
mettre les autres, rester des années sans nous voir, nous
avons trop de souvenirs communs pour pouvoir jamais
être séparées, et, au fond, elle sait bien qu'elle m'aime
plus que tant de gens qu'elle voit tous les jours et qui

ne sont pas de son sang. » Mme de Gallardon était en effet comme ces amoureux dédaignés qui veulent à toute force faire croire qu'ils sont plus aimés que ceux que choie leur belle. Et (par les éloges que, sans souci de la contradiction avec ce qu'elle avait dit peu avant, elle prodigua en parlant de la duchesse de Guermantes) elle prouva indirectement que celle-ci possédait à fond les maximes qui doivent guider dans sa carrière une grande élégante, laquelle, dans le moment même où sa plus merveilleuse toilette excite, à côté de l'admiration, l'envie, doit savoir traverser tout un escalier pour la désarmer. « Faites au moins attention de ne pas mouiller vos souliers » (il avait tombé une petite pluie d'orage), dit le duc, qui était encore furieux d'avoir attendu.

Pendant le retour, à cause de l'exiguïté du coupé, ces souliers rouges se trouvèrent forcément peu éloignés des miens, et Mme de Guermantes, craignant même qu'ils ne les eussent touchés, dit au duc : « Ce jeune homme va être obligé de me dire comme je ne sais plus quelle caricature : "Madame, dites-moi tout de suite que vous m'aimez, mais ne me marchez pas sur les pieds comme cela." » Ma pensée d'ailleurs était assez loin de Mme de Guermantes. Depuis que Saint-Loup m'avait parlé d'une jeune fille de grande naissance qui allait dans une maison de passe et de la femme de chambre de la baronne Putbus, c'était dans ces deux personnes que, faisant bloc, s'étaient résumés les désirs que m'inspiraient chaque jour tant de beautés de deux classes, d'une part les vulgaires et magnifiques, les majestueuses femmes de chambre de grande maison enflées d'orgueil et qui disent « nous » en parlant des duchesses, d'autre part ces jeunes filles dont il me suffisait parfois, même sans les avoir vues passer en voiture ou à pied, d'avoir lu le nom dans un compte rendu de bal pour que j'en devinsse amoureux et qu'ayant consciencieusement cherché dans l'annuaire des châteaux où elles passaient l'été (bien souvent en me laissant égarer par un nom similaire) je rêvasse tour à tour d'aller habiter les plaines de l'Ouest, les dunes du Nord, les bois de pins du Midi. Mais j'avais beau fondre toute la matière charnelle la plus exquise pour composer, selon l'idéal que m'en avait tracé Saint-Loup, la jeune fille légère et la femme de chambre de Mme Putbus, il manquait à mes deux beautés possédables ce que j'ignorerais tant que je ne les aurais pas vues : le caractère individuel. Je devais m'épuiser vainement à chercher à me figurer, pendant les mois où mon désir se portait plutôt sur les jeunes filles, comment était faite, qui était, celle dont Saint-Loup m'avait parlé, et pendant les mois où j'eusse préféré une femme de chambre, celle de Mme Putbus. Mais quelle tranquillité, après avoir été perpétuellement troublé par mes désirs inquiets pour tant d'êtres fugitifs dont souvent je ne savais même pas le nom, qui étaient en tous cas si difficiles à retrouver, encore plus à connaître, impossibles peut-être à conquérir, d'avoir prélevé sur toute cette beauté éparse, fugitive, anonyme, deux spécimens de choix munis de leur fiche signalétique et que j'étais du moins certain de me procurer quand je le voudrais! Je reculais l'heure de me mettre à ce double plaisir, comme celle du travail, mais la certitude de l'avoir quand je voudrais me dispensait presque de le prendre, comme ces cachets soporifiques qu'il suffit d'avoir à la portée de la main pour n'avoir pas besoin d'eux et s'endormir. Je ne désirais plus dans l'univers que deux femmes dont je ne pouvais, il est vrai, arriver à me représenter le visage, mais dont Saint-Loup m'avait appris les noms et garanti la complaisance. De sorte que, s'il avait par ses paroles de tout à l'heure fourni un rude travail à mon imagination, il avait par contre procuré une appréciable détente, un repos durable à ma volonté.

— Hé bien! me dit la duchesse, en dehors de vos bals, est-ce que je ne peux vous être d'aucune utilité? Avez-vous trouvé un salon où vous aimeriez que je vous présente? Je lui répondis que je craignais que le seul qui me fît envie ne fût trop peu élégant pour elle. « Qui est-ce » demanda-t-elle d'une voix monocorde et rauque, sans presque ouvrir la bouche. « La baronne Putbus. »

Cette fois-ci elle feignit une véritable colère. « Ah! non, çà, par exemple, je crois que vous vous fichez de moi. Je ne sais même pas par quel hasard je sais le nom de ce chameau. Mais c'est la lie de la société. C'est comme si vous me demandiez de vous présenter à ma mercière. Et encore non, car ma mercière est charmante. Vous êtes un peu fou, mon pauvre petit. En tous cas, je vous demande en grâce d'être poli avec les personnes à qui je vous ai présenté, de leur mettre des cartes, d'aller les voir et de ne pas leur parler de la baronne Putbus, qui leur est inconnue. » Je demandai si Mme d'Orvillers n'était pas un peu légère. « Oh! pas du tout, vous confondez, elle serait plutôt bégueule. N'est-ce pas, Basin? — Oui, en tous cas je ne crois pas qu'il y ait jamais rien eu à dire sur elle, dit le duc.

— Vous ne voulez pas venir avec nous à la redoute? me demanda-t-il. Je vous prêterais un manteau vénitien et je sais quelqu'un à qui cela ferait bougrement plaisir, à Oriane d'abord, cela ce n'est pas la peine de le dire; mais à la princesse de Parme. Elle chante tout le temps vos louanges, elle ne jure que par vous. Vous avez la chance — comme elle est un peu mûre — qu'elle soit d'une pudicité absolue. Sans cela elle vous aurait certainement pris comme sigisbée, comme on disait dans ma jeunesse, une espèce de cavalier servant. »

Je ne tenais pas à la redoute, mais au rendez-vous avec Albertine. Aussi je refusai. La voiture s'était arrêtée, le valet de pied demanda la porte cochère, les chevaux piaffèrent jusqu'à ce qu'elle fût ouverte toute grande, et la voiture s'engagea dans la cour. « A la revoyure, me dit le duc. — J'ai quelquefois regretté de demeurer aussi près de Marie, me dit la duchesse, parce que, si je l'aime beaucoup, j'aime un petit peu moins la voir. Mais je n'ai jamais regretté cette proximité autant que ce soir puisque cela me fait rester si peu avec vous. — Allons, Oriane, pas de discours. » La duchesse aurait voulu que j'entrasse un instant chez eux. Elle rit beaucoup, ainsi que le duc, quand je dis que je ne pouvais pas parce qu'une jeune

fille devait précisément venir me faire une visite maintenant. « Vous avez une drôle d'heure pour recevoir
vos visites, me dit-elle. — Allons, mon petit, dépêchons-
nous, dit M. de Guermantes à sa femme. Il est minuit
moins le quart et le temps de nous costumer... » Il se
heurta devant sa porte, sévèrement gardée par elles, aux
deux dames à canne qui n'avaient pas craint de descendre
nuitamment de leur cime afin d'empêcher un scandale.
« Basin, nous avons tenu à vous prévenir, de peur que
vous ne soyez vu à cette redoute : le pauvre Amanien
vient de mourir, il y a une heure. » Le duc eut un instant
d'alarme. Il voyait la fameuse redoute s'effondrer pour
lui du moment que, par ces maudites montagnardes, il
était averti de la mort de M. d'Osmond. Mais il se
ressaisit bien vite et lança aux deux cousines ce mot où
il faisait entrer, avec la détermination de ne pas renoncer
à un plaisir, son incapacité d'assimiler exactement les
tours de la langue française : « Il est mort! Mais non, on
exagère, on exagère! » Et sans plus s'occuper des deux
parentes qui, munies de leurs alpenstocks, allaient faire
l'ascension dans la nuit, il se précipita aux nouvelles en
interrogeant son valet de chambre : « Mon casque est
bien arrivé? — Oui, Monsieur le duc. — Il y a bien un
petit trou pour respirer? Je n'ai pas envie d'être asphyxié,
que diable! — Oui, Monsieur le duc. — Ah! tonnerre
de Dieu, c'est un soir de malheur. Oriane, j'ai oublié
de demander à Babal si les souliers à la poulaine étaient
pour vous! — Mais, mon petit, puisque le costumier
de l'Opéra-Comique est là, il nous le dira. Moi, je ne
crois pas que ça puisse aller avec vos éperons. — Allons
trouver le costumier, dit le duc. Adieu, mon petit, je
vous dirais bien d'entrer avec nous pendant que nous
essaierons, pour vous amuser. Mais nous causerions, il
va être minuit et il faut que nous n'arrivions pas en retard
pour que la fête soit complète. »

Moi aussi j'étais pressé de quitter M. et Mᵐᵉ de Guermantes au plus vite. *Phèdre* finissait vers onze heures et
demie. Le temps de venir, Albertine devait être arrivée.

J'allai droit à Françoise : « Mlle Albertine est là ? — Personne n'est venu. »

Mon Dieu, cela voulait-il dire que personne ne viendrait ? J'étais tourmenté, la visite d'Albertine me semblant maintenant d'autant plus désirable qu'elle était moins certaine.

Françoise était ennuyée aussi, mais pour une tout autre raison. Elle venait d'installer sa fille à table pour un succulent repas. Mais en m'entendant venir, voyant le temps lui manquer pour enlever les plats et disposer des aiguilles et du fil comme s'il s'agissait d'un ouvrage et non d'un souper : « Elle vient de prendre une cuillère de soupe, me dit Françoise, je l'ai forcée à sucer un peu de carcasse », pour diminuer ainsi jusqu'à rien le souper de sa fille, et comme si ç'avait été coupable qu'il fût copieux. Même au déjeuner ou au dîner, si je commettais la faute d'entrer dans la cuisine, Françoise faisait semblant qu'on eût fini et s'excusait même en disant : « J'avais voulu manger un *morceau* » ou « une *bouchée* ». Mais on était vite rassuré en voyant la multitude des plats qui couvraient la table et que Françoise, surprise par mon entrée soudaine, comme un malfaiteur qu'elle n'était pas, n'avait pas eu le temps de faire disparaître. Puis elle ajouta : « Allons, va te coucher, tu as assez travaillé comme cela aujourd'hui (car elle voulait que sa fille eût l'air non seulement de ne nous coûter rien, de vivre de privations, mais encore de se tuer au travail pour nous). Tu ne fais qu'encombrer la cuisine et surtout gêner Monsieur qui attend de la visite. Allons, monte », reprit-elle, comme si elle était obligée d'user de son autorité pour envoyer coucher sa fille qui, du moment que le souper était raté, n'était plus là que pour la frime et, si j'étais resté cinq minutes encore, eût d'elle-même décampé. Et se tournant vers moi, avec ce beau français populaire et pourtant un peu individuel qui était le sien : « Monsieur ne voit pas que l'envie de dormir lui coupe la figure. » J'étais resté ravi de ne pas avoir à causer avec la fille de Françoise.

J'ai dit qu'elle était d'un petit pays qui était tout voisin
de celui de sa mère, et pourtant différent par la nature
du terrain, les cultures, le patois, par certaines particularités des habitants, surtout. Ainsi la « bouchère » et la
nièce de Françoise s'entendaient fort mal, mais avaient
ce point commun, quand elles partaient faire une course,
de s'attarder des heures « chez la sœur » ou « chez la
cousine », étant d'elles-mêmes incapables de terminer
une conversation, conversation au cours de laquelle le
motif qui les avait fait sortir s'évanouissait au point que
si on leur disait à leur retour : « Hé bien, M. le marquis
de Norpois sera-t-il visible à six heures un quart », elles
ne se frappaient même pas le front en disant : « Ah ! j'ai
oublié », mais : « Ah ! je n'ai pas compris que Monsieur
avait demandé cela, je croyais qu'il fallait seulement lui
donner le bonjour. » Si elles « perdaient la boule » de cette
façon pour une chose dite une heure auparavant, en
revanche il était impossible de leur ôter de la tête ce
qu'elles avaient une fois entendu dire par la sœur ou
par la cousine. Ainsi, si la bouchère avait entendu dire
que les Anglais nous avaient fait la guerre en 70 en
même temps que les Prussiens (et j'avais eu beau expliquer que ce fait était faux), toutes les trois semaines la
bouchère me répétait au cours d'une conversation :
« C'est cause à cette guerre que les Anglais nous ont
faite en 70 en même temps que les Prussiens. — Mais
je vous ai dit cent fois que vous vous trompez. » Elle
répondait, ce qui impliquait que rien n'était ébranlé
dans sa conviction : « En tous cas, ce n'est pas une raison
pour leur en vouloir. Depuis 70, il a coulé de l'eau sous
les ponts, etc. » Une autre fois, prônant une guerre avec
l'Angleterre, que je désapprouvais, elle disait : « Bien
sûr, vaut toujours mieux pas de guerre ; mais puisqu'il
le faut, vaut mieux y aller tout de suite. Comme l'a
expliqué tantôt la sœur, depuis cette guerre que les
Anglais nous ont faite en 70, les traités de commerce
nous ruinent. Après qu'on les auras battus, on ne laissera
plus entrer en France un seul Anglais sans payer trois

cents francs d'entrée, comme nous maintenant pour aller
en Angleterre. »

Tel était, en dehors de beaucoup d'honnêteté et, quand
ils parlaient, d'une sourde obstination à ne pas se laisser
interrompre, à reprendre vingt fois là où ils en étaient
si on les interrompait, ce qui finissait par donner à leurs
propos la solidité inébranlable d'une fugue de Bach, le
caractère des habitants dans ce petit pays qui n'en comptait pas cinq cents et que bordaient ses châtaigniers, ses
saules, ses champs de pommes de terre et de betteraves.

La fille de Françoise, au contraire, parlait, se croyant
une femme d'aujourd'hui et sortie des sentiers trop anciens, l'argot parisien et ne manquait aucune des plaisanteries adjointes. Françoise lui ayant dit que je venais
de chez une princesse : « Ah ! sans doute une princesse à
la noix de coco. » Voyant que j'attendais une visite, elle
fit semblant de croire que je m'appelais Charles. Je lui
répondis naïvement que non, ce qui lui permit de placer :
« Ah ! je croyais ! Et je me disais Charles attend (char-
latan). » Ce n'était pas de très bon goût. Mais je fus moins
indifférent lorsque, comme consolation du retard d'Albertine, elle me dit : « Je crois que vous pouvez l'attendre
à perpète. Elle ne viendra plus. Ah ! nos gigolettes d'aujourd'hui ! »

Ainsi son parler différait de celui de sa mère ; mais, ce
qui est plus curieux, le parler de sa mère n'était pas le
même que celui de sa grand'mère, native de Bailleau-
le-Pin, qui était si près du pays de Françoise. Pourtant
les patois différaient légèrement comme les deux paysages. Le pays de la mère de Françoise, en pente et
descendant à un ravin, était fréquenté par les saules. Et
très loin de là, au contraire, il y avait en France une petite
région où on parlait presque tout à fait le même patois
qu'à Méséglise. J'en fis la découverte en même temps que
j'en éprouvai l'ennui. En effet, je trouvai une fois Françoise en grande conversation avec une femme de chambre
de la maison, qui était de ce pays et parlait ce patois.
Elles se comprenaient presque, je ne les comprenais pas

du tout, elles le savaient et ne cessaient pas pour cela, excusées, croyaient-elles, par la joie d'être payses quoique nées si loin l'une de l'autre, de continuer à parler devant moi de cette langue étrangère, comme lorsqu'on ne veut pas être compris. Ces pittoresques études de géographie linguistique et de camaraderie ancillaire se poursuivirent chaque semaine dans la cuisine, sans que j'y prisse aucun plaisir.

Comme, chaque fois que la porte cochère s'ouvrait, la concierge appuyait sur un bouton électrique qui éclairait l'escalier, et comme il n'y avait pas de locataires qui ne fussent rentrés, je quittai immédiatement la cuisine et revins m'asseoir dans l'antichambre, épiant, là où la tenture un peu trop étroite, qui ne couvrait pas complètement la porte vitrée de notre appartement, laissait passer la sombre raie verticale faite par la demi-obscurité de l'escalier. Si tout d'un coup cette raie devenait d'un blond doré, c'est qu'Albertine viendrait d'entrer en bas et serait dans deux minutes près de moi ; personne d'autre ne pouvait plus venir à cette heure-là. Et je restais, ne pouvant détacher mes yeux de la raie qui s'obstinait à demeurer sombre ; je me penchais tout entier pour être sûr de bien voir ; mais j'avais beau regarder, le noir trait vertical, malgré mon désir passionné, ne me donnait pas l'enivrante allégresse que j'aurais eue si je l'avais vu changé, par un enchantement soudain et significatif en un lumineux barreau d'or. C'était bien de l'inquiétude pour cette Albertine à laquelle je n'avais pas pensé trois minutes pendant la soirée Guermantes! Mais, réveillant les sentiments d'attente jadis éprouvés à propos d'autres jeunes filles, surtout de Gilberte, quand elle tardait à venir, la privation possible d'un simple plaisir physique me causait une cruelle souffrance morale.

Il me fallut rentrer dans ma chambre. Françoise m'y suivit. Elle trouvait, comme j'étais revenu de ma soirée, qu'il était inutile que je gardasse la rose que j'avais à la boutonnière et vint pour me l'enlever. Son geste, en me rappelant qu'Albertine pouvait ne plus venir, et en m'obli-

geant aussi à confesser que je désirais être élégant pour
elle, me causa une irritation qui fut redoublée du fait
qu'en me dégageant violemment, je froissai la fleur et que
Françoise me dit : « Il aurait mieux valu me la laisser ôter
plutôt que non pas la gâter ainsi. » D'ailleurs, ses moindres
paroles m'exaspéraient. Dans l'attente, on souffre tant
de l'absence de ce qu'on désire qu'on ne peut supporter
une autre présence.

Françoise sortie de la chambre, je pensai que, si c'était
pour en arriver maintenant à avoir de la coquetterie à
l'égard d'Albertine, il était bien fâcheux que je me fusse
montré tant de fois à elle si mal rasé, avec une barbe de
plusieurs jours, les soirs où je la laissais venir pour
commencer nos caresses. Je sentais qu'insoucieuse de moi,
elle me laissait seul. Pour embellir un peu ma chambre,
si Albertine venait encore, et parce que c'était une des
plus jolies choses que j'avais, je remis, pour la première
fois depuis des années, sur la table qui était auprès de
mon lit, ce portefeuille orné de turquoises que Gilberte
m'avait fait faire pour envelopper la plaquette de Bergotte
et que, si longtemps, j'avais voulu garder avec moi
pendant que je dormais, à côté de la bille d'agate. D'ailleurs, autant peut-être qu'Albertine, toujours pas venue,
sa présence en ce moment dans un « ailleurs » qu'elle
avait évidemment trouvé plus agréable, et que je ne
connaissais pas, me causait un sentiment douloureux
qui, malgré ce que j'avais dit, il y avait à peine une heure,
à Swann, sur mon incapacité d'être jaloux, aurait pu,
si j'avais vu mon amie à des intervalles moins éloignés,
se changer en un besoin anxieux de savoir où, avec qui,
elle passait son temps. Je n'osais pas envoyer chez Albertine, il était trop tard, mais dans l'espoir que, soupant
peut-être avec des amies, dans un café, elle aurait l'idée
de me téléphoner, je tournai le commutateur et, rétablis-
sant la communication dans ma chambre, je la coupai
entre le bureau de postes et la loge du concierge à
laquelle il était relié d'habitude à cette heure-là.
Avoir un récepteur dans le petit couloir où donnait la

chambre de Françoise eût été plus simple, moins dérangeant mais inutile. Les progrès de la civilisation permettent à chacun de manifester des qualités insoupçonnées
ou de nouveaux vices qui les rendent plus chers ou plus
insupportables à leurs amis. C'est ainsi que la découverte d'Edison avait permis à Françoise d'acquérir un
défaut de plus, qui était de se refuser, quelque utilité,
quelque urgence qu'il y eût, à se servir du téléphone.
Elle trouvait le moyen de s'enfuir quand on voulait le
lui apprendre, comme d'autres au moment d'être vaccinés.
Aussi le téléphone était-il placé dans ma chambre, et,
pour qu'il ne gênât pas mes parents, sa sonnerie était
remplacée par un simple bruit de tourniquet. De peur
de ne pas l'entendre, je ne bougeais pas. Mon immobilité
était telle que, pour la première fois depuis des mois, je
remarquai le tic-tac de la pendule. Françoise vint arranger les choses. Elle causait avec moi, mais je détestais
cette conversation, sous la continuité uniformément
banale de laquelle mes sentiments changeaient de minute
en minute, passant de la crainte à l'anxiété, de l'anxiété à
la déception complète. Différent des paroles vaguement
satisfaites que je me croyais obligé de lui adresser, je
sentais mon visage si malheureux que je prétendis que je
souffrais d'un rhumatisme pour expliquer le désaccord
entre mon indifférence simulée et cette expression douloureuse ; puis je craignais que les paroles prononcées,
d'ailleurs à mi-voix, par Françoise (non à cause d'Albertine, car elle jugeait passée depuis longtemps l'heure de
sa venue possible) risquassent de m'empêcher d'entendre
l'appel sauveur qui ne viendrait plus. Enfin Françoise
alla se coucher ; je la renvoyai avec une rude douceur
pour que le bruit qu'elle ferait en s'en allant ne couvrît
pas celui du téléphone. Et je recommençai à écouter,
à souffrir ; quand nous attendons, de l'oreille qui
recueille les bruits à l'esprit qui les dépouille et les analyse, et de l'esprit au cœur à qui il transmet ses résultats, le double trajet est si rapide que nous ne pouvons même pas percevoir sa durée, et qu'il semble

que nous écoutions directement avec notre cœur.

J'étais torturé par l'incessante reprise du désir toujours plus anxieux, et jamais accompli, d'un bruit d'appel ; arrivé au point culminant d'une ascension tourmentée dans les spirales de mon angoisse solitaire, du fond de Paris populeux et nocturne approché soudain de moi, à côté de ma bibliothèque, j'entendis tout à coup, mécanique et sublime, comme dans *Tristan* l'écharpe agitée ou le chalumeau du pâtre, le bruit de toupie de téléphone. Je m'élançai, c'était Albertine. « Je ne vous dérange pas en vous téléphonant à une pareille heure ? — Mais non... », dis-je en comprimant ma joie, car ce qu'elle disait de l'heure indue était sans doute pour s'excuser de venir dans un moment, si tard, non parce qu'elle n'allait pas venir. « Est-ce que vous venez ? demandai-je d'un ton indifférent. — Mais... non, si vous n'avez pas absolument besoin de moi. »

Une partie de moi à laquelle l'autre voulait se rejoindre était en Albertine. Il fallait qu'elle vînt, mais je ne le lui dis pas d'abord ; comme nous étions en communication, je me dis que je pourrais toujours l'obliger, à la dernière seconde, soit à venir chez moi, soit à me laisser courir chez elle. « Oui, je suis près de chez moi dit-elle, et infiniment loin de chez vous ; je n'avais pas bien lu votre mot. Je viens de le retrouver et j'ai eu peur que vous ne m'attendiez. » Je sentais qu'elle mentait, et c'était maintenant, dans ma fureur, plus encore par besoin de la déranger que de la voir que je voulais l'obliger à venir. Mais je tenais d'abord à refuser ce que je tâcherais d'obtenir dans quelques instants. Mais où était-elle ? A ses paroles se mêlaient d'autres sons : la trompe d'un cycliste, la voix d'une femme qui chantait, une fanfare lointaine retentissaient aussi distinctement que la voix chère, comme pour me montrer que c'était bien Albertine dans son milieu actuel qui était près de moi en ce moment, comme une motte de terre avec laquelle on a emporté toutes les graminées qui l'entourent. Les mêmes bruits que j'entendais frappaient aussi son oreille et mettaient une entrave à son attention : détails de vérité, étrangers au sujet, inutiles en eux-mêmes, d'autant plus nécessaires à nous révéler l'évidence du miracle ; traits sobres et charmants, descriptifs de quelque rue parisienne, traits perçants aussi et cruels d'une soirée inconnue qui, au sortir de *Phèdre*, avaient empêché Albertine de venir chez moi. « Je commence par vous prévenir que ce n'est pas pour que vous veniez, car, à cette heure-ci, vous me gêneriez beaucoup..., lui dis-je, je tombe de sommeil. Et puis, enfin, mille complications. Je tiens à vous dire qu'il n'y avait pas de malentendu possible dans ma lettre. Vous m'avez répondu que c'était convenu. Alors, si vous n'aviez pas compris, qu'est-ce que vous entendiez par là ? — J'ai dit que c'était convenu, seulement je ne me souvenais plus trop de ce qui était convenu. Mais je vois que vous êtes fâché, cela m'ennuie. Je regrette d'être allée à *Phèdre*. Si j'avais su que cela ferait tant d'histoires... ajouta-t-elle, comme tous les gens qui, en faute pour une chose, font semblant de croire que c'est une autre qu'on leur reproche. — *Phèdre* n'est pour rien dans mon mécontentement, puisque c'est moi qui vous ai demandé d'y aller. — Alors, vous m'en voulez, c'est ennuyeux qu'il soit trop tard ce soir, sans cela je serais allée chez vous, mais je viendrai demain ou après-demain pour m'excuser. — Oh ! non, Albertine, je vous en prie, après m'avoir fait perdre une soirée, laissez-moi au moins la paix les jours suivants. Je ne serai pas libre avant une quinzaine de jours ou trois semaines. Écoutez, si cela vous ennuie que nous restions sur une impression de colère, et, au fond, vous avez peut-être raison, alors j'aime encore mieux, fatigue pour fatigue, puisque je vous ai attendue jusqu'à cette heure-ci et que vous êtes encore dehors, que vous veniez tout de suite, je vais prendre du café pour me réveiller. — Ce ne serait pas possible de remettre cela à demain ? parce que la difficulté... » En entendant ces mots d'excuse, prononcés comme si elle n'allait pas venir, je sentis qu'au désir de revoir la figure veloutée qui déjà à Balbec dirigeait toutes mes journées vers le moment où, devant la mer mauve de septembre, je serais auprès de cette fleur rose, tentait douloureusement de s'unir un élément bien différent. Ce terrible besoin d'un être, à Combray j'avais appris à le connaître au sujet de ma mère, et jusqu'à vouloir mourir si elle me faisait dire par Françoise qu'elle ne pourrait pas monter. Cet effort de l'ancien sentiment pour se combiner et ne faire qu'un élément unique avec l'autre, plus récent, et qui, lui, n'avait pour voluptueux objet que la surface colorée, la rose carnation d'une fleur de plage, cet effort aboutit souvent à ne faire (au sens chimique) qu'un corps nouveau, qui peut ne durer que quelques instants. Ce soir-là, du moins, et pour longtemps encore, les deux éléments restèrent dissociés. Mais déjà, aux derniers mots entendus au téléphone, je commençai à comprendre que la vie d'Albertine était située (non pas matériellement sans doute) à une telle distance de moi qu'il m'eût fallu toujours de fatigantes explorations pour mettre la main sur elle, mais, de plus, organisée comme des fortifications de campagne et, pour plus de sûreté, de l'espèce de celles que l'on a pris plus tard l'habitude d'appeler « camouflées ». Albertine, au reste, faisait, à un degré plus élevé de la société, partie de ce genre de personnes à qui la concierge promet à votre porteur de faire remettre la lettre quand elle rentrera — jusqu'au jour où vous vous apercevez que c'est précisément elle, la personne rencontrée dehors et à laquelle vous vous êtes permis d'écrire, qui est la concierge. De sorte qu'elle habite bien — mais dans la loge — le logis qu'elle vous a indiqué (lequel, d'autre part, est une petite maison de passe dont la concierge est la maquerelle). Existences disposées sur cinq ou six lignes de repli, de sorte que, quand on veut voir cette femme, ou savoir, on est venu frapper trop à droite, ou trop à gauche, ou trop en avant, ou trop en arrière, et qu'on peut pendant des mois, des années, tout ignorer. Pour Albertine, je sentais que je n'apprendrais jamais rien, qu'entre

la multiplicité entremêlée des détails réels et des faits
mensongers je n'arriverais jamais à me débrouiller.
Et que ce serait toujours ainsi, à moins que de la mettre
en prison (mais on s'évade) jusqu'à la fin. Ce soir-là,
cette conviction ne fit passer à travers moi qu'une
inquiétude, mais où je sentais frémir comme une anti-
cipation de longues souffrances.

— Mais non, répondis-je, je vous ai déjà dit que je
ne serais pas libre avant trois semaines, pas plus demain
qu'un autre jour. — Bien, alors... je vais prendre le pas
de course... c'est ennuyeux, parce que je suis chez une
amie qui... (Je sentais qu'elle n'avait pas cru que j'accep-
terais sa proposition de venir, laquelle n'était donc pas
sincère, et je voulais la mettre au pied du mur.) — Qu'est-
ce que ça peut me faire, votre amie ? venez ou ne venez
pas, c'est votre affaire, ce n'est pas moi qui vous demande
de venir, c'est vous qui me l'avez proposé. — Ne vous
fâchez pas, je saute dans un fiacre et je serai chez vous
dans dix minutes.

Ainsi, de ce Paris des profondeurs nocturnes duquel
avait déjà émané jusque dans ma chambre, mesurant le
rayon d'action d'un être lointain, le message invisible,
ce qui allait surgir et apparaître, après cette première
annonciation, c'était cette Albertine que j'avais connue
jadis sous le ciel de Balbec, quand les garçons du Grand-
Hôtel, en mettant le couvert, étaient aveuglés par la
lumière du couchant, que, les vitres étant entièrement
tirées, les souffles imperceptibles du soir passaient librement de la plage où s'attardaient les derniers promeneurs
à l'immense salle à manger où les premiers dîneurs
n'étaient pas assis encore, et que, dans la glace placée
derrière le comptoir, passait le reflet rouge de la coque et
s'attardait longtemps le reflet gris de la fumée du dernier
bateau pour Rivebelle. Je ne me demandais plus ce qui
avait pu mettre Albertine en retard, et quand Françoise
entra dans ma chambre me dire : « Mlle Albertine est là »,
si je répondis sans même bouger la tête, ce fut seulement
par dissimulation : « Comment Mlle Albertine vient-elle

aussi tard ? » Mais levant alors les yeux sur Françoise
comme dans une curiosité d'avoir sa réponse qui devait
corroborer l'apparente sincérité de ma question, je
m'aperçus, avec admiration et fureur, que, capable de
rivaliser avec la Berma elle-même dans l'art de faire
parler les vêtements inanimés et les traits du visage,
Françoise avait su faire la leçon à son corsage, à ses
cheveux dont les plus blancs avaient été ramenés à la
surface, exhibés comme un extrait de naissance, à son cou
courbé par la fatigue et l'obéissance. Ils la plaignaient
d'avoir été tirée du sommeil et de la moiteur du lit, au
milieu de la nuit, à son âge, obligée de se vêtir quatre à
quatre, au risque de prendre une fluxion de poitrine.
Aussi, craignant d'avoir eu l'air de m'excuser de la
venue tardive d'Albertine : « En tous cas, je suis bien
content qu'elle soit venue, tout est pour le mieux »,
et je laissai éclater ma joie profonde. Elle ne demeura
pas longtemps sans mélange, quand j'eus entendu la
réponse de Françoise. Celle-ci, sans proférer aucune
plainte, ayant même l'air d'étouffer de son mieux une
toux irrésistible, et croisant seulement sur elle son châle
comme si elle avait froid, commença par me raconter
tout ce qu'elle avait dit à Albertine, n'ayant pas manqué de
lui demander des nouvelles de sa tante. « Justement j'y
disais, Monsieur devait avoir crainte que Mademoiselle
ne vienne plus, parce que ce n'est pas une heure pour
venir, c'est bientôt le matin. Mais elle devait être dans
des endroits qu'elle s'amusait bien car elle ne m'a pas
seulement dit qu'elle était contrariée d'avoir fait attendre
Monsieur, elle m'a répondu d'un air de se ficher du
monde : " Mieux vaut tard que jamais ! " Et Françoise
ajouta ces mots qui me percèrent le cœur : " En parlant
comme ça, elle s'est vendue. Elle aurait peut-être bien
voulu se cacher, mais... " »

Je n'avais pas de quoi être bien étonné. Je viens de
dire que Françoise rendait rarement compte, dans les
commissions qu'on lui donnait, sinon de ce qu'elle avait
dit et sur quoi elle s'étendait volontiers, du moins de la

réponse attendue. Mais si, par exception, elle nous répétait les paroles que nos amis avaient dites, si courtes qu'elles fussent, elle s'arrangeait généralement, au besoin grâce à l'expression, au ton dont elle assurait qu'elles avaient été accompagnées, à leur donner quelque chose de blessant. A la rigueur, elle acceptait d'avoir subi d'un fournisseur chez qui nous l'avions envoyée une avanie, d'ailleurs probablement imaginaire, pourvu que, s'adressant à elle qui nous représentait, qui avait parlé en notre nom, cette avanie nous atteignît par ricochet. Il n'eût resté qu'à lui répondre qu'elle avait mal compris, qu'elle était atteinte de délire de persécution et que tous les commerçants n'étaient pas ligués contre elle. D'ailleurs leurs sentiments m'importaient peu. Il n'en était pas de même de ceux d'Albertine. Et en me redisant ces mots ironiques : « Mieux vaut tard que jamais ! » Françoise m'évoqua aussitôt les amis dans la société desquels Albertine avait fini sa soirée, s'y plaisant donc plus que dans la mienne. « Elle est comique, elle a un petit chapeau plat, avec ses gros yeux, ça lui donne un drôle d'air, surtout avec son manteau qu'elle aurait bien fait d'envoyer chez l'estoppeuse car il est tout mangé. Elle m'amuse », ajouta, comme se moquant d'Albertine, Françoise, qui partageait rarement mes impressions mais éprouvait le besoin de faire connaître les siennes. Je ne voulais même pas avoir l'air de comprendre que ce rire signifiait le dédain et la moquerie, mais, pour rendre coup pour coup, je répondis à Françoise, bien que je ne connusse pas le petit chapeau dont elle parlait : « Ce que vous appelez " petit chapeau plat " est quelque chose de simplement ravissant... — C'est-à-dire que c'est trois fois rien », dit Françoise en exprimant, franchement cette fois, son véritable mépris. Alors (d'un ton doux et ralenti pour que ma réponse mensongère eût l'air d'être l'expression non de ma colère mais de la vérité, en ne perdant pas de temps cependant, pour ne pas faire attendre Albertine), j'adressai à Françoise ces paroles cruelles : « Vous êtes excellente, lui dis-je

mielleusement, vous êtes gentille, vous avez mille
qualités, mais vous en êtes au même point que le jour
où vous êtes arrivée à Paris, aussi bien pour vous connaître
en choses de toilette que pour bien prononcer les mots
et ne pas faire de cuirs. » Et ce reproche était particulièrement stupide, car ces mots français que nous
sommes si fiers de prononcer exactement ne sont eux-
mêmes que des « cuirs » faits par des bouches gauloises
qui prononçaient de travers le latin ou le saxon, notre
langue n'étant que la prononciation défectueuse de
quelques autres. Le génie linguistique à l'état vivant,
l'avenir et le passé du français, voilà ce qui eût dû m'intéresser dans les fautes de Françoise. L' « estoppeuse »
pour la « stoppeuse » n'était-il pas aussi curieux que ces
animaux survivants des époques lointaines, comme la
baleine ou la girafe, et qui nous montrent les états que
la vie animale a traversés ?

— Et, ajoutai-je, du moment que depuis tant d'années
vous n'avez pas su apprendre, vous n'apprendrez jamais.
Vous pouvez vous en consoler, cela ne vous empêche pas
d'être une très brave personne, de faire à merveille le
bœuf à la gelée, et encore mille autre choses. Le chapeau
que vous croyez simple est copié sur un chapeau de la
princesse de Guermantes, qui a coûté cinq cents francs.
Du reste, je compte en offrir prochainement un encore
plus beau à Mlle Albertine. Je savais que ce qui pouvait le
plus ennuyer Françoise, c'est que je dépensasse de
l'argent pour des gens qu'elle n'aimait pas. Elle me
répondit par quelques mots que rendit peu intelligibles
un brusque essoufflement. Quand j'appris plus tard qu'elle
avait une maladie de cœur, quel remords j'eus de ne
m'être jamais refusé le plaisir féroce et stérile de riposter
ainsi à ses paroles ! Françoise détestait, du reste, Albertine
parce que, pauvre, Albertine ne pouvait accroître ce
que Françoise considérait comme mes supériorités. Elle
souriait avec bienveillance chaque fois que j'étais invité
par Mme de Villeparisis. En revanche elle était indignée
qu'Albertine ne pratiquât pas la réciprocité. J'en étais

arrivé à être obligé d'inventer de prétendus cadeaux
faits par celle-ci et à l'existence desquels Françoise
n'ajouta jamais l'ombre de foi. Ce manque de réciprocité
la choquait surtout en matière alimentaire. Qu'Albertine
acceptât des dîners de maman, si nous n'étions pas
invités chez Mme Bontemps (laquelle pourtant n'était
pas à Paris la moitié du temps, son mari acceptant des
« postes » comme autrefois quand il avait assez du ministère), cela lui paraissait, de la part de mon amie, une
indélicatesse qu'elle flétrissait indirectement en récitant
ce dicton courant à Combray :

> *Mangeons mon pain.*
> *— Je le veux bien.*
> *—Mangeons le tien.*
> *— Je n'ai plus faim.*

Je fis semblant d'être contraint d'écrire. «A qui écriviez-
vous ? me dit Albertine en entrant. — A une jolie amie à
moi, à Gilberte Swann. Vous ne la connaissez pas ? —
— Non. » Je renonçai à poser à Albertine des questions
sur sa soirée, je sentais que je lui ferais des reproches
et que nous n'aurions plus le temps, vu l'heure qu'il
était, de nous réconcilier suffisamment pour passer aux
baisers et aux caresses. Aussi ce fut par eux que je voulais
dès la première minute commencer. D'ailleurs, si j'étais
un peu calmé, je ne me sentais pas heureux. La perte
de toute boussole, de toute direction, qui caractérise
l'attente, persiste encore après l'arrivée de l'être attendu,
et, substituée en nous au calme à la faveur duquel nous
nous peignions sa venue comme un tel plaisir, nous
empêche d'en goûter aucun. Albertine était là : mes
nerfs démontés, continuant leur agitation, l'attendaient
encore. « Je veux prendre un bon baiser, Albertine. —
Tant que vous voudrez », me dit-elle avec toute sa
bonté. Je ne l'avais jamais vue aussi jolie. « Encore un ? —
Mais vous savez que ça me fait un grand, grand plaisir.
— Et à moi encore mille fois plus, me répondit-elle.
Oh! le joli portefeuille que vous avez là! — Prenez-le,

je vous le donne en souvenir. — Vous êtes trop gentil... »
On serait à jamais guéri du romanesque si l'on voulait,
pour penser à celle qu'on aime, tâcher d'être celui qu'on
sera quand on ne l'aimera plus. Le portefeuille, la bille
d'agate de Gilberte, tout cela n'avait reçu jadis son
importance que d'un état purement intérieur, puisque
maintenant c'était pour moi un portefeuille, une bille
quelconques.

Je demandai à Albertine si elle voulait boire. « Il me
semble que je vois là des oranges et de l'eau, me dit-elle.
Ce sera parfait. » Je pus goûter ainsi, avec ses baisers,
cette fraîcheur qui me paraissait supérieure à eux chez la
princesse de Guermantes. Et l'orange pressée dans l'eau
semblait me livrer, au fur et à mesure que je buvais, la
vie secrète de son mûrissement, son action heureuse
contre certains états de ce corps humain qui appartient
à un règne si différent, son impuissance à le faire vivre,
mais en revanche les jeux d'arrosage par où elle pouvait
lui être favorable, cent mystères dévoilés par le fruit à ma
sensation, nullement à mon intelligence.

Albertine partie, je me rappelai que j'avais promis à
Swann d'écrire à Gilberte et je trouvai plus gentil de le
faire tout de suite. Ce fut sans émotion, et comme mettant
la dernière ligne à un ennuyeux devoir de classe, que je
traçai sur l'enveloppe le nom de Gilberte Swann dont je
couvrais jadis mes cahiers pour me donner l'illusion de
correspondre avec elle. C'est que, si, autrefois, ce nom-là,
c'était moi qui l'écrivais, maintenant la tâche en avait
été dévolue par l'habitude à l'un de ces nombreux secrétaires qu'elle s'adjoint. Celui-là pouvait écrire le nom
de Gilberte avec d'autant plus de calme que, placé récemment chez moi par l'habitude, récemment entré à mon
service, il n'avait pas connu Gilberte et savait seulement,
sans mettre aucune réalité sous ces mots, parce qu'il
m'avait entendu parler d'elle, que c'était une jeune fille
de laquelle j'avais été amoureux.

Je ne pouvais l'accuser de sécheresse. L'être que j'étais
maintenant vis-à-vis d'elle était le « témoin » le mieux

choisi pour comprendre ce qu'elle-même avait été.
Le portefeuille, la bille d'agate étaient simplement devenus
pour moi à l'égard d'Albertine ce qu'ils avaient été pour
Gilberte, ce qu'ils eussent été pour tout être qui n'eût
pas fait jouer sur eux le reflet d'une flamme intérieure.
Mais maintenant un nouveau trouble était en moi qui
altérait à son tour la puissance véritable des choses
et des mots. Et comme Albertine me disait, pour me
remercier encore : « J'aime tant les turquoises ! » je lui
répondis : « Ne laissez pas mourir celles-là », leur confiant
ainsi comme à des pierres l'avenir de notre amitié qui
pourtant n'était pas plus capable d'inspirer un sentiment
à Albertine qu'il ne l'avait été de conserver celui qui
m'unissait autrefois à Gilberte.

Il se produisit à cette époque un phénomène qui ne
mérite d'être mentionné que parce qu'il se retrouve à
toutes les périodes importantes de l'histoire. Au moment
même où j'écrivais à Gilberte, M. de Guermantes, à
peine rentré de la redoute, encore coiffé de son casque,
songeait que le lendemain il serait bien forcé d'être officiellement en deuil, et décida d'avancer de huit jours la
cure d'eaux qu'il devait faire. Quand il en revint trois
semaines après (et pour anticiper, puisque je viens seulement de finir ma lettre à Gilberte), les amis du duc qui
l'avaient vu, si indifférent au début, devenir un antidreyfusard forcené, restèrent muets de surprise en l'entendant (comme si la cure n'avait pas agi seulement sur la
vessie) leur répondre : « Hé bien, le procès sera revisé et
il sera acquitté ; on ne peut pas condamner un homme
contre lequel il n'y a rien. Avez-vous jamais vu un gaga
comme Froberville ? Un officier préparant les Français
à la boucherie (pour dire la guerre) ! Étrange époque ! »
Or, dans l'intervalle, le duc de Guermantes avait connu
aux eaux trois charmantes dames (une princesse italienne et ses deux belles-sœurs). En les entendant dire
quelques mots sur les livres qu'elles lisaient, sur une pièce
qu'on jouait au Casino, le duc avait tout de suite compris
qu'il avait affaire à des femmes d'une intellectualité

11

supérieure et avec lesquelles, comme il le disait, il n'était
pas de force. Il n'en avait été que plus heureux d'être
invité à jouer au bridge par la Princesse. Mais à peine
arrivé chez elle, comme il lui disait, dans la ferveur de
son antidreyfusisme sans nuances : « Hé bien, on ne nous
parle plus de la révision du fameux Dreyfus », sa stupéfaction avait été grande d'entendre la Princesse et ses
belles-sœurs dire : « On n'en a jamais été si près. On ne
peut pas retenir au bagne quelqu'un qui n'a rien fait.
— Ah ? Ah ? », avait d'abord balbutié le duc, comme à la
découverte d'un sobriquet bizarre qui eût été en usage
dans cette maison pour tourner en ridicule quelqu'un
qu'il avait cru jusque-là intelligent. Mais au bout de
quelques jours, comme, par lâcheté et esprit d'imitation,
on crie : « Eh ! là, Jojotte », sans savoir pourquoi, à un
grand artiste qu'on entend appeler ainsi, dans cette
maison, le duc, encore tout gêné par la coutume nouvelle,
disait cependant : « En effet, s'il n'y a rien contre lui ! »
Les trois charmantes dames trouvaient qu'il n'allait pas
assez vite et le rudoyaient un peu : « Mais, au fond, personne d'intelligent n'a pu croire qu'il y eût rien. » Chaque
fois qu'un fait « écrasant » contre Dreyfus se produisait
et que le duc, croyant que cela allait convertir les trois
dames charmantes, venait le leur annoncer, elles riaient
beaucoup et n'avaient pas de peine, avec une grande finesse
de dialectique, à lui montrer que l'argument était sans
valeur et tout à fait ridicule. Le duc était rentré à Paris
dreyfusard enragé. Et certes nous ne prétendons pas que
les trois dames charmantes ne fussent pas, dans ce cas-là,
messagères de vérité. Mais il est à remarquer que tous les
dix ans, quand on a laissé un homme rempli d'une conviction véritable, il arrive qu'un couple intelligent, ou une
seule dame charmante, entrent dans sa société et qu'au
bout de quelques mois on l'amène à des opinions contraires. Et sur ce point il y a beaucoup de pays qui se com-
portent comme l'homme sincère, beaucoup de pays qu'on
a laissés remplis de haine pour un peuple et qui, six mois
après, ont changé de sentiment et renversé leurs alliances.

Je ne vis plus de quelque temps Albertine, mais continuai, à défaut de Mme de Guermantes qui ne parlait
plus à mon imagination, à voir d'autres fées et leurs
demeures, aussi inséparables d'elles que, du mollusque
qui la fabriqua et s'en abrite, la valve de nacre ou
d'émail ou la tourelle à créneaux de son coquillage. Je
n'aurais pas su classer ces dames, le problème étant insignifiant et impossible non seulement à résoudre mais à
poser. Avant la dame il fallait aborder le féerique hôtel.
Or l'une recevait toujours après déjeuner, les mois d'été ;
même avant d'arriver chez elle, il avait fallu faire baisser
la capote du fiacre, tant tapait dur le soleil, dont le souvenir, sans que je m'en rendisse compte, allait entrer
dans l'impression totale. Je croyais seulement aller au
Cours-la-Reine ; en réalité, avant d'être arrivé dans la
réunion dont un homme pratique se fût peut-être moqué,
j'avais, comme dans un voyage à travers l'Italie, un éblouissement, des délices, dont l'hôtel ne serait plus séparé
dans ma mémoire. De plus, à cause de la chaleur de la
saison et de l'heure, la dame avait clos hermétiquement
les volets dans les vastes salons rectangulaires du rez-
de-chaussée où elle recevait. Je reconnaissais mal d'abord
la maîtresse de maison et ses visiteurs, même la duchesse
de Guermantes, qui de sa voix rauque me demandait de
venir m'asseoir auprès d'elle, dans un fauteuil de Beauvais représentant *l'Enlèvement d'Europe*. Puis je distinguais sur les murs les vastes tapisseries du xviiie siècle
représentant des vaisseaux aux mâts fleuris de roses
trémières, au-dessus desquels je me trouvais comme dans
le palais non de la Seine mais de Neptune, au bord du
fleuve Océan, où la duchesse de Guermantes devenait
comme une divinité des eaux. Je n'en finirais pas si
j'énumérais tous les salons différents de celui-là. Cet
exemple suffit à montrer que je faisais entrer dans mes
jugements mondains des impressions poétiques que je
ne faisais jamais entrer en ligne de compte au moment
de faire le total, si bien que, quand je calculais les mérites
d'un salon, mon addition n'était jamais juste.

Certes ces causes d'erreur étaient loin d'être les seules, mais je n'ai plus le temps, avant mon départ pour Balbec (où, pour mon malheur, je vais faire un second séjour qui sera aussi le dernier), de commencer des peintures du monde qui trouveront leur place bien plus tard. Disons seulement qu'à cette première fausse raison (ma vie relativement frivole et qui faisait supposer l'amour du monde) de ma lettre à Gilberte et du retour aux Swann qu'elle semblait indiquer, Odette aurait pu en ajouter tout aussi inexactement une seconde. Je n'ai imaginé jusqu'ici les aspects différents que le monde prend pour une même personne qu'en supposant que le monde ne change pas : si la même dame qui ne connaissait personne va chez tout le monde, et que telle autre qui avait une position dominante est délaissée, on est tenté d'y voir uniquement de ces hauts et bas purement personnels, qui de temps à autre amènent dans une même société, à la suite de spéculations de bourse, une ruine retentissante ou un enrichissement inespéré. Or ce n'est pas seulement cela. Dans une certaine mesure, les manifestations mondaines — fort inférieures aux mouvements artistiques, aux crises politiques, à l'évolution qui porte le goût public vers le théâtre d'idées, puis vers la peinture impressionniste, puis vers la musique allemande et complexe, puis vers la musique russe et simple, ou vers les idées sociales, les idées de justice, la réaction religieuse, le sursaut patriotique — en sont cependant le reflet lointain, brisé, incertain, troublé, changeant. De sorte que même les salons ne peuvent être dépeints dans une immobilité statique qui a pu convenir jusqu'ici à l'étude des caractères, lesquels devront, eux aussi, être comme entraînés dans un mouvement quasi historique. Le goût de nouveauté qui porte les hommes du monde plus ou moins sincèrement avides de se renseigner sur l'évolution intellectuelle à fréquenter les milieux où ils peuvent suivre celle-ci, leur fait préférer d'habitude quelque maîtresse de maison jusque-là inédite, qui représente encore toutes fraîches les espérances de mentalité supérieure si fanées et défraî-

chies chez les femmes qui ont exercé depuis longtemps
le pouvoir mondain, et qui, comme ils en connaissent
le fort et le faible, ne parlent plus à leur imagination. Et
chaque époque se trouve ainsi personnifiée dans des
femmes nouvelles, dans un nouveau groupe de femmes,
qui, rattachées étroitement à ce qui pique les curiosités
les plus neuves, semblent, dans leur toilette, apparaître
seulement, à ce moment-là, comme une espèce inconnue
née du dernier déluge, beautés irrésistibles de chaque
nouveau Consulat, de chaque nouveau Directoire. Mais
très souvent les maîtresses de maison nouvelles sont tout
simplement, comme certains hommes d'État dont c'est
le premier ministère mais qui depuis quarante ans frappaient à toutes les portes sans se les voir ouvrir, des
femmes qui n'étaient pas connues de la société mais
n'en recevaient pas moins, depuis fort longtemps, et
faute de mieux, quelques « rares intimes ». Certes, ce
n'est pas toujours le cas, et quand, avec l'efflorescence
prodigieuse des ballets russes, révélatrice coup sur coup
de Bakst, de Nijinski, de Benoist, du génie de Stravinski,
la princesse Yourbeletieff, jeune marraine de tous ces
grands hommes nouveaux, apparut portant sur la tête
une immense aigrette tremblante inconnue des Pari-
siennes et qu'elles cherchèrent toutes à imiter, on put
croire que cette merveilleuse créature avait été apportée
dans leurs innombrables bagages, et comme leur plus
précieux trésor, par les danseurs russes ; mais quand à
côté d'elle, dans son avant-scène, nous verrons, à toutes
les représentations des « Russes », siéger comme une véritable fée, ignorée jusqu'à ce jour de l'aristocratie,
Mme Verdurin, nous pourrons répondre aux gens du
monde qui croiront aisément Mme Verdurin fraîchement
débarquée avec la troupe de Diaghilew, que cette dame
avait déjà existé dans des temps différents, et passé par
divers avatars dont celui-là ne différait qu'en ce qu'il
était le premier qui amenait enfin, désormais assuré, et
en marche d'un pas de plus en plus rapide, le succès si
longtemps et si vainement attendu par la Patronne. Pour

Mme Swann, il est vrai, la nouveauté qu'elle représentait n'avait pas le même caractère collectif. Son salon s'était cristallisé autour d'un homme, d'un mourant, qui avait presque tout d'un coup passé, aux moments où son talent s'épuisait, de l'obscurité à la grande gloire. L'engouement pour les œuvres de Bergotte était immense. Il passait toute la journée, exhibé, chez Mme Swann, qui chuchotait à un homme influent : « Je lui parlerai, il vous fera un article. » Il était, du reste, en état de le faire, et même un petit acte pour Mme Swann. Plus près de la mort, il allait un peu moins mal qu'au temps où il venait prendre des nouvelles de ma grand'mère. C'est que de grandes douleurs physiques lui avaient imposé un régime. La maladie est le plus écouté des médecins : à la bonté, au savoir on ne fait que promettre ; on obéit à la souffrance.

Certes, le petit clan des Verdurin avait actuellement un intérêt autrement vivant que le salon légèrement nationaliste, plus encore littéraire, et avant tout bergottique, de Mme Swann. Le petit clan était en effet le centre actif d'une longue crise politique arrivée à son maximum d'intensité : le dreyfusisme. Mais les gens du monde étaient pour la plupart tellement antirévisionnistes, qu'un salon dreyfusien semblait quelque chose d'aussi impossible qu'à une autre époque un salon communard. La princesse de Caprarola, qui avait fait la connaissance de Mme Verdurin à propos d'une grande exposition qu'elle avait organisée, avait bien été rendre à celle-ci une longue visite, dans l'espoir de débaucher quelques éléments intéressants du petit clan et de les agréger à son propre salon, visite au cours de laquelle la princesse (jouant au petit pied les duchesses de Guermantes) avait pris la contrepartie des opinions reçues, déclaré les gens de son monde idiots, ce que Mme Verdurin avait trouvé d'un grand courage. Mais ce courage ne devait pas aller plus tard jusqu'à oser, sous le feu des regards de dames nationalistes, saluer Mme Verdurin aux courses de Balbec. Pour Mme Swann, les antidreyfusards lui savaient, au

contraire, gré d'être « bien pensante », ce à quoi, mariée
à un Juif, elle avait un mérite double. Néanmoins les
personnes qui n'étaient jamais allées chez elle s'imaginaient qu'elle recevait seulement quelques Israélites
obscurs et des élèves de Bergotte. On classe ainsi des
femmes, autrement qualifiées que Mᵐᵉ Swann, au dernier rang de l'échelle sociale, soit à cause de leurs origines,
soit parce qu'elles n'aiment pas les dîners en ville et les
soirées où on ne les voit jamais, ce qu'on suppose faussement dû à ce qu'elles n'auraient pas été invitées, soit
parce qu'elles ne parlent jamais de leurs amitiés mondaines mais seulement de littérature et d'art, soit parce
que les gens se cachent d'aller chez elles, ou que, pour ne
pas faire d'impolitesse aux autres, elles se cachent de les
recevoir, enfin pour mille raisons qui achèvent de faire
de telle ou telle d'entre elles, aux yeux de certains, la
femme qu'on ne reçoit pas. Il en était ainsi pour Odette.
Mᵐᵉ d'Épinoy, à l'occasion d'un versement qu'elle
désirait pour la « Patrie française », ayant eu à aller la
voir, comme elle serait entrée chez sa mercière, convain-
cue d'ailleurs qu'elle ne trouverait que des visages, non
pas même méprisés, mais inconnus, resta clouée sur la
place quand la porte s'ouvrit, non sur le salon qu'elle
supposait, mais sur une salle magique où, comme grâce
à un changement à vue dans une féerie, elle reconnut
dans des figurantes éblouissantes, à demi étendues sur
des divans, assises sur des fauteuils, appelant la maîtresse
de maison par son petit nom, les altesses, les duchesses
qu'elle-même, la princesse d'Épinoy, avait grand'peine
à attirer chez elle, et auxquelles, en ce moment, sous les
yeux bienveillants d'Odette, le marquis du Lau, le comte
Louis de Turenne, le prince Borghèse, le duc d'Estrées,
portant l'orangeade et les petits fours, servaient de pane-
tiers et d'échansons. La princesse d'Épinoy, comme elle
mettait, sans s'en rendre compte, la qualité mondaine
à l'intérieur des êtres, fut obligée de désincarner
Mᵐᵉ Swann et de la réincarner en une femme élégante.
L'ignorance de la vie réelle, que mènent les femmes qui

ne l'exposent pas dans les journaux, tend ainsi sur certaines situations (contribuant par là à diversifier les salons) un voile de mystère. Pour Odette, au commencement, quelques hommes de la plus haute société, curieux de connaître Bergotte, avaient été dîner chez elle dans l'intimité. Elle avait eu le tact, récemment acquis, de n'en pas faire étalage ; ils trouvaient là — souvenir peut-être du petit noyau dont Odette avait gardé, depuis le schisme, les traditions — le couvert mis, etc. Odette les emmenait avec Bergotte, que cela achevait d'ailleurs de tuer, aux « premières » intéressantes. Ils parlèrent d'elle à quelques femmes de leur monde capables de s'intéresser à tant de nouveauté. Elles étaient persuadées qu'Odette, intime de Bergotte, avait plus ou moins collaboré à ses œuvres, et la croyaient mille fois plus intelligente que les femmes les plus remarquables du Faubourg pour la même raison qu'elles mettaient tout leur espoir politique en certains républicains bon teint comme M. Doumer et M. Deschanel, tandis qu'elles voyaient la France aux abîmes si elle était confiée au personnel monarchiste qu'elles recevaient à dîner, aux Charette, aux Doudeauville, etc. Ce changement de la situation d'Odette s'accomplissait de sa part avec une discrétion qui la rendait plus sûre et plus rapide, mais ne la laissait nullement soupçonner du public enclin à s'en remettre aux chroniques du *Gaulois* des progrès ou de la décadence d'un salon, de sorte qu'un jour, à une répétition générale d'une pièce de Bergotte donnée dans une salle des plus élégantes au bénéfice d'une œuvre de charité, ce fut un vrai coup de théâtre quand on vit dans la loge de face, qui était celle de l'auteur, venir s'asseoir à côté de Mᵐᵉ Swann, Mᵐᵉ de Marsantes et celle qui, par l'effacement progressif de la duchesse de Guermantes (rassasiée d'honneurs, et s'annihilant par moindre effort), était en train de devenir la lionne, la reine du temps, la comtesse Molé. « Quand nous ne nous doutions pas même qu'elle avait commencé à monter, se dit-on d'Odette, au moment où on vit entrer la comtesse

Molé dans la loge, elle a franchi le dernier échelon. »

De sorte que Mme Swann pouvait croire que c'était par snobisme que je me rapprochais de sa fille.

Odette, malgré ses brillantes amies, n'écouta pas moins la pièce avec une extrême attention, comme si elle eût été là seulement pour l'entendre, de même que jadis elle traversait le Bois par hygiène et pour faire de l'exercice. Des hommes qui étaient jadis moins empressés autour d'elle vinrent au balcon, dérangeant tout le monde, se suspendre à sa main pour approcher le cercle imposant dont elle était environnée. Elle, avec un sourire plutôt encore d'amabilité que d'ironie, répondait patiemment à leurs questions, affectant plus de calme qu'on n'aurait cru, et qui était peut-être sincère, cette exhibition n'étant que l'exhibition tardive d'une intimité habituelle et discrètement cachée. Derrière ces trois dames attirant tous les yeux était Bergotte entouré par le prince d'Agrigente, le comte Louis de Turenne, et le marquis de Bréauté. Et il est aisé de comprendre que, pour des hommes qui étaient reçus partout et qui ne pouvaient plus attendre une surélévation que de recherches d'originalité, cette démonstration de leur valeur, qu'ils croyaient faire en se laissant attirer par une maîtresse de maison réputée de haute intellectualité et auprès de qui ils s'attendaient à rencontrer tous les auteurs dramatiques et tous les romanciers en vogue, était plus excitante et vivante que ces soirées chez la princesse de Guermantes, lesquelles, sans aucun programme et attrait nouveau, se succédaient depuis tant d'années, plus ou moins pareilles à celle que nous avons si longuement décrite. Dans ce grand monde-là, celui des Guermantes, d'où la curiosité se détournait un peu, les modes intellectuelles nouvelles ne s'incarnaient pas en divertissements à leur image, comme en ces bluettes de Bergotte écrites pour Mme Swann, comme en ces véritables séances de Salut Public (si le monde avait pu s'intéresser à l'affaire Dreyfus) où chez Mme Verdurin se réunissaient Picquart, Clemenceau, Zola, Reinach et Labori.

Gilberte servait aussi, à la situation de sa mère, car un oncle de Swann venait de laisser près de quatre-vingts millions à la jeune fille, ce qui faisait que le faubourg Saint-Germain commençait à penser à elle. Le revers de la médaille était que Swann, d'ailleurs mourant, avait des opinions dreyfusistes, mais cela même ne nuisait pas à sa femme et même lui rendait service. Cela ne lui nuisait pas parce qu'on disait : « Il est gâteux, idiot, on ne s'occupe pas de lui, il n'y a que sa femme qui compte et elle est charmante. » Mais même le dreyfusisme de Swann était utile à Odette. Livrée à elle-même, elle se fût peut-être laissé aller à faire aux femmes chic des avances qui l'eussent perdue. Tandis que les soirs où elle traînait son mari dîner dans le faubourg Saint-Germain, Swann, restant farouchement dans son coin, ne se gênait pas, s'il voyait Odette se faire présenter à quelque dame nationaliste, de dire à haute voix : « Mais voyons, Odette, vous êtes folle. Je vous prie de rester tranquille. Ce serait une platitude de votre part de vous faire présenter à des antisémites. Je vous le défends. » Les gens du monde après qui chacun court ne sont habitués ni à tant de fierté ni à tant de mauvaise éducation. Pour la première fois ils voyaient quelqu'un qui se croyait « plus » qu'eux. On se racontait ces grognements de Swann, et les cartes cornées pleuvaient chez Odette. Quand celle-ci était en visite chez Mme d'Arpajon, c'était un vif et sympathique mouvement de curiosité. « Ça ne vous a pas ennuyée que je vous l'aie présentée, disait Mme d'Arpajon. Elle est très gentille. C'est Marie de Marsantes qui me l'a fait connaître. — Mais non, au contraire, il paraît qu'elle est tout ce qu'il y a de plus intelligente, elle est charmante. Je désirais au contraire la rencontrer ; dites-moi donc où elle demeure. » Mme d'Arpajon disait à Mme Swann qu'elle s'était beaucoup amusée chez elle l'avant-veille et avait lâché avec joie pour elle Mme de Saint-Euverte. Et c'était vrai, car préférer Mme Swann, c'était montrer qu'on était intelligent, comme d'aller au concert au lieu d'aller à un thé. Mais quand Mme de Saint-Euverte venait chez Mme d'Arpajon en même temps qu'Odette, comme Mme de Saint-Euverte était très snob et que Mme d'Arpajon, tout en la traitant d'assez haut, tenait à ses réceptions, Mme d'Arpajon ne présentait pas Odette pour que Mme de Saint-Euverte ne sût pas qui c'était. La marquise s'imaginait que ce devait être quelque princesse qui sortait très peu pour qu'elle ne l'eût jamais vue, prolongeait sa visite, répondait indirectement à ce que disait Odette, mais Mme d'Arpajon restait de fer. Et quand Mme de Saint-Euverte, vaincue, s'en allait : « Je ne vous ai pas présentée, disait la maîtresse de maison à Odette, parce qu'on n'aime pas beaucoup aller chez elle et elle invite énormément ; vous n'auriez pas pu vous en dépêtrer. — Oh! cela ne fait rien », disait Odette avec un regret. Mais elle gardait l'idée qu'on n'aimait pas aller chez Mme de Saint-Euverte, ce qui, dans une certaine mesure, était vrai, et elle en concluait qu'elle avait une situation très supérieure à Mme de Saint-Euverte, bien que celle-ci en eût une très grande, et Odette encore aucune.

Elle ne s'en rendait pas compte, et bien que toutes les amies de Mme de Guermantes fussent liées avec Mme d'Arpajon, quand celle-ci invitait Mme Swann, Odette disait d'un air scrupuleux : « Je vais chez Mme d'Arpajon, mais vous allez me trouver bien vieux jeu ; cela me choque, à cause de Mme de Guermantes » (qu'elle ne connaissait pas du reste). Les hommes distingués pensaient que le fait que Mme Swann connût peu de gens du grand monde tenait à ce qu'elle devait être une femme supérieure, probablement une grande musicienne, et que ce serait une espèce de titre extra-mondain, comme pour un duc d'être docteur ès sciences, que d'aller chez elle. Les femmes complètement nulles étaient attirées vers Odette par une raison contraire ; apprenant qu'elle allait au concert Colonne et se déclarait wagnérienne, elles en concluaient que ce devait être une « farceuse », et elles étaient fort allumées par l'idée de la connaître. Mais, peu assurées dans leur propre situation,

elles craignaient de se compromettre en public en ayant
l'air liées avec Odette, et, si dans un concert de charité
elles apercevaient Mme Swann, elles détournaient la
tête, jugeant impossible de saluer, sous les yeux de
Mme de Rochechouart, une femme qui était bien capable
d'être allée à Bayreuth — ce qui voulait dire faire les
cent dix-neuf coups.

Chaque personne en visite chez une autre devenant
différente, sans parler des métamorphoses merveilleuses
qui s'accomplissaient ainsi chez les fées, dans le salon de
Mme Swann, M. de Bréauté, soudain mis en valeur par
l'absence des gens qui l'entouraient d'habitude, par l'air
de satisfaction qu'il avait de se trouver là aussi bien que si,
au lieu d'aller à une fête, il avait chaussé des besicles
pour s'enfermer à lire la *Revue des Deux-Mondes*, par le
rite mystérieux qu'il avait l'air d'accomplir en venant
voir Odette, M. de Bréauté lui-même semblait un homme
nouveau. J'aurais beaucoup donné pour voir quelles
altérations la duchesse de Montmorency-Luxembourg
aurait subies dans ce milieu nouveau. Mais elle était
une des personnes à qui jamais on ne pourrait présenter
Odette. Mme de Montmorency, beaucoup plus bienveillante pour Oriane que celle-ci n'était pour elle, m'étonnait
beaucoup en me disant à propos de Mme de Güermantes :
« Elle connaît des gens d'esprit, tout le monde l'aime, je
crois que, si elle avait eu un peu plus d'esprit de suite,
elle serait arrivée à se faire un salon. La vérité est qu'elle
n'y tenait pas, elle a bien raison, elle est heureuse comme
cela, recherchée de tous. » Si Mme de Guermantes n'avait
pas un « salon », alors qu'est-ce que c'était qu'un « salon » ?
La stupéfaction où me jetèrent ces paroles n'était pas
plus grande que celle que je causai à Mme de Guermantes
en lui disant que j'aimais bien aller chez Mme de Montmorency. Oriane la trouvait une vieille crétine. « Encore moi,
disait-elle, j'y suis forcée, c'est ma tante ; mais vous !
Elle ne sait même pas attirer les gens agréables. » Mme de
Guermantes ne se rendait pas compte que les gens agréables me laissaient froid, que quand elle me disait « salon

Arpajon » je voyais un papillon jaune, et « salon Swann »
(Mme Swann était chez elle l'hiver de 6 à 7) un papillon
noir aux ailes feutrées de neige. Encore ce dernier salon,
qui n'en était pas un, elle le jugeait, bien qu'inaccessible
pour elle, excusable pour moi, à cause des « gens d'esprit ».
Mais Mme de Luxembourg! Si j'eusse déjà « produit »
quelque chose qui eût été remarqué, elle eût conclu
qu'une part de snobisme peut s'allier au talent. Et je mis
le comble à sa déception ; je lui avouai que je n'allais pas
chez Mme de Montmorency (comme elle croyait) pour
« prendre des notes » et « faire une étude ». Mme de
Guermantes ne se trompait, du reste, pas plus que les
romanciers mondains qui analysent cruellement du
dehors les actes d'un snob ou prétendu tel, mais ne se
placent jamais à l'intérieur de celui-ci, à l'époque où
fleurit dans l'imagination tout un printemps social.
Moi-même, quand je voulus savoir quel si grand plaisir
j'éprouvais à aller chez Mme de Montmorency, je fus
un peu désappointé. Elle habitait, dans le faubourg
Saint-Germain, une vieille demeure remplie de pavillons
que séparaient de petits jardins. Sous la voûte, une statuette, qu'on disait de Falconet, représentait une Source
d'où, du reste, une humidité perpétuelle suintait. Un
peu plus loin la concierge, toujours les yeux rouges, soit
chagrin, soit neurasthénie, soit migraine, soit rhume, ne
vous répondait jamais, vous faisait un geste vague indi-
quant que la duchesse était là et laissait tomber de ses
paupières quelques gouttes au-dessus d'un bol rempli
de « ne m'oubliez pas ». Le plaisir que j'avais à voir
la statuette, parce qu'elle me faisait penser à un
petit jardinier en plâtre qu'il y avait dans un jardin
de Combray, n'était rien auprès de celui que me
causaient le grand escalier humide et sonore, plein
d'échos, comme celui de certains établissements de
bains d'autrefois, les vases remplis de cinéraires — bleu
sur bleu — dans l'antichambre, et surtout le tintement
de la sonnette, qui était exactement celui de la chambre
d'Eulalie. Ce tintement mettait le comble à mon enthou-

siasme, mais me semblait trop humble pour que je le
pusse expliquer à Mme de Montmorency, de sorte que
cette dame me voyait toujours dans un ravissement dont
elle ne devina jamais la cause.

Les intermittences du cœur.

Ma seconde arrivée à Balbec fut bien différente de la
première. Le directeur était venu en personne m'attendre
à Pont-à-Couleuvre, répétant combien il tenait à sa
clientèle titrée, ce qui me fit craindre qu'il m'anoblît
jusqu'à ce que j'eusse compris que, dans l'obscurité
de sa mémoire grammaticale, titrée signifiait simplement
attitrée. Du reste, au fur et à mesure qu'il apprenait de
nouvelles langues, il parlait plus mal les anciennes. Il
m'annonça qu'il m'avait logé tout en haut de l'hôtel.
« J'espère, dit-il, que vous ne verrez pas là un manque
d'impolitesse, j'étais ennuyé de vous donner une chambre
dont vous êtes indigne, mais je l'ai fait rapport au bruit,
parce que comme cela vous n'aurez personne au-dessus
de vous pour vous fatiguer le trépan (pour tympan).
Soyez tranquille, je ferai fermer les fenêtres pour qu'elles
ne battent pas. Là-dessus je suis intolérable » ces mots
n'exprimant pas sa pensée, laquelle était qu'on le trouverait toujours inexorable à ce sujet, mais peut-être
bien celle de ses valets d'étage). Les chambres étaient
d'ailleurs celles du premier séjour. Elles n'étaient pas
plus bas, mais j'avais monté dans l'estime du directeur.
Je pourrais faire faire du feu si cela me plaisait (car sur
l'ordre des médecins, j'étais parti dès Pâques), mais il
craignait qu'il n'y eût des « fixures » dans le plafond.
« Surtout attendez toujours pour allumer une flambée que
la précédente soit consommée (pour consumée). Car
l'important c'est d'éviter de ne pas mettre le feu à la cheminée, d'autant plus que pour égayer un peu, j'ai fait
placer dessus une grande postiche en vieux Chine, que
cela pourrait abîmer. »

Il m'apprit avec beaucoup de tristesse la mort du bâtonnier de Cherbourg : « C'était un vieux routinier », dit-il (probablement pour roublard) et me laissa entendre que sa fin avait été avancée par une vie de déboires, ce qui signifiait de débauches. « Déjà depuis quelque temps je remarquais qu'après le dîner il s'accroupissait dans le salon (sans doute pour s'assoupissait). Les derniers temps, il était tellement changé que, si l'on n'avait pas su que c'était lui, à le voir il était à peine reconnaissant » (pour reconnaissable sans doute).

Compensation heureuse, le premier président de Caen venait de recevoir la « cravache » de commandeur de la Légion d'honneur. « Sûr et certain qu'il a des capacités, mais paraît qu'on la lui a donnée surtout à cause de sa grande " impuissance ". On revenait du reste sur cette décoration dans *l'Écho de Paris* de la veille, dont le directeur n'avait encore lu que « le premier paraphe » (pour paragraphe). La politique de M. Caillaux y était bien arrangée. « Je trouve du reste qu'ils ont raison, dit-il. Il nous met trop sous la coupole de l'Allemagne » (sous la coupe). Comme ce genre de sujet traité par un hôtelier me paraissait ennuyeux, je cessai d'écouter. Je pensais aux images qui m'avaient décidé de retourner à Balbec. Elles étaient bien différentes de celles d'autrefois, la vision que je venais chercher était aussi éclatante que la première était brumeuse ; elles ne devaient pas moins me décevoir. Les images choisies par le souvenir sont aussi arbitraires, aussi étroites, aussi insaisissables, que celles que l'imagination avait formées et la réalité détruites. Il n'y a pas de raison pour qu'en dehors de nous, un lieu réel possède plutôt les tableaux de la mémoire que ceux du rêve. Et puis, une réalité nouvelle nous fera peut-être oublier, détester même les désirs à cause desquels nous étions partis.

Ceux qui m'avaient fait partir pour Balbec tenaient en partie à ce que les Verdurin (des invitations de qui je n'avais jamais profité, et qui seraient certainement heureux de me recevoir, si j'allais à la campagne m'excuser

de n'avoir jamais pu leur faire une visite à Paris), sachant
que plusieurs fidèles passeraient les vacances sur cette
côte, et ayant à cause de cela loué pour toute la saison
un des châteaux de M. de Cambremer (la Raspelière),
y avaient invité Mme Putbus. Le soir où je l'avais appris
(à Paris), j'envoyai, en véritable fou, notre jeune valet
de pied s'informer si cette dame emmènerait à Balbec
sa cameriste. Il était onze heures du soir. Le concierge
mit longtemps à ouvrir, et par miracle n'envoya pas
promener mon messager, ne fit pas appeler la police,
se contenta de le recevoir très mal, tout en lui fournissant
le renseignement désiré. Il dit qu'en effet la première
femme de chambre accompagnerait sa maîtresse, d'abord
aux eaux en Allemagne, puis à Biarritz, et pour finir,
chez Mme Verdurin. Dès lors j'avais été tranquille et
content d'avoir ce pain sur la planche. J'avais pu me
dispenser de ces poursuites dans les rues où j'étais
dépourvu auprès des beautés rencontrées de cette lettre
d'introduction que serait auprès du « Giorgione » d'avoir
dîné le soir-même, chez les Verdurin, avec sa maîtresse.
D'ailleurs elle aurait peut-être meilleure idée de moi
encore en sachant que je connaissais, non seulement les
bourgeois locataires de la Raspelière mais ses propriétaires, et surtout Saint-Loup qui, ne pouvant me recommander à distance à la femme de chambre (celle-ci
ignorant le nom de Robert), avait écrit pour moi une
lettre chaleureuse aux Cambremer. Il pensait qu'en
dehors de toute l'utilité dont ils me pourraient être,
Mme de Cambremer, la belle-fille née Legrandin, m'inté-
resserait en causant avec moi. « C'est une femme intelligente, m'avait-il assuré. Elle ne te dira pas des choses
définitives (les choses « définitives » avaient été substituées
aux choses « sublimes » par Robert qui modifiait, tous
les cinq ou six ans, quelques-unes de ses expressions
favorites tout en conservant les principales), mais c'est
une nature, elle a une personnalité, de l'intuition, elle
jette à propos la parole qu'il faut. De temps en temps elle
est énervante, elle lance des bêtises pour " faire gratin ",

ce qui est d'autant plus ridicule que rien n'est moins élégant que les Cambremer, elle n'est pas toujours *à la page*, mais, somme toute, elle est encore dans les personnes les plus supportables à fréquenter. »

Aussitôt que la recommandation de Robert leur était parvenue, les Cambremer, soit snobisme qui leur faisait désirer d'être indirectement aimables pour Saint-Loup, soit reconnaissance de ce qu'il avait été pour un de leurs neveux à Doncières, et plus probablement surtout par bonté et traditions hospitalières, avaient écrit de longues lettres demandant que j'habitasse chez eux, et si je préférais être plus indépendant, s'offrant à me chercher un logis. Quand Saint-Loup leur eut objecté que j'habiterais le Grand-Hôtel de Balbec, ils répondirent que du moins, ils attendaient une visite dès mon arrivée et, si elle tardait trop, ne manqueraient pas de venir me relancer pour m'inviter à leurs garden-parties.

Sans doute rien ne rattachait d'une façon essentielle la femme de chambre de Mme Putbus au pays de Balbec ; elle n'y serait pas pour moi comme la paysanne que, seul sur la route de Méséglise, j'avais si souvent appelée en vain, de toute la force de mon désir. Mais j'avais depuis longtemps cessé de chercher à extraire d'une femme comme la racine carrée de son inconnu, lequel ne résistait pas souvent à une simple présentation. Du moins à Balbec, où je n'étais pas allé depuis longtemps, j'aurais cet avantage, à défaut du rapport nécessaire qui n'existait pas entre le pays et cette femme, que le sentiment de la réalité n'y serait pas supprimé pour moi par l'habitude comme à Paris où, soit dans ma propre maison, soit dans une chambre connue, le plaisir auprès d'une femme ne pouvait pas me donner un instant l'illusion, au milieu des choses quotidiennes, qu'il m'ouvrait accès à une nouvelle vie. (Car si l'habitude est une seconde nature, elle nous empêche de connaître la première, dont elle n'a ni les cruautés, ni les enchantements.) Or cette illlusion, je l'aurais peut-être dans un pays nouveau où renaît la sensibilité, devant un rayon de soleil, et où justement

achèverait de m'exalter la femme que je désirais : or on
verra les circonstances faire non seulement que cette
femme ne vînt pas à Balbec, mais que je ne redoutai
rien tant qu'elle y pût venir, de sorte que ce but principal
de mon voyage ne fut ni atteint, ni même poursuivi.

Certes Mme Putbus ne devait pas aller aussi tôt dans
la saison chez les Verdurin ; mais ces plaisirs qu'on a
choisis peuvent être lointains si leur venue est assurée
et que dans leur attente on puisse se livrer d'ici là à la
paresse de chercher à plaire et à l'impuissance d'aimer.
Au reste, à Balbec, je n'allais pas dans un esprit aussi
poétique que la première fois ; il y a toujours moins
d'égoïsme dans l'imagination pure que dans le souvenir ;
et je savais que j'allais précisément me trouver dans un
de ces lieux où foisonnent les belles inconnues ; une
plage n'en offre pas moins qu'un bal, et je pensais
d'avance aux promenades devant l'hôtel, sur la digue,
avec ce même genre de plaisir que Mme de Guermantes
m'aurait procuré si, au lieu de me faire inviter dans des
dîners brillants, elle avait donné plus souvent mon nom
pour leurs listes de cavaliers aux maîtresses de maison
chez qui l'on dansait. Faire des connaissances féminines
à Balbec me serait aussi facile que cela m'avait été malaisé
autrefois, car j'y avais maintenant autant de relations
et d'appuis que j'en étais dénué à mon premier voyage.

Je fus tiré de ma rêverie par la voix du directeur, dont
je n'avais pas écouté les dissertations politiques. Changeant de sujet, il me dit la joie du premier président en
apprenant mon arrivée et qu'il viendrait me voir dans ma
chambre, le soir même. La pensée de cette visite m'effraya
si fort, car je commençais à me sentir fatigué, que je le
priai d'y mettre obstacle (ce qu'il me promit) et, pour
plus de sûreté, de faire, pour le premier soir, monter la
garde à mon étage par ses employés. Il ne paraissait pas
les aimer beaucoup. « Je suis tout le temps obligé de
courir après eux parce qu'ils manquent trop d'inertie. Si
je n'étais pas là ils ne bougeraient pas. Je mettrai le
liftier de planton à votre porte. » Je demandai s'il était

enfin « chef des chasseurs ». « Il n'est pas encore assez vieux dans la maison, me répondit-il. Il a des camarades plus âgés que lui, cela ferait crier. En toutes choses il faut des granulations. Je reconnais qu'il a une bonne aptitude (pour attitude) devant son ascenseur. Mais c'est encore un peu jeune pour des situations pareilles. Avec d'autres qui sont trop anciens, cela ferait contraste. Ça manque un peu de sérieux, ce qui est la qualité primitive (sans doute la qualité primordiale, la qualité la plus importante). Il faut qu'il ait un peu plus de plomb dans l'aile (mon interlocuteur voulait dire dans la tête). Du reste, il n'a qu'à se fier à moi. Je m'y connais. Avant de prendre mes galons comme directeur du Grand-Hôtel, j'ai fait mes premières armes sous M. Paillard. » Cette comparaison m'impressionna et je remerciai le directeur d'être venu lui-même jusqu'à Pont-à-Couleuvre « Oh! de rien. Cela ne m'a fait perdre qu'un temps infini » (pour infime). Du reste nous étions arrivés.

Bouleversement de toute ma personne. Dès la première nuit, comme je souffrais d'une crise de fatigue cardiaque, tâchant de dompter ma souffrance, je me baissai avec lenteur et prudence pour me déchausser. Mais à peine eus-je touché le premier bouton de ma bottine, ma poitrine s'enfla, remplie d'une présence inconnue, divine, des sanglots me secouèrent, des larmes ruisselèrent de mes yeux. L'être qui venait à mon secours, qui me sauvait de la sécheresse de l'âme, c'était celui qui, plusieurs années auparavant, dans un moment de détresse et de solitude identiques, dans un moment où je n'avais plus rien de moi, était entré, et qui m'avait rendu à moi-même, car il était moi et plus que moi (le contenant qui est plus que le contenu et me l'apportait). Je venais d'apercevoir, dans ma mémoire, penché sur ma fatigue, le visage tendre, préoccupé et déçu de ma grand'mère, telle qu'elle avait été ce premier soir d'arrivée ; le visage de ma grand'mère, non pas de celle que je m'étais étonné et reproché de si peu regretter et qui n'avait d'elle que le nom, mais de ma grand'mère véritable dont, pour la première fois

depuis les Champs-Élysées où elle avait eu son attaque,
je retrouvais dans un souvenir involontaire et complet
la réalité vivante. Cette réalité n'existe pas pour nous
tant qu'elle n'a pas été recréée par notre pensée (sans
cela les hommes qui ont été mêlés à un combat gigan-
tesque seraient tous de grands poètes épiques) ; et ainsi,
dans un désir fou de me précipiter dans ses bras, ce
n'était qu'à l'instant — plus d'une année après son
enterrement, à cause de cet anachronisme qui empêche
si souvent le calendrier des faits de coïncider avec celui
des sentiments — que je venais d'apprendre qu'elle était
morte. J'avais souvent parlé d'elle depuis ce moment-là
et aussi pensé à elle, mais sous mes paroles et mes pensées
de jeune homme ingrat, égoïste et cruel, il n'y avait jamais
rien eu qui ressemblât à ma grand'mère, parce que, dans
ma légèreté, mon amour du plaisir, mon accoutumance
à la voir malade, je ne contenais en moi qu'à l'état virtuel
le souvenir de ce qu'elle avait été. A n'importe quel
moment que nous la considérions, notre âme totale n'a
qu'une valeur presque fictive, malgré le nombreux bilan
de ses richesses, car tantôt les unes, tantôt les autres sont
indisponibles, qu'il s'agisse d'ailleurs de richesses effectives aussi bien que de celles de l'imagination, et pour
moi par exemple, tout autant que de l'ancien nom de
Guermantes, de celles, combien plus graves, du souvenir
vrai de ma grand'mère. Car aux troubles de la mémoire
sont liées les intermittences du cœur. C'est sans doute
l'existence de notre corps, semblable pour nous à un
vase où notre spiritualité serait enclose, qui nous induit à
supposer que tous nos biens intérieurs, nos joies passées,
toutes nos douleurs sont perpétuellement en notre
possession. Peut-être est-il aussi inexact de croire qu'elles
s'échappent ou reviennent. En tous cas si elles restent
en nous c'est, la plupart du temps, dans un domaine
inconnu où elles ne sont de nul service pour nous, et où
même les plus usuelles sont refoulées par des souvenirs
d'ordre différent et qui excluent toute simultanéité avec
elles dans la conscience. Mais si le cadre de sensations où

elles sont conservées est ressaisi, elles ont à leur tour ce
même pouvoir d'expulser tout ce qui leur est incompatible, d'installer, seul en nous, le moi qui les vécut. Or,
comme celui que je venais subitement de redevenir
n'avait pas existé depuis ce soir lointain où ma grand'-
mère m'avait déshabillé à mon arrivée à Balbec, ce fut
tout naturellement, non pas après la journée actuelle
que ce moi ignorait, mais — comme s'il y avait dans le
temps des séries différentes et parallèles — sans solution
de continuité, tout de suite après le premier soir d'autrefois, que j'adhérai à la minute où ma grand'mère s'était
penchée vers moi. Le moi que j'étais alors, et qui avait
disparu si longtemps, était de nouveau si près de moi
qu'il me semblait encore entendre les paroles qui avaient
immédiatement précédé et qui n'étaient pourtant plus
qu'un songe, comme un homme mal éveillé croit percevoir tout près de lui les bruits de son rêve qui s'enfuit.
Je n'étais plus que cet être qui cherchait à se réfugier
dans les bras de sa grand'mère, à effacer les traces de ses
peines en lui donnant des baisers, cet être que j'aurais
eu à me figurer, quand j'étais tel ou tel de ceux qui
s'étaient succédé en moi depuis quelque temps, autant
de difficulté que maintenant il m'eût fallu d'efforts, stériles d'ailleurs, pour ressentir les désirs et les joies de
l'un de ceux que, pour un temps du moins, je n'étais plus.
Je me rappelais comme, une heure avant le moment où
ma grand'mère s'était penchée ainsi dans sa robe de
chambre vers mes bottines, errant dans la rue étouffante
de chaleur, devant le pâtissier, j'avais cru que je ne
pourrais jamais, dans le besoin que j'avais de l'embrasser,
attendre l'heure qu'il me fallait encore passer sans elle.
Et maintenant que ce même besoin renaissait, je savais
que je pouvais attendre des heures après des heures,
qu'elle ne serait plus jamais auprès de moi, je ne faisais
que de le découvrir parce que je venais, en la sentant,
pour la première fois, vivante, véritable, gonflant mon
cœur à le briser, en la retrouvant enfin, d'apprendre que
je l'avais perdue pour toujours. Perdue pour toujours;

je ne pouvais comprendre, et je m'exerçais à subir la
souffrance de cette contradiction : d'une part, une existence, une tendresse, survivantes en moi telles que je
les avais connues, c'est-à-dire faites pour moi, un amour
où tout trouvait tellement en moi son complément, son
but, sa constante direction, que le génie de grands
hommes, tous les génies qui avaient pu exister depuis
le commencement du monde n'eussent pas valu pour ma
grand'mère un seul de mes défauts ; et d'autre part,
aussitôt que j'avais revécu, comme présente, cette félicité,
la sentir traversée par la certitude, s'élançant comme une
douleur physique à répétition, d'un néant qui avait
effacé mon image de cette tendresse, qui avait détruit
cette existence, aboli rétrospectivement notre mutuelle
prédestination, fait de ma grand'mère, au moment où
je la retrouvais comme dans un miroir, une simple étrangère qu'un hasard a fait passer quelques années auprès
de moi, comme cela aurait pu être auprès de tout autre,
mais pour qui, avant et après, je n'étais rien, je ne serais
rien.

Au lieu des plaisirs que j'avais eus depuis quelque
temps, le seul qu'il m'eût été possible de goûter en ce
moment, c'eût été, retouchant le passé, de diminuer les
douleurs que ma grand'mère avait autrefois ressenties.
Or, je ne me la rappelais pas seulement dans cette robe
de chambre, vêtement approprié, au point d'en devenir
presque symbolique, aux fatigues, malsaines sans doute,
mais douces aussi, qu'elle prenait pour moi ; peu à peu
voici que je me souvenais de toutes les occasions que
j'avais saisies, en lui laissant voir, en lui exagérant au
besoin mes souffrances, de lui faire une peine que je
m'imaginais ensuite effacée par mes baisers, comme si
ma tendresse eût été aussi capable que mon bonheur de
faire le sien ; et pis que cela, moi qui ne concevais plus
de bonheur maintenant qu'à en pouvoir retrouver répandu
dans mon souvenir sur les plans de ce visage modelés
et inclinés par la tendresse, j'avais mis autrefois une rage
insensée à chercher d'en extirper jusqu'aux plus petits

plaisirs, tel ce jour où Saint-Loup avait fait la photographie de grand'mère et où, ayant peine à dissimuler à
celle-ci la puérilité presque ridicule de la coquetterie
qu'elle mettait à poser, avec son chapeau à grands bords,
dans un demi-jour seyant, je m'étais laissé aller à mur-
murer quelques mots impatientés et blessants, qui, je
l'avais senti à une contraction de son visage, avaient porté,
l'avaient atteinte ; c'était moi qu'ils déchiraient, maintenant qu'était impossible à jamais la consolation de mille
baisers.
   Mais jamais je ne pourrais plus effacer cette contraction de sa figure, et cette souffrance de son cœur, ou
plutôt du mien ; car comme les morts n'existent plus
qu'en nous, c'est nous-mêmes que nous frappons sans
relâche quand nous nous obstinons à nous souvenir des
coups que nous leur avons assenés. Ces douleurs, si
cruelles qu'elles fussent, je m'y attachais de toutes mes
forces, car je sentais bien qu'elles étaient l'effet du souvenir que j'avais de ma grand'mère, la preuve que ce
souvenir était bien présent en moi. Je sentais que je ne
me la rappelais vraiment que par la douleur, et j'aurais
voulu que s'enfonçassent plus solidement encore en moi
ces clous qui y rivaient sa mémoire. Je ne cherchais pas
à rendre la souffrance plus douce, à l'embellir, à feindre
que ma grand'mère ne fût qu'absente et momentanément
invisible, en adressant à sa photographie (celle que Saint-
Loup avait faite et que j'avais avec moi) des paroles et
des prières comme à un être séparé de nous mais qui,
resté individuel, nous connaît et nous reste relié par une
indissoluble harmonie. Jamais je ne le fis, car je ne tenais
pas seulement à souffrir, mais à respecter l'originalité
de ma souffrance telle que je l'avais subie tout d'un coup
sans le vouloir, et je voulais continuer à la subir, suivant
ses lois à elle, à chaque fois que revenait cette contradiction si étrange de la survivance et du néant entre-croisés
en moi. Cette impression si douloureuse et actuellement
incompréhensible, je savais, non certes pas si j'en déga-
gerais un peu de vérité un jour, mais que si, ce peu de

vérité, je pouvais jamais l'extraire, ce ne pourrait être que d'elle, si particulière, si spontanée, qui n'avait été ni tracée par mon intelligence, ni atténuée par ma pusillanimité, mais que la mort elle-même, la brusque révélation de la mort, avait, comme la foudre, creusée en moi, selon un graphique surnaturel, inhumain, comme un double et mystérieux sillon. (Quant à l'oubli de ma grand'-mère où j'avais vécu jusqu'ici, je ne pouvais même pas songer à m'attacher à lui pour en tirer de la vérité ; puisqu'en lui-même il n'était rien qu'une négation, l'affaiblissement de la pensée incapable de recréer un moment réel de la vie et obligée de lui substituer des images conventionnelles et indifférentes.) Peut-être pourtant, l'instinct de conservation, l'ingéniosité de l'intelligence à nous préserver de la douleur, commençant déjà, sur des ruines encore fumantes, à poser les premières assises de son œuvre utile et néfaste, goûtais-je trop la douceur de me rappeler tels et tels jugements de l'être chéri, de me les rappeler comme si elle eût pu les porter encore, comme si elle existait, comme si je continuais d'exister pour elle. Mais, dès que je fus arrivé à m'endormir, à cette heure, plus véridique, où mes yeux se fermèrent aux choses du dehors, le monde du sommeil (sur le seuil duquel l'intelligence et la volonté momentanément paralysées ne pouvaient plus me disputer à la cruauté de mes impressions véritables) refléta, réfracta la douloureuse synthèse enfin reformée de la survivance et du néant, dans la profondeur organique et devenue translucide des viscères mystérieusement éclairés. Monde du sommeil, où la connaissance interne, placée sous la dépendance des troubles de nos organes, accélère le rythme du cœur ou de la respiration, parce qu'une même dose d'effroi, de tristesse, de remords, agit, avec une puissance centuplée si elle est ainsi injectée dans nos veines ; dès que, pour y parcourir les artères de la cité souterraine, nous nous sommes embarqués sur les flots noirs de notre propre sang comme sur un Léthé intérieur aux sextuples replis, de grandes figures solennelles nous apparaissent, nous abordent et nous quittent, nous laissant en larmes. Je cherchai en vain celle de ma grand'mère dès que j'eus abordé sous les porches sombres ; je savais pourtant qu'elle existait encore, mais d'une vie diminuée, aussi pâle que celle du souvenir ; l'obscurité grandissait, et le vent ; mon père n'arrivait pas qui devait me conduire à elle. Tout d'un coup la respiration me manqua, je sentis mon cœur comme durci, je venais de me rappeler que depuis de longues semaines j'avais oublié d'écrire à ma grand'mère. Que devait-elle penser de moi ? « Mon Dieu, me disais-je, comme elle doit être malheureuse dans cette petite chambre qu'on a louée pour elle, aussi petite que pour une ancienne domestique, où elle est toute seule avec la garde qu'on a placée pour la soigner et où elle ne peut pas bouger, car elle est toujours un peu paralysée et n'a pas voulu une seule fois se lever ! Elle doit croire que je l'oublie depuis qu'elle est morte ; comme elle doit se sentir seule et abandonnée ! Oh ! il faut que je coure la voir, je ne peux pas attendre une minute, je ne peux pas attendre que mon père arrive ; mais où est-ce ? comment ai-je pu oublier l'adresse ! pourvu qu'elle me reconnaisse encore ! Comment ai-je pu l'oublier pendant des mois ? Il fait noir, je ne trouverai pas, le vent m'empêche d'avancer » ; mais voici mon père qui se promène devant moi ; je lui crie : « Où est grand'mère ? dis-moi l'adresse. Est-elle bien ? Est-ce bien sûr qu'elle ne manque de rien ? — Mais non, me dit mon père, tu peux être tranquille. Sa garde est une personne ordonnée. On envoie de temps en temps une toute petite somme pour qu'on puisse lui acheter le peu qui lui est nécessaire. Elle demande quelquefois ce que tu es devenu. On lui a même dit que tu allais faire un livre. Elle a paru contente. Elle a essuyé une larme. » Alors je crus me rappeler qu'un peu après sa mort, ma grand'mère m'avait dit en sanglotant d'un air humble, comme une vieille servante chassée, comme une étrangère : « Tu me permettras bien de te voir quelquefois tout de même, ne me laisse pas trop d'années sans me visiter. Songe que tu as été mon petit-fils et que les grand'mères n'oublient pas. » En revoyant le visage si soumis, si malheureux, si doux qu'elle avait, je voulais courir immédiatement et lui dire ce que j'aurais dû lui répondre alors : « Mais, grand'mère, tu me verras autant que tu voudras, je n'ai que toi au monde, je ne te quitterai plus jamais. » Comme mon silence a dû la faire sangloter depuis tant de mois que je n'ai été là où elle est couchée! Qu'a-t-elle pu se dire? Et c'est en sanglotant que moi aussi je dis à mon père : « Vite, vite, son adresse, conduis-moi. » Mais lui : « C'est que... je ne sais si tu pourras la voir. Et puis, tu sais, elle est très faible, très faible, elle n'est plus elle-même, je crois que ce te sera plutôt pénible. Et je ne me rappelle pas le numéro exact de l'avenue. — Mais dis-moi, toi qui sais, ce n'est pas vrai que les morts ne vivent plus. Ce n'est pas vrai tout de même, malgré ce qu'on dit, puisque grand'mère existe encore. » Mon père sourit tristement : « Oh! bien peu, tu sais, bien peu. Je crois que tu ferais mieux de n'y pas aller. Elle ne manque de rien. On vient tout mettre en ordre. — Mais elle est souvent seule? — Oui, mais cela vaut mieux pour elle. Il vaut mieux qu'elle ne pense pas, cela ne pourrait que lui faire de la peine. Cela fait souvent de la peine de penser. Du reste, tu sais, elle est très éteinte. Je te laisserai l'indication précise pour que tu puisses y aller ; je ne vois pas ce que tu pourrais y faire et je ne crois pas que la garde te la laisserait voir. — Tu sais bien pourtant que je vivrai toujours près d'elle, cerfs, cerfs, Francis Jammes, fourchette. » Mais déjà j'avais retraversé le fleuve aux ténébreux méandres, j'étais remonté à la surface où s'ouvre le monde des vivants : aussi si je répétais encore : « Francis Jammes, cerfs, cerfs », la suite de ces mots ne m'offrait plus le sens limpide et la logique qu'ils exprimaient si naturellement pour moi il y a un instant encore, et que je ne pouvais plus me rappeler. Je ne comprenais plus même pourquoi le mot Aias, que m'avait dit tout à l'heure mon père, avait immédiatement signifié : « Prends garde d'avoir froid », sans aucun doute possible.

J'avais oublié de fermer les volets, et sans doute le grand
jour m'avait éveillé. Mais je ne pus supporter d'avoir
sous les yeux ces flots de la mer que ma grand'mère pouvait autrefois contempler pendant des heures ; l'image
nouvelle de leur beauté indifférente se complétait aussitôt par l'idée qu'elle ne les voyait pas ; j'aurais voulu
boucher mes oreilles à leur bruit, car maintenant la
plénitude lumineuse de la plage creusait un vide dans
mon cœur ; tout semblait me dire comme ces allées et ces
pelouses d'un jardin public où je l'avais autrefois perdue,
quand j'étais tout enfant : « Nous ne l'avons pas vue », et
sous la rotondité du ciel pâle et divin je me sentais
oppressé comme sous une immense cloche bleuâtre
fermant un horizon où ma grand'mère n'était pas. Pour
ne plus rien voir, je me tournai du côté du mur, mais
hélas, ce qui était contre moi c'était cette cloison qui
servait jadis entre nous deux de messager matinal, cette
cloison qui, aussi docile qu'un violon à rendre toutes les
nuances d'un sentiment, disait si exactement à ma
grand'mère ma crainte à la fois de la réveiller, et, si elle
était éveillée déjà, de n'être pas entendu d'elle et qu'elle
n'osât bouger, puis aussitôt, comme la réplique d'un
second instrument, m'annonçant sa venue et m'invitant
au calme. Je n'osais pas approcher de cette cloison plus
que d'un piano où ma grand'mère aurait joué et qui
vibrerait encore de son toucher. Je savais que je pourrais
frapper maintenant, même plus fort, que rien ne pourrait
plus la réveiller, que je n'entendrais aucune réponse,
que ma grand'mère ne viendrait plus. Et je ne demandais rien de plus à Dieu, s'il existe un paradis, que d'y
pouvoir frapper contre cette cloison les trois petits coups
que ma grand'mère reconnaîtrait entre mille, et auxquels
elle répondrait par ces autres coups qui voulaient dire :
« Ne t'agite pas, petite souris, je comprends que tu es
impatient, mais je vais venir », et qu'il me laissât rester
avec elle toute l'éternité, qui ne serait pas trop longue
pour nous deux.

Le directeur vint me demander si je ne voulais pas

descendre. A tout hasard il avait veillé à mon « placement » dans la salle à manger. Comme il ne m'avait pas vu, il avait craint que je ne fusse repris de mes étouffements d'autrefois. Il espérait que ce ne serait qu'un tout petit « maux de gorge » et m'assura avoir entendu dire qu'on les calmait à l'aide de ce qu'il appelait : le « calyptus ».

Il me remit un petit mot d'Albertine. Elle n'avait pas dû venir à Balbec cette année, mais, ayant changé de projets, elle était depuis trois jours, non à Balbec même, mais à dix minutes par le tram, à une station voisine. Craignant que je ne fusse fatigué par le voyage, elle s'était abstenue pour le premier soir, mais me faisait demander quand je pourrais la recevoir. Je m'informai si elle était venue elle-même, non pour la voir, mais pour m'arranger à ne pas la voir. « Mais oui, me répondit le directeur. Mais elle voudrait que ce soit le plus tôt possible, à moins que vous n'ayez pas de raisons tout à fait nécessiteuses. Vous voyez, conclut-il, que tout le monde ici vous désire, en définitif. » Mais moi, je ne voulais voir personne.

Et pourtant, la veille, à l'arrivée, je m'étais senti repris par le charme indolent de la vie de bains de mer. Le même lift, silencieux, cette fois, par respect, non par dédain, et rouge de plaisir, avait mis en marche l'ascenseur. M'élevant le long de la colonne montante, j'avais retraversé ce qui avait été autrefois pour moi le mystère d'un hôtel inconnu, où quand on arrive, touriste sans protection et sans prestige, chaque habitué qui rentre dans sa chambre, chaque jeune fille qui descend dîner, chaque bonne qui passe dans les couloirs étrangement délinéamentés, et la jeune fille venue d'Amérique avec sa dame de compagnie et qui descend dîner, jettent sur vous un regard où l'on ne lit rien de ce qu'on aurait voulu. Cette fois-ci, au contraire, j'avais éprouvé le plaisir trop reposant de faire la montée d'un hôtel connu, où je me sentais chez moi, où j'avais accompli une fois de plus cette opération toujours à recommencer, plus longue, plus difficile que le retournement de la paupière, et qui consiste à poser sur les choses l'âme qui nous est familière au lieu de la leur qui nous effrayait. Faudrait-il maintenant, m'étais-je dit, ne me doutant pas du brusque changement d'âme qui m'attendait, aller toujours dans d'autres hôtels, où je dînerais pour la première fois, où l'habitude n'aurait pas encore tué, à chaque étage, devant chaque porte, le dragon terrifiant qui semblait veiller sur une existence enchantée, où j'aurais à approcher de ces femmes inconnues que les palaces, les casinos, les plages ne font, à la façon des vastes polypiers, que réunir et faire vivre en commun ?

J'avais ressenti du plaisir même à ce que l'ennuyeux premier président fût si pressé de me voir ; je voyais, pour le premier jour, des vagues, les chaînes de montagnes d'azur de la mer, ses glaciers et ses cascades, son élévation et sa majesté négligente — rien qu'à sentir, pour la première fois depuis si longtemps, en me lavant les mains, cette odeur spéciale des savons trop parfumés du Grand-Hôtel — laquelle, semblant appartenir à la fois au moment présent et au séjour passé, flottait entre eux comme le charme réel d'une vie particulière où l'on ne rentre que pour changer de cravate. Les draps du lit, trop fins, trop légers, trop vastes, impossibles à border, à faire tenir, et qui restaient soufflés autour des couvertures en volutes mouvantes, m'eussent attristé autrefois. Ils bercèrent seulement, sur la rondeur incommode et bombée de leurs voiles, le soleil glorieux et plein d'espérances du premier matin. Mais celui-ci n'eut pas le temps de paraître. Dans la nuit même l'atroce et divine présence avait ressuscité. Je priai le directeur de s'en aller, de demander que personne n'entrât. Je lui dis que je resterais couché et repoussai son offre de faire chercher chez le pharmacien l'excellente drogue. Il fut ravi de mon refus car il craignait que des clients ne fussent incommodés par l'odeur du « calyptus ». Ce qui me valut ce compliment : « Vous êtes dans le mouvement » (il voulait dire : « dans le vrai »), et cette recommandation : « Faites attention de ne pas vous salir à la porte, car,

rapport aux serrures, je l'ai faite " induire " d'huile ; si
un employé se permettait de frapper à votre chambre, il
serait " roulé " de coups. Et qu'on se le tienne pour dit,
car je n'aime pas les " répétitions " (évidemment cela
signifiait : je n'aime pas répéter deux fois les choses).
Seulement, est-ce que vous ne voulez pas pour vous
remonter un peu du vin vieux dont j'ai en bas une
bourrique (sans doute pour barrique) ? Je ne vous
l'apporterai pas sur un plat d'argent comme la tête de
Ionathan, et je vous préviens que ce n'est pas du château-
lafite, mais c'est à peu près équivoque (pour équivalent).
Et comme c'est léger, on pourrait vous faire frire une
petite sole. » Je refusai le tout, mais fus surpris d'entendre
le som du poisson (la sole) être prononcé comme l'arbre
« le saule », par un homme qui avait dû en commander
tant dans sa vie.

Malgré les promesses du directeur, on m'apporta un
peu plus tard la carte cornée de la marquise de Cambremer. Venue pour me voir, la vieille dame avait fait demander si j'étais là, et quand elle avait appris que mon arrivée
datait seulement de la veille, et que j'étais souffrant, elle
n'avait pas insisté, et (non sans s'arrêter sans doute
devant le pharmacien ou la mercière, chez lesquels le
valet de pied, sautant du siège, entrait payer quelque
note ou faire des provisions) la marquise était repartie
pour Féterne, dans sa vieille calèche à huit ressorts atte-
lée de deux chevaux. Assez souvent d'ailleurs, on entendait le roulement et on admirait l'apparat de celle-ci dans
les rues de Balbec et de quelques autres petites localités
de la côte, situées entre Balbec et Féterne. Non pas que
ces arrêts chez des fournisseurs fussent le but de ces
randonnées. Il était au contraire quelque goûter, ou
garden-party, chez un hobereau ou un bourgeois fort
indignes de la marquise. Mais celle-ci, quoique dominant
de très haut, par sa naissance et sa fortune, la petite
noblesse des environs, avait, dans sa bonté et sa simplicité parfaites, tellement peur de décevoir quelqu'un qui
l'avait invitée, qu'elle se rendait aux plus insignifiantes

réunions mondaines du voisinage. Certes, plutôt que de
faire tant de chemin pour venir entendre, dans la chaleur
d'un petit salon étouffant, une chanteuse généralement
sans talent et qu'en sa qualité de grande dame de la région
et de musicienne renommée il lui faudrait ensuite féliciter
avec exagération, Mme de Cambremer eût préféré aller
se promener ou rester dans ses merveilleux jardins de
Féterne au bas desquels le flot assoupi d'une petite baie
vient mourir au milieu des fleurs. Mais elle savait que
sa venue probable avait été annoncée par le maître de
maison, que ce fût un noble ou un franc bourgeois de
Maineville-la-Teinturière ou de Chattoncourt-l'Orgueilleux. Or, si Mme de Cambremer était sortie ce jour-là
sans faire acte de présence à la fête, tel ou tel des invités
venu d'une des petites plages qui longent la mer avait
pu entendre et voir la calèche de la marquise, ce qui eût
ôté l'excuse de n'avoir pu quitter Féterne. D'autre part,
ces maîtres de maison avaient beau avoir vu souvent
Mme de Cambremer se rendre à des concerts donnés chez
des gens où ils considéraient que ce n'était pas sa place
d'être, la petite diminution qui, à leurs yeux, était, de ce
fait, infligée à la situation de la trop bonne marquise
disparaissait aussitôt que c'était eux qui recevaient, et
c'est avec fièvre qu'ils se demandaient s'ils l'auraient ou
non à leur petit goûter. Quel soulagement à des inquiétudes ressenties depuis plusieurs jours, si, après le premier morceau chanté par la fille des maîtres de la maison
ou par quelque amateur en villégiature, un invité annonçait (signe infaillible que la marquise allait venir à la
matinée) avoir vu les chevaux de la fameuse calèche
arrêtés devant l'horloger ou le droguiste! Alors
Mme de Cambremer (qui, en effet, n'allait pas tarder à
entrer, suivie de sa belle-fille, des invités en ce moment à
demeure chez elle, et qu'elle avait demandé la permission,
accordée avec quelle joie, d'amener) reprenait tout son
lustre aux yeux des maîtres de maison, pour lesquels la
récompense de sa venue espérée avait peut-être été la
cause déterminante et inavouée de la décision qu'ils

avaient prise il y a un mois : s'infliger les tracas et faire
les frais de donner une matinée. Voyant la marquise
présente à leur goûter, ils se rappelaient non plus sa
complaisance à se rendre à ceux de voisins peu qualifiés,
mais l'ancienneté de sa famille, le luxe de son château,
l'impolitesse de sa belle-fille née Legrandin qui, par son
arrogance, relevait la bonhomie un peu fade de la belle-
mère. Déjà ils croyaient lire, au courrier mondain du
Gaulois, l'entrefilet qu'ils cuisineraient eux-mêmes en
famille, toutes portes fermées à clef, sur « le petit coin
de Bretagne où l'on s'amuse ferme, la matinée ultra-
select où l'on ne s'est séparé qu'après avoir fait promettre aux maîtres de maison de bientôt recommencer ».
Chaque jour ils attendaient le journal, anxieux de ne
pas avoir encore vu leur matinée y figurer, et craignant
de n'avoir eu Mme de Cambremer que pour leurs seuls
invités et non pour la multitude des lecteurs. Enfin le
jour béni arrivait : « La saison est exceptionnellement
brillante cette année à Balbec. La mode est aux petits
concerts d'après-midi, etc. » Dieu merci, le nom de
Mme de Cambremer avait été bien orthographié et « cité
au hasard », mais en tête. Il ne restait plus qu'à paraître
ennuyé de cette indiscrétion des journaux qui pouvait
amener des brouilles avec les personnes qu'on n'avait
pu inviter, et à demander hypocritement, devant Mme de
Cambremer, qui avait pu avoir la perfidie d'envoyer cet
écho dont la marquise, bienveillante et grande dame,
disait : « Je comprends que cela vous ennuie, mais pour
moi je n'ai été que très heureuse qu'on me sût chez vous. »
    Sur la carte qu'on me remit, Mme de Cambremer
avait griffonné qu'elle donnait une matinée le surlendemain. Et certes il y a seulement deux jours, si fatigué
de vie mondaine que je fusse, c'eût été un vrai plaisir
pour moi que de la goûter transplantée dans ces jardins
où poussaient en pleine terre, grâce à l'exposition de
Féterne, les figuiers, les palmiers, les plants de rosiers,
jusque dans la mer souvent d'un calme et d'un bleu médi-
terranéens et sur laquelle le petit yacht des propriétaires

allait, avant le commencement de la fête, chercher, dans
les plages de l'autre côté de la baie, les invités les plus
importants, servait, avec ses vélums tendus contre le
soleil, quand tout le monde était arrivé, de salle à manger
pour goûter, et repartait le soir reconduire ceux qu'il avait
amenés. Luxe charmant, mais si coûteux que c'était en
partie afin de parer aux dépenses qu'il entraînait, que
Mᵐᵉ de Cambremer avait cherché à augmenter ses
revenus de différentes façons, et notamment en louant,
pour la première fois, une de ses propriétés, fort différente de Féterne : la Raspelière. Oui, il y a deux jours,
combien une telle matinée, peuplée de petits nobles
inconnus, dans un cadre nouveau, m'eût changé de la
« haute vie » parisienne! Mais maintenant les plaisirs
n'avaient plus aucun sens pour moi. J'écrivis donc à
Mᵐᵉ de Cambremer pour m'excuser, de même qu'une
heure avant j'avais fait congédier Albertine : le chagrin
avait aboli en moi la possibilité du désir aussi complètement qu'une forte fièvre coupe l'appétit... Ma mère
devait arriver le lendemain. Il me semblait que j'étais
moins indigne de vivre auprès d'elle, que je la compren-
drais mieux, maintenant que toute une vie étrangère et
dégradante avait fait place à la remontée des souvenirs
déchirants qui ceignaient et ennoblissaient mon âme,
comme la sienne, de leur couronne d'épines. Je le croyais;
en réalité il y a bien loin des chagrins véritables comme
était celui de maman — qui vous ôtent littéralement la
vie pour bien longtemps, quelquefois pour toujours, dès
qu'on a perdu l'être qu'on aime — à ces autres chagrins,
passagers malgré tout, comme devait être le mien, qui
s'en vont vite comme ils sont venus tard, qu'on ne connaît
que longtemps après l'événement parce qu'on a eu besoin
pour les ressentir de le « comprendre »; chagrins comme
tant de gens en éprouvent, et dont celui qui était actuellement ma torture ne se différenciait que par cette modalité
du souvenir involontaire.

Quant à un chagrin aussi profond que celui de ma
mère, je devais le connaître un jour, on le verra dans la

suite de ce récit, mais ce n'était pas maintenant, ni ainsi
que je me le figurais. Néanmoins, comme un récitant
qui devrait connaître son rôle et être à sa place depuis
bien longtemps mais qui, arrivé seulement à la dernière
seconde et n'ayant lu qu'une fois ce qu'il a à dire, sait
dissimuler assez habilement, quand vient le moment
où il doit donner la réplique, pour que personne ne puisse
s'apercevoir de son retard, mon chagrin tout nouveau
me permit, quand ma mère arriva, de lui parler comme
s'il avait toujours été le même. Elle crut seulement que
la vue de ces lieux où j'avais été avec ma grand'mère
(et ce n'était d'ailleurs pas cela) l'avait réveillé. Pour la
première fois alors, et parce que j'avais une douleur qui
n'était rien à côté de la sienne, mais qui m'ouvrait les
yeux, je me rendis compte avec épouvante de ce qu'elle
pouvait souffrir. Pour la première fois je compris que ce
regard fixe et sans pleurs (ce qui faisait que Françoise
la plaignait peu) qu'elle avait depuis la mort de ma grand'-
mère, était arrêté sur cette incompréhensible contradiction du souvenir et du néant. D'ailleurs, quoique
toujours dans ses voiles noirs, plus habillée dans ce pays
nouveau, j'étais plus frappé de la transformation qui
s'était accomplie en elle. Ce n'est pas assez de dire qu'elle
avait perdu toute gaîté ; fondue, figée en une sorte d'image
implorante, elle semblait avoir peur d'offenser d'un mouvement trop brusque, d'un son de voix trop haut, la
présence douloureuse qui ne la quittait pas. Mais surtout,
dès que je la vis entrer, dans son manteau de crêpe, je
m'aperçus — ce qui m'avait échappé à Paris — que ce
n'était plus ma mère que j'avais sous les yeux, mais ma
grand'mère. Comme dans les familles royales et ducales,
à la mort du chef le fils prend son titre et, de duc d'Orléans, de prince de Tarente ou de prince des Laumes,
devient roi de France, duc de La Trémoïlle, duc de Guermantes, ainsi souvent, par un avènement d'un autre
ordre et de plus profonde origine, le mort saisit le vif
qui devient son successeur ressemblant, le continuateur
de sa vie interrompue. Peut-être le grand chagrin qui

suit, chez une fille telle qu'était maman, la mort de sa
mère, ne fait-il que briser plus tôt la chrysalide, hâter
la métamorphose et l'apparition d'un être qu'on porte
en soi et qui, sans cette crise qui fait brûler les étapes et
sauter d'un seul coup des périodes, ne fût survenu que
plus lentement. Peut-être dans le regret de celle qui n'est
plus y a-t-il une espèce de suggestion qui finit par
amener sur nos traits des similitudes que nous avions
d'ailleurs en puissance, et y a-t-il surtout arrêt de notre
activité plus particulièrement individuelle (chez ma mère,
de son bon sens, de la gaîté moqueuse qu'elle tenait de
son père), que nous ne craignions pas, tant que vivait
l'être bien-aimé, d'exercer, fût-ce à ses dépens, et qui
contrebalançait le caractère que nous tenions exclusivement de lui. Une fois qu'elle est morte, nous aurions
scrupule à être autre, nous n'admirons plus que ce qu'elle
était, ce que nous étions déjà, mais mêlé à autre chose,
et ce que nous allons être désormais uniquement. C'est
dans ce sens-là (et non dans celui si vague, si faux où on
l'entend généralement) qu'on peut dire que la mort n'est
pas inutile, que le mort continue à agir sur nous. Il agit
même plus qu'un vivant parce que, la véritable réalité
n'étant dégagée que par l'esprit, étant l'objet d'une opération spirituelle, nous ne connaissons vraiment que ce
que nous sommes obligés de recréer par la pensée, ce que
nous cache la vie de tous les jours... Enfin dans ce culte
du regret pour nos morts, nous vouons une idolâtrie
à ce qu'ils ont aimé. Non seulement ma mère ne pouvait
se séparer du sac de ma grand'mère, devenu plus précieux
que s'il eût été de saphirs et de diamants, de son manchon,
de tous ces vêtements qui accentuaient encore la ressemblance d'aspect entre elles deux, mais même des volumes
de Mme de Sévigné que ma grand'mère avait toujours
avec elle, exemplaires que ma mère n'eût pas changés
contre le manuscrit même des *Lettres*. Elle plaisantait
autrefois ma grand'mère qui ne lui écrivait jamais une
fois sans citer une phrase de Mme de Sévigné ou de
Mme de Beausergent. Dans chacune des trois lettres que

je reçus de maman avant son arrivée à Balbec, elle me
cita Mme de Sévigné comme si ces trois lettres eussent
été non pas adressées par elle à moi, mais par ma grand'-
mère adressées à elle. Elle voulut descendre sur la digue
voir cette plage dont ma grand'mère lui parlait tous les
jours en lui écrivant. Tenant à la main l'en-tout-cas de
sa mère, je la vis de la fenêtre s'avancer toute noire, à pas
timides, pieux, sur le sable que des pieds chéris avaient
foulé avant elle, et elle avait l'air d'aller à la recherche
d'une morte que les flots devaient ramener. Pour ne pas
la laisser dîner seule, je dus descendre avec elle. Le
premier président et la veuve du bâtonnier se firent présenter à elle. Et tout ce qui avait rapport à ma grand'mère
lui était si sensible qu'elle fut touchée infiniment, garda
toujours le souvenir et la reconnaissance de ce que lui dit
le premier président, comme elle souffrit avec indignation
de ce qu'au contraire la femme du bâtonnier n'eût pas
une parole de souvenir pour la morte. En réalité, le
premier président ne se souciait pas plus d'elle que la
femme du bâtonnier. Les paroles émues de l'un et le
silence de l'autre, bien que ma mère mît entre eux une
distance telle, n'étaient qu'une façon diverse d'exprimer
cette indifférence que nous inspirent les morts Mais je crois
que ma mère trouva surtout de la douceur dans les paroles
où, malgré moi, je laissai passer un peu de ma souffrance.
Elle ne pouvait que rendre maman heureuse (malgré
toute la tendresse qu'elle avait pour moi), comme tout
ce qui assurait à ma grand'mère une survivance dans
les cœurs. Tous les jours suivants ma mère descendit
s'asseoir sur la plage, pour faire exactement ce que sa
mère avait fait, et elle lisait ses deux livres préférés, les
Mémoires de Mme de Beausergent et les *Lettres* de
Mme de Sévigné. Elle, et aucun de nous, n'avait pu
supporter qu'on appelât cette dernière la « spirituelle
marquise », pas plus que La Fontaine « le Bonhomme ».
Mais quand elle lisait dans les lettres ces mots : « ma fille »,
elle croyait entendre sa mère lui parler.

Elle eut la mauvaise chance, dans un de ces pèlerinages

où elle ne voulait pas être troublée, de rencontrer sur la plage une dame de Combray, suivie de ses filles. Je crois que son nom était Mme Poussin. Mais nous ne l'appelions jamais entre nous que « Tu m'en diras des nouvelles », car c'est par cette phrase perpétuellement répétée qu'elle avertissait ses filles des maux qu'elles se préparaient, par exemple en disant à l'une qui se frottait les yeux : « Quand tu auras une bonne ophtalmie, tu m'en diras des nouvelles. » Elle adressa de loin à maman de longs saluts éplorés, non en signe de condoléance, mais par genre d'éducation. Vivant assez retirée à Combray, dans un immense jardin, elle ne trouvait jamais rien assez doux et faisait subir des adoucissements aux mots et aux noms mêmes de la langue française. Elle trouvait trop dur d'appeler « cuiller » la pièce d'argenterie qui versait ses sirops, et disait en conséquence « cueiller » ; elle eût eu peur de brusquer le doux chantre de Télémaque en l'appelant rudement Fénelon — comme je faisais moi-même en connaissance de cause, ayant pour ami le plus cher l'être le plus intelligent, bon et brave, inoubliable à tous ceux qui l'ont connu, Bertrand de Fénelon — et elle ne disait jamais que « Fénélon » trouvant que l'accent aigu ajoutait quelque mollesse. Le gendre, moins doux, de cette Mme Poussin, et duquel j'ai oublié le nom, étant notaire à Combray, emporta la caisse et fit perdre à mon oncle, notamment, une assez forte somme. Mais la plupart des gens de Combray étaient si bien avec les autres membres de la famille qu'il n'en résulta aucun froid et qu'on se contenta de plaindre Mme Poussin. Elle ne recevait pas, mais chaque fois qu'on passait devant sa grille on s'arrêtait à admirer ses ombrages, sans pouvoir distinguer autre chose. Elle ne nous gêna guère à Balbec où je ne la rencontrai qu'une fois, à un moment où elle disait à sa fille en train de se ronger les ongles : « Quand tu auras un bon panaris, tu m'en diras des nouvelles. »

Pendant que maman lisait sur la plage je restais seul dans ma chambre. Je me rappelais les derniers temps de

la vie de ma grand'mère et tout ce qui se rapportait à eux,
la porte de l'escalier qui était maintenue ouverte quand
nous étions sortis pour sa dernière promenade. En contraste avec tout cela, le reste du monde semblait à peine
réel et ma souffrance l'empoisonnait tout entier. Enfin ma
mère exigea que je sortisse. Mais, à chaque pas, quelque
aspect oublié du Casino, de la rue où en l'attendant, le
premier soir, j'étais allé jusqu'au monument de Duguay-
Trouin, m'empêchait, comme un vent contre lequel on
ne peut lutter, d'aller plus avant ; je baissais les yeux pour
ne pas voir. Et après avoir repris quelque force, je revenais vers l'hôtel, vers l'hôtel où je savais qu'il était désormais impossible que, si longtemps dussé-je attendre, je
retrouvasse ma grand'mère, que j'avais retrouvée autrefois, le premier soir d'arrivée. Comme c'était la première
fois que je sortais, beaucoup de domestiques que je
n'avais pas encore vus me regardèrent curieusement.
Sur le seuil même de l'hôtel, un jeune chasseur ôta sa
casquette pour me saluer et la remit prestement. Je crus
qu'Aimé lui avait, selon son expression, « passé la consigne »
d'avoir des égards pour moi. Mais je vis au même moment
que, pour une autre personne qui rentrait, il l'enleva de
nouveau. La vérité était que, dans la vie, ce jeune homme
ne savait qu'ôter et remettre sa casquette, et le faisait
parfaitement bien. Ayant compris qu'il était incapable
d'autre chose et qu'il excellait dans celle-là, il l'accomplissait le plus grand nombre de fois qu'il pouvait par
jour, ce qui lui valait de la part des clients une sympathie
discrète mais générale, une grande sympathie aussi de la
part du concierge à qui revenait la tâche d'engager les
chasseurs et qui, jusqu'à cet oiseau rare, n'avait pas pu
en trouver un qui ne se fît renvoyer en moins de huit
jours, au grand étonnement d'Aimé qui disait : « Pourtant,
dans ce métier-là, on ne leur demande guère que d'être
poli ; ça ne devrait pas être si difficile. » Le directeur tenait
aussi à ce qu'ils eussent ce qu'il appelait une belle « présence », voulant dire qu'ils restassent là, ou plutôt ayant
mal retenu le mot prestance. L'aspect de la pelouse qui

s'étendait derrière l'hôtel avait été modifié par la création
de quelques plates-bandes fleuries et l'enlèvement non
seulement d'un arbuste exotique, mais du chasseur qui,
la première année, décorait extérieurement l'entrée par la
tige souple de sa taille et la coloration curieuse de sa
chevelure. Il avait suivi une comtesse polonaise qui
l'avait pris comme secrétaire, imitant en cela ses deux
aînés et sa sœur dactylographe, arrachés à l'hôtel par
des personnalités de pays et sexe divers, qui s'étaient
éprises de leur charme. Seul demeurait leur cadet, dont
personne ne voulait parce qu'il louchait. Il était fort
heureux quand la comtesse polonaise et les protecteurs
des deux autres venaient passer quelque temps à l'hôtel
de Balbec. Car, malgré qu'il enviât ses frères, il les aimait
et pouvait ainsi, pendant quelques semaines, cultiver
des sentiments de famille. L'abbesse de Fontevrault
n'avait-elle pas l'habitude, quittant pour cela ses moi-
nesses, de venir partager l'hospitalité qu'offrait Louis XIV
à cette autre Mortemart, sa maîtresse, Mme de Montes-
pan ? Pour lui, c'était la première année qu'il était à
Balbec ; il ne me connaissait pas encore, mais ayant
entendu ses camarades plus anciens faire suivre, quand ils
me parlaient, le mot de Monsieur de mon nom, il les
imita dès la première fois avec l'air de satisfaction, soit
de manifester son instruction relativement à une personnalité qu'il jugeait connue, soit de se conformer à un
usage qu'il ignorait il y a cinq minutes, mais auquel il lui
semblait qu'il était indispensable de ne pas manquer.
Je comprenais très bien le charme que ce grand palace
pouvait offrir à certaines personnes. Il était dressé comme
un théâtre, et une nombreuse figuration l'animait jusque
dans les cintres. Bien que le client ne fût qu'une sorte
de spectateur, il était mêlé perpétuellement au spectacle,
non même comme dans ces théâtres où les acteurs jouent
une scène dans la salle, mais comme si la vie du spectateur se déroulait au milieu des somptuosités de la
scène. Le joueur de tennis pouvait rentrer en veston
de flanelle blanche, le concierge s'était mis en habit bleu

galonné d'argent pour lui donner ses lettres. Si ce joueur de tennis ne voulait pas monter à pied, il n'était pas moins mêlé aux acteurs en ayant à côté de lui pour faire monter l'ascenseur le lift aussi richement costumé. Les couloirs des étages dérobaient une fuite de cáméristes et de courrières, belles sur la mer comme la frise des Pana-thénées, et jusqu'aux petites chambres desquelles les amateurs de la beauté féminine ancillaire arrivaient par de savants détours. En bas, c'était l'élément masculin qui dominait et faisait de cet hôtel, à cause de l'extrême et oisive jeunesse des serviteurs, comme une sorte de tra-gédie judéo-chrétienne ayant pris corps et perpétuelle-ment représentée. Aussi ne pouvais-je m'empêcher de me dire à moi-même, en les voyant, non certes les vers de Racine qui m'étaient venus à l'esprit chez la princesse de Guermantes tandis que M. de Vaugoubert regardait de jeunes secrétaires d'ambassade saluant M. de Charlus, mais d'autres vers de Racine, cette fois-ci non plus d'*Esther*, mais d'*Athalie :* car dès le hall, ce qu'au xviiᵉ siècle on appelait les portiques, « un peuple florissant » de jeunes chasseurs se tenait, surtout à l'heure du goûter, comme les jeunes Israélites des chœurs de Racine. Mais je ne crois pas qu'un seul eût pu fournir même la vague réponse que Joas trouve pour Athalie quand celle-ci demande au prince enfant : « Quel est donc votre emploi ? » car ils n'en avaient aucun. Tout au plus, si l'on avait demandé à n'importe lequel d'entre eux, comme la vieille Reine :

> « *Mais tout ce peuple enfermé dans ce lieu,*
> *A quoi s'occupe-t-il ?*

aurait-il pu dire :

> *Je vois l'ordre pompeux de ces cérémonies*

et j'y contribue. » Parfois un des jeunes figurants allait vers quelque personnage plus important, puis cette jeune beauté rentrait dans le chœur, et, à moins que ce ne fût l'instant d'une détente contemplative, tous entrelaçaient leurs évolutions inutiles, respectueuses, décoratives et quotidiennes. Car, sauf leur « jour de sortie », « loin du monde élevés » et ne franchissant pas le parvis, ils menaient la même existence ecclésiastique que les lévites dans *Athalie*, et devant cette « troupe jeune et fidèle » jouant aux pieds des degrés couverts de tapis magnifiques, je pouvais me demander si je pénétrais dans le Grand Hôtel de Balbec ou dans le temple de Salomon.

Je remontais directement à ma chambre. Mes pensées étaient habituellement attachées aux derniers jours de la maladie de ma grand'mère, à ces souffrances que je revivais, en les accroissant encore : quand nous croyons seulement recréer les douleurs d'un être cher, notre pitié les exagère ; mais peut-être est-ce elle qui est dans le vrai, plus que la conscience qu'ont de ces douleurs ceux qui les souffrent, et auxquels est cachée cette tristesse de leur vie, que la pitié, elle, voit, dont elle se désespère. Toutefois ma pitié eût dans un élan nouveau dépassé les souffrances de ma grand'mère, si j'avais su alors ce que j'ignorai longtemps, que ma grand'mère, la veille de sa mort, dans un moment de conscience et s'assurant que je n'étais pas là, avait pris la main de maman et, après y avoir collé ses lèvres fiévreuses, lui avait dit : « Adieu, ma fille, adieu pour toujours. » Et c'est peut-être aussi ce souvenir-là que ma mère n'a plus jamais cessé de regarder si fixement. Puis les doux souvenirs me revenaient. Elle était ma grand'mère et j'étais son petit-fils. Les expressions de son visage semblaient écrites dans une langue qui n'était que pour moi ; elle était tout dans ma vie, les autres n'existaient que relativement à elle, au jugement qu'elle me donnerait sur eux ; mais non, nos rapports ont été trop fugitifs pour n'avoir pas été accidentels. Elle ne me connaît plus, je ne la reverrai jamais. Nous n'avions pas été créés uniquement l'un pour l'autre, c'était une étrangère. Cette étrangère, j'étais en train d'en regarder la photographie par Saint-Loup. Maman qui avait rencontré Albertine, avait insisté pour que je la visse, à cause des choses gentilles qu'elle lui avait dites

sur grand'mère et sur moi. Je lui avais donc donné rendez-
vous. Je prévins le directeur pour qu'il la fît attendre
au salon. Il me dit qu'il la connaissait depuis bien longtemps, elle et ses amies, bien avant qu'elles eussent
atteint « l'âge de la pureté », mais qu'il leur en voulait
de choses qu'elles avaient dites de l'hôtel. Il faut qu'elles
ne soient pas bien « illustrées » pour causer ainsi. A
moins qu'on ne les ait calomniées. Je compris aisément
que pureté était dit pour « puberté ». « Illustrées » m'em-
barrassa davantage. Peut-être était-il une confusion avec
« illettrées », qui lui-même en eût alors été une avec
« lettrées ». En attendant l'heure d'aller retrouver Albertine, je tenais mes yeux fixés, comme sur un dessin qu'on
finit par ne plus voir à force de l'avoir regardé, sur la
photographie que Saint-Loup avait faite, quand tout
d'un coup, je pensai de nouveau : « C'est grand'mère,
je suis son petit-fils », comme un amnésique retrouve
son nom, comme un malade change de personnalité.
Françoise entra me dire qu'Albertine était là, et voyant
la photographie : « Pauvre Madame, c'est bien elle,
jusqu'à son bouton de beauté sur la joue ; ce jour que le
marquis l'a photographiée, elle avait été bien malade, elle
s'était deux fois trouvée mal. " Surtout, Françoise qu'elle
m'avait dit, il ne faut pas que mon petit-fils le sache. "
Et elle le cachait bien, elle était toujours gaie en société.
Seule, par exemple, je trouvais qu'elle avait l'air par
moments d'avoir l'esprit un peu monotone. Mais ça passait
vite. Et puis elle me dit comme ça : " Si jamais il m'arrivait quelque chose, il faudrait qu'il ait un portrait de moi. "
Je n'en ai jamais fait faire un seul. " Alors elle m'envoya
dire à M. le marquis, en lui recommandant de ne pas
raconter à Monsieur que c'était elle qui l'avait demandé,
s'il ne pourrait pas lui tirer sa photographie. Mais quand
je suis revenue lui dire que oui, elle ne voulait plus parce
qu'elle se trouvait trop mauvaise figure. " C'est pire
encore, qu'elle me dit, que pas de photographie du tout. "
Mais comme elle n'était pas bête, elle finit par s'arranger
si bien, en mettant un grand chapeau rabattu, qu'il n'y

paraissait plus quand elle n'était pas au grand jour. Elle
en était bien contente de sa photographie, parce qu'en
ce moment-là elle ne croyait pas, qu'elle disait, qu'elle
reviendrait de Balbec. J'avais beau lui dire : " Madame,
il ne faut pas causer comme ça, j'aime pas entendre
Madame causer comme ça ", c'était dans son idée.
Et dame, il y avait plusieurs jours qu'elle ne pouvait pas
manger. C'est pour cela qu'elle poussait Monsieur à aller
dîner très loin avec M. le marquis. Alors au lieu d'aller
à table elle faisait semblant de lire et, dès que la voiture
du marquis était partie, elle montait se coucher. Des
jours elle voulait prévenir Madame d'arriver pour la
voir encore. Et puis elle avait peur de la surprendre,
comme elle ne lui avait rien dit. " Il vaut mieux qu'elle
reste avec son mari, voyez-vous, Françoise. " » Françoise,
me regardant, me demanda tout à coup si je me « sentais
indisposé ». Je lui dis que non ; et elle : « Et puis vous
me ficelez là à causer avec vous. Votre visite est peut-être
déjà arrivée. Il faut que je descende. Ce n'est pas une
personne pour ici. Et avec une allant vite comme elle,
elle pourrait être repartie. Elle n'aime pas attendre. Ah !
maintenant, mademoiselle Albertine, c'est quelqu'un.
— Vous vous trompez, Françoise, elle est assez bien,
trop bien pour ici. Mais allez la prévenir que je ne
pourrai pas la voir aujourd'hui. »

Quelles déclamations apitoyées j'aurais éveillées en
Françoise si elle m'avait vu pleurer ! Soigneusement je me
cachai. Sans cela j'aurais eu sa sympathie. Mais je lui
donnai la mienne. Nous ne nous mettons pas assez dans
le cœur de ces pauvres femmes de chambre qui ne
peuvent pas nous voir pleurer, comme si pleurer nous
faisait mal ; ou peut-être leur faisait mal, Françoise
m'ayant dit quand j'étais petit : « Ne pleurez pas comme
cela, je n'aime pas vous voir pleurer comme cela. »
Nous n'aimons pas les grandes phrases, les attestations,
nous avons tort, nous fermons ainsi notre cœur au pathé-
tique des campagnes, à la légende que la pauvre servante, renvoyée, peut-être injustement, pour vol, toute

pâle, devenue subitement plus humble comme si c'était
un crime d'être accusée, déroule en invoquant l'honnêteté
de son père, les principes de sa mère, les conseils de
l'aïeule. Certes ces mêmes domestiques qui ne peuvent
supporter nos larmes nous feront prendre sans scrupule
une fluxion de poitrine parce que la femme de chambre
d'au-dessous aime les courants d'air et que ce ne serait
pas poli de les supprimer. Car il faut que ceux-là mêmes
qui ont raison, comme Françoise, aient tort aussi, pour
faire de la Justice une chose impossible. Même les
humbles plaisirs des servantes provoquent ou le refus
ou la raillerie de leurs maîtres. Car c'est toujours un rien,
mais niaisement sentimental, anti-hygiénique. Aussi
peuvent-elles dire : « Comment, moi qui ne demande
que cela dans l'année, on ne me l'accorde pas. » Et
pourtant les maîtres accorderaient beaucoup plus, qui
ne fût pas stupide et dangereux pour elles — ou pour
eux. Certes, à l'humilité de la pauvre femme de chambre,
tremblante, prête à avouer ce qu'elle n'a pas commis,
disant « je partirai ce soir s'il le faut », on ne peut pas
résister. Mais il faut savoir aussi ne pas rester insensible,
malgré la banalité solennelle et menaçante des choses
qu'elle dit, son héritage maternel et la dignité du « clos »,
devant une vieille cuisinière drapée dans une vie et une
ascendance d'honneur, tenant le balai comme un sceptre,
poussant son rôle au tragique, l'entrecoupant de pleurs, se
redressant avec majesté. Ce jour-là je me rappelai ou
j'imaginai de telles scènes, je les rapportai à notre vieille
servante, et, depuis lors, malgré tout le mal qu'elle put
faire à Albertine, j'aimai Françoise d'une affection,
intermittente il est vrai, mais du genre le plus fort, celui
qui a pour base la pitié.

Certes, je souffris toute la journée en restant devant la
photographie de ma grand'mère. Elle me torturait.
Moins pourtant que ne fit le soir la visite du directeur.
Comme je lui parlais de ma grand'mère et qu'il me renouvelait ses condoléances, je l'entendis me dire (car il
aimait employer les mots qu'il prononçait mal) : « C'est

comme le jour où Madame votre grand'mère avait eu cette symecope, je voulais vous en avertir, parce qu'à cause de la clientèle, n'est-ce pas, cela aurait pu faire du tort à la maison. Il aurait mieux valu qu'elle parte le soir même. Mais elle me supplia de ne rien dire et me promit qu'elle n'aurait plus de symecope, ou qu'à la première elle partirait. Le chef de l'étage m'a pourtant rendu compte qu'elle en a eu une autre. Mais, dame, vous étiez de vieux clients qu'on cherchait à contenter, et du moment que personne ne s'est plaint... » Ainsi ma grand'mère avait des syncopes et me les avait cachées. Peut-être au moment où j'étais le moins gentil pour elle, où elle était obligée, tout en souffrant, de faire attention à être de bonne humeur pour ne pas m'irriter et à paraître bien portante pour ne pas être mise à la porte de l'hôtel. « Symecope » c'est un mot que, prononcé ainsi, je n'aurais jamais imaginé, qui m'aurait peut-être, s'appliquant à d'autres, paru ridicule, mais qui, dans son étrange nou- veauté sonore, pareille à celle d'une dissonance originale, resta longtemps ce qui était capable d'éveiller en moi les sensations les plus douloureuses.

Le lendemain j'allai, à la demande de maman, m'étendre un peu sur le sable, ou plutôt dans les dunes, là où on est caché par leurs replis, et où je savais qu'Albertine et ses amies ne pourraient pas me trouver. Mes paupières, abaissées, ne laissaient passer qu'une seule lumière, toute rose, celle des parois intérieures des yeux. Puis elles se fermèrent tout à fait. Alors ma grand'mère m'apparut assise dans un fauteuil. Si faible, elle avait l'air de vivre moins qu'une autre personne. Pourtant je l'entendais respirer ; parfois un signe montrait qu'elle avait compris ce que nous disions, mon père et moi. Mais j'avais beau l'embrasser, je ne pouvais pas arriver à éveiller un regard d'affection dans ses yeux, un peu de couleur sur ses joues. Absente d'elle-même, elle avait l'air de ne pas m'aimer, de ne pas me connaître, peut-être de ne pas me voir. Je ne pouvais deviner le secret de son indifférence, de son abattement, de son mécontentement

silencieux. J'entraînai mon père à l'écart. « Tu vois tout
de même, lui dis-je, il n'y a pas à dire, elle a saisi exactement chaque chose. C'est l'illusion complète de la vie.
Si on pouvait faire venir ton cousin qui prétend que les
morts ne vivent pas ! Voilà plus d'un an qu'elle est morte
et, en somme, elle vit toujours. Mais pourquoi ne veut-elle
pas m'embrasser ? — Regarde, sa pauvre tête retombe. —
Mais elle voudrait aller aux Champs-Élysées tantôt. —
C'est de la folie ! — Vraiment, tu crois que cela pourrait
lui faire mal, qu'elle pourrait mourir davantage ? Il n'est
pas possible qu'elle ne m'aime plus. J'aurai beau l'embrasser, est-ce qu'elle ne me sourira plus jamais ? —Que
veux-tu, les morts sont les morts. »

Quelques jours plus tard la photographie qu'avait
faite Saint-Loup m'était douce à regarder ; elle ne
réveillait pas le souvenir de ce que m'avait dit Françoise
parce qu'il ne m'avait plus quitté et je m'habituais à
lui. Mais, en regard de l'idée que je me faisais de son
état si grave, si douloureux ce jour-là, la photographie,
profitant encore des ruses qu'avait eues ma grand'mère
et qui réussissaient à me tromper même depuis qu'elles
m'avaient été dévoilées, me la montrait si élégante, si
insouciante, sous le chapeau qui cachait un peu son
visage, que je la voyais moins malheureuse et mieux
portante que je ne l'avais imaginée. Et pourtant, ses
joues ayant à son insu une expression à elles, quelque
chose de plombé, de hagard, comme le regard d'une bête
qui se sentirait déjà choisie et désignée, ma grand'mère
avait un air de condamnée à mort, un air involontairement sombre, inconsciemment tragique, qui m'échappait
mais qui empêchait maman de regarder jamais cette
photographie, cette photographie qui lui paraissait moins
une photographie de sa mère que de la maladie de celle-ci,
d'une insulte que cette maladie faisait au visage brutalement souffleté de grand'mère.

Puis un jour, je me décidai à faire dire à Albertine que
je la recevrais prochainement. C'est qu'un matin de
grande chaleur prématurée, les mille cris des enfants qui

jouaient, des baigneurs plaisantant, des marchands de
journaux, m'avaient décrit en traits de feu, en flammèches
entrelacées, la plage ardente que les petites vagues venaient
une à une arroser de leur fraîcheur ; alors avait commencé
le concert symphonique mêlé au clapotement de l'eau,
dans lequel les violons vibraient comme un essaim
d'abeilles égaré sur la mer. Aussitôt j'avais désiré de
réentendre le rire d'Albertine, de revoir ses amies, ces
jeunes filles se détachant sur les flots, et restées dans mon
souvenir le charme inséparable, la flore caractéristique
de Balbec ; et j'avais résolu d'envoyer par Françoise un
mot à Albertine, pour la semaine prochaine, tandis que,
montant doucement, la mer, à chaque déferlement de
lame, recouvrait complètement de coulées de cristal la
mélodie dont les phrases apparaissaient séparées les unes
des autres, comme ces anges luthiers qui, au faîte de la
cathédrale italienne, s'élèvent entre les crêtes de porphyre bleu et de jaspe écumant. Mais le jour où Albertine vint, le temps s'était de nouveau gâté et rafraîchi, et
d'ailleurs je n'eus pas l'occasion d'entendre son rire ;
elle était de fort mauvaise humeur. « Balbec est assommant cette année, me dit-elle. Je tâcherai de ne pas
rester longtemps. Vous savez que je suis ici depuis
Pâques, cela fait plus d'un mois. Il n'y a personne. Si
vous croyez que c'est folichon. » Malgré la pluie récente
et le ciel changeant à toute minute, après avoir accompagné Albertine jusqu'à Épreville, car Albertine faisait,
selon son expression, la « navette » entre cette petite
plage, où était la villa de Mme Bontemps, et Incarville,
où elle avait été « prise en pension » par les parents de
Rosemonde, je partis me promener seul vers cette grande
route que prenait la voiture de Mme de Villeparisis
quand nous allions nous promener avec ma grand'mère ;
des flaques d'eau, que le soleil qui brillait n'avait pas
séchées, faisaient du sol un vrai marécage, et je pensais
à ma grand'mère qui jadis ne pouvait marcher deux pas
sans se crotter. Mais, dès que je fus arrivé à la route, ce
fut un éblouissement. Là où je n'avais vu, avec ma grand'-

mère, au mois d'août, que les feuilles et comme l'emplacement des pommiers, à perte de vue ils étaient en pleine
floraison, d'un luxe inouï, les pieds dans la boue et en
toilette de bal, ne prenant pas de précautions pour ne
pas gâter le plus merveilleux satin rose qu'on eût jamais
vu et que faisait briller le soleil ; l'horizon lointain de la
mer fournissait aux pommiers comme un arrière-plan
d'estampe japonaise ; si je levais la tête pour regarder
le ciel entre les fleurs, qui faisaient paraître son bleu
rasséréné, presque violent, elles semblaient s'écarter
pour montrer la profondeur de ce paradis. Sous cet azur,
une brise légère mais froide faisait trembler légèrement
les bouquets rougissants. Des mésanges bleues venaient
se poser sur les branches et sautaient entre les fleurs,
indulgentes, comme si c'eût été un amateur d'exotisme
et de couleurs qui avait artificiellement créé cette beauté
vivante. Mais elle touchait jusqu'aux larmes parce que,
si loin qu'elle allât dans ses effets d'art raffiné, on sentait
qu'elle était naturelle, que ces pommiers étaient là en
pleine campagne, comme des paysans sur une grande
route de France. Puis aux rayons du soleil succédèrent
subitement ceux de la pluie ; ils zébrèrent tout l'horizon,
enserrèrent la file des pommiers dans leur réseau gris.
Mais ceux-ci continuaient à dresser leur beauté, fleurie
et rose, dans le vent devenu glacial sous l'averse qui
tombait : c'était une journée de printemps.

CHAPITRE II

Les mystères d'Albertine. – Les jeunes filles qu'elle voit dans la glace. – La dame inconnue. – Le liftier. – Mme de Cambremer. – Les plaisirs de M. Nissim Bernard. – Première esquisse du caractère étrange de Morel. – M. de Charlus dîne chez les Verdurin.

Dans ma crainte que le plaisir trouvé dans cette promenade solitaire n'affaiblît en moi le souvenir de ma grand'mère, je cherchais de le raviver en pensant à telle grande souffrance morale qu'elle avait eue ; à mon appel cette souffrance essayait de se construire dans mon cœur, elle y élançait ses piliers immenses ; mais mon cœur, sans doute, était trop petit pour elle, je n'avais la force de porter une douleur si grande, mon attention se dérobait au moment où elle se reformait tout entière, et ses arches s'effondraient avant de s'être rejointes, comme avant d'avoir parfait leur voûte s'écroulent les vagues. Cependant, rien que par mes rêves quand j'étais endormi, j'aurais pu apprendre que mon chagrin de la mort de ma grand'mère diminuait, car elle y apparaissait moins opprimée par l'idée que je me faisais de son néant. Je la voyais toujours malade, mais en voie de se rétablir ; je la trouvais mieux. Et si elle faisait allusion à ce qu'elle avait souffert, je lui fermais la bouche avec mes baisers

14

et je l'assurais qu'elle était maintenant guérie pour toujours. J'aurais voulu faire constater aux sceptiques que
la mort est vraiment une maladie dont on revient. Seulement je ne trouvais plus chez ma grand'mère la riche
spontanéité d'autrefois. Ses paroles n'étaient qu'une
réponse affaiblie, docile, presque un simple écho de mes
paroles ; elle n'était plus que le reflet de ma propre
pensée.

Incapable comme je l'étais encore d'éprouver à nouveau un désir physique, Albertine recommençait cependant à m'inspirer comme un désir de bonheur. Certains
rêves de tendresse partagée, toujours flottants en nous,
s'allient volontiers, par une sorte d'affinité, au souvenir
(à condition que celui-ci soit déjà devenu un peu vague)
d'une femme avec qui nous avons eu du plaisir. Ce sentiment me rappelait des aspects du visage d'Albertine,
plus doux, moins gais, assez différents de ceux que m'eût
évoqués le désir physique ; et comme il était aussi moins
pressant que ne l'était ce dernier, j'en eusse volontiers
ajourné la réalisation à l'hiver suivant sans chercher à
revoir Albertine à Balbec avant son départ. Mais, même
au milieu d'un chagrin encore vif, le désir physique
renaît. De mon lit où on me faisait rester longtemps
tous les jours à me reposer, je souhaitais qu'Albertine
vînt recommencer nos jeux d'autrefois. Ne voit-on pas,
dans la chambre même où ils ont perdu un enfant, des
époux, bientôt de nouveau entrelacés, donner un frère
au petit mort ? J'essayais de me distraire de ce désir en
allant jusqu'à la fenêtre regarder la mer de ce jour-là.
Comme la première année, les mers, d'un jour à l'autre,
étaient rarement les mêmes. Mais d'ailleurs elles ne
ressemblaient guère à celles de cette première année, soit
parce que maintenant c'était le printemps avec ses orages,
soit parce que, même si j'étais venu à la même date que
la première fois, des temps différents, plus changeants,
auraient pu déconseiller cette côte à certaines mers indo-
lentes, vaporeuses et fragiles que j'avais vues pendant
des jours ardents dormir sur la plage en soulevant imper-

ceptiblement leur sein bleuâtre d'une molle palpitation,
soit surtout parce que mes yeux, instruits par Elstir à
retenir précisément les éléments que j'écartais volontairement jadis, contemplaient longuement ce que la
première année ils ne savaient pas voir. Cette opposition
qui alors me frappait tant, entre les promenades agrestes
que je faisais avec Mme de Villeparisis et ce voisinage
fluide, inaccessible et mythologique, de l'Océan éternel,
n'existait plus pour moi. Et certains jours la mer me
semblait, au contraire, maintenant presque rurale elle-
même. Les jours, assez rares, de vrai beau temps, la
chaleur avait tracé sur les eaux, comme à travers champs,
une route poussiéreuse et blanche derrière laquelle la
fine pointe d'un bateau de pêche dépassait comme un
clocher villageois. Un remorqueur, dont on ne voyait
que la cheminée, fumait au loin comme une usine écartée,
tandis que seul à l'horizon un carré blanc et bombé,
peint sans doute par une voile, mais qui semblait compact
et comme calcaire, faisait penser à l'angle ensoleillé de
quelque bâtiment isolé, hôpital ou école. Et les nuages et
le vent, les jours où il s'en ajoutait au soleil, parachevaient
sinon l'erreur du jugement, du moins l'illusion du premier regard, la suggestion qu'il éveille dans l'imagination.
Car l'alternance d'espaces de couleurs nettement tran-
chées, comme celles qui résultent, dans la campagne, de
la contiguïté de cultures différentes, les inégalités âpres,
jaunes, et comme boueuses de la surface marine, les
levées, les talus qui dérobaient à la vue une barque où
une équipe d'agiles matelots semblait moissonner, tout
cela, par les jours orageux, faisait de l'océan quelque
chose d'aussi varié, d'aussi consistant, d'aussi accidenté,
d'aussi populeux, d'aussi civilisé que la terre carrossable
sur laquelle j'allais autrefois et ne devais pas tarder à
faire des promenades. Et, une fois, ne pouvant plus résister à mon désir, au lieu de me recoucher, je m'habillai
et partis chercher Albertine à Incarville. Je lui deman-
derais de m'accompagner jusqu'à Douville, où j'irais
faire à Féterne une visite à Mme de Cambremer, et à la

Raspelière une visite à Mme Verdurin. Albertine m'atten-
drait pendant ce temps-là sur la plage et nous revien-
drions ensemble dans la nuit. J'allai prendre le petit
chemin de fer d'intérêt local dont j'avais, par Albertine
et ses amies, appris autrefois tous les surnoms dans la
région, où on l'appelait tantôt le *Tortillard* à cause de
ses innombrables détours, le *Tacot* parce qu'il n'avançait
pas, le *Transatlantique* à cause d'une effroyable sirène
qu'il possédait pour que se garassent les passants, le
Decauville et le *Funi*, bien que ce ne fût nullement un
funiculaire mais parce qu'il grimpait sur la falaise, ni
même, à proprement parler, un Decauville mais parce
qu'il avait une voie de 6o, le *B. A. G.* parce qu'il allait
de Balbec à Grallevast en passant par Angerville, le
Tram et le *T. S. N.* parce qu'il faisait partie de la ligne
des tramways du Sud de la Normandie. Je m'installai
dans un wagon où j'étais seul ; il faisait un soleil splendide, on étouffait ; je baissai le store bleu qui ne laissa
passer qu'une raie de soleil. Mais aussitôt je vis ma grand'-
mère, telle qu'elle était assise dans le train à notre départ
de Paris à Balbec, quand, dans la souffrance de me voir
prendre de la bière, elle avait préféré ne pas regarder,
fermer les yeux et faire semblant de dormir. Moi qui
ne pouvais supporter autrefois la souffrance qu'elle avait
quand mon grand-père prenait du cognac, je lui avais
infligé celle, non pas même seulement de me voir prendre,
sur l'invitation d'un autre, une boisson qu'elle croyait
funeste pour moi, mais je l'avais forcée à me laisser libre
de m'en gorger à ma guise ; bien plus, par mes colères,
mes crises d'étouffement, je l'avais forcée à m'y aider, à
me le conseiller, dans une résignation suprême dont
j'avais devant ma mémoire l'image muette, désespérée,
aux yeux clos pour ne pas voir. Un tel souvenir, comme
un coup de baguette, m'avait de nouveau rendu l'âme
que j'étais en train de perdre depuis quelque temps ;
qu'est-ce que j'aurais pu faire de Rosemonde quand mes
lèvres tout entières étaient parcourues seulement par le
désir désespéré d'embrasser une morte ? qu'aurais-je

pu dire aux Cambremer et aux Verdurin quand mon
cœur battait si fort parce que s'y reformait à tout moment
la douleur que ma grand'mère avait soufferte? Je ne
pus rester dans ce wagon. Dès que le train s'arrêta à
Maineville-la-Teinturière, renonçant à mes projets, je
descendis. Maineville avait acquis depuis quelque temps
une importance considérable et une réputation particulière, parce qu'un directeur de nombreux casinos,
marchand de bien-être, avait fait construire non loin
de là, avec un luxe de mauvais goût capable de rivaliser
avec celui d'un palace, un établissement, sur lequel nous
reviendrons, et qui était, à franc parler, la première
maison publique pour gens chic qu'on eût eu l'idée de
construire sur les côtes de France. C'était la seule. Chaque
port a bien la sienne, mais bonne seulement pour les
marins et pour les amateurs de pittoresque que cela
amuse de voir, tout près de l'église immémoriale, la
patronne presque aussi vieille, vénérable et moussue,
se tenir devant sa porte mal famée en attendant le retour
des bateaux de pêche.

M'écartant de l'éblouissante maison de « plaisir »,
insolemment dressée là malgré les protestations des familles inutilement adressées au maire, je rejoignis la
falaise et j'en suivis les chemins sinueux dans la direction
de Balbec. J'entendis sans y répondre l'appel des aubé-
pines. Voisines moins cossues des fleurs de pommiers,
elles les trouvaient bien lourdes, tout en reconnaissant
le teint frais qu'ont les filles, aux pétales rosés, de ces gros
fabricants de cidre. Elles savaient que, moins richement
dotées, on les recherchait cependant davantage et qu'il
leur suffisait, pour plaire, d'une blancheur chiffonnée.

Quand je rentrai, le concierge de l'hôtel me remit une
lettre de deuil où faisaient part le marquis et la marquise
de Gonneville, le vicomte et la vicomtesse d'Amfreville,
le comte et la comtesse de Berneville, le marquis et la
marquise de Graincourt, le comte d'Amenoncourt, la
comtesse de Maineville, le comte et la comtesse de Franquetot, la comtesse de Chaverny née d'Aigleville, et de

laquelle je compris enfin pourquoi elle m'était envoyée
quand je reconnus les noms de la marquise de Cambremer
née du Mesnil La Guichard, du marquis et de la marquise
de Cambremer, et que je vis que la morte, une cousine
des Cambremer, s'appelait Éléonore-Euphrasie-Hum-
bertine de Cambremer, comtesse de Criquetot. Dans
toute l'étendue de cette famille provinciale, dont le
dénombrement remplissait des lignes fines et serrées, pas
un bourgeois, et d'ailleurs pas un titre connu, mais tout
le ban et l'arrière-ban des nobles de la région qui
faisaient chanter leurs noms — ceux de tous les lieux
intéressants du pays — aux joyeuses finales en *ville*, en
court, parfois plus sourdes (en *tot*). Habillés des tuiles de
leur château ou du crépi de leur église, la tête branlante
dépassant à peine la voûte ou le corps de logis, et seulement pour se coiffer du lanternon normand ou des
colombages du toit en poivrière, ils avaient l'air d'avoir
sonné le rassemblement de tous les jolis villages éche-
lonnés ou dispersés à cinquante lieues à la ronde et de
les avoir disposés en formation serrée, sans une lacune,
sans un intrus, dans le damier compact et rectangulaire
de l'aristocratique lettre bordée de noir.

Ma mère était remontée dans sa chambre, méditant
cette phrase de Mme de Sévigné : « Je ne vois aucun de
ceux qui veulent me divertir ; en paroles couvertes c'est
qu'ils veulent m'empêcher de penser à vous, et cela
m'offense », parce que le premier président lui avait dit
qu'elle devrait se distraire. A moi il chuchota : « C'est la
princesse de Parme. » Ma peur se dissipa en voyant que
la femme que me montrait le magistrat n'avait aucun
rapport avec Son Altesse Royale. Mais comme elle avait
fait retenir une chambre pour passer la nuit en revenant
de chez Mme de Luxembourg, la nouvelle eut pour effet
sur beaucoup de leur faire prendre toute nouvelle dame
arrivée pour la princesse de Parme — et pour moi, de me
faire monter m'enfermer dans mon grenier.

Je n'aurais pas voulu y rester seul. Il était à peine
quatre heures. Je demandai à Françoise d'aller chercher

Albertine pour qu'elle vînt passer la fin de l'après-midi avec moi.

Je crois que je mentirais en disant que commença déjà la douloureuse et perpétuelle méfiance que devait m'inspirer Albertine, à plus forte raison le caractère particulier, surtout gomorrhéen, que devait revêtir cette méfiance. Certes, dès ce jour-là — mais ce n'était pas le premier — mon attente fut un peu anxieuse. Françoise, une fois partie, resta si longtemps que je commençai à désespérer. Je n'avais pas allumé de lampe. Il ne faisait plus guère jour. Le vent faisait claquer le drapeau du Casino. Et, plus débile encore dans le silence de la grève sur laquelle la mer montait, et comme une voix qui aurait traduit et accru le vague énervant de cette heure inquiète et fausse, un petit orgue de Barbarie arrêté devant l'hôtel jouait des valses viennoises. Enfin Françoise arriva, mais seule. « Je suis été aussi vite que j'ai pu, mais elle ne voulait pas venir à cause qu'elle ne se trouvait pas assez coiffée. Si elle n'est pas restée une heure d'horloge à se pommader, elle n'est pas restée cinq minutes. Ça va être une vraie parfumerie ici. Elle vient, elle est restée en arrière pour s'arranger devant la glace. Je croyais la trouver là. » Le temps fut long encore avant qu'Albertine arrivât. Mais la gaîté, la gentillesse qu'elle eut cette fois dissipèrent ma tristesse. Elle m'annonça (contrairement à ce qu'elle avait dit l'autre jour) qu'elle resterait la saison entière, et me demanda si nous ne pourrions pas, comme la première année, nous voir tous les jours. Je lui dis qu'en ce moment j'étais trop triste et que je le ferais plutôt chercher de temps en temps, au dernier moment, comme à Paris. « Si jamais vous vous sentez de la peine ou que le cœur vous en dise, n'hésitez pas, me dit-elle, faites-moi chercher, je viendrai en vitesse, et si vous ne craignez pas que cela fasse scandale dans l'hôtel, je resterai aussi longtemps que vous voudrez. » Françoise avait, en la ramenant, eu l'air heureuse comme chaque fois qu'elle avait pris une peine pour moi et avait réussi à me faire plaisir. Mais Albertine elle-même n'était pour rien dans cette joie et, dès le lendemain, Françoise devait me dire ces paroles profondes : « Monsieur ne devrait pas voir cette demoiselle. Je vois bien le genre de caractère qu'elle a, elle vous fera des chagrins. » En reconduisant Albertine, je vis, par la salle à manger éclairée, la princesse de Parme. Je ne fis que la regarder en m'arrangeant à n'être pas vu. Mais j'avoue que je trouvai une certaine grandeur dans la royale politesse qui m'avait fait sourire chez les Guermantes. C'est un principe que les souverains sont partout chez eux, et le protocole le traduit en usages morts et sans valeur, comme celui qui veut que le maître de la maison tienne à la main son chapeau, dans sa propre demeure, pour montrer qu'il n'est plus chez lui mais chez le Prince. Or cette idée, la princesse de Parme ne se la formulait peut-être pas, mais elle en était tellement imbue que tous ses actes, spontanément inventés pour les circonstances, la traduisaient. Quand elle se leva de table elle remit un gros pourboire à Aimé comme s'il avait été là uniquement pour elle et si elle récompensait, en quittant un château, un maître d'hôtel affecté à son service. Elle ne se contenta d'ailleurs pas du pourboire, mais avec un gracieux sourire lui adressa quelques paroles aimables et flatteuses, dont sa mère l'avait munie. Un peu plus, elle lui aurait dit qu'autant l'hôtel était bien tenu, autant était florissante la Normandie, et qu'à tous les pays du monde elle préférait la France. Une autre pièce glissa des mains de la princesse pour le sommelier qu'elle avait fait appeler et à qui elle tint à exprimer sa satisfaction comme un général qui vient de passer une revue. Le lift était, à ce moment, venu lui donner une réponse ; il eut aussi un mot, un sourire et un pourboire, tout cela mêlé de paroles encourageantes et humbles destinées à leur prouver qu'elle n'était pas plus que l'un d'eux. Comme Aimé, le sommelier, le lift et les autres crurent qu'il serait impoli de ne pas sourire jusqu'aux oreilles à une personne qui leur souriait, elle fut bientôt entourée d'un groupe de domestiques avec qui elle causa bienveillamment ; ces façons étant inaccoutumées dans les palaces, les personnes qui passaient sur la place, ignorant son nom, crurent qu'ils voyaient une habituée de Balbec, et qui, à cause d'une extraction médiocre ou dans un intérêt professionnel (c'était peut-être la femme d'un placier en champagne), était moins différente de la domesticité que les clients vraiment chic. Pour moi je pensai au palais de Parme, aux conseils moitié religieux, moitié politiques donnés à cette princesse, laquelle agissait avec le peuple comme si elle avait dû se le concilier pour régner un jour ; bien plus, si elle régnait déjà.

Je remontai dans ma chambre, mais je n'y étais pas seul. J'entendais quelqu'un jouer avec moelleux des morceaux de Schumann. Certes il arrive que les gens, même ceux que nous aimons le mieux, se saturent de la tristesse ou de l'agacement qui émane de nous. Il y a pourtant quelque chose qui est capable d'un pouvoir d'exaspérer où n'atteindra jamais une personne : c'est un piano.

Albertine m'avait fait prendre en note les dates où elle devait s'absenter et aller chez des amies pour quelques jours, et m'avait fait inscrire aussi leur adresse pour si j'avais besoin d'elle un de ces soirs-là, car aucune n'habitait bien loin. Cela fit que, pour la trouver, de jeune fille en jeune fille, se nouèrent tout naturellement autour d'elle des liens de fleurs. J'ose avouer que beaucoup de ses amies — je ne l'aimais pas encore — me donnèrent, sur une plage ou une autre, des instants de plaisir. Ces jeunes camarades bienveillantes ne me semblaient pas très nombreuses. Mais dernièrement j'y ai repensé, leurs noms me sont revenus. Je comptai que, dans cette seule saison, douze me donnèrent leurs frêles faveurs. Un nom me revint ensuite, ce qui fit treize. J'eus alors comme une cruauté enfantine de rester sur ce nombre. Hélas, je songeais que j'avais oublié la première, Albertine qui n'était plus et qui fit la quatorzième.

J'avais, pour reprendre le fil du récit, inscrit les noms et les adresses des jeunes filles chez qui je la trouverais

tel jour où elle ne serait pas à Incarville, mais de ces
jours-là j'avais pensé que je profiterais plutôt pour aller
chez Mme Verdurin. D'ailleurs nos désirs pour différentes femmes n'ont pas toujours la même force. Tel
soir nous ne pouvons nous passer d'une qui, après cela,
pendant un mois ou deux, ne nous troublera guère. Et
puis les causes d'alternance, que ce n'est pas le lieu d'étudier ici, après les grandes fatigues charnelles, font que la
femme dont l'image hante notre sénilité momentanée
est une femme qu'on ne ferait presque que baiser sur le
front. Quant à Albertine, je la voyais rarement, et seulement les soirs, fort espacés, où je ne pouvais me passer
d'elle. Si un tel désir me saisissait quand elle était trop
loin de Balbec pour que Françoise pût aller jusque-là,
j'envoyais le lift à Égreville, à la Sogne, à Saint-Frichoux,
en lui demandant de terminer son travail un peu plus tôt.
Il entrait dans ma chambre, mais en laissait la porte
ouverte car, bien qu'il fît avec conscience son « boulot »,
lequel était fort dur, consistant, dès cinq heures du
matin, en nombreux nettoyages, il ne pouvait se résoudre
à l'effort de fermer une porte et, si on lui faisait remarquer
qu'elle était ouverte, il revenait en arrière et, aboutissant
à son maximum d'effort, la poussait légèrement. Avec
l'orgueil démocratique qui le caractérisait et auquel
n'atteignent pas dans les carrières libérales les membres
de professions un peu nombreuses, avocats, médecins,
hommes de lettres appelant seulement un autre avocat,
homme de lettres ou médecin : « Mon confrère », lui,
usant avec raison d'un terme réservé aux corps restreints,
comme les académies par exemple, il me disait, en parlant
d'un chasseur qui était lift un jour sur deux : « Je vais voir
à me faire remplacer par mon *collègue.* » Cet orgueil ne
l'empêchait pas, dans le but d'améliorer ce qu'il appelait
son traitement, d'accepter pour ses courses des rémuné-
rations qui l'avaient fait prendre en horreur à Françoise :
« Oui, la première fois qu'on le voit on lui donnerait le
bon Dieu sans confession, mais il y a des jours où il est
poli comme une porte de prison. Tout ça c'est des tire-

sous. » Catégorie où elle avait si souvent fait figurer Eulalie et où, hélas, pour tous les malheurs que cela devait un jour amener, elle rangeait déjà Albertine, parce qu'elle me voyait souvent demander à maman, pour mon amie peu fortunée, de menus objets, des colifichets, ce que Françoise trouvait inexcusable, parce que Mme Bontemps n'avait qu'une bonne à tout faire. Bien vite, le lift, ayant retiré ce que j'eusse appelé sa livrée et ce qu'il nommait sa tunique, apparaissait en chapeau de paille, avec une canne, soignant sa démarche et le corps redressé, car sa mère lui avait recommandé de ne jamais prendre le genre « ouvrier » ou « chasseur ». De même que, grâce aux livres, la science l'est à un ouvrier qui n'est plus ouvrier quand il a fini son travail, de même, grâce au canotier et à la paire de gants, l'élégance devenait accessible au lift qui, ayant cessé, pour la soirée, de faire monter les clients, se croyait, comme un jeune chirurgien qui a retiré sa blouse, ou le maréchal des logis Saint-Loup sans uniforme, devenu un parfait homme du monde. Il n'était pas d'ailleurs sans ambition, ni talent non plus pour manipuler sa cage et ne pas vous arrêter entre deux étages. Mais son langage était défectueux. Je croyais à son ambition parce qu'il disait en parlant du concierge, duquel il dépendait : « Mon concierge », sur le même ton qu'un homme possédant à Paris ce que le chasseur eût appelé « un hôtel particulier » eût parlé de son portier. Quant au langage du liftier, il est curieux que quelqu'un qui entendait cinquante fois par jour un client appeler : « Ascenseur », ne dît jamais lui-même qu' « accenseur ». Certaines choses étaient extrêmement agaçantes chez ce liftier : quoi que je lui eusse dit, il m'interrompait par une locution « Vous pensez ! » ou «Pensez ! » qui semblait signifier ou bien que ma remarque était d'une telle évidence que tout le monde l'eût trouvée, ou bien reporter sur lui le mérite comme si c'était lui qui attirait mon attention là-dessus. « Vous pensez ! » ou «Pensez !», exclamé avec la plus grande énergie, revenait toutes les deux minutes dans sa bouche, pour des

choses dont il ne se fût jamais avisé, ce qui m'irritait
tant que je me mettais aussitôt à dire le contraire pour lui
montrer qu'il n'y comprenait rien. Mais à ma seconde
assertion, bien qu'elle fût inconciliable avec la première,
il ne répondait pas moins : « Vous pensez ! » « Pensez ! »,
comme si ces mots étaient inévitables. Je lui pardonnais
difficilement aussi qu'il employât certains termes de son
métier, et qui eussent, à cause de cela, été parfaitement
convenables au propre, seulement dans le sens figuré, ce
qui leur donnait une intention spirituelle assez bébête,
par exemple le verbe pédaler. Jamais il n'en usait quand
il avait fait une course à bicyclette. Mais si, à pied, il
s'était dépêché pour être à l'heure, pour signifier qu'il
avait marché vite il disait : « Vous pensez si on a pédalé ! »
Le liftier était plutôt petit, mal bâti et assez laid. Cela
n'empêchait pas que chaque fois qu'on lui parlait d'un
jeune homme de taille haute, élancée et fine, il disait :
« Ah ! oui, je sais, un qui est juste de ma grandeur. » Et un
jour que j'attendais une réponse de lui, comme on avait
monté l'escalier, au bruit des pas j'avais par impatience
ouvert la porte de ma chambre et j'avais vu un chasseur
beau comme Endymion, les traits incroyablement
parfaits, qui venait pour une dame que je ne connaissais
pas. Quand le liftier était rentré, en lui disant avec quelle
impatience j'avais attendu sa réponse, je lui avais raconté
que j'avais cru qu'il montait, mais que c'était un chasseur
de l'hôtel de Normandie. « Ah ! oui, je sais lequel, me
dit-il, il n'y en a qu'un, un garçon de ma taille. Comme
figure aussi il me ressemble tellement qu'on pourrait
nous prendre l'un pour l'autre, on dirait tout à fait mon
frangin. » Enfin il voulait paraître avoir tout compris
dès la première seconde, ce qui faisait que, dès qu'on lui
recommandait quelque chose, il disait : « Oui, oui, oui,
oui, oui, je comprends très bien », avec une netteté et
un ton intelligent qui me firent quelque temps illusion ;
mais les personnes, au fur et à mesure qu'on les connaît,
sont comme un métal plongé dans un mélange altérant,
et on les voit peu à peu perdre leurs qualités (comme

parfois leurs défauts). Avant de lui faire mes recommandations, je vis qu'il avait laissé la porte ouverte ; je le lui
fis remarquer, j'avais peur qu'on ne nous entendît ; il
condescendit à mon désir et revint ayant diminué l'ouverture. « C'est pour vous faire plaisir. Mais il n'y a plus
personne à l'étage que nous deux. » Aussitôt j'entendis
passer une, puis deux, puis trois personnes. Cela m'agaçait
à cause de l'indiscrétion possible, mais surtout parce
que je voyais que cela ne l'étonnait nullement et que c'était
un va-et-vient normal. « Oui, c'est la femme de chambre
d'à côté qui va chercher ses affaires. Oh ! c'est sans importance, c'est le sommelier qui remonte ses clefs. Non, non,
ce n'est rien, vous pouvez parler, c'est mon collègue qui
va prendre son service. » Et comme les raisons que tous
les gens avaient de passer ne diminuaient pas mon ennui
qu'ils pussent m'entendre, sur mon ordre formel, il
alla, non pas fermer la porte, ce qui était au-dessus des
forces de ce cycliste qui désirait une « moto », mais la
pousser un peu plus. « Comme ça nous sommes bien tranquilles. » Nous l'étions tellement qu'une Américaine
entra et se retira en s'excusant de s'être trompée de
chambre. « Vous allez me ramener cette jeune fille, lui
dis-je, après avoir fait claquer moi-même la porte de
toutes mes forces (ce qui amena un autre chasseur
s'assurer qu'il n'y avait pas de fenêtre ouverte). Vous
vous rappelez bien : Mlle Albertine Simonet. Du reste,
c'est sur l'enveloppe. Vous n'avez qu'à lui dire que cela
vient de moi. Elle viendra très volontiers, ajoutai-je
pour l'encourager et ne pas trop m'humilier. — Vous
pensez ! — Mais non, au contraire, ce n'est pas du tout
naturel qu'elle vienne volontiers. C'est très incommode
de venir de Berneville ici. — Je comprends ! — Vous lui
direz de venir avec vous. — Oui, oui, oui, oui, je comprends très bien, répondait-il de ce ton précis et fin
qui depuis longtemps avait cessé de me faire « bonne
impression » parce que je savais qu'il était presque mécanique et recouvrait sous sa netteté apparente beaucoup
de vague et de bêtise. — A quelle heure serez-vous revenu ?

— J'ai pas pour bien longtemps, disait le lift qui, poussant à l'extrême la règle édictée par Bélise d'éviter la récidive du *pas* avec le *ne*, se contentait toujours d'une seule négative. Je peux très bien y aller. Justement les sorties ont été supprimées ce tantôt parce qu'il y avait un salon de vingt couverts pour le déjeuner. Et c'était mon tour de sortir le tantôt. C'est bien juste si je sors un peu ce soir. Je prends n'avec moi mon vélo. Comme cela je ferai vite. » Et une heure après il arrivait en me disant : « Monsieur a bien attendu, mais cette demoiselle vient n'avec moi. Elle est en bas. — Ah ! merci, le concierge ne sera pas fâché contre moi ? — M. Paul ? Il sait seulement pas où je suis été. Même le chef de la porte n'a rien à dire. » Mais une fois où je lui avais dit : « Il faut absolument que vous la rameniez », il me dit en souriant : « Vous savez que je ne l'ai pas trouvée. Elle n'est pas là. Et j'ai pas pu rester plus longtemps ; j'avais peur d'être comme mon collègue qui a été envoyé de l'hôtel » (car le lift qui disait rentrer pour une profession où on entre pour la première fois, « Je voudrais bien rentrer dans les postes », par compensation, ou pour adoucir la chose s'il s'était agi de lui, ou l'insinuer plus doucereusement et perfidement s'il s'agissait d'un autre, supprimait l'*r* et disait : « Je sais qu'il a été envoyé »). Ce n'était pas par méchanceté qu'il souriait, mais à cause de sa timidité. Il croyait diminuer l'importance de sa faute en la prenant en plaisanterie. De même s'il m'avait dit : « *Vous savez* que je ne l'ai pas trouvée », ce n'est pas qu'il crût qu'en effet je le susse déjà. Au contraire il ne doutait pas que je l'ignorasse, et surtout il s'en effrayait. Aussi disait-il « vous le savez » pour s'éviter à lui-même les affres qu'il traverserait en prononçant les phrases destinées à me l'apprendre. On ne devrait jamais se mettre en colère contre ceux qui, pris en faute par nous, se mettent à ricaner. Ils le font non parce qu'ils se moquent, mais tremblent que nous puissions être mécontents. Témoignons une grande pitié, montrons une grande douceur à ceux qui rient. Pareil à une véritable attaque, le trouble du lift avait amené chez lui non seulement une rougeur apoplectique mais une altération du langage, devenu soudain familier. Il finit par m'expliquer qu'Albertine n'était pas à Égreville, qu'elle devait revenir seulement à neuf heures et que, si des fois, ce qui voulait dire par hasard, elle rentrait plus tôt, on lui ferait la commission, et qu'elle serait en tous cas chez moi avant une heure du matin.

Ce ne fut pas ce soir-là encore, d'ailleurs, que commença à prendre consistance ma cruelle méfiance. Non, pour le dire tout de suite, et bien que le fait ait eu lieu seulement quelques semaines après, elle naquit d'une remarque de Cottard. Albertine et ses amies avaient voulu ce jour-là m'entraîner au casino d'Incarville et, pour ma chance, je ne les y eusse pas rejointes (voulant aller faire une visite à Mme Verdurin qui m'avait invité plusieurs fois), si je n'eusse été arrêté à Incarville même par une panne de tram qui allait demander un certain temps de réparation. Marchant de long en large en attendant qu'elle fût finie, je me trouvai tout à coup face à face avec le docteur Cottard venu à Incarville en consultation. J'hésitai presque à lui dire bonjour comme il n'avait répondu à aucune de mes lettres. Mais l'amabilité ne se manifeste pas chez tout le monde de la même façon. N'ayant pas été astreint par l'éducation aux mêmes règles fixes de savoir-vivre que les gens du monde, Cottard était plein de bonnes intentions qu'on ignorait, qu'on niait, jusqu'au jour où il avait l'occasion de les manifester. Il s'excusa, avait bien reçu mes lettres, avait signalé ma présence aux Verdurin, qui avaient grande envie de me voir et chez qui il me conseillait d'aller. Il voulait même m'y emmener le soir même, car il allait reprendre le petit chemin de fer d'intérêt local pour y aller dîner. Comme j'hésitais et qu'il avait encore un peu de temps pour son train, la panne devant être assez longue, je le fis entrer dans le petit Casino, un de ceux qui m'avaient paru si tristes le soir de ma première arrivée, maintenant plein du tumulte des jeunes filles qui, faute de cavaliers, dansaient ensemble. Andrée vint à moi en faisant des glissades, je comptais repartir dans un instant avec Cottard chez les Verdurin, quand je refusai définitivement son offre, pris d'un désir trop vif de rester avec Albertine. C'est que je venais de l'entendre rire. Et ce rire évoquait aussitôt les roses carnations, les parois parfumées contre lesquelles il semblait qu'il vînt de se frotter et dont, âcre, sensuel et révélateur comme une odeur de géranium, il semblait transporter avec lui quelques particules presque pondérables, irritantes et secrètes.

Une des jeunes filles que je ne connaissais pas se mit au piano, et Andrée demanda à Albertine de valser avec elle. Heureux, dans ce petit Casino, de penser que j'allais rester avec ces jeunes filles, je fis remarquer à Cottard comme elles dansaient bien. Mais lui, du point de vue spécial du médecin, et avec une mauvaise éducation qui ne tenait pas compte de ce que je connaissais ces jeunes filles, à qui il avait pourtant dû me voir dire bonjour, me répondit : « Oui, mais les parents sont bien imprudents qui laissent leurs filles prendre de pareilles habitudes. Je ne permettrais certainement pas aux miennes de venir ici. Sont-elles jolies au moins ? Je ne distingue pas leurs traits. Tenez, regardez, ajouta-t-il en me montrant Albertine et Andrée qui valsaient lentement, serrées l'une contre l'autre, j'ai oublié mon lorgnon et je ne vois pas bien, mais elles sont certainement au comble de la jouissance. On ne sait pas assez que c'est surtout par les seins que les femmes l'éprouvent. Et, voyez, les leurs se touchent complètement. » En effet, le contact n'avait pas cessé entre ceux d'Andrée et ceux d'Albertine. Je ne sais si elles entendirent ou devinèrent la réflexion de Cottard, mais elles se détachèrent légèrement l'une de l'autre tout en continuant à valser. Andrée dit à ce moment un mot à Albertine et celle-ci rit du même rire pénétrant et profond que j'avais entendu tout à l'heure. Mais le trouble qu'il m'apporta cette fois ne me fut que plus cruel ; Albertine avait l'air d'y montrer, de faire constater

à Andrée quelque frémissement voluptueux et secret.
Il sonnait comme les premiers ou les derniers accords
d'une fête inconnue. Je repartis avec Cottard, distrait en
causant avec lui, ne pensant que par instants à la scène
que je venais de voir. Ce n'était pas que la conversation
de Cottard fût intéressante. Elle était même en ce
moment devenue aigre, car nous venions d'apercevoir
le docteur du Boulbon, qui ne nous vit pas. Il était venu
passer quelque temps de l'autre côté de la baie de Balbec,
où on le consultait beaucoup. Or, quoique Cottard eût
l'habitude de déclarer qu'il ne faisait pas de médecine en
vacances, il avait espéré se faire, sur cette côte, une clientèle de choix, à quoi du Boulbon se trouvait mettre
obstacle. Certes le médecin de Balbec ne pouvait gêner
Cottard. C'était seulement un médecin très consciencieux,
qui savait tout et à qui on ne pouvait parler de la moindre
démangeaison sans qu'il vous indiquât aussitôt, dans une
formule complexe, la pommade, lotion ou liniment qui
convenait. Comme disait Marie Gineste dans son joli
langage, il savait « charmer » les blessures et les plaies.
Mais il n'avait pas d'illustration. Il avait bien causé un
petit ennui à Cottard. Celui-ci, depuis qu'il voulait
troquer sa chaire contre celle de thérapeutique, s'était
fait une spécialité des intoxications. Les intoxications,
périlleuse innovation de la médecine, servant à renouveler les étiquettes des pharmaciens dont tout produit
est déclaré nullement toxique, au rebours des drogues
similaires, et même désintoxiquant. C'est la réclame à la
mode ; à peine s'il survit en bas, en lettres illisibles,
comme une faible trace d'une mode précédente, l'assurance que le produit a été soigneusement antiseptisé.
Les intoxications servent aussi à rassurer le malade, qui
apprend avec joie que sa paralysie n'est qu'un malaise
toxique. Or un grand-duc étant venu passer quelques
jours à Balbec et ayant un œil extrêmement enflé avait
fait venir Cottard lequel, en échange de quelques billets
de cent francs (le professeur ne se dérangeait pas à moins),
avait imputé comme cause à l'inflammation un état toxique

15

et prescrit un régime désintoxiquant. L'œil ne désenflant pas, le grand-duc se rabattit sur le médecin ordinaire de Balbec, lequel en cinq minutes retira un grain de poussière. Le lendemain il n'y paraissait plus. Un rival plus dangereux pourtant était une célébrité des maladies nerveuses. C'était un homme rouge, jovial, à la fois parce que la fréquentation de la déchéance nerveuse ne l'empêchait pas d'être très bien portant, et aussi pour rassurer ses malades par le gros rire de son bonjour et de son au revoir, quitte à aider de ses bras d'athlète à leur passer plus tard la camisole de force. Néanmoins, dès qu'on causait avec lui dans le monde, fût-ce de politique ou de littérature, il vous écoutait avec une bienveillance attentive, d'un air de dire : « De quoi s'agit-il ? », sans prononcer tout de suite, comme s'il s'était agi d'une consultation. Mais enfin celui-là, quelque talent qu'il eût, était un spécialiste. Aussi toute la rage de Cottard était-elle reportée sur du Boulbon. Je quittai du reste bientôt, pour rentrer, le professeur ami des Verdurin, en lui promettant d'aller les voir.

Le mal que m'avaient fait ses paroles concernant Albertine et Andrée était profond, mais les pires souffrances n'en furent pas senties par moi immédiatement, comme il arrive pour ces empoisonnements qui n'agissent qu'au bout d'un certain temps.

Albertine, le soir où le lift était allé la chercher, ne vint pas, malgré les assurances de celui-ci. Certes les charmes d'une personne sont une cause moins fréquente d'amour qu'une phrase du genre de celle-ci : « Non, ce soir je ne serai pas libre. » On ne fait guère attention à cette phrase si on est avec des amis ; on est gai toute la soirée, on ne s'occupe pas d'une certaine image ; pendant ce temps-là elle baigne dans le mélange nécessaire ; en rentrant on trouve le cliché, qui est développé et parfaitement net. On s'aperçoit que la vie n'est plus la vie qu'on aurait quittée pour un rien la veille, parce que, si on continue à ne pas craindre la mort, on n'ose plus penser à la séparation.

Du reste, à partir, non d'une heure du matin (heure que le liftier avait fixée), mais de trois heures, je n'eus plus comme autrefois la souffrance de sentir diminuer mes chances qu'elle apparût. La certitude qu'elle ne viendrait plus m'apporta un calme complet, une fraîcheur; cette nuit était tout simplement une nuit comme tant d'autres où je ne la voyais pas, c'est de cette idée que je partais. Et dès lors la pensée que je la verrais le lendemain ou d'autres jours, se détachant sur ce néant accepté, devenait douce. Quelquefois, dans ces soirées d'attente, l'angoisse est due à un médicament qu'on a pris. Faussement interprétée par celui qui souffre, il croit être anxieux à cause de celle qui ne vient pas. L'amour naît dans ce cas comme certaines maladies nerveuses de l'explication inexacte d'un malaise pénible. Explication qu'il n'est pas utile de rectifier, du moins en ce qui concerne l'amour, sentiment qui (quelle qu'en soit la cause) est toujours erroné.

Le lendemain, quand Albertine m'écrivit qu'elle venait seulement de rentrer à Égreville, n'avait donc pas eu mon mot à temps, et viendrait, si je le permettais, me voir le soir, derrière les mots de sa lettre comme derrière ceux qu'elle m'avait dits une fois au téléphone, je crus sentir la présence de plaisirs, d'êtres, qu'elle m'avait préférés. Encore une fois je fus agité tout entier par la curiosité douloureuse de savoir ce qu'elle avait pu faire, par l'amour latent qu'on porte toujours en soi ; je pus croire un moment qu'il allait m'attacher à Albertine, mais il se contenta de frémir sur place et ses dernières rumeurs s'éteignirent sans qu'il se fût mis en marche.

J'avais mal compris, dans mon premier séjour à Balbec — et peut-être bien Andrée avait fait comme moi — le caractère d'Albertine. J'avais cru que c'était frivolité, mais ne savais si toutes nos supplications ne réussiraient pas à la retenir et lui faire manquer une garden-party, une promenade à ânes, un pique-nique. Dans mon second séjour à Balbec, je soupçonnai que cette frivolité n'était qu'une apparence, la garden-party qu'un para-

vent, sinon une invention. Il se passait sous des formes
diverses la chose suivante (j'entends la chose vue par
moi, de mon côté du verre, qui n'était nullement transparent, et sans que je puisse savoir ce qu'il y avait de
vrai de l'autre côté). Albertine me faisait les protestations
de tendresse le plus passionnées. Elle regardait l'heure
parce qu'elle devait aller faire une visite à une dame qui
recevait, paraît-il, tous les jours à cinq heures, à Infreville. Tourmenté d'un soupçon et me sentant d'ailleurs
souffrant, je demandais à Albertine, je la suppliais de
rester avec moi. C'était impossible (et même elle n'avait
plus que cinq minutes à rester) parce que cela fâcherait
cette dame, peu hospitalière et susceptible, et, disait
Albertine, assommante. « Mais on peut bien manquer une
visite. — Non, ma tante m'a appris qu'il fallait être polie
avant tout. — Mais je vous ai vue si souvent être impolie.
— Là, ce n'est pas la même chose, cette dame m'en
voudrait et me ferait des histoires avec ma tante. Je ne
suis déjà pas si bien que cela avec elle. Elle tient à ce que
je sois allée une fois la voir. — Mais puisqu'elle reçoit
tous les jours. » Là, Albertine sentant qu'elle s'était
« coupée », modifiait la raison. « Bien entendu elle reçoit
tous les jours. Mais aujourd'hui j'ai donné rendez-vous
chez elle à des amies. Comme cela on s'ennuiera moins.
— Alors, Albertine, vous préférez la dame et vos amies
à moi, puisque, pour ne pas risquer de faire une visite
un peu ennuyeuse, vous préférez de me laisser seul, malade et désolé ? — Cela me serait bien égal que la visite
fût ennuyeuse. Mais c'est par dévouement pour elles.
Je les ramènerai dans ma carriole. Sans cela elles n'auraient
plus aucun moyen de transport. » Je faisais remarquer
à Albertine qu'il y avait des trains jusqu'à 10 heures du
soir, d'Infreville. « C'est vrai, mais vous savez, il est
possible qu'on nous demande de rester à dîner. Elle est
très hospitalière. — Hé bien, vous refuserez. — Je fâcherais encore ma tante. — Du reste, vous pouvez dîner et
prendre le train de 10 heures. — C'est un peu juste. —
— Alors je ne peux jamais aller dîner en ville et revenir

par le train. Mais tenez, Albertine, nous allons faire
une chose bien simple : je sens que l'air me fera du bien ;
puisque vous ne pouvez lâcher la dame, je vais vous
accompagner jusqu'à Infreville. Ne craignez rien, je
n'irai pas jusqu'à la *Tour Élisabeth* (la villa de la dame),
je ne verrai ni la dame, ni vos amies. » Albertine avait
l'air d'avoir reçu un coup terrible. Sa parole était entre-
coupée. Elle dit que les bains de mer ne lui réussissaient
pas. « Si ça vous ennuie que je vous accompagne ? — Mais
comment pouvez-vous dire cela, vous savez bien que mon
plus grand plaisir est de sortir avec vous. » Un brusque
revirement s'était opéré. « Puisque nous allons nous promener ensemble, me dit-elle, pourquoi n'irions-nous pas
de l'autre côté de Balbec, nous dînerions ensemble. Ce
serait si gentil. Au fond, cette côte-là est bien plus jolie.
Je commence à en avoir soupé d'Infreville et du reste,
tous ces petits coins vert épinard. — Mais l'amie de votre
tante sera fâchée si nous n'allons pas la voir. — Hé bien,
elle se défâchera. — Non il ne faut pas fâcher les gens. —
Mais elle ne s'en apercevra même pas, elle reçoit tous
les jours ; que j'y aille demain, après-demain, dans
huit jours, dans quinze jours, cela fera toujours l'affaire.
— Et vos amies ? — Oh! elles m'ont assez souvent pla-
quée. C'est bien mon tour. — Mais du côté que vous me
proposez, il n'y a pas de train après neuf heures. — Hé
bien, la belle affaire! neuf heures c'est parfait. Et puis
il ne faut jamais se laisser arrêter par les questions du
retour. On trouvera toujours une charrette, un vélo, à
défaut on a ses jambes. — On trouve toujours, Albertine,
comme vous y allez! Du côté d'Infreville, où les petites
stations de bois sont collées les unes à côté des autres,
oui. Mais du côté de... ce n'est pas la même chose.
— Même de ce côté-là. Je vous promets de vous ramener
sain et sauf. » Je sentais qu'Albertine renonçait pour moi
à quelque chose d'arrangé qu'elle ne voulait pas me dire,
et qu'il y avait quelqu'un qui serait malheureux comme
je l'étais. Voyant que ce qu'elle avait voulu n'était pas
possible, puisque je voulais l'accompagner, elle renonçait

franchement. Elle savait que ce n'était pas irrémédiable.
Car, comme toutes les femmes qui ont plusieurs choses
dans leur existence, elle avait ce point d'appui qui ne
faiblit jamais : le doute et la jalousie. Certes elle ne
cherchait pas à les exciter, au contraire. Mais les amoureux sont si soupçonneux qu'ils flairent tout de suite le
mensonge. De sorte qu'Albertine n'étant pas mieux
qu'une autre, savait par expérience (sans deviner le moins
du monde qu'elle le devait à la jalousie) qu'elle était
toujours sûre de retrouver les gens qu'elle avait plaqués
un soir. La personne inconnue qu'elle lâchait pour moi
souffrirait, l'en aimerait davantage (Albertine ne savait
pas que c'était pour cela), et, pour ne pas continuer à
souffrir, reviendrait de soi-même vers elle, comme j'aurais
fait. Mais je ne voulais ni faire de la peine, ni me fatiguer,
ni entrer dans la voie terrible des investigations, de la
surveillance multiforme, innombrable. « Non, Albertine,
je ne veux pas gâter votre plaisir, allez chez votre dame
d'Infreville, ou enfin chez la personne dont elle est le
porte-nom, cela m'est égal. La vraie raison pour laquelle
je ne vais pas avec vous, c'est que vous ne le désirez pas,
que la promenade que vous feriez avec moi n'est pas
celle que vous vouliez faire, la preuve en est que vous vous
êtes contredite plus de cinq fois sans vous en apercevoir. »
La pauvre Albertine craignit que ses contradictions,
qu'elle n'avait pas aperçues, eussent été plus graves. Ne
sachant pas exactement les mensonges qu'elle avait
faits : « C'est très possible que je me sois contredite.
L'air de la mer m'ôte tout raisonnement. Je dis tout le
temps les noms les uns pour les autres. » Et (ce qui me
prouva qu'elle n'aurait pas eu besoin, maintenant, de
beaucoup de douces affirmations pour que je la crusse)
je ressentis la souffrance d'une blessure en entendant cet
aveu de ce que je n'avais que faiblement supposé. « Hé
bien, c'est entendu, je pars, dit-elle d'un ton tragique,
non sans regarder l'heure afin de voir si elle n'était pas
en retard pour l'autre, maintenant que je lui fournissais
le prétexte de ne pas passer la soirée avec moi. Vous

etes trop méchant. Je change tout pour passer une bonne
soirée avec vous et c'est vous qui ne voulez pas, et vous
m'accusez de mensonge. Jamais je ne vous avais encore
vu si cruel. La mer sera mon tombeau. Je ne vous reverrai
jamais. (Mon cœur battit à ces mots, bien que je fusse
sûr qu'elle reviendrait le lendemain, ce qui arriva.) Je
me noierai, je me jetterai à l'eau. — Comme Sapho. —
Encore une insulte de plus ; vous n'avez pas seulement
des doutes sur ce que je dis, mais sur ce que je fais.
— Mais, mon petit, je ne mettais aucune intention, je
vous le jure, vous savez que Sapho s'est précipitée dans
la mer. — Si, si, vous n'avez aucune confiance en moi. »
Elle vit qu'il était moins vingt à la pendule ; elle craignit
de rater ce qu'elle avait à faire, et, choisissant l'adieu le
plus bref (dont elle s'excusa, du reste, en me venant voir
le lendemain ; probablement, ce lendemain-là, l'autre
personne n'était pas libre), elle s'enfuit au pas de course
en criant : « Adieu pour jamais », d'un air désolé. Et peut-
être était-elle désolée. Car sachant ce qu'elle faisait en ce
moment mieux que moi, plus sévère et plus indulgente à
la fois à elle-même que je n'étais pour elle, peut-être
avait-elle tout de même un doute que je ne voudrais plus
la recevoir après la façon dont elle m'avait quitté. Or, je
crois qu'elle tenait à moi, au point que l'autre personne
était plus jalouse que moi-même.

Quelques jours après, à Balbec, comme nous étions
dans la salle de danse du Casino, entrèrent la sœur et la
cousine de Bloch, devenues l'une et l'autre fort jolies,
mais que je ne saluais plus à cause de mes amies, parce
que la plus jeune, la cousine, vivait, au su de tout le monde,
avec l'actrice dont elle avait fait la connaissance pendant
mon premier séjour. Andrée, sur une allusion qu'on
fit à mi-voix à cela, me dit : « Oh ! là-dessus je suis comme
Albertine, il n'y a rien qui nous fasse horreur à toutes
les deux comme cela. » Quant à Albertine, se mettant
à causer avec moi sur le canapé où nous étions assis, elle
avait tourné le dos aux deux jeunes filles de mauvais
genre. Et pourtant j'avais remarqué qu'avant ce mouve-

ment, au moment où étaient apparues Mlle Bloch et sa
cousine, avait passé dans les yeux de mon amie cette
attention brusque et profonde qui donnait parfois au
visage de l'espiègle jeune fille un air sérieux, même grave,
et la laissait triste après. Mais Albertine avait aussitôt
détourné vers moi ses regards restés pourtant singulièrement immobiles et rêveurs. Mlle Bloch et sa cousine
ayant fini par s'en aller après avoir ri très fort et poussé
des cris peu convenables, je demandai à Albertine si
la petite blonde (celle qui était l'amie de l'actrice) n'était
pas la même qui, la veille, avait eu le prix dans la course
pour les voitures de fleurs. « Ah ! je ne sais pas, dit Albertine, est-ce qu'il y en a une qui est blonde ? Je vous dirai
qu'elles ne m'intéressent pas beaucoup, je ne les ai jamais
regardées. Est-ce qu'il y en a une qui est blonde ? »
demanda-t-elle d'un air interrogateur et détaché à ses
trois amies. S'appliquant à des personnes qu'Albertine
rencontrait tous les jours sur la digue, cette ignorance
me parut bien excessive pour ne pas être feinte. « Elles
n'ont pas l'air de nous regarder beaucoup non plus »,
dis-je à Albertine, peut-être dans l'hypothèse, que je
n'envisageais pourtant pas d'une façon consciente, où
Albertine eût aimé les femmes, afin de lui ôter tout regret
en lui montrant qu'elle n'avait pas attiré l'attention
de celles-ci, et que d'une façon générale il n'est pas
d'usage, même pour les plus vicieuses, de se soucier des
jeunes filles qu'elles ne connaissent pas. « Elles ne nous
ont pas regardées ? me répondit étourdiment Albertine.
Elle n'ont pas fait autre chose tout le temps. — Mais
vous ne pouvez pas le savoir, lui dis-je, vous leur tour-
niez le dos. — Eh bien, et cela ? » me répondit-elle en me
montrant, encastrée dans le mur en face de nous, une
grande glace que je n'avais pas remarquée, et sur laquelle
je comprenais maintenant que mon amie, tout en me
parlant, n'avait pas cessé de fixer ses beaux yeux remplis
de préoccupation.

A partir du jour où Cottard fut entré avec moi dans le
petit casino d'Incarville, sans partager l'opinion qu'il

avait émise, Albertine ne me sembla plus la même ; sa
vue me causait de la colère. Moi-même j'avais changé
tout autant qu'elle me semblait autre. J'avais cessé de
lui vouloir du bien ; en sa présence, hors de sa présence
quand cela pouvait lui être répété, je parlais d'elle de la
façon la plus blessante. Il y avait des trêves cependant.
Un jour j'apprenais qu'Albertine et Andrée avaient
accepté toutes deux une invitation chez Elstir. Ne doutant pas que ce fût en considération de ce qu'elles pourraient, pendant le retour, s'amuser, comme des pensionnaires, à contrefaire les jeunes filles qui ont mauvais
genre, et y trouver un plaisir inavoué de vierges qui me
serrait le cœur, sans m'annoncer, pour les gêner et priver
Albertine du plaisir sur lequel elle comptait, j'arrivai à
l'improviste chez Elstir. Mais je n'y trouvai qu'Andrée.
Albertine avait choisi un autre jour où sa tante devait y
aller. Alors je me disais que Cottard avait dû se tromper ;
l'impression favorable que m'avait produite la présence
d'Andrée sans son amie se prolongeait et entretenait
en moi des dispositions plus douces à l'égard d'Albertine.
Mais elles ne duraient pas plus longtemps que la
fragile bonne santé de ces personnes délicates sujettes
à des mieux passagers, et qu'un rien suffit à faire retomber malades. Albertine incitait Andrée à des jeux qui,
sans aller bien loin, n'étaient peut-être pas tout à fait
innocents ; souffrant de ce soupçon, je finissais par
l'éloigner. A peine j'en étais guéri qu'il renaissait sous
une autre forme. Je venais de voir Andrée, dans un de ces
mouvements gracieux qui lui étaient particuliers, poser
câlinement sa tête sur l'épaule d'Albertine, l'embrasser
dans le cou en fermant à demi les yeux ; ou bien elles
avaient échangé un coup d'œil ; une parole avait échappé
à quelqu'un qui les avait vues seules ensemble et allant
se baigner, petits riens tels qu'il en flotte d'une façon
habituelle dans l'atmosphère ambiante où la plupart des
gens les absorbent toute la journée sans que leur santé
en souffre ou que leur humeur s'en altère, mais qui sont
morbides et générateurs de souffrances nouvelles pour

un être prédisposé. Parfois même, sans que j'eusse revu
Albertine, sans que personne m'eût parlé d'elle, je retrouvais dans ma mémoire une pose d'Albertine auprès de
Gisèle et qui m'avait paru innocente alors ; elle suffisait
maintenant pour détruire le calme que j'avais pu retrouver, je n'avais même plus besoin d'aller respirer au dehors
des germes dangereux, je m'étais, comme aurait dit
Cottard, intoxiqué moi-même. Je pensais alors à tout ce
que j'avais appris de l'amour de Swann pour Odette, de
la façon dont Swann avait été joué toute sa vie. Au fond,
si je veux y penser, l'hypothèse qui me fit peu à peu
construire tout le caractère d'Albertine et interpréter
douloureusement chaque moment d'une vie que je ne
pouvais pas contrôler tout entière, ce fut le souvenir,
l'idée fixe du caractère de Mme Swann, tel qu'on m'avait
raconté qu'il était. Ces récits contribuèrent à faire que,
dans l'avenir, mon imagination faisait le jeu de supposer
qu'Albertine aurait pu, au lieu d'être la bonne jeune fille
qu'elle était, avoir la même immoralité, la même faculté
de tromperie qu'une ancienne grue, et je pensais à toutes
les souffrances qui m'auraient attendu dans ce cas si
j'avais jamais dû l'aimer.

Un jour, devant le Grand-Hôtel où nous étions réunis
sur la digue, je venais d'adresser à Albertine les paroles
les plus dures et les plus humiliantes, et Rosemonde
disait : « Ah! ce que vous êtes changé tout de même
pour elle, autrefois il n'y en avait que pour elle, c'était
elle qui tenait la corde, maintenant elle n'est plus bonne
à donner à manger aux chiens. » J'étais en train, pour
faire ressortir davantage encore mon attitude à l'égard
d'Albertine, d'adresser toutes les amabilités possibles à
Andrée qui, si elle était atteinte du même vice, me semblait plus excusable parce qu'elle était souffrante et
neurasthénique, quand nous vîmes déboucher au petit
trot de ses deux chevaux, dans la rue perpendiculaire à la
digue à l'angle de laquelle nous nous tenions, la calèche
de Mme de Cambremer. Le premier président qui, à ce
moment, s'avançait vers nous, s'écarta d'un bond, quand

il reconnut la voiture, pour ne pas être vu dans notre société ; puis, quand il pensa que les regards de la marquise allaient pouvoir croiser les siens, s'inclina en lançant un immense coup de chapeau. Mais la voiture, au lieu de continuer, comme il semblait probable, par la rue de la Mer, disparut derrière l'entrée de l'hôtel. Il y avait bien dix minutes de cela lorsque le lift, tout essoufflé, vint me prévenir : « C'est la marquise de Camembert qui vient n'ici pour voir Monsieur. Je suis monté à la chambre, j'ai cherché au salon de lecture, je ne pouvais pas trouver Monsieur. Heureusement que j'ai eu l'idée de regarder sur la plage. » Il finissait à peine son récit que, suivie de sa belle-fille et d'un monsieur très cérémonieux, s'avança vers moi la marquise, arrivant probablement d'une matinée ou d'un thé dans le voisinage et toute voûtée sous le poids moins de la vieillesse que de la foule d'objets de luxe dont elle croyait plus aimable et plus digne de son rang d'être recouverte afin de paraître le plus « habillé » possible aux gens qu'elle venait voir. C'était, en somme à l'hôtel, ce « débarquage » des Cambremer que ma grand'mère redoutait si fort autrefois quand elle voulait qu'on laissât ignorer à Legrandin que nous irions peut-être à Balbec. Alors maman riait des craintes inspirées par un événement qu'elle jugeait impossible. Voici qu'enfin il se produisait pourtant, mais par d'autres voies et sans que Legrandin y fût pour quelque chose. « Est-ce que je peux rester, si je ne vous dérange pas, me demanda Albertine (dans les yeux de qui restaient, amenées par les choses cruelles que je venais de lui dire, quelques larmes que je remarquai sans paraître les voir, mais non sans en être réjoui), j'aurais quelque chose à vous dire. » Un chapeau à plumes, surmonté lui-même d'une épingle de saphir, était posé n'importe comment sur la perruque de Mme de Cambremer, comme un insigne dont l'exhibition est nécessaire, mais suffisante, la place indifférente, l'élégance conventionnelle, et l'immobilité inutile. Malgré la chaleur, la bonne dame avait revêtu un mantelet de jais pareil à

une dalmatique, et par-dessus lequel pendait une étole
d'hermine dont le port semblait en relation non avec la
température de la saison, mais avec le caractère de la
cérémonie. Et sur la poitrine de Mme de Cambremer un
tortil de baronne relié à une chaînette pendait à la façon
d'une croix pectorale. Le monsieur était un célèbre avocat
de Paris, de famille nobiliaire, qui était venu passer trois
jours chez les Cambremer. C'était un de ces hommes à qui
leur expérience professionnelle consommée fait un peu
mépriser leur profession et qui disent par exemple : « Je
sais que je plaide bien, aussi cela ne m'amuse plus de
plaider », ou : « Cela ne m'intéresse plus d'opérer ; je
sais que j'opère bien. » Intelligents, *artistes*, ils voient
autour de leur maturité, fortement rentée par le succès,
briller cette « intelligence », cette nature d' « artiste »
que leurs confrères leur reconnaissent et qui leur confère
un à-peu-près de goût et de discernement. Ils se prennent
de passion pour la peinture non d'un grand artiste, mais
d'un artiste cependant très distingué, et à l'achat des
œuvres duquel ils emploient les gros revenus que leur
procure leur carrière. Le Sidaner était l'artiste élu par
l'ami des Cambremer, lequel était, du reste, très agréable.
Il parlait bien des livres, mais non de ceux des vrais
maîtres, de ceux qui se sont maîtrisés. Le seul défaut
gênant qu'offrît cet amateur était qu'il employait certaines
expressions toutes faites d'une façon constante, par
par exemple : « en majeure partie », ce qui donnait à ce
dont il voulait parler quelque chose d'important et
d'incomplet. Mme de Cambremer avait profité, me
dit-elle, d'une matinée que des amis à elle avaient donnée
ce jour-là à côté de Balbec, pour venir me voir, comme elle
l'avait promis à Robert de Saint-Loup. « Vous savez qu'il
doit bientôt venir passer quelques jours dans le pays.
Son oncle Charlus y est en villégiature chez sa belle-
sœur, la duchesse de Luxembourg, et M. de Saint-Loup
profitera de l'occasion pour aller à la fois dire bonjour à
sa tante et revoir son ancien régiment, où il est très aimé,
très estimé. Nous recevons souvent des officiers qui

nous parlent tous de lui avec des éloges infinis. Comme
ce serait gentil si vous nous faisiez le plaisir de venir
tous les deux à Féterne. » Je lui présentai Albertine
et ses amies. Mme de Cambremer nous nomma à
sa belle-fille. Celle-ci, si glaciale avec les petits nobliaux
que le voisinage de Féterne la forçait à fréquenter,
si pleine de réserve de crainte de se commettre, me
tendit au contraire la main avec un sourire rayonnant,
mise comme elle était en sûreté et en joie devant un
ami de Robert de Saint-Loup et que celui-ci. gardant
plus de finesse mondaine qu'il ne voulait le laisser
voir, lui avait dit très lié avec les Guermantes. Telle,
au rebours de sa belle-mère, Mme de Cambremer
avait-elle deux politesses infiniment différentes. C'est
tout au plus la première, sèche, insupportable, qu'elle
m'eût concédée si je l'avais connue par son frère Legrandin. Mais pour un ami des Guermantes elle n'avait pas
assez de sourires. La pièce la plus commode de l'hôtel
pour recevoir était le salon de lecture, ce lieu jadis si
terrible où maintenant j'entrais dix fois par jour, ressor-
tant librement, en maître, comme ces fous peu atteints
et depuis si longtemps pensionnaires d'un asile que le
médecin leur en a confié la clef. Aussi offris-je à Mme de
Cambremer de l'y conduire. Et comme ce salon ne m'inspirait plus de timidité et ne m'offrait plus de charme
parce que le visage des choses change pour nous comme
celui des personnes, c'est sans trouble que je lui fis cette
proposition. Mais elle la refusa, préférant rester dehors,
et nous nous assîmes en plein air, sur la terrasse de
l'hôtel. J'y trouvai et recueillis un volume de Mme de
Sévigné que maman n'avait pas eu le temps d'emporter
dans sa fuite précipitée, quand elle avait appris qu'il
arrivait des visites pour moi. Autant que ma grand'mère
elle redoutait ces invasions d'étrangers et, par peur de
ne plus pouvoir s'échapper si elle se laissait cerner, elle
se sauvait avec une rapidité qui nous faisait toujours, à
mon père et à moi, nous moquer d'elle. Mme de Cambremer tenait à la main, avec la crosse d'une ombrelle,

plusieurs sacs brodés un vide-poche, une bourse en or
d'où pendaient des fils de grenats, et un mouchoir en
dentelle. Il me semblait qu'il lui eût été plus commode
de les poser sur une chaise ; mais je sentais qu'il eût été
inconvenant et inutile de lui demander d'abandonner les
ornements de sa tournée pastorale et de son sacerdoce
mondain. Nous regardions la mer calme où des mouettes
éparses flottaient comme des corolles blanches. A cause
du niveau de simple « médium » où nous abaisse la
conversation mondaine, et aussi notre désir de plaire
non à l'aide de nos qualités ignorées de nous-mêmes,
mais de ce que nous croyons devoir être prisé par ceux
qui sont avec nous, je me mis instinctivement à parler
à Mme de Cambremer, née Legrandin, de la façon qu'eût
pu faire son frère. « Elles ont, dis-je, en parlant des
mouettes, une immobilité et une blancheur de nymphéas. »
Et en effet elles avaient l'air d'offrir un but inerte aux
petits flots qui les ballottaient au point que ceux-ci,
par contraste, semblaient, dans leur poursuite, animés
d'une intention, prendre de la vie. La marquise douairière ne se lassait pas de célébrer la superbe vue de la
mer que nous avions à Balbec, et m'enviait, elle qui
de la Raspelière (qu'elle n'habitait du reste pas cette
année) ne voyait les flots que de si loin. Elle avait deux
singulières habitudes qui tenaient à la fois à son amour
exalté pour les arts (surtout pour la musique) et à son
insuffisance dentaire. Chaque fois qu'elle parlait esthétique, ses glandes salivaires, comme celles de certains
animaux au moment du rut, entraient dans une phase
d'hypersécrétion telle que la bouche édentée de la vieille
dame laissait passer, au coin des lèvres légèrement
moustachues, quelques gouttes dont ce n'était pas la
place. Aussitôt elle les ravalait avec un grand soupir,
comme quelqu'un qui reprend sa respiration. Enfin,
s'il s'agissait d'une trop grande beauté musicale, dans
son enthousiasme elle levait les bras et proférait quelques
jugements sommaires, énergiquement mastiqués et au
besoin venant du nez. Or je n'avais jamais songé que la

vulgaire plage de Balbec pût offrir en effet une « vue de mer », et les simples paroles de Mme de Cambremer changeaient mes idées à cet égard. En revanche, et je le lui dis, j'avais toujours entendu célébrer le coup d'œil unique de la Raspelière, située au faîte de la colline et où, dans un grand salon à deux cheminées, toute une rangée de fenêtres regarde, au bout des jardins, entre les feuillages, la mer jusqu'au delà de Balbec, et l'autre rangée, la vallée. « Comme vous êtes aimable et comme c'est bien dit : la mer entre les feuillages. C'est ravissant, on dirait... un éventail. » Et je sentis à une respiration profonde destinée à rattraper la salive et à assécher la moustache, que le compliment était sincère. Mais la marquise née Legrandin resta froide pour témoigner de son dédain non pas pour mes paroles mais pour celles de sa belle-mère. D'ailleurs elle ne méprisait pas seulement l'intelligence de celle-ci, mais déplorait son amabilité, craignant toujours que les gens n'eussent pas une idée suffisante des Cambremer. « Et comme le nom est joli, dis-je. On aimerait savoir l'origine de tous ces noms-là. — Pour celui-là je peux vous le dire, me répondit avec douceur la vieille dame. C'est une demeure de famille, de ma grand'mère Arrachepel, ce n'est pas une famille illustre, mais c'est une bonne et très ancienne famille de province. — Comment, pas illustre ? interrompit sèchement sa belle-fille. Tout un vitrail de la cathédrale de Bayeux est rempli par ses armes, et la principale église d'Avranches contient leurs monuments funéraires. Si ces vieux noms vous amusent, ajouta-t-elle, vous venez un an trop tard. Nous avions fait nommer à la cure de Criquetot, malgré toutes les difficultés qu'il y a à changer de diocèse, le doyen d'un pays où j'ai personnellement des terres, fort loin d'ici, à Combray, où le bon prêtre se sentait devenir neurasthénique. Malheureusement l'air de la mer n'a pas réussi à son grand âge ; sa neurasthénie s'est augmentée et il est retourné à Combray. Mais il s'est amusé, pendant qu'il était notre voisin, à aller consulter toutes les vieilles chartes, et il a

fait une petite brochure assez curieuse sur les noms
de la région. Cela l'a d'ailleurs mis en goût, car il paraît
qu'il occupe ses dernières années à écrire un grand
ouvrage sur Combray et ses environs. Je vais vous envoyer
sa brochure sur les environs de Féterne. C'est un vrai
travail de Bénédictin. Vous y lirez des choses très intéressantes sur notre vieille Raspelière dont ma belle-mère
parle beaucoup trop modestement. — En tous cas, cette
année, répondit Mme de Cambremer douairière, la Raspelière n'est plus nôtre et ne m'appartient pas. Mais on
sent que vous avez une nature de peintre ; vous devriez
dessiner, et j'aimerais tant vous montrer Féterne qui
est bien mieux que la Raspelière. » Car depuis que les
Cambremer avaient loué cette dernière demeure aux
Verdurin, sa position dominante avait brusquement
cessé de leur apparaître ce qu'elle avait été pour eux pendant tant d'années, c'est-à-dire donnant l'avantage, unique
dans le pays, d'avoir vue à la fois sur la mer et sur la
vallée, et en revanche leur avait présenté tout à coup —
et après coup — l'inconvénient qu'il fallait toujours
monter et descendre pour y arriver et en sortir. Bref, on
eût cru que si Mme de Cambremer l'avait louée, c'était
moins pour accroître ses revenus que pour reposer ses
chevaux. Et elle se disait ravie de pouvoir enfin posséder
tout le temps la mer de si près, à Féterne, elle qui pendant si longtemps, oubliant les deux mois qu'elle y passait,
ne l'avait vue que d'en haut et comme dans un panorama.
« Je la découvre à mon âge, disait-elle, et comme j'en
jouis ! Ça me fait un bien ! Je louerais la Raspelière pour
rien afin d'être contrainte d'habiter Féterne. »

— Pour revenir à des sujets plus intéressants, reprit
la sœur de Legrandin qui disait : « Ma mère » à la vieille
marquise, mais, avec les années, avait pris des façons
insolentes avec elle, vous parliez de nymphéas : je pense
que vous connaissez ceux que Claude Monet a peints.
Quel génie ! Cela m'intéresse d'autant plus qu'auprès
de Combray, cet endroit où je vous ai dit que j'avais
des terres... » Mais elle préféra ne pas trop parler de Com-

bray. « Ah! c'est sûrement la série dont nous a parlé
Elstir, le plus grand des peintres contemporains, s'écria
Albertine qui n'avait rien dit jusque-là. — Ah! on voit
que Mademoiselle aime les arts, s'écria Mᵐᵉ de Cambremer qui, en poussant une respiration profonde, résorba
un jet de salive. — Vous me permettrez de lui préférer
Le Sidaner, Mademoiselle », dit l'avocat en souriant
d'un air connaisseur. Et, comme il avait goûté, ou vu
goûter, autrefois certaines « audaces » d'Elstir, il ajouta :
« Elstir était doué, il a même fait presque partie de
l'avant-garde, mais je ne sais pas pourquoi il a cessé de
suivre, il a gâché sa vie. » Mᵐᵉ de Cambremer donna
raison à l'avocat en ce qui concernait Elstir, mais, au
grand chagrin de son invité, égala Monet à Le Sidaner.
On ne peut pas dire qu'elle fût bête ; elle débordait
d'une intelligence que je sentais m'être entièrement
inutile. Justement, le soleil s'abaissant, les mouettes
étaient maintenant jaunes, comme les nymphéas dans
une autre toile de cette même série de Monet. Je dis que
je la connaissais et (continuant à imiter le langage du
frère, dont je n'avais pas encore osé citer le nom) j'ajoutai
qu'il était malheureux qu'elle n'eût pas eu plutôt l'idée
de venir la veille, car à la même heure, c'est une lumière
de Poussin qu'elle eût pu admirer. Devant un hobereau
normand inconnu des Guermantes et qui lui eût dit
qu'elle eût dû venir la veille, Mᵐᵉ de Cambremer-Legrandin se fût sans doute redressée d'un air offensé. Mais
j'aurais pu être bien plus familier encore qu'elle n'eût
été que douceur moelleuse et fondante ; je pouvais,
dans la chaleur de cette belle fin d'après-midi, butiner
à mon gré dans le gros gâteau de miel que Mᵐᵉ de
Cambremer était si rarement et qui remplaça les petits
fours que je n'eus pas l'idée d'offrir. Mais le nom de
Poussin, sans altérer l'aménité de la femme du monde,
souleva les protestations de la dilettante. En entendant
ce nom à six reprises que ne séparait presque aucun
intervalle, elle eut ce petit claquement de la langue contre
les lèvres qui sert à signifier à un enfant qui est en train

de faire une bêtise, à la fois un blâme d'avoir commencé et l'interdiction de poursuivre. « Au nom du ciel, après un peintre comme Monet, qui est tout bonnement un génie, n'allez pas nommer un vieux poncif sans talent comme Poussin. Je vous dirai tout nûment que je le trouve le plus barbifiant des raseurs. Qu'est-ce que vous voulez, je ne peux pourtant pas appeler cela de la peinture. Monet, Degas, Manet, oui, voilà des peintres ! C'est très curieux, ajouta-t-elle, en fixant un regard scrutateur et ravi sur un point vague de l'espace, où elle apercevait sa propre pensée, c'est très curieux, autrefois je préférais Manet. Maintenant, j'admire toujours Manet, c'est entendu, mais je crois que je lui préfère peut-être encore Monet. Ah ! les cathédrales ! » Elle mettait autant de scrupules que de complaisance à me renseigner sur l'évolution qu'avait suivie son goût. Et on sentait que les phases par lesquelles avait passé ce goût n'étaient pas, selon elle, moins importantes que les différentes manières de Monet lui-même. Je n'avais pas, du reste, à être flatté qu'elle me fît confidence de ses admirations, car, même devant la provinciale la plus bornée, elle ne pouvait pas rester cinq minutes sans éprouver le besoin de les confesser. Quand une dame noble d'Avranches, laquelle n'eût pas été capable de distinguer Mozart de Wagner, disait devant Mᵐᵉ de Cambremer : « Nous n'avons pas eu de nouveauté intéressante pendant notre séjour à Paris, nous avons été une fois à l'Opéra-Comique, on donnait *Pelléas et Mélisande*, c'est affreux », Mᵐᵉ de Cambremer non seulement brouillait mais éprouvait le besoin de s'écrier : « Mais au contraire, c'est un petit chef-d'œuvre », et de « discuter ». C'était peut-être une habitude de Combray, prise auprès des sœurs de ma grand'mère qui appelaient cela : « combattre pour la bonne cause », et qui aimaient les dîners où elles savaient, toutes les semaines, qu'elles auraient à défendre leurs dieux contre des Philistins. Telle Mᵐᵉ de Cambremer aimait à se « fouetter le sang » en se « chamaillant » sur l'art, comme d'autres sur la politique. Elle prenait le parti de Debussy comme elle aurait fait celui d'une de ses amies dont on eût incriminé la conduite. Elle devait pourtant bien comprendre qu'en disant : « Mais non, c'est un petit chef-d'œuvre », elle ne pouvait pas improviser, chez la personne qu'elle remettait à sa place, toute la progression de culture artistique au terme de laquelle elles fussent tombées d'accord sans avoir besoin de discuter. « Il faudra que je demande à Le Sidaner ce qu'il pense de Poussin, me dit l'avocat. C'est un renfermé, un silencieux, mais je saurai bien lui tirer les vers du nez. »

— Du reste, continua Mme de Cambremer, j'ai horreur des couchers de soleil, c'est romantique, c'est opéra. C'est pour cela que je déteste la maison de ma belle-mère, avec ses plantes du Midi. Vous verrez, ça a l'air d'un parc de Monte-Carlo. C'est pour cela que j'aime mieux votre rive. C'est plus triste, plus sincère ; il y a un petit chemin d'où on ne voit pas la mer. Les jours de pluie, il n'y a que de la boue, c'est tout un monde. C'est comme à Venise, je déteste le Grand Canal et je ne connais rien de touchant comme les petits *rios*. Du reste c'est une question d'ambiance.

— Mais, lui dis-je, sentant que la seule manière de réhabiliter Poussin aux yeux de Mme de Cambremer c'était d'apprendre à celle-ci qu'il était redevenu à la mode, M. Degas assure qu'il ne connaît rien de plus beau que les Poussin de Chantilly. — Ouais ? Je ne connais pas ceux de Chantilly, me dit Mme de Cambremer, qui ne voulait pas être d'un autre avis que Degas, mais je peux parler de ceux du Louvre qui sont des horreurs. — Il les admire aussi énormément. — Il faudra que je les revoie. Tout cela est un peu ancien dans ma tête, répondit-elle après un instant de silence et comme si le jugement favorable qu'elle allait certainement bientôt porter sur Poussin devait dépendre, non de la nouvelle que je venais de lui communiquer, mais de l'examen supplémentaire, et cette fois définitif, qu'elle comptait faire subir aux Poussin du Louvre pour avoir la faculté de se déjuger.

Me contentant de ce qui était un commencement de rétractation, puisque, si elle n'admirait pas encore les Poussin, elle s'ajournait pour une seconde délibération, pour ne pas la laisser plus longtemps à la torture je dis à sa belle-mère combien on m'avait parlé des fleurs admirables de Féterne. Modestement elle parla du petit jardin du curé qu'elle avait derrière et où le matin, en poussant une porte, elle allait en robe de chambre donner à manger à ses paons, chercher les œufs pondus, et cueillir des zinnias ou des roses qui, sur le chemin de table, faisant aux œufs à la crème ou aux fritures une bordure de fleurs, lui rappelaient ses allées. « C'est vrai que nous avons beaucoup de roses, me dit-elle, notre roseraie est presque un peu trop près de la maison d'habitation, il y a des jours où cela me fait mal à la tête. C'est plus agréable de la terrasse de la Raspelière où le vent apporte l'odeur des roses, mais déjà moins entêtante. » Je me tournai vers la belle-fille : « C'est tout à fait *Pelléas*, lui dis-je, pour contenter son goût de modernisme, cette odeur de roses montant jusqu'aux terrasses. Elle est si forte, dans la partition, que, comme j'ai le hay-fever et la rose-fever, elle me faisait éternuer chaque fois que j'entendais cette scène.

— Quel chef-d'œuvre que *Pelléas* ! s'écria Mme de Cambremer, j'en suis férue » ; et s'approchant de moi avec les gestes d'une femme sauvage qui aurait voulu me faire des agaceries, s'aidant des doigts pour piquer les notes imaginaires, elle se mit à fredonner quelque chose que je supposai être pour elle les adieux de Pelléas, et continua avec une véhémente insistance comme s'il avait été d'importance que Mme de Cambremer me rappelât en ce moment cette scène, ou peut-être plutôt me montrât qu'elle se la rappelait. « Je crois que c'est encore plus beau que *Parsifal*, ajouta-t-elle, parce que dans *Parsifal* il s'ajoute aux plus grandes beautés un certain halo de phrases mélodiques, donc caduques puisque mélodiques. — Je sais que vous êtes une grande musicienne, Madame, dis-je à la douairière. J'aimerais beaucoup vous entendre. »

Mme de Cambremer-Legrandin regarda la mer pour ne pas prendre part à la conversation. Considérant que ce qu'aimait sa belle-mère n'était pas de la musique, elle considérait le talent, prétendu selon elle, et des plus remarquables en réalité, qu'on lui reconnaissait, comme une virtuosité sans intérêt. Il est vrai que la seule élève encore vivante de Chopin déclarait avec raison que la manière de jouer, le « sentiment » du Maître, ne s'était transmis, à travers elle, qu'à Mme de Cambremer ; mais jouer comme Chopin était loin d'être une référence pour la sœur de Legrandin, laquelle ne méprisait personne autant que le musicien polonais. « Oh! elles s'envolent, s'écria Albertine en me montrant les mouettes qui, se débarrassant pour un instant de leur incognito de fleurs, montaient toutes ensemble vers le soleil. — Leurs ailes de géants les empêchent de marcher, dit Mme de Cambremer, confondant les mouettes avec les albatros. — Je les aime beaucoup, j'en voyais à Amsterdam, dit Albertine. Elles sentent la mer, elles viennent la humer même à travers les pierres des rues. — Ah! vous avez été en Hollande, vous connaissez les Ver Meer ? » demanda impérieusement Mme de Cambremer et du ton dont elle aurait dit : « Vous connaissez les Guermantes ? », car le snobisme en changeant d'objet ne change pas d'accent. Albertine répondit non : elle croyait que c'étaient des gens vivants. Mais il n'y parut pas. « Je serais très heureuse de vous faire de la musique, me dit Mme de Cambremer. Mais, vous savez, je ne joue que des choses qui n'intéressent plus votre génération. J'ai été élevée dans le culte de Chopin », dit-elle à voix basse, car elle redoutait sa belle-fille et savait que celle-ci, considérant que Chopin n'était pas de la musique, le bien jouer ou le mal jouer étaient des expressions dénuées de sens. Elle reconnaissait que sa belle-mère avait du mécanisme, perlait les traits. « Jamais on ne me fera dire qu'elle est musicienne », concluait Mme de Cambremer-Legrandin. Parce qu'elle se croyait « avancée » et (en art seulement) « jamais assez à gauche », elle se représentait non seulement que la musique progresse, mais sur une seule ligne, et que Debussy était en quelque sorte un sur-Wagner, encore un peu plus avancé que Wagner. Elle ne se rendait pas compte que, si Debussy n'était pas aussi indépendant de Wagner qu'elle-même devait le croire dans quelques années, parce qu'on se sert tout de même des armes conquises pour achever de s'affranchir de celui qu'on a momentanément vaincu, il cherchait cependant, après la satiété qu'on commençait à avoir des œuvres trop complètes, où tout est exprimé, à contenter un besoin contraire. Des théories, bien entendu, étayaient momentanément cette réaction, pareilles à celles qui, en politique, viennent à l'appui des lois contre les congrégations, des guerres en Orient (enseignement contre nature, péril jaune, etc.). On disait qu'à une époque de hâte convenait un art rapide, absolument comme en aurait dit que la guerre future ne pouvait pas durer plus de quinze jours, ou qu'avec les chemins de fer seraient délaissés les petits coins chers aux diligences et que l'auto pourtant devait remettre en honneur. On recommandait de ne pas fatiguer l'attention de l'auditeur, comme si nous ne disposions pas d'attentions différentes dont il dépend précisément de l'artiste d'éveiller les plus hautes. Car ceux qui bâillent de fatigue après dix lignes d'un article médiocre avaient refait tous les ans le voyage de Bayreuth pour entendre la *Tétralogie*. D'ailleurs le jour devait venir où, pour un temps, Debussy serait déclaré aussi fragile que Massenet et les tressautements de Mélisande abaissés au rang de ceux de Manon. Car les théories et les écoles, comme les microbes et les globules, s'entre-dévorent et assurent, par leur lutte, la continuité de la vie. Mais ce temps n'était pas encore venu.

Comme à la Bourse, quand un mouvement de hausse se produit, tout un compartiment de valeurs en profitant, un certain nombre d'auteurs dédaignés bénéficiaient de la réaction, soit parce qu'ils ne méritaient pas ce dédain, soit simplement — ce qui permettait de dire une nouveauté en les prônant — parce qu'ils l'avaient encouru.

Et on allait même chercher, dans un passé isolé, quelques talents indépendants sur la réputation de qui ne semblait pas devoir influer le mouvement actuel, mais dont un des maîtres nouveaux passait pour citer le nom avec faveur. Souvent c'était parce qu'un maître, quel qu'il soit, si exclusive que doive être son école, juge d'après son sentiment original, rend justice au talent partout où il se trouve, et même moins qu'au talent, à quelque agréable inspiration qu'il a goûtée autrefois, qui se rattache à un moment aimé de son adolescence. D'autres fois parce que certains artistes d'une autre époque ont, dans un simple morceau, réalisé quelque chose qui ressemble à ce que le maître peu à peu s'est rendu compte que lui-même avait voulu faire. Alors il voit en cet ancien comme un précurseur ; il aime chez lui, sous une tout autre forme, un effort momentanément, partiellement fraternel. Il y a des morceaux de Turner dans l'œuvre de Poussin, une phrase de Flaubert dans Montesquieu. Et quelquefois aussi ce bruit de la prédilection du maître était le résultat d'une erreur, née on ne sait où et colportée dans l'école. Mais le nom cité bénéficiait alors de la firme sous la protection de laquelle il était entré juste à temps, car s'il y a quelque liberté, un goût vrai, dans le choix du maître, les écoles, elles, ne se dirigent plus que suivant la théorie. C'est ainsi que l'esprit, suivant son cours habituel qui s'avance par digressions, en obliquant une fois dans un sens, la fois suivante dans le sens contraire, avait ramené la lumière d'en haut sur un certain nombre d'œuvres auxquelles le besoin de justice, ou de renouvellement, ou le goût de Debussy, ou son caprice, ou quelque propos qu'il n'avait peut-être pas tenu, avaient ajouté celles de Chopin. Prônées par les juges en qui on avait toute confiance, bénéficiant de l'admiration qu'excitait *Pelléas*, elles avaient retrouvé un éclat nouveau, et ceux mêmes qui ne les avaient pas réentendues étaient si désireux de les aimer qu'ils le faisaient malgré eux, quoique avec l'illusion de la liberté. Mais Mme de Cambremer-Legrandin restait une partie de l'année en province. Même à

Paris, malade, elle vivait beaucoup dans sa chambre. Il
est vrai que l'inconvénient pouvait surtout s'en faire
sentir dans le choix des expressions que Mme de Cambremer croyait à la mode et qui eussent convenu plutôt
au langage écrit, nuance qu'elle ne discernait pas, car
elle les tenait plus de la lecture que de la conversation.
Celle-ci n'est pas aussi nécessaire pour la connaissance
exacte des opinions que des expressions nouvelles. Pourtant ce rajeunissement des *Nocturnes* n'avait pas encore
été annoncé par la critique. La nouvelle s'en était transmise seulement par des causeries de « jeunes ». Il restait
ignoré de Mme de Cambremer-Legrandin. Je me fis un
plaisir de lui apprendre, mais en m'adressant pour cela
à sa belle-mère, comme quand, au billard, pour atteindre
une boule on joue par la bande, que Chopin, bien loin
d'être démodé, était le musicien préféré de Debussy.
« Tiens, c'est amusant », me dit en souriant finement
la belle-fille, comme si ce n'avait été là qu'un paradoxe
lancé par l'auteur de *Pelléas*. Néanmoins il était bien
certain maintenant qu'elle n'écouterait plus Chopin
qu'avec respect et même avec plaisir. Aussi mes paroles,
qui venaient de sonner l'heure de la délivrance pour la
douairière, mirent-elles dans sa figure une expression
de gratitude pour moi, et surtout de joie. Ses yeux
brillèrent comme ceux de Latude dans la pièce appelée
Latude ou Trente-cinq ans de captivité et sa poitrine huma
l'air de la mer avec cette dilatation que Beethoven a si
bien marquée dans *Fidelio*, quand ses prisonniers res-
pirent enfin « cet air qui vivifie ». Je crus qu'elle allait
poser sur ma joue ses lèvres moustachues. « Comment,
vous aimez Chopin ? Il aime Chopin, il aime Chopin »,
s'écria-t-elle dans un nasonnement passionné, comme
elle aurait dit : « Comment, vous connaissez aussi Mme de
Franquetot ? » avec cette différence que mes relations
avec Mme de Franquetot lui eussent été profondément
indifférentes, tandis que ma connaissance de Chopin
la jeta dans une sorte de délire artistique. L'hypersécrétion salivaire ne suffit plus. N'ayant même pas essayé

de comprendre le rôle de Debussy dans la réinvention
de Chopin, elle sentit seulement que mon jugement était
favorable. L'enthousiasme musical la saisit. « Élodie!
Élodie! il aime Chopin » ; ses seins se soulevèrent et elle
battit l'air de ses bras. « Ah! j'avais bien senti que vous
étiez musicien, s'écria-t-elle. Je comprends, hhartiste
comme vous êtes, que vous aimiez cela. C'est si beau! »
Et sa voix était aussi caillouteuse que si, pour m'exprimer
son ardeur pour Chopin, elle eût, imitant Démosthène,
rempli sa bouche avec tous les galets de la plage. Enfin
le reflux vint, atteignant jusqu'à la voilette qu'elle n'eut
pas le temps de mettre à l'abri et qui fut transpercée,
enfin la marquise essuya avec son mouchoir brodé la
bave d'écume dont le souvenir de Chopin venait de
tremper ses moustaches.

« Mon Dieu, me dit Mme de Cambremer-Legrandin,
je crois que ma belle-mère s'attarde un peu trop, elle
oublie que nous avons à dîner mon oncle de Ch'nouville.
Et puis Cancan n'aime pas attendre. » Cancan me resta
incompréhensible, et je pensai qu'il s'agissait peut-être
d'un chien. Mais pour les cousins de Ch'nouville, voilà.
Avec l'âge s'était amorti chez la jeune marquise le plaisir qu'elle avait à prononcer leur nom de cette manière.
Et cependant c'était pour le goûter qu'elle avait jadis
décidé son mariage. Dans d'autres groupes mondains,
quand on parlait des Chenouville, l'habitude était (du
moins chaque fois que la particule était précédée d'un
nom finissant par une voyelle, car dans le cas contraire
on était bien obligé de prendre appui sur le *de*, la langue
se refusant à prononcer Madam' d' Ch'nonceaux) que
ce fût l'*e* muet de la particule qu'on sacrifiât. On disait :
« Monsieur d'Chenouville ». Chez les Cambremer la
tradition était inverse, mais aussi impérieuse. C'était l'*e*
muet de Chenouville que, dans tous les cas, on supprimait. Que le nom fût précédé de mon cousin ou de ma
cousine, c'était toujours de « Ch'nouville » et jamais de
Chenouville. (Pour le père de ces Chenouville on disait
notre oncle, car on n'était pas assez gratin à Féterne

pour prononcer notre « onk », comme eussent fait les
Guermantes, dont le baragouin voulu, supprimant les
consonnes et nationalisant les noms étrangers, était
aussi difficile à comprendre que le vieux français ou un
moderne patois.) Toute personne qui entrait dans la
famille recevait aussitôt, sur ce point des Ch'nouville
un avertissement dont M¹¹ᵉ Legrandin-Cambremer
n'avait pas eu besoin. Un jour, en visite, entendant une
jeune fille dire : « ma tante d'Uzai », « mon onk de
Rouan », elle n'avait pas reconnu immédiatement les
noms illustres qu'elle avait l'habitude de prononcer
Uzès et Rohan ; elle avait eu l'étonnement, l'embarras
et la honte de quelqu'un qui a devant lui à table un instrument nouvellement inventé dont il ne sait pas l'usage
et dont il n'ose pas commencer à manger. Mais, la nuit
suivante et le lendemain, elle avait répété avec ravissement : « ma tante d'Uzai » avec cette suppression de l'*s*
finale, suppression qui l'avait stupéfaite la veille, mais
qu'il lui semblait maintenant si vulgaire de ne pas
connaître qu'une de ses amies lui ayant parlé d'un buste
de la duchesse d'Uzès, M¹¹ᵉ Legrandin lui avait répondu
avec mauvaise humeur, et d'un ton hautain : « Vous pourriez au moins prononcer comme il faut : Mame d'Uzai. »
Dès lors elle avait compris qu'en vertu de la transmutation des matières consistantes en éléments de plus en
plus subtils, la fortune considérable et si honorablement
acquise qu'elle tenait de son père, l'éducation complète
qu'elle avait reçue, son assiduité à la Sorbonne, tant aux
cours de Caro qu'à ceux de Brunetière, et aux concerts
Lamoureux, tout cela devait se volatiliser, trouver sa
sublimation dernière dans le plaisir de dire un jour :
« ma tante d'Uzai ». Il n'excluait pas de son esprit qu'elle
continuerait à fréquenter, au moins dans les premiers
temps qui suivraient son mariage, non pas certaines
amies qu'elle aimait et qu'elle était résignée à sacrifier,
mais certaines autres qu'elle n'aimait pas et à qui elle
voulait pouvoir dire (puisqu'elle se marierait pour cela) :
« Je vais vous présenter à ma tante d'Uzai », et quand elle

vit que cette alliance était trop difficile : « Je vais vous
présenter à ma tante de Ch'nouville » et : « Je vous ferai
dîner avec les Uzai. » Son mariage avec M. de Cambremer avait procuré à Mlle Legrandin l'occasion de dire la
première de ces phrases mais non la seconde, le monde
que fréquentaient ses beaux-parents n'étant pas celui
qu'elle avait cru et duquel elle continuait à rêver. Aussi,
après m'avoir dit de Saint-Loup (en adoptant pour cela
une expression de Robert, car si, pour causer avec elle,
j'employais des expressions de Legrandin, par une
suggestion inverse elle me répondait dans le dialecte de
Robert, qu'elle ne savait pas emprunté à Rachel), en
rapprochant le pouce de l'index et en fermant à demi
les yeux comme si elle regardait quelque chose d'infiniment délicat qu'elle était parvenue à capter : « Il a une
jolie qualité d'esprit » ; elle fit son éloge avec tant de
chaleur qu'on aurait pu croire qu'elle était amoureuse
de lui (on avait d'ailleurs prétendu qu'autrefois, quand il
était à Doncières, Robert avait été son amant), en réalité
simplement pour que je lui répétasse, et aboutir à :
« Vous êtes très lié avec la duchesse de Guermantes. Je
suis souffrante, je ne sors guère, et je sais qu'elle reste
confinée dans un cercle d'amis choisis, ce que je trouve
très bien, aussi je la connais très peu, mais je sais que
c'est une femme absolument supérieure. » Sachant
que Mme de Cambremer la connaissait à peine, et pour
me faire aussi petit qu'elle, je glissai sur ce sujet et
répondis à la marquise que j'avais connu surtout son
frère, M. Legrandin. A ce nom, elle prit le même air
évasif que j'avais eu pour Mme de Guermantes, mais
en y joignant une expression de mécontentement, car
elle pensa que j'avais dit cela pour humilier non pas moi,
mais elle. Était-elle rongée par le désespoir d'être née
Legrandin ? C'est du moins ce que prétendaient les
sœurs et belles-sœurs de son mari, dames nobles de province qui ne connaissaient personne et ne savaient rien,
jalousaient l'intelligence de Mme de Cambremer, son
instruction, sa fortune, les agréments physiques qu'elle

avait eus avant de tomber malade. « Elle ne pense pas à autre chose, c'est cela qui la tue », disaient ces méchantes provinciales dès qu'elles parlaient de Mme de Cambremer à n'importe qui, mais de préférence à un roturier, soit, s'il était fat et stupide, pour donner plus de valeur, par cette affirmation de ce qu'a de honteux la roture, à l'amabilité qu'elles marquaient pour lui, soit, s'il était timide et fin et s'appliquait le propos à soi-même, pour avoir le plaisir, tout en le recevant bien, de lui faire indirectement une insolence. Mais si ces dames croyaient dire vrai pour leur belle-sœur, elles se trompaient. Celle-ci souffrait d'autant moins d'être née Legrandin qu'elle en avait perdu le souvenir. Elle fut froissée que je le lui rendisse et se tut comme si elle n'avait pas compris, ne jugeant pas nécessaire d'apporter une précision, ni même une confirmation aux miens.

— Nos parents ne sont pas la principale cause de l'écourtement de notre visite, me dit Mme de Cambremer douairière, qui était probablement plus blasée que sa belle-fille sur le plaisir qu'il y a à dire : « Ch'nouville ». Mais, pour ne pas vous fatiguer de trop de monde, Monsieur, dit-elle en montrant l'avocat, n'a pas osé faire venir jusqu'ici sa femme et son fils. Ils se promènent sur la plage en nous attendant et doivent commencer à s'ennuyer. Je me les fis désigner exactement et courus les chercher. La femme avait une figure ronde comme certaines fleurs de la famille des renonculacées, et au coin de l'œil un assez large signe végétal. Et, les générations des hommes gardant leurs caractères comme une famille de plantes, de même que sur la figure flétrie de la mère, le même signe, qui eût pu aider au classement d'une variété, se gonflait sous l'œil du fils. Mon empressement auprès de sa femme et de son fils toucha l'avocat. Il montra de l'intérêt au sujet de mon séjour à Balbec. « Vous devez vous trouver un peu dépaysé, car il y a ici, en majeure partie, des étrangers. » Et il me regardait tout en me parlant, car n'aimant pas les étrangers, bien que beaucoup fussent de ses clients, il voulait s'assurer

que je n'étais pas hostile à sa xénophobie, auquel cas il
eût battu en retraite en disant : « Naturellement, Mme X...
peut être une femme charmante. C'est une question
de principes. » Comme je n'avais, à cette époque, aucune
opinion sur les étrangers, je ne témoignai pas de désap-
probation, il se sentit en terrain sûr. Il alla jusqu'à me
demander de venir un jour chez lui, à Paris, voir sa collection de Le Sidaner, et d'entraîner avec moi les Cambremer, avec lesquels il me croyait évidemment intime.
« Je vous inviterai avec Le Sidaner, me dit-il, persuadé
que je ne vivrais plus que dans l'attente de ce jour béni.
Vous verrez quel homme exquis. Et ses tableaux vous
enchanteront. Bien entendu, je ne puis pas rivaliser avec
les grands collectionneurs, mais je crois que c'est moi
qui ai le plus grand nombre de ses toiles préférées. Cela
vous intéressera d'autant plus, venant de Balbec, que ce
sont des marines, du moins en majeure partie. » La
femme et le fils, pourvus du caractère végétal, écoutaient
avec recueillement. On sentait qu'à Paris leur hôtel
était une sorte de temple de Le Sidaner. Ces sortes
de temples ne sont pas inutiles. Quand le dieu a des
doutes sur lui-même, il bouche aisément les fissures de
son opinion par les témoignages irrécusables d'êtres
qui ont voué leur vie à son œuvre.

Sur un signe de sa belle-fille, Mme de Cambremer allait
se lever et me disait : « Puisque vous ne voulez pas vous
installer à Féterne, ne voulez-vous pas au moins venir
déjeuner, un jour de la semaine, demain par exemple ? »
Et, dans sa bienveillance, pour me décider elle ajouta :
« Vous *retrouverez* le comte de Crisenoy » que je n'avais
nullement perdu, pour la raison que je ne le connaissais
pas. Elle commençait à faire luire à mes yeux d'autres
tentations encore, mais elle s'arrêta net. Le premier
président, qui, en rentrant, avait appris qu'elle était à
l'hôtel, l'avait sournoisement cherchée partout, attendue
ensuite et, feignant de la rencontrer par hasard, vint lui
présenter ses hommages. Je compris que Mme de Cambremer ne tenait pas à étendre à lui l'invitation à déjeuner

qu'elle venait de m'adresser. Il la connaissait pourtant
depuis bien plus longtemps que moi, étant depuis des
années un de ces habitués des matinées de Féterne que
j'enviais tant durant mon premier séjour à Balbec. Mais
l'ancienneté ne fait pas tout pour les gens du monde. Et
ils réservent plus volontiers les déjeuners aux relations
nouvelles qui piquent encore leur curiosité, surtout quand
elles arrivent précédées d'une prestigieuse et chaude
recommandation comme celle de Saint-Loup. Mme de
Cambremer supputa que le premier président n'avait pas
entendu ce qu'elle m'avait dit, mais pour calmer les
remords qu'elle éprouvait, elle lui tint les plus aimables
propos. Dans l'ensoleillement qui noyait à l'horizon la
côte dorée, habituellement invisible, de Rivebelle, nous
discernâmes, à peine séparées du lumineux azur, sortant
des eaux, roses, argentines, imperceptibles, les petites
cloches de l'*angelus* qui sonnaient aux environs de Féterne. « Ceci est encore assez *Pelléas*, fis-je remarquer à
Mme de Cambremer-Legrandin. Vous savez la scène que
je veux dire. — Je crois bien que je sais » ; mais « je ne
sais pas du tout » était proclamé par sa voix et son visage,
qui ne se moulaient à aucun souvenir, et par son sourire
sans appui, en l'air. La douairière ne revenait pas de ce
que les cloches portassent jusqu'ici et se leva en pensant à l'heure : « Mais en effet, dis-je, d'habitude, de
Balbec, on ne voit pas cette côte, et on ne l'entend pas
non plus. Il faut que le temps ait changé et ait doublement
élargi l'horizon. À moins qu'elles ne viennent vous chercher puisque je vois qu'elles vous font partir ; elles sont
pour vous la cloche du dîner. » Le premier président, peu
sensible aux cloches, regardait furtivement la digue qu'il
se désolait de voir ce soir aussi dépeuplée. « Vous êtes un
vrai poète, me dit Mme de Cambremer. On vous sent
si vibrant, si artiste ; venez, je vous jouerai du Chopin »,
ajouta-t-elle en levant les bras d'un air extasié et en
prononçant les mots d'une voix rauque qui avait l'air de
déplacer des galets. Puis vint la déglutition de la salive, et
la vieille dame essuya instinctivement la légère brosse,

dite à l'américaine, de sa moustache avec son mouchoir.
Le premier président me rendit sans le vouloir un très
grand service en empoignant la marquise par le bras pour
la conduire à sa voiture, une certaine dose de vulgarité,
de hardiesse et de goût pour l'ostentation dictant une
conduite que d'autres hésiteraient à assumer, et qui est
loin de déplaire dans le monde. Il en avait d'ailleurs,
depuis tant d'années, bien plus l'habitude que moi. Tout
en le bénissant je n'osai l'imiter et marchai à côté de
Mme de Cambremer-Legrandin, laquelle voulut voir le
livre que je tenais à la main. Le nom de Mme de Sévigné
lui fit faire la moue ; et, usant d'un mot qu'elle avait lu
dans certains journaux d' « avant-garde », mais qui, parlé
et mis au féminin, et appliqué à un écrivain du XVIIe siècle,
faisait un effet bizarre, elle me demanda : « La trouvez-
vous vraiment talentueuse ? » La marquise donna au valet
de pied l'adresse d'un pâtissier où elle avait à aller avant
de repartir sur la route, rose de la poussière du soir, où
bleuissaient en forme de croupes les falaises échelonnées.
Elle demanda à son vieux cocher si un de ses chevaux, qui
était frileux, avait eu assez chaud, si le sabot de l'autre ne
lui faisait pas mal. « Je vous écrirai pour ce que nous
devons convenir, me dit-elle à mi-voix. J'ai vu que vous
causiez littérature avec ma belle-fille, elle est adorable »,
ajouta-t-elle, bien qu'elle ne le pensât pas, mais elle avait
pris l'habitude — gardée par bonté — de le dire pour que
son fils n'eût pas l'air d'avoir fait un mariage d'argent.
« Et puis, ajouta-t-elle dans un dernier mâchonnement
enthousiaste, elle est si hartthhisstte ! » Puis elle monta en
voiture, balançant la tête, levant la crosse de son ombrelle,
et repartit par les rues de Balbec, surchargée des ornements de son sacerdoce, comme un vieil évêque en tournée
de confirmation.

— Elle vous a invité à déjeuner, me dit sévèrement le
premier président quand la voiture se fut éloignée et que
je rentrai avec mes amies. Nous sommes en froid. Elle
trouve que je la néglige. Dame, je suis facile à vivre. Qu'on
ait besoin de moi, je suis toujours là pour répondre :

« Présent. » Mais ils ont voulu jeter le grappin sur moi.
Ah! alors, cela, ajouta-t-il d'un air fin et en levant le
doigt comme quelqu'un qui distingue et argumente, je ne
permets pas ça. C'est attenter à la liberté de mes vacances.
J'ai été obligé de dire : « Halte-là! » Vous paraissez fort
bien avec elle. Quand vous aurez mon âge, vous verrez
que c'est bien peu de chose, le monde, et vous regretterez
d'avoir attaché tant d'importance à ces riens. Allons, je
vais faire un tour avant dîner. Adieu les enfants », cria-t-il
à la cantonade, comme s'il était déjà éloigné de cinquante
pas.

Quand j'eus dit au revoir à Rosemonde et à Gisèle, elles
virent avec étonnement Albertine arrêtée qui ne les suivait pas. « Hé bien, Albertine, qu'est-ce que tu fais, tu
sais l'heure ? — Rentrez, leur répondit-elle avec autorité.
J'ai à causer avec lui », ajouta-t-elle en me montrant d'un
air soumis. Rosemonde et Gisèle me regardèrent, péné-
trées pour moi d'un respect nouveau. Je jouissais de sentir
que, pour un moment du moins, aux yeux mêmes de
Rosemonde et de Gisèle, j'étais pour Albertine quelque
chose de plus important que l'heure de rentrer, que ses
amies, et pouvais même avoir avec elle de graves secrets
auxquels il était impossible qu'on les mêlât. « Est-ce que
nous ne te verrons pas ce soir ? — Je ne sais pas, ça
dépendra de celui-ci. En tous cas à demain. — Montons
dans ma chambre », lui dis-je, quand ses amies se furent
éloignées. Nous prîmes l'ascenseur ; elle garda le silence
devant le lift. L'habitude d'être obligé de recourir à
l'observation personnelle et à la déduction pour connaître
les petites affaires des maîtres, ces gens étranges qui
causent entre eux et ne leur parlent pas, développe chez
les « employés » (comme le lift appelait les domestiques)
un plus grand pouvoir de divination que chez les « patrons ». Les organes s'atrophient ou deviennent plus forts
ou plus subtils selon que le besoin qu'on a d'eux croît ou
diminue. Depuis qu'il existe des chemins de fer, la nécessité de ne pas manquer le train nous a appris à tenir compte
des minutes, alors que chez les anciens Romains, dont

l'astronomie n'était pas seulement plus sommaire mais aussi la vie moins pressée, la notion, non pas de minutes, mais même d'heures fixes, existait à peine. Aussi le lift avait-il compris et comptait-il raconter à ses camarades que nous étions préoccupés, Albertine et moi. Mais il nous parlait sans arrêter parce qu'il n'avait pas de tact. Cependant je voyais se peindre sur son visage, substitué à l'impression habituelle d'amitié et de joie de me faire monter dans son ascenseur, un air d'abattement et d'inquiétude extraordinaire. Comme j'en ignorais la cause, pour tâcher de l'en distraire, et quoique plus préoccupé d'Albertine, je lui dis que la dame qui venait de partir s'appelait la marquise de Cambremer et non de Camembert. À l'étage devant lequel nous passions alors, j'aperçus, portant un traversin, une femme de chambre affreuse qui me salua avec respect, espérant un pourboire au départ. J'aurais voulu savoir si c'était celle que j'avais tant désirée le soir de ma première arrivée à Balbec, mais je ne pus jamais arriver à une certitude. Le lift me jura, avec la sincérité de la plupart des faux témoins, mais sans quitter son air désespéré, que c'était bien sous le nom de Camembert que la marquise lui avait demandé de l'annoncer. Et, à vrai dire, il était bien naturel qu'il eût entendu un nom qu'il connaissait déjà. Puis, ayant sur la noblesse et la nature des noms avec lesquels se font les titres les notions fort vagues qui sont celles de beaucoup de gens qui ne sont pas liftiers, le nom de Camembert lui avait paru d'autant plus vraisemblable que, ce fromage étant universellement connu, il ne fallait point s'étonner qu'on eût tiré un marquisat d'une renommée aussi glorieuse, à moins que ce ne fût celle du marquisat qui eût donné sa célébrité au fromage. Néanmoins, comme il voyait que je ne voulais pas avoir l'air de m'être trompé et qu'il savait que les maîtres aiment à voir obéis leurs caprices les plus futiles et acceptés leurs mensonges les plus évidents, il me promit, en bon domestique, de dire désormais Cambremer. Il est vrai qu'aucun boutiquier de la ville ni aucun paysan des environs, où le nom et la personne des Cambremer étaient parfaitement connus, n'auraient jamais pu commettre l'erreur du lift. Mais le personnel du « Grand-Hôtel de Balbec » n'était nullement du pays. Il venait en droite ligne, avec tout le matériel, de Biarritz, Nice et Monte-Carlo, une partie ayant été dirigée sur Deauville, une autre sur Dinard et la troisième réservée à Balbec..

Mais la douleur anxieuse du lift ne fit que grandir. Pour qu'il oubliât ainsi de me témoigner son dévouement par ses habituels sourires, il fallait qu'il lui fût arrivé quelque malheur. Peut-être avait-il été « envoyé ». Je me promis dans ce cas de tâcher d'obtenir qu'il restât, le directeur m'ayant promis de ratifier tout ce que je déciderais concernant son personnel. « Vous pouvez toujours faire ce que vous voulez, je rectifie d'avance. » Tout à coup, comme je venais de quitter l'ascenseur, je compris la détresse, l'air atterré du lift. A cause de la présence d'Albertine je ne lui avais pas donné les cent sous que j'avais l'habitude de lui remettre en montant. Et cet imbécile, au lieu de comprendre que je ne voulais pas faire devant des tiers étalage de pourboires, avait commencé à trembler, sup-posant que c'était fini une fois pour toutes, que je ne lui donnerais plus jamais rien. Il s'imaginait que j'étais tombé dans la « dèche » (omme eût dit le duc de Guermantes), et sa supposition ne lui inspirait aucune pitié pour moi, mais une terrible déception égoïste. Je me dis que j'étais moins déraisonnable que ne trouvait ma mère quand je n'osais pas ne pas donner un jour la somme exagérée mais fiévreusement attendue que j'avais donnée la veille. Mais aussi la signification donnée jusque-là par moi, et sans aucun doute, à l'air habituel de joie, où je n'hésitais pas à voir un signe d'attachement, me parut d'un sens moins assuré. En voyant le liftier prêt, dans son désespoir, à se jeter des cinq étages, je me demandais si, nos conditions sociales se trouvant respectivement changées, du fait par exemple d'une révolution, au lieu de manœuvrer genti-ment pour moi l'ascenseur, le lift, devenu bourgeois, ne m'en eût pas précipité, et s'il n'y a pas, dans certaines classes du peuple, plus de duplicité que dans le monde où,

sans doute, l'on réserve pour notre absence les propos
désobligeants, mais où l'attitude à notre égard ne serait
pas insultante si nous étions malheureux.

On ne peut pourtant pas dire qu'à l'hôtel de Balbec, le
lift fût le plus intéressé. A ce point de vue le personnel se
divisait en deux catégories : d'une part, ceux qui faisaient
des différences entre les clients, plus sensibles au pourboire raisonnable d'un vieux noble (d'ailleurs en mesure
de leur éviter 28 jours en les recommandant au général de
Beautreillis) qu'aux largesses inconsidérées d'un rasta
qui décelait par là même un manque d'usage que, seulement devant lui, on appelait de la bonté. D'autre part,
ceux pour qui noblesse, intelligence, célébrité, situation,
manières, était inexistant, recouvert par un chiffre. Il n'y
avait pour ceux-là qu'une hiérarchie, l'argent qu'on a, ou
plutôt celui qu'on donne. Peut-être Aimé lui-même, bien
que prétendant, à cause du grand nombre d'hôtels où il
avait servi, à un grand savoir mondain, appartenait-il à
cette catégorie-là. Tout au plus donnait-il un tour social
et de connaissance des familles à ce genre d'appréciation,
en disant de la princesse de Luxembourg par exemple :
« Il y a beaucoup d'argent là-dedans ? » (le point d'interrogation étant afin de se renseigner, ou de contrôler
définitivement les renseignements qu'il avait pris, avant
de procurer à un client un « chef » pour Paris, ou de lui
assurer une table à gauche, à l'entrée, avec vue sur la
mer, à Balbec). Malgré cela, sans être dépourvu d'intérêt,
il ne l'eût pas exhibé avec le sot désespoir du lift. Au reste,
la naïveté de celui-ci simplifiait peut-être les choses. La
commodité d'un grand hôtel, d'une maison comme était
autrefois celle de Rachel, c'est que, sans intermédiaires,
sur la face jusque-là glacée d'un employé ou d'une femme,
la vue d'un billet de cent francs, à plus forte raison de
mille, même donné, pour cette fois-là, à un autre, amène
un sourire et des offres. Au contraire, dans la politique,
dans les relations d'amant à maîtresse, il y a trop de choses
placées entre l'argent et la docilité. Tant de choses, que
ceux-là mêmes chez qui l'argent éveille finalement le

sourire sont souvent incapables de suivre le processus interne qui les relie, se croient, sont plus délicats. Et puis cela décante la conversation polie des « Je sais ce qui me reste à faire, demain on me trouvera à la Morgue ». Aussi rencontre-t-on dans la société polie peu de romanciers, de poètes, de tous ces êtres sublimes qui parlent justement de ce qu'il ne faut pas dire.

Aussitôt seuls et engagés dans le corridor, Albertine me dit : « Qu'est-ce que vous avez contre moi ? » Ma dureté avec elle m'avait-elle été pénible à moi-même ? N'était-elle de ma part qu'une ruse inconsciente se proposant d'amener vis-à-vis de moi mon amie à cette attitude de crainte et de prière qui me permettrait de l'interroger, et peut-être d'apprendre laquelle des deux hypothèses que je formais depuis longtemps sur elle était la vraie ? Toujours est-il que, quand j'entendis sa question, je me sentis soudain heureux comme quelqu'un qui touche à un but longtemps désiré. Avant de lui répondre je la conduisis jusqu'à ma porte. Celle-ci en s'ouvrant fit refluer la lumière rose qui remplissait la chambre et changeait la mousseline blanche des rideaux tendus sur le soir en lampas aurore. J'allai jusqu'à la fenêtre ; les mouettes étaient posées de nouveau sur les flots ; mais maintenant elles étaient roses. Je le fis remarquer à Albertine : « Ne détournez pas la conversation, me dit-elle, soyez franc comme moi. » Je mentis. Je lui déclarai qu'il lui fallait écouter un aveu préalable, celui d'une grande passion que j'avais depuis quelque temps pour Andrée, et je le lui fis avec une simplicité et une franchise dignes du théâtre, mais qu'on n'a guère dans la vie que pour les amours qu'on ne ressent pas. Reprenant le mensonge dont j'avais usé avec Gilberte avant mon premier séjour à Balbec, mais le variant, j'allai, pour me faire mieux croire d'elle quand je lui disais maintenant que je ne l'aimais pas, jusqu'à laisser échapper qu'autrefois j'avais été sur le point d'être amoureux d'elle, mais que trop de temps avait passé, qu'elle n'était plus pour moi qu'une bonne camarade et que, l'eussé-je voulu, il ne m'eût plus été possible d'éprouver de nouveau à son égard des sentiments plus ardents. D'ailleurs, en appuyant ainsi devant Albertine sur ces protestations de froideur pour elle, je ne faisais — à cause d'une circonstance et en vue d'un but particuliers — que rendre plus sensible, marquer avec plus de force, ce rythme binaire qu'adopte l'amour chez tous ceux qui doutent trop d'eux-mêmes pour croire qu'une femme puisse jamais les aimer, et aussi qu'eux-mêmes puissent l'aimer véritablement. Ils se connaissent assez pour savoir qu'auprès des plus différentes, ils éprouvaient les mêmes espoirs, les mêmes angoisses, inventaient les mêmes romans, prononçaient les mêmes paroles, pour être rendu ainsi compte que leurs sentiments, leurs actions ne sont pas en rapport étroit et nécessaire avec la femme aimée, mais passent à côté d'elle, l'éclaboussent, la circonviennent comme le flux qui se jette le long des rochers, et le sentiment de leur propre instabilité augmente encore chez eux la défiance que cette femme, dont ils voudraient tant être aimés, ne les aime pas. Pourquoi le hasard aurait-il fait, puisqu'elle n'est qu'un simple accident placé devant le jaillissement de nos désirs, que nous fussions nous-mêmes le but de ceux qu'elle a ? Aussi, tout en ayant besoin d'épancher vers elle tous ces sentiments, si différents des sentiments simplement humains que notre prochain nous inspire, ces sentiments si spéciaux que sont les sentiments amoureux, après avoir fait un pas en avant, en avouant à celle que nous aimons notre tendresse pour elle, nos espoirs, aussitôt craignant de lui déplaire, confus aussi de sentir que le langage que nous lui avons tenu n'a pas été formé expressément pour elle, qu'il nous a servi, nous servira pour d'autres, que si elle ne nous aime pas elle ne peut pas nous comprendre, et que nous avons parlé alors avec le manque de goût, l'impudeur du pédant adressant à des ignorants des phrases subtiles, qui ne sont pas pour eux, cette crainte, cette honte, amènent le contre-rythme, le reflux, le besoin, fût-ce en reculant d'abord, en retirant vivement la sympathie précédemment confessée, de reprendre l'offensive et de ressaisir l'estime, la domination ; le rythme double est perceptible dans les diverses périodes d'un même amour, dans toutes les périodes correspondantes d'amours similaires, chez tous les êtres qui s'analysent mieux qu'ils ne se prisent haut. S'il était pourtant un peu plus vigoureusement accentué qu'il n'est d'habitude, dans ce discours que j'étais en train de tenir à Albertine, c'était seulement pour me permettre de passer plus vite et plus énergiquement au rythme opposé que scanderait ma tendresse.

Comme si Albertine avait dû avoir de la peine à croire ce que je lui disais de mon impossibilité de l'aimer de nouveau, à cause du trop long intervalle, j'étayais ce que j'appelais une bizarrerie de mon caractère d'exemples tirés de personnes avec qui j'avais, par leur faute ou la mienne, laissé passer l'heure de les aimer, sans pouvoir, quelque désir que j'en eusse, la retrouver après. J'avais ainsi l'air à la fois de m'excuser auprès d'elle, comme d'une impolitesse, de cette incapacité de recommencer à l'aimer, et de chercher à lui en faire comprendre les raisons psychologiques comme si elles m'eussent été particulières. Mais en m'expliquant de la sorte, en m'étendant sur le cas de Gilberte, vis-à-vis de laquelle en effet avait été rigoureusement vrai ce qui le devenait si peu, appliqué à Albertine, je ne faisais que rendre mes assertions aussi plausibles que je feignais de croire qu'elles le fussent peu. Sentant qu'Albertine appréciait ce qu'elle croyait mon « franc parler » et reconnaissait dans mes déductions la clarté de l'évidence, je m'excusai du premier, lui disant que je savais bien qu'on déplaisait toujours en disant la vérité et que celle-ci d'ailleurs devait lui paraître incompréhensible. Elle me remercia, au contraire, de ma sincérité et ajouta qu'au surplus elle comprenait à merveille un état d'esprit si fréquent et si naturel.

Cet aveu fait à Albertine d'un sentiment imaginaire pour Andrée, et pour elle-même d'une indifférence que, pour paraître tout à fait sincère et sans exagération, je lui assurai incidemment, comme par un scrupule de

politesse, ne pas devoir être prise trop à la lettre, je pus
enfin, sans crainte qu'Albertine y soupçonnât de l'amour,
lui parler avec une douceur que je me refusais depuis
si longtemps et qui me parut délicieuse. Je caressais
presque ma confidente ; en lui parlant de son amie que
j'aimais, les larmes me venaient aux yeux. Mais, venant
au fait, je lui dis enfin qu'elle savait ce qu'était l'amour,
ses susceptibilités, ses souffrances, et que peut-être, en
amie déjà ancienne pour moi, elle aurait à cœur de faire
cesser les grands chagrins qu'elle me causait, non directement puisque ce n'était pas elle que j'aimais, si j'osais
le redire sans la froisser, mais indirectement en m'atteignant dans mon amour pour Andrée. Je m'interrompis
pour regarder et montrer à Albertine un grand oiseau
solitaire et hâtif qui, loin devant nous, fouettant l'air
du battement régulier de ses ailes, passait à toute vitesse
au-dessus de la plage tachée çà et là de reflets pareils
à de petits morceaux de papier rouge déchirés et la traversait dans toute sa longueur, sans ralentir son allure,
sans détourner son attention, sans dévier de son chemin,
comme un émissaire qui va porter bien loin un message
urgent et capital. « Lui, du moins, va droit au but !
me dit Albertine d'un air de reproche. — Vous me dites
cela parce que vous ne savez pas ce que j'aurais voulu
vous dire. Mais c'est tellement difficile que j'aime mieux
y renoncer ; je suis certain que je vous fâcherais ; alors
cela n'aboutira qu'à ceci : je ne serai en rien plus heureux
avec celle que j'aime d'amour et j'aurai perdu une
bonne camarade. — Mais puisque je vous jure que je ne
me fâcherai pas. » Elle avait l'air si doux, si tristement
docile et d'attendre de moi son bonheur, que j'avais
peine à me contenir et à ne pas embrasser, — à embrasser
presque avec le même genre de plaisir que j'aurais eu à
embrasser ma mère — ce visage nouveau qui n'offrait
plus la mine éveillée et rougissante d'une chatte mutine
et perverse au petit nez rose et levé, mais semblait, dans
la plénitude de sa tristesse accablée, fondu, à larges
coulées aplaties et retombantes, dans de la bonté. Fai-

sant abstraction de mon amour comme d'une folie
chronique sans rapport avec elle, me mettant à sa place,
je m'attendrissais devant cette brave fille habituée à ce
qu'on eût pour elle des procédés aimables et loyaux, et
que le bon camarade qu'elle avait pu croire que j'étais
pour elle poursuivait, depuis des semaines, des persé-
cutions qui étaient enfin arrivées à leur point culminant.
C'est parce que je me plaçais à un point de vue purement humain, extérieur à nous deux et d'où mon amour
jaloux s'évanouissait, que j'éprouvais pour Albertine
cette pitié profonde, qui l'eût moins été si je ne l'avais
pas aimée. Du reste, dans cette oscillation rythmée qui
va de la déclaration à la brouille (le plus sûr moyen, le
plus efficacement dangereux pour former, par mouvements opposés et successifs, un nœud qui ne se défasse
pas et nous attache solidement à une personne), au sein
du mouvement de retrait qui constitue l'un des deux
éléments du rythme, à quoi bon distinguer encore les
reflux de la pitié humaine, qui, opposés à l'amour,
quoique ayant peut-être inconsciemment la même cause,
produisent en tous cas les mêmes effets ? En se rappelant
plus tard le total de tout ce qu'on a fait pour une femme,
on se rend compte souvent que les actes inspirés par le
désir de montrer qu'on aime, de se faire aimer, de gagner
des faveurs, ne tiennent guère plus de place que ceux
dus au besoin humain de réparer ses torts envers l'être
qu'on aime, par simple devoir moral, comme si on ne
l'aimait pas. « Mais enfin qu'est-ce que j'ai pu faire ? »
me demanda Albertine. On frappa ; c'était le lift ; la
tante d'Albertine, qui passait devant l'hôtel en voiture,
s'était arrêtée à tout hasard pour voir si elle n'y était pas
et la ramener. Albertine fit répondre qu'elle ne pouvait
pas descendre, qu'on dînât sans l'attendre, qu'elle ne
savait pas à quelle heure elle rentrerait. « Mais votre
tante sera fâchée ? — Pensez-vous ! Elle comprendra
très bien. » Ainsi donc, — en ce moment du moins, qui ne
reviendrait peut-être pas — un entretien avec moi se
trouvait, par suite des circonstances, être aux yeux d'Al-

bertine une chose d'une importance si évidente qu'on doit
la faire passer avant tout, et à laquelle, se reportant sans
doute instinctivement à une jurisprudence familiale,
énumérant telles conjonctures où, quand la carrière de
M. Bontemps était en jeu, on n'avait pas regardé à un
voyage, mon amie ne doutait pas que sa tante trouvât
tout naturel de voir sacrifier l'heure du dîner. Cette heure
lointaine qu'elle passait sans moi, chez les siens, Albertine
l'ayant fait glisser jusqu'à moi me la donnait ; j'en pouvais user à ma guise. Je finis par oser lui dire ce qu'on
m'avait raconté de son genre de vie, et que, malgré le
profond dégoût que m'inspiraient les femmes atteintes
du même vice, je ne m'en étais pas soucié jusqu'à ce qu'on
m'eût nommé sa complice, et qu'elle pouvait comprendre
facilement, au point où j'aimais Andrée, quelle douleur
j'en avais ressentie. Il eût peut-être été plus habile de
dire qu'on m'avait cité aussi d'autres femmes, mais qui
m'étaient indifférentes. Mais la brusque et terrible révélation que m'avait faite Cottard était entrée en moi me
déchirer, telle quelle, tout entière, mais sans plus. Et de
même qu'auparavant je n'aurais jamais eu de moi-même
l'idée qu'Albertine aimait Andrée, ou du moins pût
avoir des jeux caressants avec elle, si Cottard ne m'avait
pas fait remarquer leur pose en valsant, de même je
n'avais pas su passer de cette idée à celle, pour moi
tellement différente, qu'Albertine pût avoir avec d'autres
femmes qu'Andrée des relations dont l'affection n'eût
même pas été l'excuse. Albertine, avant même de me
jurer que ce n'était pas vrai, manifesta, comme toute
personne à qui on vient d'apprendre qu'on a ainsi parlé
d'elle, de la colère, du chagrin et, à l'endroit du calom-
niateur inconnu, la curiosité rageuse de savoir qui il
était et le désir d'être confrontée avec lui pour pouvoir
le confondre. Mais elle m'assura qu'à moi du moins,
elle n'en voulait pas. « Si cela avait été vrai, je vous l'aurais avoué. Mais Andrée et moi nous avons aussi horreur
l'une que l'autre de ces choses-là. Nous ne sommes pas
arrivées à notre âge sans voir des femmes aux cheveux

courts, qui ont des manières d'hommes et le genre que
vous dites, et rien ne nous révolte autant. » Albertine ne
me donnait que sa parole, une parole péremptoire et non
appuyée de preuves. Mais c'est justement ce qui pouvait
le mieux me calmer, la jalousie appartenant à cette famille
de doutes maladifs que lève bien plus l'énergie d'une
affirmation que sa vraisemblance. C'est d'ailleurs le
propre de l'amour de nous rendre à la fois plus défiants
et plus crédules, de nous faire soupçonner, plus vite
que nous n'aurions fait une autre, celle que nous aimons,
et d'ajouter foi plus aisément à ses dénégations. Il faut
aimer pour prendre souci qu'il n'y ait pas que des
honnêtes femmes, autant dire pour s'en aviser, et il faut
aimer aussi pour souhaiter, c'est-à-dire pour s'assurer
qu'il y en a. Il est humain de chercher la douleur et
aussitôt à s'en délivrer. Les propositions qui sont capables d'y réussir nous semblent facilement vraies, on ne
chicane pas beaucoup sur un calmant qui agit. Et puis,
si multiple que soit l'être que nous aimons, il peut en tous
cas nous présenter deux personnalités essentielles, selon
qu'il nous apparaît comme nôtre ou comme tournant
ses désirs ailleurs que vers nous. La première de ces
personnalités possède la puissance particulière qui nous
empêche de croire à la réalité de la seconde, le secret
spécifique pour apaiser les souffrances que cette dernière
a causées. L'être aimé est successivement le mal et le
remède qui suspend et aggrave le mal. Sans doute
j'avais été depuis longtemps, par la puissance qu'exerçait sur mon imagination et ma faculté d'être ému
l'exemple de Swann, préparé à croire vrai ce que je
craignais au lieu de ce que j'aurais souhaité. Aussi la
douceur apportée par les affirmations d'Albertine fail-
lit-elle en être compromise un moment parce que je me
rappelai l'histoire d'Odette. Mais je me dis que, s'il
était juste de faire sa part au pire, non seulement quand,
pour comprendre les souffrances de Swann, j'avais
essayé de me mettre à la place de celui-ci, mais maintenant qu'il s'agissait de moi-même, en cherchant la vérité

comme s'il se fût agi d'un autre, il ne fallait cependant
pas que, par cruauté pour moi-même, soldat qui choisit
le poste non pas où il peut être le plus utile mais où il est
le plus exposé, j'aboutisse à l'erreur de tenir une supposition pour plus vraie que les autres, à cause de cela seul
qu'elle était la plus douloureuse. N'y avait-il pas un
abîme entre Albertine, jeune fille d'assez bonne famille
bourgeoise, et Odette, cocotte vendue par sa mère dès
son enfance ? La parole de l'une ne pouvait être mise en
comparaison avec celle de l'autre. D'ailleurs Albertine
n'avait en rien à me mentir le même intérêt qu'Odette
à Swann. Et encore à celui-ci Odette avait avoué ce
qu'Albertine venait de nier. J'aurais donc commis une
faute de raisonnement aussi grave — quoique inverse —
que celle qui m'eût incliné vers une hypothèse parce
que celle-ci m'eût fait moins souffrir que les autres,
en ne tenant pas compte de ces différences de fait dans
les situations, et en reconstituant la vie réelle de mon
amie uniquement d'après ce que j'avais appris de celle
d'Odette. J'avais devant moi une nouvelle Albertine,
déjà entrevue plusieurs fois, il est vrai, vers la fin
de mon premier séjour à Balbec, franche, bonne, une
Albertine qui venait, par affection pour moi, de me
pardonner mes soupçons et de tâcher à les dissiper. Elle
me fit asseoir à côté d'elle sur mon lit. Je la remerciai
de ce qu'elle m'avait dit, je l'assurai que notre réconciliation était faite et que je ne serais plus jamais dur avec
elle. Je dis à Albertine qu'elle devrait tout de même rentrer dîner. Elle me demanda si je n'étais pas bien comme
cela. En attirant ma tête pour une caresse qu'elle ne
m'avait encore jamais faite et que je devais peut-être
à notre brouille finie, elle passa légèrement sa langue sur
mes lèvres, qu'elle essayait d'entr'ouvrir. Pour commencer je ne les desserrai pas. « Quel méchant vous faites ! »
me dit-elle.

J'aurais dû partir ce soir-là sans jamais la revoir. Je
pressentais dès lors que, dans l'amour non partagé —
autant dire dans l'amour, car il est des êtres pour qui il

n'est pas d'amour partagé — on peut goûter du bonheur
seulement ce simulacre qui m'en était donné à un de ces
moments uniques dans lesquels la bonté d'une femme,
ou son caprice, ou le hasard, appliquent sur nos désirs,
en une coïncidence parfaite, les mêmes paroles, les
mêmes actions, que si nous étions vraiment aimés.
La sagesse eût été de considérer avec curiosité, de
posséder avec délices cette petite parcelle de bonheur,
à défaut de laquelle je serais mort sans avoir soupçonné ce qu'il peut être pour des cœurs moins
difficiles ou plus favorisés ; de supposer qu'elle
faisait partie d'un bonheur vaste et durable qui m'apparaissait en ce point seulement ; et, pour que le lendemain
n'inflige pas un démenti à cette feinte, de ne pas chercher
à demander une faveur de plus après celle qui n'avait
été due qu'à l'artifice d'une minute d'exception. J'aurais
dû quitter Balbec, m'enfermer dans la solitude, y rester
en harmonie avec les dernières vibrations de la voix que
j'avais su rendre un instant amoureuse, et de qui je
n'aurais plus rien exigé que de ne pas s'adresser davantage
à moi ; de peur que, par une parole nouvelle qui n'eût
pu désormais être que différente, elle vînt blesser d'une
dissonance le silence sensitif où, comme grâce à quelque
pédale, aurait pu survivre longtemps en moi la tonalité
du bonheur.

Tranquillisé par mon explication avec Albertine, je
recommençai à vivre davantage auprès de ma mère. Elle
aimait à me parler doucement du temps où ma
grand'mère était plus jeune. Craignant que je ne
me fisse des reproches sur la tristesse dont j'avais pu
assombrir la fin de cette vie, elle revenait volontiers aux
années où mes premières études avaient causé à ma
grand'mère des satisfactions que jusqu'ici on m'avait
toujours cachées. Nous reparlions de Combray. Ma mère
me dit que là-bas du moins je lisais, et qu'à Balbec je
devrais bien faire de même, si je ne travaillais pas. Je
répondis que, pour m'entourer justement des souvenirs
de Combray et des jolies assiettes peintes, j'aimerais

relire les *Mille et une Nuits*. Comme jadis à Combray, quand elle me donnait des livres pour ma fête, c'est en cachette, pour me faire une surprise, que ma mère me fit venir à la fois les *Mille et une Nuits* de Galland et les *Mille et une Nuits* de Mardrus. Mais, après avoir jeté un coup d'œil sur les deux traductions, ma mère aurait bien voulu que je m'en tinsse à celle de Galland, tout en craignant de m'influencer, à cause du respect qu'elle avait de la liberté intellectuelle, de la peur d'intervenir maladroitement dans la vie de ma pensée, et du sentiment qu'étant une femme, d'une part elle manquait, croyait-elle, de la compétence littéraire qu'il fallait, d'autre part qu'elle ne devait pas juger d'après ce qui la choquait les lectures d'un jeune homme. En tombant sur certains contes, elle avait été révoltée par l'immoralité du sujet et la crudité de l'expression. Mais surtout, conservant précieusement comme des reliques, non pas seulement la broche, l'entout-cas, le manteau, le volume de Mme de Sévigné, mais aussi les habitudes de pensée et de langage de sa mère, cherchant en toute occasion quelle opinion celle-ci eût émise, ma mère ne pouvait douter de la condamnation que ma grand'mère eût prononcée contre le livre de Mardrus. Elle se rappelait qu'à Combray, tandis qu'avant de partir marcher du côté de Méséglise je lisais Augustin Thierry, ma grand'mère, contente de mes lectures, de mes promenades, s'indignait pourtant de voir celui dont le nom restait attaché à cet hémistiche : « Puis règne Mérovée » appelé Merowig, refusait de dire Carolingiens pour les Carlovingiens, auxquels elle restait fidèle. Enfin je lui avais raconté ce que ma grand'mère avait pensé des noms grecs que Bloch, d'après Leconte de Lisle, donnait aux dieux d'Homère, allant même, pour les choses les plus simples, à se faire un devoir religieux, en lequel il croyait que consistait le talent littéraire, d'adopter une orthographe grecque. Ayant, par exemple, à dire dans une lettre que le vin qu'on buvait chez-lui était un vrai nectar, il écrivait un vrai nektar, avec un *k*, ce qui lui permettait de ricaner au nom de Lamartine.

Or si une *Odyssée* d'où étaient absents les noms d'Ulysse et de Minerve n'était plus pour elle l'*Odyssée*, qu'aurait-elle dit en voyant déjà déformé sur la couverture le titre de ses *Mille et une Nuits*, en ne retrouvant plus, exactement transcrits comme elle avait été de tout temps habituée à les dire, les noms immortellement familiers de Shéhérazade, de Dinarzade, où, débaptisés eux-mêmes, si l'on ose employer le mot pour des contes musulmans, le charmant Calife et les puissants Génies se reconnaissaient à peine, étant appelés l'un le « Khalifat », les autres les « Gennis » ? Pourtant ma mère me remit les deux ouvrages, et je lui dis que je les lirais les jours où je serais trop fatigué pour me promener.

Ces jours-là n'étaient pas très fréquents d'ailleurs. Nous allions goûter comme autrefois « en bande », Albertine, ses amies et moi, sur la falaise ou à la ferme Marie-Antoinette. Mais il y avait des fois où Albertine me donnait ce grand plaisir. Elle me disait : « Aujourd'hui je veux être un peu seule avec vous, ce sera plus gentil de se voir tous les deux. » Alors elle disait qu'elle avait à faire, que d'ailleurs elle n'avait pas de comptes à rendre, et pour que les autres, si elles allaient tout de même sans nous se promener et goûter, ne pussent pas nous retrouver, nous allions, comme deux amants, tout seuls à Bagatelle ou à la Croix d'Heulan, pendant que la bande, qui n'aurait jamais eu l'idée de nous chercher là et n'y allait jamais, restait indéfiniment, dans l'espoir de nous voir arriver, à Marie-Antoinette. Je me rappelle les temps chauds qu'il faisait alors, où du front des garçons de ferme travaillant au soleil une goutte de sueur tombait verticale, régulière, intermittente, comme la goutte d'eau d'un réservoir, et alternait avec la chute du fruit mûr qui se détachait de l'arbre dans les « clos » voisins ; ils sont restés, aujourd'hui encore, avec ce mystère d'une femme cachée, la part la plus consistante de tout amour qui se présente pour moi. Une femme dont on me parle et à laquelle je ne songerais pas un instant, je dérange tous les rendez-vous de ma semaine pour la connaître, si c'est une semaine où il fait un de ces temps-là, et si je dois la voir dans quelque ferme isolée. J'ai beau savoir que ce genre de temps et de rendez-vous n'est pas d'elle, c'est l'appât, pourtant bien connu de moi, auquel je me laisse prendre et qui suffit pour m'accrocher. Je sais que cette femme, par un temps froid, dans une ville, j'aurais pu la désirer, mais sans accompagnement de sentiment romanesque, sans devenir amoureux ; l'amour n'en est pas moins fort une fois que, grâce à des circonstances, il m'a enchaîné — il est seulement plus mélancolique, comme le deviennent dans la vie nos sentiments pour des personnes, au fur et à mesure que nous nous apercevons davantage de la part de plus en plus petite qu'elles y tiennent et que l'amour nouveau que nous souhaiterions si durable, abrégé en même temps que notre vie même, sera le dernier.

Il y avait encore peu de monde à Balbec, peu de jeunes filles. Quelquefois j'en voyais telle ou telle arrêtée sur la plage, sans agrément, et que pourtant bien des coïncidences semblaient certifier être la même que j'avais été désespéré de ne pouvoir approcher au moment où elle sortait avec ses amies du manège ou de l'école de gymnastique. Si c'était la même (et je me gardais d'en parler à Albertine), la jeune fille que j'avais crue enivrante n'existait pas. Mais je ne pouvais arriver à une certitude, car le visage de ces jeunes filles n'occupait pas sur la plage une grandeur, n'offrait pas une forme permanente, contracté, dilaté, transformé qu'il était par ma propre attente, l'inquiétude de mon désir ou un bien-être qui se suffit à lui-même, les toilettes différentes qu'elles portaient, la rapidité de leur marche ou leur immobilité. De tout près pourtant, deux ou trois me semblaient adorables. Chaque fois que je voyais une de celles-là, j'avais envie de l'emmener dans l'avenue des Tamaris, ou dans les dunes, mieux encore sur la falaise. Mais bien que dans le désir, par comparaison avec l'indifférence, il entre déjà cette audace qu'est un commencement, même unilatéral, de réalisation, tout de même, entre mon désir et l'action

que serait ma demande de l'embrasser, il y avait tout le
« blanc » indéfini de l'hésitation, de la timidité. Alors
j'entrais chez le pâtissier-limonadier, je buvais l'un après
l'autre sept à huit verres de porto. Aussitôt, au lieu de
l'intervalle impossible à combler entre mon désir et
l'action, l'effet de l'alcool traçait une ligne qui les conjoi-
gnait tous deux. Plus de place pour l'hésitation ou la
crainte. Il me semblait que la jeune fille allait voler jusqu'à
moi. J'allai jusqu'à elle, d'eux-mêmes sortaient de mes
lèvres : « J'aimerais me promener avec vous. Vous ne
voulez pas qu'on aille sur la falaise, on n'y est dérangé par
personne derrière le petit bois qui protège du vent la
maison démontable actuellement inhabitée ? » Toutes les
difficultés de la vie étaient aplanies, il n'y avait plus d'obstacles à l'enlacement de nos deux corps. Plus d'obstacles
pour moi du moins. Car ils n'avaient pas été volatilisés
pour elle qui n'avait pas bu de porto. L'eût-elle fait, et
l'univers eût-il perdu quelque réalité à ses yeux, le rêve
longtemps chéri qui lui aurait alors paru soudain réali-
sable n'eût peut-être pas été du tout de tomber dans mes
bras.

Non seulement les jeunes filles étaient peu nombreuses,
mais, en cette saison qui n'était pas encore « la saison »,
elles restaient peu. Je me souviens d'une au teint roux de
coleus, aux yeux verts, aux deux joues rousses et dont la
figure double et légère ressemblait aux graines ailées de
certains arbres. Je ne sais quelle brise l'amena à Balbec
et quelle autre la remporta. Ce fut si brusquement que
j'en eus pendant plusieurs jours un chagrin que j'osai
avouer à Albertine quand je compris qu'elle était partie
pour toujours.

Il faut dire que plusieurs étaient ou des jeunes filles que
je ne connaissais pas du tout, ou que je n'avais pas vues
depuis des années. Souvent, avant de les rencontrer, je
leur écrivais. Si leur réponse me faisait croire à un amour
possible, quelle joie ! On ne peut pas, au début d'une
amitié pour une femme, et même si elle ne doit pas se
réaliser par la suite, se séparer de ces premières lettres

reçues. On les veut avoir tout le temps auprès de soi,
comme de belles fleurs reçues, encore toutes fraîches, et
qu'on ne s'interrompt de regarder que pour les respirer
de plus près. La phrase qu'on sait par cœur est agréable
à relire et, dans celles moins littéralement apprises, on
veut vérifier le degré de tendresse d'une expression. A-
t-elle écrit : « Votre chère lettre » ? Petite déception dans
la douceur qu'on respire, et qui doit être attribuée soit à ce
qu'on a lu trop vite, soit à l'écriture illisible de la corres-
pondante ; elle n'a pas mis : « et votre chère lettre », mais :
« en voyant cette lettre ». Mais le reste est si tendre. Oh !
que de pareilles fleurs viennent demain ! Puis cela ne
suffit plus, il faudrait aux mots écrits confronter les
regards, la voix. On prend rendez-vous, et — sans qu'elle
ait changé peut-être — là où on croyait, sur la description
faite ou le souvenir personnel, rencontrer la fée Viviane,
on trouve le Chat botté. On lui donne rendez-vous pour
le lendemain quand même, car c'est tout de même *elle*, et
ce qu'on désirait, c'est elle. Or ces désirs pour une femme
dont on a rêvé ne rendent pas absolument nécessaire la
beauté de tel trait précis. Ces désirs sont seulement le
désir de tel être ; vagues comme des parfums, comme le
styrax était le désir de Prothyraïa, le safran le désir éthéré,
les aromates le désir d'Héra, la myrrhe le parfum des
nuages, la manne le désir de Nikè, l'encens le parfum de
la mer. Mais ces parfums que chantent les Hymnes
orphiques sont bien moins nombreux que les divinités
qu'ils chérissent. La myrrhe est le parfum des nuages,
mais aussi des Protogonos, de Neptune, de Nérée, de
Lèto ; l'encens est le parfum de la mer, mais aussi de la
belle Dikè, de Thémis, de Circé, des neuf Muses, d'Éos,
de Mnémosyne, du Jour, de Dikaïosunè. Pour le styrax,
la manne et les aromates, on n'en finirait pas de dire les
divinités qui les inspirent, tant elles sont nombreuses.
Amphiétès a tous les parfums excepté l'encens, et Gaïa
rejette uniquement les fèves et les aromates. Ainsi en
était-il de ces désirs de jeunes filles que j'avais. Moins
nombreux qu'elles n'étaient, ils se changeaient en des

déceptions et des tristesses assez semblables les unes aux autres. Je n'ai jamais voulu de la myrrhe. Je l'ai réservée pour Jupien et pour la princesse de Guermantes, car elle est le désir de Protogonos « aux deux sexes, ayant le mugissement du taureau, aux nombreuses orgies, mémorable, inénarrable, descendant, joyeux, vers les sacrifices des Orgiophantes ».

Mais bientôt la saison battit son plein ; c'était tous les jours une arrivée nouvelle, et à la fréquence subitement croissante de mes promenades, remplaçant la lecture charmante des *Mille et une Nuits*, il y avait une cause dépourvue de plaisir et qui les empoisonnait tous. La plage était maintenant peuplée de jeunes filles, et l'idée que m'avait suggérée Cottard m'ayant, non pas fourni de nouveaux soupçons, mais rendu sensible et fragile de ce côté, et prudent à ne pas en laisser se former en moi, dès qu'une jeune femme arrivait à Balbec, je me sentais mal à l'aise, je proposais à Albertine les excursions les plus éloignées, afin qu'elle ne pût faire sa connaissance et même, si c'était possible, pût ne pas apercevoir la nouvelle venue. Je redoutais naturellement davantage encore celles dont on remarquait le mauvais genre ou connaissait la mauvaise réputation ; je tâchais de persuader à mon amie que cette mauvaise réputation n'était fondée sur rien, était calomnieuse, peut-être sans me l'avouer par une peur, encore inconsciente, qu'elle cherchât à se lier avec la dépravée, ou qu'elle regrettât de ne pouvoir le chercher à cause de moi, ou qu'elle crût, par le nombre des exemples, qu'un vice si répandu n'est pas condamnable. En le niant de chaque coupable je ne tendais pas à moins qu'à prétendre que le saphisme n'existe pas. Albertine adoptait mon incrédulité pour le vice de telle et telle : « Non, je crois que c'est seulement un genre qu'elle cherche à se donner, c'est pour faire du genre. » Mais alors je regrettais presque d'avoir plaidé l'innocence, car il me déplaisait qu'Albertine, si sévère autrefois, pût croire que ce « genre » fût quelque chose d'assez flatteur, d'assez avantageux, pour qu'une femme exempte de ces goûts eût cherché à

s'en donner l'apparence. J'aurais voulu qu'aucune femme
ne vînt plus à Balbec ; je tremblais en pensant que, comme
c'était à peu près l'époque où Mme Putbus devait arriver
chez les Verdurin, sa femme de chambre, dont Saint-
Loup ne m'avait pas caché les préférences, pourrait venir
excursionner jusqu'à la plage, et, si c'était un jour où je
n'étais pas auprès d'Albertine, essayer de la corrompre.
J'arrivais à me demander, comme Cottard ne m'avait pas
caché que les Verdurin tenaient beaucoup à moi, et, tout
en ne voulant pas avoir l'air, comme il disait, de me courir
après, auraient donné beaucoup pour que j'allasse chez
eux, si je ne pourrais pas, moyennant les promesses
de leur amener à Paris tous les Guermantes du monde,
obtenir de Mme Verdurin que, sous un prétexte quelconque, elle prévînt Mme Putbus qu'il lui était impossible de la garder chez elle et la fît repartir au plus
vite.

Malgré ces pensées, et comme c'était surtout la présence
d'Andrée qui m'inquiétait, l'apaisement que m'avaient
procuré les paroles d'Albertine persistait encore un peu ;
je savais d'ailleurs que bientôt j'aurais moins besoin de
lui, Andrée devant partir avec Rosemonde et Gisèle
presque au moment où tout le monde arrivait, et n'ayant
plus à rester auprès d'Albertine que quelques semaines.
Pendant celles-ci d'ailleurs, Albertine sembla combiner
tout ce qu'elle faisait, tout ce qu'elle disait, en vue de
détruire mes soupçons s'il m'en restait, ou de les empêcher
de renaître. Elle s'arrangeait à ne jamais rester seule avec
Andrée, et insistait, quand nous rentrions, pour que je
l'accompagnasse jusqu'à sa porte, pour que je vinsse l'y
chercher quand nous devions sortir. Andrée cependant
prenait de son côté une peine égale, semblait éviter de
voir Albertine. Et cette apparente entente entre elles
n'était pas le seul indice qu'Albertine avait dû mettre
son amie au courant de notre entretien et lui demander d'avoir la gentillesse de calmer mes absurdes soupçons.

Vers cette époque se produisit au Grand-Hôtel de

Balbec un scandale qui ne fut pas pour changer la pente de mes tourments. La sœur de Bloch avait depuis quelque temps, avec une ancienne actrice, des relations secrètes qui bientôt ne leur suffirent plus. Être vues leur semblait ajouter de la perversité à leur plaisir, elles voulaient faire baigner leurs dangereux ébats dans les regards de tous. Cela commença par des caresses, qu'on pouvait en somme attribuer à une intimité amicale, dans le salon de jeu, autour de la table de baccara. Puis elles s'enhardirent. Et enfin un soir, dans un coin pas même obscur de la grande salle de danse, sur un canapé, elles ne se gênèrent pas plus que si elles avaient été dans leur lit. Deux officiers, qui étaient non loin de là avec leurs femmes, se plaignirent au directeur. On crut un moment que leur protestation aurait quelque efficacité. Mais ils avaient contre eux que, venus pour un soir de Netteholme où ils habitaient, à Balbec, ils ne pouvaient en rien être utiles au directeur. Tandis que, même à son insu, et quelque observation que lui fît le directeur, planait sur Mlle Bloch la protection de M. Nissim Bernard. Il faut dire pourquoi M. Nissim Bernard pratiquait au plus haut point les vertus de famille. Tous les ans il louait à Balbec une magnifique villa pour son neveu, et aucune invitation n'aurait pu le détourner de rentrer dîner dans son chez lui, qui était en réalité leur chez eux. Mais jamais il ne déjeunait chez lui. Tous les jours il était à midi au Grand-Hôtel. C'est qu'il entretenait, comme d'autres un rat d'opéra, un « commis », assez pareil à ces chasseurs dont nous avons parlé, et qui nous faisaient penser aux jeunes israélites d'*Esther* et d'*Athalie*. A vrai dire, les quarante années qui séparaient M. Nissim Bernard du jeune commis auraient dû préserver celui-ci d'un contact peu aimable. Mais, comme le dit Racine avec tant de sagesse dans les mêmes chœurs :

> *Mon Dieu, qu'une vertu naissante*
> *parmi tant de périls marche à pas incertains!*
> *Qu'une âme qui te cherche et veut être innocente*
> *Trouve d'obstacle à ses desseins!*

Le jeune commis avait eu beau être « loin du monde élevé », dans le Temple-Palace de Balbec, il n'avait pas suivi le conseil de Joad :

> *Sur la richesse et l'or ne mets point ton appui.*

Il s'était peut-être fait une raison en disant : « Les pécheurs couvrent la terre. » Quoi qu'il en fût, et bien que M. Nissim Bernard n'espérât pas un délai aussi court, dès le premier jour,

> *Et soit frayeur encore, ou pour le caresser,*
> *De ses bras innocents il se sentit presser.*

Et dès le deuxième jour, M. Nissim Bernard promenant le commis, « l'abord contagieux altérait son innocence ». Dès lors la vie du jeune enfant avait changé. Il avait beau porter le pain et le sel, comme son chef de rang le lui commandait, tout son visage chantait :

> *De fleurs en fleurs, de plaisirs en plaisirs*
> *Promenons nos désirs...*
> *De nos ans passagers le nombre est incertain*
> *Hâtons-nous aujourd'hui de jouir de la vie!...*
> *L'honneur et les emplois*
> *Sont le prix d'une aveugle et douce obéissance.*
> *Pour la triste innocence*
> *Qui voudrait élever la voix?*

Depuis ce jour-là, M. Nissim Bernard n'avait jamais manqué de venir occuper sa place au déjeuner (comme l'eût fait à l'orchestre quelqu'un qui entretient une figurante, une figurante celle-là d'un genre fortement caractérisé, et qui attend encore son Degas). C'était le plaisir de M. Nissim Bernard de suivre dans la salle à manger, et jusque dans les perspectives lointaines où, sous son palmier, trônait la caissière, les évolutions de l'adolescent empressé au service, au service de tous, et moins de M. Nissim Bernard depuis que celui-ci l'entretenait, soit que le jeune enfant de chœur ne crût pas nécessaire de témoigner la même amabilité à quelqu'un de qui il se croyait suffisamment aimé, soit que cet amour l'irritât ou qu'il craignît

que, découvert, il lui fît manquer d'autres occasions. Mais
cette froideur même plaisait à M. Nissim Bernard par
tout ce qu'elle dissimulait ; que ce fût par atavisme hébraïque ou par profanation du sentiment chrétien, il se
plaisait singulièrement, qu'elle fût juive ou catholique, à
la cérémonie racinienne. Si elle eût été une véritable
représentation d'*Esther* ou d'*Athalie* M. Bernard eût
regretté que la différence des siècles ne lui eût pas permis
de connaître l'auteur, Jean Racine, afin d'obtenir pour
son protégé un rôle plus considérable. Mais la cérémonie
du déjeuner n'émanant d'aucun écrivain, il se contentait
d'être en bons termes avec le directeur et avec Aimé pour
que le « jeune Israélite » fût promu aux fonctions souhai-
tées, ou de demi-chef, ou même de chef de rang. Celles de
sommelier lui avaient été offertes. Mais M. Bernard
l'obligea à les refuser, car il n'aurait plus pu venir chaque
jour le voir courir dans la salle à manger verte et se faire
servir par lui comme un étranger. Or ce plaisir était si
fort que tous les ans M. Bernard revenait à Balbec et y
prenait son déjeuner hors de chez lui, habitudes où
M. Bloch voyait, dans la première un goût poétique pour
la belle lumière, les couchers de soleil de cette côte pré-
férée à toute autre ; dans la seconde, une manie invétérée
de vieux célibataire.

   A vrai dire, cette erreur des parents de M. Nissim
Bernard, lesquels ne soupçonnaient pas la vraie raison de
son retour annuel à Balbec et ce que la pédante Mme Bloch
appelait ses découchages en cuisine, cette erreur était
une vérité plus profonde et du second degré. Car M. Nissim Bernard ignorait lui-même ce qu'il pouvait entrer
d'amour de la plage de Balbec, de la vue qu'on avait du
restaurant sur la mer, et d'habitudes maniaques, dans le
goût qu'il avait d'entretenir comme un rat d'opéra d'une
autre sorte, à laquelle il manque encore un Degas, l'un
de ses servants qui étaient encore des filles. Aussi M. Nissim Bernard entretenait-il avec le directeur de ce théâtre
qu'était l'hôtel de Balbec, et avec le metteur en scène et
régisseur Aimé — desquels le rôle en toute cette affaire

n'était pas des plus limpides — d'excellentes relations.
On intriguerait un jour pour obtenir un grand rôle, peut-
être une place de maître d'hôtel. En attendant, le plaisir
de M. Nissim Bernard, si poétique et calmement contemplatif qu'il fût, avait un peu le caractère de ces hommes à
femmes qui savent toujours — Swann jadis, par exemple
— qu'en allant dans le monde ils vont retrouver leur
maîtresse. A peine M. Nissim Bernard serait-il assis qu'il
verrait l'objet de ses vœux s'avancer sur la scène portant
à la main des fruits ou des cigares sur un plateau. Aussi
tous les matins, après avoir embrassé sa nièce, s'être
inquiété des travaux de mon ami Bloch et donné à manger
à ses chevaux des morceaux de sucre posés dans sa paume
tendue, avait-il une hâte fébrile d'arriver pour le déjeuner
au Grand-Hôtel. Il y eût eu le feu chez lui, sa nièce eût
eu une attaque, qu'il fût sans doute parti tout de même.
Aussi craignait-il comme la peste un rhume pour lequel
il eût gardé le lit — car il était hypocondriaque — et qui
eût nécessité qu'il fît demander à Aimé de lui envoyer
chez lui, avant l'heure du goûter, son jeune ami.

Il aimait d'ailleurs tout le labyrinthe de couloirs, de
cabinets secrets, de salons, de vestiaires, de garde-manger,
de galeries qu'était l'hôtel de Balbec. Par atavisme
d'Oriental il aimait les sérails et, quand il sortait le
soir, on le voyait en explorer furtivement les détours.

Tandis que, se risquant jusqu'aux sous-sols et cherchant malgré tout à ne pas être vu et à éviter le scandale,
M. Nissim Bernard, dans sa recherche des jeunes lévites,
faisait penser à ces vers de *la Juive* :

> *O Dieu de nos pères,*
> *Parmi nous descends,*
> *Cache nos mystères*
> *A l'œil des méchants!*

je montais au contraire dans la chambre de deux sœurs
qui avaient accompagné à Balbec, comme femmes de
chambre, une vieille dame étrangère. C'était ce que le
langage des hôtels appelait deux courrières et celui de

Françoise, laquelle s'imaginait qu'un courrier ou une courrière sont là pour faire des courses, deux « coursières ». Les hôtels, eux, en sont restés, plus noblement, au temps où l'on chantait : « C'est un courrier de cabinet. »

Malgré la difficulté qu'il y avait pour un client à aller dans des chambres de courrière, et réciproquement, je m'étais très vite lié d'une amitié très vive, quoique très pure, avec ces deux jeunes personnes, Mlle Marie Gineste et Mme Céleste Albaret. Nées au pied des hautes montagnes du centre de la France, au bord de ruisseaux et de torrents (l'eau passait même sous leur maison de famille où tournait un moulin et qui avait été dévastée plusieurs fois par l'inondation), elles semblaient en avoir gardé la nature. Marie Gineste était plus régulièrement rapide et saccadée, Céleste Albaret plus molle et languissante, étalée comme un lac, mais avec de terribles retours de bouillonnement où sa fureur rappelait le danger des crues et des tourbillons liquides qui entraînent tout, saccagent tout. Elles venaient souvent, le matin, me voir quand j'étais encore couché. Je n'ai jamais connu de personnes aussi volontairement ignorantes, qui n'avaient absolument rien appris à l'école, et dont le langage eût pourtant quelque chose de si littéraire que, sans le naturel presque sauvage de leur ton, on aurait cru leurs paroles affectées. Avec une familiarité que je ne retouche pas, malgré les éloges (qui ne sont pas ici pour me louer, mais pour louer le génie étrange de Céleste) et les critiques, également faux, mais très sincères, que ces propos semblent comporter à mon égard, tandis que je trempais des croissants dans mon lait, Céleste me disait : « Oh ! petit diable noir aux cheveux de geai, ô profonde malice ! Je ne sais pas à quoi pensait votre mère quand elle vous a fait, car vous avez tout d'un oiseau. Regarde, Marie, est-ce qu'on ne dirait pas qu'il se lisse ses plumes, et tourne son cou, avec une souplesse ! il a l'air tout léger, on dirait qu'il est en train d'apprendre à voler. Ah ! vous avez de la chance que ceux qui vous ont créé vous aient fait naître dans le rang des riches ; qu'est-ce que vous

seriez devenu, gaspilleur comme vous êtes ? Voilà qu'il
jette son croissant parce qu'il a touché le lit. Allons bon,
voilà qu'il répand son lait, attendez que je vous mette
une serviette, car vous ne sauriez pas vous y prendre,
je n'ai jamais vu quelqu'un de si bête et de si maladroit
que vous. » On entendait alors le bruit plus régulier de
torrent de Marie Gineste qui, furieuse, faisait des répri-
mandes à sa sœur : « Allons, Céleste, veux-tu te taire ?
Es-tu pas folle de parler à Monsieur comme cela ? »
Céleste n'en faisait que sourire ; et comme je détestais
qu'on m'attachât une serviette : « Mais non, Marie,
regarde-le, bing ! voilà qu'il s'est dressé tout droit
comme un serpent. Un vrai serpent, je te dis. » Elle
prodiguait, du reste, les comparaisons zoologiques, car,
selon elle, on ne savait pas quand je dormais, je volti-
geais toute la nuit comme un papillon, et le jour j'étais
aussi rapide que ces écureuils, « tu sais, Marie, comme on
voit chez nous, si agiles que même avec les yeux on ne
peut pas les suivre. — Mais, Céleste, tu sais qu'il n'aime
pas avoir une serviette quand il mange. — Ce n'est pas
qu'il n'aime pas ça, c'est pour bien dire qu'on ne peut
pas lui changer sa volonté. C'est un seigneur et il veut
montrer qu'il est un seigneur. On changera les draps
dix fois s'il le faut, mais il n'aura pas cédé. Ceux d'hier
avaient fait leur course, mais aujourd'hui ils viennent
seulement d'être mis, et déjà il faudra les changer. Ah !
j'avais raison de dire qu'il n'était pas fait pour naître
parmi les pauvres. Regarde, ses cheveux se hérissent,
ils se boursouflent par la colère comme les plumes des
oiseaux. Pauvre *ploumissou !* » Ici ce n'était pas seulement
Marie qui protestait, mais moi, car je ne me sentais pas
seigneur du tout. Mais Céleste ne croyait jamais à la
sincérité de ma modestie et, me coupant la parole :
« Ah ! sac à ficelles, ah ! douceur, ah ! perfidie ! rusé
entre les rusés, rosse des rosses ! Ah ! Molière ! » (C'était
le seul nom d'écrivain qu'elle connût, mais elle me l'appliquait, entendant par là quelqu'un qui serait capable à la
fois de composer des·pièces et de les jouer.) « Céleste ! »

criait impérieusement Marie qui, ignorant le nom de
Molière; craignait que ce ne fût une injure nouvelle.
Céleste se remettait à sourire : « Tu n'as donc pas vu
dans son tiroir sa photographie quand il était enfant ?
Il avait voulu nous faire croire qu'on l'habillait toujours
très simplement. Et là, avec sa petite canne, il n'est que
fourrures et dentelles, comme jamais prince n'a eu.
Mais ce n'est rien à côté de son immense majesté et de sa
bonté encore plus profonde. — Alors, grondait le torrent
Marie, voilà que tu fouilles dans ses tiroirs maintenant. »
Pour apaiser les craintes de Marie je lui demandais ce
qu'elle pensait de ce que M. Nissim Bernard faisait.
« Ah! Monsieur, c'est des choses que je n'aurais pas pu
croire que ça existait : il a fallu venir ici » et, damant pour
une fois le pion à Céleste par une parole plus profonde :
« Ah! voyez-vous, Monsieur, on ne peut jamais savoir
ce qu'il peut y avoir dans une vie. » Pour changer   le
sujet, je lui parlais de celle de mon père, qui travaillait
nuit et jour. « Ah! Monsieur, ce sont des vies dont on ne
garde rien pour soi, pas une minute, pas un plaisir ;
tout, entièrement tout est un sacrifice pour les autres,
ce sont des vies *données*... Regarde, Céleste, rien que pour
poser sa main sur la couverture et prendre son croissant,
quelle distinction! Il peut faire les choses les plus insignifiantes, on dirait que toute la noblesse de France,
jusqu'aux Pyrénées, se déplace dans chacun de ses mouvements. »
    Anéanti par ce portrait si peu véridique, je me taisais ;
Céleste voyait là une ruse nouvelle : « Ah! front qui as
l'air si pur et qui caches tant de choses, joues amies et
fraîches comme l'intérieur d'une amande, petites mains
de satin tout pelucheux, ongles comme des griffes, etc.
Tiens, Marie, regarde-le boire son lait avec un recueillement qui me donne envie de faire ma prière. Quel air
sérieux! On devait bien tirer son portrait en ce moment.
Il a tout des enfants. Est-ce de boire du lait comme eux
qui vous a conservé leur teint clair ? Ah! jeunesse! ah!
jolie peau! Vous ne vieillirez jamais. Vous avez de la

chance, vous n'aurez jamais à lever la main sur personne
car vous avez des yeux qui savent imposer leur volonté.
Et puis le voilà en colère maintenant. Il se tient debout,
tout droit comme une évidence. »

Françoise n'aimait pas du tout que celles qu'elle
appelait les deux enjôleuses vinssent ainsi tenir conversation avec moi. Le directeur, qui faisait guetter par ses
employés tout ce qui se passait, me fit même observer
gravement qu'il n'était pas digne d'un client de causer
avec des courrières. Moi qui trouvais les « enjôleuses »
supérieures à toutes les clientes de l'hôtel, je me contentai de lui éclater de rire au nez, convaincu qu'il ne
comprendrait pas mes explications. Et les deux sœurs
revenaient. « Regarde, Marie, ses traits si fins. O minia-
ture parfaite, plus belle que la plus précieuse qu'on
verrait sous une vitrine, car il a les mouvements, et des
paroles à l'écouter des jours et des nuits. »

C'est miracle qu'une dame étrangère ait pu les emmener, car, sans savoir l'histoire ni la géographie, elles
détestaient de confiance les Anglais, les Allemands, les
Russes, les Italiens, la « vermine » des étrangers et n'aimaient, avec des exceptions, que les Français. Leur figure
avait tellement gardé l'humidité de la glaise malléable
de leurs rivières, que, dès qu'on parlait d'un étranger
qui était dans l'hôtel, pour répéter ce qu'il avait dit
Céleste et Marie appliquaient sur leurs figures sa figure,
leur bouche devenait sa bouche, leurs yeux ses yeux,
on aurait voulu garder ces admirables masques de théâtre.
Céleste même, en faisant semblant de ne redire que ce
qu'avait dit le directeur, ou tel de mes amis, insérait
dans son petit récit des propos feints où étaient peints
malicieusement tous les défauts de Bloch, ou du premier
président, etc., sans en avoir l'air. C'était sous la forme
de compte rendu d'une simple commission dont elle
s'était obligeamment chargée, un portrait inimitable.
Elles ne lisaient jamais rien, pas même un journal. Un
jour pourtant, elles trouvèrent sur mon lit un volume.
C'étaient des poèmes admirables mais obscurs de Saint-

Léger Léger. Céleste lut quelques pages et me dit :
« Mais êtes-vous bien sûr que ce sont des vers, est-ce
que ce ne serait pas plutôt des devinettes ? » Évidemment
pour une personne qui avait appris dans son enfance
une seule poésie : *Ici-bas tous les lilas meurent*, il y avait
manque de transition. Je crois que leur obstination à ne
rien apprendre tenait un peu à leur pays malsain. Elles
étaient pourtant aussi douées qu'un poète, avec plus de
modestie qu'ils n'en ont généralement. Car si Céleste
avait dit quelque chose de remarquable et que, ne me
souvenant pas bien, je lui demandais de me le rappeler,
elle assurait avoir oublié. Elles ne liront jamais de livres,
mais n'en feront jamais non plus.

Françoise fut assez impressionnée en apprenant que
les deux frères de ces femmes si simples avaient épousé,
l'un la nièce de l'archevêque de Tours, l'autre une parente de l'évêque de Rodez. Au directeur, cela n'eût
rien dit. Céleste reprochait quelquefois à son mari de ne
pas la comprendre, et moi je m'étonnais qu'il pût la
supporter. Car à certains moments, frémissante, furieuse,
détruisant tout, elle était détestable. On prétend que le
liquide salé qu'est notre sang n'est que la survivance
intérieure de l'élément marin primitif. Je crois de même
que Céleste, non seulement dans ses fureurs, mais aussi
dans ses heures de dépression, gardait le rythme des
ruisseaux de son pays. Quand elle était épuisée, c'était à
leur manière ; elle était vraiment à sec. Rien n'aurait pu
alors la revivifier. Puis tout d'un coup la circulation
reprenait dans son grand corps magnifique et léger.
L'eau coulait dans la transparence opaline de sa peau
bleuâtre. Elle souriait au soleil et devenait plus bleue
encore. Dans ces moments-là elle était vraiment céleste.

La famille de Bloch avait beau n'avoir jamais soupçonné la raison pour laquelle son oncle ne déjeunait
jamais à la maison et avoir accepté cela dès le début
comme une manie de vieux célibataire, peut-être pour
les exigences d'une liaison avec quelque actrice, tout ce
qui touchait à M. Nissim Bernard était « tabou » pour le

directeur de l'hôtel de Balbec. Et voilà pourquoi, sans
en avoir même référé à l'oncle, il n'avait finalement pas
osé donner tort à la nièce, tout en lui recommandant
quelque circonspection. Or la jeune fille et son amie qui,
pendant quelques jours, s'étaient figurées être exclues
du Casino et du Grand-Hôtel, voyant que tout s'arrangeait, furent heureuses de montrer à ceux des pères de
famille qui les tenaient à l'écart qu'elles pouvaient
impunément tout se permettre. Sans doute n'allèrent-
elles pas jusqu'à renouveler la scène publique qui avait
révolté tout le monde. Mais peu à peu leurs façons re-
prirent insensiblement. Et un soir où je sortais du Casino
à demi éteint, avec Albertine, et Bloch que nous avions
rencontré, elles passèrent enlacées, ne cessant de s'embrasser, et, arrivées à notre hauteur, poussèrent des
gloussements, des rires, des cris indécents. Bloch baissa
les yeux pour ne pas avoir l'air de reconnaître sa sœur,
et moi j'étais torturé en pensant que ce langage particulier et atroce s'adressait peut-être à Albertine.

Un autre incident fixa davantage encore mes préoccupations du côté de Gomorrhe. J'avais vu sur la plage
une belle jeune femme élancée et pâle de laquelle les
yeux, autour de leur centre, disposaient des rayons si
géométriquement lumineux qu'on pensait, devant son
regard, à quelque constellation. Je songeais combien
elle était plus belle qu'Albertine et comme il était plus
sage de renoncer à l'autre. Tout au plus le visage de cette
belle jeune femme était-il passé au rabot invisible d'une
grande bassesse de vie, de l'acceptation constante d'expé-
dients vulgaires, si bien que ses yeux, plus nobles pourtant que le reste du visage, ne devaient rayonner que
d'appétits et de désirs. Or, le lendemain, cette jeune femme
étant placée très loin de nous au Casino, je vis qu'elle ne
cessait de poser sur Albertine les feux alternés et tour-
nants de ses regards. On eût dit qu'elle lui faisait des
signes comme à l'aide d'un phare. Je souffrais que mon
amie vît qu'on faisait si attention à elle, je craignais que
ces regards incessamment allumés n'eussent la signifi-

cation conventionnelle d'un rendez-vous d'amour pour
le lendemain. Qui sait ? ce rendez-vous n'était peut-être
pas le premier. La jeune femme aux yeux rayonnants
avait pu venir une autre année à Balbec. C'était peut-être
parce qu'Albertine avait déjà cédé à ses désirs ou à
ceux d'une amie que celle-ci se permettait de lui adresser
ces brillants signaux. Ils faisaient alors plus que réclamer
quelque chose pour le présent, ils s'autorisaient pour
cela des bonnes heures du passé.

Ce rendez-vous, en ce cas, ne devait pas être le premier,
mais la suite de parties faites ensemble d'autres années.
Et, en effet, les regards ne disaient pas : « Veux-tu ? »
Dès que la jeune femme avait aperçu Albertine, elle avait
tourné tout à fait la tête et fait luire vers elle des regards
chargés de mémoire, comme si elle avait eu peur et
stupéfaction que mon amie ne se souvînt pas. Albertine,
qui la voyait très bien, resta flegmatiquement immobile,
de sorte que l'autre, avec le même genre de discrétion
qu'un homme qui voit son ancienne maîtresse avec un
autre amant, cessa de la regarder et de s'occuper plus
d'elle que si elle n'avait pas existé.

Mais quelques jours après, j'eus la preuve des goûts
de cette jeune femme et aussi de la probabilité qu'elle
avait connu Albertine autrefois. Souvent, quand, dans
la salle du Casino, deux jeunes filles se désiraient, il se
produisait comme un phénomène lumineux, une sorte
de traînée phosphorescente allant de l'une à l'autre.
Disons en passant que c'est à l'aide de telles matérialisa-
tions, fussent-elles impondérables, par ces signes as-
traux enflammant toute une partie de l'atmosphère, que
Gomorrhe, dispersée, tend, dans chaque ville, dans chaque
village, à rejoindre ses membres séparés, à reformer la
cité biblique tandis que, partout, les mêmes efforts sont
poursuivis, fût-ce en vue d'une reconstruction intermittente, par les nostalgiques, par les hypocrites, quelquefois par les courageux exilés de Sodome.

Une fois je vis l'inconnue qu'Albertine avait eu l'air
de ne pas reconnaître, juste à un moment où passait la

cousine de Bloch. Les yeux de la jeune femme s'étoilèrent, mais on voyait bien qu'elle ne connaissait pas la demoiselle israélite. Elle la voyait pour la première fois, éprouvait un désir, guère de doutes, nullement la même certitude qu'à l'égard d'Albertine, Albertine sur la camaraderie de qui elle avait dû tellement compter que, devant sa froideur, elle avait ressenti la surprise d'un étranger habitué de Paris mais qui ne l'habite pas et qui, étant revenu y passer quelques semaines, à la place du petit théâtre où il avait l'habitude de passer de bonnes soirées, voit qu'on a construit une banque.

La cousine de Bloch alla s'asseoir à une table où elle regarda un magazine. Bientôt la jeune femme vint s'asseoir d'un air distrait à côté d'elle. Mais sous la table on aurait pu voir bientôt se tourmenter leurs pieds, puis leurs jambes et leurs mains qui étaient confondues. Les paroles suivirent, la conversation s'engagea, et le naïf mari de la jeune femme, qui la cherchait partout, fut étonné de la trouver faisant des projets pour le soir même avec une jeune fille qu'il ne connaissait pas. Sa femme lui présenta comme une amie d'enfance la cousine de Bloch, sous un nom inintelligible, car elle avait oublié de lui demander comment elle s'appelait. Mais la présence du mari fit faire un pas de plus à leur intimité, car elles se tutoyèrent, s'étant connues au couvent, incident dont elles rirent fort plus tard, ainsi que du mari berné, avec une gaîté qui fut une occasion de nouvelles tendresses.

Quant à Albertine, je ne peux pas dire que nulle part, au Casino, sur la plage, elle eût avec une jeune fille des manières trop libres. Je leur trouvais même un excès de froideur et d'insignifiance qui semblait plus que de la bonne éducation, une ruse destinée à dépister les soupçons. A telle jeune fille, elle avait une façon rapide, glacée et décente, de répondre à très haute voix : « Oui, j'irai vers cinq heures au tennis. Je prendrai mon bain demain matin vers huit heures », et de quitter immédiatement la personne à qui elle venait de dire cela — qui avait un terrible air de vouloir donner le change, et soit de donner un rendez-vous, soit plutôt, après l'avoir donné bas, de dire fort cette phrase, en effet insignifiante, pour ne pas « se faire remarquer ». Et quand ensuite je la voyais prendre sa bicyclette et filer à toute vitesse, je ne pouvais m'empêcher de penser qu'elle allait rejoindre celle à qui elle avait à peine parlé.

Tout au plus, lorsque quelque belle jeune femme descendait d'automobile au coin de la plage, Albertine ne pouvait-elle s'empêcher de se retourner. Et elle expliquait aussitôt : « Je regardais le nouveau drapeau qu'ils ont mis devant les bains. Ils auraient pu faire plus de frais. L'autre était assez miteux. Mais je crois vraiment que celui-ci est encore plus moche. »

Une fois Albertine ne se contenta pas de la froideur et je n'en fus que plus malheureux. Elle me savait ennuyé qu'elle pût rencontrer une amie de sa tante, qui avait « mauvais genre » et venait quelquefois passer deux ou trois jours chez Mme Bontemps. Gentiment, Albertine m'avait dit qu'elle ne la saluerait plus. Et quand cette femme venait à Incarville, Albertine disait : « A propos, vous savez qu'elle est ici. Est-ce qu'on vous l'a dit ? » comme pour me montrer qu'elle ne la voyait pas en cachette. Un jour qu'elle me disait cela elle ajouta : « Oui, je l'ai rencontrée sur la plage et exprès, par grossièreté, je l'ai presque frôlée en passant, je l'ai bousculée. » Quand Albertine me dit cela il me revint à la mémoire une phrase de Mme Bontemps à laquelle je n'avais jamais repensé, celle où elle avait dit devant moi à Mme Swann combien sa nièce Albertine était effrontée, comme si c'était une qualité, et comment elle avait dit à je ne sais plus quelle femme de fonctionnaire que le père de celle-ci avait été marmiton. Mais une parole de celle que nous aimons ne se conserve pas longtemps dans sa pureté ; elle se gâte, elle se pourrit. Un ou deux soirs après, je repensai à la phrase d'Albertine, et ce ne fut plus la mauvaise éducation dont elle s'enorgueillissait — et qui ne pouvait que me faire sourire — qu'elle me sembla signifier, c'était autre chose, et qu'Albertine, même peut-être sans but précis, pour irriter les sens de cette dame ou lui rappeler méchamment d'anciennes propositions, peut-être acceptées autrefois, l'avait frôlée rapidement, pensait que je l'avais appris peut-être, comme c'était en public, et avait voulu d'avance prévenir une interprétation défavorable.

Au reste, ma jalousie causée par les femmes qu'aimait peut-être Albertine allait brusquement cesser.

Nous étions, Albertine et moi, devant la station Balbec du petit train d'intérêt local. Nous nous étions fait conduire par l'omnibus de l'hôtel, à cause du mauvais temps. Non loin de nous était M. Nissim Bernard, lequel avait un œil poché. Il trompait depuis peu l'enfant des chœurs d'*Athalie* avec le garçon d'une ferme assez achalandée du voisinage, « Aux cerisiers ». Ce garçon rouge, aux traits abrupts, avait absolument l'air d'avoir comme tête une tomate. Une tomate exactement semblable servait de tête à son frère jumeau. Pour le contemplateur désintéressé, il y a cela d'assez beau, dans ces ressemblances parfaites de deux jumeaux, que la nature, comme si elle s'était momentanément industrialisée, semble débiter des produits pareils. Malheureusement, le point de vue de M. Nissim Bernard était autre et cette ressemblance n'était qu'extérieure. La tomate n° 2 se plaisait avec frénésie à faire exclusivement les délices des dames, la tomate n° 1 ne détestait pas condescendre aux goûts de certains messieurs. Or chaque fois que, secoué, ainsi que par un réflexe, par le souvenir des bonnes heures passées avec la tomate n° 1, M. Bernard se présentait « Aux Cerisiers », myope (et du reste la myopie n'était pas nécessaire pour les confondre), le vieil Israélite, jouant sans le savoir Amphitryon, s'adressait au frère jumeau et lui disait : « Veux-tu me donner rendez-vous pour ce soir ? » Il recevait aussitôt une solide « tournée ». Elle vint même à se renouveler au cours d'un même repas, où il continuait

19

avec l'autre les propos commencés avec le premier. A la
longue elle le dégoûta tellement, par association d'idées,
des tomates, même de celles comestibles, que chaque
fois qu'il entendait un voyageur en commander à côté de
lui, au Grand-Hôtel, il lui chuchotait : « Excusez-moi,
Monsieur, de m'adresser à vous, sans vous connaître.
Mais j'ai entendu que vous commandiez des tomates.
Elle sont pourries aujourd'hui. Je vous le dis dans votre
intérêt car pour moi cela m'est égal, je n'en prends jamais.»
L'étranger remerciait avec effusion ce voisin philan-
thrope et désintéressé, rappelait le garçon, feignait de se
raviser. « Non, décidément, pas de tomates. » Aimé, qui
connaissait la scène, en riait tout seul et pensait : « C'est
un vieux malin que M. Bernard, il a encore trouvé le
moyen de faire changer la commande. » M. Bernard, en
attendant le tram en retard, ne tenait pas à nous dire
bonjour, à Albertine et à moi, à cause de son œil poché.
Nous tenions encore moins à lui parler. C'eût été pourtant
presque inévitable si, à ce moment-là, une bicyclette
n'avait à toute vitesse fondu sur nous ; le lift en sauta,
hors d'haleine. Mme Verdurin avait téléphoné un peu
après notre départ pour que je vinsse dîner, le surlendemain ; on verra bientôt pourquoi. Puis après m'avoir
donné les détails du téléphonage, le lift nous quitta, et
comme ces « employés » démocrates, qui affectent l'indépendance à l'égard des bourgeois, et entre eux rétablis-
sent le principe d'autorité, voulant dire que le concierge
et le voiturier pourraient être mécontents s'il était en
retard, il ajouta : « Je me sauve à cause de mes chefs. »
    Les amies d'Albertine étaient parties pour quelque
temps. Je voulais la distraire. A supposer qu'elle eût
éprouvé du bonheur à passer les après-midi rien qu'avec
moi, à Balbec, je savais qu'il ne se laisse jamais posséder
complètement et qu'Albertine, encore à l'âge (que certains ne dépassent pas) où on n'a pas découvert que cette
imperfection tient à celui qui éprouve le bonheur, non à
celui qui le donne, eût pu être tentée de faire remonter à
moi la cause de sa déception. J'aimais mieux qu'elle

l'imputât aux circonstances qui, par moi combinées, ne
nous laisseraient pas la facilité d'être seuls ensemble, tout
en l'empêchant de rester au Casino et sur la digue sans
moi. Aussi je lui avais demandé ce jour-là de m'accompagner à Doncières où j'irais voir Saint-Loup. Dans ce même
but de l'occuper, je lui conseillais la peinture, qu'elle
avait apprise autrefois. En travaillant elle ne se demanderait pas si elle était heureuse ou malheureuse. Je l'eusse
volontiers emmenée aussi dîner de temps en temps chez
les Verdurin et chez les Cambremer qui, certainement,
les uns et les autres, eussent volontiers reçu une amie
présentée par moi, mais il fallait d'abord que je fusse
certain que Mme Putbus n'était pas encore à la Raspelière. Ce n'était guère que sur place que je pouvais m'en
rendre compte, et comme je savais d'avance que, le surlendemain, Albertine était obligée d'aller aux environs avec
sa tante, j'en avais profité pour envoyer une dépêche à
Mme Verdurin lui demandant si elle pourrait me recevoir
le mercredi. Si Mme Putbus était là, je m'arrangerais pour
voir sa femme de chambre, m'assurer s'il y avait un risque
qu'elle vînt à Balbec, en ce cas savoir quand, pour emmener Albertine au loin ce jour-là. Le petit chemin de fer
d'intérêt local, faisant une boucle qui n'existait pas quand
je l'avais pris avec ma grand'mère, passait maintenant à
Doncières-la-Goupil, grande station d'où partaient des
trains importants, et notamment l'express par lequel
j'étais venu voir Saint-Loup, de Paris, et y étais rentré.
Et à cause du mauvais temps, l'omnibus du Grand-Hôtel
nous conduisit, Albertine et moi, à la station du petit
tram, Balbec-plage.

Le petit chemin de fer n'était pas encore là, mais on
voyait, oisif et lent, le panache de fumée qu'il avait laissé
en route, et qui maintenant, réduit à ses seuls moyens de
nuage peu mobile, gravissait lentement les pentes vertes
de la falaise de Criquetot. Enfin le petit tram, qu'il avait
précédé pour prendre une direction verticale, arriva à son
tour, lentement. Les voyageurs qui allaient le prendre
s'écartèrent pour lui faire place, mais sans se presser,

sachant qu'ils avaient affaire à un marcheur débonnaire, presque humain et qui, guidé comme la bicyclette d'un débutant, par les signaux complaisants du chef de gare, sous la tutelle puissante du mécanicien, ne risquait de renverser personne et se serait arrêté où on aurait voulu.

Ma dépêche expliquait le téléphonage des Verdurin et elle tombait d'autant mieux que le mercredi (le surlendemain se trouvait être un mercredi) était jour de grand dîner pour Mme Verdurin, à la Raspelière comme à Paris, ce que j'ignorais. Mme Verdurin ne donnait pas de « dîners », mais elle avait des « mercredis ». Les mercredis étaient des œuvres d'art. Tout en sachant qu'ils n'avaient leurs pareils nulle part, Mme Verdurin introduisait entre eux des nuances. « Ce dernier mercredi ne valait pas le précédent, disait-elle. Mais je crois que le prochain sera un des plus réussis que j'aie jamais donnés. » Elle allait parfois jusqu'à avouer : « Ce mercredi-ci n'était pas digne des autres. En revanche, je vous réserve une grosse surprise pour le suivant. » Dans les dernières semaines de la saison de Paris, avant de partir pour la campagne, la Patronne annonçait la fin des mercredis. C'était une occasion de stimuler les fidèles : « Il n'y a plus que trois mercredis, il n'y en a plus que deux, disait-elle du même ton que si le monde était sur le point de finir. Vous n'allez pas lâcher mercredi prochain pour la clôture. » Mais cette clôture était factice, car elle avertissait : « Maintenant, officiellement il n'y a plus de mercredis. C'était le dernier pour cette année. Mais je serai tout de même là le mercredi. Nous ferons mercredi entre nous ; qui sait ? ces petits mercredis intimes, ce seront peut-être les plus agréables. » A la Raspelière, les mercredis étaient forcément restreints, et comme, selon qu'on avait rencontré un ami de passage, on l'avait invité tel ou tel soir, c'était presque tous les jours mercredi. « Je ne me rappelle pas bien le nom des invités, mais je sais qu'il y a Mme la marquise de Camembert », m'avait dit le lift ; le souvenir de nos explications relatives aux Cambremer n'était pas arrivé à supplanter définitivement celui du mot ancien,

dont les syllabes familières et pleines de sens venaient au
secours du jeune employé quand il était embarrassé pour
ce nom difficile, et étaient immédiatement préférées et
réadoptées par lui, non pas paresseusement et comme un
vieil usage indéracinable, mais à cause du besoin de
logique et de clarté qu'elles satisfaisaient.

Nous nous hâtâmes pour gagner un wagon vide où je
pusse embrasser Albertine tout le long du trajet. N'ayant
rien trouvé nous montâmes dans un compartiment où était
déjà installée une dame à figure énorme, laide et vieille, à
l'expression masculine, très endimanchée, et qui lisait la
Revue des Deux-Mondes. Malgré sa vulgarité, elle était
prétentieuse dans ses gestes, et je m'amusai à me demander
à quelle catégorie sociale elle pouvait appartenir ; je
conclus immédiatement que ce devait être quelque tenancière de grande maison de filles, une maquerelle en
voyage. Sa figure, ses manières le criaient. J'avais ignoré
seulement jusque-là que ces dames lussent la *Revue des
Deux-Mondes*. Albertine me la montra, non sans cligner
de l'œil en me souriant. La dame avait l'air extrêmement
digne ; et comme, de mon côté, je portais en moi la conscience que j'étais invité pour le lendemain, au point terminus de la ligne du petit chemin de fer, chez la célèbre
Mme Verdurin, qu'à une station intermédiaire j'étais
attendu par Robert de Saint-Loup, et qu'un peu plus loin
j'aurais fait grand plaisir à Mme de Cambremer en venant
habiter Féterne, mes yeux pétillaient d'ironie en considérant cette dame importante qui semblait croire qu'à cause
de sa mise recherchée, des plumes de son chapeau, de sa
Revue des Deux-Mondes, elle était un personnage plus
considérable que moi. J'espérais que la dame ne resterait
pas beaucoup plus que M. Nissim Bernard et qu'elle
descendrait au moins à Toutainville, mais non. Le train
s'arrêta à Égreville, elle resta assise. De même à Montmartin-sur-Mer, à Parville-la-Bingard, à Incarville, de
sorte que, de désespoir, quand le train eut quitté Saint-
Frichoux, qui était la dernière station avant Doncières,
je commençai à enlacer Albertine sans m'occuper de la

dame. A Doncières, Saint-Loup était venu m'attendre à
la gare, avec les plus grandes difficultés, me dit-il, car,
habitant chez sa tante, mon télégramme ne lui était parvenu qu'à l'instant et il ne pourrait, n'ayant pu arranger son
temps d'avance, me consacrer qu'une heure. Cette heure
me parut, hélas! bien trop longue car, à peine descendus
du wagon, Albertine ne fit plus attention qu'à Saint-Loup.
Elle ne causait pas avec moi, me répondait à peine si je
lui adressais la parole, me repoussa quand je m'approchai
d'elle. En revanche, avec Robert, elle riait de son rire
tentateur, elle lui parlait avec volubilité, jouait avec le
chien qu'il avait, et, tout en agaçant la bête, frôlait exprès
son maître. Je me rappelai que, le jour où Albertine s'était
laissé embrasser par moi pour la première fois, j'avais eu
un sourire de gratitude pour le séducteur inconnu qui
avait amené en elle une modification si profonde et m'a-
vait tellement simplifié la tâche. Je pensais à lui maintenant avec horreur. Robert avait dû se rendre compte
qu'Albertine ne m'était pas indifférente, car il ne répondit
pas à ses agaceries, ce qui la mit de mauvaise humeur
contre moi ; puis il me parla comme si j'étais seul, ce qui,
quand elle l'eut remarqué, me fit remonter dans son
estime. Robert me demanda si je ne voulais pas essayer de
trouver, parmi les amis avec lesquels il me faisait dîner
chaque soir à Doncières quand j'y avais séjourné, ceux
qui y étaient encore. Et comme il donnait lui-même dans
le genre de prétention agaçante qu'il réprouvait : « A quoi
ça te sert-il d'avoir *fait du charme* pour eux avec tant de
persévérance si tu ne veux pas les revoir ? » je déclinai sa
proposition, car je ne voulais pas risquer de m'éloigner
d'Albertine, mais aussi parce que maintenant j'étais
détaché d'eux. D'eux, c'est-à-dire de moi. Nous désirons
passionnément qu'il y ait une autre vie où nous serions
pareils à ce que nous sommes ici-bas. Mais nous ne réflé-
chissons pas que, même sans attendre cette autre vie,
dans celle-ci, au bout de quelques années, nous sommes
infidèles à ce que nous avons été, à ce que nous voulions
rester immortellement. Même sans supposer que la mort

nous modifiât plus que ces changements qui se produisent au cours de la vie, si, dans cette autre vie, nous rencontrions le moi que nous avons été, nous nous détournerions de nous comme de ces personnes avec qui on a été lié mais qu'on n'a pas vues depuis longtemps — par exemple les amis de Saint-Loup qu'il me plaisait tant chaque soir de retrouver au Faisan Doré et dont la conversation ne serait plus maintenant pour moi qu'importunité et que gêne. A cet égard, et parce que je préférais ne pas aller y retrouver ce qui m'y avait plu, une promenade dans Doncières aurait pu me paraître préfigurer l'arrivée au paradis. On rêve beaucoup du paradis, ou plutôt de nombreux paradis successifs, mais ce sont tous, bien avant qu'on ne meure, des paradis perdus, et où l'on se sentirait perdu.

Il nous laissa à la gare. « Mais tu peux avoir près d'une heure à attendre, me dit-il. Si tu la passes ici tu verras sans doute mon oncle Charlus qui reprend tantôt le train pour Paris, dix minutes avant le tien. Je lui ai déjà fait mes adieux parce que je suis obligé d'être rentré avant l'heure de son train. Je n'ai pu lui parler de toi puisque je n'avais pas encore eu ton télégramme. » Aux reproches que je fis à Albertine quand Saint-Loup nous eut quittés, elle me répondit qu'elle avait voulu, par sa froideur avec moi, effacer à tout hasard l'idée qu'il avait pu se faire si, au moment de l'arrêt du train, il m'avait vu penché contre elle et mon bras passé autour de sa taille. Il avait, en effet, remarqué cette pose (je ne l'avais pas aperçu, sans cela je me fusse placé plus correctement à côté d'Albertine) et avait eu le temps de me dire à l'oreille : « C'est cela, ces jeunes filles si pimbêches dont tu m'as parlé et qui ne voulaient pas fréquenter Mlle de Stermaria parce qu'elles lui trouvaient mauvaise façon ? » J'avais dit, en effet, à Robert, et très sincèrement, quand j'étais allé de Paris le voir à Doncières et comme nous reparlions de Balbec, qu'il n'y avait rien à faire avec Albertine, qu'elle était la vertu même. Et maintenant que, depuis longtemps, j'avais, par moi-même, appris que c'était faux, je désirais encore plus que Robert crût que c'était vrai. Il m'eût

suffi de dire à Robert que j'aimais Albertine. Il était de
ces êtres qui savent se refuser un plaisir pour épargner à
leur ami des souffrances qu'ils ressentiraient comme si
elles étaient les leurs. « Oui, elle est très enfant. Mais tu ne
sais rien sur elle ? ajoutai-je avec inquiétude. — Rien,
sinon que je vous ai vus posés comme deux amoureux.

— Votre attitude n'effaçait rien du tout, dis-je à Albertine quand Saint-Loup nous eut quittés. — C'est vrai,
me dit-elle, j'ai été maladroite, je vous ai fait de la peine,
j'en suis bien plus malheureuse que vous. Vous verrez
que jamais je ne serai plus comme cela ; pardonnez-moi »,
me dit-elle en me tendant la main d'un air triste. A ce
moment, du fond de la salle d'attente où nous étions assis,
je vis passer lentement, suivi à quelque distance d'un
employé qui portait ses valises, M. de Charlus.

A Paris, où je ne le rencontrais qu'en soirée, immobile,
sanglé dans un habit noir, maintenu dans le sens de la
verticale par son fier redressement, son élan pour plaire,
la fusée de sa conversation, je ne me rendais pas compte
à quel point il avait vieilli. Maintenant, dans un complet
de voyage clair qui le faisait paraître plus gros, en marche
et se dandinant, balançant un ventre qui bedonnait et un
derrière presque symbolique, la cruauté du grand jour
décomposait, sur les lèvres, en fard, en poudre de riz
fixée par le cold cream sur le bout du nez, en noir sur les
moustaches teintes dont la couleur d'ébène contrastait
avec les cheveux grisonnants, tout ce qui aux lumières
eût semblé l'animation du teint chez un être encore jeune.

Tout en causant avec lui, mais brièvement, à cause de
son train, je regardais le wagon d'Albertine pour lui faire
signe que je venais. Quand je détournai la tête vers M. de
Charlus, il me demanda de vouloir bien appeler un militaire, parent à lui, qui était de l'autre côté de la voie
exactement comme s'il allait monter dans notre train,
mais en sens inverse, dans la direction qui s'éloignait de
Balbec. « Il est dans la musique du régiment, me dit M. de
Charlus. Comme vous avez la chance d'être assez jeune,
moi, l'ennui d'être assez vieux pour que vous puissiez

m'éviter de traverser et d'aller jusque-là... » Je me fis un
devoir d'aller vers le militaire désigné, et je vis, en effet,
aux lyres brodées sur son col qu'il était de la musique.
Mais au moment où j'allais m'acquitter de ma commission, qu'elle ne fut pas ma surprise, et je peux dire mon
plaisir, en reconnaissant Morel, le fils du valet de chambre
de mon oncle et qui me rappelait tant de choses! J'en
oubliai de faire la commission de M. de Charlus. « Comment, vous êtes à Doncières ? — Oui et on m'a incorporé
dans la musique, au service des batteries. » Mais il me
répondit cela d'un ton sec et hautain. Il était devenu très
« poseur » et évidemment ma vue, en lui rappelant la
profession de son père, ne lui était pas agréable. Tout d'un
coup je vis M. de Charlus fondre sur nous. Mon retard
l'avait évidemment impatienté. « Je désirerais entendre
ce soir un peu de musique, dit-il à Morel sans aucune
entrée en matière, je donne 500 francs pour la soirée, cela
pourrait peut-être avoir quelque intérêt pour un de vos
amis, si vous en avez dans la musique. » J'avais beau
connaître l'insolence de M. de Charlus, je fus stupéfait
qu'il ne dît même pas bonjour à son jeune ami. Le baron
ne me laissa pas, du reste, le temps de la réflexion. Me
tendant affectueusement la main : « Au revoir, mon cher »,
me dit-il pour me signifier que je n'avais qu'à m'en aller.
Je n'avais, du reste, laissé que trop longtemps seule ma
chère Albertine. « Voyez-vous, lui dis-je en remontant
dans le wagon, la vie de bains de mer et la vie de voyage
me font comprendre que le théâtre du monde dispose de
moins de décors que d'acteurs et de moins d'acteurs que
de « situations ». — A quel propos me dites-vous cela ? —
Parce que M. de Charlus vient de me demander de lui
envoyer un de ses amis, que juste à l'instant, sur le quai de
cette gare, je viens de reconnaître pour l'un des miens. »
Mais, tout en disant cela, je cherchais comment le baron
pouvait connaître la disproportion sociale à quoi je n'avais
pas pensé. L'idée me vint d'abord que c'était par Jupien,
dont la fille, on s'en souvient, avait semblé s'éprendre du
violoniste. Ce qui me stupéfiait pourtant, c'est que, avant

de partir pour Paris dans cinq minutes, le baron demandât
à entendre de la musique. Mais revoyant la fille de Jupien
dans mon souvenir, je commençais à trouver que les
« reconnaissances » exprimeraient au contraire une part
importante de la vie, si on savait aller jusqu'au romanesque vrai, quand tout d'un coup j'eus un éclair et
compris que j'avais été bien naïf. M. de Charlus ne connaissait pas le moins du monde Morel, ni Morel M. de
Charlus, lequel, ébloui mais aussi intimidé par un militaire qui ne portait pourtant que des lyres, m'avait requis,
dans son émotion, pour lui amener celui qu'il ne soupçonnait pas que je connusse. En tous cas l'offre des 500
francs avait dû remplacer pour Morel l'absence de relations antérieures, car je les vis qui continuaient à causer
sans penser qu'ils étaient à côté de notre tram. Et me
rappelant la façon dont M. de Charlus était venu vers
Morel et moi, je saisissais sa ressemblance avec certains
de ses parents quand ils levaient une femme dans la rue.
Seulement l'objet visé avait changé de sexe. A partir d'un
certain âge, et même si des évolutions différentes s'accom-
plissent en nous, plus on devient soi, plus les traits fami-
liaux s'accentuent. Car la nature, tout en combinant
harmonieusement le dessin de sa tapisserie, interrompt la
monotonie de la composition grâce à la variété des figures
interceptées. Au reste, la hauteur avec laquelle M. de
Charlus avait toisé le violoniste est relative selon le point
de vue auquel on se place. Elle eût été reconnue par les
trois quarts des gens du monde, qui s'inclinaient, non pas
par le préfet de police qui, quelques années plus tard, le
faisait surveiller.

« Le train de Paris est signalé, Monsieur, dit l'employé
qui portait les valises. — Mais je ne prends pas le train,
mettez tout cela en consigne, que diable! » dit M. de
Charlus en donnant vingt francs à l'employé stupéfait
du revirement et charmé du pourboire. Cette générosité
attira aussitôt une marchande de fleurs. « Prenez ces
œillets, tenez, cette belle rose, mon bon Monsieur, cela
vous portera bonheur. » M. de Charlus, impatienté, lui

tendit quarante sous, en échange de quoi la femme offrit
ses bénédictions et derechef ses fleurs. « Mon Dieu, si
elle pouvait nous laisser tranquilles, dit M. de Charlus
en s'adressant d'un ton ironique et gémissant, et comme
un homme énervé, à Morel à qui il trouvait quelque
douceur de demander son appui, ce que nous avons à
dire est déjà assez compliqué. » Peut-être, l'employé de
chemin de fer n'étant pas encore très loin, M. de Charlus
ne tenait-il pas à avoir une nombreuse audience, peut-
être ces phrases incidentes permettaient-elles à sa timidité hautaine de ne pas aborder trop directement la
demande de rendez-vous. Le musicien, se tournant d'un
air franc, impératif et décidé vers la marchande de fleurs,
leva vers elle une paume qui la repoussait et lui signifiait
qu'on ne voulait pas de ses fleurs et qu'elle eût à fiche le
camp au plus vite. M. de Charlus vit avec ravissement
ce geste autoritaire et viril, manié par la main gracieuse
pour qui il aurait dû être encore trop lourd, trop massi-
vement brutal, avec une fermeté et une souplesse précoces qui donnaient à cet adolescent encore imberbe
l'air d'un jeune David capable d'assumer un combat
contre Goliath. L'admiration du baron était involontairement mêlée de ce sourire que nous éprouvons à voir
chez un enfant une expression d'une gravité au-dessus
de son âge. « Voilà quelqu'un par qui j'aimerais être
accompagné dans mes voyages et aidé dans mes affaires.
Comme il simplifierait ma vie ! », se dit M. de Charlus.
    Le train de Paris (que le baron ne prit pas) partit.
Puis nous montâmes dans le nôtre, Albertine et moi,
sans que j'eusse su ce qu'étaient devenus M. de Charlus
et Morel. « Il ne faut plus jamais nous fâcher, je vous
demande encore pardon, me redit Albertine en faisant
allusion à l'incident Saint-Loup. Il faut que nous soyons
toujours gentils tous les deux, me dit-elle tendrement.
Quant à votre ami Saint-Loup, si vous croyez qu'il
m'intéresse en quoi que ce soit, vous vous trompez bien.
Ce qui me plaît seulement en lui, c'est qu'il a l'air de
tellement vous aimer. — C'est un très bon garçon, dis-je

en me gardant de prêter à Robert des qualités supérieures
imaginaires, comme je n'aurais pas manqué de faire
par amitié pour lui si j'avais été avec toute autre personne qu'Albertine. C'est un être excellent, franc, dévoué,
loyal, sur qui on peut compter pour tout. » En disant
cela je me bornais, retenu par ma jalousie, à dire au
sujet de Saint-Loup la vérité, mais aussi c'était bien la
vérité que je disais. Or elle s'exprimait exactement dans
les mêmes termes dont s'était servie pour me parler
de lui Mme de Villeparisis, quand je ne le connaissais
pas encore, l'imaginais si différent, si hautain et me
disais : « On le trouve bon parce que c'est un grand
seigneur. » De même quand elle m'avait dit : « Il serait si
heureux », je me figurai, après l'avoir aperçu devant
l'hôtel, prêt à mener, que les paroles de sa tante étaient
pure banalité mondaine, destinées à me flatter. Et je
m'étais rendu compte ensuite qu'elle l'avait dit sincèrement, en pensant à ce qui m'intéressait, à mes lectures, et parce qu'elle savait que c'était cela qu'aimait
Saint-Loup, comme il devait m'arriver de dire sincèrement à quelqu'un faisant une histoire de son ancêtre
La Rochefoucauld, l'auteur des *Maximes*, et qui eût
voulu aller demander des conseils à Robert : « Il sera si
heureux. » C'est que j'avais appris à le connaître. Mais,
en le voyant la première fois, je n'avais pas cru qu'une
intelligence parente de la mienne pût s'envelopper de
tant d'élégance extérieure de vêtements et d'attitude.
Sur son plumage, je l'avais jugé d'une autre espèce.
C'était Albertine maintenant qui, peut-être un peu
parce que Saint-Loup, par bonté pour moi, avait été
si froid avec elle, me dit ce que j'avais pensé autrefois :
« Ah! il est si dévoué que cela! Je remarque qu'on trouve
toujours toutes les vertus aux gens quand ils sont du
faubourg Saint-Germain. » Or, que Saint-Loup fût du
faubourg Saint-Germain, c'est à quoi je n'avais plus
songé une seule fois au cours de ces années où, se dépouil-
lant de son prestige, il m'avait manifesté ses vertus.
Changement de perspective pour regarder les êtres, déjà

plus frappant dans l'amitié que dans les simples relations
sociales, mais combien plus encore dans l'amour, où le
désir met à une échelle si vaste, grandit à des proportions telles les moindres signes de froideur, qu'il m'en
avait fallu bien moins que celle qu'avait au premier
abord Saint-Loup pour que je me crusse tout d'abord
dédaigné d'Albertine, que je m'imaginasse ses amies
comme des êtres merveilleusement inhumains, et que je
n'attachasse qu'à l'indulgence qu'on a pour la beauté
et pour une certaine élégance le jugement d'Elstir quand
il me disait de la petite bande, tout à fait dans le même
sentiment que Mme de Villeparisis de Saint-Loup :
« Ce sont de bonnes filles. » Or ce jugement, n'est-ce pas
celui que j'eusse volontiers porté quand j'entendais
Albertine dire : « En tous cas, dévoué ou non, j'espère
bien ne plus le revoir puisqu'il a amené de la brouille
entre nous. Il ne faut plus se fâcher tous les deux. Ce
n'est pas gentil » ? Je me sentais, puisqu'elle avait paru
désirer Saint-Loup, à peu près guéri pour quelque temps
de l'idée qu'elle aimait les femmes, ce que je me figurais
inconciliable. Et, devant le caoutchouc d'Albertine, dans
lequel elle semblait devenue une autre personne, l'infatigable errante des jours pluvieux, et qui, collé, malléable et gris en ce moment, semblait moins devoir protéger
son vêtement contre l'eau qu'avoir été trempé par elle
et s'attacher au corps de mon amie comme afin de
prendre l'empreinte de ses formes pour un sculpteur,
j'arrachai cette tunique qui épousait jalousement une
poitrine désirée, et attirant Albertine à moi :

> *Mais toi, ne veux-tu pas, voyageuse indolente,*
> *Rêver sur mon épaule en y posant ton front ?*

lui dis-je en prenant sa tête dans mes mains et en lui
montrant les grandes prairies inondées et muettes qui
s'étendaient dans le soir tombant jusqu'à l'horizon fermé
sur les chaînes parallèles de vallonnements lointains et
bleuâtres.

Le surlendemain, le fameux mercredi, dans ce même petit chemin de fer que je venais de prendre à Balbec, pour aller dîner à la Raspelière, je tenais beaucoup à ne pas manquer Cottard à Graincourt-Saint-Vast où un nouveau téléphonage de Mme Verdurin m'avait dit que je le retrouverais. Il devait monter dans mon train et m'indiquerait où il fallait descendre pour trouver les voitures qu'on envoyait de la Raspelière à la gare. Aussi, le petit train ne s'arrêtant qu'un instant à Graincourt, première station après Doncières, d'avance je m'étais mis à la portière tant j'avais peur de ne pas voir Cottard ou de ne pas être vu de lui. Craintes bien vaines ! Je ne m'étais pas rendu compte à quel point le petit clan avait façonné tous les « habitués » sur le même type ; ceux-ci, par surcroît en grande tenue de dîner, attendant sur le quai, se laissaient tout de suite reconnaître à un certain air d'assurance, d'élégance et de familiarité, à des regards qui franchissaient, comme un espace vide où rien n'arrête l'attention, les rangs pressés du vulgaire public, guettaient l'arrivée de quelque habitué qui avait pris le train à une station précédente et pétillaient déjà de la causerie prochaine. Ce signe d'élection, dont l'habitude de dîner ensemble avait marqué les membres du petit groupe, ne les distinguait pas seulement quand, nombreux, en force, ils étaient massés, faisant une tache plus brillante au milieu du troupeau des voyageurs — ce que Brichot appelait le « pecus » — sur les ternes visages desquels ne pouvait se lire aucune notion relative aux Verdurin, aucun espoir de jamais dîner à la Raspelière. D'ailleurs ces voyageurs vulgaires eussent été moins intéressés que moi si devant eux on eût prononcé — et malgré la notoriété acquise par certains — les noms de ces fidèles que je m'étonnais de voir continuer à dîner en ville, alors que plusieurs le faisaient déjà, d'après les récits que j'avais entendus, avant ma naissance, à une époque à la fois assez distante et assez vague pour que je fusse tenté de m'en exagérer l'éloignement. Le contraste entre la continuation non seulement de leur existence,

mais du plein de leurs forces, et l'anéantissement de tant
d'amis que j'avais déjà vus, ici ou là, disparaître, me
donnait ce même sentiment que nous éprouvons quand, à la
« dernière heure » des journaux, nous lisons précisément
la nouvelle que nous attendions le moins, par exemple
celle d'un décès prématuré et qui nous semble fortuit
parce que les causes dont il est l'aboutissant nous sont
restées inconnues. Ce sentiment est celui que la mort
n'atteint pas uniformément tous les hommes, mais qu'une
lame plus avancée de sa montée tragique emporte une
existence située au niveau d'autres que longtemps encore
les lames suivantes épargneront. Nous verrons, du reste,
plus tard, la diversité des morts qui circulent invisible-
ment être la cause de l'inattendu spécial que présentent,
dans les journaux, les nécrologies. Puis je voyais qu'avec
le temps, non seulement des dons réels, qui peuvent
coexister avec la pire vulgarité de conversation, se dé-
voilent et s'imposent, mais encore que des individus
médiocres arrivent à ces hautes places, attachées dans
l'imagination de notre enfance à quelques vieillards
célèbres, sans songer que le seraient, un certain nombre
d'années plus tard, leurs disciples devenus maîtres et
inspirant maintenant le respect et la crainte qu'ils
éprouvaient jadis. Mais si les noms des fidèles n'étaient
pas connus du «pecus», leur aspect pourtant les désignait
à ses yeux. Même dans le train (lorsque le hasard de ce
que les uns et les autres d'entre eux avaient eu à faire
dans la journée les y réunissait tous ensemble), n'ayant
plus à cueillir à une station suivante qu'un isolé, le
wagon dans lequel ils se trouvaient assemblés, désigné
par le coude du sculpteur Ski, pavoisé par *le Temps* de
Cottard, fleurissait de loin comme une voiture de luxe et
ralliait, à la gare voulue, le camarade retardataire. Le seul
à qui eussent pu échapper, à cause de sa demi-cécité,
ces signes de promission, était Brichot. Mais aussi l'un des
habitués assurait volontairement à l'égard de l'aveugle
les fonctions de guetteur et, dès qu'on avait aperçu son
chapeau de paille, son parapluie vert et ses lunettes

bleues, on le dirigeait avec douceur et hâte vers le compartiment d'élection. De sorte qu'il était sans exemple
qu'un des fidèles, à moins d'exciter les plus graves soupçons de bamboche, ou même de ne pas être venu « par
le train », n'eût pas retrouvé les autres en cours de route.
Quelquefois l'inverse se produisait : un fidèle avait dû
aller assez loin dans l'après-midi et, en conséquence,
devait faire une partie du parcours seul avant d'être
rejoint par le groupe ; mais, même ainsi isolé, seul de son
espèce, il ne manquait pas le plus souvent de produire
quelque effet. Le Futur vers lequel il se dirigeait le désignait à la personne assise sur la banquette d'en face,
laquelle se disait : « Ce doit être quelqu'un », discernait,
fût-ce autour du chapeau mou de Cottard ou du sculpteur Ski, une vague auréole, et n'était qu'à demi étonnée
quand, à la station suivante, une foule élégante, si c'était
leur point terminus, accueillait le fidèle à la portière et
s'en allait avec lui vers l'une des voitures qui attendaient,
salués tous très bas par l'employé de Doville, ou bien,
si c'était à une station intermédiaire, envahissait le
compartiment. C'est ce que fit, et avec précipitation,
car plusieurs étaient arrivés en retard, juste au moment
où le train déjà en gare allait repartir, la troupe que Cottard mena au pas de course vers le wagon à la fenêtre
duquel il avait vu mes signaux. Brichot, qui se trouvait
parmi ces fidèles, l'était devenu devantage au cours de
ces années qui, pour d'autres, avaient diminué leur assiduité. Sa vue baissant progressivement l'avait obligé,
même à Paris, à diminuer de plus en plus les travaux
du soir. D'ailleurs il avait peu de sympathie pour la
Nouvelle Sorbonne où les idées d'exactitude scientifique, à l'allemande, commençaient à l'emporter sur
l'humanisme. Il se bornait exclusivement maintenant
à son cours et aux jurys d'examen ; aussi avait-il beaucoup
plus de temps à donner à la mondanité, c'est-à-dire aux
soirées chez les Verdurin, ou à celles qu'offrait parfois
aux Verdurin tel ou tel fidèle, tremblant d'émotion.
Il est vrai qu'à deux reprises l'amour avait manqué

de faire ce que les travaux ne pouvaient plus : détacher
Brichot du petit clan. Mais Mme Verdurin, qui « veillait
au grain », et d'ailleurs, en ayant pris l'habitude dans
l'intérêt de son salon, avait fini par trouver un plaisir
désintéressé dans ce genre de drames et d'exécutions,
l'avait irrémédiablement brouillé avec la personne dangereuse, sachant, comme elle le disait, « mettre bon ordre
à tout » et « porter le fer rouge dans la plaie ». Cela lui
avait été d'autant plus aisé pour l'une des personnes
dangereuses que c'était simplement la blanchisseuse de
Brichot, et Mme Verdurin, ayant ses petites entrées dans
le cinquième du professeur, écarlate d'orgueil quand elle
daignait monter ses étages, n'avait eu qu'à mettre à la
porte cette femme de rien. « Comment, avait dit la
Patronne à Brichot, une femme comme moi vous fait
l'honneur de venir chez vous, et vous recevez une telle
créature ? » Brichot n'avait jamais oublié le service que
Mme Verdurin lui avait rendu en empêchant sa vieillesse
de sombrer dans la fange, et lui était de plus en plus
attaché, alors qu'en contraste avec ce regain d'affection,
et peut-être à cause de lui, la Patronne commençait
à se dégoûter d'un fidèle par trop docile et de l'obéissance de qui elle était sûre d'avance. Mais Brichot
tirait de son intimité chez les Verdurin un éclat qui le
distinguait entre tous ses collègues de la Sorbonne. Ils
étaient éblouis par les récits qu'il leur faisait de dîners
auxquels on ne les inviterait jamais, par la mention, dans
des revues, ou par le portrait exposé au Salon, qu'avaient
fait de lui tel écrivain ou tel peintre réputé dont les
titulaires des autres chaires de la Faculté des Lettres
prisaient le talent mais n'avaient aucune chance d'attirer
l'attention, enfin par l'élégance vestimentaire elle-même
du philosophe mondain, élégance qu'ils avaient prise
d'abord pour du laisser-aller jusqu'à ce que leur collègue
leur eût bienveillamment expliqué que le chapeau haute
forme se laisse volontiers poser par terre, au cours d'une
visite, et n'est pas de mise pour les dîners à la campagne,
si élégants soient-ils, où il doit être remplacé par le

chapeau mou, fort bien porté avec le smoking. Pendant
les premières secondes où le petit groupe se fut engouffré
dans le wagon, je ne pus même pas parler à Cottard,
car il était suffoqué, moins d'avoir couru pour ne pas
manquer le train, que par l'émerveillement de l'avoir
attrapé si juste. Il en éprouvait plus que la joie d'une
réussite, presque l'hilarité d'une joyeuse farce. « Ah!
elle est bien bonne! dit-il quand il se fut remis. Un peu
plus! nom d'une pipe, c'est ce qui s'appelle arriver à pic ! »
ajouta-t-il en clignant de l'œil, non pas pour demander
si l'expression était juste, car il débordait maintenant
d'assurance, mais par satisfaction. Enfin il put me nommer aux autres membres du petit clan. Je fus ennuyé
de voir qu'ils étaient presque tous dans la tenue qu'on
appelle à Paris smoking. J'avais oublié que les Verdurin
commençaient vers le monde une évolution timide,
ralentie par l'affaire Dreyfus, accélérée par la musique
« nouvelle », évolution d'ailleurs démentie par eux, et
qu'ils continueraient de démentir jusqu'à ce qu'elle
eût abouti, comme ces objectifs militaires qu'un général
n'annonce que lorsqu'il les a atteints, de façon à ne pas
avoir l'air battu s'il les manque. Le monde était d'ailleurs,
de son côté, tout préparé à aller vers eux. Il en était
encore à les considérer comme des gens chez qui n'allait
personne de la société mais qui n'en éprouvent aucun
regret. Le salon Verdurin passait pour un Temple de la
musique. C'était là, assurait-on, que Vinteuil avait trouvé
inspiration, encouragement. Or si la *Sonate* de Vinteuil
restait entièrement incomprise et à peu près inconnue,
son nom, prononcé comme celui du plus grand musicien
contemporain, exerçait un prestige extraordinaire. Enfin
certains jeunes gens du Faubourg s'étant avisés qu'ils
devaient être aussi instruits que des bourgeois, il y en
avait trois parmi eux qui avaient appris la musique et
auprès desquels la *Sonate* de Vinteuil jouissait d'une
réputation énorme. Ils en parlaient, rentrés chez eux, à
la mère intelligente qui les avait poussés à se cultiver. Et
s'intéressant aux études de leurs fils, au concert les

mères regardaient avec un certain respect Mme Verdurin, dans sa première loge, qui suivait la partition. Jusqu'ici cette mondanité latente des Verdurin ne se traduisait que par deux faits. D'une part, Mme Verdurin disait de la princesse de Caprarola : « Ah! celle-là est intelligente, c'est une femme agréable. Ce que je ne peux pas supporter, ce sont les imbéciles, les gens qui m'ennuient, ça me rend folle. » Ce qui eût donné à penser à quelqu'un d'un peu fin que la princesse de Caprarola, femme du plus grand monde, avait fait une visite à Mme Verdurin. Elle avait même prononcé son nom au cours d'une visite de condoléances qu'elle avait faite à Mme Swann après la mort du mari de celle-ci, et lui avait demandé si elle les connaissait. « Comment dites-vous? avait répondu Odette d'un air subitement triste. — Verdurin. — Ah! alors je sais, avait-elle repris avec désolation, je ne les connais pas, ou plutôt je les connais sans les connaître, ce sont des gens que j'ai vus autrefois chez des amis, il y a longtemps, ils sont agréables. » La princesse de Caprarola partie, Odette aurait bien voulu avoir dit simplement la vérité. Mais le mensonge immédiat était non le produit de ses calculs, mais la révélation de ses craintes, de ses désirs. Elle niait non ce qu'il eût été adroit de nier, mais ce qu'elle aurait voulu qui ne fût pas, même si l'interlocuteur devait apprendre dans une heure que cela était en effet. Peu après elle avait repris son assurance et avait même été au-devant des questions en disant, pour ne pas avoir l'air de les craindre : « Mme Verdurin, mais comment, je l'ai énormément connue », avec une affectation d'humilité comme une grande dame qui raconte qu'elle a pris le tramway. « On parle beaucoup des Verdurin depuis quelque temps », disait Mme de Souvré. Odette, avec un dédain souriant de duchesse, répondait : « Mais oui, il me semble en effet qu'on en parle beaucoup. De temps en temps il y a comme cela des gens nouveaux qui arrivent dans la société », sans penser qu'elle était elle-même une des plus nouvelles. « La princesse de

Caprarola y a dîné, reprit Mme de Souvré. — Ah ! répondit Odette en accentuant son sourire, cela ne m'étonne pas. C'est toujours par la princesse de Caprarola que ces choses-là commencent, et puis il en vient une autre, par exemple la comtesse Molé. » Odette, en disant cela, avait l'air d'avoir un profond dédain pour les deux grandes dames qui avaient l'habitude d'essuyer les plâtres dans les salons nouvellement ouverts. On sentait à son ton que cela voulait dire qu'elle, Odette, comme Mme de Souvré, on ne réussirait pas à les embarquer dans ces galères-là.

Après l'aveu qu'avait fait Mme Verdurin de l'intelligence de la princesse de Caprarola, le second signe que les Verdurin avaient conscience du destin futur était que (sans l'avoir formellement demandé, bien entendu) ils souhaitaient vivement qu'on vînt maintenant dîner chez eux en habit du soir ; M. Verdurin eût pu maintenant être salué sans honte par son neveu, celui qui était « dans les choux ».

Parmi ceux qui montèrent dans mon wagon à Graincourt se trouvait Saniette, qui jadis avait été chassé de chez les Verdurin par son cousin Forcheville, mais était revenu. Ses défauts, au point de vue de la vie mondaine, étaient autrefois — malgré des qualités supérieures — un peu du même genre que ceux de Cottard, timidité, désir de plaire, efforts infructueux pour y réussir. Mais si la vie, en faisant revêtir à Cottard (sinon chez les Verdurin, où il était, par la suggestion que les minutes anciennes exercent sur nous quand nous nous retrouvons dans un milieu accoutumé, resté quelque peu le même, du moins dans sa clientèle, dans son service d'hôpital, à l'Académie de Médecine) des dehors de froideur, de dédain, de gravité qui s'accentuaient pendant qu'il débitait devant ses élèves complaisants ses calembours, avait creusé une véritable coupure entre le Cottard actuel et l'ancien, les mêmes défauts s'étaient au contraire exagérés chez Saniette, au fur et à mesure qu'il cherchait à s'en corriger. Sentant qu'il ennuyait souvent, qu'on ne l'écoutait pas,

au lieu de ralentir alors, comme l'eût fait Cottard, de
forcer l'attention par l'air d'autorité, non seulement il
tâchait, par un ton badin, de se faire pardonner le tour
trop sérieux de sa conversation, mais pressait son débit,
déblayait, usait d'abréviations pour paraître moins long,
plus familier avec les choses dont il parlait, et parvenait
seulement, en les rendant inintelligibles, à sembler inter-
minable. Son assurance n'était pas comme celle de Cottard qui glaçait ses malades, lesquels aux gens qui van-
taient son aménité dans le monde répondaient : « Ce n'est
plus le même homme quand il vous reçoit dans son cabinet, vous dans la lumière, lui à contre-jour et les yeux
perçants. » Elle n'imposait pas, on sentait qu'elle cachait
trop de timidité, qu'un rien suffirait à la mettre en fuite.
Saniette, à qui ses amis avaient toujours dit qu'il se défiait
trop de lui-même, et qui, en effet, voyait des gens qu'il
jugeait avec raison fort inférieurs obtenir aisément les
succès qui lui étaient refusés, ne commençait plus une
histoire sans sourire de la drôlerie de celle-ci, de peur qu'un
air sérieux ne fît pas suffisamment valoir sa marchandise.
Quelquefois, faisant crédit au comique que lui-même
avait l'air de trouver à ce qu'il allait dire, on lui faisait la
faveur d'un silence général. Mais le récit tombait à plat.
Un convive doué d'un bon cœur glissait parfois à Saniette
l'encouragement, privé, presque secret, d'un sourire
d'approbation, le lui faisant parvenir furtivement, sans
éveiller l'attention, comme on vous glisse un billet. Mais
personne n'allait jusqu'à assumer la responsabilité, à
risquer l'adhésion publique d'un éclat de rire. Longtemps
après l'histoire finie et tombée, Saniette, désolé, restait
seul à se sourire à lui-même, comme goûtant en elle et
pour soi la délectation qu'il feignait de trouver suffisante
et que les autres n'avaient pas éprouvée. Quant au sculpteur Ski, appelé ainsi à cause de la difficulté qu'on trouvait
à prononcer son nom polonais, et parce que lui-même
affectait, depuis qu'il vivait dans une certaine société, de ne
pas vouloir être confondu avec des parents fort bien posés,
mais un peu ennuyeux et très nombreux, il avait, à qua-

rante-cinq ans et fort laid, une espèce de gaminerie, de
fantaisie rêveuse qu'il avait gardée pour avoir été jusqu'à
dix ans le plus ravissant enfant prodige du monde, coqueluche de toutes les dames. Mme Verdurin prétendait
qu'il était plus artiste qu'Elstir. Il n'avait d'ailleurs avec
celui-ci que des ressemblances purement extérieures.
Elles suffisaient pour qu'Elstir, qui avait une fois rencontré
Ski, eût pour lui la répulsion profonde que nous inspirent
plus encore que les êtres tout à fait opposés à nous, ceux
qui nous ressemblent en moins bien, en qui s'étale ce que
nous avons de moins bon, les défauts dont nous nous
sommes guéris, nous rappelant fâcheusement ce que nous
avons pu paraître à certains avant que nous fussions
devenus ce que nous sommes. Mais Mme Verdurin
croyait que Ski avait plus de tempérament qu'Elstir
parce qu'il n'y avait aucun art pour lequel il n'eût de la
facilité, et elle était persuadée que cette facilité, il l'eût
poussée jusqu'au talent s'il avait eu moins de paresse.
Celle-ci paraissait même à la Patronne un don de plus,
étant le contraire du travail, qu'elle croyait le lot des êtres
sans génie. Ski peignait tout ce qu'on voulait, sur des
boutons de manchette ou sur des dessus de porte. Il chantait avec une voix de compositeur, jouait de mémoire, en
donnant au piano l'impression de l'orchestre, moins par
sa virtuosité que par ses fausses basses signifiant l'impuissance des doigts à indiquer qu'ici il y a un piston que, du
reste, il imitait avec la bouche. Cherchant ses mots en
parlant pour faire croire à une impression curieuse, de la
même façon qu'il retardait un accord plaqué ensuite en
disant : « Ping », pour faire sentir les cuivres, il passait
pour merveilleusement intelligent, mais ses idées se
ramenaient en réalité à deux ou trois, extrêmement courtes.
Ennuyé de sa réputation de fantaisiste, il s'était mis en
tête de montrer qu'il était un être pratique, positif, d'où
chez lui une triomphante affectation de fausse précision,
de faux bon sens, aggravés parce qu'il n'avait aucune
mémoire et des informations toujours inexactes. Ses mouvements de tête, de cou, de jambes, eussent été gracieux

s'il eût eu encore neuf ans, des boucles blondes, un grand
col de dentelles et de petites bottes de cuir rouge. Arrivés
en avance avec Cottard et Brichot à la gare de Graincourt
ils avaient laissé Brichot dans la salle d'attente et étaient
allés faire un tour. Quand Cottard avait voulu revenir,
Ski avait répondu : « Mais rien ne presse. Aujourd'hui ce
n'est pas le train local, c'est le train départemental. » Ravi
de voir l'effet que cette nuance dans la précision produisait sur Cottard, il ajouta, parlant de lui-même : « Oui,
parce que Ski aime les arts, parce qu'il modèle la glaise,
on croit qu'il n'est pas pratique. Personne ne connaît la
ligne mieux que moi. » Néanmoins ils étaient revenus vers
la gare, quand tout d'un coup, apercevant la fumée du
petit train qui arrivait, Cottard, poussant un hurlement,
avait crié : « Nous n'avons qu'à prendre nos jambes à notre
cou. » Ils étaient en effet arrivés juste, la distinction entre
le train local et départemental n'ayant jamais existé que
dans l'esprit de Ski. « Mais est-ce que la princesse n'est
pas dans le train ? » demanda d'une voix vibrante Brichot,
dont les lunettes énormes, resplendissantes comme ces
réflecteurs que les laryngologues s'attachent au front pour
éclairer la gorge de leurs malades, semblaient avoir
emprunté leur vie aux yeux du professeur, et, peut-être à
cause de l'effort qu'il faisait pour accommoder sa vision
avec elles, semblaient, même dans les moments les plus
insignifiants, regarder elles-mêmes avec une attention
soutenue et une fixité extraordinaire. D'ailleurs la maladie,
en retirant peu à peu la vue à Brichot, lui avait révélé les
beautés de ce sens, comme il faut souvent que nous nous
décidions à nous séparer d'un objet, à en faire cadeau par
exemple, pour le regarder, le regretter, l'admirer. « Non,
non, la princesse a été reconduire jusqu'à Maineville des
invités de Mme Verdurin qui prenaient le train de Paris.
Il ne serait même pas impossible que Mme Verdurin, qui
avait affaire à Saint-Mars, fût avec elle ! Comme cela elle
voyagerait avec nous et nous ferions route tous ensemble,
ce serait charmant. Il s'agira d'ouvrir l'œil à Maineville,
et le bon ! Ah ! ça ne fait rien, on peut dire que nous avons

bien failli manquer le coche. Quand j'ai vu le train, j'ai
été sidéré. C'est ce qui s'appelle arriver au moment
psychologique. Voyez-vous ça que nous ayons manqué le
train ? Mme Verdurin s'apercevant que les voitures reve-
maient sans nous ? Tableau! ajouta le docteur qui n'était
pas encore remis de son émoi. Voilà une équipée qui n'est
pas banale. Dites donc, Brichot, qu'est-ce que vous dites
de notre petite escapade ? demanda le docteur avec une
certaine fierté. — Par ma foi, répondit Brichot, en effet,
si vous n'aviez plus trouvé le train, c'eût été, comme eût
parlé feu Villemain, un sale coup pour la fanfare! » Mais
moi, distrait dès les premiers instants par ces gens que je
ne connaissais pas, je me rappelai tout d'un coup ce que
Cottard m'avait dit dans la salle de danse du petit Casino,
et, comme si un chaînon invisible eût pu relier un organe
et les images du souvenir, celle d'Albertine appuyant ses
seins contre ceux d'Andrée me faisait un mal terrible au
cœur. Ce mal ne dura pas : l'idée de relations possibles
entre Albertine et des femmes ne me semblait plus possible
depuis l'avant-veille où les avances que mon amie avait
faites à Saint-Loup avaient excité en moi une nouvelle
jalousie qui m'avait fait oublier la première. J'avais la
naïveté des gens qui croient qu'un goût en exclut forcément un autre. A Harambouville, comme le tram était
bondé, un fermier en blouse bleue, qui n'avait qu'un
billet de troisième, monta dans notre compartiment. Le
docteur, trouvant qu'on ne pourrait pas laisser voyager
la princesse avec lui, appela un employé, exhiba sa carte
de médecin d'une grande Compagnie de chemins de fer
et força le chef de gare à faire descendre le fermier. Cette
scène peina et alarma à un tel point la timidité de Saniette
que, dès qu'il la vit commencer, craignant déjà, à cause
de la quantité de paysans qui étaient sur le quai, qu'elle
ne prît les proportions d'une jacquerie, il feignit d'avoir
mal au ventre, et pour qu'on ne pût l'accuser d'avoir sa
part de responsabilité dans la violence du docteur, il
enfila le couloir en feignant de chercher ce que Cottard
appelait « les waters ». N'en trouvant pas, il regarda le

paysage de l'autre extrémité du tortillard. « Si ce sont
vos débuts chez Mme Verdurin, Monsieur, me dit Brichot,
qui tenait à montrer ses talents à un " nouveau ", vous
verrez qu'il n'y a pas de milieu où l'on sente mieux la
" douceur de vivre ", comme disait un des inventeurs du
dilettantisme, du je m'enfichisme, de beaucoup de mots en
" isme " à la mode chez nos snobinettes, je veux dire M. le
prince de Talleyrand. » Car, quand il parlait de ces grands
seigneurs du passé, il trouvait spirituel et « couleur de
l'époque » de faire précéder leur titre de Monsieur et
disait Monsieur le duc de La Rochefoucauld, Monsieur le
cardinal de Retz, qu'il appelait aussi de temps en temps :
« Ce *strugle for lifer* de Gondi, ce " boulangiste " de
Marcillac. » Et il ne manquait jamais, avec un sourire,
d'appeler Montesquieu, quand il parlait de lui :
« Monsieur le président Secondat de Montesquieu. » Un
homme du monde spirituel eût été agacé de ce pédantisme,
qui sent l'école. Mais, dans les parfaites manières de
l'homme du monde, en parlant d'un prince, il y a un
pédantisme aussi qui trahit une autre caste, celle où l'on
fait précéder le nom Guillaume de « l'Empereur » et où
l'on parle à la troisième personne à une Altesse. « Ah !
celui-là, reprit Brichot, en parlant de " Monsieur le prince
de Talleyrand ", il faut le saluer chapeau bas. C'est un
ancêtre. — C'est un milieu charmant, me dit Cottard,
vous trouverez un peu de tout, car Mme Verdurin n'est
pas exclusive : des savants illustres comme Brichot, de la
haute noblesse comme, par exemple, la princesse Sherbatoff, une grande dame russe, amie de la grande-duchesse
Eudoxie qui même la voit seule aux heures où personne
n'est admis. » En effet, la grande-duchesse Eudoxie, ne se
souciant pas que la princesse Sherbatoff, qui depuis
longtemps n'était plus reçue par personne, vînt chez elle
quand elle eût pu y avoir du monde, ne la laissait venir
que de très bonne heure, quand l'Altesse n'avait auprès
d'elle aucun des amis à qui il eût été aussi désagréable de
rencontrer la princesse que cela eût été gênant pour celle-
ci. Comme depuis trois ans, aussitôt après avoir quitté,

comme une manucure, la grande-duchesse, Mme Sherbatoff partait chez Mme Verdurin, qui venait seulement
de s'éveiller, et ne la quittait plus, on peut dire que la fidélité
de la princesse passait infiniment celle même de Brichot,
si assidu pourtant à ces mercredis, où il avait le plaisir de
se croire, à Paris, une sorte de Chateaubriand à l'Abbaye-
aux-Bois et où, à la campagne, il se faisait l'effet de devenir l'équivalent de ce que pouvait être chez Mme du Châ-
telet celui qu'il nommait toujours (avec une malice et
une satisfaction de lettré) : « M. de Voltaire. »

Son absence de relations avait permis à la princesse
Sherbatoff de montrer, depuis quelques années, aux
Verdurin une fidélité qui faisait d'elle plus qu'une
« fidèle » ordinaire, la fidèle type, l'idéal que Mme Verdurin avait longtemps cru inaccessible et qu'arrivée au
retour d'âge, elle trouvait enfin incarné en cette nouvelle
recrue féminine. De quelque jalousie qu'en eût été tor-
turée la Patronne, il était sans exemple que les plus
assidus de ses fidèles n'eussent « lâché » une fois. Les plus
casaniers se laissaient tenter par un voyage ; les plus
continents avaient eu une bonne fortune ; les plus robus-
tes pouvaient attraper la grippe, les plus oisifs être pris
par leurs vingt-huit jours, les plus indifférents aller
fermer les yeux à leur mère mourante. Et c'était en vain
que Mme Verdurin leur disait alors, comme l'impératrice romaine, qu'elle était le seul général à qui dût
obéir sa légion, comme le Christ ou le Kaiser, que celui
qui aimait son père et sa mère autant qu'elle et n'était
pas prêt à les quitter pour la suivre n'était pas digne
d'elle, qu'au lieu de s'affaiblir au lit ou de se laisser
berner par une grue, ils feraient mieux de rester près
d'elle, elle, seul remède et seule volupté. Mais la destinée,
qui se plaît parfois à embellir la fin des existences qui se
prolongent tard, avait fait rencontrer à Mme Verdurin
la princesse Sherbatoff. Brouillée avec sa famille, exilée
de son pays, ne connaissant plus que la baronne Putbus
et la grande-duchesse Eudoxie, chez lesquelles, parce
qu'elle n'avait pas envie de rencontrer les amies de la

première, et parce que la seconde n'avait pas envie que
ses amies rencontrassent la princesse, elle n'allait qu'aux
heures matinales où Mme Verdurin dormait encore, ne
se souvenant pas d'avoir gardé la chambre une seule fois
depuis l'âge de douze ans où elle avait eu la rougeole
ayant répondu, le 31 décembre, à Mme Verdurin qui,
inquiète d'être seule, lui avait demandé si elle ne pourrait pas rester coucher à l'improviste, malgré le jour de
l'an : « Mais qu'est-ce qui pourrait m'en empêcher
n'importe quel jour ? D'ailleurs, ce jour-là, on reste en
famille et vous êtes ma famille », vivant dans une pension
et en changeant quand les Verdurin déménageaient, les
suivant dans leurs villégiatures, la princesse avait si
bien réalisé pour Mme Verdurin le vers de Vigny :

Toi seule me parus ce qu'on cherche toujours

que la Présidente du petit cercle, désireuse de s'assurer
une « fidèle » jusque dans la mort, lui avait demandé
que celle des deux qui mourrait la dernière se fît enterrer
à côté de l'autre. Vis-à-vis des étrangers — parmi lesquels il faut toujours compter celui à qui nous mentons
le plus parce que c'est celui par qui il nous serait le plus
pénible d'être méprisé : nous-même, — la princesse
Sherbatoff avait soin de représenter ses trois seules
amitiés — avec la grande-duchesse, avec les Verdurin,
avec la baronne Putbus — comme les seules, non que
des cataclysmes indépendants de sa volonté eussent
laissé émerger au milieu de la destruction de tout le reste,
mais qu'un libre choix lui avait fait élire de préférence à
toute autre, et auxquelles un certain goût de solitude
et de simplicité l'avait fait se borner. « Je ne vois *personne* d'autre », disait-elle en insistant sur le caractère
inflexible de ce qui avait plutôt l'air d'une règle qu'on
s'impose que d'une nécessité qu'on subit. Elle ajoutait :
« Je ne fréquente que trois maisons », comme ces auteurs
qui, craignant de ne pouvoir aller jusqu'à la quatrième,
annoncent que leur pièce n'aura que trois représentations. Que M. et Mme Verdurin ajoutassent foi ou non

à cette fiction, ils avaient aidé la princesse à l'inculquer dans l'esprit des fidèles. Et ceux-ci étaient persuadés à la fois que la princesse, entre des milliers de relations qui s'offraient à elle, avait choisi les seuls Verdurin, et que les Verdurin, sollicités en vain par toute la haute aristocratie, n'avaient consenti à faire qu'une exception, en faveur de la princesse.

A leurs yeux, la princesse, trop supérieure à son milieu d'origine pour ne pas s'y ennuyer, entre tant de gens qu'elle eût pu fréquenter ne trouvait agréables que les seuls Verdurin, et réciproquement ceux-ci, sourds aux avances de toute l'aristocratie qui s'offrait à eux, n'avaient consenti à faire qu'une seule exception, en faveur d'une grande dame plus intelligente que ses pareilles, la princesse Sherbatoff.

La princesse était fort riche ; elle avait à toutes les premières une grande baignoire où, avec l'autorisation de Mme Verdurin, elle emmenait les fidèles et jamais personne d'autre. On se montrait cette personne énigmatique et pâle, qui avait vieilli sans blanchir, et plutôt en rougissant comme certains fruits durables et ratatinés des haies. On admirait à la fois sa puissance et son humilité, car, ayant toujours avec elle un académicien, Brichot, un célèbre savant, Cottard, le premier pianiste du temps, plus tard M. de Charlus, elle s'effaçait, ayant exprès la baignoire la plus obscure, ne s'occupait en rien de la salle, vivait exclusivement pour le petit groupe, qui, un peu avant la fin de la représentation, se retirait en suivant cette souveraine étrange et non dépourvue d'une beauté timide, fascinante et usée. Or, si Mme Sherbatoff ne regardait pas la salle, restait dans l'ombre, c'était pour tâcher d'oublier qu'il existait un monde vivant qu'elle désirait passionnément et ne pouvait pas connaître ; la « coterie » dans une « baignoire » était pour elle ce qu'est pour certains animaux l'immobilité quasi cadavérique en présence du danger. Néanmoins, le goût de nouveauté et de curiosité qui travaille les gens du monde faisait qu'ils prêtaient peut-être plus d'attention

à cette mystérieuse inconnue qu'aux célébrités des premières loges, chez qui chacun venait en visite. On s'imaginait qu'elle était autrement que les personnes qu'on
connaissait ; qu'une merveilleuse intelligence, jointe à
une bonté divinatrice, retenaient autour d'elle ce petit
milieu de gens éminents. La princesse était forcée, si
on lui parlait de quelqu'un ou si on lui présentait quelqu'un, de feindre une grande froideur pour maintenir
la fiction de son horreur du monde. Néanmoins, avec
l'appui de Cottard ou de Mme Verdurin quelques
nouveaux réussissaient à la connaître, et son ivresse
d'en connaître un était telle qu'elle en oubliait la fable
de l'isolement voulu et se dépensait follement pour le
nouveau venu. S'il était fort médiocre, chacun s'étonnait. « Quelle chose singulière que la princesse, qui ne
veut connaître personne, aille faire une exception
pour cet être si peu caractéristique ! » Mais ces fécon-
dantes connaissances étaient rares, et la princesse vivait
étroitement confinée au milieu des fidèles.

Cottard disait beaucoup plus souvent : « Je le verrai
mercredi chez les Verdurin », que : « Je le verrai mardi
à l'Académie. » Il parlait aussi des mercredis comme d'une
occupation aussi importante et aussi inéluctable. D'ailleurs Cottard était de ces gens peu recherchés qui se
font un devoir aussi impérieux de se rendre à une invitation que si elle constituait un ordre, comme une convo-
cation militaire ou judiciaire. Il fallait qu'il fût appelé
par une visite bien importante pour qu'il « lâchât » les
Verdurin le mercredi, l'importance ayant trait, d'ailleurs, plutôt à la qualité du malade qu'à la gravité de la
maladie. Car Cottard, quoique bon homme, renonçait
aux douceurs du mercredi non pour un ouvrier frappé
d'une attaque, mais pour le coryza d'un ministre. Encore,
dans ce cas, disait-il à sa femme : « Excuse-moi bien auprès
de Mme Verdurin. Préviens que j'arriverai en retard.
Cette Excellence aurait bien pu choisir un autre jour
pour être enrhumée. » Un mercredi, leur vieille cuisinière s'étant coupé la veine du bras, Cottard, déjà en

smoking pour aller chez les Verdurin, avait haussé les
épaules quand sa femme lui avait timidement demandé
s'il ne pourrait pas panser la blessée : « Mais je ne peux
pas, Léontine, s'était-il écrié en gémissant ; tu vois
tu vois bien que j'ai mon gilet blanc. » Pour ne pas im-
patienter son mari, Mme Cottard avait fait chercher au
plus vite le chef de clinique. Celui-ci, pour aller plus
vite, avait pris une voiture, de sorte que la sienne entrant
dans la cour au moment où celle de Cottard allait sortir
pour le mener chez les Verdurin, on avait perdu cinq
minutes à avancer, à reculer. Mme Cottard était gênée
que le chef de clinique vît son maître en tenue de soirée.
Cottard pestait du retard, peut-être par remords, et partit
avec une humeur exécrable qu'il fallut tous les plaisirs
du mercredi pour arriver à dissiper.

Si un client de Cottard lui demandait : « Rencontrez-
vous quelquefois les Guermantes ? » c'est de la meilleure
foi du monde que le professeur répondait : « Peut-être
pas justement les Guermantes, je ne sais pas. Mais je
vois tout ce monde-là chez des amis à moi. Vous
avez certainement entendu parler des Verdurin. Ils
connaissent tout le monde. Et puis eux, du moins, ce
ne sont pas des gens chic décatis. Il y a du répondant.
On évalue généralement que Mme Verdurin est riche
à trente-cinq millions. Dame, trente-cinq millions,
c'est un chiffre. Aussi elle n'y va pas avec le dos de la
cuiller. Vous me parliez de la duchesse de Guermantes.
Je vais vous dire la différence : Mme Verdurin c'est une
grande dame, la duchesse de Guermantes est probablement une purée. Vous saisissez bien la nuance, n'est-ce
pas ? En tous cas, que les Guermantes aillent ou non
chez Mme Verdurin, elle reçoit, ce qui vaut mieux, les
d'Sherbatoff, les d'Forcheville, et *tutti quanti*, des gens
de la plus haute volée, toute la noblesse de France et de
Navarre, à qui vous me verriez parler de pair à compagnon.
D'ailleurs ce genre d'individus recherche volontiers les
princes de la science », ajoutait-il avec un sourire
d'amour-propre béat, amené à ses lèvres par la satisfaction

orgueilleuse, non pas tellement que l'expression jadis
réservée aux Potain, aux Charcot, s'appliquât maintenant à lui, mais qu'il sût enfin user comme il convenait
de toutes celles que l'usage autorise et, qu'après les
avoir longtemps piochées, il possédait à fond. Aussi,
après m'avoir cité la princesse Sherbatoff parmi les
personnes que recevait Mme Verdurin, Cottard ajoutait
en clignant de l'œil : « Vous voyez le genre de la maison,
vous comprenez ce que je veux dire ? » Il voulait dire ce
qu'il y a de plus chic. Or, recevoir une dame russe qui
ne connaissait que la grande-duchesse Eudoxie, c'était
peu. Mais la princesse Sherbatoff eût même pu ne pas
la connaître sans qu'eussent été amoindries l'opinion
que Cottard avait relativement à la suprême élégance du
salon Verdurin, et sa joie d'y être reçu. La splendeur
dont nous semblent revêtus les gens que nous fréquen-
tons n'est pas plus intrinsèque que celle de ces personnages de théâtre pour l'habillement desquels il est bien
inutile qu'un directeur dépense des centaines de mille
francs à acheter des costumes authentiques et des bijoux
vrais qui ne feront aucun effet, quand un grand décora-
teur donnera une impression de luxe mille fois plus
somptueuse en dirigeant un rayon factice sur un pour-
point de grosse toile semé de bouchons de verre et sur un
manteau en papier. Tel homme a passé sa vie au milieu
des grands de la terre qui n'étaient pour lui que d'ennuyeux
parents ou de fastidieuses connaissances, parce qu'une
habitude contractée dès le berceau les avait dépouillés
à ses yeux de tout prestige. Mais, en revanche, il a suffi
que celui-ci vînt, par quelque hasard, s'ajouter aux personnes les plus obscures, pour que d'innombrables
Cottard aient vécu éblouis par des femmes titrées dont
ils s'imaginaient que le salon était le centre des élégances aristocratiques, et qui n'étaient même pas ce
qu'étaient Mme de Villeparisis et ses amies (des grandes
dames déchues que l'aristocratie qui avait été élevée
avec elles ne fréquentait plus) ; non, celles dont l'amitié
a été l'orgueil de tant de gens, si ceux-ci publiaient leurs

Mémoires et y donnaient les noms de ces femmes et de celles qu'elles recevaient, personne, pas plus Mme de Cambremer que Mme de Guermantes, ne pourrait les identifier. Mais qu'importe! Un Cottard a ainsi sa baronne ou sa marquise, laquelle est pour lui « la baronne» ou « la marquise », comme, dans Marivaux, la baronne dont on ne dit jamais le nom et dont on n'a même pas l'idée qu'elle en a jamais eu un. Cottard croit d'autant plus y trouver résumée l'aristocratie — laquelle ignore cette dame — que, plus les titres sont douteux, plus les couronnes tiennent de place sur les verres, sur l'argenterie, sur le papier à lettres, sur les malles. De nombreux Cottard, qui ont cru passer leur vie au cœur du faubourg Saint-Germain, ont eu leur imagination peut-être plus enchantée de rêves féodaux que ceux qui avaient effectivement vécu parmi des princes, de même que, pour le petit commerçant qui, le dimanche, va parfois visiter des édifices « du vieux temps », c'est quelquefois dans ceux dont toutes les pierres sont du nôtre, et dont les voûtes ont été, par des élèves de Viollet-le-Duc, peintes en bleu et semées d'étoiles d'or, qu'ils ont le plus la sensation du Moyen Age. « La princesse sera à Maineville. Elle voyagera avec nous. Mais je ne vous présenterai pas tout de suite. Il vaudra mieux que ce soit Mme Verdurin qui fasse cela. A moins que je ne trouve un joint. Comptez alors que je sauterai dessus. — De quoi parliez-vous? dit Saniette, qui fit semblant d'avoir été prendre l'air. — Je citais à Monsieur, dit Brichot, un mot que vous connaissez bien, de celui qui est à mon avis le premier des " fins de siècle " (du siècle XVIII s'entend), le prénommé Charles-Maurice, abbé de Périgord. Il avait commencé par promettre d'être un très bon journaliste. Mais il tourna mal, je veux dire qu'il devint ministre! La vie a de ces disgrâces. Politicien peu scrupuleux au demeurant, qui, avec des dédains de grand seigneur racé, ne se gênait pas de travailler à ses heures pour le roi de Prusse, c'est le cas de le dire, et mourut dans la peau d'un centre gauche. »

A Saint-Pierre-des-Ifs monta une splendide jeune
fille qui, malheureusement, ne faisait pas partie du petit
groupe. Je ne pouvais détacher mes yeux de sa chair de
magnolia, de ses yeux noirs, de la construction admirable
et haute de ses formes. Au bout d'une seconde elle voulut
ouvrir une glace, car il faisait un peu chaud dans le
compartiment, et ne voulant pas demander la permission
à tout le monde, comme seul je n'avais pas de manteau,
elle me dit d'une voix rapide, fraîche et rieuse : « Ça ne
vous est pas désagréable, Monsiéur, l'air ? » J'aurais
voulu lui dire : « Venez avec nous chez les Verdurin »,
ou : « Dites-moi votre nom et votre adresse. » Je répondis :
« Non, l'air ne me gêne pas, Mademoiselle. » Et après,
sans se déranger de sa place : « La fumée, ça ne gêne pas
vos amis ? » et elle alluma une cigarette. A la troisième
station elle descendit d'un saut. Le lendemain, je demandai à Albertine qui cela pouvait être. Car, stupidement,
croyant qu'on ne peut aimer qu'une chose, jaloux de
l'attitude d'Albertine à l'égard de Robert, j'étais rassuré
quant aux femmes. Albertine me dit, je crois très sincèrement, qu'elle ne savait pas. « Je voudrais tant la retrouver ! m'écriai-je. — Tranquillisez-vous, on se retrouve
toujours », répondit Albertine. Dans le cas particulier elle
se trompait ; je n'ai jamais retrouvé ni identifié la belle
jeune fille à la cigarette. On verra du reste pourquoi,
pendant longtemps, je dus cesser de la chercher. Mais je
ne l'ai pas oubliée. Il m'arrive souvent en pensant à
elle d'être pris d'une folle envie. Mais ces retours du désir
nous forcent à réfléchir que, si on voulait retrouver ces
jeunes filles-là avec le même plaisir, il faudrait revenir
aussi à l'année qui a été suivie depuis de dix autres pendant lesquelles la jeune fille s'est fanée. On peut quelquefois retrouver un être, mais non abolir le temps. Tout
cela jusqu'au jour imprévu et triste comme une nuit
d'hiver, où on ne cherche plus cette jeune fille-là, ni
aucune autre, où trouver vous effraierait même. Car
on ne se sent plus assez d'attraits pour plaire, ni de force
pour aimer. Non pas, bien entendu, qu'on soit, au sens

propre du mot, impuissant. Et quant à aimer, on aimerait plus que jamais. Mais on sent que c'est une trop grande entreprise pour le peu de forces qu'on garde. Le repos éternel a déjà mis des intervalles où l'on ne peut sortir, ni parler. Mettre un pied sur la marche qu'il faut, c'est une réussite comme de ne pas manquer le saut périlleux. Être vu dans cet état par une jeune fille qu'on aime, même si l'on a gardé son visage et tous ses cheveux blonds de jeune homme! On ne peut plus assumer la fatigue de se mettre au pas de la jeunesse. Tant pis si le désir charnel redouble au lieu de s'amortir! On fait venir pour lui une femme à qui l'on ne se souciera pas de plaire, qui ne partagera qu'un soir votre couche et qu'on ne reverra jamais.

— On doit être toujours sans nouvelles du violoniste, dit Cottard. L'événement du jour, dans le petit clan, était en effet le lâchage du violoniste favori de Mme Verdurin. Celui-ci, qui faisait son service militaire près de Doncières, venait trois fois par semaine dîner à la Raspelière, car il avait la permission de minuit. Or, l'avant-veille, pour la première fois, les fidèles n'avaient pu arriver à le découvrir dans le tram. On avait supposé qu'il l'avait manqué. Mais Mme Verdurin avait eu beau envoyer au tram suivant, enfin au dernier, la voiture était revenue vide. « Il a été sûrement fourré au bloc, il n'y a pas d'autre explication de sa fugue. Ah! dame, vous savez, dans le métier militaire, avec ces gaillards-là, il suffit d'un adjudant grincheux. — Ce sera d'autant plus mortifiant pour Mme Verdurin, dit Brichot, s'il lâche encore ce soir, que notre aimable hôtesse reçoit justement à dîner pour la première fois les voisins qui lui ont loué la Raspelière, le marquis et la marquise de Cambremer. — Ce soir, le marquis et la marquise de Cambremer! s'écria Cottard. Mais je n'en savais absolument rien. Naturellement je savais, comme vous tous, qu'ils devaient venir un jour, mais je ne savais pas que ce fût si proche. Sapristi, dit-il en se tournant vers moi, qu'est-ce que je vous ai dit : la princesse Sherbatoff, le marquis et la marquise de

Cambremer. » Et après avoir répété ces noms en se
berçant de leur mélodie : « Vous voyez que nous nous
mettons bien, me dit-il. N'importe, pour vos débuts,
vous mettez dans le mille. Cela va être une chambrée
exceptionnellement brillante. » Et se tournant vers
Brichot, il ajouta : « La Patronne doit être furieuse. Il
n'est que temps que nous arrivions lui prêter main-
forte. » Depuis que Mme Verdurin était à la Raspelière,
elle affectait vis-à-vis des fidèles d'être, en effet, dans
l'obligation et au désespoir d'inviter une fois ses propriétaires. Elle aurait ainsi de meilleures conditions pour
l'année suivante, disait-elle, et ne le faisait que par
intérêt. Mais elle prétendait avoir une telle terreur, se
faire un tel monstre d'un dîner avec des gens qui n'étaient
pas du petit groupe, qu'elle le remettait toujours. Il
l'effrayait, du reste, un peu pour les motifs qu'elle pro-
clamait, tout en les exagérant, si par un autre côté il
l'enchantait pour des raisons de snobisme qu'elle préférait taire. Elle était donc à demi sincère, elle croyait
le petit clan quelque chose de si unique au monde, un de
ces ensembles comme il faut des siècles pour en constituer un pareil, qu'elle tremblait à la pensée d'y voir introduits ces gens de province, ignorants de la Tétralogie
et des *Maîtres*, qui ne sauraient pas tenir leur partie dans
le concert de la conversation générale et étaient capables,
en venant chez Mme Verdurin, de détruire un des fameux
mercredis, chefs-d'œuvre incomparables et fragiles,
pareils à ces verreries de Venise qu'une fausse note
suffit à briser. « De plus, ils doivent être tout ce qu'il y a
de plus *anti*, et galonnards, avait dit M. Verdurin. —
Ah ! çà, par exemple, ça m'est égal, voilà assez longtemps
qu'on en parle de cette histoire-là », avait répondu
Mme Verdurin qui, sincèrement dreyfusarde, eût cependant voulu trouver dans la prépondérance de son
salon dreyfusiste une récompense mondaine. Or le
dreyfusisme triomphait politiquement, mais non pas
mondainement. Labori, Reinach, Picquart, Zola, restaient, pour les gens du monde, des espèces de traîtres

qui ne pouvaient que les éloigner du petit noyau. Aussi,
après cette incursion dans la politique, Mme Verdurin
tenait-elle à rentrer dans l'art. D'ailleurs d'Indy, Debussy,
n'étaient-ils pas « mal » dans l'Affaire ? « Pour ce qui est
de l'Affaire, nous n'aurions qu'à les mettre à côté de
Brichot, dit-elle (l'universitaire étant le seul des fidèles
qui avait pris le parti de l'État-Major, ce qui l'avait fait
beaucoup baisser dans l'estime de Mme Verdurin).
On n'est pas obligé de parler éternellement de l'affaire
Dreyfus. Non, la vérité, c'est que les Cambremer
m'embêtent. » Quant aux fidèles, aussi excités par le
désir inavoué qu'ils avaient de connaître les Cambremer,
que dupes de l'ennui affecté que Mme Verdurin disait
éprouver à les recevoir, ils reprenaient chaque jour, en
causant avec elle, les vils arguments qu'elle donnait elle-
même en faveur de cette invitation, tâchaient de les
rendre irrésistibles. « Décidez-vous une bonne fois,
répétait Cottard, et vous aurez les concessions pour le
loyer, ce sont eux qui paieront le jardinier, vous aurez
la jouissance du pré. Tout cela vaut bien de s'ennuyer
une soirée. Je n'en parle que pour vous », ajoutait-il,
bien que le cœur lui eût battu une fois que, dans la
voiture de Mme Verdurin, il avait croisé celle de la vieille
Mme de Cambremer sur la route, et surtout qu'il fût
humilié pour les employés du chemin de fer, quand, à la
gare, il se trouvait près du marquis. De leur côté, les
Cambremer, vivant bien trop loin du mouvement mondain pour pouvoir même se douter que certaines femmes
élégantes parlaient avec quelque considération de
Mme Verdurin, s'imaginaient que celle-ci était une personne qui ne pouvait connaître que des bohèmes, n'était
même peut-être pas légitimement mariée, et, en fait de
gens « nés », ne verrait jamais qu'eux. Ils ne s'étaient rési-
gnés à y dîner que pour être en bons termes avec une
locataire dont ils espéraient le retour pour de nombreuses
saisons, surtout depuis qu'ils avaient, le mois précédent,
appris qu'elle venait d'hériter de tant de millions. C'est
en silence et sans plaisanteries de mauvais goût qu'ils se

préparaient au jour fatal. Les fidèles n'espéraient plus qu'il vînt jamais, tant de fois Mme Verdurin en avait déjà fixé devant eux la date, toujours changée. Ces fausses résolutions avaient pour but, non seulement de faire ostentation de l'ennui que lui causait ce dîner, mais de tenir en haleine les membres du petit groupe qui habitaient dans le voisinage et étaient parfois enclins à lâcher. Non que la Patronne devinât que le « grand jour » leur était aussi agréable qu'à elle-même, mais parce que, les ayant persuadés que ce dîner était pour elle la plus terrible des corvées, elle pouvait faire appel à leur dévouement. « Vous n'allez pas me laisser seule en tête à tête avec ces Chinois-là! Il faut au contraire que nous soyons en nombre pour supporter l'ennui. Naturellement nous ne pourrons parler de rien de ce qui nous intéresse. Ce sera un mercredi de raté, que voulez-vous!

— En effet, répondit Brichot, en s'adressant à moi, je crois que Mme Verdurin, qui est très intelligente et apporte une grande coquetterie à l'élaboration de ses mercredis, ne tenait guère à recevoir ces hobereaux de grande lignée mais sans esprit. Elle n'a pu se résoudre à inviter la marquise douairière, mais s'est résignée au fils et à la belle-fille.

— Ah! nous verrons la marquise de Cambremer? » dit Cottard avec un sourire où il crut devoir mettre de la paillardise et du marivaudage, bien qu'il ignorât si Mme de Cambremer était jolie ou non. Mais le titre de marquise éveillait en lui des images prestigieuses et galantes. « Ah! je la connais, dit Ski, qui l'avait rencontrée, une fois qu'il se promenait avec Mme Verdurin. — Vous ne la connaissez pas au sens biblique? dit, en coulant un regard louche sous son lorgnon, le docteur, dont c'était une des plaisanteries favorites. — Elle est intelligente, me dit Ski. Naturellement, reprit-il en voyant que je ne disais rien et appuyant en souriant sur chaque mot, elle est intelligente et elle ne l'est pas, il lui manque l'instruction, elle est frivole, mais elle a l'instinct des jolies choses. Elle se taira, mais elle ne dira jamais une bêtise. Et puis

elle est d'une jolie coloration. Ce serait un portrait qui
serait amusant à peindre », ajouta-t-il en fermant à demi
les yeux comme s'il la regardait posant devant lui. Comme
je pensais tout le contraire de ce que Ski exprimait avec
tant de nuances, je me contentai de dire qu'elle était la
sœur d'un ingénieur très distingué, M. Legrandin. « Hé
bien, vous voyez, vous serez présenté à une jolie femme,
me dit Brichot, et on ne sait jamais ce qui peut en résulter.
Cléopâtre n'était même pas une grande dame, c'était la
petite femme, la petite femme inconsciente et terrible de
notre Meilhac, et voyez les conséquences, non seulement
pour ce jobard d'Antoine, mais pour le monde antique.
— J'ai déjà été présenté à Mᵐᵉ de Cambremer, répondis-je. — Ah! mais alors vous allez vous trouver en pays
de connaissance. — Je serai d'autant plus heureux de la
voir, répondis-je, qu'elle m'avait promis un ouvrage de
l'ancien curé de Combray sur les noms de lieux de cette
région-ci, et je vais pouvoir lui rappeler sa promesse. Je
m'intéresse à ce prêtre et aussi aux étymologies. — Ne
vous fiez pas trop à celles qu'il indique, me répondit
Brichot ; l'ouvrage, qui est à la Raspelière et que je me
suis amusé à feuilleter, ne me dit rien qui vaille ; il four-
mille d'erreurs. Je vais vous en donner un exemple. Le
mot *bricq* entre dans la formation d'une quantité de noms
de lieux de nos environs. Le brave ecclésiastique a eu
l'idée passablement biscornue qu'il vient de *briga*, hauteur,
lieu fortifié. Il le voit déjà dans les peuplades celtiques,
Latobriges, Nemetobriges, etc., et le suit jusque dans les
noms comme Briand, Brion, etc. Pour en revenir au pays
que nous avons le plaisir de traverser en ce moment avec
vous, Bricquebosc signifierait le bois de la hauteur, Bricqueville l'habitation de la hauteur, Bricquebec, où nous
nous arrêterons dans un instant avant d'arriver à Maineville, la hauteur près du ruisseau. Or ce n'est pas du tout
cela, pour la raison que *bricq* est le vieux mot norois qui
signifie tout simplement : un pont. De même que *fleur*,
que le protégé de Mᵐᵉ de Cambremer se donne une peine
infinie pour rattacher tantôt aux mots scandinaves *floi*,

flo, tantôt aux mots irlandais *ae* et *aer*, est au contraire, à
n'en point douter, le *fiord* des Danois et signifie : port.
De même l'excellent prêtre croit que la station de Saint-
Martin-le-Vêtu, qui avoisine la Raspelière, signifie Saint-
Martin-le-Vieux *(vetus)*. Il est certain que le mot de *vieux*
a joué un grand rôle dans la toponymie de cette région.
Vieux vient généralement de *vadum* et signifie un gué,
comme au lieu-dit : les Vieux. C'est ce que les Anglais
appelaient « ford » (Oxford, Hereford). Mais, dans le cas
particulier, *vieux* vient non pas de *vetus*, mais de *vastatus*,
lieu dévasté et nu. Vous avez près d'ici Sottevast, le vast
de Setold ; Brillevast, le vast de Berold. Je suis d'autant
plus certain de l'erreur du curé, que Saint-Martin-le-
Vieux s'est appelé autrefois Saint-Martin-du-Gast et
même Saint-Martin-de-Terregate. Or le *v* et le *g* dans
ces mots sont la même lettre. On dit : dévaster mais aussi :
gâcher. Jachères et gâtines (du haut allemand *wastinna*)
ont ce même sens. Terregate, c'est donc *terra vastata*.
Quant à Saint-Mars, jadis (honni soit qui mal y pense!)
Saint-Merd, c'est Saint-Medardus, qui est tantôt Saint-
Médard, Saint-Mard, Saint-Marc, Cinq-Mars, et jusqu'à
Dammas. Il ne faut du reste pas oublier que, tout près
d'ici, des lieux, portant ce même nom de Mars, attestent
simplement une origine païenne (le dieu Mars) restée
vivace en ce pays, mais que le saint homme se refuse à
reconnaître. Les hauteurs dédiées aux dieux sont en
particulier fort nombreuses, comme la montagne de
Jupiter (Jeumont). Votre curé n'en veut rien voir et, en
revanche, partout où le christianisme a laissé des traces,
elles lui échappent. Il a poussé son voyage jusqu'à Loc-
tudy, nom barbare, dit-il, alors que c'est *Locus sancti
Tudeni*, et n'a pas davantage, dans Sammarcoles, deviné
Sanctus Martialis. Votre curé, continua Brichot, en voyant
qu'il m'intéressait, fait venir les mots en *hon, home, holm*,
du mot *holl (hullus)*, colline, alors qu'il vient du norois
holm, île, que vous connaissez bien dans Stockholm, et
qui dans tout ce pays-ci est si répandu : le Houlme, Engo-
homme, Tahoume, Robehomme, Néhomme, Quettehon,

etc. » Ces noms me firent penser au jour où Albertine
avait voulu aller à Amfreville-la-Bigot (du nom de deux
de ses seigneurs successifs, me dit Brichot), et où elle
m'avait ensuite proposé de dîner ensemble à Robehomme.
« Est-ce que Néhomme, demandai-je, n'est pas près de
Carquethuit et de Clitourps ? — Parfaitement, Néhomme
c'est le holm, l'île ou presqu'île du fameux vicomte Nigel
dont le nom est resté aussi dans Néville. Carquethuit et
Clitourps, dont vous me parlez, sont, pour le protégé de
Mme de Cambremer, l'occasion d'autres erreurs. Sans
doute il voit bien que *carque*, c'est une église, la *kirche* des
Allemands. Vous connaissez Querqueville, sans parler de
Dunkerque. Car mieux vaudrait alors nous arrêter à ce
fameux mot de *dun* qui, pour les Celtes, signifiait une
élévation. Et cela vous le retrouverez dans toute la France.
Votre abbé s'hypnotisait devant Duneville repris dans
l'Eure-et-Loir ; il eût trouvé Châteaudun, Dun-le-Roi
dans le Cher ; Duneau dans la Sarthe ; Dun dans l'Ariège ;
Dune-les-Places dans la Nièvre, etc. Ce *Dun* lui fait commettre une curieuse erreur en ce qui concerne Douville,
où nous descendrons et où nous attendent les confortables
voitures de Mme Verdurin. Douville, en latin *donvilla*,
dit-il. En effet, Douville est au pied de grandes hauteurs.
Votre curé, qui sait tout, sent tout de même qu'il a fait
une bévue. Il a lu, en effet, dans un ancien pouillé *Dom-
villa*. Alors il se rétracte ; Douville, selon lui, est un fief de
l'abbé, *domino abbati*, du mont Saint-Michel. Il s'en
réjouit, ce qui est assez bizarre quand on pense à la vie
scandaleuse que, depuis le capitulaire de Saint-Clair-sur-
Epte, on menait au mont Saint-Michel, et ce qui ne serait
pas plus extraordinaire que de voir le roi de Danemark
suzerain de toute cette côte où il faisait célébrer beaucoup
plus le culte d'Odin que celui du Christ. D'autre part, la
supposition que l'*n* a été changée en *m* ne me choque pas
et exige moins d'altération que le très correct Lyon qui,
lui aussi, vient de *Dun (Lugdunum)*. Mais enfin l'abbé se
trompe. Douville n'a jamais été Donville, mais Doville,
Eudonis Villa, le village d'Eudes. Douville s'appelait

autrefois Escalecliff, l'escalier de la pente. Vers 1233, Eudes le Bouteiller, seigneur d'Escalecliff, partit pour la Terre Sainte ; au moment de partir il fit remise de l'église à l'abbaye de Blanchelande. Échange de bons procédés : le village prit son nom, d'où actuellement Douville. Mais j'ajoute que la toponymie, où je suis d'ailleurs fort ignare, n'est pas une science exacte ; si nous n'avions ce témoignage historique, Douville pourrait fort bien venir d'Ouville, c'est-à-dire : les Eaux. Les formes en *ai* (Aigues-Mortes), de *aqua*, se changent fort souvent en *eu*, en *ou*. Or il y avait tout près de Douville des eaux renommées, Carquebut. Vous pensez que le curé était trop content de trouver là quelque trace chrétienne, encore que ce pays semble avoir été assez difficile à évangéliser, puisqu'il a fallu que s'y reprissent successivement saint Ursal, saint Gofroi, saint Barsanore, saint Laurent de Brèvedent, lequel passa enfin la main aux moines de Beaubec. Mais pour *tuit* l'auteur se trompe, il y voit une forme de *toft*, masure, comme dans Criquetot, Ectot, Yvetot, alors que c'est le *thveit*, essart, défrichement comme dans Braquetuit, le Thuit, Regnetuit, etc. De même, s'il reconnaît dans Clitourps le *thorp* normand, qui veut dire : village, il veut que la première partie du nom dérive de *clivus*, pente, alors qu'elle vient de *cliff*, rocher. Mais ses plus grosses bévues viennent moins de son ignorance que de ses préjugés. Si bon Français qu'on soit, faut-il nier l'évidence et prendre Saint-Laurent-en-Bray pour le prêtre romain si connu, alors qu'il s'agit de saint Lawrence o'Toole, archevêque de Dublin ? Mais plus que le sentiment patriotique, le parti pris religieux de votre ami lui fait commettre des erreurs grossières. Ainsi vous avez non loin de chez nos hôtes de la Raspelière deux Montmartin, Montmartin-sur-Mer et Montmartin-en-Graignes. Pour Graignes, le bon curé n'a pas commis d'erreur, il a bien vu que Graignes, en latin *Grania*, en grec *crêné*, signifie : étangs, marais ; combien de Gresmays, de Croen, de Grenneville, de Lengronne, ne pourrait-on pas citer ? Mais pour Montmartin, votre prétendu linguiste

veut absolument qu'il s'agisse de paroisses dédiées à
saint Martin. Il s'autorise de ce que le saint est leur patron,
mais ne se rend pas compte qu'il n'a été pris pour tel
qu'après coup ; ou plutôt il est aveuglé par sa haine du
paganisme ; il ne veut pas voir qu'on aurait dit Mont-
Saint-Martin comme on dit le mont Saint-Michel, s'il
s'était agi de saint Martin, tandis que le nom de Montmartin s'applique, de façon beaucoup plus païenne, à des
temples consacrés au dieu Mars, temples dont nous ne
possédons pas, il est vrai, d'autres vestiges, mais que la
présence incontestée, dans le voisinage, de vastes camps
romains rendrait des plus vraisemblables même sans le
nom de Montmartin qui tranche le doute. Vous voyez
que le petit livre que vous allez trouver à la Raspelière
n'est pas des mieux faits. » J'objectai qu'à Combray le
curé nous avait appris souvent des étymologies intéressantes. « Il était probablement mieux sur son terrain, le
voyage en Normandie l'aura dépaysé. — Et ne l'aura pas
guéri, ajoutai-je, car il était arrivé neurasthénique et est
reparti rhumatisant. — Ah ! c'est la faute à la neurasthénie.
Il est tombé de la neurasthénie dans la philologie, comme
eût dit mon bon maître Poquelin. Dites donc, Cottard,
vous semble-t-il que la neurasthénie puisse avoir une
influence fâcheuse sur la philologie, la philologie une
influence calmante sur la neurasthénie, et la guérison de la
neurasthénie conduire au rhumatisme ? — Parfaitement,
le rhumatisme et la neurasthénie sont deux formes vica-
riantes du neuro-arthritisme. On peut passer de l'une à
l'autre par métastase. — L'éminent professeur, dit Brichot, s'exprime, Dieu me pardonne, dans un français
aussi mêlé de latin et de grec qu'eût pu le faire M. Purgon
lui-même, de moliéresque mémoire ! A moi, mon oncle,
je veux dire notre Sarcey national... » Mais il ne put achever sa phrase. Le professeur venait de sursauter et de
pousser un hurlement : « Nom de d'là, s'écria-t-il en passant enfin au langage articulé, nous avons passé Maineville (hé ! hé !) et même Renneville. » Il venait de voir que
le train s'arrêtait à Saint-Mars-le-Vieux, où presque tous

les voyageurs descendaient. « Ils n'ont pas dû pourtant
brûler l'arrêt. Nous n'aurons pas fait attention en parlant
des Cambremer. — Écoutez-moi, Ski, attendez, je vais
vous dire " une bonne chose ", dit Cottard qui avait pris en
affection cette expression usitée dans certains milieux
médicaux. La princesse doit être dans le train, elle ne nous
aura pas vus et sera montée dans un autre compartiment.
Allons à sa recherche. Pourvu que tout cela n'aille pas amener de grabuge ! » Et il nous emmena tous à la recherche de la
princesse Sherbatoff. Il la trouva dans le coin d'un wagon
vide, en train de lire la *Revue des Deux Mondes*. Elle avait
pris depuis de longues années, par peur des rebuffades,
l'habitude de se tenir à sa place, de rester dans son coin,
dans la vie comme dans le train, et d'attendre pour donner
la main qu'on lui eût dit bonjour. Elle continua à lire
quand les fidèles entrèrent dans son wagon. Je la reconnus
aussitôt ; cette femme, qui pouvait avoir perdu sa situation mais n'en était pas moins d'une grande naissance,
qui en tous cas était la perle d'un salon comme celui des
Verdurin, c'était la dame que, dans le même train, j'avais
cru, l'avant-veille, pouvoir être une tenancière de maison
publique. Sa personnalité sociale, si incertaine, me devint
claire aussitôt quand je sus son nom, comme quand, après
avoir peiné sur une devinette, on apprend enfin le mot
qui rend clair tout ce qui était resté obscur et qui, pour
les personnes, est le nom. Apprendre le surlendemain
quelle était la personne à côté de qui on a voyagé dans le
train sans parvenir à trouver son rang social est une surprise beaucoup plus amusante que de lire dans la livraison
nouvelle d'une revue le mot de l'énigme proposée dans la
précédente livraison. Les grands restaurants, les casinos,
les « tortillards » sont le musée des familles de ces énigmes
sociales. « Princesse, nous vous aurons manquée à Maineville ! Vous permettez que nous prenions place dans votre
compartiment ? — Mais comment donc », fit la princesse
qui, en entendant Cottard lui parler, leva seulement alors
de sur sa revue des yeux qui, comme ceux de M. de Charlus, quoique plus doux, voyaient très bien les personnes

de la présence de qui elle faisait semblant de ne pas s'apercevoir. Cottard, réfléchissant à ce que le fait d'être invité
avec les Cambremer était pour moi une recommandation
suffisante, prit, au bout d'un moment, la décision de me
présenter à la princesse, laquelle s'inclina avec une grande
politesse, mais eut l'air d'entendre mon nom pour la
première fois. « Cré nom, s'écria le docteur, ma femme a
oublié de faire changer les boutons de mon gilet blanc.
Ah! les femmes, ça ne pense à rien. Ne vous mariez
jamais, voyez-vous », me dit-il. Et comme c'était une des
plaisanteries qu'il jugeait convenables quand on n'avait
rien à dire, il regarda du coin de l'œil la princesse et les
autres fidèles, qui, parce qu'il était professeur et académicien, sourirent en admirant sa bonne humeur et son
absence de morgue. La princesse nous apprit que le jeune
violoniste était retrouvé. Il avait gardé le lit la veille à
cause d'une migraine, mais viendrait ce soir et amènerait
un vieil ami de son père qu'il avait retrouvé à Doncières.
Elle l'avait su par Mme Verdurin avec qui elle avait déjeuné
le matin, nous dit-elle d'une voix rapide où le roulement
des *r* de l'accent russe, était doucement marmonné au
fond de la gorge, comme si c'étaient non des *r* mais des
l. « Ah! vous avez déjeuné ce matin avec elle, dit Cottard
à la princesse ; mais en me regardant, car ces paroles
avaient pour but de me montrer combien la princesse
était intime avec la Patronne. Vous êtes une fidèle, vous!
— Oui, j'aime ce petit celcle intelligent, agléable, pas
méchant, tout simple, pas snob et où on a de l'esplit
jusqu'au bout des ongles. — Nom d'une pipe, j'ai dû
perdre mon billet, je ne le retrouve pas », s'écria Cottard
sans s'inquiéter d'ailleurs outre mesure. Il savait qu'à
Douville, où deux landaus allaient nous attendre, l'employé le laisserait passer sans billet et ne s'en découvrirait
que plus bas afin de donner par ce salut l'explication de son
indulgence, à savoir qu'il avait bien reconnu en Cottard
un habitué des Verdurin. « On ne me mettra pas à la
salle de police pour cela, conclut le docteur. — Vous
disiez, Monsieur, demandai-je à Brichot, qu'il y avait près

d'ici des eaux renommées ; comment le sait-on ? — Le
nom de la station suivante l'atteste entre bien d'autres
témoignages. Elle s'appelle Fervaches. — Je ne complends
pas ce qu'il veut dile », grommela la princesse, d'un ton
dont elle m'aurait dit par gentillesse : « Il nous embête,
n'est-ce pas ? » « Mais, princesse, Fervaches veut dire,
eaux chaudes, *fervidæ aquæ*... Mais à propos du jeune
violoniste, continua Brichot, j'oubliais, Cottard, de vous
parler de la grande nouvelle. Saviez-vous que notre pauvre ami Dechambre, l'ancien pianiste favori de Mme Verdurin, vient de mourir ? C'est effrayant. — Il était encore jeune, répondit Cottard, mais il devait faire quelque
chose du côté du foie, il devait avoir quelque saleté de ce
côté, il avait une fichue tête depuis quelque temps. —
Mais il n'était pas si jeune, dit Brichot ; du temps où
Elstir et Swann allaient chez Mme Verdurin, Dechambre
était déjà une notoriété parisienne, et, chose admirable,
sans avoir reçu à l'étranger le baptême du succès. Ah ! il
n'était pas un adepte de l'Évangile selon saint Barnum,
celui-là. — Vous confondez, il ne pouvait aller chez
Mme Verdurin à ce moment-là, il était encore en nourrice. — Mais, à moins que ma vieille mémoire ne soit
infidèle, il me semblait que Dechambre jouait la *Sonate*
de Vinteuil pour Swann quand ce cercleux, en rupture
d'aristocratie, ne se doutait guère qu'il serait un jour le
prince consort embourgeoisé de notre Odette nationale.
— C'est impossible, la *sonate* de Vinteuil a été jouée chez
Mme Verdurin longtemps après que Swann n'y allait plus »,
dit le docteur qui, comme les gens qui travaillent beaucoup
et croient retenir beaucoup de choses qu'ils se figurent
être utiles, en oublient beaucoup d'autres, ce qui leur
permet de s'extasier devant la mémoire de gens qui n'ont
rien à faire. « Vous faites tort à vos connaissances, vous
n'êtes pourtant pas ramolli », dit en souriant le docteur.
Brichot convint de son erreur. Le train s'arrêta. C'était
la Sogne. Ce nom m'intriguait. « Comme j'aimerais savoir
ce que veulent dire tous ces noms, dis-je à Cottard. —
Mais demandez à M. Brichot, il le sait peut-être. — Mais

la Sogne, c'est la Cicogne, *Siconia* », répondit Brichot que je brûlais d'interroger sur bien d'autres noms.

Oubliant qu'elle tenait à son « coin », Mme Sherbatoff m'offrit aimablement de changer de place avec moi pour que je pusse mieux causer avec Brichot à qui je voulais demander d'autres étymologies qui m'intéressaient, et elle assura qu'il lui était indifférent de voyager en avant, en arrière, debout, etc. Elle restait sur la défensive tant qu'elle ignorait les intentions des nouveaux venus, mais quand elle avait reconnu que celles-ci étaient aimables, elle cherchait de toutes manières à faire plaisir à chacun. Enfin le train s'arrêta à la station de Doville-Féterne, laquelle étant située à peu près à égale distance du village de Féterne et de celui de Doville, portait, à cause de cette particularité, leurs deux noms. « Saperlipopette, s'écria le docteur Cottard, quand nous fûmes devant la barrière où on prenait les billets et feignant seulement de s'en apercevoir, je ne peux pas retrouver mon ticket, j'ai dû le perdre. » Mais l'employé, ôtant sa casquette, assura que cela ne faisait rien et sourit respectueusement. La princesse (donnant des explications au cocher, comme eût fait une espèce de dame d'honneur de Mme Verdurin, laquelle, à cause des Cambremer, n'avait pu venir à la gare, ce qu'elle faisait du reste rarement) me prit, ainsi que Brichot, avec elle dans une des voitures. Dans l'autre montèrent le docteur, Saniette et Ski.

Le cocher, bien que tout jeune, était le premier cocher des Verdurin, le seul qui fût vraiment cocher en titre ; il leur faisait faire, dans le jour, toutes leurs promenades, car il connaissait tous les chemins, et le soir allait chercher et reconduire ensuite les fidèles. Il était accompagné d'extras (qu'il choisissait) en cas de nécessité. C'était un excellent garçon, sobre et adroit, mais avec une de ces figures mélancoliques où le regard, trop fixe, signifie qu'on se fait pour un rien de la bile, même des idées noires. Mais il était en ce moment fort heureux, car il avait réussi à placer son frère, autre excellente pâte d'homme, chez les Verdurin. Nous traversâmes d'abord

Doville. Des mamelons herbus y descendaient jusqu'à
la mer en amples pâtis auxquels la saturation de l'humidité et du sel donnait une épaisseur, un moelleux, une
vivacité de tons extrêmes. Les îlots et les découpures de
Rivebelle, beaucoup plus rapprochés ici qu'à Balbec,
donnaient à cette partie de la mer l'aspect nouveau pour
moi d'un plan en relief. Nous passâmes devant de petits
chalets loués presque tous par des peintres ; nous prîmes un sentier où des vaches en liberté, aussi effrayées
que nos chevaux, nous barrèrent dix minutes le passage,
et nous nous engageâmes dans la route de la corniche.
« Mais, par les dieux immortels, demanda tout à coup
Brichot, revenons à ce pauvre Dechambre ; croyez-vous
que Mme Verdurin *sache* ? lui a-t-on *dit* ? » Mme Verdurin,
comme presque tous les gens du monde, justement parce
qu'elle avait besoin de la société des autres, ne pensait plus
un seul jour à eux après qu'étant morts, ils ne pouvaient
plus venir aux mercredis, ni aux samedis, ni dîner en
robe de chambre. Et on ne pouvait pas dire du petit
clan, image en cela de tous les salons, qu'il se composait
de plus de morts que de vivants, vu que, dès qu'on était
mort, c'était comme si on n'avait jamais existé. Mais pour
éviter l'ennui d'avoir à parler des défunts, voire de suspendre les dîners, chose impossible à la Patronne, à·
cause d'un deuil, M. Verdurin feignait que la mort des
fidèles affectât tellement sa femme que, dans l'intérêt
de sa santé, il ne fallait pas en parler. D'ailleurs, et
peut-être justement parce que la mort des autres lui
semblait un accident si définitif et si vulgaire, la pensée
de la sienne propre lui faisait horreur et il fuyait toute
réflexion pouvant s'y rapporter. Quant à Brichot, comme
il était très brave homme et parfaitement dupe de ce que
M. Verdurin disait de sa femme, il redoutait pour son
amie les émotions d'un pareil chagrin. « Oui, elle *sait
tout* depuis ce matin, dit la princesse, on n'a *pas pu lui
cacher*. — Ah! mille tonnerres de Zeus, s'écria Brichot,
ah! ça a dû être un coup terrible, un ami de vingt-cinq
ans! En voilà un qui était des nôtres ! — Évidemment,

évidemment, que voulez-vous, dit Cottard. Ce sont des circonstances toujours pénibles ; mais Mme Verdurin est une femme forte, c'est une cérébrale encore plus qu'une émotive. — Je ne suis pas tout à fait de l'avis du docteur, dit la princesse, à qui décidément son parler rapide, son accent murmuré, donnait l'air à la fois boudeur et mutin. Mme Verdurin, sous une apparence froide, cache des trésors de sensibilité. M. Verdurin m'a dit qu'il avait eu beaucoup de peine à l'empêcher d'aller à Paris pour la cérémonie ; il a été obligé de lui faire croire que tout se ferait à la campagne. — Ah ! diable, elle voulait aller à Paris. Mais je sais bien que c'est une femme de cœur, peut-être de trop de cœur même. Pauvre Dechambre ! Comme le disait Mme Verdurin il n'y a pas deux mois : " A côté de lui Planté, Paderewski, Risler même, rien ne tient. " Ah ! il a pu dire plus justement que ce m'as-tu vu de Néron, qui a trouvé le moyen de rouler la science allemande elle-même : *Qualis artifex pereo !* Mais lui, du moins, Dechambre, a dû mourir dans l'accomplissement du sacerdoce, en odeur de dévotion beethovénienne ; et bravement, je n'en doute pas ; en bonne justice, cet officiant de la musique allemande aurait mérité de trépasser en célébrant la *Messe en ré*. Mais il était, au demeurant, homme à accueillir la Camarde avec un trille, car cet exécutant de génie retrouvait parfois, dans son ascendance de Champenois parisianisé, des crâneries et des élégances de garde-française. »

De la hauteur où nous étions déjà, la mer n'apparaissait plus, ainsi que de Balbec, pareille aux ondulations de montagnes soulevées, mais, au contraire, comme apparaît d'un pic, ou d'une route qui contourne la montagne, un glacier bleuâtre, ou une plaine éblouissante, situés à une moindre altitude. Le déchiquetage des remous y semblait immobilisé et avoir dessiné pour toujours leurs cercles concentriques ; l'émail même de la mer, qui changeait insensiblement de couleur, prenait vers le fond de la baie, où se creusait un estuaire, la blancheur bleue d'un lait où de petits bacs noirs qui n'avançaient pas semblaient empêtrés comme des mouches. Il ne me semblait pas qu'on pût découvrir de nulle part un tableau plus vaste. Mais à chaque tournant une partie nouvelle s'y ajoutait, et quand nous arrivâmes à l'octroi de Doville, l'éperon de falaise qui nous avait caché jusque-là une moitié de la baie rentra, et je vis tout à coup à ma gauche un golfe aussi profond que celui que j'avais eu jusque-là devant moi, mais dont il changeait les proportions et doublait la beauté. L'air à ce point si élevé devenait d'une vivacité et d'une pureté qui m'enivraient. J'aimais les Verdurin ; qu'ils nous eussent envoyé une voiture me semblait d'une bonté attendrissante. J'aurais voulu embrasser la princesse. Je lui dis que je n'avais jamais rien vu d'aussi beau. Elle fit profession d'aimer aussi ce pays plus que tout autre. Mais je sentais bien que, pour elle comme pour les Verdurin, la grande affaire était non de le contempler en touristes, mais d'y faire de bons repas, d'y recevoir une société qui leur plaisait, d'y écrire des lettres, d'y lire, bref d'y vivre, laissant passivement sa beauté les baigner plutôt qu'ils n'en faisaient l'objet de leur préoccupation.

De l'octroi, la voiture s'étant arrêtée pour un instant à une telle hauteur au-dessus de la mer que, comme d'un sommet, la vue du gouffre bleuâtre donnait presque le vertige, j'ouvris le carreau ; le bruit distinctement perçu de chaque flot qui se brisait avait, dans sa douceur et dans sa netteté, quelque chose de sublime. N'était-il pas comme un indice de mensuration qui, renversant nos impressions habituelles, nous montre que les distances verticales peuvent être assimilées aux distances horizontales, au contraire de la représentation que notre esprit s'en fait d'habitude ; et que, rapprochant ainsi de nous le ciel, elles ne sont pas grandes ; qu'elles sont même moins grandes pour un bruit qui les franchit, comme faisait celui de ces petits flots, car le milieu qu'il a à traverser est plus pur ? Et, en effet, si on reculait seulement de deux mètres en arrière de l'octroi, on ne distinguait plus ce bruit de vagues auquel deux cents mètres

de falaise n'avaient pas enlevé sa délicate, minutieuse
et douce précision. Je me disais que ma grand'mère
aurait eu pour lui cette admiration que lui inspiraient
toutes les manifestations de la nature ou de l'art dans la
simplicité desquelles on lit la grandeur. Mon exaltation
était à son comble et soulevait tout ce qui m'entourait.
J'étais attendri que les Verdurin nous eussent envoyé
chercher à la gare. Je le dis à la princesse, qui parut trouver
que j'exagérais beaucoup une si simple politesse. Je sais
qu'elle avoua plus tard à Cottard qu'elle me trouvait
bien enthousiaste ; il lui répondit que j'étais trop émotif
et que j'aurais eu besoin de calmants et de faire du tricot.
Je faisais remarquer à la princesse chaque arbre, chaque
petite maison croulant sous ses roses, je lui faisais tout
admirer, j'aurais voulu la serrer elle-même contre mon
cœur. Elle me dit qu'elle voyait que j'étais doué pour la
peinture, que je devrais dessiner, qu'elle était surprise
qu'on ne me l'eût pas encore dit. Et elle confessa qu'en
effet ce pays était pittoresque. Nous traversâmes, perché
sur la hauteur, le petit village d'Englesqueville (*Engle-
berti Villa*, nous dit Brichot). « Mais êtes-vous bien sûr
que le dîner de ce soir a lieu, malgré la mort de Dechambre, princesse ? ajouta-t-il sans réfléchir que la
venue à la gare des voitures dans lesquelles nous étions
était déjà une réponse. — Oui, dit la princesse, M. Verdurin a tenu à ce qu'il ne soit pas remis, justement pour
empêcher sa femme de « penser ». Et puis, après tant
d'années qu'elle n'a jamais manqué de recevoir un mercredi, ce changement dans ses habitudes aurait pu
l'impressionner. Elle est. tlès nerveuse ces temps-ci.
M. Verdurin était particulièrement heureux que vous
veniez dîner ce soir parce qu'il savait que ce serait une
grande distraction pour Mme Verdurin, dit la princesse,
oubliant sa feinte de ne pas avoir entendu parler de moi.
Je crois que vous ferez bien de ne parler de *rien devant*
Mme Verdurin, ajouta la princesse. — Ah! vous faites
bien de me le dire, répondit naïvement Brichot. Je
transmettrai la recommandation à Cottard. » La voiture

s'arrêta un instant. Elle repartit, mais le bruit que faisaient les roues dans le village avait cessé. Nous étions
entrés dans l'allée d'honneur de la Raspelière où M. Verdurin nous attendait au perron. « J'ai bien fait de mettre
un smoking, dit-il, en constatant avec plaisir que les
fidèles avaient le leur, puisque j'ai des hommes si chic. »
Et comme je m'excusais de mon veston : « Mais, voyons,
c'est parfait. Ici ce sont des dîners de camarades. Je vous
offrirais bien de vous prêter un de mes smokings, mais
il ne vous irait pas. » Le *shake-hand* plein d'émotion
que, en pénétrant dans le vestibule de la Raspelière, et
en manière de condoléances pour la mort du pianiste,
Brichot donna au Patron, ne provoqua de la part de
celui-ci aucun commentaire. Je lui dis mon admiration
pour ce pays. « Ah! tant mieux, et vous n'avez rien vu,
nous vous le montrerons. Pourquoi ne viendriez-vous
pas habiter quelques semaines ici ? l'air est excellent. »
Brichot craignait que sa poignée de main n'eût pas été
comprise. « Hé bien! ce pauvre Dechambre! dit-il,
mais à mi-voix, dans la crainte que Mᵐᵉ Verdurin ne
fût pas loin. — C'est affreux, répondit allégrement M. Verdurin. — Si jeune », reprit Brichot. Agacé de s'attarder
à ces inutilités, M. Verdurin répliqua d'un ton pressé
et avec un gémissement suraigu, non de chagrin, mais
d'impatience irritée : « Hé bien oui, mais qu'est-ce que
vous voulez, nous n'y pouvons rien, ce ne sont pas nos
paroles qui le ressusciteront, n'est-ce pas ? » Et la douceur lui revenant avec la jovialité : « Allons, mon brave
Brichot, posez vite vos affaires. Nous avons une bouilla-
baisse qui n'attend pas. Surtout, au nom du Ciel, n'allez pas parler de Dechambre à Mᵐᵉ Verdurin! Vous
savez qu'elle cache beaucoup ce qu'elle ressent, mais
elle a une véritable maladie de la sensibilité. Non, mais
je vous jure, quand elle a appris que Dechambre était
mort, elle a presque pleuré », dit M. Verdurin d'un ton
profondément ironique. A l'entendre on aurait dit qu'il
fallait une espèce de démence pour regretter un ami de
trente ans, et d'autre part on devinait que l'union perpé-

tuelle de M. Verdurin avec sa femme n'allait pas, de la
part de celui-ci, sans qu'il la jugeât toujours et qu'elle
l'agaçât souvent. « Si vous lui en parlez, elle va encore
se rendre malade. C'est déplorable, trois semaines après
sa bronchite. Dans ce cas-là, c'est moi qui suis le garde-
malade. Vous comprenez que je sors d'en prendre.
Affligez-vous sur le sort de Dechambre dans votre cœur
tant que vous voudrez. Pensez-y, mais n'en parlez pas.
J'aimais bien Dechambre, mais vous ne pouvez pas m'en
vouloir d'aimer encore plus ma femme. Tenez, voilà
Cottard, vous allez pouvoir lui demander. » Et en effet,
il savait qu'un médecin de la famille sait rendre bien des
petits services, comme de prescrire par exemple qu'il ne
faut pas avoir de chagrin.

Cottard, docile, avait dit à la Patronne : « Bouleversez-
vous comme ça et vous *me* ferez demain 39 de fièvre »,
comme il aurait dit à la cuisinière : « Vous me ferez demain
du ris de veau. » La médecine, faute de guérir, s'occupe
à changer le sens des verbes et des pronoms.

M. Verdurin fut heureux de constater que Saniette,
malgré les rebuffades que celui-ci avait essuyées l'avant-
veille, n'avait pas déserté le petit noyau. En effet, Mme Verdurin et son mari avaient contracté dans l'oisiveté des
instincts cruels à qui les grandes circonstances, trop rares,
ne suffisaient plus. On avait bien pu brouiller Odette
avec Swann, Brichot avec sa maîtresse. On recommen-
cerait avec d'autres, c'était entendu. Mais l'occasion ne
s'en présentait pas tous les jours. Tandis que, grâce à sa
sensibilité frémissante, à sa timidité craintive et vite
affolée, Saniette leur offrait un souffre-douleur quotidien. Aussi, de peur qu'il lâchât, avait-on soin de l'inviter avec des paroles aimables et persuasives comme en
ont au lycée les vétérans, au régiment les anciens pour
un bleu qu'on veut amadouer afin de pouvoir s'en saisir,
à seules fins alors de le chatouiller et de lui faire des
brimades quand il ne pourra plus s'échapper. « Surtout,
rappela à Brichot Cottard qui n'avait pas entendu M. Verdurin, *motus* devant Mme Verdurin. — Soyez sans crainte,

ô Cottard, vous avez affaire à un sage, comme dit Théocrite. D'ailleurs M. Verdurin a raison, à quoi servent nos plaintes ? ajouta-t-il, car, capable d'assimiler des formes verbales et les idées qu'elles amenaient en lui, mais n'ayant pas de finesse, il avait admiré dans les paroles de M. Verdurin le plus courageux stoïcisme. N'importe, c'est un grand talent qui disparaît. — Comment, vous parlez encore de Dechambre ? dit M. Verdurin qui nous avait précédés et qui, voyant que nous ne le suivions pas, était revenu en arrière. Écoutez, dit-il à Brichot, il ne faut d'exagération en rien. Ce n'est pas une raison parce qu'il est mort pour en faire un génie qu'il n'était pas. Il jouait bien, c'est entendu, il était surtout bien encadré ici ; transplanté, il n'existait plus. Ma femme s'en était engouée et avait fait sa réputation. Vous savez comme elle est. Je dirai plus, dans l'intérêt même de sa réputation il est mort au bon moment, à point, comme les demoiselles de Caen, grillées selon les recettes incomparables de Pampille, vont l'être, j'espère (à moins que vous ne vous éternisiez par vos jérémiades dans cette casbah ouverte à tous les vents). Vous ne voulez tout de même pas nous faire crever tous parce que Dechambre est mort et quand, depuis un an, il était obligé de faire des gammes avant de donner un concert, pour retrouver momentanément, bien momentanément, sa souplesse. Du reste, vous allez entendre ce soir, ou du moins rencontrer, car ce mâtin-là délaisse trop souvent après dîner l'art pour les cartes, quelqu'un qui est un autre artiste que Dechambre, un petit que ma femme a découvert (comme elle avait découvert Dechambre, et Paderewski et le reste) : Morel. Il n'est pas encore arrivé, ce bougre-là. Je vais être obligé d'envoyer une voiture au dernier train. Il vient avec un vieil ami de sa famille qu'il a retrouvé et qui l'embête à crever, mais avec qui il aurait été obligé, pour ne pas avoir de plaintes de son père, de rester sans cela à Doncières, à lui tenir compagnie : le baron de Charlus. » Les fidèles entrèrent. M. Verdurin, resté en arrière avec moi pendant que j'ôtais mes

affaires, me prit le bras en plaisantant, comme fait à un
dîner un maître de maison qui n'a pas d'invitée à vous
donner à conduire. « Vous avez fait bon voyage ? — Oui,
M. Brichot m'a appris des choses qui m'ont beaucoup
intéressé », dis-je en pensant aux étymologies et parce
que j'avais entendu dire que les Verdurin admiraient
beaucoup Brichot. « Cela m'aurait étonné qu'il ne vous
eût rien appris, me dit M. Verdurin, c'est un homme si
effacé, qui parle si peu des choses qu'il sait. » Ce compliment ne me parut pas très juste. « Il a l'air charmant,
dis-je. — Exquis, délicieux, pas pion pour un sou, fantaisiste, léger, ma femme l'adore, moi aussi ! » répondit
M. Verdurin sur un ton d'exagération et de réciter une
leçon. Alors seulement je compris que ce qu'il m'avait
dit de Brichot était ironique. Et je me demandai si M. Verdurin, depuis le temps lointain dont j'avais entendu
parler, n'avait pas secoué la tutelle de sa femme.

Le sculpteur fut très étonné d'apprendre que les Verdurin consentaient à recevoir M. de Charlus. Alors que
dans le faubourg Saint-Germain, où M. de Charlus
était si connu, on ne parlait jamais de ses mœurs (ignorées du plus grand nombre, objet de doute pour d'autres,
qui croyaient plutôt à des amitiés exaltées, mais platoniques, à des imprudences, et enfin soigneusement dissi-
mulées par les seuls renseignés, qui haussaient les épaules
quand quelque malveillante Gallardon risquait une
insinuation), ces mœurs, connues à peine de quelques
intimes, étaient au contraire journellement décriées
loin du milieu où il vivait, comme certains coups de
canon qu'on n'entend qu'après l'interférence d'une
zone silencieuse. D'ailleurs dans ces milieux bourgeois
et artistes où il passait pour l'incarnation même de l'inversion, sa grande situation mondaine, sa haute origine
étaient entièrement ignorées, par un phénomène analogue à celui qui, dans le peuple roumain, fait que le nom
de Ronsard est connu comme celui d'un grand seigneur,
tandis que son œuvre poétique y est inconnue. Bien
plus, la noblesse de Ronsard repose en Roumanie sur une

erreur. De même, si dans le monde des peintres, des
comédiens, M. de Charlus avait si mauvaise réputation,
cela tenait à ce qu'on le confondait avec un comte Leblois
de Charlus, qui n'avait même pas la moindre parenté
avec lui, ou extrêmement lointaine, et qui avait été arrêté,
peut-être par erreur, dans une descente de police restée
fameuse. En somme, toutes les histoires qu'on racontait
sur M. de Charlus s'appliquaient au faux. Beaucoup
de professionnels juraient avoir eu des relations avec
M. de Charlus et étaient de bonne foi, croyant que le faux
Charlus était le vrai, et le faux peut-être favorisant, moitié
par ostentation de noblesse, moitié par dissimulation de
vice, une confusion qui, pour le vrai (le baron que nous
connaissons), fut longtemps préjudiciable, et ensuite,
quand il eut glissé sur sa pente, devint commode, car à
lui aussi elle permit de dire : « Ce n'est pas moi. » Actuellement, en effet, ce n'était pas de lui qu'on parlait.
Enfin, ce qui ajoutait à la fausseté des commentaires
d'un fait vrai (les goûts du baron), il avait été l'ami intime et parfaitement pur d'un auteur qui, dans le monde
des théâtres, avait on ne sait pourquoi, cette réputation
et ne la méritait nullement. Quand on les apercevait
à une première ensemble, on disait : « Vous savez »,
de même qu'on croyait que la duchesse de Guermantes
avait des relations immorales avec la princesse de Parme ;
légende indestructible, car elle ne se serait évanouie qu'à
une proximité de ces deux grandes dames où les gens qui
la répétaient n'atteindraient vraisemblablement jamais
qu'en les lorgnant au théâtre et en les calomniant auprès
du titulaire du fauteuil voisin. Des mœurs de M. de
Charlus le sculpteur concluait, avec d'autant moins
d'hésitation, que la situation mondaine du baron devait
être aussi mauvaise, qu'il ne possédait sur la famille à
laquelle appartenait M. de Charlus, sur son titre, sur son
nom, aucune espèce de renseignement. De même que
Cottard croyait que tout le monde sait que le titre de
docteur en médecine n'est rien, celui d'interne des hôpi-
taux quelque chose, les gens du monde se trompent en

se figurant que tout le monde possède sur l'importance
sociale de leur nom les mêmes notions qu'eux-mêmes
et les personnes de leur milieu.

Le prince d'Agrigente passait pour un « rasta » aux yeux
d'un chasseur de cercle à qui il devait vingt-cinq louis,
et ne reprenait son importance que dans le faubourg
Saint-Germain où il avait trois sœurs duchesses, car ce
ne sont pas sur les gens modestes, aux yeux de qui il
compte peu, mais sur les gens brillants, au courant de ce
qu'il est, que fait quelque effet le grand seigneur. M. de
Charlus allait, du reste, pouvoir se rendre compte, dès
le soir même, que le Patron avait sur les plus illustres
familles ducales des notions peu approfondies. Persuadé
que les Verdurin allaient faire un pas de clerc en laissant
s'introduire dans leur salon si « select » un individu taré,
le sculpteur crut devoir prendre à part la Patronne. « Vous
faites entièrement erreur, d'ailleurs je ne crois jamais
ces choses-là, et puis, quand ce serait vrai, je vous dirai
que ce ne serait pas très compromettant pour moi! »
lui répondit Mme Verdurin, furieuse, car, Morel étant
le principal élément des mercredis, elle tenait avant tout
à ne pas le mécontenter. Quant à Cottard il ne put
donner d'avis, car il avait demandé à monter un instant
« faire une petite commission » dans le *buen retiro* et à
écrire ensuite dans la chambre de M. Verdurin une
lettre très pressée pour un malade.

Un grand éditeur de Paris venu en visite, et qui avait
pensé qu'on le retiendrait, s'en alla brutalement, avec
rapidité, comprenant qu'il n'était pas assez élégant pour
le petit clan. C'était un homme grand et fort, très brun,
studieux, avec quelque chose de tranchant. Il avait l'air
d'un couteau à papier en ébène.

Mme Verdurin qui, pour nous recevoir dans son
immense salon, où des trophées de graminées, de coque-
licots, de fleurs des champs, cueillis le jour même, alter-
naient avec le même motif peint en camaïeu, deux siècles
auparavant, par un artiste d'un goût exquis, s'était levée
un instant d'une partie qu'elle faisait avec un vieil ami,

nous demanda la permission de la finir en deux minutes et tout en causant avec nous. D'ailleurs, ce que je lui dis de mes impressions ne lui fut qu'à demi agréable. D'abord j'étais scandalisé de voir qu'elle et son mari rentraient tous les jours longtemps avant l'heure de ces couchers de soleil qui passaient pour si beaux, vus de cette falaise, plus encore de la terrasse de la Raspelière, et pour lesquels j'aurais fait des lieues. « Oui, c'est incomparable, dit légèrement Mme Verdurin en jetant un coup d'œil sur les immenses croisées qui faisaient porte vitrée. Nous avons beau voir cela tout le temps, nous ne nous en lassons pas », et elle ramena ses regards vers ses cartes. Or, mon enthousiasme même me rendait exigeant. Je me plaignais de ne pas voir du salon les rochers de Darnetal qu'Elstir m'avait dits adorables à ce moment où ils réfractaient tant de couleurs. « Ah! vous ne pouvez pas les voir d'ici, il faudrait aller au bout du parc, à la « Vue de la baie ». Du banc qui est là-bas vous embrassez tout le panorama. Mais vous ne pouvez pas y aller tout seul, vous vous perdriez. Je vais vous y conduire, si vous voulez, ajouta-t-elle mollement. — Mais non, voyons, tu n'as pas assez des douleurs que tu as prises l'autre jour, tu veux en prendre de nouvelles? Il reviendra, il verra la vue de la baie une autre fois. » Je n'insistai pas, et je compris qu'il suffisait aux Verdurin de savoir que ce soleil couchant était, jusque dans leur salon ou dans leur salle à manger, comme une magnifique peinture, comme un précieux émail japonais, justifiant le prix élevé auquel ils louaient la Raspelière toute meublée, mais vers lequel ils levaient rarement les yeux ; leur grande affaire ici était de vivre agréablement, de se promener, de bien manger, de causer, de recevoir d'agréables amis à qui ils faisaient faire d'amusantes parties de billard, de bons repas, de joyeux goûters. Je vis cependant plus tard avec quelle intelligence ils avaient appris à connaître ce pays, faisant faire à leurs hôtes des promenades aussi « inédites » que la musique qu'ils leur faisaient écouter. Le rôle que les fleurs de la Raspelière, les chemins le

long de la mer, les vieilles maisons, les églises inconnues,
jouaient dans la vie de M. Verdurin était si grand que
ceux qui ne le voyaient qu'à Paris et qui, eux, rempla-
çaient la vie au bord de la mer et à la campagne par des
luxes citadins, pouvaient à peine comprendre l'idée que
lui-même se faisait de sa propre vie, et l'importance que
ses joies lui donnaient à ses propres yeux. Cette importance était encore accrue du fait que les Verdurin étaient
persuadés que la Raspelière, qu'ils comptaient acheter,
était une propriété unique au monde. Cette supériorité
que leur amour-propre leur faisait attribuer à la Raspelière justifia à leurs yeux mon enthousiasme qui, sans
cela, les eût agacés un peu, à cause des déceptions qu'il
comportait (comme celles que l'audition de la Berma
m'avait jadis causées) et dont je leur faisais l'aveu sincère.

— J'entends la voiture qui revient, murmura tout à
coup la Patronne. Disons en un mot que Mme Verdurin,
en dehors même des changements inévitables de l'âge,
ne ressemblait plus à ce qu'elle était au temps où Swann
et Odette écoutaient chez elle la petite phrase. Même
quand on la jouait, elle n'était plus obligée à l'air exténué
d'admiration qu'elle prenait autrefois, car celui-ci était
devenu sa figure. Sous l'action des innombrables névralgies
que la musique de Bach, de Wagner, de Vinteuil, de
Debussy lui avait occasionnées, le front de Mme Verdurin
avait pris des proportions énormes, comme les membres
qu'un rhumatisme finit par déformer. Ses tempes,
pareilles à deux belles sphères brûlantes, endolories et
laiteuses, où roule immortellement l'Harmonie, rejetaient,
de chaque côté, des mèches argentées, et proclamaient,
pour le compte de la Patronne, sans que celle-ci eût besoin
de parler : « Je sais ce qui m'attend ce soir. » Ses traits ne
prenaient plus la peine de formuler successivement des
impressions esthétiques trop fortes, car ils étaient eux-
mêmes comme leur expression permanente dans un
visage ravagé et superbe. Cette attitude de résignation
aux souffrances toujours prochaines infligées par le
Beau, et du courage qu'il y avait eu à mettre une robe

quand on relevait à peine de la dernière sonate, faisait
que Mme Verdurin, même pour écouter la plus cruelle
musique, gardait un visage dédaigneusement impassible
et se cachait même pour avaler les deux cuillerées d'as-
pirine.

— Ah! oui, les voici, s'écria M. Verdurin avec soulagement en voyant la porte s'ouvrir sur Morel suivi de
M. de Charlus. Celui-ci, pour qui dîner chez les Verdurin n'était nullement aller dans le monde, mais dans un
mauvais lieu, était intimidé comme un collégien qui
entre pour la première fois dans une maison publique
et a mille respects pour la patronne. Aussi le désir habituel qu'avait M. de Charlus de paraître viril et froid fut-il
dominé (quand il apparut dans la porte ouverte) par ces
idées de politesse traditionnelles qui se réveillent dès que
la timidité détruit une attitude factice et fait appel
aux ressources de l'inconscient. Quand c'est dans un
Charlus, qu'il soit d'ailleurs noble ou bourgeois, qu'agit
un tel sentiment de politesse instinctive et atavique envers
des inconnus, c'est toujours l'âme d'une parente du
sexe féminin, auxiliatrice comme une déesse ou incarnée
comme un double, qui se charge de l'introduire dans un
salon nouveau et de modeler son attitude jusqu'à ce qu'il
soit arrivé devant la maîtresse de maison. Tel jeune peintre
élevé par une sainte cousine protestante, entrera la tête
oblique et chevrotante, les yeux au ciel, les mains cram-
ponnées à un manchon invisible, dont la forme évoquée et
la présence réelle et tutélaire aideront l'artiste intimidé
à franchir sans agoraphobie l'espace creusé d'abîmes
qui va de l'antichambre au petit salon. Ainsi la pieuse
parente dont le souvenir le guide aujourd'hui entrait il
y a bien des années, et d'un air si gémissant qu'on se
demandait quel malheur elle venait annoncer, quand, à
ses premières paroles, on comprenait, comme maintenant
pour le peintre, qu'elle venait faire une visite de digestion.
En vertu de cette même loi, qui veut que la vie, dans
l'intérêt de l'acte encore inaccompli, fasse servir, utilise,
dénature, dans une perpétuelle prostitution, les legs les

plus respectables, parfois les plus saints, quelquefois
seulement les plus innocents du passé, et bien qu'elle
engendrât alors un aspect différent, celui des neveux de
Mme Cottard qui affligeait sa famille par ses manières
efféminées et ses fréquentations, faisait toujours une
entrée joyeuse, comme s'il venait vous faire une surprise
ou vous annoncer un héritage, illuminé d'un bonheur
dont il eût été vain de lui demander la cause qui tenait
à son hérédité inconsciente et à son sexe déplacé. Il
marchait sur les pointes, était sans doute lui-même étonné
de ne pas tenir à la main un carnet de cartes de visite,
tendait la main en ouvrant la bouche en cœur comme il
avait vu sa tante le faire, et son seul regard inquiet était
pour la glace où il semblait vouloir vérifier, bien qu'il
fût nu-tête, si son chapeau, comme avait un jour demandé
Mme Cottard à Swann, n'était pas de travers. Quant à
M. de Charlus, à qui la société où il avait vécu fournissait,
à cette minute critique, des exemples différents, d'autres
arabesques d'amabilité, et enfin la maxime qu'on doit
savoir dans certains cas, pour de simples petits bourgeois,
mettre au jour et faire servir ses grâces les plus rares et
habituellement gardées en réserve, c'est en se trémoussant,
avec mièvrerie et la même ampleur dont un enjuponne-
ment eût élargi et gêné ses dandinements, qu'il se dirigea
vers Mme Verdurin, avec un air si flatté et si honoré qu'on
eût dit qu'être présenté chez elle était pour lui une suprême faveur. Son visage à demi incliné, où la satisfaction
le disputait au comme il faut, se plissait de petites rides
d'affabilité. On aurait cru voir s'avancer Mme de Marsantes, tant ressortait à ce moment la femme qu'une
erreur de la nature avait mise dans le corps de M. de Charlus. Certes cette erreur, le baron avait durement peiné
pour la dissimuler et prendre une apparence masculine.
Mais à peine y était-il parvenu que, ayant pendant le
même temps gardé les mêmes goûts, cette habitude de
sentir en femme lui donnait une nouvelle apparence féminine, née celle-là non de l'hérédité, mais de la vie individuelle. Et comme il arrivait peu à peu à penser, même

les choses sociales, au féminin, et cela sans s'en apercevoir, car ce n'est pas qu'à force de mentir aux autres,
mais aussi de se mentir à soi-même, qu'on cesse de
s'apercevoir qu'on ment, bien qu'il eût demandé à son
corps de rendre manifeste (au moment où il entrait chez
les Verdurin) toute la courtoisie d'un grand seigneur, ce
corps, qui avait bien compris ce que M. de Charlus
avait cessé d'entendre, déploya, au point que le baron
eût mérité l'épithète de *lady-like*, toutes les séductions
d'une grande dame. Au reste, peut-on séparer entièrement l'aspect de M. de Charlus du fait que, les fils
n'ayant pas toujours la ressemblance paternelle, même
sans être invertis et en recherchant des femmes, ils
consomment dans leur visage la profanation de leur mère ?
Mais laissons ici ce qui mériterait un chapitre à part :
les mères profanées.

Bien que d'autres raisons présidassent à cette transformation de M. de Charlus et que des ferments purement physiques fissent « travailler » chez lui la matière,
et passer peu à peu son corps dans la catégorie des corps
de femme, pourtant le changement que nous marquons
ici était d'origine spirituelle. A force de se croire malade,
on le devient, on maigrit, on n'a plus la force de se lever,
on a des entérites nerveuses. A force de penser tendrement aux hommes, on devient femme, et une robe postiche
entrave vos pas. L'idée fixe peut modifier (aussi bien que,
dans d'autres cas, la santé) dans ceux-là le sexe. Morel,
qui le suivait, vint me dire bonjour. Dès ce moment-là,
à cause d'un double changement qui se produisit en lui,
il me donna (hélas ! je ne sus pas assez tôt en tenir compte)
une mauvaise impression. Voici pourquoi. J'ai dit que
Morel, échappé de la servitude de son père, se complaisait
en général à une familiarité fort dédaigneuse. Il m'avait
parlé, le jour où il m'avait apporté les photographies,
sans même me dire une seule fois Monsieur, me traitant
de haut en bas. Quelle fut ma surprise chez Mme Verdurin
de le voir s'incliner très bas devant moi, et devant moi
seul, et d'entendre, avant même qu'il eût prononcé d'autre

parole, les mots de respect, de très respectueux — ces mots
que je croyais impossibles à amener sous sa plume
ou sur ses lèvres — à moi adressés! J'eus aussitôt l'impression qu'il avait quelque chose à me demander. Me prenant à part au bout d'une minute : « Monsieur me rendrait bien grand service, me dit-il, allant cette fois jusqu'à me parler à la troisième personne, en cachant entièrement à Mme Verdurin et à ses invités le genre de profession que mon père a exercé chez son oncle. Il vaudrait
mieux dire qu'il était, dans votre famille, l'intendant
de domaines si vastes, que cela le faisait presque l'égal
de vos parents. » La demande de Morel me contrariait
infiniment, non pas en ce qu'elle me forçait à grandir
la situation de son père, ce qui m'était tout à fait égal,
mais la fortune au moins apparente du mien, ce que je
trouvais ridicule. Mais son air était si malheureux, si
urgent, que je ne refusai pas. « Non, avant dîner, dit-il
d'un ton suppliant, Monsieur a mille prétextes pour
prendre à part Mme Verdurin. » C'est ce que je fis en
effet, en tâchant de rehausser de mon mieux l'éclat du
père de Morel, sans trop exagérer le « train » ni les « biens
au soleil » de mes parents. Cela passa comme une lettre
à la poste, malgré l'étonnement de Mme Verdurin qui
avait connu vaguement mon grand-père. Et comme elle
n'avait pas de tact, haïssait les familles (ce dissolvant
du petit noyau), après m'avoir dit qu'elle avait autrefois
aperçu mon arrière-grand-père et m'en avoir parlé comme
de quelqu'un d'à peu près idiot qui n'eût rien compris
au petit groupe et qui, selon son expression, « n'en était
pas », elle me dit : « C'est, du reste, si ennuyeux les
familles, on n'aspire qu'à en sortir » ; et aussitôt elle me
raconta sur le père de mon grand-père ce trait que j'ignorais, bien qu'à la maison j'eusse soupçonné (je ne l'avais
pas connu, mais on parlait beaucoup de lui) sa rare
avarice (opposée à la générosité un peu trop fastueuse
de mon grand-oncle, l'ami de la dame en rose et le patron
du père de Morel) : « Du moment que vos grands-parents
avaient un intendant si chic, cela prouve qu'il y a des

gens de toutes les couleurs dans les familles. Le père
de votre grand-père était si avare que, presque gâteux à
la fin de sa vie — entre nous il n'a jamais été bien fort,
vous les rachetez tous, — il ne se résignait pas à dépenser
trois sous pour son omnibus. De sorte qu'on avait été
obligé de le faire suivre, de payer séparément le conducteur, et de faire croire au vieux grigou que son ami,
M. de Persigny, ministre d'État, avait obtenu qu'il cir-
culât pour rien dans les omnibus. Du reste, je suis très
contente que le père de *notre* Morel ait été si bien. J'avais
compris qu'il était professeur de lycée, ça ne fait rien,
j'avais mal compris. Mais c'est de peu d'importance, car
je vous dirai qu'ici nous n'apprécions que la valeur propre,
la contribution personnelle, ce que j'appelle la partici-
pation. Pourvu qu'on soit d'art, pourvu en un mot qu'on
soit de la confrérie, le reste importe peu. » La façon dont
Morel en était — autant que j'ai pu l'apprendre — était
qu'il aimait assez les femmes et les hommes pour faire
plaisir à chaque sexe à l'aide de ce qu'il avait expérimenté
sur l'autre ; c'est ce qu'on verra plus tard. Mais ce qui
est essentiel à dire ici, c'est que, dès que je lui eus donné
ma parole d'intervenir auprès de Mme Verdurin, dès
que je l'eus fait surtout, et sans retour possible en arrière,
le « respect » de Morel à mon égard s'envola comme par
enchantement, les formules respectueuses disparurent,
et même pendant quelque temps il m'évita, s'arrangeant
pour avoir l'air de me dédaigner, de sorte que, si Mme Verdurin voulait que je lui disse quelque chose, lui deman-
dasse tel morceau de musique, il continuait à parler avec
un fidèle, puis passait à un autre, changeait de place si
j'allais à lui. On était obligé de lui dire jusqu'à trois ou
quatre fois que je lui avais adressé la parole, après quoi
il me répondait, l'air contraint, brièvement, à moins que
nous ne fussions seuls. Dans ce cas-là il était expansif,
amical, car il avait des parties de caractère charmantes.
Je n'en conclus pas moins de cette première soirée que
sa nature devait être vile, qu'il ne reculait quand il le
fallait devant aucune platitude, ignorait la reconnaissance.

En quoi il ressemblait au commun des hommes. Mais comme j'avais en moi un peu de ma grand'mère et me plaisais à la diversité des hommes sans rien attendre d'eux ou leur en vouloir, je négligeai sa bassesse, je me plus à sa gaîté quand cela se présenta, même à ce que je crois avoir été une sincère amitié de sa part quand, ayant fait tout le tour de ses fausses connaissances de la nature humaine, il s'aperçut (par à-coups, car il avait d'étranges retours à sa sauvagerie primitive et aveugle) que ma douceur avec lui était désintéressée, que mon indulgence ne venait pas d'un manque de clairvoyance, mais de ce qu'il appela bonté, et surtout je m'enchantais à son art, qui n'était guère qu'une virtuosité admirable, mais me faisait (sans qu'il fût, au sens intellectuel du mot, un vrai musicien) réentendre ou connaître tant de belle musique. D'ailleurs un manager (M. de Charlus, chez qui j'ignorais ces talents, bien que Mme de Guermantes, qui l'avait connu fort différent dans leur jeunesse, prétendît qu'il lui avait fait une sonate, peint un éventail, etc.), un manager modeste en ce qui concernait ses vraies supériorités, mais de premier ordre, sut mettre cette virtuosité au service d'un sens artistique multiple et qu'il décupla. Qu'on imagine quelque artiste, purement adroit, des ballets russes, stylé, instruit, développé en tous sens par M. de Diaghilew.

Je venais de transmettre à Mme Verdurin le message dont m'avait chargé Morel, et je parlais de Saint-Loup avec M. de Charlus, quand Cottard entra au salon en annonçant, comme s'il y avait le feu, que les Cambremer arrivaient. Mme Verdurin, pour ne pas avoir l'air, vis-à-vis de nouveaux comme M. de Charlus (Que Cottard n'avait pas vu) et comme moi, d'attacher tant d'importance à l'arrivée des Cambremer, ne bougea pas, ne répondit pas à l'annonce de cette nouvelle et se contenta de dire au docteur, en s'éventant avec grâce, et du même ton factice qu'une marquise du Théâtre-Français : « Le baron nous disait justement... » C'en était trop pour Cottard ! Moins vivement qu'il n'eût fait autrefois, car

l'étude et les hautes situations avaient ralenti son débit,
mais avec cette émotion tout de même qu'il retrouvait
chez les Verdurin : « Un baron! Où ça, un baron ? Où ça,
un baron ? » s'écria-t-il en le cherchant des yeux avec un
étonnement qui frisait l'incrédulité. Mme Verdurin,
avec l'indifférence affectée d'une maîtresse de maison
à qui un domestique vient, devant les invités, de casser
un verre de prix, et avec l'intonation artificielle et suréle-
vée d'un premier prix du Conservatoire jouant du Dumas
fils, répondit, en désignant avec son éventail le protecteur
de Morel : « Mais, le baron de Charlus, à qui je vais
vous nommer... Monsieur le professeur Cottard. » Il ne
déplaisait d'ailleurs pas à Mme Verdurin d'avoir l'occasion de jouer à la dame. M. de Charlus tendit deux doigts
que le professeur serra avec le sourire bénévole d'un
« prince de la science ». Mais il s'arrêta net en voyant
entrer les Cambremer, tandis que M. de Charlus m'entraînait dans un coin pour me dire un mot, non sans palper mes muscles, ce qui est une manière allemande.
M. de Cambremer ne ressemblait guère à la vieille marquise. Il était, comme elle le disait avec tendresse, « tout
à fait du côté de son papa ». Pour qui n'avait entendu
que parler de lui, ou même de lettres de lui, vives et
convenablement tournées, son physique étonnait. Sans
doute devait-on s'y habituer. Mais son nez avait choisi,
pour venir se placer de travers au-dessus de sa bouche,
peut-être la seule ligne oblique, entre tant d'autres, qu'on
n'eût eu l'idée de tracer sur ce visage, et qui signifiait
une bêtise vulgaire, aggravée encore par le voisinage
d'un teint normand à la rougeur de pommes. Il est
possible que les yeux de M. de Cambremer gardassent
entre leurs paupières un peu de ce ciel du Cotentin, si
doux par les beaux jours ensoleillés, où le promeneur
s'amuse à voir, arrêtées au bord de la route, et à compter
par centaines les ombres des peupliers, mais ces paupières lourdes, chassieuses et mal rabattues eussent
empêché l'intelligence elle-même de passer. Aussi,
décontenancé par la minceur de ce regard bleu, se repor-

tait-on au grand nez de travers. Par une transposition
de sens, M. de Cambremer vous regardait avec son nez.
Ce nez de M. de Cambremer n'était pas laid, plutôt
un peu trop beau, trop fort, trop fier de son importance.
Busqué, astiqué, luisant, flambant neuf, il était tout
disposé à compenser l'insuffisance spirituelle du regard ;
malheureusement, si les yeux sont quelquefois l'organe
où se révèle l'intelligence, le nez (quelle que soit d'ailleurs
l'intime solidarité et la répercussion insoupçonnée des
traits les uns sur les autres), le nez est généralement
l'organe où s'étale le plus aisément la bêtise.

La convenance de vêtements sombres que portait toujours, même le matin, M. de Cambremer, avait beau
rassurer ceux qu'éblouissait et exaspérait l'insolent éclat
des costumes de plage des gens qu'ils ne connaissaient pas,
on ne pouvait comprendre que la femme du premier
président déclarât d'un air de flair et d'autorité, en personne qui a plus que vous l'expérience de la haute société
d'Alençon, que devant M. de Cambremer on se sentait
tout de suite, même avant de savoir qui il était, en présence d'un homme de haute distinction, d'un homme
parfaitement bien élevé, qui changeait du genre de
Balbec, un homme enfin auprès de qui on pouvait respirer. Il était pour elle, asphyxiée par tant de touristes
de Balbec, qui ne connaissaient pas son monde, comme
un flacon de sels. Il me sembla au contraire qu'il était
des gens que ma grand'mère eût trouvés tout de suite
« très mal », et, comme elle ne comprenait pas le snobisme,
elle eût sans doute été stupéfaite qu'il eût réussi à être
épousé par M\ue Legrandin qui devait être difficile en
fait de distinction, elle dont le frère était « si bien ».
Tout au plus pouvait-on dire de la laideur vulgaire de
M. de Cambremer qu'elle était un peu du pays et avait
quelque chose de très anciennement local ; on pensait,
devant ses traits fautifs et qu'on eût voulu rectifier, à
ces noms de petites villes normandes sur l'étymologie
desquels mon curé se trompait parce que les paysans,
articulant mal ou ayant compris de travers le mot

normand ou latin qui les désigne, ont fini par fixer dans
un barbarisme qu'on trouve déjà dans les cartulaires,
comme eût dit Brichot, un contre-sens et un vice de
prononciation. La vie dans ces vieilles petites villes
peut d'ailleurs se passer agréablement, et M. de Cambremer devait avoir des qualités, car, s'il était d'une mère
que la vieille marquise préférât son fils à sa belle-fille,
en revanche, elle qui avait plusieurs enfants, dont deux
au moins n'étaient pas sans mérites, déclarait souvent
que le marquis était à son avis le meilleur de la famille.
Pendant le peu de temps qu'il avait passé dans l'armée,
ses camarades, trouvant trop long de dire Cambremer,
lui avaient donné le surnom de Cancan, qu'il n'avait
d'ailleurs mérité en rien. Il savait orner un dîner où on
l'invitait en disant au moment du poisson (le poisson
fût-il pourri) ou à l'entrée : « Mais dites donc, il me semble
que voilà une belle bête. » Et sa femme, ayant adopté
en entrant dans la famille tout ce qu'elle avait cru faire
partie du genre de ce monde-là, se mettait à la hauteur
des amis de son mari et peut-être cherchait à lui plaire
comme une maîtresse et comme si elle avait jadis été
mêlée à sa vie de garçon, en disant d'un air dégagé,
quand elle parlait de lui à des officiers : « Vous allez voir
Cancan. Cancan est allé à Balbec, mais il reviendra ce
soir. » Elle était furieuse de se compromettre ce soir chez
les Verdurin et ne le faisait qu'à la prière de sa belle-mère
et de son mari, dans l'intérêt de la location. Mais, moins
bien élevée qu'eux, elle ne se cachait pas du motif et
depuis quinze jours faisait avec ses amies des gorges
chaudes de ce dîner. « Vous savez que nous dînons chez
nos locataires. Cela vaudra bien une augmentation. Au
fond, je suis assez curieuse de savoir ce qu'ils ont pu
faire de notre pauvre vieille Raspelière (comme si elle y
fût née, et y retrouvât tous les souvenirs des siens).
Notre vieux garde m'a encore dit hier qu'on ne reconnaissait plus rien. Je n'ose pas penser à tout ce qui doit se
passer là-dedans. Je crois que nous ferons bien de faire
désinfecter tout, avant de nous réinstaller. » Elle arriva

hautaine et morose, de l'air d'une grande dame dont le
château, du fait d'une guerre, est occupé par les ennemis,
mais qui se sent tout de même chez elle et tient à montrer
aux vainqueurs qu'ils sont des intrus. Mme de Cambremer
ne put me voir d'abord, car j'étais dans une baie latérale
avec M. de Charlus, lequel me disait avoir appris par
Morel que son père avait été « intendant » dans ma famille,
et qu'il comptait suffisamment, lui Charlus, sur mon
intelligence et ma magnanimité (terme commun à lui
et à Swann) pour me refuser l'ignoble et mesquin plaisir
que de vulgaires petits imbéciles (j'étais prévenu) ne
manqueraient pas, à ma place, de prendre en révélant à
nos hôtes des détails que ceux-ci pourraient croire amoin-
drissants. « Le seul fait que je m'intéresse à lui et étende
sur lui ma protection a quelque chose de suréminent et
abolit le passé », conclut le baron. Tout en l'écoutant et
en lui promettant le silence, que j'aurais gardé même
sans l'espoir de passer en échange pour intelligent et
magnanime, je regardais Mme de Cambremer. Et j'eus
peine à reconnaître la chose fondante et savoureuse
que j'avais eue l'autre jour auprès de moi à l'heure du
goûter, sur la terrasse de Balbec, dans la galette normande
que je voyais, dure comme un galet, où les fidèles eussent
en vain essayé de mettre la dent. Irritée d'avance du
côté bonasse que son mari tenait de sa mère et qui lui
ferait prendre un air honoré quand on lui présenterait
les fidèles, désireuse pourtant de remplir ses fonctions
de femme du monde, quand on lui eût nommé Brichot,
elle voulut lui faire faire la connaissance de son mari
parce qu'elle avait vu ses amies plus élégantes faire ainsi,
mais la rage ou l'orgueil l'emportant sur l'ostentation
du savoir-vivre, elle dit, non comme elle aurait dû :
« Permettez-moi de vous présenter mon mari », mais :
« Je vous présente à mon mari », tenant haut ainsi le
drapeau des Cambremer, en dépit d'eux-mêmes, car le
marquis s'inclina devant Brichot aussi bas qu'elle avait
prévu. Mais toute cette humeur de Mme de Cambremer
changea soudain quand elle aperçut M. de Charlus,

qu'elle connaissait de vue. Jamais elle n'avait réussi à se le faire présenter, même au temps de la liaison qu'elle avait eue avec Swann. Car M. de Charlus, prenant toujours le parti des femmes, de sa belle-sœur contre les maîtresses de M. de Guermantes, d'Odette, pas encore mariée alors, mais vieille liaison de Swann, contre les nouvelles, avait, sévère défenseur de la morale et protecteur fidèle des ménages, donné à Odette — et tenu — la promesse de ne pas se laisser nommer à Mme de Cambremer. Celle-ci ne s'était certes pas doutée que c'était chez les Verdurin qu'elle connaîtrait enfin cet homme inapprochable. M. de Cambremer savait que c'était une si grande joie pour elle qu'il en était lui-même attendri, et qu'il regarda sa femme d'un air qui signifiait : « Vous êtes contente de vous être décidée à venir, n'est-ce pas ? » Il parlait du reste fort peu, sachant qu'il avait épousé une femme supérieure. « Moi, indigne », disait-il à tout moment, et citait volontiers une fable de La Fontaine et une de Florian qui lui paraissaient s'appliquer à son ignorance, et, d'autre part, lui permettre, sous les formes d'une dédaigneuse flatterie, de montrer aux hommes de science qui n'étaient pas du Jockey, qu'on pouvait chasser et avoir lu des fables. Le malheur est qu'il n'en connaissait guère que deux. Aussi revenaient-elles souvent. Mme de Cambremer n'était pas bête, mais elle avait diverses habitudes fort agaçantes. Chez elle la déformation des noms n'avait absolument rien du dédain aristocratique. Ce n'est pas elle qui, comme la duchesse de Guermantes (laquelle par sa naissance eût dû être, plus que Mme de Cambremer, à l'abri de ce ridicule), eût dit, pour ne pas avoir l'air de savoir le nom peu élégant (alors qu'il est maintenant celui d'une des femmes les plus difficiles à approcher) de Julien de Monchâteau : « une petite Madame... Pic de la Mirandole ». Non, quand Mme de Cambremer citait à faux un nom, c'était par bienveillance, pour ne pas avoir l'air de savoir quelque chose et quand, par sincérité, pourtant elle l'avouait, croyant le cacher en le démarquant. Si, par exemple,

elle défendait une femme, elle cherchait à dissimuler,
tout en voulant ne pas mentir à qui la suppliait de dire
la vérité, que Madame une telle était actuellement la
maîtresse de M. Sylvain Lévy, et elle disait : « Non...
je ne sais absolument rien sur elle, je crois qu'on lui a
reproché d'avoir inspiré une passion à un monsieur
dont je ne sais pas le nom, quelque chose comme Cahn,
Kohn, Kuhn ; du reste, je crois que ce monsieur est mort
depuis fort longtemps et qu'il n'y a jamais rien eu entre
eux. » C'est le procédé semblable à celui des menteurs —
et inverse du leur — qui, en altérant ce qu'ils ont fait
quand ils le racontent à une maîtresse ou simplement à
un ami, se figurent que l'une ou l'autre ne verra pas
immédiatement que la phrase dite (de même que Cahn,
Kohn, Kuhn) est interpolée, est d'une autre espèce que
celles qui composent la conversation, est à double fond.

Mme Verdurin demanda à l'oreille de son mari : « Est-ce
que je donne le bras au baron de Charlus ? Comme tu
auras à ta droite Mme de Cambremer, on aurait pu croiser
les politesses. — Non, dit M. Verdurin, puisque l'autre
est plus élevé en grade (voulant dire que M. de Cambremer
était marquis), M. de Charlus est en somme son inférieur.
— Hé bien, je le mettrai à côté de la princesse. » Et
Mme Verdurin présenta à M. de Charlus Mme Sherbatoff ;
ils s'inclinèrent en silence tous deux, de l'air d'en savoir
long l'un sur l'autre et de se promettre un mutuel secret.
M. Verdurin me présenta à M. de Cambremer. Avant
même qu'il eût parlé de sa voix forte et légèrement bé-
gayante, sa haute taille et sa figure colorée manifestaient
dans leur oscillation l'hésitation martiale d'un chef qui
cherche à vous rassurer et vous dit : « On m'a parlé,
nous arrangerons cela ; je vous ferai lever votre punition ;
nous ne sommes pas des buveurs de sang ; tout ira bien. »
Puis, me serrant la main : « Je crois que vous connaissez
ma mère », me dit-il. Le verbe « croire » lui semblait
d'ailleurs convenir à la discrétion d'une première présentation mais nullement exprimer un doute, car il ajouta :
« J'ai du reste une lettre d'elle pour vous. » M. de Cam-

bremer était naïvement heureux de revoir des lieux où il avait vécu si longtemps. « Je me retrouve », dit-il à Mme Verdurin, tandis que son regard s'émerveillait de reconnaître les peintures de fleurs en trumeaux au-dessus des portes, et les bustes en marbre sur leurs hauts socles. Il pouvait pourtant se trouver dépaysé, car Mme Verdurin avait apporté quantité de vieilles belles choses qu'elle possédait. À ce point de vue, Mme Verdurin, tout en passant aux yeux des Cambremer pour tout bouleverser, était non pas révolutionnaire mais intelligemment conservatrice, dans un sens qu'ils ne comprenaient pas. Ils l'accusaient aussi à tort de détester la vieille demeure et de la déshonorer par de simples toiles au lieu de leur riche peluche, comme un curé ignorant reprochant à un architecte diocésain de remettre en place de vieux bois sculptés laissés au rancart et auxquels l'ecclésiastique avait cru bon de substituer des ornements achetés place Saint-Sulpice. Enfin, un jardin de curé commençait à remplacer devant le château les plates-bandes qui faisaient l'orgueil non seulement des Cambremer mais de leur jardinier. Celui-ci, qui considérait les Cambremer comme ses seuls maîtres et gémissait sous le joug des Verdurin, comme si la terre eût été momentanément occupée par un envahisseur et une troupe de soudards, allait en secret porter ses doléances à la propriétaire dépossédée, s'indignait du mépris où étaient tenus ses araucarias, ses bégonias, ses joubarbes, ses dahlias doubles, et qu'on osât dans une aussi riche demeure faire pousser des fleurs aussi communes que des anthémis et des cheveux de Vénus. Mme Verdurin sentait cette sourde opposition et était décidée, si elle faisait un long bail ou même achetait la Raspelière, à mettre comme condition le renvoi du jardinier, auquel la vieille propriétaire au contraire tenait extrêmement. Il l'avait servie pour rien dans des temps difficiles, l'adorait ; mais par ce morcellement bizarre de l'opinion des gens du peuple, où le mépris moral le plus profond s'enclave dans l'estime la plus passionnée, laquelle chevauche à son tour de vieilles rancunes inabolies, il disait souvent de Mme de Cambremer qui, en 70, dans un château qu'elle avait dans l'Est, surprise par l'invasion, avait dû souffrir pendant un mois le contact des Allemands ; « Ce qu'on a beaucoup reproché à Madame la marquise, c'est, pendant la guerre, d'avoir pris le parti des Prussiens et de les avoir même logés chez elle. A un autre moment, j'aurais compris ; mais en temps de guerre, elle n'aurait pas dû. C'est pas bien. » De sorte qu'il lui était fidèle jusqu'à la mort, la vénérait pour sa bonté et accréditait qu'elle se fût rendue coupable de trahison. Mme Verdurin fut piquée que M. de Cambremer prétendît reconnaître si bien la Raspelière. « Vous devez pourtant trouver quelques changements, répondit-elle. Il y a d'abord de grands diables de bronze de Barbedienne et de petits coquins de sièges en peluche que je me suis empressée d'expédier au grenier, qui est encore trop bon pour eux. » Après cette acerbe riposte adressée à M. de Cambremer, elle lui offrit le bras pour aller à table. Il hésita un instant, se disant : « Je ne peux tout de même pas passer avant M. de Charlus. » mais, pensant que celui-ci était un vieil ami de la maison du moment qu'il n'avait pas la place d'honneur, il se décida à prendre le bras qui lui était offert et dit à Mme Verdurin combien il était fier d'être admis dans le cénacle (c'est ainsi qu'il appela le petit noyau, non sans rire un peu de la satisfaction de connaître ce terme). Cottard, qui était assis à côté de M. de Charlus, le regardait sous son lorgnon, pour faire connaissance, et rompre la glace, avec des clignements beaucoup plus insistants qu'ils n'eussent été jadis, et non coupés de timidités. Et ses regards engageants, accrus par leur sourire, n'étaient plus contenus par le verre du lorgnon et le débordaient de tous côtés. Le baron, qui voyait facilement partout des pareils à lui, ne douta pas que Cottard n'en fût un et ne lui fît de l'œil. Aussitôt il témoigna au professeur la dureté des invertis, aussi méprisants pour ceux à qui ils plaisent qu'ardemment empressés auprès de ceux qui leur plaisent. Sans doute,

bien que chacun parle mensongèrement de la douceur, toujours refusée par le destin, d'être aimé, c'est une loi générale, et dont l'empire est bien loin de s'étendre sur les seuls
Charlus, que l'être que nous n'aimons pas et qui nous aime
nous paraisse insupportable. A cet être, à telle femme dont
nous ne dirons pas qu'elle nous aime mais qu'elle nous
cramponne, nous préférons la société de n'importe quelle
autre qui n'aura ni son charme, ni son agrément, ni son
esprit. Elle ne les recouvrera pour nous que quand elle
aura cessé de nous aimer. En ce sens, on pourrait ne
voir que la transposition, sous une forme cocasse, de
cette règle universelle, dans l'irritation causée chez un
inverti par un homme qui lui déplaît et le recherche.
Mais elle est chez lui bien plus forte. Aussi, tandis que le
commun des hommes cherche à la dissimuler tout en
l'éprouvant, l'inverti la fait implacablement sentir à
celui qui la provoque, comme il ne la ferait certainement pas sentir à une femme, M. de Charlus, par exemple,
à la princesse de Guermantes dont la passion l'ennuyait,
mais le flattait. Mais quand ils voient un autre homme
témoigner envers eux d'un goût particulier, alors, soit
incompréhension que ce soit le même que le leur, soit
fâcheux rappel que ce goût, embelli par eux tant que
c'est eux-mêmes qui l'éprouvent, est considéré comme un
vice, soit désir de se réhabiliter par un éclat dans une
circonstance où cela ne leur coûte pas, soit par une crainte
d'être devinés, qu'ils retrouvent soudain quand le désir
ne les mène plus, les yeux bandés, d'imprudence en
imprudence, soit par la fureur de subir, du fait de l'attitude équivoque d'un autre, le dommage que par la leur,
si cet autre leur plaisait, ils ne craindraient pas le lui
causer, ceux que cela n'embarrasse pas de suivre un
jeune homme pendant des lieues, de ne pas le quitter
des yeux au théâtre même s'il est avec des amis, risquant
par cela de le brouiller avec eux, on peut les entendre,
pour peu qu'un autre qui ne leur plaît pas les regarde,
dire : « Monsieur, pour qui me prenez-vous ? (simplement
parce qu'on les prend pour ce qu'ils sont) je ne vous

comprends pas, inutile d'insister, vous faites erreur »,
aller au besoin jusqu'aux gifles, et, devant quelqu'un
qui connaît l'imprudent, s'indigner : « Comment, vous
connaissez cette horreur ? Elle a une façon de vous regarder !... En voilà des manières! » M. de Charlus n'alla
pas aussi loin, mais il prit l'air offensé et glacial qu'ont,
lorsqu'on a l'air de les croire légères, les femmes qui ne
le sont pas, et encore plus celles qui le sont. D'ailleurs,
l'inverti, mis en présence d'un inverti, voit non pas
seulement une image déplaisante de lui-même, qui ne
pourrait, purement inanimée, que faire souffrir son
amour-propre, mais un autre lui-même, vivant, agissant
dans le même sens, capable donc de le faire souffrir
dans ses amours. Aussi est-ce dans un sens d'instinct
de conversation qu'il dira du mal du concurrent possible,
soit avec les gens qui peuvent nuire à celui-ci (et sans
que l'inverti nº 1 s'inquiète de passer pour menteur
quand il accable ainsi l'inverti nº 2 aux yeux de personnes qui peuvent être renseignées sur son propre cas),
soit avec le jeune homme qu'il a « levé », qui va peut-être
lui être enlevé et auquel il s'agit de persuader que les
mêmes choses qu'il a tout avantage à faire avec lui
causeraient le malheur de sa vie s'il se laissait aller à les
faire avec l'autre. Pour M. de Charlus, qui pensait
peut-être aux dangers (bien imaginaires) que la présence
de ce Cottard, dont il comprenait à faux le sourire, ferait
courir à Morel, un inverti qui ne lui plaisait pas n'était
pas seulement une caricature de lui-même, c'était aussi
un rival désigné. Un commerçant, et tenant un commerce
rare, en débarquant dans la ville de province où il vient
s'installer pour la vie, s'il voit que, sur la même place,
juste en face, le même commerce est tenu par un concurrent, n'est pas plus déconfit qu'un Charlus allant cacher
ses amours dans une région tranquille et qui, le jour
de l'arrivée, aperçoit le gentilhomme du lieu, ou le
coiffeur, desquels l'aspect et les manières ne lui laissent
aucun doute. Le commerçant prend souvent son concurrent en haine ; cette haine dégénère parfois en mélancolie,

et pour peu qu'il y ait hérédité assez chargée, on a vu dans des petites villes le commerçant montrer des commencements de folie qu'on ne guérit qu'en le décidant à vendre son « fonds » et à s'expatrier. La rage de l'inverti est plus lancinante encore. Il a compris que, dès la première seconde, le gentilhomme et le coiffeur ont désiré son jeune compagnon. Il a beau répéter cent fois par jour à celui-ci que le coiffeur et le gentilhomme sont des bandits dont l'approche le déshonorerait, il est obligé, comme Harpagon, de veiller sur son trésor et se relève la nuit pour voir si on ne le lui prend pas. Et c'est ce qui fait sans doute, plus encore que le désir ou la commodité d'habitudes communes, et presque autant que cette expérience de soi-même, qui est la seule vraie, que l'inverti dépiste l'inverti avec une rapidité et une sûreté presque infaillibles. Il peut se tromper un moment, mais une divination rapide le remet dans la vérité. Aussi l'erreur de M. de Charlus fut-elle courte. Le discernement divin lui montra au bout d'un instant que Cottard n'était pas de sa sorte et qu'il n'avait à craindre ses avances ni pour lui-même, ce qui n'eût fait que l'exaspérer, ni pour Morel, ce qui lui eût paru plus grave. Il reprit son calme, et comme il était encore sous l'influence du passage de Vénus androgyne, par moments il souriait faiblement aux Verdurin, sans prendre la peine d'ouvrir la bouche, en déplissant seulement un coin de lèvres, et pour une seconde allumait câlinement ses yeux, lui si féru de virilité, exactement comme eût fait sa belle-sœur la duchesse de Guermantes. « Vous chassez beaucoup, Monsieur ? dit Mme Verdurin avec mépris à M. de Cambremer. — Est-ce que Ski vous a raconté qu'il nous en est arrivé une excellente ? demanda Cottard à la Patronne. — Je chasse surtout dans la forêt de Chantepie, répondit M. de Cambremer. — Non, je n'ai rien raconté, dit Ski. — Mérite-t-elle son nom ? » demanda Brichot à M. de Cambremer, après m'avoir regardé du coin de l'œil, car il m'avait promis de parler étymologies, tout en me demandant de dissi-

muler aux Cambremer le mépris que lui inspiraient
celles du curé de Combray. « C'est sans doute que je ne
suis pas capable de comprendre, mais je ne saisis pas
votre question, dit M. de Cambremer. — Je veux dire :
Est-ce qu'il y chante beaucoup de pies ? » répondit Brichot.
Cottard cependant souffrait que Mme Verdurin ignorât
qu'ils avaient failli manquer le train. « Allons, voyons, dit
Mme Cottard à son mari pour l'encourager, raconte ton
odyssée. — En effet, elle sort de l'ordinaire, dit le docteur
qui recommença son récit. Quand j'ai vu que le train
était en gare, je suis resté médusé. Tout cela par la faute
de Ski. Vous êtes plutôt bizarroïde dans vos renseignements, mon cher! Et Brichot qui nous attendait à la
gare! — Je croyais, dit l'universitaire, en jetant autour
de lui ce qui lui restait de regard et en souriant de ses
lèvres minces, que si vous vous étiez attardé à Graincourt, c'est que vous aviez rencontré quelque péripaté-
ticienne. — Voulez-vous vous taire ? si ma femme vous
entendait! dit le professeur. La femme à moâ, il est
jalouse. — Ah! ce Brichot, s'écria Ski, en qui l'égrillarde
plaisanterie de Brichot éveillait la gaîté de tradition, il
est toujours le même », bien qu'il ne sût pas, à vrai dire,
si l'universitaire avait jamais été polisson. Et pour ajouter
à ces paroles consacrées le geste rituel, il fit mine de ne
pouvoir résister au désir de lui pincer la jambe. « Il ne
change pas, ce gaillard-là », continua Ski, et, sans penser
à de que la quasi-cécité de l'universitaire donnait de
triste et de comique à ces mots, il ajouta : « Toujours un
petit œil pour les femmes. — Voyez-vous, dit M. de
Cambremer, ce que c'est que de rencontrer un savant.
Voilà quinze ans que je chasse dans la forêt de Chantepie
et jamais je n'avais réfléchi à ce que son nom voulait dire. »
Mme de Cambremer jeta un regard sévère à son mari ;
elle n'aurait pas voulu qu'il s'humiliât ainsi devant
Brichot. Elle fut plus mécontente encore quand, à chaque
expression « toute faite » qu'employait Cancan, Cottard,
qui en connaissait le fort et le faible parce qu'il les avait
laborieusement apprises, démontrait au marquis, lequel

confessait sa bêtise, qu'elles ne voulaient rien dire :
« Pourquoi : bête comme chou ? Croyez-vous que les
choux soient plus bêtes qu'autre chose ? Vous dites :
répéter trente-six fois la même chose. Pourquoi particulièrement trente-six ? Pourquoi : dormir comme un
pieu ? Pourquoi : Tonnerre de Brest ? Pourquoi : faire
les quatre cents coups ? » Mais alors la défense de M. de
Cambremer était prise par Brichot, qui expliquait
l'origine de chaque locution. Mais Mme de Cambremer
était surtout occupée à examiner les changements que les
Verdurin avaient apportés à la Raspelière, afin de pouvoir
en critiquer certains, en importer à Féterne d'autres,
ou peut-être les mêmes. « Je me demande ce que c'est
que ce lustre qui s'en va tout de traviole. J'ai peine à
reconnaître ma vieille Raspelière », ajouta-t-elle d'un air
familièrement aristocratique, comme elle eût parlé
d'un serviteur dont elle eût prétendu moins désigner
l'âge que dire qu'il l'avait vue naître. Et comme elle était
un peu livresque dans son langage : « Tout de même,
ajouta-t-elle à mi-voix, il me semble que, si j'habitais
chez les autres, j'aurais quelque vergogne à tout changer
ainsi. — C'est malheureux que vous ne soyez pas venus
avec eux », dit Mme Verdurin à M. de Charlus et à Morel,
espérant que M. de Charlus était « de revue » et se plierait
à la règle d'arriver tous par le même train. « Vous êtes
sûr que Chantepie veut dire la pie qui chante, Chochotte ?
ajouta-t-elle pour montrer qu'en grande maîtresse de
maison elle prenait part à toutes les conversations à la
fois. « Parlez-moi donc un peu de ce violoniste, me dit
Mme de Cambremer, il m'intéresse ; j'adore la musique,
et il me semble que j'ai entendu parler de lui, faites
mon instruction. » Elle avait appris que Morel était venu
avec M. de Charlus et voulait, en faisant venir le premier,
tâcher de se lier avec le second. Elle ajouta pourtant,
pour que je ne pusse deviner cette raison : « M. Brichot
aussi m'intéresse. » Car si elle était fort cultivée, de même
que certaines personnes prédisposées à l'obésité mangent
à peine et marchent toute la journée sans cesser d'en-

graisser à vue d'œil, de même Mme de Cambremer avait
beau approfondir, et surtout à Féterne, une philosophie
de plus en plus ésotérique, une musique de plus en plus
savante, elle ne sortait de ces études que pour machiner
des intrigues qui lui permissent de « couper » les amitiés
bourgeoises de sa jeunesse et de nouer des relations
qu'elle avait cru d'abord faire partie de la société de sa
belle-famille et qu'elle s'était aperçue ensuite être situées
beaucoup plus haut et beaucoup plus loin. Un philosophe
qui n'était pas assez moderne pour elle, Leibniz, a dit
que le trajet est long de l'intelligence au cœur. Ce trajet,
Mme de Cambremer n'avait pas été, plus que son frère,
de force à le parcourir. Ne quittant la lecture de Stuart
Mill que pour celle de Lachelier, au fur et à mesure qu'elle
croyait moins à la réalité du monde extérieur, elle mettait
d'acharnement à chercher à s'y faire, avant de mourir,
une bonne position. Éprise d'art réaliste, aucun objet
ne lui paraissait assez humble pour servir de modèle au
peintre ou à l'écrivain. Un tableau ou un roman mondain
lui eussent donné la nausée ; un moujik de Tolstoï,
un paysan de Millet étaient l'extrême limite sociale
qu'elle ne permettait pas à l'artiste de dépasser. Mais
franchir celle qui bornait ses propres relations, s'élever
jusqu'à la fréquentation de duchesses, était le but de
tous ses efforts, tant le traitement spirituel auquel elle
se soumettait, par le moyen de l'étude des chefs-d'œuvre,
restait inefficace contre le snobisme congénital et morbide
qui se développait chez elle. Celui-ci avait même fini
par guérir certains penchants à l'avarice et à l'adultère
auxquels, étant jeune, elle était encline, pareil en cela à
ces états pathologies singuliers et permanents qui semblent immuniser ceux qui en sont atteints contre les
autres maladies. Je ne pouvais, du reste, m'empêcher, en
l'entendant parler, de rendre justice, sans y prendre aucun
plaisir, au raffinement de ses expressions. C'étaient
celles qu'ont, à une époque donnée, toutes les personnes
d'une même envergure intellectuelle, de sorte que l'expression raffinée fournit aussitôt, comme l'arc de cercle, le

moyen de décrire et de limiter toute la circonférence.
Aussi ces expressions font-elles que les personnes qui les
emploient m'ennuient immédiatement comme déjà
connues, mais aussi passent pour supérieures, et me furent
souvent offertes comme voisines délicieuses et inappré-
ciées. « Vous n'ignorez pas, Madame, que beaucoup de
régions forestières tirent leur nom des animaux qui les
peuplent. A côté de la forêt de Chantepie, vous avez le
bois de Chantereine. — Je ne sais pas de quelle reine il
s'agit, mais vous n'êtes pas galant pour elle, dit M. de
Cambremer. — Attrapez, Chochotte, dit Mme Verdurin.
Et à part cela, le voyage s'est bien passé ? — Nous
n'avons rencontré que de vagues humanités qui rem-
plissaient le train. Mais je réponds à la question de
M. de Cambremer ; reine n'est pas ici la femme d'un roi,
mais la grenouille. C'est le nom qu'elle a gardé longtemps
dans ce pays, comme en témoigne la station de Renneville, qui devrait s'écrire Reineville. — Il me semble que
vous avez là une belle bête », dit M. de Cambremer à
Mme Verdurin, en montrant un poisson. C'était là un
de ces compliments à l'aide desquels il croyait payer son
écot à un dîner, et déjà rendre sa politesse. (« Les inviter
est inutile, disait-il souvent en parlant de tels de leurs
amis à sa femme. Ils ont été enchantés de nous avoir.
C'étaient eux qui me remerciaient. ») « D'ailleurs je dois
vous dire que je vais presque chaque jour à Renneville
depuis bien des années, et je n'y ai vu pas plus de grenouilles qu'ailleurs. Mme de Cambremer avait fait venir
ici le curé d'une paroisse où elle a de grands biens et qui
a la même tournure d'esprit que vous, à ce qu'il semble.
Il a écrit un ouvrage. — Je crois bien, je l'ai lu avec infiniment d'intérêt », répondit hypocritement Brichot.
La satisfaction que son orgueil recevait indirectement
de cette réponse fit rire longuement M. de Cambremer.
(Ah! et bien, l'auteur, comment dirais-je, de cette géographie, de ce glossaire, épilogue longuement sur le nom
d'une petite localité dont nous étions autrefois, si je puis
dire, les seigneurs, et qui se nomme Pont-à-Couleuvre.

Or je ne suis évidemment qu'un vulgaire ignorant à côté
de ce puits de science, mais je suis bien allé mille fois à
Pont-à-Couleuvre pour lui une, et du diable si j'y ai
jamais vu un seul de ces vilains serpents, je dis vilains,
malgré l'éloge qu'en fait le bon La Fontaine (*L'Homme
et la Couleuvre* était une des deux fables). — Vous n'en
avez pas vu, et c'est vous qui avez vu juste, répondit
Brichot. Certes, l'écrivain dont vous parlez connaît à
fond son sujet, il a écrit un livre remarquable. — Voire !
s'exclama Mᵐᵉ de Cambremer, ce livre, c'est bien le
cas de le dire, est un véritable travail de bénédictin. —
Sans doute il a consulté quelques pouillés (on entend
par là les listes des bénéfices et des cures de chaque diocèse), ce qui a pu lui fournir le nom des patrons laïcs
et des collateurs ecclésiastiques. Mais il est d'autres
sources. Un de mes plus savants amis y a puisé. Il a
trouvé que le même lieu était dénommé Pont-à-Quileuvre.
Ce nom bizarre l'incita à remonter plus haut encore, à un
texte latin où le pont que votre ami croit infesté de
couleuvres est désigné : *Pons cui aperit*. Pont fermé qui
ne s'ouvrait que moyennant une honnête rétribution. —
Vous parlez de grenouilles. Moi, en me trouvant au
milieu de personnes si savantes, je me fais l'effet de la
grenouille devant l'aréopage » (c'était la seconde fable), dit
Cancan qui faisait souvent, en riant beaucoup, cette
plaisanterie grâce à laquelle il croyait à la fois, par humilité
et avec à-propos, faire profession d'ignorance et étalage
de savoir. Quant à Cottard, bloqué par le silence de M. de
Charlus et essayant de se donner de l'air des autres côtés,
il se tourna vers moi et me fit une de ces questions qui
frappaient ses malades s'il était tombé juste et montraient
ainsi qu'il était pour ainsi dire dans leur corps ; si, au
contraire, il tombait à faux, lui permettaient de rectifier
certaines théories, d'élargir les points de vue anciens.
« Quand vous arrivez à ces sites relativement élevés
comme celui où nous nous trouvons en ce moment,
remarquez-vous que cela augmente votre tendance aux
étouffements ? » me demanda-t-il, certain ou de faire

admirer, ou de compléter son instruction. M. de Cambremer entendit la question et sourit. « Je ne peux pas vous
dire comme ça m'amuse d'apprendre que vous avez des
étouffements », me jeta-t-il à travers la table. Il ne voulait
pas dire par cela que cela l'égayait, bien que ce fût vrai
aussi. Car cet homme excellent ne pouvait cependant
pas entendre parler du malheur d'autrui sans un sentiment de bien-être et un spasme d'hilarité qui faisaient
vite place à la pitié d'un bon cœur. Mais sa phrase avait
un autre sens, que précisa celle qui la suivit : « Ça m'amuse
me dit-il, parce que justement ma sœur en a aussi. » En
somme, cela l'amusait comme s'il m'avait entendu citer
comme un de mes amis quelqu'un qui eût fréquenté
beaucoup chez eux. « Comme le monde est petit »,
fut la réflexion qu'il formula mentalement et que je vis
écrite sur son visage souriant quand Cottard me parla
de mes étouffements. Et ceux-ci devinrent, à dater de ce
dîner, comme une sorte de relation commune et dont
M. de Cambremer ne manquait jamais de me demander
des nouvelles, ne fût-ce que pour en donner à sa sœur.

Tout en répondant aux questions que sa femme me
posait sur Morel, je pensais à un conversation que j'avais
eue avec ma mère dans l'après-midi. Comme, tout en ne
me déconseillant pas d'aller chez les Verdurin si cela
pouvait me distraire, elle me rappelait que c'était un
milieu qui n'aurait pas plu à mon grand-père et lui eût
fait crier : « A la garde ! », ma mère avait ajouté : «Écoute,
le président Toureuil et sa femme m'ont dit qu'ils avaient
déjeuné avec Mme Bontemps. On ne m'a rien demandé.
Mais j'ai cru comprendre qu'un mariage entre Albertine
et toi serait le rêve de sa tante. Je crois que la vraie raison
est que tu leur es à tous très sympathique. Tout de même,
le luxe qu'ils croient que tu pourrais lui donner, les relations qu'on sait plus ou moins que nous avons, je crois
que tout cela n'y est pas étranger, quoique secondaire.
Je ne t'en aurais pas parlé, parce que je n'y tiens pas,
mais comme je me figure qu'on t'en parlera, j'ai mieux
aimé prendre les devants. — Mais toi, comment la

24

trouves-tu ? avais-je demandé à ma mère. — Mais moi,
ce n'est pas moi qui l'épouserai. Tu peux certainement
faire mille fois mieux comme mariage. Mais je crois que
ta grand'mère n'aurait pas aimé qu'on t'influence.
Actuellement je ne peux pas te dire comment je trouve
Albertine, je ne la trouve pas. Je te dirai comme Mme de
Sévigné : " Elle a de bonnes qualités, du moins je le crois.
Mais, dans ce commencement, je ne sais la louer que
par des négatives. Elle n'est point ceci, elle n'a point
l'accent de Rennes. Avec le temps, je dirai peut-être :
elle est cela. " Et je la trouverai toujours bien si elle doit
te rendre heureux. » Mais par ces mots mêmes, qui
remettaient entre mes mains de décider de mon bonheur,
ma mère m'avait mis dans cet état de doute où j'avais
déjà été quand, mon père m'ayant permis d'aller à *Phèdre*
et surtout d'être homme de lettres, je m'étais senti tout
à coup une responsabilité trop grande, la peur de le
peiner, et cette mélancolie qu'il y a quand on cesse
d'obéir à des ordres qui, au jour le jour, vous cachent
l'avenir, de se rendre compte qu'on a enfin commencé de
vivre pour de bon, comme une grande personne, la vie,
la seule vie qui soit à la disposition de chacun de nous.

Peut-être le mieux serait-il d'attendre un peu, de
commencer par voir·Albertine comme par le passé pour
tâcher d'apprendre si je l'aimais vraiment. Je pourrais
l'amener chez les Verdurin pour la distraire, et ceci me
rappela que je n'y étais venu moi-même ce soir que pour
savoir si Mme Putbus y habitait ou allait y venir. En tous
cas, elle ne dînait pas. « A propos de votre ami Saint-
Loup, me dit Mme de Cambremer, usant ainsi d'une
expression qui marquait plus de suite dans les idées que
ses phrases ne l'eussent laissé croire, car si elle me parlait
de musique elle pensait aux Guermantes, vous savez
que tout le monde parle de son mariage avec la nièce
de la princesse de Guermantes. Je vous dirai que, pour
ma part, de tous ces potins mondains je ne me préoccupe
mie. » Je fus pris de la crainte d'avoir parlé sans sympathie devant Robert de cette jeune fille faussement ori-

ginale, et dont l'esprit était aussi médiocre que le caractère était violent. Il n'y a presque pas une nouvelle que
nous apprenions qui ne nous fasse regretter un de nos
propos. Je répondis à Mme de Cambremer, ce qui du
reste était vrai, que je n'en savais rien, et que d'ailleurs
la fiancée me paraissait encore bien jeune. « C'est peut-
être pour cela que ce n'est pas encore officiel ; en tous
cas on le dit beaucoup. — J'aime mieux vous prévenir,
dit sèchement Mme Verdurin à Mme de Cambremer,
ayant entendu que celle-ci m'avait parlé de Morel, et,
quand elle avait baissé la voix pour me parler des fiançailles de Saint-Loup, ayant cru qu'elle m'en parlait
encore. Ce n'est pas de la musiquette qu'on fait ici. En
art, vous savez, les fidèles de mes mercredis, mes enfants
comme je les appelle, c'est effrayant ce qu'ils sont avancés,
ajouta-t-elle avec un air d'orgueilleuse terreur. Je leur
dis quelquefois : " Mes petites bonnes gens, vous marchez
plus vite que votre patronne à qui les audaces ne passent
pas pourtant pour avoir jamais fait peur. " Tous les ans
ça va un peu plus loin ; je vois bientôt le jour où ils ne
marcheront plus pour Wagner et pour d'Indy. — Mais
c'est très bien d'être avancé, on ne l'est jamais assez »,
dit Mme de Cambremer, tout en inspectant chaque coin
de la salle à manger, en cherchant à reconnaître les choses
qu'avait laissées sa belle-mère, celles qu'avait apportées
Mme Verdurin, et à prendre celle-ci en flagrant délit de
faute de goût. Cependant, elle cherchait à me parler du
sujet qui l'intéressait le plus, M. de Charlus. Elle trouvait
touchant qu'il protégeât un violoniste. « Il a l'air intelligent. — Même d'une verve extrême pour un homme
déjà un peu âgé, dis-je. — Agé ? Mais il n'a pas l'air
âgé, regardez, le cheveu est resté jeune. » (Car depuis
trois ou quatre ans le mot « cheveu » avait été employé
au singulier par un de ces inconnus qui sont les lanceurs
des modes littéraires, et toutes les personnes ayant la
longueur de rayon de Mme de Cambremer disaient « le
cheveu », non sans un sourire affecté. A l'heure actuelle
on dit encore « le cheveu », mais de l'excès du singulier

renaîtra le pluriel.) « Ce qui m'intéresse surtout chez
M. de Charlus, ajouta-t-elle, c'est qu'on sent chez lui
le don. Je vous dirai que je fais bon marché du savoir.
Ce qui s'apprend ne m'intéresse pas. » Ces paroles ne
sont pas en contradiction avec la valeur particulière de
Mme de Cambremer qui était précisément imitée et
acquise. Mais justement, une des choses qu'on devait
savoir à ce moment-là, c'est que le savoir n'est rien et
ne pèse pas un fétu à côté de l'originalité. Mme de Cambremer avait appris, comme le reste, qu'il ne faut rien
apprendre. « C'est pour cela, me dit-elle, que Brichot,
qui a son côté curieux, car je ne fais pas fi d'une certaine
érudition savoureuse, m'intéresse pourtant beaucoup
moins. » Mais Brichot, à ce moment-là, n'était occupé
que d'une chose : entendant qu'on parlait musique, il
tremblait que le sujet ne rappelât à Mme Verdurin la
mort de Dechambre. Il voulait dire quelque chose pour
écarter ce souvenir funeste. M. de Cambremer lui en
fournit l'occasion par cette question : « Alors, les lieux
boisés portent toujours des noms d'animaux ? — Que
non pas, répondit Brichot, heureux de déployer son
savoir devant tant de nouveaux, parmi lesquels je lui
avais dit qu'il était sûr d'en intéresser au moins un. Il
suffit de voir combien, dans les noms de personnes elles-
mêmes, un arbre est conservé, comme une fougère dans
de la houille. Un de nos père conscrits s'appelle
M. de Saulces de Freycinet, ce qui signifie, sauf erreur,
lieu planté de saules et de frênes, *salix et fraxinetum* ;
son neveu M. de Selves réunit plus d'arbres encore,
puisqu'il se nomme de Selves, *sylva*. » Saniette voyait
avec joie la conversation prendre un tour si animé. Il
pouvait, puisque Brichot parlait tout le temps, garder
un silence qui lui éviterait d'être l'objet des brocards de
M. et Mme Verdurin. Et devenu plus sensible encore
dans sa joie d'être délivré, il avait été attendri d'entendre
M. Verdurin, malgré la solennité d'un tel dîner, dire au
maître d'hôtel de mettre une carafe d'eau près de M. Saniette qui ne buvait pas autre chose. (Les généraux qui

font tuer le plus de soldats tiennent à ce qu'ils soient bien nourris.) Enfin Mme Verdurin avait une fois souri à Saniette. Décidément, c'étaient de bonnes gens. Il ne serait plus torturé. A ce moment le repas fut interrompu par un convive que j'ai oublié de citer, un illustre philosophe norvégien, qui parlait le français très bien mais très lentement, pour la double raison, d'abord que, l'ayant appris depuis peu et ne voulant pas faire de fautes (il en faisait pourtant quelques-unes), il se reportait pour chaque mot à une sorte de dictionnaire intérieur; ensuite parce qu'en tant que métaphysicien, il pensait toujours ce qu'il voulait dire pendant qu'il le disait, ce qui, même chez un Français, est une cause de lenteur. C'était, du reste, un être délicieux, quoique pareil en apparence à beaucoup d'autres, sauf sur un point. Cet homme au parler si lent (il y avait un silence entre chaque mot) devenait d'une rapidité vertigineuse pour s'échapper dès qu'il avait dit adieu. Sa précipitation faisait croire la première fois qu'il avait la colique ou encore un besoin plus pressant.

— Mon cher — collègue, dit-il à Brichot, après avoir délibéré dans son esprit si « collègue » était le terme qui convenait, j'ai une sorte de — désir pour savoir s'il y a d'autres arbres dans la — nomenclature de votre belle langue — française — latine — normande. Madame (il voulait dire Mme Verdurin quoiqu'il n'osât la regarder) m'a dit que vous saviez toutes choses. N'est-ce pas précisément le moment ? — Non, c'est le moment de manger, interrompit Mme Verdurin qui voyait que le dîner n'en finissait pas. — Ah! bien, répondit le Scandinave, baissant la tête dans son assiette, avec un sourire triste et résigné. Mais je dois faire observer à Madame que, si je me suis permis ce questionnaire — pardon, ce questation — c'est que je dois retourner demain à Paris pour dîner chez la Tour d'Argent ou chez l'Hôtel Meurice. Mon confrère — français — M. Boutroux, doit nous y parler des séances de spiritisme — pardon, des évocations spiritueuses — qu'il a contrôlées. — Ce n'est pas si bon

qu'on dit, la Tour d'Argent, dit Mme Verdurin agacée.
J'y ai même fait des dîners détestables. — Mais est-ce
que je me trompe, est-ce que la nourriture qu'on mange
chez Madame n'est pas de la plus fine cuisine française ?
— Mon Dieu, ce n'est pas positivement mauvais, répondit
Mme Verdurin radoucie. Et si vous venez mercredi prochain, ce sera meilleur. — Mais je pars lundi pour Alger,
et de là je vais à Cap. Et quand je serai à Cap de Bonne-
Espérance, je ne pourrai plus rencontrer mon illustre
collègue — pardon, je ne pourrai plus rencontrer mon
confrère. » Et il se mit, par obéissance, après avoir fourni
ces excuses rétrospectives, à manger avec une rapidité
vertigineuse. Mais Brichot était trop heureux de pouvoir
donner d'autres étymologies végétales et il répondit,
intéressant tellement le Norvégien que celui-ci cessa de
nouveau de manger, mais en faisant signe qu'on pouvait
ôter son assiette pleine et passer au plat suivant : « Un
des Quarante, dit Brichot, a nom Houssaye, ou lieu
planté de houx ; dans celui d'un fin diplomate, d'Ormes-
son, vous retrouvez l'orme, l'*ulmus* cher à Virgile et qui
a donné son nom à la ville d'Ulm ; dans celui de ses
collègues, M. de la Boulaye, le bouleau ; M. d'Aunay
l'aulne ; M. de Bussière, le buis ; M. Albaret, l'aubier
(je me promis de le dire à Céleste) ; M. de Cholet, le
choux ; et le pommier dans le nom de M. de la Pomme-
raye, que nous entendîmes conférencier, Saniette, vous en
souvient-il, du temps que le bon Porel avait été envoyé
aux confins du monde, comme proconsul en Odéonie ? »
Au nom de Saniette prononcé par Brichot, M. Verdurin
lança à sa femme et à Cottard un regard ironique qui
démonta le timide. « Vous disiez que Cholet vient de
chou, dis-je à Brichot. Est-ce qu'une station où j'ai
passé avant d'arriver à Doncières, Saint-Frichoux, vient
aussi de chou ? — Non, Saint-Frichoux, c'est *Sanctus
Fructuosus*, comme *Sanctus Ferreolus* donna Saint-Fargeau, mais ce n'est pas normand du tout. — Il sait trop
de choses, il nous ennuie, gloussa doucement la princesse. — Il y a tant d'autres noms qui m'intéressent, mais

je ne peux pas tout vous demander en une fois. » Et me
tournant vers Cottard : « Est-ce que Mme Putbus est
ici ? lui demandai-je. — Non, Dieu merci, répondit
Mme Verdurin qui avait entendu ma question. J'ai tâché
de dériver ses villégiatures vers Venise, nous en sommes
débarrassés pour cette année. — Je vais avoir moi-même
droit à deux arbres, dit M. de Charlus, car j'ai à peu près
retenu une petite maison entre Saint-Martin-du-Chêne
et Saint-Pierre-des-Ifs. — Mais c'est très près d'ici,
j'espère que vous viendrez souvent en compagnie de
Charlie Morel. Vous n'aurez qu'à vous entendre avec
notre petit groupe pour les trains, vous êtes à deux pas
de Doncières », dit Mme Verdurin qui détestait qu'on
ne vînt pas par le même train et aux heures où elle envoyait
des voitures. Elle savait combien la montée à la Raspelière, même en faisant le tour par des lacis, derrière
Féterne, ce qui retardait d'une demi-heure, était dure,
elle craignait que ceux qui feraient bande à part ne
trouvassent pas de voitures pour les conduire, ou même,
étant en réalité restés chez eux, pussent prendre le prétexte de n'en avoir pas trouvé à Doville-Féterne et de ne
pas s'être senti la force de faire une telle ascension à pied.
A cette invitation M. de Charlus se contenta de répondre
par une muette inclinaison. « Il ne doit pas être commode
tous les jours, il a un air pincé, chuchota à Ski le docteur
qui, étant resté très simple malgré une couche superficielle d'orgueil, ne cherchait pas à cacher que Charlus
le snobait. Il ignore sans doute que dans toutes les villes
d'eaux, et même à Paris dans les cliniques, les médecins,
pour qui je suis naturellement le « grand chef », tiennent
à honneur de me présenter à tous les nobles qui sont là,
et qui n'en mènent pas large. Cela rend même assez
agréable pour moi le séjour des stations balnéaires, ajouta-t-il d'un air léger. Même à Doncières, le major du
régiment, qui est le médecin traitant du colonel, m'a
invité à déjeuner avec lui en me disant que j'étais en
situation de dîner avec le général. Et ce général est un
monsieur *de* quelque chose. Je ne sais pas si ses parche-

mins sont plus ou moins anciens que ceux de ce baron.
— Ne vous montez pas le bourrichon, c'est une bien
pauvre couronne », répondit Ski à mi-voix, et il ajouta
quelque chose de confus avec un verbe, où je distinguai
seulement les dernières syllabes « arder », occupé que
j'étais d'écouter ce que Brichot disait à M. de Charlus.
« Non probablement, j'ai le regret de vous le dire, vous
n'avez qu'un seul arbre, car si Saint-Martin-du-Chêne
est évidemment *Sanctus Martinus juxta quercum*, en
revanche le mot *if* peut être simplement la racine, *ave*,
eve, qui veut dire humide comme dans Aveyron, Lodève,
Yvette, et que vous voyez subsister dans nos *éviers* de
cuisine. C'est l'« eau », qui en breton se dit Ster, Stermaria, Sterlaer, Sterbouest, Ster-en-Dreuchen. » Je
n'entendis pas la fin, car, quelque plaisir que j'eusse eu
à réentendre le nom de Stermaria, malgré moi j'entendais
Cottard, près duquel j'étais, qui disait tout bas à Ski :
« Ah! mais je ne savais pas. Alors c'est un monsieur qui
sait se retourner dans la vie. Comment! il est de la
confrérie! Pourtant il n'a pas les yeux bordés de jambon.
Il faudra que je fasse attention à mes pieds sous la table,
il n'aurait qu'à en pincer pour moi. Du reste, cela ne
m'étonne qu'à moitié. Je vois plusieurs nobles à la douche,
dans le costume d'Adam, ce sont plus ou moins des dégé-
nérés. Je ne leur parle pas parce qu'en somme je suis
fonctionnaire et que cela pourrait me faire du tort. Mais
ils savent parfaitement qui je suis. » Saniette, que l'interpellation de Brichot avait effrayé, commençait à respirer,
comme quelqu'un qui a peur de l'orage et qui voit que
l'éclair n'a été suivi d'aucun bruit de tonnerre, quand il
entendit M. Verdurin le questionner, tout en attachant
sur lui un regard qui ne lâchait pas le malheureux tant
qu'il parlait, de façon à le décontenancer tout de suite et
à ne pas lui permettre de reprendre ses esprits. « Mais
vous aviez toujours caché que vous fréquentiez les matinées de l'Odéon, Saniette? » Tremblant comme une
recrue devant un sergent tourmenteur, Saniette répondit,
en donnant à sa phrase les plus petites dimensions qu'il

put afin qu'elle eût plus de chance d'échapper aux coups :
« une fois, à *la Chercheuse*. — Qu'est-ce qu'il dit », hurla
M. Verdurin, d'un air à la fois écœuré et furieux, en
fronçant les sourcils comme s'il n'avait pas assez de toute
son attention, pour comprendre quelque chose d'inintelligible. « D'abord on ne comprend pas ce que vous
dites, qu'est-ce que vous avez dans la bouche ? » demanda
M. Verdurin de plus en plus violent, et faisant allusion
au défaut de prononciation de Saniette. « Pauvre Saniette,
je ne veux pas que vous le rendiez malheureux », dit
Mme Verdurin sur un ton de fausse pitié et pour ne laisser
un doute à personne sur l'intention insolente de son
mari. « J'étais à la Ch..., Che... — Che, che, tâchez de
parler clairement, dit M. Verdurin, je ne vous entends
même pas. » Presque aucun des fidèles ne se retenait
de s'esclaffer, et ils avaient l'air d'une bande d'anthropophages chez qui une blessure faite à un blanc a réveillé
le goût du sang. Car l'instinct d'imitation et l'absence
de courage gouvernent les sociétés comme les foules. Et
tout le monde rit de quelqu'un dont on voit se moquer,
quitte à le vénérer dix ans plus tard dans un cercle où il
est admiré. C'est de la même façon que le peuple chasse
ou acclame les rois. « Voyons, ce n'est pas sa faute, dit
Mme Verdurin. — Ce n'est pas la mienne non plus,
on ne dîne pas en ville quand on ne peut plus articuler.
— J'étais à *la Chercheuse d'esprit* de Favart. — Quoi ?
c'est *la Chercheuse d'esprit* que vous appelez *la Chercheuse* ? Ah ! c'est magnifique, j'aurais pu chercher cent
ans sans trouver », s'écria M. Verdurin qui pourtant
aurait jugé du premier coup que quelqu'un n'était pas
lettré, artiste, « n'en était pas », s'il l'avait entendu dire
le titre complet de certaines œuvres. Par exemple il fallait
dire *le Malade*, *le Bourgeois* ; et ceux qui auraient ajouté
« imaginaire » ou « gentilhomme » eussent témoigné qu'ils
n'étaient pas de la « boutique », de même que, dans un
salon, quelqu'un prouve qu'il n'est pas du monde en
disant : M. de Montesquiou-Fezensac pour M. de Montesquiou. « Mais ce n'est pas si extraordinaire », dit

Saniette essoufflé par l'émotion mais souriant, quoiqu'il
n'en eût pas envie. Mme Verdurin éclata : « Oh! si,
s'écria-t-elle en ricanant. Soyez convaincu que personne
au monde n'aurait pu deviner qu'il s'agissait de la *Chercheuse d'esprit.* » M. Verdurin reprit d'une voix douce et
s'adressant à la fois à Saniette et à Brichot : « C'est une
jolie pièce, d'ailleurs, *la Chercheuse d'esprit.* » Prononcée
sur un ton sérieux, cette simple phrase, où on ne pouvait
trouver trace de méchanceté, fit à Saniette autant de bien
et excita chez lui autant de gratitude qu'une amabilité.
Il ne put proférer une seule parole et garda un silence
heureux. Brichot fut plus loquace. « Il est vrai, répondit-il
à M. Verdurin, et si on la faisait passer pour l'œuvre de
quelque auteur sarmate ou scandinave, on pourrait
poser la candidature de *la Chercheuse d'esprit* à la situation vacante de chef-d'œuvre. Mais, soit dit sans manquer
de respect aux mânes du gentil Favart, il n'était pas de
tempérament ibsénien. » (Aussitôt il rougit jusqu'aux
oreilles en pensant au philosophe norvégien, lequel
avait un air malheureux parce qu'il cherchait en vain à
identifier quel végétal pouvait être le buis que Brichot
avait cité tout à l'heure à propos de Bussière.) « D'ailleurs,
la satrapie de Porel étant maintenant occupée par un
fonctionnaire qui est un tolstoïsant de rigoureuse obser-
vance, il se pourrait que nous vissions *Anna Karénine*
ou *Résurrection* sous l'architrave odéonienne. — Je sais
le portrait de Favart dont vous voulez parler, dit
M. de Charlus. J'en ai vu une très belle épreuve chez la
comtesse Molé. » Le nom de la comtesse Molé produisit
une forte impression sur Mme Verdurin. « Ah! vous allez
chez Mme de Molé », s'écria-t-elle. Elle pensait qu'on
disait « la comtesse Molé », « Madame Molé », simplement
par abréviation, comme elle entendait dire les Rohan,
ou par dédain, comme elle-même disait : Madame La Trémoïlle. Elle n'avait aucun doute que la comtesse Molé,
connaissant la reine de Grèce et la princesse de Caprarola, eût autant que personne droit à la particule, et pour
une fois elle était décidée à la donner à une personne si

b rillante et qui s'était montrée fort aimable pour elle. Aussi, pour bien montrer qu'elle avait parlé ainsi à dessein et ne marchandait pas ce « de » à la comtesse, elle reprit : « Mais je ne savais pas du tout que vous connaissiez Mme de Molé ! » comme si ç'avait été doublement extraordinaire et que M. de Charlus connût cette dame et que Mme Verdurin ne sût pas qu'il la connaissait. Or le monde, ou du moins ce que M. de Charlus appelait ainsi, forme un tout relativement homogène et clos. Autant il est compréhensible que, dans l'immensité disparate de la bourgeoisie, un avocat dise à quelqu'un qui connaît un de ses camarades de collège : « Mais comment diable connaissez-vous un tel ? » en revanche, s'étonner qu'un Français connût le sens du mot « temple » ou « forêt » ne serait guère plus extraordinaire que d'admirer les hasards qui avaient pu conjoindre M. de Charlus et la comtesse Molé. De plus, même si une telle connaissance n'eût pas tout naturellement découlé des lois mondaines, si elle eût été fortuite, comment eût-il été bizarre que Mme Verdurin l'ignorât, puisqu'elle voyait M. de Charlus pour la première fois, et que ses relations avec Mme Molé étaient loin d'être la seule chose qu'elle ne sût pas relativement à lui, de qui, à vrai dire, elle ne savait rien ? « Qu'est-ce qui jouait cette *Chercheuse d'esprit*, mon petit Saniette ? » demanda M. Verdurin. Bien que sentant l'orage passé, l'ancien archiviste hésitait à répondre : « Mais aussi, dit Mme Verdurin, tu l'intimides, tu te moques de tout ce qu'il dit, et puis tu veux qu'il réponde. Voyons, dites, qui jouait ça ? on vous donnera de la galantine à emporter », dit Mme Verdurin, faisant une méchante allusion à la ruine où Saniette s'était précipité lui-même en voulant en tirer un ménage de ses amis. « Je me rappelle seulement que c'était Mme Samary qui faisait la Zerbine, dit Saniette. — La Zerbine ? Qu'est-ce que c'est que ça ? cria M. Verdurin comme s'il y avait le feu. — C'est un emploi de vieux répertoire, voir *le Capitaine Fracasse*, comme qui dirait le Tranche-Montagne, le Pédant. — Ah ! le pédant, c'est vous. La

Zerbine! Non, mais il est toqué », s'écria M. Verdurin.
Mme Verdurin regarda ses convives en riant comme
pour excuser Saniette. « La Zerbine, il s'imagine que
tout le monde sait aussitôt ce que cela veut dire. Vous êtes
comme M. de Longepierre, l'homme le plus bête que je
connaisse, qui nous disait familièrement l'autre jour
" le Banat ". Personne n'a su de quoi il voulait parler.
Finalement on a appris que c'était une province de Serbie.»
Pour mettre fin au supplice de Saniette, qui me faisait
plus de mal qu'à lui, je demandai à Brichot s'il savait
ce que signifiait Balbec. « Balbec est probablement une
corruption de Dalbec, me dit-il. Il faudrait pouvoir
consulter les chartes des rois d'Angleterre, suzerains de
la Normandie, car Balbec dépendait de la baronnie de
Douvres, à cause de quoi on disait souvent Balbec
d'Outre-Mer, Balbec-en-Terre. Mais la baronnie de
Douvres elle-même relevait de l'évêché de Bayeux et
malgré des droits qu'eurent momentanément les templiers sur l'abbaye, à partir de Louis d'Harcourt, pa-
triarche de Jérusalem et évêque de Bayeux, ce furent les
évêques de ce diocèse qui furent collateurs aux biens
de Balbec. C'est ce que m'a expliqué le doyen de Doville,
homme chauve, éloquent, chimérique et gourmet, qui
vit dans l'obédience de Brillat-Savarin, et m'a exposé
avec des termes un tantinet sibyllins d'incertaines péda-
gogies, tout en me faisant manger d'admirables pommes
de terre frites. » Tandis que Brichot souriait, pour montrer ce qu'il y avait de spirituel à unir des choses aussi
disparates et à employer pour des choses communes un
langage ironiquement élevé, Saniette cherchait à placer
quelque trait d'esprit qui pût le relever de son effon-
drement de tout à l'heure. Le trait d'esprit était ce qu'on
appelait un « à peu près », mais qui avait changé de forme,
car il y a une évolution pour les calembours comme pour
les genres littéraires, les épidémies qui disparaissent
remplacées par d'autres, etc. Jadis la forme de l'« à peu
près » était « le comble ». Mais elle était surannée, personne ne l'employait plus, il n'y avait plus que Cottard

pour dire encore parfois, au milieu d'une partie de
« piquet » : « Savez-vous quel est le comble de la distraction ? c'est de prendre l'édit de Nantes pour une Anglaise.»
Les combles avaient été remplacés par les surnoms. Au
fond, c'était toujours le vieil « à peu près », mais, comme
le surnom était à la mode, on ne s'en apercevait pas.
Malheureusement pour Saniette, quand ces « à peu près »
n'étaient pas de lui et d'habitude inconnus au petit noyau,
il les débitait si timidement que, malgré le rire dont il
les faisait suivre pour signaler leur caractère humoris-
tique, personne ne les comprenait. Et si, au contraire,
le mot était de lui, comme il l'avait généralement trouvé
en causant avec un des fidèles, celui-ci l'avait répété en
se l'appropriant, le mot était alors connu, mais non comme
étant de Saniette. Aussi quand il glissait un de ceux-là
on le reconnaissait, mais, parce qu'il en était l'auteur, on
l'accusait de plagiat. « Or donc, continua Brichot, *bec*
en normand est ruisseau ; il y a l'abbaye du Bec ; Mobec,
le ruisseau du marais (*mor* ou *mer* voulait dire marais,
comme dans Morville, ou dans Bricquemar, Alvimare,
Cambremer) ; Bricqueber, le ruisseau de la hauteur,
venant de *briga*, lieu fortifié, comme dans Bricqueville,
Bricquebosc, Le Bric, Briand, ou bien de *brice*, pont,
qui est le même que *bruck* en allemand (Innsbruck) et
qu'en Anglais *bridge* qui termine tant de noms de lieux
(Cambridge, etc.). Vous avez encore en Normandie
bien d'autres *bec* : Caudebec, Bolbec, le Robec, le Bec-
Hellouin, Becquerel. C'est la forme normande du germain *bach*, Offenbach, Anspach ; Varaguebec, du vieux
mot *varaigne*, équivalent de garenne, bois, étangs réser-
vés. Quant à *dal*, reprit Brichot, c'est une forme de *thal*,
vallée : Darnetal, Rosendal, et même jusque près de
Louviers, Becdal. La rivière qui a donné son nom à
Dalbec est d'ailleurs charmante. Vue d'une falaise (*fels*
en allemand, vous avez même non loin d'ici, sur une
hauteur, la jolie ville de Falaise), elle voisine les flèches
de l'église, située en réalité à une grande distance, et a
l'air de les refléter. — Je crois bien, dis-je, c'est un effet

qu'Elstir aime beaucoup. J'en ai vu plusieurs esquisses
chez lui. — Elstir! Vous connaissez Tiche? s'écria
Mme Verdurin. Mais vous savez que je l'ai connu dans la
dernière intimité. Grâce au Ciel je ne le vois plus. Non,
mais demandez à Cottard, à Brichot, il avait son couvert
mis chez moi, il venait tous les jours. En voilà un dont
on peut dire que ça ne lui a pas réussi de quitter notre
petit noyau. Je vous montrerai tout à l'heure des fleurs
qu'il a peintes pour moi ; vous verrez quelle différence
avec ce qu'il fait aujourd'hui et que je n'aime pas du tout,
mais pas du tout! Mais comment! je lui avais fait faire
un portrait de Cottard, sans compter tout ce qu'il a fait
d'après moi. — Et il avait fait au professeur des cheveux
mauves, dit Mme Cottard, oubliant qu'alors son mari
n'était même pas agrégé. Je ne sais, Monsieur, si vous
trouvez que mon mari a des cheveux mauves. — Ça ne
fait rien, dit Mme Verdurin en levant le menton d'un air
de dédain pour Mme Cottard et d'admiration pour celui
dont elle parlait, c'était d'un fier coloriste, d'un beau
peintre. Tandis que, ajouta-t-elle en s'adressant de nouveau à moi, je ne sais pas si vous appelez cela de la peinture, toutes ces grandes diablesses de compositions, ces
grandes machines qu'il expose depuis qu'il ne vient plus
chez moi. Moi, j'appelle cela du barbouillé, c'est d'un
poncif, et puis ça manque de relief, de personnalité.
Il y a de tout le monde là dedans. — Il restitue la grâce
du XVIIIe, mais moderne, dit précipitamment Saniette,
tonifié et remis en selle par mon amabilité. Mais j'aime
mieux Helleu. — Il n'y a aucun rapport avec Helleu,
dit Mme Verdurin — Si, c'est du XVIIIe siècle fébrile.
C'est un Watteau à vapeur, et il se mit à rire. — Oh!
connu, archiconnu, il y a des années qu'on me le ressert,
dit M. Verdurin à qui, en effet, Ski l'avait raconté autrefois, mais comme fait par lui-même. — Ce n'est pas de
chance que, pour une fois que vous prononcez intelli-
giblement quelque chose d'assez drôle, ce ne soit pas de
vous. — Ça me fait de la peine, reprit Mme Verdurin,
parce que c'était quelqu'un de doué, il a gâché un joli

tempérament de peintre. Ah! s'il était resté ici! Mais il
serait devenu le premier paysagiste de notre temps. Et
c'est une femme qui l'a conduit si bas! Ça ne m'étonne
pas d'ailleurs, car l'homme était agréable, mais vulgaire.
Au fond c'était un médiocre. Je vous dirai que je l'ai
senti tout de suite. Dans le fond, il ne m'a jamais intéressée. Je l'aimais bien, c'était tout. D'abord, il était
d'un sale! Vous aimez beaucoup ça, vous, les gens qui ne
se lavent jamais ? — Qu'est-ce que c'est que cette chose
si jolie de ton que nous mangeons ? demanda Ski. —
Cela s'appelle de la mousse à la fraise, dit Mme Verdurin.
— Mais c'est ra-vis-sant. Il faudrait faire déboucher des
bouteilles de château-margaux, de château-lafite, de
porto. — Je ne peux pas vous dire comme il m'amuse,
il ne boit que de l'eau, dit Mme Verdurin pour dissimuler sous l'agrément qu'elle trouvait à cette fantaisie
l'effroi que lui causait cette prodigalité. — Mais ce n'est
pas pour boire, reprit Ski, vous en remplirez tous nos
verres, on apportera de merveilleuses pêches, d'énormes
brugnons : là, en face du soleil couché, ça sera luxuriant
comme un beau Véronèse. — Ça coûtera presque aussi
cher, murmura M. Verdurin. — Mais enlevez ces fro-
mages si vilains de ton, dit-il en essayant de retirer
l'assiette du Patron, qui défendit son gruyère de toutes
ses forces. — Vous comprenez que je ne regrette pas
Elstir, me dit Mme Verdurin, celui-ci est autrement
doué. Elstir, c'est le travail, l'homme qui ne sait pas
lâcher sa peinture quand il en a envie. C'est le bon élève,
la bête à concours. Ski, lui, ne connaît que sa fantaisie.
Vous le verrez allumer sa cigarette au milieu du dîner.
— Au fait, je ne sais pas pourquoi vous n'avez pas voulu
recevoir sa femme, dit Cottard, il serait ici comme autrefois. — Dites donc, voulez-vous être poli, vous ? Je ne
reçois pas de gourgandines, Monsieur le Professeur »,
dit Mme Verdurin, qui avait, au contraire, fait tout ce
qu'elle avait pu pour faire revenir Elstir, même avec sa
femme. Mais avant qu'ils fussent mariés elle avait cherché
à les brouiller, elle avait dit à Elstir que la femme qu'il

aimait était bête, sale, légère, avait volé. Pour une fois
elle n'avait pas réussi la rupture. C'est avec le salon
Verdurin qu'Elstir avait rompu ; et il s'en félicitait
comme les convertis bénissent la maladie ou le revers
qui les a jetés dans la retraite et leur a fait connaître la
voie du salut. « Il est magnifique, le Professeur, dit-elle.
Déclarez plutôt que mon salon est une maison de rendez-
vous. Mais on dirait que vous ne savez pas ce que c'est
que Mme Elstir. J'aimerais mieux recevoir la dernière
des filles ! Ah ! non, je ne mange pas de ce pain-là. D'ailleurs
je vous dirai que j'aurais été d'autant plus bête de passer
sur la femme que le mari ne m'intéresse plus, c'est
démodé, ce n'est même plus dessiné. — C'est extraordinaire pour un homme d'une pareille intelligence, dit
Cottard. — Oh ! non, répondit Mme Verdurin, même à
l'époque où il avait du talent, car il en a eu, le gredin, et
à revendre, ce qui agaçait chez lui c'est qu'il n'était
aucunement intelligent. » Mme Verdurin, pour porter
ce jugement sur Elstir, n'avait pas attendu leur brouille
et qu'elle n'aimât plus sa peinture. C'est que, même au
temps où il faisait partie du petit groupe, il arrivait
qu'Elstir passait des journées entières avec telle femme
qu'à tort ou à raison Mme Verdurin trouvait « bécasse »,
ce qui, à son avis, n'était pas le fait d'un homme intelligent. « Non, dit-elle d'un air d'équité, je crois que sa
femme et lui sont très bien faits pour aller ensemble.
Dieu sait que je ne connais pas de créature plus ennuyeuse
sur la terre et que je deviendrais enragée s'il me fallait
passer deux heures avec elle. Mais on dit qu'il la trouve
très intelligente. C'est qu'il faut bien l'avouer, notre
Tiche était surtout *excessivement bête* ! Je l'ai vu épaté
par des personnes que vous n'imaginez pas, par de braves
idiotes dont on n'aurait jamais voulu dans notre petit
clan. Hé bien ! il leur écrivait, il discutait avec elles, lui,
Elstir ! Ça n'empêche pas des côtés charmants, ah ! charmants, charmants et délicieusement absurdes, naturellement. » Car Mme Verdurin était persuadée que les
hommes vraiment remarquables font mille folies. Idée

fausse où il y a pourtant quelque vérité. Certes les : « folies »
des gens sont insupportables. Mais un déséquilibre qu'on
ne découvre qu'à la longue est la conséquence de l'entrée
dans un cerveau humain de délicatesses pour lesquelles
il n'est pas habituellement fait. En sorte que les étrangetés des gens charmants exaspèrent, mais qu'il n'y a
guère de gens charmants qui ne soient, par ailleurs,
étranges. « Tenez, je vais pouvoir vous montrer tout de
suite ses fleurs », me dit-elle en voyant que son mari lui
faisait signe qu'on pouvait se lever de table. Et elle reprit
le bras de M. de Cambremer. M. Verdurin voulut s'en
excuser auprès de M. de Charlus, dès qu'il eut quitté
Mme de Cambremer, et lui donner ses raisons, surtout
pour le plaisir de causer de ces nuances mondaines avec
un homme titré, momentanément l'inférieur de ceux qui
lui assignaient la place à laquelle ils jugeaient qu'il avait
droit. Mais d'abord il tint à montrer à M. de Charlus
qu'intellectuellement il l'estimait trop pour penser qu'il
pût faire attention à ces bagatelles : « Excusez-moi de
vous parler de ces riens, commença-t-il, car je suppose
bien le peu de cas que vous en faites. Les esprits bourgeois y font attention, mais les autres, les artistes, les
gens qui *en sont* vraiment, s'en fichent. Or, dès les premiers mots que nous avons échangés, j'ai compris que
vous *en étiez*! » M. de Charlus, qui donnait à cette locution un sens fort différent, eut un haut-le-corps. Après
les œillades du docteur, l'injurieuse franchise du Patron
le suffoquait. « Ne protestez pas, cher Monsieur, vous
en êtes, c'est clair comme le jour, reprit M. Verdurin.
Remarquez que je ne sais pas si vous exercez un art quelconque, mais ce n'est pas nécessaire. Ce n'est pas toujours suffisant. Dechambre, qui vient de mourir, jouait
parfaitement avec le plus robuste mécanisme, mais *n'en
était pas*, on sentait tout de suite qu'il *n'en était* pas.
Brichot *n'en est* pas. Morel *en est*, ma femme *en est*, je
sens que *vous en êtes*... — Qu'alliez-vous me dire ? »
Interrompit M. de Charlus, qui commençait à être
rassuré sur ce que voulait signifier M. Verdurin, mais

qui préférait qu'il criât moins haut ces paroles à double
sens. « Nous vous avons mis seulement à gauche »,répon-
dit M. Verdurin. M. de Charlus, avec un sourire compré-
hensif, bonhomme et insolent, répondit : « Mais voyons !
Cela n'a aucune importance, *ici* ! » Et il eut un petit rire
qui lui était spécial — un rire qui lui venait probablement
de quelque grand'mère bavaroise ou lorraine, qui le
tenait elle-même, tout identique, d'une aïeule, de sorte
qu'il sonnait ainsi, inchangé, depuis pas mal de siècles,
dans de vieilles petites cours de l'Europe, et qu'on goûtait
sa qualité précieuse comme celle de certains instruments
anciens devenus rarissimes. Il y a des moments où, pour
peindre complètement quelqu'un, il faudrait que l'imitation phonétique se joignit à la description, et celle du
personnage que faisait M. de Charlus risque d'être incomplète par le manque de ce petit rire si fin, si léger, comme
certaines œuvres de Bach ne sont jamais rendues exactement parce que les orchestres manquent de ces « petites
trompettes » au son si particulier, pour lesquelles l'auteur
a écrit telle ou telle partie. « Mais, expliqua M. Verdurin,
blessé, c'est à dessein. Je n'attache aucune importance
aux titres de noblesse, ajouta-t-il, avec ce sourire dédaigneux que j'ai vu tant de personnes que j'ai connues, à
l'encontre de ma grand'mère et de ma mère, avoir pour
toutes les choses qu'elles ne possèdent pas, devant ceux
qui ainsi, pensent-ils, ne pourront pas se faire, à l'aide
d'elles, une supériorité sur eux. Mais enfin puisqu'il y
avait justement M. de Cambremer et qu'il est marquis,
comme vous n'êtes que baron... — Permettez, répondit
M. de Charlus, avec un air de hauteur, à M. Verdurin
étonné, je suis aussi duc de Brabant, damoiseau de Mon-
targis, prince d'Oléron, de Carency, de Viareggio et des
Dunes. D'ailleurs, cela ne fait absolument rien. Ne vous
tourmentez pas, ajouta-t-il en reprenant son fin sourire,
qui s'épanouit sur ces derniers mots : J'ai tout de suite
vu que vous n'aviez pas l'habitude. »

Mᵐᵉ Verdurin vint à moi pour me montrer les fleurs
d'Elstir. Si cet acte, devenu depuis longtemps si indiffé-

rent pour moi, aller dîner en ville, m'avait au contraire,
sous la forme, qui le renouvelait entièrement, d'un voyage
le long de la côte, suivi d'une montée en voiture jusqu'à
deux cents mètres au-dessus de la mer, procuré une
sorte d'ivresse, celle-ci ne s'était pas dissipée à la Raspelière. « Tenez, regardez-moi ça, me dit la Patronne, en
me montrant de grosses et magnifiques roses d'Elstir,
mais dont l'onctueux écarlate et la blancheur fouettée
s'enlevaient avec un relief un peu trop crémeux sur la
jardinière où elles étaient posées. Croyez-vous qu'il
aurait encore assez de patte pour attraper ça ? Est-ce
assez fort ! Et puis, c'est beau comme matière, ça serait
amusant à tripoter. Je ne peux pas vous dire comme
c'était amusant de les lui voir peindre. On sentait que
ça l'intéressait de chercher cet effet-là. » Et le regard de
la Patronne s'arrêta rêveusement sur ce présent de
l'artiste où se trouvaient résumés, non seulement son
grand talent, mais leur longue amitié qui ne survivait
plus qu'en ces souvenirs qu'il lui en avait laissés ;
derrière les fleurs autrefois cueillies par lui pour elle-
même, elle croyait revoir la belle main qui les avait
peintes, en une matinée, dans leur fraîcheur, si bien
que, les unes sur la table, l'autre adossé à un fauteuil
de la salle à manger, avaient pu figurer en tête-à-tête,
pour le déjeuner de la Patronne, les roses encore vivantes
et leur portrait à demi ressemblant. A demi seulement,
Elstir ne pouvant regarder une fleur qu'en la transplan-
tant d'abord dans ce jardin intérieur où nous sommes
forcés de rester toujours. Il avait montré dans cette
aquarelle l'apparition des roses qu'il avait vues et que sans
lui on n'eût connues jamais ; de sorte qu'on peut dire que
c'était une variété nouvelle dont ce peintre, comme un
ingénieux horticulteur, avait enrichi la famille des Roses.
« Du jour où il a quitté le petit noyau, ça a été un homme
fini. Il paraît que mes dîners lui faisaient perdre du temps,
que je nuisais au développement de son *génie*, dit-elle
sur un ton d'ironie. Comme si la fréquentation d'une
femme comme moi pouvait ne pas être salutaire à un

artiste! » s'écria-t-elle dans un mouvement d'orgueil.
Tout près de nous, M. de Cambremer, qui était déjà
assis, esquissa, en voyant M. de Charlus debout, le
mouvement de se lever et de lui donner sa chaise. Cette
offre ne correspondait peut-être, dans la pensée du marquis, qu'à une intention de vague politesse. M. de Charlus
préféra y attacher la signification d'un devoir que le
simple gentilhomme savait qu'il avait à rendre à un prince,
et ne crut pas pouvoir mieux établir son droit à cette
préséance qu'en la déclinant. Aussi s'écria-t-il : « Mais
comment donc! Je vous prie! Par exemple! » Le ton
astucieusement véhément de cette protestation avait déjà
quelque chose de fort « Guermantes », qui s'accusa davantage dans le geste impératif, inutile et familier avec lequel
M. de Charlus pesa de ses deux mains, et comme pour
le forcer à se rasseoir, sur les épaules de M. de Cambremer, qui ne s'était pas levé : « Ah! voyons, mon cher,
insista le baron, il ne manquerait plus que ça! Il n'y a
pas de raison! De notre temps on réserve ça aux princes
du sang. » Je ne touchai pas plus les Cambremer que
Mme Verdurin par mon enthousiasme pour leur maison.
Car j'étais froid devant des beautés qu'ils me signalaient
et m'exaltais de réminiscences confuses ; quelquefois
même je leur avouais ma déception, ne trouvant pas
quelque chose conforme à ce que son nom m'avait fait
imaginer. J'indignai Mme de Cambremer en lui disant
que j'avais cru que c'était plus campagne. En revanche,
je m'arrêtai avec extase à renifler l'odeur d'un vent
coulis qui passait par la porte. « Je vois que vous aimez
les courants d'air », me dirent-ils. Mon éloge du morceau
de lustrine verte bouchant un carreau cassé n'eut pas
plus de succès : « Mais quelle horreur! » s'écria la marquise. Le comble fut quand je dis : « Ma plus grande
joie a été quand je suis arrivé. Quand j'ai entendu réson-
ner mes pas dans la galerie, je ne sais pas dans quel
bureau de mairie de village, où il y a la carte du canton,
je me crus entré. » Cette fois Mme de Cambremer me
tourna résolument le dos. « Vous n'avez pas trouvé tout

cela trop mal arrangé? lui demanda son mari avec la même sollicitude apitoyée que s'il se fût informé comment sa femme avait supporté une triste cérémonie. Il y a de belles choses. » Mais comme la malveillance, quand les règles fixes d'un goût sûr ne lui imposent pas de bornes équitables, trouve tout à critiquer, de leur personne ou de leur maison, chez les gens qui vous ont supplantés : « Oui, mais elles ne sont pas à leur place. Et voire, sont-elles si belles que ça? — Vous avez remarqué, dit M. de Cambremer avec une tristesse que contenait quelque fermeté, il y a des toiles de Jouy qui montrent la corde, des choses tout usées dans ce salon! — Et cette pièce d'étoffe avec ses grosses roses, comme un couvre-pied de paysanne », dit Mme de Cambremer, dont la culture toute postiche s'appliquait exclusivement à la philosophie idéaliste, à la peinture impressionniste et à la musique de Debussy. Et pour ne pas requérir uniquement au nom du luxe mais aussi du goût : « Et ils ont mis des brise-bise! Quelle faute de style! Que voulez-vous, ces gens, ils ne savent pas, où auraient-ils appris? Ça doit être de gros commerçants retirés. C'est déjà pas mal pour eux. — Les chandeliers m'ont paru beaux », dit le marquis, sans qu'on sût pourquoi il exceptait les chandeliers, de même qu'inévitablement, chaque fois qu'on parlait d'une église, que ce fût la cathédrale de Chartres, de Reims, d'Amiens, ou l'église de Balbec, ce qu'il s'empressait toujours de citer comme admirable c'était : « le buffet d'orgue, la chaire et les œuvres de miséricorde ». « Quant au jardin, n'en parlons pas, dit Mme de Cambremer. C'est un massacre. Ces allées qui s'en vont tout de guingois! »

Je profitai de ce que Mme Verdurin servait le café pour aller jeter un coup d'œil sur la lettre que M. de Cambremer m'avait remise, et où sa mère m'invitait à dîner. Avec ce rien d'encre, l'écriture traduisait une individualité désormais pour moi reconnaissable entre toutes, sans qu'il y eût plus besoin de recourir à l'hypothèse de plumes spéciales que des couleurs rares et mystérieusement fabriquées ne sont nécessaires au peintre pour exprimer sa vision originale. Même un paralysé, atteint d'agraphie après une attaque et réduit à regarder les caractères comme un dessin, sans savoir les lire, aurait compris que Mme de Cambremer appartenait à une vieille famille où la culture enthousiaste des lettres et des arts avait donné un jeu d'air aux traditions aristocratiques. Il aurait deviné aussi vers quelles années la marquise avait appris simultanément à écrire et à jouer Chopin. C'était l'époque où les gens bien élevés observaient la règle d'être aimables et celle dite des trois adjectifs. Mme de Cambremer les combinait toutes les deux. Un adjectif louangeur ne lui suffisait pas, elle le faisait suivre (après un petit tiret) d'un second, puis (après un deuxième tiret) d'un troisième. Mais ce qui lui était particulier, c'est que, contrairement au but social et littéraire qu'elle se proposait, la succession des trois épithètes revêtait, dans les billets de Mme de Cambremer, l'aspect non d'une progression, mais d'un *diminuendo*. Mme de Cambremer me dit, dans cette première lettre, qu'elle avait vu Saint-Loup et avait encore plus apprécié que jamais ses qualités « uniques — rares — réelles », et qu'il devait revenir avec un de ses amis (précisément celui qui aimait la belle-fille), et que, si je voulais venir, avec ou sans eux, dîner à Féterne, elle en serait « ravie — heureuse — contente ». Peut-être était-ce parce que le désir d'amabilité n'était pas égalé chez elle par la fertilité de l'imagination et la richesse du vocabulaire que cette dame, tenant à pousser trois exclamations, n'avait la force de donner dans la deuxième et la troisième qu'un écho affaibli de la première. Qu'il y eût seulement un quatrième adjectif, et de l'amabilité initiale il ne serait rien resté. Enfin, par une certaine simplicité raffinée qui n'avait pas dû être sans produire une impression considérable dans la famille et même le cercle des relations, Mme de Cambremer avait pris l'habitude de substituer au mot, qui pouvait finir par avoir l'air mensonger, de « sincère », celui de « vrai ». Et pour bien montrer qu'il s'agissait en effet de quelque chose de sincère, elle rompait l'alliance conventionnelle qui eût mis « vrai » avant le substantif, et le plantait bravement après. Ses lettres finissaient par : « Croyez à mon amitié vraie. » « Croyez à ma sympathie vraie. » Malheureusement c'était tellement devenu une formule que cette affectation de franchise donnait plus l'impression de la politesse menteuse que les antiques formules au sens desquelles on ne songe plus. J'étais d'ailleurs gêné pour lire par le bruit confus des conversations que dominait la voix plus haute de M. de Charlus n'ayant pas lâché son sujet et disant à M. de Cambremer : « Vous me faisiez penser, en voulant que je prisse votre place, à un monsieur qui m'a envoyé ce matin une lettre en mettant comme adresse : « A Son Altesse le Baron de Charlus », et qui la commençait par : " Monseigneur ". — En effet, votre correspondant exagérait un peu », répondit M. de Cambremer en se livrant à une discrète hilarité. M. de Charlus l'avait provoquée ; il ne la partagea pas. « Mais dans le fond, mon cher, dit-il, remarquez que, héraldiquement parlant, c'est lui qui est dans le vrai ; je n'en fais pas une question de personne, vous pensez bien. J'en parle comme s'il s'agissait d'un autre. Mais que voulez-vous, l'histoire est l'histoire, nous n'y pouvons rien et il ne dépend pas de nous de la refaire. Je ne vous citerai pas l'empereur Guillaume qui, à Kiel, n'a jamais cessé de me donner du Monseigneur. J'ai ouï dire qu'il appelait ainsi tous les ducs français, ce qui est abusif, et ce qui est peut-être simplement une délicate attention qui, par-dessus notre tête, vise la France. — Délicate et plus ou moins sincère, dit M. de Cambremer. — Ah! je ne suis pas de votre avis. Remarquez que, personnellement, un seigneur de dernier ordre comme ce Hohenzollern, de plus protestant, et qui a dépossédé mon cousin le roi de Hanovre, n'est pas pour me plaire, ajouta M. de Charlus, auquel le Hanovre semblait tenir plus à cœur que l'Alsace-Lorraine. Mais je crois le penchant qui porte l'Empereur vers nous, profondément sincère.

Les imbéciles vous diront que c'est un empereur de théâtre.
Il est au contraire merveilleusement intelligent. Il ne
s'y connaît pas en peinture, et il a forcé M. Tschudi de
retirer les Elstirs des musées nationaux. Mais Louis XIV
n'aimait pas les maîtres hollandais, avait aussi le goût
de l'apparat, et a été, somme toute, un grand souverain.
Encore Guillaume II a-t-il armé son pays, au point de
vue militaire et naval, comme Louis XIV n'avait pas
fait, et j'espère que son règne ne connaîtra jamais les
revers qui ont assombri, sur la fin, le règne de celui qu'on
appelle banalement le Roi-Soleil. La République a
commis une grande faute, à mon avis, en repoussant les
amabilités du Hohenzollern ou en ne les lui rendant
qu'au compte-gouttes. Il s'en rend lui-même très bien
compte et dit, avec ce don d'expression qu'il a : " Ce que
je veux, c'est une poignée de main, ce n'est pas un coup
de chapeau. " Comme homme, il est vil ; il a abandonné,
livré, renié ses meilleurs amis dans les circonstances
où son silence a été aussi misérable que le leur a été
grand, continua M. de Charlus qui, emporté toujours
sur sa pente, glissait vers l'affaire Eulenbourg et se
rappelait le mot que lui avait dit l'un des inculpés les
plus haut placés : " Faut-il que l'Empereur ait confiance
en notre délicatesse pour avoir osé permettre un pareil
procès ! Mais, d'ailleurs, il ne s'est pas trompé en ayant
eu foi dans notre discrétion. Jusque sur l'échafaud nous
aurions fermé la bouche. " Du reste, tout cela n'a rien à voir
avec ce que je voulais dire, à savoir qu'en Allemagne,
princes médiatisés, nous sommes Durchlaucht, et qu'en
France notre rang d'Altesse était publiquement reconnu.
Saint-Simon prétend que nous l'avions pris par abus,
ce en quoi il se trompe parfaitement. La raison qu'il en
donne, à savoir que Louis XIV nous fit faire défense
de l'appeler le Roi Très Chrétien, et nous ordonna de
l'appeler le Roi tout court, prouve simplement que nous
relevions de lui et nullement que nous n'avions pas la
qualité de prince. Sans quoi, il aurait fallu la dénier au
duc de Lorraine et à combien d'autres ! D'ailleurs,

plusieurs de nos titres viennent de la Maison de Lorraine par Thérèse d'Espinoy, ma bisaïeule, qui était la fille du damoiseau de Commercy. » S'étant aperçu que Morel l'écoutait, M. de Charlus développa plus amplement les raisons de sa prétention. « J'ai fait observer à mon frère que ce n'est pas dans la troisième partie du Gotha, mais dans la deuxième, pour ne pas dire dans la première, que la notice sur notre famille devrait se trouver, dit-il sans se rendre compte que Morel ne savait pas ce qu'était le Gotha. Mais c'est lui que ça regarde, il est mon chef d'armes, et du moment qu'il le trouve bon ainsi et qu'il laisse passer la chose, je n'ai qu'à fermer les yeux. — M. Brichot m'a beaucoup intéressé, dis-je à Mme Verdurin qui venait à moi, et tout en mettant la lettre de Mme de Cambremer dans ma poche. — C'est un esprit cultivé et un brave homme, me répondit-elle froidement. Il manque évidemment d'originalité et de goût, il a une terrible mémoire. On disait des « aïeux » des gens que nous avons ce soir, les émigrés, qu'ils n'avaient rien oublié. Mais ils avaient du moins l'excuse, dit-elle en prenant à son compte un mot de Swann, qu'ils n'avaient rien appris. Tandis que Brichot sait tout, et nous jette à la tête, pendant le dîner, des piles de dictionnaires. Je crois que vous n'ignorez plus rien de ce que veut dire le nom de telle ville, de tel village. » Pendant que Mme Verdurin parlait, je pensais que je m'étais promis de lui demander quelque chose, mais je ne pouvais me rappeler ce que c'était. « Je suis sûr que vous parlez de Brichot. Hein Chantepie, et Freycinet, il ne vous a fait grâce de rien. Je vous ai regardée, ma petite Patronne. — Je vous ai bien vu, j'ai failli éclater. » Je ne saurais dire aujourd'hui comment Mme Verdurin était habillée ce soir-là. Peut-être, au moment, ne le savais-je pas davantage, car je n'ai pas l'esprit d'observation. Mais, sentant que sa toilette n'était pas sans prétention, je lui dis quelque chose d'aimable et même d'admiratif. Elle était comme presque toutes les femmes, lesquelles s'imaginent qu'un compliment qu'on leur fait est la stricte expression de la

vérité, et que c'est un jugement qu'on porte impartia-
lement, irrésistiblement, comme s'il s'agissait d'un objet
d'art ne se rattachant pas à une personne. Aussi fut-ce
avec un sérieux qui me fit rougir de mon hypocrisie
qu'elle me posa cette orgueilleuse et naïve question,
habituelle en pareilles circonstances : « Cela vous plaît ? —
Vous parlez de Chantepie, je suis sûr », dit M. Verdurin
s'approchant de nous. J'avais été seul, pensant à ma
lustrine verte et à une odeur de bois, à ne pas remarquer
qu'en énumérant ces étymologies, Brichot avait fait
rire de lui. Et comme les impressions qui donnaient
pour moi leur valeur aux choses étaient de celles que les
autres personnes ou n'éprouvent pas, ou refoulent sans
y penser, comme insignifiantes et que, par conséquent, si
j'avais pu les communiquer elles fussent restées incom-
prises ou auraient été dédaignées, elles étaient entièrement inutilisables pour moi et avaient de plus l'inconvénient de me faire passer pour stupide aux yeux de
Mme Verdurin, qui voyait que j'avais « gobé » Brichot,
comme je l'avais déjà paru à Mme de Guermantes
parce que je me plaisais chez Mme d'Arpajon. Pour Brichot pourtant il y avait une autre raison. Je n'étais pas
du petit clan. Et dans tout clan, qu'il soit mondain, politique, littéraire, on contracte une facilité perverse à
découvrir dans une conversation, dans un discours
officiel, dans une nouvelle, dans un sonnet, tout ce que
l'honnête lecteur n'aurait jamais songé à y voir. Que de fois
il m'est arrivé, lisant avec une certaine émotion un conte
habilement filé par un académicien disert et un peu vieillot,
d'être sur le point de dire à Bloch ou à Mme de Guermantes : « Comme c'est joli ! » quand, avant que j'eusse
ouvert la bouche, ils s'écriaient, chacun dans un langage
différent : « Si vous voulez passer un bon moment, lisez
un conte de un tel. La stupidité humaine n'a jamais été
aussi loin. » Le mépris de Bloch provenait surtout de ce
que certains effets de style, agréables du reste, étaient
un peu fanés ; celui de Mme de Guermantes, de ce que le
conte semblait prouver justement le contraire de ce que

voulait dire l'auteur, pour des raisons de fait qu'elle
avait l'ingéniosité de déduire mais auxquelles je n'eusse
jamais pensé. Je fus aussi surpris de voir l'ironie que
cachait l'amabilité apparente des Verdurin pour Brichot
que d'entendre, quelques jours plus tard, à Féterne, les
Cambremer me dire, devant l'éloge enthousiaste que je
faisais de la Raspelière : « Ce n'est pas possible que vous
soyez sincère, après ce qu'ils en ont fait. » Il est vrai qu'ils
avouèrent que la vaisselle était belle. Pas plus que les
choquants brise-bise, je ne l'avais vue. « Enfin, maintenant, quand vous retournerez à Balbec, vous saurez ce
que Balbec signifie », dit ironiquement M. Verdurin.
C'était justement les choses que m'apprenait Brichot qui
m'intéressaient. Quant à ce qu'on appelait son esprit, il
était exactement le même qui avait été si goûté autrefois
dans le petit clan. Il parlait avec la même irritante facilité,
mais ses paroles ne portaient plus, avaient à vaincre un
silence hostile ou de désagréables échos ; ce qui avait
changé était, non ce qu'il débitait, mais l'acoustique du
salon et les dispositions du public. « Gare ! » dit à mi-voix
Mme Verdurin en montrant Brichot. Celui-ci, ayant
gardé l'ouïe plus perçante que la vue, jeta sur la Patronne
un regard, vite détourné, de myope et de philosophe. Si ses
yeux étaient moins bons, ceux de son esprit jetaient en
revanche sur les choses un plus large regard. Il voyait le
peu qu'on pouvait attendre des affections humaines,
il s'y était résigné. Certes il en souffrait. Il arrive que,
même celui qui, un seul soir, dans un milieu où il a
l'habitude de plaire, devine qu'on l'a trouvé ou trop frivole,
ou trop pédant, ou trop gauche, ou trop cavalier, etc.,
rentre chez lui malheureux. Souvent c'est à cause d'une
question d'opinions, de système, qu'il a paru à d'autres
absurde ou vieux jeu. Souvent il sait à merveille que ces
autres ne le valent pas. Il pourrait aisément disséquer les
sophismes à l'aide desquels on l'a condamné tacitement,
il veut aller faire une visite, écrire une lettre : plus sage,
il ne fait rien, attend l'invitation de la semaine suivante.
Parfois aussi ces disgrâces, au lieu de finir en une soirée,

durent des mois. Dues à l'instabilité des jugements
mondains, elles l'augmentent encore. Car celui qui sait
que Mme X... le méprise, sentant qu'on l'estime chez
Mme Y..., la déclare bien supérieure et émigre dans son
salon. Au reste, ce n'est pas le lieu de peindre ici ces
hommes, supérieurs à la vie mondaine mais n'ayant pas
su se réaliser en dehors d'elle, heureux d'être reçus,
aigris d'être méconnus, découvrant chaque année les
tares de la maîtresse de maison qu'ils encensaient, et le
génie de celle qu'ils n'avaient pas appréciée à sa valeur,
quitte à revenir à leurs premières amours quand ils
auront souffert des inconvénients qu'avaient aussi les
secondes, et que ceux des premières seront un peu oubliés.
On peut juger, par ces courtes disgrâces, du chagrin que
causait à Brichot celle qu'il savait définitive. Il n'ignorait
pas que Mme Verdurin riait parfois publiquement de
lui, même de ses infirmités, et sachant le peu qu'il faut
attendre des affections humaines, s'y étant soumis, il ne
considérait pas moins la Patronne comme sa meilleure
amie. Mais à la rougeur qui couvrit le visage de l'universitaire, Mme Verdurin comprit qu'il l'avait entendue et se
promit d'être aimable pour lui pendant la soirée. Je
ne pus m'empêcher de lui dire qu'elle l'était bien peu
pour Saniette. « Comment, pas gentille ! Mais il nous
adore, vous ne savez pas ce que nous sommes pour lui !
Mon mari est quelquefois un peu agacé de sa stupidité,
et il faut avouer qu'il y a de quoi, mais dans ces moments-
là, pourquoi ne se rebiffe-t-il pas davantage, au lieu de
prendre ces airs de chien couchant ? Ce n'est pas franc.
Je n'aime pas cela. Ça n'empêche pas que je tâche
toujours de calmer mon mari parce que, s'il allait trop
loin, Saniette n'aurait qu'à ne pas revenir ; et cela je
ne le voudrais pas parce que je vous dirai qu'il n'a plus
un sou, il a besoin de ses dîners. Et puis, après tout,
s'il se froisse, qu'il ne revienne pas, moi ce n'est pas mon
affaire, quand on a besoin des autres on tâche de ne pas
être aussi idiot. — Le duché d'Aumale a été longtemps dans notre famille avant d'entrer dans la maison de

France, expliquait M. de Charlus à M. de Cambremer, devant Morel ébahi et auquel, à vrai dire, toute cette dissertation était sinon adressée du moins destinée. Nous avions le pas sur tous les princes étrangers ; je pourrais vous en donner cent exemples. La princesse de Croy ayant voulu, à l'enterrement de Monsieur, se mettre à genoux après ma trisaïeule, celle-ci lui fit vertement remarquer qu'elle n'avait pas droit au carreau, le fit retirer par l'officier de service et porta la chose au Roi, qui ordonna à Mme de Croy d'aller faire des excuses à Mme de Guermantes chez elle. Le duc de Bourgogne étant venu chez nous avec les huissiers, la baguette levée, nous obtînmes du Roi de la faire abaisser. Je sais qu'il y a mauvaise grâce à parler des vertus des siens. Mais il est bien connu que les nôtres ont toujours été de l'avant à l'heure du danger. Notre cri d'armes, quand nous avons quitté celui des ducs de Brabant, a été " Passavant ". De sorte qu'il est, en somme, assez légitime que ce droit d'être partout les premiers, que nous avions revendiqué pendant tant de siècles à la guerre, nous l'ayons obtenu ensuite à la Cour. Et dame, il nous y a toujours été reconnu. Je vous citerai encore comme preuve la princesse de Baden. Comme elle s'était oubliée jusqu'à vouloir disputer son rang à cette même duchesse de Guermantes de laquelle je vous parlais tout à l'heure, et avait voulu entrer la première chez le Roi en profitant d'un mouvement d'hésitation qu'avait peut-être eu ma parente (bien qu'il n'y en eût pas à avoir), le Roi cria vivement : " Entrez, entrez, ma cousine, Mme de Baden sait trop ce qu'elle vous doit. " Et c'est comme duchesse de Guermantes qu'elle avait ce rang, bien que par elle-même elle fût d'assez grande naissance puisqu'elle était par sa mère nièce de la Reine de Pologne, de la Reine d'Hongrie, de l'Électeur Palatin, du prince de Savoie-Carignan et du prince d'Hanovre, ensuite Roi d'Angleterre. — *Mœcenas atavis edite regibus!* dit Brichot en s'adressant à M. de Charlus, qui répondit par une légère inclinaison de tête à cette politesse. — Qu'est-ce que vous dites ? demanda

Mme Verdurin à Brichot, envers qui elle aurait voulu
tâcher de réparer ses paroles de tout à l'heure. — Je
parlais, Dieu m'en pardonne, d'un dandy qui était la
fleur du gratin (Mme Verdurin fronça les sourcils), environ le siècle d'Auguste (Mme Verdurin, rassurée par
l'éloignement de ce gratin, prit une expression plus
sereine), d'un ami de Virgile et d'Horace qui poussaient
la flagornerie jusqu'à lui envoyer en pleine figure ses
ascendances plus qu'aristocratiques, royales, en un mot
je parlais de Mécène, d'un rat de bibliothèque qui était
ami d'Horace, de Virgile, d'Auguste. Je suis sûr que
M. de Charlus sait très bien à tous égards qui était
Mécène. » Regardant gracieusement Mme Verdurin du
coin de l'œil, parce qu'il l'avait entendue donner rendez-
vous à Morel pour le surlendemain et qu'il craignait de ne
pas être invité : « Je crois, dit M. de Charlus, que Mécène,
c'était quelque chose comme le Verdurin de l'antiquité. »
Mme Verdurin ne put réprimer qu'à moitié un sourire
de satisfaction. Elle alla vers Morel. « Il est agréable,
l'ami de vos parents, lui dit-elle. On voit que c'est un
homme instruit, bien élevé. Il fera bien dans notre petit
noyau. Où donc demeure-t-il à Paris ? » Morel garda un
silence hautain et demanda seulement à faire une partie
de cartes. Mme Verdurin exigea d'abord un peu de violon.
A l'étonnement général, M. de Charlus, qui ne parlait
jamais des grands dons qu'il avait, accompagna, avec le
style le plus pur, le dernier morceau (inquiet, tourmenté,
schumannesque, mais enfin antérieur à la *Sonate* de
Franck) de la *Sonate pour piano et violon* de Fauré. Je
sentis qu'il donnerait à Morel, merveilleusement doué
pour le son et la virtuosité, précisément ce qui lui manquait, la culture et le style. Mais je songeai avec curiosité
à ce qui unit chez un même homme une tare physique et
un don spirituel. M. de Charlus n'était pas très différent
de son frère, le duc de Guermantes. Même, tout à l'heure
(et cela était rare), il avait parlé un aussi mauvais français
que lui. Me reprochant (sans doute pour que je parlasse
en termes chaleureux de Morel à Mme Verdurin) de

n'aller jamais le voir, et moi invoquant la discrétion, il m'avait répondu : « Mais puisque c'est moi qui vous le demande, il n'y a que moi qui *pourrais m'en formaliser.* » Cela aurait pu être dit par le duc de Guermantes. M. de Charlus n'était, en somme, qu'un Guermantes. Mais il avait suffi que la nature déséquilibrât suffisamment en lui le système nerveux pour qu'au lieu d'une femme, comme eût fait son frère le duc, il préférât un berger de Virgile ou un élève de Platon, et aussitôt des qualités inconnues au duc de Guermantes, et souvent liées à ce déséquilibre, avaient fait de M. de Charlus un pianiste délicieux, un peintre amateur qui n'était pas sans goût, un éloquent discoureur. Le style rapide, anxieux, charmant avec lequel M. de Charlus jouait le morceau schumannesque de la *Sonate* de Fauré, qui aurait pu discerner que ce style avait son correspondant — on n'ose dire sa cause — dans des parties toutes physiques, dans les défectuosités nerveuses de M. de Charlus ? Nous expliquerons plus tard ce mot de « défectuosités nerveuses » et pour quelles raisons un Grec du temps de Socrate, un Romain du temps d'Auguste, pouvaient être ce qu'on sait tout en restant des hommes absolument normaux, et non des hommes-femmes comme on en voit aujourd'hui. De même que de réelles dispositions artistiques, non venues à terme, M. de Charlus avait, bien plus que le duc, aimé sa femme et même des années après, quand on lui en parlait, il avait des larmes, mais superficielles, comme la transpiration d'un homme trop gros, dont le front pour un rien s'humecte de sueur. Avec la différence qu'à ceux-ci on dit : « Comme vous avez chaud ! » tandis qu'on fait semblant de ne pas voir les pleurs des autres. On, c'est-à-dire le monde ; car le peuple s'inquiète de voir pleurer, comme si un sanglot était plus grave qu'une hémorragie. La tristesse qui suivit la mort de sa femme, grâce à l'habitude de mentir, n'excluait pas chez M. de Charlus une vie qui n'y était pas conforme. Plus tard même, il eut l'ignominie de laisser entendre que, pendant la cérémonie funèbre, il avait trouvé le moyen de demander son nom et son adresse à l'enfant de chœur. Et c'était peut-être vrai.

Le morceau fini, je me permis de réclamer du Franck, ce qui eut l'air de faire tellement souffrir Mme de Cambremer que je n'insistai pas. « Vous ne pouvez pas aimer cela », me dit-elle. Elle demanda à la place *Fêtes* de Debussy, ce qui fit crier : « Ah! c'est sublime! » dès la première note. Mais Morel s'aperçut qu'il ne savait que les premières mesures et, par gaminerie, sans aucune intention de mystifier, il commença une marche de Meyerbeer. Malheureusement, comme il laissa peu de transitions et ne fit pas d'annonce, tout le monde crut que c'était encore du Debussy, et on continua à crier : « Sublime! » Morel, en révélant que l'auteur n'était pas celui de *Pelléas*, mais de *Robert le Diable*, jeta un certain froid. Mme de Cambremer n'eut guère le temps de le ressentir pour elle-même, car elle venait de découvrir un cahier de Scarlatti et elle s'était jetée dessus avec une impulsion d'hystérique. « Oh! jouez ça, tenez, ça, c'est divin », criait-elle. Et pourtant de cet auteur longtemps dédaigné, promu depuis peu aux plus grands honneurs, ce qu'elle élisait, dans son impatience fébrile, c'était un de ces morceaux maudits qui vous ont si souvent empêché de dormir et qu'une élève sans pitié recommence indéfiniment à l'étage contigu au vôtre. Mais Morel avait assez de musique, et comme il tenait à jouer aux cartes, M. de Charlus, pour participer à la partie, aurait voulu un whist. « Il a dit tout à l'heure au Patron qu'il était prince, dit Ski à Mme Verdurin, mais ce n'est pas vrai, il est d'une simple bourgeoisie de petits architectes. — Je veux savoir ce que vous disiez de Mécène. Ça m'amuse, moi, na! » redit Mme Verdurin à Brichot, par une amabilité qui grisa celui-ci. Aussi pour briller aux yeux de la Patronne et peut-être aux miens : « Mais à vrai dire, Madame, Mécène m'intéresse surtout parce qu'il est le premier apôtre de marque de ce Dieu chinois qui compte aujourd'hui en France plus de sectateurs que Brahma, que le Christ lui-même, le très puissant Dieu Je-Men-Fou. » Mme Verdurin ne se contentait plus, dans ces cas-là, de plonger sa tête dans sa

main. Elle s'abattait, avec la brusquerie des insectes
appelés éphémères, sur la princesse Sherbatoff ; si celle-ci
était à peu de distance, la Patronne s'accrochait à l'aisselle
de la princesse, y enfonçait ses ongles, et cachait pendant
quelques instants sa tête comme un enfant qui joue à
cache-cache. Dissimulée par cet écran protecteur, elle
était censée rire aux larmes et pouvait aussi bien ne
penser à rien du tout que les gens qui, pendant qu'ils
font une prière un peu longue, ont la sage précaution
d'ensevelir leur visage dans leurs mains. Mme Verdurin
les imitait en écoutant les quatuors de Beethoven pour
montrer à la fois qu'elle les considérait comme une
prière et pour ne pas laisser voir qu'elle dormait. « Je
parle fort sérieusement, Madame, dit Brichot. Je crois
que trop grand est aujourd'hui le nombre des gens qui
passent leur temps à considérer leur nombril comme s'il
était le centre du monde. En bonne doctrine, je n'ai rien
à objecter à je ne sais quel nirvana qui tend à nous dissoudre dans le grand Tout (lequel, comme Munich et
Oxford, est beaucoup plus près de Paris, qu'Asnières
ou Bois-Colombes) mais il n'est ni d'un bon Français,
ni même d'un bon Européen, quand les Japonais sont
peut-être aux portes de notre Byzance, que des antimi-
litaristes socialisés discutent gravement sur les vertus
cardinales du vers libre. » Mme Verdurin crut pouvoir
lâcher l'épaule meurtrie de la princesse et elle laissa
réapparaître sa figure, non sans feindre de s'essuyer les
yeux et sans reprendre deux ou trois fois haleine. Mais
Brichot voulait que j'eusse ma part de festin, et ayant
retenu des soutenances de thèses, qu'il présidait comme
personne, qu'on ne flatte jamais tant la jeunesse qu'en la
morigénant, en lui donnant de l'importance, en se faisant
traiter par elle de réactionnaire : « Je ne voudrais pas
blasphémer les Dieux de la Jeunesse », dit-il en jetant
sur moi ce regard furtif qu'un orateur accorde à la dérobée
à quelqu'un présent dans l'assistance et dont il cite le
nom. « Je ne voudrais pas être damné comme hérétique
et relaps dans la chapelle mallarméenne, où notre nouve˙

ami, comme tous ceux de son âge, a dû servir la messe
ésotérique, au moins comme enfant de chœur, et se
montrer déliquescent ou Rose-Croix. Mais vraiment,
nous en avons trop vu de ces intellectuels adorant l'Art,
avec un grand A, et qui, quand il ne leur suffit plus de
s'alcooliser avec du Zola, se font des piqûres de Verlaine.
Devenus éthéromanes par dévotion baudelairienne, ils
ne seraient plus capables de l'effort viril que la patrie
peut un jour ou l'autre leur demander, anesthésiés qu'ils
sont par la grande névrose littéraire, dans l'atmosphère
chaude, énervante, lourde de relents malsains, d'un sym-
bolisme de fumerie d'opium. » Incapable de feindre
l'ombre d'admiration pour le couplet inepte et bigarré
de Brichot, je me détournai vers Ski et lui assurai qu'il
se trompait absolument sur la famille à laquelle appartenait M. de Charlus ; il me répondit qu'il était sûr de
son fait et ajouta que je lui avais même dit que son vrai
nom était Gandin, Le Gandin. « Je vous ai dit, lui répondis-je, que Mᵐᵉ de Cambremer était la sœur d'un ingénieur, M. Legrandin. Je ne vous ai jamais parlé de
M. de Charlus. Il y a autant de rapport de naissance entre
lui et Mᵐᵉ de Cambremer qu'entre le Grand Condé et
Racine. — Ah ! je croyais », dit Ski légèrement, sans plus
s'excuser de son erreur que, quelques heures avant, de
celle qui avait failli nous faire manquer le train. « Est-ce
que vous comptez rester longtemps sur la côte ? demanda
Mᵐᵉ Verdurin à M. de Charlus, en qui elle pressentait
un fidèle et qu'elle tremblait de voir rentrer trop tôt
à Paris. — Mon Dieu, on ne sait jamais, répondit d'un
ton nasillard et traînant M. de Charlus. J'aimerais rester
jusqu'à la fin de septembre. — Vous avez raison, dit
Mᵐᵉ Verdurin ; c'est le moment des belles tempêtes.
— A bien vrai dire, ce n'est pas ce qui me déterminerait.
J'ai trop négligé depuis quelque temps l'archange
saint Michel, mon patron, et je voudrais le dédommager.
en restant jusqu'à sa fête, le 29 septembre, à l'abbaye
du Mont. — Ça vous intéresse beaucoup, ces affaires-
là ? » demanda Mᵐᵉ Verdurin, qui eût peut-être réussi

à faire taire son anticléricalisme blessé si elle n'avait
craint qu'une excursion aussi longue ne fît « lâcher »
pendant quarante-huit heures le violoniste et le baron.
« Vous êtes peut-être affligée de surdité intermittente,
répondit insolemment M. de Charlus. Je vous ai dit
que saint Michel était un de mes glorieux patrons. »
Puis, souriant avec une bienveillante extase, les yeux
fixés au loin, la voix accrue par une exaltation qui me
sembla plus qu'esthétique, mais religieuse : « C'est si
beau à l'offertoire, quand Michel se tient debout près de
l'autel, en robe blanche, balançant un encensoir d'or,
et avec un tel amas de parfums que l'odeur en monte
jusqu'à Dieu! — On pourrait y aller en bande, suggéra
Mᵐᵉ Verdurin, malgré son horreur de la calotte. — A
ce moment-là, dès l'offertoire, reprit M. de Charlus
qui, pour d'autres raisons mais de la même manière
que les bons orateurs à la Chambre, ne répondait jamais
à une interruption et feignait de ne pas l'avoir entendue,
ce serait ravissant de voir notre jeune ami palestrinisant
et exécutant même une aria de Bach. Il serait fou de joie,
le bon Abbé aussi, et c'est le plus grand hommage, du
moins le plus grand hommage public, que je puisse
rendre à mon saint Patron. Quelle édification pour les
fidèles! Nous en parlerons tout à l'heure au jeune Ange-
lico musical, militaire comme saint Michel. »

Saniette, appelé pour faire le mort, déclara qu'il ne
savait pas jouer au whist. Et Cottard, voyant qu'il n'y
avait plus grand temps avant l'heure du train, se mit
tout de suite à faire une partie d'écarté avec Morel.
M. Verdurin, furieux, marcha d'un air terrible sur
Saniette : « Vous ne savez donc jouer à rien! » cria-t-il,
furieux d'avoir perdu l'occasion de faire un whist, et
ravi d'en avoir trouvé une d'injurier l'ancien archiviste.
Celui-ci, terrorisé, prit un air spirituel : « Si, je sais
jouer du piano », dit-il. Cottard et Morel s'étaient assis
face à face. « A vous l'honneur, dit Cottard. — Si nous
nous approchions un peu de la table de jeu, dit à M. de
Cambremer M. de Charlus, inquiet de voir le violoniste

avec Cottard. C'est aussi intéressant que ces questions
d'étiquette qui, à notre époque, ne signifient plus grand'-
chose. Les seuls rois qui nous restent, en France du
moins, sont les rois des jeux de cartes, et il me semble
qu'ils viennent à foison dans la main du jeune virtuose »,
ajouta-t-il bientôt, par une admiration pour Morel
qui s'étendait jusqu'à sa manière de jouer, pour le
flatter aussi, et enfin pour expliquer le mouvement qu'il
faisait de se pencher sur l'épaule du violoniste. « Ié
coupe », dit, en contrefaisant l'accent rastaquouère,
Cottard, dont les enfants s'esclaffèrent comme faisaient
ses élèves et le chef de clinique, quand le Maître, même
au lit d'un malade gravement atteint, lançait, avec un
masque impassible d'épileptique, une de ses coutumières facéties. « Je ne sais pas trop ce que je dois jouer,
dit Morel en consultant M. de Cambremer. — Comme
vous voudrez, vous serez battu de toutes façons, ceci
ou ça, c'est égal. — Galli-Marié ? dit le docteur en coulant vers M. de Cambremer un regard insinuant et
bénévole. — C'était ce que nous appelons la véritable
diva, c'était le rêve, une Carmen comme on n'en reverra
pas. C'était la femme du rôle. J'aimais aussi y entendre
Engalli. — Marié ? » Le marquis se leva avec cette
vulgarité méprisante des gens bien nés qui ne comprennent pas qu'ils insultent le maître de maison en ayant
l'air de ne pas être certains qu'on puisse fréquenter ses
inivtés et qui s'excusent sur l'habitude anglaise pour
employer une expression dédaigneuse : « Quel est ce
monsieur qui joue aux cartes ? qu'est-ce qu'il fait dans la
vie ? qu'est-ce qu'il *vend* ? J'aime assez à savoir avec qui
je me trouve, pour ne pas me lier avec n'importe qui.
Or je n'ai pas entendu son nom quand vous m'avez
fait l'honneur de me présenter à lui. » Si. M. Verdurin,
s'autorisant de ces derniers mots, avait, en effet, présenté
à ses convives M. de Cambremer, celui-ci l'eût trouvé
fort mauvais. Mais sachant que c'était le contraire qui
avait eu lieu, il trouvait gracieux d'avoir l'air bon enfant et modeste sans péril. La fierté qu'avait M. Verdurin

de son intimité avec Cottard n'avait fait que grandir
depuis que le docteur était devenu un professeur illustre.
Mais elle ne s'exprimait plus sous la forme naïve d'autrefois. Alors, quand Cottard était à peine connu, si on
parlait à M. Verdurin des névralgies faciales de sa femme :
« Il n'y a rien à faire, disait-il, avec l'amour-propre
naïf des gens qui croient que ce qu'ils connaissent est
illustre et que tout le monde connaît le nom du professeur de chant de leur fille. Si elle avait un médecin de
second ordre on pourrait chercher un autre traitement,
mais quand ce médecin s'appelle Cottard (nom qu'il
prononçait comme si c'eût été Bouchard ou Charcot),
il n'y a qu'à tirer l'échelle. » Usant d'un procédé inverse,
sachant que M. de Cambremer avait certainement
entendu parler du fameux professeur Cottard, M. Verdurin prit un air simplet. « C'est notre médecin de
famille, un brave cœur que nous adorons et qui se ferait
couper en quatre pour nous ; ce n'est pas un médecin,
c'est un ami ; je ne pense pas que vous le connaissiez
ni que son nom vous dirait quelque chose ; en tous cas,
pour nous c'est le nom d'un bien bon homme, d'un
bien cher ami, Cottard. » Ce nom, murmuré d'un air
modeste, trompa M. de Cambremer qui crut qu'il
s'agissait d'un autre. « Cottard ? vous ne parlez pas du
professeur Cottard ? » On entendait précisément la
voix dudit professeur qui, embarrassé par un coup,
disait en tenant ses cartes : « C'est ici que les Athéniens
s'atteignirent. — Ah! si, justement, il est professeur,
dit M. Verdurin. — Quoi! le professeur Cottard! Vous
ne vous trompez pas! Vous êtes bien sûr que c'est le
même! celui qui demeure rue du Bac! — Oui, il demeure
rue du Bac, 43. Vous le connaissez ? — Mais tout le
monde connaît le professeur Cottard. C'est une sommité!
C'est comme si vous me demandiez si je connais Bouffe
de Saint-Blaise ou Courtois-Suffit. J'avais bien vu, en
l'écoutant parler, que ce n'était pas un homme ordinaire,
c'est pourquoi je me suis permis de vous demander.
— Voyons, qu'est-ce qu'il faut jouer ? atout ? » demandait

Cottard. Puis brusquement, avec une vulgarité qui eût été agaçante même dans une circonstance héroïque, où un soldat veut prêter une expression familière au mépris de la mort, mais qui devenait doublement stupide dans le passe-temps sans danger des cartes, Cottard, se décidant à jouer atout, prit un air sombre, « cerveau brûlé », et, par allusion à ceux qui risquent leur peau, joua sa carte comme si c'eût été sa vie, en s'écriant : « Après tout, je m'en fiche! » Ce n'était pas ce qu'il fallait jouer, mais il eut une consolation. Au milieu du salon, dans un large fauteuil, Mme Cottard, cédant à l'effet, irrésistible chez elle, de l'après-dîner, s'était soumise, après de vains efforts, au sommeil vaste et léger qui s'emparait d'elle. Elle avait beau se redresser à des instants, pour sourire, soit par moquerie de soi-même, soit par peur de laisser sans réponse quelque parole aimable qu'on lui eût adressée, elle retombait malgré elle, en proie au mal implacable et délicieux. Plutôt que le bruit, ce qui l'éveillait ainsi, pour une seconde seulement, c'était le regard (que par tendresse elle voyait même les yeux fermés, et prévoyait, car la même scène se produisait tous les soirs et hantait son sommeil comme l'heure où on aura à se lever), le regard par lequel le professeur signalait le sommeil de son épouse aux personnes présentes. Il se contentait, pour commencer, de la regarder et de sourire, car si, comme médecin, il blâmait ce sommeil d'après le dîner (du moins donnait-il cette raison scientifique pour se fâcher vers la fin, mais il n'est pas sûr qu'elle fût déterminante, tant il avait là-dessus de vues variées), comme mari tout-puissant et taquin, il était enchanté de se moquer de sa femme, de ne l'éveiller d'abord qu'à moitié, afin qu'elle se rendormît et qu'il eût le plaisir de la réveiller de nouveau.

Maintenant Mme Cottard dormait tout à fait. « Hé bien! Léontine, tu pionces, lui cria le professeur. — J'écoute ce que dit Mme Swann, mon ami, répondit faiblement Mme Cottard, qui retomba dans sa léthargie. — C'est insensé, s'écria Cottard, tout à l'heure elle nous affirmera qu'elle n'a pas dormi. C'est comme les patients qui se rendent à une consultation et qui prétendent qu'ils ne dorment jamais. — Ils se le figurent peut-être », dit en riant M. de Cambremer. Mais le docteur aimait autant à contredire qu'à taquiner, et surtout n'admettait pas qu'un profane osât lui parler médecine. « On ne se figure pas qu'on ne dort pas, promulgua-t-il d'un ton dogmatique. — Ah! répondit en s'inclinant respectueusement le marquis, comme eût fait Cottard jadis. — On voit bien, reprit Cottard, que vous n'avez pas comme moi administré jusqu'à deux grammes de trional sans arriver à provoquer la somnescence. — En effet, en effet, répondit le marquis en riant d'un air avantageux, je n'ai jamais pris de trional, ni aucune de ces drogues qui bientôt ne font plus d'effet mais vous détraquent l'estomac. Quand on a chassé toute la nuit comme moi, dans la forêt de Chantepie, je vous assure qu'on n'a pas besoin de trional pour dormir. — Ce sont les ignorants qui disent cela, répondit le professeur. Le trional relève parfois d'une façon remarquable le tonus nerveux. Vous parlez de trional, savez-vous seulement ce que c'est ? — Mais... j'ai entendu dire que c'était un médicament pour dormir. — Vous ne répondez pas à ma question, reprit doctoralement le professeur qui, trois fois par semaine, à la Faculté, était « d'examen ». Je ne vous demande pas si ça fait dormir ou non, mais ce que c'est. Pouvez-vous me dire ce qu'il contient de parties d'amyle et d'éthyle ? — Non, répondit M. de Cambremer embarrassé. Je préfère un bon verre de fine ou même de porto 345. — Qui sont dix fois plus toxiques, interrompit le professeur. — Pour le trional, hasarda M. de Cambremer, ma femme est abonnée à tout cela, vous feriez mieux d'en parler avec elle. — Qui doit en savoir à peu près autant que vous. En tous cas, si votre femme prend du trional pour dormir, vous voyez que ma femme n'en a pas besoin. Voyons, Léontine, bouge-toi, tu t'ankyloses, est-ce que je dors après dîner, moi ? qu'est-ce que tu feras à soixante ans si tu dors maintenant

comme une vieille ? Tu vas prendre de l'embonpoint,
tu t'arrêtes la circulation... Elle ne m'entend même plus.
— C'est mauvais pour la santé, ces petits sommes après-
dîner, n'est-ce pas, docteur ? dit M. de Cambremer
pour se réhabiliter auprès de Cottard. Après avoir bien
mangé il faudrait faire de l'exercice. — Des histoires !
répondit le docteur. On a prélevé une même quantité
de nourriture dans l'estomac d'un chien qui était resté
tranquille, et dans l'estomac d'un chien qui avait couru,
et c'est chez le premier que la digestion était la plus
avancée. — Alors c'est le sommeil qui coupe la digestion ?
— Cela dépend s'il s'agit de la digestion œsophagique,
stomacale, intestinale ; inutile de vous donner des
explications que vous ne comprendriez pas, puisque
vous n'avez pas fait vos études de médecine. Allons,
Léontine, en avant... harche ! il est temps de partir. »
Ce n'était pas vrai, car le docteur allait seulement continuer sa partie de cartes, mais il espérait contrarier ainsi,
de façon plus brusque, le sommeil de la muette à laquelle
il adressait, sans plus recevoir de réponse, les plus savantes exhortations. Soit qu'une volonté de résistance
à dormir persistât chez Mme Cottard, même dans l'état
de sommeil, soit que le fauteuil ne prêtât pas d'appui
à sa tête, cette dernière fut rejetée mécaniquement de
gauche à droite et de bas en haut, dans le vide, comme un
objet inerte, et Mme Cottard, balancée quant au chef,
avait tantôt l'air d'écouter de la musique, tantôt d'être
entrée dans la dernière phase de l'agonie. Là où les
admonestations de plus en plus véhémentes de son mari
échouaient, le sentiment de sa propre sottise réussit :
« Mon bain est bien comme chaleur, murmura-t-elle
mais les plumes du dictionnaire... s'écria-t-elle en se
redressant. Oh ! mon Dieu, que je suis sotte ! Qu'est-ce
que je dis ? je pensais à mon chapeau, j'ai dû dire une
bêtise, un peu plus j'allais m'assoupir, c'est ce maudit
feu. » Tout le monde se mit à rire car il n'y avait pas de
feu.
— Vous vous moquez de moi, dit en riant elle-même

Mme Cottard, qui effaça de la main sur son front, avec
une légèreté de magnétiseur et une adresse de femme qui
se recoiffe, les dernières traces du sommeil, je veux présenter mes humbles excuses à chère Mme Verdurin et
savoir d'elle la vérité. » Mais son sourire devint vite triste,
car le professeur, qui savait que sa femme cherchait à lui
plaire et tremblait de n'y pas réussir, venait de lui crier :
« Regarde-toi dans la glace, tu es rouge comme si tu avais
une éruption d'acné, tu as l'air d'une vieille paysanne. »
    — Vous savez, il est charmant, dit Mme Verdurin, il a
un joli côté de bonhomie narquoise. Et puis il a ramené
mon mari des portes du tombeau quand toute la Faculté
l'avait condamné. Il a passé trois nuits près de lui, sans se
coucher. Aussi Cottard pour moi, vous savez, ajouta-t-elle
d'un ton grave et presque menaçant, en levant la main
vers les deux sphères aux mèches blanches de ses tempes
musicales et comme si nous avions voulu toucher au
docteur, c'est sacré! Il pourrait demander tout ce qu'il
voudrait. Du reste, je ne l'appelle pas le Docteur Cottard,
je l'appelle le Docteur Dieu! Et encore en disant cela je le
calomnie, car ce Dieu répare dans la mesure du possible
une partie des malheurs dont l'autre est responsable. —
Jouez atout, dit à Morel M. de Charlus d'un air heureux.
— Atout, pour voir, dit le violoniste. — Il fallait annoncer
d'abord votre roi, dit M. de Charlus, vous êtes distrait,
mais comme vous jouez bien! — J'ai le roi, dit Morel. —
C'est un bel homme, répondit le professeur. — Qu'est-ce
que c'est que cette affaire-là avec ces piquets ? demanda
Mme Verdurin en montrant à M. de Cambremer un
superbe écusson sculpté au-dessus de la cheminée. Ce
sont vos *armes ?* ajouta-t-elle avec un dédain ironique.
— Non, ce se sont pas les nôtres, répondit M. de Cambremer. Nous portons d'or à trois fasces bretèchées et
contre-bretèchées de gueules à cinq pièces, chacune
chargée d'un trèfle d'or. Non, celles-là ce sont celles des
Arrachepel, qui n'étaient pas de notre estoc, mais de qui
nous avons hérité la maison, et jamais ceux de notre
lignage n'ont rien voulu y changer. Les Arrachepel

(jadis Pelvilain, dit-on) portaient d'or à cinq pieux épointés de gueules. Quand ils s'allièrent aux Féterne, leur écu changea mais resta cantonné de vingt croisettes recroisettées au pieu péri fiché d'or avec à droite un vol d'hermine. — Attrape, dit tout bas Mme de Cambremer. — Mon arrière-grand'mère était une d'Arrachepel ou de Rachepel, comme vous voudrez, car on trouve les deux noms dans les vieilles chartes, continua M. de Cambremer, qui rougit vivement, car il eut, seulement alors, l'idée dont sa femme lui avait fait honneur et il craignit que Mme Verdurin ne se fût appliqué des paroles qui ne la visaient nullement. L'histoire veut qu'au XIe siècle, le premier Arrachepel, Macé, dit Pelvilain, ait montré une habileté particulière dans les sièges pour arracher les pieux. D'où le surnom d'Arrachepel sous lequel il fut anobli, et les pieux que vous voyez à travers les siècles persister dans leurs armes. Il s'agit des pieux que, pour rendre plus inabordables les fortifications, on plantait, on fichait, passez-moi l'expression, en terre devant elles, et qu'on reliait entre eux. Ce sont eux que vous appeliez très bien des piquets et qui n'avaient rien des bâtons flottants du bon La Fontaine. Car ils passaient pour rendre une place inexpugnable. Évidemment, cela fait sourire avec l'artillerie moderne. Mais il faut se rappeler qu'il s'agit du XIe siècle. — Cela manque d'actualité, dit Mme Verdurin, mais le petit campanile a du caractère. — Vous avez, dit Cottard, une veine de... turlututu, mot qu'il répétait volontiers pour esquiver celui de Molière. Savez-vous pourquoi le roi de carreau est réformé ? — Je voudrais bien être à sa place, dit Morel que son service militaire ennuyait. — Ah! le mauvais patriote, s'écria M. de Charlus, qui ne put se retenir de pincer l'oreille au violoniste. — Non, vous ne savez pas pourquoi le roi de carreau est réformé ? reprit Cottard, qui tenait à ses plaisanteries, c'est parce qu'il n'a qu'un œil. — Vous avez affaire à forte partie, docteur, dit M. de Cambremer pour montrer à Cottard qu'il savait qui il était. — Ce jeune homme est étonnant, interrompit naïvement M. de Char-

lus, en montrant Morel. Il joue comme un dieu. » Cette
réflexion ne plut pas beaucoup au docteur qui répondit :
« Qui vivra verra. A roublard, roublard et demi. — La
dame, l'as », annonça triomphalement Morel, que le sort
favorisait. Le docteur courba la tête comme ne pouvant
nier cette fortune et avoua, fasciné : « C'est beau. — Nous
avons été très contents de dîner avec M. de Charlus, dit
Mme de Cambremer à Mme Verdurin. — Vous ne le connaissiez pas ? Il est assez agréable, il est particulier, il est
d'une époque » (elle eût été bien embarrassée de dire laquelle), répondit Mme Verdurin avec le sourire satisfait
d'un dilettante, d'un juge et d'une maîtresse de maison.
Mme de Cambremer me demanda si je viendrais à Féterne avec Saint-Loup. Je ne pus retenir un cri d'admiration en voyant la lune suspendue comme un lampion
orangé à la voûte de chênes qui partait du château.
« Ce n'est encore rien ; tout à l'heure, quand la lune sera
plus haute et que la vallée sera éclairée, ce sera mille fois
plus beau. Voilà ce que vous n'avez pas à Féterne! dit-elle
d'un ton dédaigneux à Mme de Cambremer, laquelle ne
savait que répondre, ne voulant pas déprécier sa propriété,
surtout devant les locataires. — Vous restez encore quelque temps dans la région, Madame ? demanda M. de
Cambremer à Mme Cottard, ce qui pouvait passer pour
une vague intention de l'inviter et ce qui dispensait actuellement de rendez-vous plus précis. — Oh! certainement,
Monsieur, je tiens beaucoup pour les enfants à cet exode
annuel. On a beau dire, il leur faut le grand air. La Faculté
voulait m'envoyer à Vichy ; mais c'est trop étouffé, et je
m'occuperai de mon estomac quand ces grands garçons-là
auront encore un peu poussé. Et puis le Professeur, avec
les examens qu'il fait passer, a toujours un fort coup de
collier à donner, et les chaleurs le fatiguent beaucoup. Je
trouve qu'on a besoin d'une franche détente quand on a
été comme lui toute l'année sur la brèche. De toutes
façons nous resterons encore un bon mois. — Ah! alors
nous sommes gens de revue. — D'ailleurs, je suis d'autant
plus obligée de rester que mon mari doit aller faire un

tour en Savoie, et ce n'est que dans une quinzaine qu'il sera ici en poste fixe. — J'aime encore mieux le côté de la vallée que celui de la mer, reprit Mme Verdurin. Vous allez avoir un temps splendide pour revenir. — Il faudrait même voir si les voitures sont attelées, dans le cas où vous tiendriez absolument à rentrer ce soir à Balbec, me dit M. Verdurin, car moi je n'en vois pas la nécessité. On vous ferait ramener demain matin en voiture. Il fera sûrement beau. Les routes sont admirables. » Je dis que c'était impossible. « Mais en tous cas il n'est pas l'heure, objecta la Patronne. Laisse-les tranquilles, ils ont bien le temps. Ça les avancera bien d'arriver une heure d'avance à la gare. Ils sont mieux ici. Et vous, mon petit Mozart, dit-elle à Morel, n'osant pas s'adresser directement à M. de Charlus, vous ne voulez pas rester ? Nous avons de belles chambres sur la mer. — Mais il ne peut pas, répondit M. de Charlus pour le joueur attentif, qui n'avait pas entendu. Il n'a que la permission de minuit. Il faut qu'il rentre se coucher, comme un enfant bien obéissant, bien sage », ajouta-t-il d'une voix complaisante, maniérée, insistante, comme s'il trouvait quelque sadique volupté à employer cette chaste comparaison et aussi à appuyer au passage sa voix sur ce qui concernait Morel, à le toucher, à défaut de la main, avec des paroles qui semblaient palper.

Du sermon que m'avait adressé Brichot, M. de Cambremer avait conclu que j'étais dreyfusard. Comme il était aussi antidreyfusard que possible, par courtoisie pour un ennemi il se mit à me faire l'éloge d'un colonel juif, qui avait toujours été très juste pour un cousin des Chevregny et lui avait fait donner l'avancement qu'il méritait. « Et mon cousin était dans des idées absolument opposées », dit M. de Cambremer, glissant sur ce qu'é- taient ces idées, mais que je sentis aussi anciennes et mal formées que son visage, des idées que quelques familles de certaines petites villes devaient avoir depuis bien longtemps. « Eh bien ! vous savez, je trouve ça très beau ! » conclut M. de Cambremer. Il est vrai qu'il n'employait

guère le mot « beau » dans le sens esthétique où il eût
désigné, pour sa mère ou sa femme, des œuvres différentes,
mais des œuvres d'art. M. de Cambremer se servait plutôt
de ce qualificatif en félicitant, par exemple, une personne
délicate qui avait un peu engraissé. « Comment, vous
avez repris trois kilos en deux mois ? Savez-vous que
c'est très beau ! » Des rafraîchissements étaient servis sur
une table. Mme Verdurin invita les messieurs à aller eux-
mêmes choisir la boisson qui leur convenait. M. de Charlus alla boire son verre et vite revint s'asseoir près de la
table de jeu et ne bougea plus. Mme Verdurin lui demanda :
« Avez-vous pris de mon orangeade ? » Alors M. de
Charlus, avec un sourire gracieux, sur un ton cristallin
qu'il avait rarement et avec mille moues de la bouche et
déhanchements de la taille, répondit : « Non, j'ai préféré
la voisine, c'est de la fraisette, je crois, c'est délicieux. »
Il est singulier qu'un certain ordre d'actes secrets ait pour
conséquence extérieure une manière de parler ou de
gesticuler qui les révèle. Si un monsieur croit ou non à
l'Immaculée Conception, ou à l'innocence de Dreyfus, ou
à la pluralité des mondes, et veuille s'en taire, on ne trouvera, dans sa voix ni dans sa démarche, rien qui laisse
apercevoir sa pensée. Mais en entendant M. de Charlus
dire, de cette voix aiguë et avec ce sourire et ces gestes de
bras : « Non, j'ai préféré sa voisine, la fraisette », on pouvait
dire : « Tiens, il aime le sexe fort », avec la même certitude
que celle qui permet de condamner, pour un juge, un
criminel qui n'a pas avoué, pour un médecin, un paraly-
tique général qui ne sait peut-être pas lui-même son mal,
mais qui a fait telles fautes de prononciation d'où on peut
déduire qu'il sera mort dans trois ans. Peut-être les gens
qui concluent de la manière de dire : « Non, j'ai préféré
sa voisine, la fraisette » à un amour dit antiphysique
n'ont-ils pas besoin de tant de science. Mais c'est qu'ici
il y a rapport plus direct entre le signe révélateur et le
secret. Sans se le dire précisément, on sent que c'est une
douce et souriante dame qui vous répond, et qui paraît
maniérée parce qu'elle se donne pour un homme et qu'on

n'est pas habitué à voir les hommes faire tant de manières. Et il est peut-être plus gracieux de penser que depuis longtemps un certain nombre de femmes angéliques ont été comprises par erreur dans le sexe masculin où, exilées, tout en battant vainement des ailes vers les hommes à qui elles inspirent une répulsion physique, elles savent arranger un salon, composent des « intérieurs ». M. de Charlus ne s'inquiétait pas que Mme Verdurin fût debout et restait installé dans son fauteuil pour être plus près de Morel. « Croyez-vous, dit Mme Verdurin au baron, que ce n'est pas un crime que cet être-là, qui pourrait nous enchanter avec son violon, soit là à une table d'écarté. Quand on joue du violon comme lui ! — Il joue bien aux cartes, il fait tout bien, il est si intelligent », dit M. de Charlus, tout en regardant les jeux, afin de conseiller Morel. Ce n'était pas, du reste, sa seule raison de ne pas se soulever de son fauteuil devant Mme Verdurin. Avec le singulier amalgame qu'il avait fait de ses conceptions sociales, à la fois de grand seigneur et d'amateur d'art, au lieu d'être poli de la même manière qu'un homme de son monde l'eût été, il se faisait, d'après Saint-Simon, des espèces de tableaux vivants ; et, en ce moment, s'amusait à figurer le maréchal d'Huxelles, lequel l'intéressait par d'autres côtés encore et dont il est dit qu'il était glorieux jusqu'à ne pas se lever de son siège, par un air de paresse, devant ce qu'il y avait de plus distingué à la Cour. « Dites donc, Charlus, dit Mme Verdurin, qui commençait à se familiariser, vous n'auriez pas dans votre faubourg quelque vieux noble ruiné qui pourrait me servir de concierge ? — Mais si... mais si..., répondit M. de Charlus en souriant d'un air bonhomme, mais je ne vous le conseille pas. — Pourquoi ? — Je craindrais pour vous que les visiteurs élégants n'allassent pas plus loin que la loge. » Ce fut entre eux la première escarmouche. Mme Verdurin y prit à peine garde. Il devait malheureusement y en avoir d'autres à Paris. M. de Charlus continua à ne pas quitter sa chaise. Il ne pouvait, d'ailleurs, s'empêcher de sourire imperceptiblement en voyant combien confirmait ses maximes

favorites sur le prestige de l'aristocratie et la lâcheté des
bourgeois la soumission si aisément obtenue de Mme Verdurin. La Patronne n'avait l'air nullement étonnée par
la posture du baron, et si elle le quitta, ce fut seulement
parce qu'elle avait été inquiète de me voir relancé par
M. de Cambremer. Mais avant cela, elle voulait éclaircir
la question des relations de M. de Charlus avec la
comtesse Molé. « Vous m'avez dit que vous connaissiez
Mme de Molé. Est-ce que vous allez chez elle ? » demanda-
t-elle en donnant aux mots : « aller chez elle » le sens d'être
reçu chez elle, d'avoir reçu d'elle l'autorisation d'aller la
voir. M. de Charlus répondit, avec une inflexion de dédain,
une affectation de précision et un ton de psalmodie :
« Mais quelquefois. » Ce « quelquefois » donna des doutes
à Mme Verdurin, qui demanda : « Est-ce que vous y avez
rencontré le duc de Guermantes ? — Ah ! je ne me rappelle pas. — Ah ! dit Mme Verdurin, vous ne connaissez
pas le duc de Guermantes ? — Mais comment est-ce que
je ne le connaîtrais pas ? » répondit M. de Charlus, dont
un sourire fit onduler la bouche. Ce sourire était ironique ;
mais comme le baron craignait de laisser voir une dent en
or, il le brisa sous un reflux de ses lèvres, de sorte que la
sinuosité qui en résulta fut celle d'un sourire de bienveillance : « Pourquoi dites-vous : Comment est-ce que je ne
le connaîtrais pas ? — Mais puisque c'est mon frère »,
dit négligemment M. de Charlus en laissant Mme Verdurin plongée dans la stupéfaction et l'incertitude de savoir
si son invité se moquait d'elle, était un enfant naturel, ou
le fils d'un autre lit. L'idée que le frère du duc de Guermantes s'appelât le baron de Charlus ne lui vint pas à
l'esprit. Elle se dirigea vers moi : « J'ai entendu tout à
l'heure que M. de Cambremer vous invitait à dîner. Moi,
vous comprenez, cela m'est égal. Mais, dans votre intérêt,
j'espère bien que vous n'irez pas. D'abord c'est infesté
d'ennuyeux. Ah ! si vous aimez à dîner avec des comtes
et des marquis de province que personne ne connaît,
vous serez servi à souhait. — Je crois que je serai obligé
d'y aller une fois ou deux. Je ne suis, du reste, pas très

libre car j'ai une jeune cousine que je ne peux pas laisser
seule (je trouvais que cette prétendue parenté simplifiait
les choses pour sortir avec Albertine). Mais pour les
Cambremer, comme je la leur ai déjà présentée... — Vous
ferez ce que vous voudrez. Ce que je peux vous dire :
c'est excessivement malsain ; quand vous aurez pincé une
fluxion de poitrine, ou les bons petits rhumatismes des
familles, vous serez bien avancé ? — Mais est-ce que
l'endroit n'est pas très joli ? — Mmmmouiii... Si on veut.
Moi j'avoue franchement que j'aime cent fois mieux la
vue d'ici sur cette vallée. D'abord, on nous aurait payés
que je n'aurais pas pris l'autre maison, parce que l'air de
la mer est fatal à M. Verdurin. Pour peu que votre cousine soit nerveuse... Mais, du reste, vous êtes nerveux,
je crois... vous avez des étouffements. Hé bien! vous
verrez. Allez-y une fois, vous ne dormirez pas de huit
jours, mais ce n'est pas notre affaire. » Et sans penser à ce
que sa nouvelle phrase allait avoir de contradictoire avec
les précédentes : « Si cela vous amuse de voir la maison,
qui n'est pas mal, jolie est trop dire, mais enfin amusante,
avec le vieux fossé, le vieux pont-levis, comme il faudra
que je m'exécute et que j'y dîne une fois, hé bien! venez-y
ce jour-là, je tâcherai d'amener tout mon petit cercle,
alors ce sera gentil. Après-demain nous irons à Harambouville en voiture. La route est magnifique, il y a du
cidre délicieux. Venez donc. Vous, Brichot, vous viendrez
aussi. Et vous aussi, Ski. Ça fera une partie que, du reste,
mon mari a dû arranger d'avance. Je ne sais trop qui il a
invité. Monsieur de Charlus, est-ce que vous en êtes ? »
Le baron, qui n'entendit que cette phrase et ne savait pas
qu'on parlait d'une excursion à Harambouville, sursauta :
« Étrange question », murmura-t-il d'un ton narquois par
lequel Mme Verdurin se sentit piquée. « D'ailleurs, me
dit-elle, en attendant le dîner Cambremer, pourquoi ne
l'amèneriez-vous pas ici, votre cousine? Aime-t-elle la
conversation, les gens intelligents? Est-elle agréable?
Oui, eh bien alors, très bien. Venez avec elle. Il n'y a pas
que les Cambremer au monde. Je comprends qu'ils

soient heureux de l'inviter, ils ne peuvent arriver à avoir
personne. Ici elle aura un bon air, toujours des hommes
intelligents. En tous cas je compte que vous ne me lâchez
pas pour mercredi prochain. J'ai entendu que vous aviez
un goûter à Rivebelle avec votre cousine, M. de Charlus,
je ne sais plus encore qui. Vous devriez arranger de transporter tout ça ici, ça serait gentil, un petit arrivage en
masse. Les communications sont on ne peut plus faciles,
les chemins sont ravissants ; au besoin je vous ferai chercher. Je ne sais pas, du reste, ce qui peut vous attirer à
Rivebelle, c'est infesté de rastaquouères. Vous croyez
peut-être à la réputation de la galette. Mon cuisinier les
fait autrement bien. Je vous en ferai manger, moi, de la
galette normande, de la vraie, et des sablés, je ne vous dis
que ça. Ah! si vous tenez à la cochonnerie qu'on sert à
Rivebelle, ça je ne veux pas, je n'assassine pas mes invités,
Monsieur, et, même si je voulais, mon cuisinier ne voudrait pas faire cette chose innommable et changerait de
maison. Ces galettes de là-bas, on ne sait pas avec quoi
c'est fait. Je connais une pauvre fille à qui cela a donné
une péritonite qui l'a enlevée en trois jours. Elle n'avait
que dix-sept ans. C'est triste pour sa pauvre mère, ajouta
Mᵐᵉ Verdurin, d'un air mélancolique sous les sphères de
ses tempes chargées d'expérience et de douleur. Mais
enfin, allez goûter à Rivebelle si cela vous amuse d'être
écorché et de jeter l'argent par les fenêtres. Seulement,
je vous en prie, c'est une mission de confiance que je vous
donne : sur le coup de six heures, amenez-moi tout votre
monde ici, n'allez pas laisser les gens rentrer chacun chez
soi, à la débandade. Vous pouvez amener qui vous voulez.
Je ne dirais pas cela à tout le monde. Mais je suis sûre que
vos amis sont gentils, je vois tout de suite que nous nous
comprenons. En dehors du petit noyau, il vient justement
des gens très agréables mercredi. Vous ne connaissez pas
la petite Mᵐᵉ de Longpont ? Elle est ravissante et pleine
d'esprit, pas snob du tout, vous verrez qu'elle vous plaira
beaucoup. Et elle aussi doit amener toute une bande
d'amis, ajouta Mᵐᵉ Verdurin, pour me montrer que

27

c'était bon genre et m'encourager par l'exemple. On verra qu'est-ce qui aura le plus d'influence et qui amènera le plus de monde, de Barbe de Longpont ou de vous. Et puis je crois qu'on doit aussi amener Bergotte, ajouta-t-elle d'un air vague, ce concours d'une célébrité étant rendu trop improbable par une note parue le matin dans les journaux et qui annonçait que la santé du grand écrivain inspirait les plus vives inquiétudes. Enfin vous verrez que ce sera un de mes mercredis les plus réussis, je ne veux pas avoir de femmes embêtantes. Du reste, ne jugez pas par celui de ce soir, il était tout à fait raté. Ne protestez pas, vous n'avez pas pu vous ennuyer plus que moi, moi-même je trouvais que c'était assommant. Ce ne sera pas toujours comme ce soir, vous savez ! Du reste, je ne parle pas des Cambremer, qui sont impossibles, mais j'ai connu des gens du monde qui passaient pour très agréables, hé bien ! à côté de mon petit noyau, cela n'existait pas. Je vous ai entendu dire que vous trouviez Swann intelligent. D'abord, mon avis est que c'est très exagéré, mais sans même parler du caractère de l'homme, que j'ai toujours trouvé foncièrement antipathique, sournois, en dessous, je l'ai eu souvent à dîner le mercredi. Hé bien, vous pouvez demander aux autres, même à côté de Brichot, qui est loin d'être un aigle, qui est un bon professeur de seconde que j'ai fait entrer à l'Institut tout de même, Swann n'était plus rien. Il était d'un terne ! » Et comme j'émettais un avis contraire : « C'est ainsi. Je ne veux rien vous dire contre lui, puisque c'était votre ami ; du reste, il vous aimait beaucoup, il m'a parlé de vous d'une façon délicieuse, mais demandez à ceux-ci s'il a jamais dit quelque chose d'intéressant, à nos dîners. C'est tout de même la pierre de touche. Hé bien ! je ne sais pas pourquoi, mais Swann, chez moi, ça ne donnait pas, ça ne rendait rien. Et encore le peu qu'il valait il l'a pris ici. » J'assurai qu'il était très intelligent. « Non, vous croyiez seulement cela parce que vous le connaissiez depuis moins longtemps que moi. Au fond on en avait très vite fait le tour. Moi, il m'assommait. (Traduction : il allait chez les

La Trémoïlle et les Guermantes et savait que je n'y allais
pas.) Et je peux tout supporter, excepté l'ennui. Ah! ça,
non! » L'horreur de l'ennui était maintenant chez
Mme Verdurin la raison qui était chargée d'expliquer la
composition du petit milieu. Elle ne recevait pas encore de
duchesses parce qu'elle était incapable de s'ennuyer,
comme de faire une croisière à cause du mal de mer. Je
me disais que ce que Mme Verdurin disait n'était pas
absolument faux, et, alors que les Guermantes eussent
déclaré Brichot l'homme le plus bête qu'ils eussent
jamais rencontré, je restais incertain s'il n'était pas au
fond supérieur, sinon à Swann même, au moins aux gens
ayant l'esprit des Guermantes et qui eussent eu le bon
goût d'éviter, la pudeur de rougir de ses pédantesques
facéties, je me le demandais comme si la nature de l'intelligence pouvait être en quelque mesure éclaircie par la
réponse que je me ferais et avec le sérieux d'un chrétien
influencé par Port-Royal qui se pose le problème de la
Grâce. « Vous verrez, continua Mme Verdurin, quand on
a des gens du monde avec des gens vraiment intelligents, des gens de notre milieu, c'est là qu'il faut
les voir, l'homme du monde le plus spirituel dans le
royaume des aveugles n'est plus qu'un borgne ici. De
plus, il gèle les autres, qui ne se sentent plus en confiance.
C'est au point que je me demande si, au lieu d'essayer
des fusions qui gâtent tout, je n'aurai pas des séries rien
que pour les ennuyeux, de façon à bien jouir de mon petit
noyau. Concluons : vous viendrez avec votre cousine.
C'est convenu. Bien. Au moins, ici, vous aurez tous les
deux à manger. A Féterne c'est la faim et la soif. Ah! par
exemple, si vous aimez les rats, allez-y tout de suite, vous
serez servi à souhait. Et on vous gardera tant que vous
voudrez. Par exemple, vous mourrez de faim. Du reste,
quand j'irai, je dînerai avant de partir. Et pour que ce soit
plus gai, vous devriez venir me chercher. Nous goûte-
rions ferme et nous souperions en rentrant. Aimez-vous
les tartes aux pommes ? Oui, eh bien! notre chef les fait
comme personne. Vous voyez que j'avais raison de dire

que vous étiez fait pour vivre ici. Venez donc y habiter.
Vous savez qu'il y a beaucoup plus de place chez moi
que ça n'en a l'air. Je ne le dis pas, pour ne pas attirer
d'ennuyeux. Vous pourriez amener à demeure votre
cousine. Elle aurait un autre air qu'à Balbec. Avec l'air
d'ici, je prétends que je guéris les incurables. Ma parole,
j'en ai guéri, et pas d'aujourd'hui. Car j'ai habité autrefois
tout près d'ici, quelque chose que j'avais déniché, que
j'avais eu pour un morceau de pain et qui avait autrement
de caractère que leur Raspelière. Je vous montrerai cela
si nous nous promenons. Mais je reconnais que, même
ici, l'air est vraiment vivifiant. Encore je ne veux pas trop
en parler, les Parisiens n'auraient qu'à se mettre à aimer
mon petit coin. Ça a toujours été ma chance. Enfin, dites-
le à votre cousine. On vous donnera deux jolies chambres
sur la vallée, vous verrez ça, le matin, le soleil dans la
brume! Et qu'est-ce que c'est que ce Robert de Saint-
Loup dont vous parliez ? dit-elle d'un air inquiet, parce
qu'elle avait entendu que je devais aller le voir à Doncières et qu'elle craignait qu'il ne me fît lâcher. Vous
pourriez plutôt l'amener ici si ce n'est pas un ennuyeux.
J'ai entendu parler de lui par Morel ; il me semble que
c'est un de ses grands amis », dit Mme Verdurin, mentant
complètement, car Saint-Loup et Morel ne connaissaient même pas l'existence l'un de l'autre. Mais ayant
entendu que Saint-Loup connaissait M. de Charlus, elle
pensait que c'était par le violoniste et voulait avoir l'air
au courant. « Il ne fait pas de médecine, par hasard, ou de
littérature ? Vous savez que, si vous avez besoin de recommandations pour des examens. Cottard peut tout, et je
fais de lui ce que je veux. Quant à l'Académie, pour plus
tard, car je pense qu'il n'a pas l'âge, je dispose de plusieurs voix. Votre ami serait ici en pays de connaissance
et ça l'amuserait peut-être de voir la maison. Ce n'est
pas folichon, Doncières. Enfin, vous ferez comme vous
voudrez, comme cela vous arrangera le mieux », conclut-
elle sans insister, pour ne pas avoir l'air de chercher à
connaître « de la noblesse » et parce que sa prétention

était que le régime sous lequel elle faisait vivre les fidèles, la tyrannie, fût appelé liberté. « Voyons, qu'est-ce que tu as », dit-elle en voyant M. Verdurin qui, en faisant des gestes d'impatience, gagnait la terrasse en planches qui s'étendait, d'un côté du salon, au-dessus de la vallée, en homme qui étouffe de rage et a besoin de prendre l'air. « C'est encore Saniette qui t'a agacé ? Mais puisque tu sais qu'il est idiot, prends-en ton parti, ne te mets pas dans des états comme cela... Je n'aime pas cela, me dit-elle, parce que c'est mauvais pour lui, cela le congestionne. Mais aussi je dois dire qu'il faut parfois une patience d'ange pour supporter Saniette, et surtout se rappeler que c'est une charité de le recueillir. Pour ma part, j'avoue que la splendeur de sa bêtise fait plutôt ma joie. Je pense que vous avez entendu après le dîner son mot : « Je ne sais pas jouer au whist, mais je sais jouer "du piano." » Est-ce assez beau ! C'est grand comme le monde, et d'ailleurs un mensonge, car il ne sait pas plus l'un que l'autre. Mais mon mari, sous ses apparences rudes, est très sensible, très bon, et cette espèce d'égoïsme de Saniette, toujours préoccupé de l'effet qu'il va faire, le met hors de lui... Voyons, mon petit, calme-toi, tu sais bien que Cottard t'a dit que c'était mauvais pour ton foie. Et c'est sur moi que tout va retomber, dit Mme Verdurin. Demain Saniette va venir avoir sa petite crise de nerfs et de larmes. Pauvre homme ! il est très malade. Mais enfin ce n'est pas une raison pour qu'il tue les autres. Et puis, même dans les moments où il souffre trop, où on voudrait le plaindre, sa bêtise arrête net l'attendrissement. Il est trop stupide. Tu n'as qu'à lui dire très gentiment que ces scènes vous rendent malades tous deux, qu'il ne revienne pas ; comme c'est ce qu'il redoute le plus, cela aura un effet calmant sur ses nerfs », souffla Mme Verdurin à son mari.

On distinguait à peine la mer par les fenêtres de droite. Mais celles de l'autre côté montraient la vallée sur qui était maintenant tombée la neige du clair de lune. On entendait de temps à autre la voix de Morel et celle de

Cottard. « Vous avez de l'atout ? — Yes. — Ah ! vous en
avez de bonnes, vous, dit à Morel, en réponse à sa question, M. de Cambremer, car il avait vu que le jeu du
docteur était plein d'atout. — Voici la femme de carreau,
dit le docteur. Ça est de l'atout, savez-vous ? Ié coupe,
ié prends. — Mais il n'y a plus de Sorbonne, dit le docteur
à M. de Cambremer ; il n'y a plus que l'Université de
Paris. » M. de Cambremer confessa qu'il ignorait pourquoi le docteur lui faisait cette observation. « Je croyais
que vous parliez de la Sorbonne, reprit le docteur. J'avais
entendu que vous disiez : tu nous la *sors bonne*, ajouta-t-il
en clignant de l'œil, pour montrer que c'était un mot.
Attendez, dit-il en montrant son adversaire, je lui prépare
un coup de Trafalgar. » Et le coup devait être excellent
pour le docteur, car dans sa joie il se mit en riant à remuer
voluptueusement les deux épaules, ce qui était dans la
famille, dans le « genre » Cottard, un trait presque zoolo-
gique de la satisfaction. Dans la génération précédente,
le mouvement de se frotter les mains comme si on se
savonnait, accompagnait le mouvement. Cottard lui-
même avait d'abord usé simultanément de la double
mimique, mais un beau jour, sans qu'on sût à quelle
intervention, conjugale, magistrale peut-être, cela était
dû, le frottement des mains avait disparu. Le docteur,
même aux dominos, quand il forçait son partenaire à
« piocher » et à prendre le double-six, ce qui était pour lui
le plus vif des plaisirs, se contentait du mouvement des
épaules. Et quand — le plus rarement possible — il
allait dans son pays natal pour quelques jours, en retrouvant son cousin germain, qui, lui, en était encore au frottement des mains, il disait au retour à Mme Cottard : « J'ai
trouvé ce pauvre René bien commun. » « Avez-vous de la
petite chaôse ? dit-il en se tournant vers Morel. Non ?
Alors je joue ce vieux David. — Mais alors vous avez
cinq, vous avez gagné ! — *Si Signor*. — Voilà une belle
victoire, docteur, dit le marquis. — Une victoire à la
Pyrrhus, dit Cottard en se tournant vers le marquis et en
regardant par-dessus son lorgnon pour juger de l'effet de

son mot. Si nous avons encore le temps, dit-il à Morel,
je vous donne votre revanche. C'est à moi de faire... Ah !
non, voici les voitures, ce sera pour vendredi, et je vous
montrerai un tour qui n'est pas dans une musette. »
M. et Mme Verdurin nous conduisirent dehors. La Patronne fut particulièrement câline avec Saniette afin d'être
certaine qu'il reviendrait le lendemain. « Mais vous ne
m'avez pas l'air couvert, mon petit, me dit M. Verdurin,
chez qui son grand âge autorisait cette appellation paternelle. On dirait que le temps a changé. » Ces mots me
remplirent de joie, comme si la vie profonde, le surgis-
sement de combinaisons différentes qu'ils impliquaient
dans la nature, devait annoncer d'autres changements,
ceux-là se produisant dans ma vie, et y créer des possibilités nouvelles. Rien qu'en ouvrant la porte sur le parc,
avant de partir, on sentait qu'un autre « temps » occupait
depuis un instant la scène ; des souffles frais, volupté esti-
vale, s'élevaient dans la sapinière (où jadis Mme de Cambremer rêvait de Chopin) et presque imperceptiblement,
en méandres caressants, en remous capricieux, commençaient leurs légers nocturnes. Je refusai la couverture que,
les soirs suivants, je devais accepter, quand Albertine
serait là, plutôt pour le secret du plaisir que contre le
danger du froid. On chercha en vain le philosophe norvégien. Une colique l'avait-elle saisi ? Avait-il eu peur de
manquer le train ? Un aéroplane était-il venu le chercher ?
Avait-il été emporté dans une assomption ? Toujours est-il
qu'il avait disparu sans qu'on eût eu le temps de s'en
apercevoir, comme un dieu. « Vous avez tort, me dit
M. de Cambreme r, il fait un froid de canard. — Pourquoi
de canard ? demanda le docteur. — Gare aux étouffements,
reprit le marquis. Ma sœur ne sort jamais le soir. Du
reste, elle est assez mal hypothéquée en ce moment. Ne
restez pas en tous cas ainsi tête nue, mettez vite votre
couvre-chef. — Ce ne sont pas des étouffements *a frigore*,
dit sentencieusement Cottard. — Ah ! alors, dit M. de
Cambremer en s'inclinant, du moment que c'est votre
avis... — Avis au lecteur ! » dit le docteur en glissant ses

regards hors de son lorgnon pour sourire. M. de Cambremer rit, mais persuadé qu'il avait raison, il insista.
« Cependant, dit-il, chaque fois que ma sœur sort le soir,
elle a une crise. — Il est inutile d'ergoter, répondit le
docteur, sans se rendre compte de son impolitesse. Du
reste, je ne fais pas de médecine au bord de la mer, sauf
si je suis appelé en consultation. Je suis ici en vacances. »
Il y était, du reste, plus encore peut-être qu'il n'eût voulu.
M. de Cambremer lui ayant dit, en montant avec lui en
voiture : « Nous avons la chance d'avoir aussi près de
nous (pas de votre côté de la baie, de l'autre, mais elle est
si resserrée à cet endroit-là) une autre célébrité médicale,
le docteur du Boulbon », Cottard qui d'habitude, par *déon-
tologie*, s'abstenait de critiquer ses confrères, ne put s'empêcher de s'écrier, comme il avait fait devant moi le jour
funeste où nous étions allés dans le petit Casino : « Mais
ce n'est pas un médecin. Il fait de la médecine littéraire,
c'est de la thérapeutique fantaisiste, du charlatanisme.
D'ailleurs, nous sommes en bons termes. Je prendrais le
bateau pour aller le voir une fois si je n'étais obligé de
m'absenter. » Mais à l'air que prit Cottard pour parler
de du Boulbon à M. de Cambremer, je sentis que le bateau
avec lequel il fût allé volontiers le trouver eût beaucoup
ressemblé à ce navire que, pour aller ruiner les eaux
découvertes par un autre médecin littéraire, Virgile
(lequel leur enlevait aussi toute leur clientèle), avaient
frété les docteurs de Salerne, mais qui sombra avec eux
pendant la traversée. « Adieu, mon petit Saniette, ne
manquez pas de venir demain, vous savez que mon mari
vous aime beaucoup. Il aime votre esprit, votre intelligence ; mais si, vous le savez bien, il aime prendre des
airs brusques, mais il ne peut pas se passer de vous voir.
C'est toujours la première question qu'il me pose : " Est-ce
que Saniette vient ? j'aime tant le voir ! " — Je n'ai
jamais dit ça », dit M. Verdurin à Saniette avec une franchise simulée qui semblait concilier parfaitement ce que
disait la Patronne avec la façon dont il traitait Saniette.
Puis regardant sa montre, sans doute pour ne pas pro-

longer les adieux dans l'humidité du soir, il recommanda
aux cochers de ne pas traîner, mais d'être prudents à la
descente, et assura que nous arriverions avant le train.
Celui-ci devait déposer les fidèles l'un à une gare, l'autre
à une autre, en finissant par moi, aucun autre n'allant
aussi loin que Balbec, et en commençant par les Cambremer. Ceux-ci, pour ne pas faire monter leurs chevaux dans
la nuit jusqu'à la Raspelière, prirent le train avec nous à
Douville-Féterne. La station le plus rappochée de chez
eux n'était pas, en effet, celle-ci, qui, déjà un peu distante
du village, l'est encore plus du château, mais la Sogne. En
arrivant à la gare de Douville-Féterne, M. de Cambremer
tint à donner « la pièce », comme disait Françoise, au
cocher des Verdurin (justement le gentil cocher sensible,
à idées mélancoliques), car M. de Cambremer était
généreux, et en cela était plutôt « du côté de sa maman ».
Mais, soit que « le côté de son papa » intervînt ici, tout en
donnant il éprouvait le scrupule d'une erreur commise
— soit par lui qui, voyant mal, donnerait, par exemple,
un sou pour un franc, soit par le destinataire qui ne s'aper-
cevrait pas de l'importance du don qu'il lui faisait. Aussi
fit-il remarquer celle-ci : « C'est bien un franc que je vous
donne, n'est-ce pas ? » dit-il au cocher en faisant miroiter
la pièce dans la lumière, et pour que les fidèles pussent le
répéter à Mme Verdurin. « N'est-ce pas ? c'est bien vingt
sous, comme ce n'est qu'une petite course. » Lui et
Mme de Cambremer nous quittèrent à la Sogne. « Je dirai
à ma sœur, me répéta-t-il, que vous avez des étouffements,
je suis sûr de l'intéresser. » Je compris qu'il entendait : de
lui faire plaisir. Quant à sa femme, elle employa, en prenant congé de moi, deux de ces abréviations qui, même
écrites, me choquaient alors dans une lettre, bien qu'on
s'y soit habitué depuis, mais qui, parlées, me semblent
encore, même aujourd'hui, avoir, dans leur négligé voulu,
dans leur familiarité apprise, quelque chose d'insuppor-
tablement pédant : « Contente d'avoir passé la soirée avec
vous, me dit-elle ; amitiés à Saint-Loup, si vous le voyez. »
En me disant cette phrase, Mme de Cambremer prononça

Saint-Loupe. Je n'ai jamais appris qui avait prononcé
ainsi devant elle, ou ce qui lui avait donné à croire qu'il
fallait prononcer ainsi. Toujours est-il que, pendant
quelques semaines, elle prononça Saint-Loupe, et qu'un
homme qui avait une grande admiration pour elle et ne
faisait qu'un avec elle, fit de même. Si d'autres personnes
disaient Saint-Lou, ils insistaient, disaient avec force
Saint-Loupe, soit pour donner indirectement une leçon
aux autres, soit pour se distinguer d'eux. Mais sans doute,
des femmes plus brillantes que Mme de Cambremer lui
dirent, ou lui firent indirectement comprendre, qu'il ne
fallait pas prononcer ainsi, et que ce qu'elle prenait pour
de l'originalité était une erreur qui la ferait croire peu au
courant des choses du monde, car peu de temps après
Mme de Cambremer redisait Saint-Lou, et son admira-
teur cessait également toute résistance, soit qu'elle l'eût
chapitré, soit qu'il eût remarqué qu'elle ne faisait plus
sonner la finale, et se fût dit que, pour qu'une femme de
cette valeur, de cette énergie et de cette ambition, eût cédé,
il fallait que ce fût à bon escient. Le pire de ses admira-
teurs était son mari. Mme de Cambremer aimait à faire
aux autres des taquineries, souvent fort impertinentes.
Sitôt qu'elle s'attaquait de la sorte, soit à moi, soit à un
autre, M. de Cambremer se mettait à regarder la victime
en riant. Comme le marquis était louche — ce qui donne
une intention d'esprit à la gaîté même des imbéciles —
l'effet de ce rire était de ramener un peu de pupille sur le
blanc, sans cela complet, de l'œil. Ainsi une éclaircie met
un peu de bleu dans un ciel ouaté de nuages. Le monocle
protégeait, du reste, comme un verre sur un tableau précieux, cette opération délicate. Quant à l'intention même
du rire, on ne sait trop si elle était aimable : « Ah ! gredin !
vous pouvez dire que vous êtes à envier. Vous êtes dans
les faveurs d'une femme d'un rude esprit » ; ou rosse :
« Hé bien, Monsieur, j'espère qu'on vous arrange, vous en
avalez des couleuvres » ; ou serviable : « Vous savez, je suis
là, je prends la chose en riant parce que c'est pure plaisanterie, mais je ne vous laisserais pas malmener » ; ou cruel-

lement complice : « Je n'ai pas à mettre mon petit grain de sel, mais vous voyez, je me tords de toutes les avanies qu'elle vous prodigue. Je rigole comme un bossu, donc j'approuve, moi le mari. Aussi, s'il vous prenait fantaisie de vous rebiffer, vous trouveriez à qui parler, mon petit monsieur. Je vous administrerais d'abord une paire de claques, et soignées, puis nous irions croiser le fer dans la forêt de Chantepie. »

Quoi qu'il en fût de ces diverses interprétations de la gaîté du mari, les foucades de la femme prenaient vite fin. Alors M. de Cambremer cessait de rire, la prunelle momentanée disparaissait, et comme on avait perdu depuis quelques minutes l'habitude de l'œil tout blanc, il donnait à ce rouge Normand quelque chose à la fois d'exsangue et d'extatique, comme si le marquis venait d'être opéré ou s'il implorait du Ciel, sous son monocle, les palmes du martyre.

CHAPITRE III

Tristesses de M. de Charlus. − Son duel fictif. − Les stations du « Transatlantique ». − Fatigué d'Albertine, je veux rompre avec elle.

Je tombais de sommeil. Je fus monté en ascenseur jusqu'à mon étage non par le liftier, mais par le chasseur louche, qui engagea la conversation pour me raconter que sa sœur était toujours avec le monsieur si riche, et qu'une fois, comme elle avait envie de retourner chez elle au lieu de rester sérieuse, son monsieur avait été trouver la mère du chasseur louche et des autres enfants plus fortunés, laquelle avait ramené au plus vite l'insensée chez son ami. « Vous savez, Monsieur, c'est une grande dame que ma sœur. Elle touche du piano, cause l'espagnol. Et vous ne le croiriez pas, pour la sœur du simple employé qui vous fait monter l'ascenseur, elle ne se refuse rien ; Madame a sa femme de chambre à elle, je ne serais pas épaté qu'elle ait un jour sa voiture. Elle est très jolie, si vous la voyiez, un peu trop fière, mais dame ! ça se comprend. Elle a beaucoup d'esprit. Elle ne quitte jamais un hôtel sans se soulager dans une armoire, une commode, pour laisser un petit souvenir à la femme de chambre qui aura à nettoyer. Quelquefois même, dans une voiture, elle fait ça, et après avoir payé sa course, se cache dans un coin, histoire de rire en voyant rouspéter le cocher qui a à relaver sa voiture. Mon père était bien tombé aussi en trouvant pour mon jeune frère ce prince indien qu'il avait connu autrefois. Naturellement, c'est un autre genre. Mais la position est superbe. S'il n'y avait pas les voyages, ce serait le rêve. Il n'y a que moi jusqu'ici qui suis resté sur le carreau. Mais on ne peut pas savoir. La chance est dans ma famille ; qui sait si je ne serai pas un jour président de la République ? Mais je vous fais babiller (je n'avais pas dit une seule parole et je commençais à m'endormir en écoutant les siennes). Bonsoir, Monsieur. Oh ! merci, Monsieur. Si tout le monde avait aussi bon cœur que vous, il n'y aurait plus de malheureux. Mais, comme dit ma sœur, il faudra toujours qu'il y en ait pour que, maintenant que je suis riche, je puisse un peu les emmerder. Passez-moi l'expression. Bonne nuit, Monsieur. »

Peut-être chaque soir acceptons-nous le risque de vivre, en dormant, des souffrances que nous considérons comme nulles et non avenues parce qu'elles seront ressenties au cours d'un sommeil que nous croyons sans conscience.

En effet, ces soirs où je rentrais tard de la Raspelière, j'avais très sommeil. Mais, dès que les froids vinrent, je ne pouvais m'endormir tout de suite car le feu éclairait comme si on eût allumé une lampe. Seulement ce n'était qu'une flambée, et — comme une lampe aussi, comme le jour quand le soir tombe — sa trop vive lumière ne tardait pas à baisser ; et j'entrais dans le sommeil, lequel est comme un second appartement que nous aurions et où, délaissant le nôtre, nous serions allé dormir. Il a des sonneries à lui, et nous y sommes quelquefois violemment réveillés par un bruit de timbre, parfaitement entendu de nos oreilles, quand pourtant personne n'a sonné. Il a ses domestiques, ses visiteurs particuliers qui viennent nous chercher pour sortir, de sorte que nous sommes prêts à nous lever quand force nous est de constater, par notre presque immédiate transmigration dans l'autre appartement, celui de la veille, que la chambre est vide, que personne n'est venu. La race qui l'habite, comme celle des premiers humains, est androgyne. Un homme y apparaît au bout d'un instant sous l'aspect d'une femme. Les choses y ont une aptitude à devenir des hommes, les hommes des amis et des ennemis. Le temps qui s'écoule pour le dormeur, durant ces sommeils-là, est absolument différent du temps dans lequel s'accomplit la vie de l'homme réveillé. Tantôt son cours est beaucoup plus rapide, un quart d'heure semble une journée; quelquefois beaucoup plus long, on croit n'avoir fait qu'un léger somme, on a dormi tout le jour. Alors, sur le char du sommeil, on descend dans des profondeurs où le souvenir ne peut plus le rejoindre et en deçà desquelles l'esprit a été obligé de rebrousser chemin.

L'attelage du sommeil, semblable à celui du soleil, va d'un pas si égal, dans une atmosphère où ne peut plus l'arrêter aucune résistance, qu'il faut quelque petit caillou aérolithique étranger à nous (dardé de l'azur par quel Inconnu ?) pour atteindre le sommeil régulier (qui sans cela n'aurait aucune raison de s'arrêter et durerait d'un mouvement pareil jusque dans les siècles des siècles) et le faire, d'une brusque courbe, revenir vers le réel, brûler les étapes, traverser les régions voisines de la vie — où bientôt le dormeur entendra, de celle-ci, les rumeurs presque vagues encore, mais déjà perceptibles, bien que déformées — et atterrir brusquement au réveil. Alors de ces sommeils profonds on s'éveille dans une aurore, ne sachant qui on est, n'étant personne, neuf, prêt à tout, le cerveau se trouvant vidé de ce passé qui était la vie jusque-là. Et peut-être est-ce plus beau encore quand l'atterrissage du réveil se fait brutalement et que nos pensées du sommeil, dérobées par une chape d'oubli, n'ont pas le temps de revenir progressivement avant que le sommeil ne cesse. Alors du noir orage qu'il nous semble avoir traversé (mais nous ne disons même pas *nous*) nous sortons gisants, sans

pensées : un « nous » qui serait sans contenu. Quel coup
de marteau l'être ou la chose qui est là a-t-elle reçu
pour tout ignorer, stupéfaite jusqu'au moment où la
mémoire accourue lui rend la conscience ou la personnalité ? Encore, pour ces deux genres de réveil,
faut-il ne pas s'endormir, même profondément, sous la
loi de l'habitude. Car tout ce que l'habitude enserre
dans ses filets, elle le surveille ; il faut lui échapper,
prendre le sommeil au moment où on croyait faire tout
autre chose que dormir, prendre en un mot un sommeil
qui ne demeure pas sous la tutelle de la prévoyance, avec
la compagnie, même cachée, de la réflexion.

Du moins, dans ces réveils tels que je viens de les
décrire, et qui étaient la plupart du temps les miens
quand j'avais dîné la veille à la Raspelière, tout se passait comme s'il en était ainsi, et je peux en témoigner,
moi l'étrange humain qui, en attendant que la mort le
délivre, vit les volets clos, ne sait rien du monde, reste
immobile comme un hibou et, comme celui-ci, ne voit
un peu clair que dans les ténèbres. Tout se passe comme
s'il en était ainsi, mais peut-être seule une couche
d'étoupe a-t-elle empêché le dormeur de percevoir le
dialogue intérieur des souvenirs et le verbiage incessant
du sommeil. Car (ce qui peut, du reste, s'expliquer aussi
bien dans le premier système, plus vaste, plus mystérieux,
plus astral) au moment où le réveil se produit, le dormeur
entend une voix intérieure qui lui dit : « Viendrez-vous
à ce dîner ce soir, cher ami ? comme ce serait agréable ! »
et pense : « Oui, comme ce sera agréable, j'irai » ; puis,
le réveil s'accentuant, il se rappelle soudain : « Ma
grand'mère n'a plus que quelques semaines à vivre,
assure le docteur. » Il sonne, il pleure à l'idée que ce ne
sera pas, comme autrefois, sa grand'mère, sa grand'
mère mourante, mais un indifférent valet de chambre
qui va venir lui répondre. Du reste, quand le sommeil
l'emmenait si loin hors du monde habité par le souvenir
et la pensée, à travers un éther où il était seul, plus que
seul, n'ayant même pas ce compagnon où l'on s'aperçoit

soi-même, il était hors du temps et de ses mesures. Déjà le valet de chambre entre, et il n'ose lui demander l'heure, car il ignore s'il a dormi, combien d'heures il a dormi (il se demande si ce n'est pas combien de jours, tant il revient le corps rompu et l'esprit reposé, le cœur nostalgique, comme d'un voyage trop lointain pour n'avoir pas duré longtemps).

Certes on peut prétendre qu'il n'y a qu'un temps, pour la futile raison que c'est en regardant la pendule qu'on a constaté n'être qu'un quart d'heure ce qu'on avait cru une journée. Mais au moment où on le constate, on est justement un homme éveillé, plongé dans le temps des hommes éveillés, on a déserté l'autre temps. Peut-être même plus qu'un autre temps : une autre vie. Les plaisirs qu'on a dans le sommeil, on ne les fait pas figurer dans le compte des plaisirs éprouvés au cours de l'existence. Pour ne faire allusion qu'au plus vulgairement sensuel de tous, qui de nous, au réveil, n'a ressenti quelque agacement d'avoir éprouvé, en dormant, un plaisir que, si l'on ne veut pas trop se fatiguer, on ne peut plus, une fois éveillé, renouveler indéfiniment ce jour-là? C'est comme du bien perdu. On a eu du plaisir dans une autre vie qui n'est pas la nôtre. Souffrances et plaisirs du rêve (qui généralement s'évanouissent bien vite au réveil), si nous les faisons figurer dans un budget, ce n'est pas dans celui de la vie courante.

J'ai dit deux temps ; peut-être n'y en a-t-il qu'un seul, non que celui de l'homme éveillé soit valable pour le dormeur, mais peut-être parce que l'autre vie, celle où on dort, n'est pas — dans sa partie profonde — soumise à la catégorie du temps. Je me le figurais quand, aux lendemains des dîners à la Raspelière, je m'endormais si complètement. Voici pourquoi. Je commençais à me désespérer, au réveil, en voyant qu'après que j'avais sonné dix fois, le valet de chambre n'était pas venu. A la onzième il entrait. Ce n'était que la première. Les dix autres n'étaient que des ébauches, dans mon sommeil qui durait encore, du coup de sonnette que je voulais.

Mes mains gourdes n'avaient seulement pas bougé. Or ces matins-là (et c'est ce qui me fait dire que le sommeil ignore peut-être la loi du temps), mon effort pour m'éveiller consistait surtout en un effort pour faire entrer le bloc obscur, non défini, du sommeil que je venais de vivre, aux cadres du temps. Ce n'est pas tâche facile ; le sommeil, qui ne sait si nous avons dormi deux heures ou deux jours, ne peut nous fournir aucun point de repère. Et si nous n'en trouvons pas au dehors, ne parvenant pas à rentrer dans le temps, nous nous rendormons pour cinq minutes, qui nous semblent trois heures.

J'ai toujours dit — et expérimenté — que le plus puissant des hypnotiques est le sommeil. Après avoir dormi profondément deux heures, s'être battu avec tant de géants, et avoir noué pour toujours tant d'amitiés, il est bien plus difficile de s'éveiller qu'après avoir pris plusieurs grammes de véronal. Aussi, raisonnant de l'un à l'autre, je fus surpris d'apprendre par le philosophe norvégien, qui le tenait de M. Boutroux, « son éminent collègue — pardon, son confrère », — ce que M. Bergson pensait des altérations particulières de la mémoire dues aux hypnotiques. « Bien entendu, aurait dit M. Bergson à M. Boutroux, à en croire le philosophe norvégien, les hypnotiques pris de temps en temps, à doses modérées, n'ont pas d'influence sur cette solide mémoire de notre vie de tous les jours, si bien installée en nous. Mais il est d'autres mémoires, plus hautes, plus instables aussi. Un de mes collègues fait un cours d'histoire ancienne. Il m'a dit que si, la veille, il avait pris un cachet pour dormir, il avait de la peine, pendant son cours, à retrouver les citations grecques dont il avait besoin. Le docteur qui lui avait recommandé ces cachets lui assura qu'ils étaient sans influence sur la mémoire. " C'est peut-être que vous n'avez pas à faire des citations grecques ", lui avait répondu l'historien, non sans un orgueil moqueur. »

Je ne sais si cette conversation entre M. Bergson et

M. Boutroux est exacte. Le philosophe norvégien,
pourtant si profond et si clair, si passionnément attentif,
a pu mal comprendre. Personnellement mon expérience
m'a donné des résultats opposés.

Les moments d'oubli qui suivent, le lendemain,
l'ingestion de certains narcotiques ont une ressemblance
partielle seulement, mais troublante, avec l'oubli qui
règne au cours d'une nuit de sommeil naturel et profond.
Or, ce que j'oublie dans l'un et l'autre cas, ce n'est
pas tel vers de Baudelaire qui me fatigue plutôt, « ainsi
qu'un tympanon », ce n'est pas tel concept d'un des
philosophes cités, c'est la réalité elle-même des choses
vulgaires qui m'entourent — si je dors — et dont la non-
perception fait de moi un fou ; c'est — si je suis éveillé
et sors à la suite d'un sommeil artificiel — non pas le
système de Porphyre ou de Plotin, dont je puis discuter
aussi bien qu'un autre jour, mais la réponse que j'ai
promise de donner à une invitation, au souvenir de
laquelle s'est substitué un pur blanc. L'idée élevée est
restée à sa place ; ce que l'hypnotique a mis hors d'usage,
c'est le pouvoir d'agir dans les petites choses, dans tout
ce qui demande de l'activité pour ressaisir juste à temps,
pour empoigner tel souvenir de la vie de tous les jours.
Malgré tout ce qu'on peut dire de la survie après la
destruction du cerveau, je remarque qu'à chaque altération du cerveau correspond un fragment de mort.
Nous possédons tous nos souvenirs, sinon la faculté
de nous les rappeler, dit d'après M. Bergson le grand
philosophe norvégien, dont je n'ai pas essayé, pour ne
pas ralentir encore, d'imiter le langage. Sinon la faculté
de se les rappeler. Mais qu'est-ce qu'un souvenir qu'on
ne se rappelle pas ? Ou bien, allons plus loin. Nous ne nous
rappelons pas nos souvenirs des trente dernières années ;
mais ils nous baignent tout entiers ; pourquoi alors
s'arrêter à trente années, pourquoi ne pas prolonger
jusqu'au delà de la naissance cette vie antérieure ?
Du moment que je ne connais pas toute une partie des
souvenirs qui sont derrière moi, du moment qu'ils me

sont invisibles, que je n'ai pas la faculté de les appeler
à moi, qui me dit que, dans cette *masse* inconnue de moi,
il n'y en a pas qui remontent à bien au delà de ma vie
humaine ? Si je puis avoir en moi et autour de moi tant
de souvenirs dont je ne me souviens pas, cet oubli (du
moins oubli de fait puisque je n'ai pas la faculté de rien
voir) peut porter sur une vie que j'ai vécue dans le corps
d'un autre homme, même sur une autre planète. Un
même oubli efface tout. Mais alors que signifie cette
immortalité de l'âme dont le philosophe norvégien
affirmait la réalité ? L'être que je serai après la mort
n'a pas plus de raisons de se souvenir de l'homme que
je suis depuis ma naissance que ce dernier ne se souvient
de ce que j'ai été avant elle.

Le valet de chambre entrait. Je ne lui disais pas que
j'avais sonné plusieurs fois, car je me rendais compte que
je n'avais fait jusque-là que le rêve que je sonnais. J'étais
effrayé pourtant de penser que ce rêve avait eu la netteté
de la connaissance. La connaissance aurait-elle réciproquement, l'irréalité du rêve ?

En revanche, je lui demandais qui avait tant sonné
cette nuit. Il me disait : personne, et pouvait l'affirmer,
car le « tableau » des sonneries eût marqué. Pourtant
j'entendais les coups répétés, presque furieux, qui
vibraient encore dans mon oreille et devaient me rester
perceptibles pendant plusieurs jours. Il est pourtant
rare que le sommeil jette ainsi dans la vie éveillée des
souvenirs qui ne meurent pas avec lui. On peut compter
ces aérolithes. Si c'est une idée que le sommeil a forgée,
elle se dissocie très vite en fragments ténus, irretrouvables.
Mais, là, le sommeil avait fabriqué des sons. Plus maté-
riels et plus simples, ils duraient davantage.

J'étais étonné de l'heure relativement matinale que me
disait le valet de chambre. Je n'en étais pas moins
reposé. Ce sont les sommeils légers qui ont une longue
durée, parce qu'intermédiaires entre la veille et le sommeil,
gardant de la première une notion un peu effacée mais
permanente, il leur faut infiniment plus de temps pour

nous reposer qu'un sommeil profond, lequel peut être
court. Je me sentais bien à mon aise pour une autre
raison. S'il suffit de se rappeler qu'on s'est fatigué pour
sentir péniblement sa fatigue, se dire : « Je me suis reposé»
suffit à créer le repos. Or j'avais rêvé que M. de Charlus
avait cent dix ans et venait de donner une paire de
claques à sa propre mère, Mme Verdurin, parce qu'elle
avait acheté cinq milliards un bouquet de violettes ;
j'étais donc assuré d'avoir dormi profondément, rêvé
à rebours de mes notions de la veille et de toutes les
possibilités de la vie courante ; cela suffisait pour que je
me sentisse tout reposé.

J'aurais bien étonné ma mère, qui ne pouvait comprendre l'assiduité de M. de Charlus chez les Verdurin,
si je lui avais raconté (précisément le jour où avait été
commandée la toque d'Albertine, sans rien lui en dire
et pour qu'elle en eût la surprise) avec qui M. de Charlus
était venu dîner dans un salon au Grand-Hôtel de
Balbec. L'invité n'était autre que le valet de pied d'une
cousine des Cambremer. Ce valet de pied était habillé
avec une grande élégance et, quand il traversa le hall
avec le baron, il « fit homme du monde » aux yeux des
touristes, comme aurait dit Saint-Loup. Même les jeunes
chasseurs, les « lévites » qui descendaient en foule les
degrés du temple à ce moment, parce que c'était celui
de la relève, ne firent pas attention aux deux arrivants,
dont l'un, M. de Charlus, tenait, en baissant les yeux,
à montrer qu'il leur en accordait très peu. Il avait l'air
de se frayer un passage au milieu d'eux. " Prospérez,
cher espoir d'une nation sainte ", dit-il en se rappelant
des vers de Racine, cités dans un tout autre sens. —
Plaît-il ? » demanda le valet de pied, peu au courant des
classiques. M. de Charlus ne lui répondit pas, car il
mettait un certain orgueil à ne pas tenir compte des
questions et à marcher droit devant lui comme s'il n'y
avait pas eu d'autres clients de l'hôtel et s'il n'existait
au monde que lui, baron de Charlus. Mais, ayant continué
les vers de Josabeth : « Venez, venez, mes filles », il se

sentit dégoûté et n'ajouta pas, comme elle : « Il faut
les appeler », car ces jeunes enfants n'avaient pas encore
atteint l'âge où le sexe est entièrement formé et qui
plaisait à M. de Charlus.

D'ailleurs, s'il avait écrit au valet de pied de Mᵐᵉ de
Chevregny, parce qu'il ne doutait pas de sa docilité,
il l'avait espéré plus viril. Il le trouvait, à le voir, plus
efféminé qu'il n'eût voulu. Il lui dit qu'il aurait cru
avoir affaire à quelqu'un d'autre, car il connaissait de
vue un autre valet de pied de Mᵐᵉ de Chevregny,
qu'en effet il avait remarqué sur la voiture. C'était une
espèce de paysan fort rustaud, tout l'opposé de celui-ci,
qui, estimant au contraire ses mièvreries autant de supériorités et ne doutant pas que ce fussent ces qualités
d'homme du monde qui eussent séduit M. de Charlus,
ne comprit même pas de qui le baron voulait parler.
« Mais je n'ai aucun camarade qu'un que vous ne pouvez
pas avoir reluqué, il est affreux, il a l'air d'un gros
paysan. » Et à l'idée que c'était peut-être ce rustre que le
baron avait vu, il éprouva une piqûre d'amour-propre.
Le baron la devina et, élargissant son enquête : « Mais
je n'ai pas fait un vœu spécial de ne connaître que des gens
de Mᵐᵉ de Chevregny, dit-il. Est-ce que, ici, ou à Paris
puisque vous partez bientôt, vous ne pourriez pas me
présenter beaucoup de vos camarades d'une maison ou
d'une autre ? — Oh! non! répondit le valet de pied, je
ne fréquente personne de ma classe. Je ne leur parle
que pour le service. Mais il y a quelqu'un de très bien
que je pourrai vous faire connaître. — Qui ? demanda
le baron .— Le prince de Guermantes. » M. de Charlus
fut dépité qu'on ne lui offrît qu'un homme de cet âge,
et pour lequel, du reste, il n'avait pas besoin de la recommandation d'un valet de pied. Aussi déclina-t-il
l'offre d'un ton sec et, ne se laissant pas décourager par
les prétentions mondaines du larbin, recommença à lui
expliquer ce qu'il voudrait, le genre, le type, soit un
jockey, etc. Craignant que le notaire, qui passait à
ce moment-là, ne l'eût entendu, il crut fin de montrer

qu'il parlait de tout autre chose que de ce qu'on aurait pu croire et dit avec insistance et à la cantonade, mais comme s'il ne faisait que continuer sa conversation : « Oui, malgré mon âge j'ai gardé le goût de bibeloter, le goût des jolis bibelots, je fais des folies pour un vieux bronze, pour un lustre ancien. J'adore le Beau. »

Mais pour faire comprendre au valet de pied le changement de sujet qu'il avait exécuté si rapidement, M. de Charlus pesait tellement sur chaque mot, et de plus, pour être entendu du notaire, il les criait tous si fort, que tout ce jeu de scène eût suffi à déceler ce qu'il cachait pour des oreilles plus averties que celles de l'officier ministériel. Celui-ci ne se douta de rien, non plus qu'aucun autre client de l'hôtel, qui virent tous un élégant étranger dans le valet de pied si bien mis. En revanche, si les hommes du monde s'y trompèrent et le prirent pour un Américain très chic, à peine parut-il devant les domestiques qu'il fut deviné par eux, comme un forçat reconnaît un forçat, même plus vite, flairé à distance comme un animal par certains animaux. Les chefs de rang levèrent l'œil. Aimé jeta un regard soupçonneux. Le sommelier, haussant les épaules, dit derrière sa main, parce qu'il crut cela de la politesse, une phrase désobligeante que tout le monde entendit.

Et même notre vieille Françoise, dont la vue baissait et qui passait à ce moment-là au pied de l'escalier pour aller dîner « aux courriers », leva la tête, reconnut un domestique là où des convives de l'hôtel ne le soupçonnaient pas — comme la vieille nourrice Euryclée reconnaît Ulysse bien avant les prétendants assis au festin — et, voyant marcher familièrement avec lui M. de Charlus, eut une expression accablée, comme si tout d'un coup des méchancetés qu'elle avait entendu dire et n'avait pas crues eussent acquis à ses yeux une navrante vraisemblance. Elle ne me parla jamais, ni à personne, de cet incident, mais il dut faire faire à son cerveau un travail considérable, car plus tard, chaque fois qu'à Paris elle eut l'occasion de voir « Julien »,

qu'elle avait jusque-là tant aimé, elle eut toujours avec
lui de la politesse, mais qui avait refroidi et était toujours
additionnée d'une forte dose de réserve. Ce même incident amena au contraire quelqu'un d'autre à me faire
une confidence ; ce fut Aimé. Quand j'avais croisé
M. de Charlus, celui-ci, qui n'avait pas cru me rencontrer,
me cria, en levant la main : « Bonsoir », avec l'indifférence, apparente du moins, d'un grand seigneur qui se
croit tout permis et qui trouve plus habile d'avoir l'air
de ne pas se cacher. Or Aimé, qui, à ce moment, l'obser-
vait d'un œil méfiant et qui vit que je saluais le compagnon
de celui en qui il était certain de voir un domestique,
me demanda le soir même qui c'était.

Car depuis quelque temps Aimé aimait à causer ou
plutôt, comme il disait, sans doute pour marquer le
caractère selon lui philosophique de ces causeries, à
« discuter » avec moi. Et comme je lui disais souvent
que j'étais gêné qu'il restât debout près de moi pendant
que je dînais au lieu qu'il pût s'asseoir et partager mon
repas, il déclarait qu'il n'avait jamais vu un client ayant
« le raisonnement aussi juste ». Il causait en ce moment
avec deux garçons. Ils m'avaient salué, je ne savais pas
pourquoi ; leurs visages m'étaient inconnus, bien que
dans leur conversation résonnât une rumeur qui ne me
semblait pas nouvelle. Aimé les morigénait tous deux à
cause de leurs fiançailles, qu'il désapprouvait. Il me prit
à témoin, je dis que je ne pouvais avoir d'opinion, ne les
connaissant pas. Ils me rappelèrent leur nom, qu'ils
m'avaient souvent servi à Rivebelle. Mais l'un avait
laissé pousser sa moustache, l'autre l'avait rasée et
s'était fait tondre ; et à cause de cela, bien que ce fût
leur tête d'autrefois qui était posée sur leurs épaules
(et non une autre, comme dans les restaurations fautives
de Notre-Dame), elle m'était restée aussi invisible que ces
objets qui échappent aux perquisitions les plus minu-
tieuses, et qui traînent simplement aux yeux de tous,
lesquels ne les remarquent pas, sur une cheminée.
Dès que je sus leur nom, je reconnus exactement la

musique incertaine de leur voix parce que je revis
leur ancien visage qui la déterminait. « Ils veulent se
marier et ils ne savent seulement pas l'anglais ! » me dit
Aimé, qui ne songeait pas que j'étais peu au courant
de la profession hôtelière et comprenais mal que, si on
ne sait pas les langues étrangères, on ne peut pas compter
sur une situation.

Moi qui croyais qu'il saurait aisément que le nouveau
dîneur était M. de Charlus, et me figurais même qu'il
devait se le rappeler, l'ayant servi dans la salle à manger
quand le baron était venu, pendant mon premier séjour
à Balbec, voir Mme de Villeparisis, je lui dis son nom.
Or non seulement Aimé ne se rappelait pas le baron de
Charlus, mais ce nom parut lui produire une impression
profonde. Il me dit qu'il chercherait le lendemain dans
ses affaires une lettre que je pourrais peut-être lui expliquer. Je fus d'autant plus étonné que M. de Charlus,
quand il avait voulu me donner un livre de Bergotte, à
Balbec, la première année, avait fait spécialement demander Aimé, qu'il avait dû retrouver ensuite dans ce
restaurant de Paris où j'avais déjeuné avec Saint-Loup
et sa maîtresse et où M. de Charlus était venu nous
espionner. Il est vrai qu'Aimé n'avait pu accomplir
en personne ces missions, étant, une fois, couché et,
la seconde fois, en train de servir. J'avais pourtant de
grands doutes sur sa sincérité quand il prétendait ne
pas connaître M. de Charlus. D'une part, il avait dû
convenir au baron. Comme tous les chefs d'étage de
l'hôtel de Balbec, comme plusieurs valets de chambre
du prlnce de Guermantes, Aimé appartenait à une race
plus ancienne que celle du Prince, donc plus noble. Quand
on demandait un salon, on se croyait d'abord seul. Mais
bientôt dans l'office on apercevait un sculptural maître
d'hôtel, de ce genre étrusque roux dont Aimé était le type,
un peu vieilli par les excès de champagne et voyant venir
l'heure nécessaire de l'eau de Contrexéville. Tous les
clients ne leur demandaient pas que de les servir. Les
commis, qui étaient jeunes, scrupuleux, pressés, attendus

par une maîtresse en ville, se dérobaient. Aussi Aimé
leur reprochait-il de n'être pas sérieux. Il en avait le
droit. Sérieux, lui l'était. Il avait une femme et des enfants, de l'ambition pour eux. Aussi les avances qu'une
étrangère ou un étranger lui faisaient, il ne les repoussait
pas, fallût-il rester toutre la nuit. Car le travail doit
passer avant tout. Il avait tellement le genre qui pouvait
plaire à M. de Charlus que je le soupçonnai de mensonge
quand il me dit ne pas le connaître. Je me trompais.
C'est en toute vérité que le groom avait dit au baron
qu'Aimé (qui lui avait passé un savon le lendemain)
était couché (ou sorti), et l'autre fois en train de servir.
Mais l'imagination suppose au delà de la réalité. Et
l'embarras du groom avait probablement excité chez
M. de Charlus, quant à la sincérité de ses excuses, des
doutes qui avaient blessé chez lui des sentiments qu'Aimé
ne soupçonnait pas. On a vu aussi que Saint-Loup avait
empêché Aimé d'aller à la voiture où M. de Charlus qui,
je ne sais comment, s'était procuré la nouvelle adresse
du maître d'hôtel, avait éprouvé une nouvelle déception.
Aimé, qui ne l'avait pas remarqué, éprouva un étonnement qu'on peut concevoir quand, le soir même du jour
où j'avais déjeuné avec Saint-Loup et sa maîtresse,
il reçut une lettre fermée par un cachet aux armes de
Guermantes et dont je citerai ici quelques passages
comme exemple de folie unilatérale chez un homme
intelligent s'adressant à un imbécile sensé. « Monsieur,
je n'ai pu réussir, malgré des efforts qui étonneraient
bien des gens cherchant inutilement à être reçus et
salués par moi, à obtenir que vous écoutiez les quelques
explications que vous ne me demandiez pas, mais que je
croyais de ma dignité et de la vôtre de vous offrir. Je
vais donc écrire ici ce qu'il eût été plus aisé de vous dire
de vive voix. Je ne vous cacherai pas que, la première
fois que je vous ai vu à Balbec, votre figure m'a été
franchement antipathique. » Suivaient alors des réflexions
sur la ressemblance — remarquée le second jour seulement — avec un ami défunt pour qui M. de Charlus

avait eu une grande affection. « J'avais eu alors un moment l'idée que vous pouviez, sans gêner en rien votre profession, venir, en faisant avec moi les parties de cartes avec lesquelles sa gaîté savait dissiper ma tristesse, me donner l'illusion qu'il n'était pas mort. Quelle que soit la nature des suppositions plus ou moins sottes que vous avez probablement faites et plus à la portée d'un serviteur (qui ne mérite même pas ce nom puisqu'il n'a pas voulu servir) que la compréhension d'un sentiment si élevé, vous avez probablement cru vous donner de l'importance, ignorant qui j'étais et ce que j'étais, en me faisant répondre, quand je vous faisais demander un livre, que vous étiez couché ; or c'est une erreur de croire qu'un mauvais procédé ajoute jamais à la grâce, dont vous êtes d'ailleurs entièrement dépourvu. J'aurais brisé là si par hasard, le lendemain matin, je ne vous avais pu parler. Votre ressemblance avec mon pauvre ami s'accentua tellement, faisant disparaître jusqu'à la forme insupportable de votre menton proéminent, que je compris que c'était le défunt qui à ce moment vous prêtait de son expression si bonne, afin de vous permettre de me ressaisir et de vous empêcher de manquer la chance unique qui s'offrait à vous. En effet, quoique je ne veuille pas, puisque tout cela n'a plus d'objet et que je n'aurai plus l'occasion de vous rencontrer en cette vie, mêler à tout cela de brutales questions d'intérêt, j'aurais été trop heureux d'obéir à la prière du mort (car je crois à la communion des saints et à leur velléité d'intervention dans le destin des vivants) d'agir avec vous comme avec lui, qui avait sa voiture, ses domestiques, et à qui il était bien naturel que je consacrasse la plus grande partie de mes revenus puisque je l'aimais comme un fils. Vous en avez décidé autrement. A ma demande que vous me rapportiez un livre, vous avez fait répondre que vous aviez à sortir. Et ce matin, quand je vous ai fait demander de venir à ma voiture, vous m'avez, si je peux parler ainsi sans sacrilège, renié pour la troisième fois. Vous m'excuserez de ne pas mettre dans cette enveloppe les pourboires élevés que je comptais vous donner à Balbec et auxquels il me serait trop pénible de m'en tenir à l'égard de quelqu'un avec qui j'avais cru un moment tout partager. Tout au plus pourriez-vous m'éviter de faire auprès de vous, dans votre restaurant, une quatrième tentative inutile et jusqu'à laquelle ma patience n'ira pas. (Et ici M. de Charlus donnait son adresse, l'indication des heures où on le trouverait, etc.) Adieu, Monsieur. Comme je crois que, ressemblant tant à l'ami que j'ai perdu, vous ne pouvez être entièrement stupide, sans quoi la physiognomonie serait une science fausse, je suis persuadé qu'un jour, si vous repensez à cet incident, ce ne sera pas sans éprouver quelque regret et quelque remords. Pour ma part, croyez que bien sincèrement je n'en garde aucune amertume. J'aurais mieux aimé que nous nous quittions sur un moins mauvais souvenir que cette troisième démarche inutile. Elle sera vite oubliée. Nous sommes comme ces vaisseaux que vous avez dû apercevoir parfois de Balbec, qui se sont croisés un moment ; il eût pu y avoir avantage pour chacun d'eux à stopper ; mais l'un a jugé différemment ; bientôt ils ne s'apercevront même plus à l'horizon, et la rencontre est effacée ; mais avant cette séparation définitive, chacun salue l'autre, et c'est ce que fait ici, Monsieur, en vous souhaitant bonne chance, le Baron de Charlus. »

Aimé n'avait pas même lu cette lettre jusqu'au bout, n'y comprenant rien et se méfiant d'une mystification. Quand je lui eus expliqué qui était le baron, il parut quelque peu rêveur et éprouva ce regret que M. de Charlus lui avait prédit. Je ne jugerais même pas qu'il n'eût alors écrit pour s'excuser à un homme qui donnait des voitures à ses amis. Mais dans l'intervalle M. de Charlus avait fait la connaissance de Morel. Tout au plus, les relations avec celui-ci étant peut-être platoniques, M. de Charlus recherchait-il parfois, pour un soir, une compagnie comme celle dans laquelle je venais de le rencontrer dans le hall. Mais il ne pouvait plus

détourner de Morel le sentiment violent qui, libre quelques années plus tôt, n'avait demandé qu'à se fixer sur
Aimé et qui avait dicté la lettre dont j'étais gêné pour
M. de Charlus et que m'avait montrée le maître d'hôtel.
Elle était, à cause de l'amour antisocial qu'était celui de
M. de Charlus, un exemple plus frappant de la force
insensible et puissante qu'ont ces courants de la passion
et par lesquels l'amoureux, comme un nageur entraîné
sans s'en apercevoir, bien vite perd de vue la terre. Sans
doute l'amour d'un homme normal peut aussi, quand
l'amoureux, par l'invention successive de ses désirs, de
ses regrets, de ses déceptions, de ses projets, construit
tout un roman sur une femme qu'il ne connaît pas,
permettre de mesurer un assez notable écartement de
deux branches du compas. Tout de même un tel écartement était singulièrement élargi par le caractère d'une
passion qui n'est pas généralement partagée et par la
différence des conditions de M. de Charlus et d'Aimé.

Tous les jours, je sortais avec Albertine. Elle s'était
décidée à se remettre à la peinture et avait d'abord choisi,
pour travailler, l'église de Saint-Jean-de-la-Haise qui
n'est plus fréquentée par personne et est connue de très
peu, difficile à se faire indiquer, impossible à découvrir
sans être guidé, longue à atteindre dans son isolement,
à plus d'une demi-heure de la station d'Épreville, les
dernières maisons du village de Quetteholme depuis
longtemps passées. Pour le nom d'Épreville, je ne trouvai
pas d'accord le livre du curé et les renseignements de
Brichot. D'après l'un, Épreville était l'ancienne *Sprevilla*;
l'autre indiquait comme étymologie *Aprivilla*. La première fois nous prîmes un petit chemin de fer dans la
direction opposée à Féterne, c'est-à-dire vers Grattevast. Mais c'était la canicule et ç'avait déjà été terrible
de partir tout de suite après le déjeuner. J'eusse mieux
aimé ne pas sortir si tôt ; l'air lumineux et brûlant
éveillait des idées d'indolence et de rafraîchissement.
Il remplissait nos chambres, à ma mère et à moi, selon
leur exposition, à des températures inégales, comme

des chambres de balnéation. Le cabinet de toilette de maman, festonné par le soleil, d'une blancheur éclatante et mauresque, avait l'air plongé au fond d'un puits, à cause des quatre murs en plâtras sur lesquels il donnait, tandis que tout en haut, dans le carré laissé vide, le ciel, dont on voyait glisser, les uns par-dessus les autres, les flots moelleux et superposés, semblait, à cause du désir qu'on avait (soit située sur une terrasse ou vue à l'envers dans quelque glace accrochée à la fenêtre), une piscine pleine d'une eau bleue, réservée aux ablutions. Malgré cette brûlante température, nous avions été prendre le train d'une heure. Mais Albertine avait eu très chaud dans le wagon, plus encore dans le long trajet à pied, et j'avais peur qu'elle ne prît froid en restant ensuite immobile dans ce creux humide que le soleil n'atteint pas. D'autre part, et dès nos premières visites à Elstir, m'étant rendu compte qu'elle eût apprécié non seulement le luxe, mais même un certain confort dont son manque d'argent la privait, je m'étais entendu avec un loueur de Balbec afin que tous les jours une voiture vînt nous chercher. Pour avoir moins chaud nous prenions par la forêt de Chantepie. L'invisibilité des innombrables oiseaux, quelques-uns à demi marins, qui s'y répondaient à côté de nous dans les arbres, donnait la même impression de repos qu'on a les yeux fermés. A côté d'Albertine, enchaîné par ses bras au fond de la voiture, j'écoutais des Océanides. Et quand par hasard j'apercevais l'un de ces musiciens qui passait d'une feuille sous une autre, il y avait si peu de lien apparent entre lui et ses chants que je ne croyais pas voir la cause de ceux-ci dans le petit corps sautillant, humble, étonné et sans regard. La voiture ne pouvait pas nous conduire jusqu'à l'église. Je la faisais arrêter au sortir de Quetteholme et je disais au revoir à Albertine. Car elle m'avait effrayé en me disant de cette église comme d'autres monuments, de certains tableaux : « Quel plaisir ce serait de voir cela avec vous ! » Ce plaisir-là, je ne me sentais pas capable de le donner. Je n'en ressentais devant les belles

choses que si j'étais seul, ou feignais de l'être et me taisais.
Mais puisqu'elle avait cru pouvoir éprouver, grâce à moi,
des sensations d'art qui ne se communiquent pas ainsi,
je trouvais plus prudent de lui dire que je la quittais,
viendrais la rechercher à la fin de la journée, mais que
d'ici là il fallait que je retournasse avec la voiture faire
une visite à Mme Verdurin ou aux Cambremer, ou même
passer une heure avec maman à Balbec, mais jamais plus
loin. Du moins, les premiers temps. Car Albertine m'ayant
une fois dit par caprice : « C'est ennuyeux que la nature
ait si mal fait les choses et qu'elle ait mis Saint-Jean-de-la-
Haise d'un côté, la Raspelière d'un autre, qu'on soit pour
toute la journée emprisonnée dans l'endroit qu'on a
choisi » ; dès que j'eus reçu la toque et le voile, je comman-
dai, pour mon malheur, une automobile à Saint-Fargeau
(*Sanctus Ferreolus* selon le livre du curé). Albertine,
laissée par moi dans l'ignorance, et qui était venue me
chercher, fut surprise en entendant devant l'hôtel le
ronflement du moteur, ravie quand elle sut que cette
auto était pour nous. Je la fis monter un instant dans ma
chambre. Elle sautait de joie. « Nous allons faire une
visite aux Verdurin ? — Oui, mais il vaut mieux que vous
n'y alliez pas dans cette tenue puisque vous allez avoir
votre auto. Tenez, vous serez mieux ainsi. » Et je sortis
la toque et le voile, que j'avais cachés. « C'est à moi ? Oh !
ce que vous êtes gentil ! » s'écria-t-elle en me sautant
au cou. Aimé, nous rencontrant dans l'escalier, fier de
l'élégance d'Albertine et de notre moyen de transport,
car ces voitures étaient assez rares à Balbec, se donna le
plaisir de descendre derrière nous. Albertine, désirant
être vue un peu dans sa nouvelle toilette, me demanda
de faire relever la capote, qu'on baisserait ensuite pour
que nous soyons plus librement ensemble. « Allons, dit
Aimé au mécanicien, qu'il ne connaissait d'ailleurs pas
et qui n'avait pas bougé, tu n'entends pas qu'on te dit
de relever ta capote ? » Car Aimé, dessalé par la vie
d'hôtel, où il avait conquis, du reste, un rang éminent,
n'était pas aussi timide que le cocher de fiacre pour qui

Françoise était une « dame » ; malgré le manque de présentation préalable, les plébéiens qu'il n'avait jamais vus,
il les tutoyait, sans qu'on sût trop si c'était de sa part
dédain aristocratique ou fraternité populaire. « Je ne
suis pas libre, répondit le chauffeur qui ne me connaissait
pas. Je suis commandé pour Mlle Simonet. Je ne peux
pas conduire Monsieur. » Aimé s'esclaffa : « Mais voyons,
grand gourdiflot, répondit-il au mécanicien, qu'il convain-
quit aussitôt, c'est justement Mlle Simonet, et Monsieur,
qui te commande de lever ta capote, est justement ton
patron. » Et comme Aimé, quoique n'ayant pas personnellement de sympathie pour Albertine, était à cause de
moi fier de la toilette qu'elle portait, il glissa au chauffeur :
« T'en conduirais bien tous les jours, hein ! si tu pouvais,
des princesses comme ça ! » Cette première fois, ce ne
fut pas moi seul qui pus aller à la Raspelière, comme je
fis d'autres jours pendant qu'Albertine peignait ; elle
voulut y venir avec moi. Elle pensait bien que nous
pourrions nous arrêter çà et là sur la route, mais croyait
impossible de commencer par aller à Saint-Jean-de-la-
Haise, c'est-à-dire dans une autre direction, et de faire
une promenade qui semblait vouée à un jour différent.
Elle apprit au contraire du mécanicien que rien n'était
plus facile que d'aller à Saint-Jean où il serait en vingt minutes, et que nous y pourrions rester, si nous le voulions,
plusieurs heures, ou pousser beaucoup plus loin, car
de Quetteholme à la Raspelière il ne mettrait pas plus de
trente-cinq minutes. Nous le comprîmes dès que la voiture, s'élançant, franchit d'un seul bond vingt pas d'un
excellent cheval. Les distances ne sont que le rapport
de l'espace au temps et varient avec lui. Nous exprimons
la difficulté que nous avons à nous rendre à un endroit,
dans un système de lieues, de kilomètres, qui devient
faux dès que cette difficulté diminue. L'art en est aussi
modifié, puisqu'un village, qui semblait dans un autre
monde que tel autre, devient son voisin dans un paysage
dont les dimensions sont changées. En tous cas, apprendre qu'il existe peut-être un univers où 2 et 2 font 5 et

où la ligne droite n'est pas le chemin le plus court d'un
point à un autre, eût beaucoup moins étonné Albertine
que d'entendre le mécanicien lui dire qu'il était facile
d'aller dans un même après-midi à Saint-Jean et à la
Raspelière. Douville et Quetteholme, Saint-Mars-le-
Vieux et Saint-Mars-le-Vêtu, Gourville et Balbec-le-
Vieux, Tourville et Féterne, prisonniers aussi hermétique-
quement enfermés jusque-là dans la cellule de jours
distincts que jadis Méséglise et Guermantes, et sur
lesquels les mêmes yeux ne pouvaient se poser dans un
seul après-midi, délivrés maintenant par le géant aux
bottes de sept lieues, vinrent assembler autour de l'heure
de notre goûter leurs clochers et leurs tours, leurs vieux
jardins que le bois avoisinant s'empressait de découvrir.

Arrivée au bas de la route de la Corniche, l'auto
monta d'un seul trait, avec un bruit continu comme un
couteau qu'on repasse, tandis que la mer abaissée s'élar-
gissait au-dessous de nous. Les maisons anciennes et
rustiques de Montsurvent accoururent en tenant serrés
contre elles leur vigne ou leur rosier ; les sapins de la
Raspelière, plus agités que quand s'élevait le vent du
soir, coururent dans tous les sens pour nous éviter, et
un domestique nouveau que je n'avais encore jamais vu
vint nous ouvrir au perron, pendant que le fils du jardinier, trahissant des dispositions précoces, dévorait des
yeux la place du moteur. Comme ce n'était pas un lundi,
nous ne savions pas si nous trouverions Mme Verdurin,
car, sauf ce jour-là, où elle recevait, il était imprudent
d'aller la voir à l'improviste. Sans doute elle restait
chez elle « en principe », mais cette expression, que Mme
Swann employait au temps où elle cherchait elle aussi à
se faire son petit clan et à attirer les clients en ne bougeant pas (dût-elle souvent ne pas faire ses frais), et
qu'elle traduisait avec contresens en « par principe »,
signifiait seulement « en règle générale », c'est-à-dire
avec de nombreuses exceptions. Car non seulement
Mme Verdurin aimait à sortir, mais elle poussait fort
loin les devoirs de l'hôtesse, et quand elle avait eu du

monde à déjeuner, aussitôt après le café, les liqueurs et les cigarettes (malgré le premier engourdissement de la chaleur et de la digestion où on eût mieux aimé, à travers les feuillages de la terrasse, regarder le paquebot de Jersey passer sur la mer d'émail), le programme comprenait une suite de promenades au cours desquelles les convives, installés de force en voiture, étaient emmenés malgré eux vers l'un ou l'autre des points de vue qui foisonnent autour de Douville. Cette deuxième partie de la fête n'était pas, du reste (l'effort de se lever et de monter en voiture accompli), celle qui plaisait le moins aux invités, déjà préparés par les mets succulents, les vins fins ou le cidre mousseux, à se laisser facilement griser par la pureté de la brise et la magnificence des sites. Mme Verdurin faisait visiter ceux-ci aux étrangers un peu comme des annexes (plus ou moins lointaines) de sa propriété, et qu'on ne pouvait pas ne pas aller voir du moment qu'on venait déjeuner chez elle, et, réciproquement, qu'on n'aurait pas connus si on n'avait pas été reçu chez la Patronne. Cette prétention de s'arroger un droit unique sur les promenades comme sur le jeu de Morel et jadis de Dechambre, et de contraindre les paysages à faire partie du petit clan, n'était pas, du reste, aussi absurde qu'elle semble au premier abord. Mme Verdurin se moquait non seulement de l'absence de goût que, selon elle, les Cambremer montraient dans l'ameublement de la Raspelière et l'arrangement du jardin, mais encore de leur manque d'initiative dans les promenades qu'ils faisaient, ou faisaient faire aux environs. De même que, selon elle, la Raspelière ne commençait à devenir ce qu'elle aurait dû être que depuis qu'elle était l'asile du petit clan, de même elle affirmait que les Cambremer, refaisant perpétuellement dans leur calèche, le long du chemin de fer, au bord de la mer, la seule vilaine route qu'il y eût dans les environs, habitaient le pays de tout temps mais ne le connaissaient pas. Il y avait du vrai dans cette assertion. Par routine, défaut d'imagination, incuriosité d'une région qui semble

rebattue parce qu'elle est si voisine, les Cambremer ne
sortaient de chez eux que pour aller toujours aux mêmes
endroits et par les mêmes chemins. Certes ils riaient
beaucoup de la prétention des Verdurin de leur apprendre
leur propre pays. Mais mis au pied du mur, eux et même
leur cocher, eussent été incapables de nous conduire
aux splendides endroits, un peu secrets, où nous menait
M. Verdurin, levant ici la barrière d'une propriété privée,
mais abandonnée, où d'autres n'eussent pas cru pouvoir
s'aventurer ; là descendant de voiture pour suivre un
chemin qui n'était pas carrossable, mais tout cela avec la
récompense certaine d'un paysage merveilleux. Disons,
du reste, que le jardin de la Raspelière était en quelque
sorte un abrégé de toutes les promenades qu'on pouvait
faire à bien des kilomètres alentour. D'abord à cause
de sa position dominante, regardant d'un côté
la vallée, de l'autre la mer, et puis parce que, même
d'un seul côté, celui de la mer par exemple, des percées
avaient été faites au milieu des arbres de telle façon
que d'ici on embrassait tel horizon, de là tel autre. Il y
avait à chacun de ses points de vue un banc ; on venait
s'asseoir tour à tour sur celui d'où on découvrait Balbec,
ou Parville, ou Douville. Même dans une seule direction,
avait été placé un banc plus ou moins à pic sur la falaise,
plus ou moins en retrait. De ces derniers, on avait un
premier plan de verdure et un horizon qui semblait déjà
le plus vaste possible, mais qui s'agrandissait infiniment
si, continuant par un petit sentier, on allait jusqu'à un
banc suivant d'où l'on embrassait tout le cirque de la
mer. Là on percevait exactement le bruit des vagues, qui
ne parvenait pas au contraire dans les parties plus enfon-
cées du jardin, là où le flot se laissait voir encore, mais
non plus entendre. Ces lieux de repos portaient, à la
Raspelière, pour les maîtres de maison, le nom de « vues ».
Et en effet ils réunissaient autour du château les plus
belles « vues » des pays avoisinants, des plages ou des
forêts, aperçus fort diminués par l'éloignement, comme
Hadrien avait assemblé dans sa villa des réductions des

monuments les plus célèbres des diverses contrées.
Le nom qui suivant le mot « vue » n'était pas forcément
celui d'un lieu de la côte, mais souvent de la rive opposée
de la baie et qu'on découvrait, gardant un certain relief
malgré l'étendue du panorama. De même qu'on prenait
un ouvrage dans la bibliothèque de M. Verdurin pour
aller lire une heure à la « vue de Balbec », de même, si
le temps était clair, on allait prendre des liqueurs à la
« vue de Rivebelle », à condition pourtant qu'il ne fît
pas trop de vent, car, malgré les arbres plantés de chaque
côté, là l'air était vif. Pour en revenir aux promenades
en voiture que Mme Verdurin organisait pour l'après-
midi, la Patronne, si au retour elle trouvait les cartes de
quelque mondain « de passage sur la côte », feignait d'être
ravie mais était désolée d'avoir manqué sa visite, et (bien
qu'on ne vînt encore que pour voir « la maison » ou
connaître pour un jour une femme dont le salon artistique était célèbre, mais infréquentable à Paris) le faisait
vite inviter par M. Verdurin à venir dîner au prochain
mercredi. Comme souvent le touriste était obligé de
repartir avant, ou craignait les retours tardifs, Mme Verdurin avait convenu que, le lundi, on la trouverait toujours à l'heure du goûter. Ces goûters n'étaient pas
extrêmement nombreux et j'en avais connu à Paris de
plus brillants chez la princesse de Guermantes, chez
Mme de Galliffet ou Mme d'Arpajon. Mais justement, ici
ce n'était plus Paris et le charme du cadre ne réagissait
pas pour moi que sur l'agrément de la réunion, mais
sur la qualité des visiteurs. La rencontre de tel mondain,
laquelle à Paris ne me faisait aucun plaisir, mais qui à la
Raspelière, où il était venu de loin par Féterne ou la
forêt de Chantepie, changeait de caractère, d'importance,
devenait un agréable incident. Quelquefois c'était quelqu'un que je connaissais parfaitement bien et que je
n'eusse pas fait un pas pour retrouver chez les Swann.
Mais son nom sonnait autrement sur cette falaise, comme
celui d'un acteur qu'on entend souvent dans un théâtre,
imprimé sur l'affiche, en une autre couleur, d'une repré-

sentation extraordinaire et de gala, où sa notoriété se
multiplie tout à coup de l'imprévu du contexte. Comme
à la campagne on ne se gêne pas, le mondain prenait
souvent sur lui d'amener les amis chez qui il habitait,
faisant valoir tout bas comme excuse à Mme Verdurin qu'il
ne pouvait les lâcher, demeurant chez eux ; à ces hôtes,
en revanche, il feignait d'offrir comme une sorte de
politesse et de leur faire connaître ce divertissement,
dans une vie de plage monotone, d'aller dans un centre
spirituel, de visiter une magnifique demeure et de faire
un excellent goûter. Cela composait tout de suite une
réunion de plusieurs personnes de demi-valeur ; et si
un petit bout de jardin avec quelques arbres, qui paraîtrait
mesquin à la campagne, prend un charme extraordinaire
avenue Gabriel ou bien rue de Monceau, où des multi-
millionaires seuls peuvent se l'offrir, inversement des
seigneurs qui sont de second plan dans une soirée parisienne prenaient toute leur valeur, le lundi après-midi,
à la Raspelière. A peine assis autour de la table couverte
d'une nappe brodée de rouge et sous les trumeaux en
camaïeu, on leur servait des galettes, des feuilletés normands, des tartes en bateaux, remplies de cerises comme
des perles de corail, des « diplomates », et aussitôt ces
invités subissaient, de l'approche de la profonde coupe
d'azur sur laquelle s'ouvraient les fenêtres et qu'on ne
pouvait pas ne pas voir en même temps qu'eux, une
altération, une transmutation profonde qui les changeait
en quelque chose de plus précieux. Bien plus, même
avant de les avoir vus, quand on venait le lundi chez
Mme Verdurin, les gens qui, à Paris, n'avaient plus que
des regards fatigués par l'habitude pour les élégants
attelages qui stationnaient devant un hôtel somptueux,
sentaient leur cœur battre à la vue des deux ou trois
mauvaises tapissières arrêtées devant la Raspelière, sous
les grands sapins. Sans doute c'était que le cadre agreste
était différent et que les impressions mondaines, grâce
à cette transposition, redevenaient fraîches. C'était aussi
parce que la mauvaise voiture prise pour aller voir

Mme Verdurin évoquait une belle promenade et un
coûteux « forfait » conclu avec un cocher qui avait demandé
« tant » pour la journée. Mais la curiosité légèrement émue
à l'égard des arrivants, encore impossibles à distinguer,
venait aussi de ce que chacun se demandait : « Qui
est-ce que cela va être ? » question à laquelle il était
difficile de répondre, ne sachant pas qui avait pu venir
passer huit jours chez les Cambremer ou ailleurs, et
qu'on aime toujours à se poser dans les vies agrestes,
solitaires, où la rencontre d'un être humain qu'on n'a
pas vu depuis longtemps, ou la présentation à quelqu'un
qu'on ne connaît pas, cesse d'être cette chose fastidieuse
qu'elle est dans la vie de Paris, et interrompt délicieusement l'espace vide des vies trop isolées, où l'heure même
du courrier devient agréable. Et le jour où nous vînmes
en automobile à la Raspelière, comme ce n'était pas
lundi, M. et Mme Verdurin devaient être en proie à ce
besoin de voir du monde qui trouble les hommes et les
femmes et donne envie de se jeter par la fenêtre au malade
qu'on a enfermé loin des siens, pour une cure d'isolement.
Car le nouveau domestique aux pieds plus rapides, et
déjà familiarisé avec ces expressions, nous ayant répondu
que « si Madame n'était pas sortie elle devait être à la
" vue de Douville ", « qu'il allait aller voir », il revint
aussitôt nous dire que celle-ci allait nous recevoir. Nous
la trouvâmes un peu décoiffée, car elle arrivait du jardin,
de la basse-cour et du potager, où elle était allée donner
à manger à ses paons et à ses poules, chercher des œufs,
cueillir des fruits et des fleurs pour « faire son chemin
de table », chemin qui rappelait en petit celui du parc,
mais sur la table, à laquelle il donnait cette distinction
de ne pas lui faire supporter que des choses utiles et
bonnes à manger ; car, autour de ces autres présents du
jardin qu'étaient les poires, les œufs battus à la neige,
montaient de hautes tiges de vipérines, d'œillets, de roses
et de coréopsis entre lesquels on voyait, comme entre
des pieux indicateurs et fleuris, se déplacer, par le
vitrage de la fenêtre, les bateaux du large. À l'étonnement

que M. et Mme Verdurin, s'interrompant de disposer les
fleurs pour recevoir les visiteurs annoncés, montrèrent,
en voyant que ces visiteurs n'étaient autres qu'Albertine et
moi, je vis bien que le nouveau domestique, plein de
zèle, mais à qui mon nom n'était pas encore familier,
l'avait mal répété et que Mme Verdurin, entendant le
nom d'hôtes inconnus, avait tout de même dit de faire
entrer, ayant besoin de voir n'importe qui. Et le nouveau
domestique contemplait ce spectacle, de la porte, afin
de comprendre le rôle que nous jouions dans la maison.
Puis il s'éloigna en courant, à grandes enjambées, car il
n'était engagé que de la veille. Quand Albertine eut bien
montré sa toque et son voile aux Verdurin, elle me jeta un
regard pour me rappeler que nous n'avions pas trop de
temps devant nous pour ce que nous désirions faire.
Mme Verdurin voulait que nous attendissions le goûter,
mais nous refusâmes, quand tout d'un coup se dévoila
un projet qui eût mis à néant tous les plaisirs que je me
promettais de ma promenade avec Albertine ; la Patronne,
ne pouvant se décider à nous quitter, ou peut-être
à laisser échapper une distraction nouvelle, voulait revenir
avec nous. Habituée dès longtemps à ce que, de sa part,
les offres de ce genre ne fissent pas plaisir, et n'étant
probablement pas certaine que celle-ci nous en causerait
un, elle dissimula sous un excès d'assurance la timidité
qu'elle éprouvait en nous l'adressant, et n'ayant même
pas l'air de supposer qu'il pût y avoir doute sur notre
réponse, elle ne nous posa pas de question, mais dit à
son mari, en parlant d'Albertine et de moi, comme si
elle nous faisait une faveur : « Je les ramènerai, moi. »
En même temps s'appliqua sur sa bouche un sourire qui
ne lui appartenait pas en propre, un sourire que j'avais
déjà vu à certaines gens quand ils disaient à Bergotte,
d'un air fin : « J'ai acheté votre livre, c'est comme cela »,
un de ces sourires collectifs, universaux, que, quand ils
en ont besoin — comme on se sert du chemin de fer et
des voitures de déménagement — empruntent les individus, sauf quelques-uns très raffinés, comme Swann

ou comme M. de Charlus, aux lèvres de qui je n'ai jamais vu se poser ce sourire-là. Dès lors ma visite était empoisonnée. Je fis semblant de ne pas avoir compris. Au bout d'un instant il devint évident que M. Verdurin serait de la fête. « Mais ce sera bien long pour M. Verdurin, dis-je. — Mais non, me répondit Mme Verdurin d'un air condescendant et égayé, il dit que ça l'amusera beaucoup de refaire avec cette jeunesse cette route qu'il a tant suivie autrefois ; au besoin il montera à côté du wattmann, cela ne l'effraye pas, et nous reviendrons tous les deux bien sagement par le train, comme de bons époux. Regardez, il a l'air enchanté. » Elle semblait parler d'un vieux grand peintre plein de bonhomie qui, plus jeune que les jeunes, met sa joie à barbouiller des images pour faire rire ses petits-enfants. Ce qui ajoutait à ma tristesse est qu'Albertine semblait ne pas la partager et trouver amusant de circuler ainsi par tout le pays avec les Verdurin. Quant à moi, le plaisir que je m'étais promis de prendre avec elle était si impérieux que je ne voulus pas permettre à la Patronne de le gâcher ; j'inventai des mensonges, que les irritantes menaces de Mme Verdurin rendaient excusables, mais qu'Albertine, hélas ! contredisait. « Mais nous avons une visite à faire, dis-je. — Quelle visite ? demanda Albertine. — Je vous expliquerai, c'est indispensable. — Hé bien ! nous vous attendrons », dit Mme Verdurin résignée à tout. A la dernière minute, l'angoisse de me sentir ravir un bonheur si désiré me donna le courage d'être impoli. Je refusai nettement, alléguant à l'oreille de Mme Vedurin, qu'à cause d'un chagrin qu'avait eu Albertine et sur lequel elle désirait me consulter, il fallait absolument que je fusse seul avec elle. La Patronne prit un air courroucé : « C'est bon, nous ne viendrons pas », me dit-elle d'une voix tremblante de colère. Je la sentis si fâchée que, pour avoir l'air de céder un peu : « Mais on aurait peut-être pu... — Non, reprit-elle, plus furieuse encore, quand j'ai dit non, c'est non. » Je me croyais brouillé avec elle, mais elle nous rappela à la porte pour nous recommander de ne pas

« lâcher » le lendemain mercredi, et de ne pas venir avec
cette affaire-là, qui était dangereuse la nuit, mais par le
train, avec tout le petit groupe, et elle fit arrêter l'auto
déjà en marche sur la pente du parc parce que le domestique avait oublié de mettre dans la capote le carré de
tarte et les sablés qu'elle avait fait envelopper pour nous.
Nous repartîmes escortés un moment par les petites
maisons accourues avec leurs fleurs. La figure du pays
nous semblait toute changée tant, dans l'image topogra-
phique que nous nous faisons de chacun d'eux, la notion
d'espace est loin d'être celle qui joue le plus grand rôle.
Nous avons dit que celle du temps les écarte davantage.
Elle n'est pas non plus la seule. Certains lieux que nous
voyons toujours isolés nous semblent sans commune
mesure avec le reste, presque hors du monde, comme
ces gens que nous avons connus dans des périodes à
part de notre vie, au régiment, dans notre enfance, et
que nous ne relions à rien. La première année de mon
séjour à Balbec, il y avait une hauteur où Mme de Villeparisis aimait à nous conduire, parce que de là on ne
voyait que l'eau et les bois, et qui s'appelait Beaumont.
Comme le chemin, qu'elle faisait prendre pour y aller,
et qu'elle trouvait le plus joli à cause de ses vieux arbres,
montait tout le temps, sa voiture était obligée d'aller au
pas et mettait très longtemps. Une fois arrivés en haut,
nous descendions, nous nous promenions un peu, remontions en voiture, revenions par le même chemin, sans avoir
rencontré aucun village, aucun château. Je savais que
Beaumont était quelque chose de très curieux, de très
loin, de très haut, je n'avais aucune idée de la direction
où cela se trouvait, n'ayant jamais pris le chemin de
Beaumont pour aller ailleurs ; on mettait, du reste, beaucoup de temps en voiture pour y arriver. Cela faisait
évidemment partie du même département (ou de la
même province) que Balbec, mais était situé pour moi
dans un autre plan, jouissait d'un privilège spécial d'exter-
ritorialité. Mais l'automobile, qui ne respecte aucun
mystère, après avoir dépassé Incarville, dont j'avais

encore les maisons dans les yeux, comme nous descendions la côte de traverse qui aboutit à Parville (*Paterni
villa*), apercevant la mer d'un terre-plein où nous étions,
je demandai comment s'appelait cet endroit, et avant
même que le chauffeur m'eût répondu, je reconnus
Beaumont, à côté duquel je passais ainsi sans le savoir
chaque fois que je prenais le petit chemin de fer, car il
était à deux minutes de Parville. Comme un officier
de mon régiment qui m'eût semblé un être spécial,
trop bienveillant et simple pour être de grande famille,
trop lointain déjà et mystérieux pour être simplement
d'une grande famille, et dont j'aurais appris qu'il était
beau-frère, cousin de telles ou telles personnes avec qui
je dînais en ville, ainsi Beaumont, relié tout d'un coup
à des endroits dont je le croyais si distinct, perdit son
mystère et prit sa place dans la région, me faisant penser
avec terreur que Mme Bovary et la Sanseverina m'eussent
peut-être semblé des êtres pareils aux autres si je les eusse
rencontrées ailleurs que dans l'atmosphère close d'un
roman. Il peut sembler que mon amour pour les féeriques
voyages en chemin de fer aurait dû m'empêcher de partager l'émerveillement d'Albertine devant l'automobile
qui mène, même un malade, là où il veut, et empêche
— comme je l'avais fait jusqu'ici — de considérer l'emplacement comme la marque individuelle, l'essence sans
succédané des beautés inamovibles. Et sans doute, cet
emplacement, l'automobile n'en faisait pas, comme jadis
le chemin de fer, quand j'étais venu de Paris à Balbec, un
but soustrait aux contingences de la vie ordinaire, presque
idéal au départ et qui, le restant à l'arrivée, à l'arrivée dans
cette grande demeure où n'habite personne et qui porte
seulement le nom de la ville, la gare, a l'air d'en promettre
enfin l'accessibilité, comme elle en serait la matérialisation.
Non, l'automobile ne nous menait pas ainsi féeriquement
dans une ville que nous voyions d'abord dans l'ensemble
que résume son nom, et avec les illusions du spectateur
dans la salle. Il nous faisait entrer dans la coulisse des
rues, s'arrêtait à demander un renseignement à un habi-

tant. Mais, comme compensation d'une progression si
familière, on a les tâtonnements mêmes du chauffeur
incertain de sa route et revenant sur ses pas, les chassés-
croisés de la perspective faisant jouer un château aux
quatre coins avec une colline, une église et la mer,
pendant qu'on se rapproche de lui, bien qu'il se blottisse
vainement sous sa feuillée séculaire, ces cercles, de plus
en plus rapprochés, que décrit l'automobile autour
d'une ville fascinée qui fuyait dans tous les sens pour
échapper, et sur laquelle finalement il fonce tout droit,
à pic, au fond de la vallée où elle reste gisante à terre ;
de sorte que cet emplacement, point unique, que l'automobile semble avoir dépouillé du mystère des trains express,
il donne par contre l'impression de le découvrir, de le
déterminer nous-même comme avec un compas, de
nous aider à sentir d'une main plus amoureusement
exploratrice, avec une plus fine précision, la véritable
géométrie, la belle « mesure de la terre ».

Ce que malheureusement j'ignorais à ce moment-là
et que je n'appris que plus de deux ans après, c'est qu'un
des clients du chauffeur était M. de Charlus, et que
Morel, chargé de le payer et gardant une partie de l'argent
pour lui (en faisant tripler et quintupler par le chauffeur
le nombre des kilomètres), s'était beaucoup lié avec lui
(tout en ayant l'air de ne pas le connaître devant le monde)
et usait de sa voiture pour des courses lointaines. Si
j'avais su cela alors, et que la confiance qu'eurent bientôt
les Verdurin en ce chauffeur venait de là, à leur insu peut-
être, bien des chagrins de ma vie à Paris, l'année suivante,
bien des malheurs relatifs à Albertine, eussent été évités ;
mais je ne m'en doutais nullement. En elles-mêmes, les
promenades de M. de Charlus en auto avec Morel
n'étaient pas d'un intérêt direct pour moi. Elles se
bornaient, d'ailleurs, plus souvent à un déjeuner ou à
un dîner dans un restaurant de la côte, où M. de Charlus
passait pour un vieux domestique ruiné et Morel, qui
avait mission de payer les notes, pour un gentilhomme
trop bon. Je raconte un de ces repas, qui peut donner

une idée des autres. C'était dans un restaurant de forme oblongue, à Saint-Mars-le-Vêtu. « Est-ce qu'on ne pourrait pas enlever ceci ? » demanda M. de Charlus à Morel comme à un intermédiaire et pour ne pas s'adresser directement aux garçons. Il désignait par « ceci » trois roses fanées dont un maître d'hôtel bien intentionné avait cru devoir décorer la table. « Si..., dit Morel embarrassé. Vous n'aimez pas les roses ? — Je prouverais au contraire, par la requête en question, que je les aime, puisqu'il n'y a pas de roses ici (Morel parut surpris), mais en réalité je ne les aime pas beaucoup. Je suis assez sensible aux noms ; et dès qu'une rose est un peu belle, on apprend qu'elle s'appelle la Baronne de Rothschild ou la Maréchale Niel, ce qui jette un froid. Aimez-vous les noms ? Avez-vous trouvé de jolis titres pour vos petits morceaux de concert ? — Il y en a un qui s'appelle *Poème triste*. — C'est affreux, répondit M. de Charlus d'une voix aiguë et claquante comme un soufflet. Mais j'avais demandé du champagne ? dit-il au maître d'hôtel qui avait cru en apporter en mettant près des deux clients deux coupes remplies de vin mousseux. — Mais, Monsieur... — Otez cette horreur qui n'a aucun rapport avec le plus mauvais champagne. C'est le vomitif appelé *cup* où on fait généralement traîner trois fraises pourries dans un mélange de vinaigre et d'eau de Seltz... Oui, continua-t-il en se retournant vers Morel, vous semblez ignorer ce que c'est qu'un titre. Et même, dans l'interprétation de ce que vous jouez le mieux, vous semblez ne pas apercevoir le côté médiumnimique de la chose. — Vous dites ? » demanda Morel qui, n'ayant absolument rien compris à ce qu'avait dit le baron, craignait d'être privé d'une information utile, comme, par exemple, une invitation à déjeuner. M. de Charlus ayant négligé de considérer « Vous dites ? » comme une question, Morel, n'ayant en conséquence pas reçu de réponse, crut devoir changer la conversation et lui donner un tour sensuel : « Tenez, la petite blonde qui vend ces fleurs que vous n'aimez pas ; encore une qui a sûrement une petite amie. Et la vieille

qui dîne à la table du fond, aussi. — Mais comment
sais-tu tout cela ? demanda M. de Charlus émerveillé de la
prescience de Morel. — Oh! en une seconde je les devine.
Si nous nous promenions tous les deux dans une foule,
vous verriez que je ne me trompe pas deux fois. » Et
qui eût regardé en ce moment Morel, avec son air de
fille au milieu de sa mâle beauté, eût compris l'obscure
divination qui ne le désignait pas moins à certaines femmes
qu'elles à lui. Il avait envie de supplanter Jupien, vaguement désireux d'ajouter à son « fixe » les revenus que,
croyait-il, le giletier tirait du baron. « Et pour les gigolos,
je m'y connais mieux encore, je vous éviterais toutes les
erreurs. Ce sera bientôt la foire de Balbec, nous trouverions bien des choses. Et à Paris alors, vous verriez
que vous vous amuseriez. » Mais une prudence héréditaire de domestique lui fit donner un autre tour à la
phrase que déjà il commençait. De sorte que M. de Charlus crut qu'il s'agissait toujours de jeunes filles. « Voyez-
vous, dit Morel, désireux d'exalter d'une façon qu'il
jugeait moins compromettante pour lui-même (bien
qu'elle fût en réalité plus immorale) les sens du baron,
mon rêve, ce serait de trouver une jeune fille bien pure,
de m'en faire aimer et de lui prendre sa virginité. »
M. de Charlus ne put se retenir de pincer tendrement
l'oreille de Morel, mais ajouta naïvement : « A quoi cela
te servirait-il ? Si tu prenais son pucelage, tu serais bien
obligé de l'épouser. — L'épouser ? s'écria Morel, qui
sentait le baron grisé ou bien qui ne songeait pas à
l'homme, en somme plus scrupuleux qu'il ne croyait,
avec lequel il parlait. L'épouser ? Des nèfles ! Je le pro-
mettrais, mais dès la petite opération menée à bien, je la
plaquerais le soir même. » M. de Charlus avait l'habitude,
quand une fiction pouvait lui causer un plaisir sensuel
momentané, d'y donner son adhésion, quitte à la retirer
tout entière quelques instants après, quand le plaisir
serait épuisé. « Vraiment, tu ferais cela ? dit-il à Morel
en riant et en le serrant de plus près. — Et comment !
dit Morel, voyant qu'il ne déplaisait pas au baron en

continuant à lui expliquer sincèrement ce qui était en
effet un de ses désirs. — C'est dangereux, dit M. de Charlus. — Je ferais mes malles d'avance et je ficherais le
camp sans laisser d'adresse. — Et moi ? demanda M. de
Charlus. — Je vous emmènerais avec moi, bien
entendu, s'empressa de dire Morel qui n'avait pas songé
à ce que deviendrait le baron, lequel était le cadet de
ses soucis. Tenez, il y a une petite qui me plairait beaucoup pour ça, c'est une petite couturière qui a sa boutique dans l'hôtel de M. le duc. — La fille de Jupien !
s'écria le baron pendant que le sommelier entrait. Oh !
jamais, ajouta-t-il, soit que la présence d'un tiers l'eût
refroidi, soit que, même dans ces espèces de messes noires
où il se complaisait à souiller les choses les plus saintes,
il ne pût se résoudre à faire entrer des personnes pour
qui il avait de l'amitié. Jupien est un brave homme, la
petite est charmante, il serait affreux de leur causer du
chagrin. » Morel sentit qu'il était allé trop loin et se tut,
mais son regard continuait, dans le vide, à se fixer sur
la jeune fille devant laquelle il avait voulu un jour que je
l'appelasse « cher grand artiste » et à qui il avait commandé
un gilet. Très travailleuse, la petite n'avait pas pris de
vacances, mais j'ai su depuis que, tandis que le violoniste était dans les environs de Balbec, elle ne cessait
de penser à son beau visage, ennobli de ce qu'ayant vu
Morel avec moi, elle l'avait pris pour un « monsieur ».

— Je n'ai jamais entendu jouer Chopin, dit le baron,
et pourtant j'aurais pu, je prenais des leçons avec Sta-
mati, mais il me défendit d'aller entendre, chez ma tante
Chimay, le Maître des *Nocturnes*. — Quelle bêtise il a
faite là ! s'écria Morel. — Au contraire, répliqua vivement, d'une voix aiguë, M. de Charlus. Il prouvait son
intelligence. Il avait compris que j'étais une « nature » et
que je subirais l'influence de Chopin. Ça ne fait rien,
puisque j'ai abandonné tout jeune la musique, comme
tout, du reste. Et puis on se figure un peu, ajouta-t-il
d'une voix nasillarde, ralentie et traînante, il a toujours
des gens qui ont entendu, qui vous donnent une idée.

Mais enfin Chopin n'était qu'un prétexte pour revenir au côté médiumnimique que vous négligez.

On remarquera qu'après une interpolation du langage vulgaire, celui de M. de Charlus était brusquement redevenu aussi précieux et hautain qu'il était d'habitude. C'est que l'idée que Morel « plaquerait » sans remords une jeune fille violée lui avait fait brusquement goûter un plaisir complet. Dès lors ses sens étaient apaisés pour quelque temps et le sadique (lui, vraiment médiumnimique) qui s'était substitué pendant quelques instants à M. de Charlus avait fui et rendu la parole au vrai M. de Charlus, plein de raffinement artistique, de sensibilité, de bonté. « Vous avez joué l'autre jour la transcription au piano du *XVe quatuor*, ce qui est déjà absurde parce que rien n'est moins pianistique. Elle est faite pour les gens à qui les cordes trop tendues du glorieux Sourd font mal aux oreilles Or c'est justement ce mysticisme presque aigre qui est divin. En tous cas vous l'avez très mal joué, en changeant tous les mouvements. Il faut jouer ça comme si vous le composiez : le jeune Morel, affligé d'une surdité momentanée et d'un génie inexistant, reste un instant immobile ; puis, pris du délire sacré, il joue, il compose les premières mesures ; alors, épuisé par un pareil effort d'entrance, il s'affaisse, laissant tomber la jolie mèche pour plaire à Mme Verdurin, et, de plus, il prend ainsi le temps de refaire la prodigieuse quantité de substance grise qu'il a prélevée pour l'objectivation pythique ; alors, ayant retrouvé ses forces, saisi d'une inspiration nouvelle et suréminente, il s'élance vers la sublime phrase intarissable que le virtuose berlinois (nous croyons que M. de Charlus désignait ainsi Mendelssohn) devait infatigablement imiter. C'est de cette façon, seule vraiment transcendante et animatrice, que je vous ferai jouer à Paris. » Quand M. de Charlus lui donnait des avis de ce genre, Morel était beaucoup plus effrayé que de voir le maître d'hôtel remporter ses roses et son « cup » dédaignés, car il se demandait avec anxiété quel effet cela produirait à la « classe ». Mais il

ne pouvait s'attarder à ces réflexions, car M. de Charlus
lui disait impérieusement : « Demandez au maître d'hôtel
s'il a du Bon Chrétien. — Du Bon Chrétien ? je ne
comprends pas. — Vous voyez bien que nous sommes au
fruit, c'est une poire. Soyez sûr que Mme de Cambremer
en a chez elle, car la comtesse d'Escarbagnas, qu'elle est,
en avait. M. Thibaudier la lui envoie et elle dit : " Voilà
du Bon Chrétien qui est fort beau. " — Non, je ne savais
pas. — Je vois, du reste, que vous ne saviez rien. Si vous
n'avez même pas lu Molière... Hé bien, puisque vous ne
devez pas savoir commander, plus que le reste, demandez
tout simplement une poire qu'on recueille justement
près d'ici, la " Louise-Bonne d'Avranches ". — La... ? —
Attendez, puisque vous êtes si gauche je vais moi-même
en demander d'autres, que j'aime mieux : Maître d'hôtel,
avez-vous de la Doyenné des Comices ? Charlie, vous
devriez lire la page ravissante qu'a écrite sur cette poire
la duchesse Émilie de Clermont-Tonnerre. — Non,
Monsieur, je n'en ai pas. — Avez-vous du Triomphe de
Jadoigne ? — Non, Monsieur. — De la Virginie-Baltet ?
de la Passe-Colmar ? Non ? eh bien, puisque vous n'avez
rien nous allons partir. La " Duchesse-d'Angoulême "
n'est pas encore mûre ; allons, Charlie, partons. »

Malheureusement pour M. de Charlus, son manque
de bon sens, peut-être la chasteté des rapports qu'il avait
probablement avec Morel, le firent s'ingénier, dès cette
époque, à combler le violoniste d'étranges bontés que
celui-ci ne pouvait comprendre et auxquelles sa nature,
folle dans son genre, mais ingrate et mesquine, ne pouvait
répondre que par une sécheresse ou une violence toujours
croissantes, et qui plongeaient M. de Charlus — jadis
si fier, maintenant tout timide — dans des accès de vrai
désespoir. On verra comment, dans les plus petites
choses, Morel, qui se croyait devenu un M. de Charlus
mille fois plus important, avait compris de travers, en
les prenant à la lettre, les orgueilleux enseignements du
baron quant à l'aristocratie. Disons simplement, pour
l'instant, tandis qu'Albertine m'attend à Saint-Jean-de-

la-Haise, que s'il y avait une chose que Morel mît au-
dessus de la noblesse (et cela était en son principe assez
noble, surtout de quelqu'un dont le plaisir était d'aller
chercher des petites filles — « ni vu ni connu » — avec
le chauffeur), c'était sa réputation artistique et ce qu'on
pouvait penser à la classe de violon. Sans doute il était
laid que, parce qu'il sentait M. de Charlus tout à lui,
il eût l'air de le renier, de se moquer de lui, de la même
façon que, dès que j'eus promis le secret sur les fonctions
de son père chez mon grand-oncle, il me traita de haut
en bas. Mais, d'autre part, son nom d'artiste diplômé,
Morel, lui paraissait supérieur à un « nom ». Et quand
M. de Charlus, dans ses rêves de tendresse platonique,
voulait lui faire prendre un titre de sa famille, Morel s'y
refusait énergiquement.

Quand Albertine trouvait plus sage de rester à Saint-
Jean-de-la-Haise pour peindre, je prenais l'auto, et
ce n'était pas seulement à Gourville et à Féterne, mais
à Saint-Mars-le-Vieux et jusqu'à Criquetot que je pouvais aller avant de revenir la chercher. Tout en feignant
d'être occupé d'autre chose que d'elle, et d'être obligé
de la délaisser pour d'autres plaisirs, je ne pensais qu'à
elle. Bien souvent je n'allais pas plus loin que la grande
plaine qui domine Gourville, et comme elle ressemble
un peu à celle qui commence au-dessus de Combray,
dans la direction de Méséglise, même à une assez grande
distance d'Albertine j'avais la joie de penser que, si mes
regards ne pouvaient pas aller jusqu'à elle, portant plus
loin qu'eux, cette puissante et douce brise marine qui
passait à côté de moi devait dévaler, sans être arrêtée
par rien, jusqu'à Quetteholme, venir agiter les branches
des arbres qui ensevelissent Saint-Jean-de-la-Haise sous
leur feuillage, en caressant la figure de mon amie, et
jeter ainsi un double lien d'elle à moi dans cette retraite
indéfiniment agrandie, mais sans risques, comme dans
ces jeux où deux enfants se trouvent par moments hors
de la portée de la voix et de la vue l'un de l'autre, et où
tout en étant éloignés ils restent réunis. Je revenais par

ces chemins d'où l'on aperçoit la mer, et où autrefois,
avant qu'elle apparût entre les branches, je fermais les
yeux pour bien penser que ce que j'allais voir, c'était
bien la plaintive aïeule de la terre, poursuivant, comme
au temps qu'il n'existait pas encore d'êtres vivants, sa
démente et immémoriale agitation. Maintenant, ils
n'étaient plus pour moi que le moyen d'aller rejoindre
Albertine ; quand je les reconnaissais tout pareils, sachant
jusqu'où ils allaient filer droit, où ils tourneraient, je me
rappelais que je les avais suivis en pensant à Mlle de Stermaria, et aussi que la même hâte de retrouver Albertine,
je l'avais eue à Paris en descendant les rues par où passait
Mme de Guermantes ; ils prenaient pour moi la monotonie profonde, la signification morale d'une sorte de
ligne qui suivait mon caractère. C'était naturel, et ce
n'était pourtant pas indifférent ; ils me rappelaient que
mon sort était de ne poursuivre que des fantômes, des
êtres dont la réalité, pour une bonne part, était dans mon
imagination ; il y a des êtres en effet — et ç'avait été,
dès la jeunesse, mon cas — pour qui tout ce qui a une
valeur fixe, constatable par d'autres, la fortune, le succès,
les hautes situations, ne comptent pas ; ce qu'il leur faut,
ce sont des fantômes. Ils y sacrifient tout le reste,
mettent tout en œuvre, font tout servir à rencontrer
tel fantôme. Mais celui-ci ne tarde pas à s'évanouir ;
alors on court après tel autre, quitte à revenir ensuite au
premier. Ce n'était pas la première fois que je recherchais
Albertine, la jeune fille vue la première année devant la
mer. D'autres femmes, il est vrai, avaient été intercalées
entre Albertine aimée la première fois et celle que je ne
quittais guère en ce moment ; d'autres femmes, notamment la duchesse de Guermantes. Mais, dira-t-on,
pourquoi se donner tant de soucis au sujet de Gilberte,
prendre tant de peine pour Mme de Guermantes, si,
devenu l'ami de celle-ci, c'est à seule fin de n'y plus
penser, mais seulement à Albertine ? Swann, avant sa
mort, aurait pu répondre, lui qui avait été amateur de
fantômes. De fantômes poursuivis, oubliés, recherchés

à nouveau, quelquefois pour une seule entrevue, et afin
de toucher à une vie irréelle laquelle aussitôt s'enfuyait,
ces chemins de Balbec en étaient pleins. En pensant
que leurs arbres, poiriers, pommiers, tamaris, me survi-
vraient, il me semblait recevoir d'eux le conseil de me
mettre enfin au travail, pendant que n'avait pas encore
sonné l'heure du repos éternel.

Je descendais de voiture à Quetteholme, courais dans
la raide cavée, passais le ruisseau sur une planche et
trouvais Albertine qui peignait devant l'église toute
en clochetons, épineuse et rouge, fleurissant comme un
rosier. Le tympan seul était uni ; et à la surface riante
de la pierre affleuraient des anges qui continuaient,
devant notre couple du xxᵉ siècle, à célébrer, cierges
en main, les cérémonies du xiiiᵉ. C'était eux dont Albertine cherchait à faire le portrait sur sa toile préparée et,
imitant Elstir, elle donnait de grands coups de pinceau,
tâchant d'obéir au noble rythme qui faisait, lui avait dit
le grand maître, ces anges-là si différents de tous ceux
qu'il connaissait. Puis elle reprenait ses affaires. Appuyés
l'un sur l'autre nous remontions la cavée, laissant la
petite église, aussi tranquille que si elle ne nous avait
pas vus, écouter le bruit perpétuel du ruiseau. Bientôt
l'auto filait, nous faisait prendre pour le retour un autre
chemin qu'à l'aller. Nous passions devant Marcouville
l'Orgueilleuse. Sur son église, moitié neuve, moitié
restaurée, le soleil déclinant étendait sa patine aussi belle
que celle des siècles. A travers elle les grands bas-reliefs
semblaient n'être vus que sous une couche fluide, moitié
liquide, moitié lumineuse ; la Sainte Vierge, sainte Élisabeth, saint Joachim, nageaient encore dans l'impal-
pable remous, presque à sec, à fleur d'eau ou à fleur de
soleil. Surgissant dans une chaude poussière, les nombreuses statues modernes se dressaient sur des colonnes
jusqu'à mi-hauteur des voiles dorés du couchant. Devant
l'église un grand cyprès semblait dans une sorte d'enclos
consacré. Nous descendions un instant pour le regarder
et faisions quelques pas. Tout autant que de ses membres,

Albertine avait une conscience directe de sa toque de paille d'Italie et de l'écharpe de soie (qui n'étaient pas pour elle le siège de moindres sensations de bien-être), et recevait d'elles, tout en faisant le tour de l'église, un autre genre d'impulsion, traduite par un contentement inerte mais auquel je trouvais de la grâce, écharpe et toque qui n'étaient qu'une partie récente, adventice, de mon amie, mais qui m'était déjà chère et dont je suivais des yeux le sillage, le long du cyprès, dans l'air du soir. Elle-même ne pouvait le voir, mais se doutait que ces élégances faisaient bien, car elle me souriait tout en harmonisant le port de sa tête avec la coiffure qui la complétait : « Elle ne me plaît pas, elle est restaurée », me dit-elle en me montrant l'église et se souvenant de ce qu'Elstir lui avait dit sur la précieuse, sur l'inimitable beauté des vieilles pierres. Albertine savait reconnaître tout de suite une restauration. On ne pouvait que s'étonner de la sûreté de goût qu'elle avait déjà en architecture, au lieu du déplorable qu'elle gardait en musique. Pas plus qu'Elstir, je n'aimais cette église, c'est sans me faire plaisir que sa façade ensoleillée était venue se poser devant mes yeux, et je n'étais descendu la regarder que pour être agréable à Albertine. Et pourtant je trouvais que le grand impressionniste était en contradiction avec lui-même ; pourquoi ce fétichisme attaché à la valeur architecturale objective, sans tenir compte de la transfiguration de l'église dans le couchant ? « Non décidément, me dit Albertine, je ne l'aime pas ; j'aime son nom d'Orgueilleuse. Mais ce qu'il faudra penser à demander à Brichot, c'est pourquoi Saint-Mars s'appelle le Vêtu. On ira la prochaine fois, n'est-ce pas ? » me disait-elle en me regardant de ses yeux noirs sur lesquels sa toque était abaissée comme autrefois son petit polo. Son voile flottait. Je remontais en auto avec elle, heureux que nous dussions le lendemain aller ensemble à Saint-Mars, dont, par ces temps ardents où on ne pensait qu'au bain, les deux antiques clochers d'un rose saumon, aux tuiles en losange, légèrement infléchis et comme palpitants, avaient l'air de vieux poissons aigus, imbriqués d'écailles, moussus et roux, qui, sans avoir l'air de bouger, s'élevaient dans une eau transparente et bleue. En quittant Marcouville, pour raccourcir, nous bifurquions à une croisée de chemins où il y a une ferme. Quelquefois Albertine y faisait arrêter et me demandait d'aller seul chercher, pour qu'elle pût le boire dans la voiture, du calvados ou du cidre, qu'on assurait n'être pas mousseux et par lequel nous étions tout arrosés. Nous étions pressés l'un contre l'autre. Les gens de la ferme apercevaient à peine Albertine dans la voiture fermée, je leur rendais les bouteilles ; nous repartions, comme afin de continuer cette vie à nous deux, cette vie d'amants qu'ils pouvaient supposer que nous avions, et dont cet arrêt pour boire n'eût été qu'un moment insignifiant ; supposition qui eût paru d'autant moins invraisemblable si on nous avait vus après qu'Albertine avait bu sa bouteille de cidre ; elle semblait alors, en effet, ne plus pouvoir supporter entre elle et moi un intervalle qui d'habitude ne la gênait pas ; sous sa jupe de toile ses jambes se serraient contre mes jambes, elle approchait de mes joues ses joues qui étaient devenues blêmes, chaudes et rouges aux pommettes, avec quelque chose d'ardent et de fané comme en ont les filles de faubourg. A ces moments-là, presque aussi vite que de personnalité elle changeait de voix, perdait la sienne pour en prendre une autre, enrouée, hardie, presque crapuleuse. Le soir tombait. Quel plaisir de la sentir contre moi, avec son écharpe et sa toque, me rappelant que c'est ainsi toujours, côte à côte, qu'on rencontre ceux qui s'aiment! J'avais peut-être de l'amour pour Albertine, mais n'osais pas le lui laisser apercevoir, si bien que, s'il existait en moi, ce ne pouvait être que comme une vérité sans valeur jusqu'à ce qu'on eût pu la contrôler par l'expérience ; or il me semblait irréalisable et hors du plan de la vie. Quant à ma jalousie, elle me poussait à quitter le moins possible Albertine, bien que je susse qu'elle ne guérirait tout à fait qu'en me séparant d'elle à jamais. Je pouvais même l'éprouver

auprès d'elle, mais alors m'arrangeais pour ne pas laisser
se renouveler la circonstance qui l'avait éveillée en moi.
C'est ainsi qu'un jour de beau temps nous allâmes déjeuner
à Rivebelle. Les grandes portes vitrées de la salle à manger,
de ce hall en forme de couloir qui servait pour les thés,
étaient ouvertes de plain-pied sur les pelouses dorées
par le soleil et desquelles le vaste restaurant lumineux
semblait faire partie. Le garçon à la figure rose, aux cheveux noirs tordus comme une flamme, s'élançait dans
toute cette vaste étendue moins vite qu'autrefois, car il
n'était plus commis, mais chef de rang ; néanmoins, à
cause de son activité naturelle, parfois au loin, dans la
salle à manger, parfois plus près, mais au dehors, servant
des clients qui avaient préféré déjeuner dans le jardin,
on l'apercevait tantôt ici, tantôt là, comme des statues
successives d'un jeune dieu courant, les unes à l'intérieur,
d'ailleurs bien éclairé, d'une demeure qui se prolongeait
en gazons verts, les autres sous les feuillages, dans la
clarté de la vie en plein air. Il fut un moment à côté de
nous. Albertine répondit distraitement à ce que je lui
disais. Elle le regardait avec des yeux agrandis. Pendant
quelques minutes je sentis qu'on peut être près de la
personne qu'on aime et cependant ne pas l'avoir avec soi.
Ils avaient l'air d'être dans un tête-à-tête mystérieux,
rendu muet par ma présence, et suite peut-être de rendez-
vous anciens que je ne connaissais pas, ou seulement
d'un regard qu'il lui avait jeté — et dont j'étais le tiers
gênant et de qui on se cache. Même quand, rappelé avec
violence par son patron, il se fut éloigné, Albertine, tout
en continuant à déjeuner, n'avait plus l'air de considérer
le restaurant et les jardins que comme une piste illuminée,
où apparaissait çà et là, dans des décors variés, le dieu
coureur aux cheveux noirs. Un instant je m'étais demandé
si, pour le suivre, elle n'allait pas me laisser seul à ma
table. Mais dès les jours suivants je commençai à oublier
pour toujours cette impression pénible, car j'avais décidé
de ne jamais retourner à Rivebelle, j'avais fait promettre
à Albertine, qui m'assura y être venue pour la première

fois, qu'elle n'y retournerait jamais. Et je niai que le
garçon aux pieds agiles n'eût eu d'yeux que pour elle,
afin qu'elle ne crût pas que ma compagnie l'avait privée
d'un plaisir. Il m'arriva parfois de retourner à Rivebelle,
mais seul, de trop boire, comme j'y avais déjà fait. Tout
en vidant une dernière coupe je regardais une rosace
peinte sur le mur blanc, je reportais sur elle le plaisir
que j'éprouvais. Elle seule au monde existait pour moi ;
je la poursuivais, la touchais et la perdais tour à tour de
mon regard fuyant, et j'étais indifférent à l'avenir, me
contentant de ma rosace comme un papillon qui tourne
autour d'un papillon posé, avec lequel il va finir sa vie
dans un acte de volupté suprême. Le moment était
peut-être particulièrement bien choisi pour renoncer à
une femme à qui aucune souffrance bien récente et bien
vive ne m'obligeait à demander ce baume contre un
mal, que possèdent celles qui l'ont causé. J'étais calmé
par ces promenades mêmes, qui, bien que je ne les consi-
dérasse, au moment, que comme une attente d'un lendemain qui lui-même, malgré le désir qu'il m'inspirait,
ne devait pas être différent de la veille, avaient le charme
d'être arrachées aux lieux où s'était trouvée jusque-là
Albertine et où je n'étais pas avec elle, chez sa tante,
chez ses amies. Charme non d'une joie positive, mais
seulement de l'apaisement d'une inquiétude, et bien fort
pourtant. Car à quelques jours de distance, quand je
repensais à la ferme devant laquelle nous avions bu du
cidre, ou simplement aux quelques pas que nous avions
faits devant Saint-Mars-le-Vêtu, me rappelant qu'Albertine marchait à côté de moi sous sa toque, le sentiment
de sa présence ajoutait tout d'un coup une telle vertu à
l'image indifférente de l'église neuve, qu'au moment où
la façade ensoleillée venait se poser ainsi d'elle-même
dans mon souvenir, c'était comme une grande compresse
calmante qu'on eût appliquée à mon cœur. Je déposais
Albertine à Parville, mais pour la retrouver le soir et aller
m'étendre à côté d'elle, dans l'obscurité, sur la grève.
Sans doute je ne la voyais pas tous les jours, mais pourtant

je pouvais me dire : « Si elle racontait l'emploi de son
temps, de sa vie, c'est encore moi qui y tiendrais le plus
de place » ; et nous passions ensemble de longues heures
de suite qui mettaient dans mes journées un enivrement
si doux que même quand, à Parville, elle sautait de l'auto
que j'allais lui renvoyer une heure après, je ne me sentais
pas plus seul dans la voiture que si, avant de la quitter,
elle y eût laissé des fleurs. J'aurais pu me passer de la
voir tous les jours ; j'allais la quitter heureux, je sentais
que l'effet calmant de ce bonheur pouvait se prolonger
plusieurs jours. Mais alors j'entendais Albertine, en me
quittant, dire à sa tante ou à une amie : « Alors, demain à
8 heures 1/2. Il ne faut pas être en retard, ils seront prêts
dès 8 h 1/4. » La conversation d'une femme qu'on aime
ressemble à un sol qui recouvre une eau souterraine et
dangereuse ; on sent à tout moment derrière les mots la
présence, le froid pénétrant d'une nappe invisible ;
on aperçoit çà et là son suintement perfide, mais elle-
même reste cachée. Aussitôt la phrase d'Albertine entendue, mon calme était détruit. Je voulais lui demander de
la voir le lendemain matin, afin de l'empêcher d'aller à ce
mystérieux rendez-vous de 8 h 1/2 dont on n'avait parlé
devant moi qu'à mots couverts. Elle m'eût sans doute
obéi les premières fois, regrettant pourtant de renoncer
à ses projets ; puis elle eût découvert mon besoin permanent de les déranger ; j'eusse été celui pour qui l'on
se cache de tout. Et d'ailleurs, il est probable que ces
fêtes dont j'étais exclu consistaient en fort peu de chose,
et que c'était peut-être par peur que je trouvasse telle
invitée vulgaire ou ennuyeuse qu'on ne me conviait pas.
Malheureusement cette vie si mêlée à celle d'Albertine
n'exerçait pas d'action que sur moi ; elle me donnait
du calme ; elle causait à ma mère des inquiétudes dont la
confession le détruisit. Comme je rentrais content,
décidé à terminer d'un jour à l'autre une existence dont
je croyais que la fin dépendait de ma seule volonté, ma
mère me dit, entendant que je faisais dire au chauffeur
d'aller chercher Albertine : « Comme tu dépenses de l'ar-

gent ! (Françoise, dans son langage simple et expressif, disait avec plus de force : « L'argent file. ») Tâche, continua maman, de ne pas devenir comme Charles de Sévigné, dont sa mère disait : "Sa main est un creuset où l'argent se fond. " Et puis je crois que tu es vraiment assez sorti avec Albertine. Je t'assure que c'est exagéré, que même pour elle cela peut sembler ridicule. J'ai été enchantée que cela te distraie, je ne te demande pas de ne plus la voir, mais enfin qu'il ne soit pas impossible de vous rencontrer l'un sans l'autre. » Ma vie avec Albertine, vie dénuée de grands plaisirs — au moins de grands plaisirs perçus — cette vie que je comptais changer d'un jour à l'autre, choisissant en une heure de calme, me redevint tout d'un coup pour un temps nécessaire, quand, par ces paroles de maman, elle se trouva menacée. Je dis à ma mère que ses paroles venaient de retarder de deux mois peut-être la décision qu'elles demandaient et qui sans elles eût été prise avant la fin de la semaine. Maman se mit à rire (pour ne pas m'attrister) de l'effet qu'avaient produit instantanément ses conseils, et me promit de ne pas m'en reparler pour ne pas empêcher que renaquît ma bonne intention. Mais depuis la mort de ma grand'mère, chaque fois que maman se laissait aller à rire, le rire commencé s'arrêtait net et s'achevait sur une expression presque sanglotante de souffrance, soit par le remords d'avoir pu un instant oublier, soit par la recrudescence dont cet oubli si bref avait ravivé encore sa cruelle préoccupation. Mais à celle que lui causait le souvenir de ma grand'mère, installé en ma mère comme une idée fixe, je sentis que cette fois s'en ajoutait une autre, qui avait trait à moi, à ce que ma mère redoutait des suites de mon intimité avec Albertine ; intimité qu'elle n'osa pourtant pas entraver à cause de ce que je venais de lui dire. Mais elle ne parut pas persuadée que je ne me trompais pas. Elle se rappelait pendant combien d'années ma grand'mère et elle ne m'avaient plus parlé de mon travail et d'une règle de vie plus hygiénique que, disais-je, l'agitation où me mettaient leurs exhortations m'empêchait seule de

commencer, et que, malgré leur silence obéissant, je
n'avais pas poursuivie.

Après le dîner l'auto ramenait Albertine ; il faisait
encore un peu jour ; l'air était moins chaud, mais, après
une brûlante journée, nous rêvions tous deux de fraîcheurs
inconnues ; alors à nos yeux enfiévrés la lune tout étroite
parut d'abord (telle le soir où j'étais allé chez la princesse
de Guermantes et où Albertine m'avait téléphoné) comme
la légère et mince pelure, puis comme le frais quartier
d'un fruit qu'un invisible couteau commençait à écorcer
dans le ciel. Quelquefois aussi, c'était moi qui allais
chercher mon amie, un peu plus tard ; alors elle devait
m'attendre devant les arcades du marché, à Maineville.
Aux premiers moments je ne la distinguais pas ; je
m'inquiétais déjà qu'elle ne dût pas venir, qu'elle eût
mal compris. Alors je la voyais, dans sa blouse blanche
à pois bleus, sauter à côté de moi dans la voiture avec le
bond léger plus d'un jeune animal que d'une jeune fille.
Et c'est comme une chienne encore qu'elle commençait
aussitôt à me caresser sans fin. Quand la nuit était tout
à fait venue et que, comme me disait le directeur de
l'hôtel, le ciel était tout parcheminé d'étoiles, si nous
n'allions pas nous promener en forêt avec une bouteille
de champagne, sans nous inquiéter des promeneurs
déambulant encore sur la digue faiblement éclairée, mais
qui n'auraient rien distingué à deux pas sur le sable noir,
nous nous étendions en contrebas des dunes ; ce même
corps dans la souplesse duquel vivait toute la grâce
féminine, marine et sportive, des jeunes filles que j'avais
vues passer la première fois devant l'horizon du flot,
je le tenais serré contre le mien, sous une même couverture, tout au bord de la mer immobile divisée par un
rayon tremblant ; et nous l'écoutions sans nous lasser
et avec le même plaisir, soit quand elle retenait sa respiration, assez longtemps suspendue pour qu'on crût le
reflux arrêté, soit quand elle exhalait enfin à nos pieds le
murmure attendu et retardé. Je finissais par ramener
Albertine à Parville. Arrivé devant chez elle, il fallait

interrompre nos baisers de peur qu'on ne nous vît ;
n'ayant pas envie de se coucher, elle revenait avec moi
jusqu'à Balbec, d'où je la ramenais une dernière fois à
Parville ; les chauffeurs de ces premiers temps de l'automobile étaient des gens qui se couchaient à n'importe
quelle heure. Et de fait, je ne rentrais à Balbec qu'avec la
première humidité matinale, seul cette fois, mais encore
tout entouré de la présence de mon amie, gorgé d'une
provision de baisers longue à épuiser. Sur ma table je
trouvais un télégramme ou une carte postale. C'était
d'Albertine encore ! Elle les avait écrits à Quetteholme
pendant que j'étais parti seul en auto et pour me dire
qu'elle pensait à moi. Je me mettais au lit en les relisant.
Alors j'apercevais au-dessus des rideaux la raie du grand
jour et je me disais que nous devions nous aimer tout
de même pour avoir passé la nuit à nous embrasser.
Quand, le lendemain matin, je voyais Albertine sur la
digue, j'avais si peur qu'elle me répondît qu'elle n'était
pas libre ce jour-là et ne pouvait acquiescer à ma demande
de nous promener ensemble, que, cette demande, je
retardais le plus que je pouvais de la lui adresser. J'étais
d'autant plus inquiet qu'elle avait l'air froid, préoccupé ;
des gens de sa connaissance passaient ; sans doute avait-elle
formé pour l'après-midi des projets dont j'étais exclu.
Je la regardais, je regardais ce corps charmant, cette tête
rose d'Albertine, dressant en face de moi l'énigme de ses
intentions, la décision inconnue qui devait faire le
bonheur ou le malheur de mon après-midi. C'était tout
un état d'âme, tout un avenir d'existence qui avait pris
devant moi la forme allégorique et fatale d'une jeune
fille. Et quand enfin je me décidais, quand, de l'air le
plus indifférent que je pouvais, je demandais : « Est-ce
que nous nous promenons ensemble tantôt et ce soir ? »
et qu'elle me répondait : « Très volontiers », alors tout le
brusque remplacement, dans la figure rose, de ma longue
inquiétude par une quiétude délicieuse, me rendait encore
plus précieuses ces formes auxquelles je devais perpétuellement le bien-être, l'apaisement qu'on éprouve après

qu'un orage a éclaté. Je me répétais : « Comme elle est
gentille, quel être adorable! » dans une exaltation moins
féconde que celle due à l'ivresse, à peine plus profonde
que celle de l'amitié, mais très supérieure à celle de la
vie mondaine. Nous ne décommandions l'automobile que
les jours où il y avait un dîner chez les Verdurin et ceux
où, Albertine n'étant pas libre de sortir avec moi, j'en
eusse profité pour prévenir les gens qui désiraient me
voir que je resterais à Balbec. Je donnais à Saint-Loup
autorisation de venir ces jours-là, mais ces jours-là
seulement. Car une fois qu'il était arrivé à l'improviste,
j'avais préféré me priver de voir Albertine plutôt que de
risquer qu'il la rencontrât, que fût compromis l'état de
calme heureux où je me trouvais depuis quelque temps
et que fût ma jalousie renouvelée. Et je n'avais été tranquille qu'une fois Saint-Loup reparti. Aussi s'astreignait-
il avec regret, mais scrupule, à ne jamais venir à Balbec
sans appel de ma part. Jadis, songeant avec envie aux
heures que Mme de Guermantes passait avec lui, j'attachais un tel prix à le voir! Les êtres ne cessent pas de
changer de place par rapport à nous. Dans la marche
insensible mais éternelle du monde, nous les considérons
comme immobiles, dans un instant de vision trop court
pour que le mouvement qui les entraîne soit perçu.
Mais nous n'avons qu'à choisir dans notre mémoire
deux images prises d'eux à des moments différents,
assez rapprochés cependant pour qu'ils n'aient pas changé
en eux-mêmes, du moins sensiblement, et la différence
des deux images mesure le déplacement qu'ils ont
opéré par rapport à nous. Il m'inquiéta affreusement
en me parlant des Verdurin, j'avais peur qu'il ne me
demandât à y être reçu, ce qui eût suffi, à cause de la
jalousie que je n'eusse cessé de ressentir, à gâter tout le
plaisir que j'y trouvais avec Albertine. Mais heureusement Robert m'avoua, tout au contraire, qu'il désirait
par-dessus tout ne pas les connaître. « Non, me dit-il,
je trouve ce genre de milieux cléricaux exaspérants. »
Je ne compris pas d'abord l'adjectif « clérical » appli-

qué aux Verdurin, mais la fin de la phrase de Saint-Loup
m'éclaira sa pensée, ses concessions à des modes de langage qu'on est souvent étonné de voir adopter par des
hommes intelligents. « Ce sont des milieux, me dit-il,
où on fait tribu, où on fait congrégation et chapelle.
Tu ne me diras pas que ce n'est pas une petite secte ;
on est tout miel pour les gens qui en sont, on n'a pas
assez de dédain pour les gens qui n'en sont pas. La question n'est pas, comme pour Hamlet, d'être ou de ne pas
être, mais d'en être ou de ne pas en être. Tu en es, mon
oncle Charlus en est. Que veux-tu ? moi je n'ai jamais
aimé ça, ce n'est pas ma faute. »

Bien entendu, la règle que j'avais imposée à Saint-Loup
de ne me venir voir que sur un appel de moi, je l'édictai
aussi stricte pour n'importe laquelle des personnes avec
qui je m'étais peu à peu lié à la Raspelière, à Féterne, à
Montsurvent et ailleurs ; et quand j'apercevais de l'hôtel
la fumée du train de trois heures qui, dans l'anfractuosité
des falaises de Parville, laissait son panache stable, qui
restait longtemps accroché au flanc des pentes vertes, je
n'avais aucune hésitation sur le visiteur qui allait venir
goûter avec moi et m'était encore, à la façon d'un dieu,
dérobé sous ce petit nuage. Je suis obligé d'avouer que ce
visiteur, préalablement autorisé par moi à venir, ne fut
presque jamais Saniette, et je me le suis bien souvent
reproché. Mais la conscience que Saniette avait d'ennuyer
(naturellement encore bien plus en venant faire une visite
qu'en racontant une histoire) faisait que, bien qu'il fût
plus instruit, plus intelligent et meilleur que bien d'autres,
il semblait impossible d'éprouver auprès de lui, non seulement aucun plaisir, mais autre chose qu'un spleen
presque intolérable et qui vous gâtait votre après-midi.
Probablement, si Saniette avait avoué franchement cet
ennui qu'il craignait de causer, on n'eût pas redouté ses
visites. L'ennui est un des maux les moins graves qu'on
ait à supporter, le sien n'existait peut-être que dans
l'imagination des autres, ou lui avait été inoculé grâce
à une sorte de suggestion par eux, laquelle avait trouvé

prise sur son agréable modestie. Mais il tenait tant à ne
pas laisser voir qu'il n'était pas recherché, qu'il n'osait
pas s'offrir. Certes il avait raison de ne pas faire comme
les gens qui sont si contents de donner des coups de
chapeau dans un lieu public, que, ne vous ayant pas vu
depuis longtemps et vous apercevant dans une loge avec
des personnes brillantes qu'ils ne connaissent pas, ils
vous jettent un bonjour furtif et retentissant en s'excusant sur le plaisir, sur l'émotion qu'ils ont eus à vous
apercevoir, à constater que vous renouez avec les plaisirs,
que vous avez bonne mine, etc. Mais Saniette, au contraire
manquait par trop d'audace. Il aurait pu, chez Mme Verdurin ou dans le petit tram, me dire qu'il aurait grand
plaisir à venir me voir à Balbec s'il ne craignait pas de me
déranger. Une telle proposition ne m'eût pas effrayé.
Au contraire il n'offrait rien, mais, avec un visage torturé
et un regard aussi indestructible qu'un émail cuit, mais
dans la composition duquel entrait, avec un désir pante-
lant de vous voir — à moins qu'il ne trouvât quelqu'un
d'autre de plus amusant — la volonté de ne pas laisser
voir ce désir, il me disait d'un air détaché : « Vous ne
savez pas ce que vous faites ces jours-ci ? Parce que j'irai
sans doute près de Balbec. Mais non, cela ne fait rien,
je vous le demandais par hasard. » Cet air ne trompait
pas, et les signes inverses à l'aide desquels nous exprimons nos sentiments par leur contraire sont d'une lecture
si claire qu'on se demande comment il y a encore des
gens qui disent par exemple : « J'ai tant d'invitations que
je ne sais où donner de la tête » pour dissimuler qu'ils ne
sont pas invités. Mais, de plus, cet air détaché, à cause
probablement de ce qui entrait dans sa composition
trouble, vous causait ce que n'eût jamais pu faire la
crainte de l'ennui ou le franc aveu du désir de vous voir,
c'est-à-dire cette espèce de malaise, de répulsion, qui,
dans l'ordre des relations de simple politesse sociale, est
l'équivalent de ce qu'est, dans l'amour, l'offre déguisée
que fait à une dame l'amoureux qu'elle n'aime pas, de
la voir le lendemain, tout en protestant qu'il n'y tient

pas, ou même pas cette offre, mais une attitude de fausse
froideur. Aussitôt émanait de la personne de Saniette
je ne sais quoi qui faisait qu'on lui répondait de l'air le
plus tendre du monde : « Non, malheureusement, cette
semaine, je vous expliquerai... » Et je laissais venir, à la
place, des gens qui étaient loin de le valoir, mais qui
n'avaient pas son regard chargé de la mélancolie, et sa
bouche plissée de l'amertume de toutes les visites qu'il
avait envie, en la leur taisant, de faire aux uns et aux
autres. Malheureusement il était bien rare que Saniette
ne rencontrât pas dans le tortillard l'invité qui venait
me voir, si même celui-ci ne m'avait pas dit, chez les
Verdurin : « N'oubliez pas que je vais vous voir jeudi »,
jour où j'avais précisément dit à Saniette ne pas être
libre. De sorte qu'il finissait par imaginer la vie comme
remplie de divertissements organisés à son insu, sinon
même contre lui. D'autre part, comme on n'est jamais
tout un, ce trop discret était maladivement indiscret.
La seule fois où par hasard il vint me voir malgré moi,
une lettre, je ne sais de qui, traînait sur la table. Au bout
d'un instant je vis qu'il n'écoutait que distraitement
ce que je lui disais. La lettre, dont il ignorait complètement la provenance, le fascinait et je croyais à tout
moment que ses prunelles émaillées allaient se détacher
de leur orbite pour rejoindre la lettre quelconque, mais
que sa curiosité aimantait. On aurait dit un oiseau qui
va se jeter fatalement sur un serpent. Finalement il n'y
put tenir, la changea de place d'abord comme pour
mettre de l'ordre dans ma chambre. Cela ne lui suffisant
plus, il la prit, la tourna, la retourna, comme machinalement. Une autre forme de son indiscrétion, c'était que,
rivé à vous, il ne pouvait partir. Comme j'étais souffrant
ce jour-là, je lui demandai de reprendre le train suivant
et de partir dans une demi-heure. Il ne doutait pas que
je souffrisse, mais me répondit : « Je resterai une heure
un quart, et après je partirai. » Depuis, j'ai souffert de
ne pas lui avoir dit, chaque fois où je le pouvais, de venir.
Qui sait ? Peut-être eussé-je conjuré son mauvais sort,

d'autres l'eussent invité pour qui il m'eût immédiatement lâché, de sorte que mes invitations auraient eu le double avantage de lui rendre la joie et de me débarrasser de lui.

Les jours qui suivaient ceux où j'avais reçu, je n'attendais naturellement pas de visites, et l'automobile revenait nous chercher, Albertine et moi. Et quand nous rentrions, Aimé, sur le premier degré de l'hôtel, ne pouvait s'empêcher, avec des yeux passionnés, curieux et gourmands, de regarder quel pourboire je donnais au chauffeur. J'avais beau enfermer ma pièce ou mon billet dans ma main close, les regards d'Aimé écartaient mes doigts. Il détournait la tête au bout d'une seconde, car il était discret, bien élevé et même se contentait lui-même de bénéfices relativement petits. Mais l'argent qu'un autre recevait excitait en lui une curiosité incompressible et lui faisait venir l'eau à la bouche. Pendant ces courts instants, il avait l'air attentif et fiévreux d'un enfant qui lit un roman de Jules Verne, ou d'un dîneur assis non loin de vous, dans un restaurant, et qui, voyant qu'on vous découpe un faisan que lui-même ne peut pas ou ne veut pas s'offrir, délaisse un instant ses pensées sérieuses pour attacher sur la volaille un regard que font sourire l'amour et l'envie.

Ainsi se succédaient quotidiennement ces promenades en automobile. Mais une fois, au moment où je remontais par l'ascenseur, le lift me dit : « Ce monsieur est venu, il m'a laissé une commission pour vous. » Le lift me dit ces mots d'une voix absolument cassée et en me toussant et crachant à la figure. « Quel rhume que je tiens ! » ajouta-t-il, comme si je n'étais pas capable de m'en apercevoir tout seul. « Le docteur dit que c'est la coqueluche », et il recommença à tousser et à cracher sur moi. « Ne vous fatiguez pas à parler », lui dis-je d'un air de bonté, lequel était feint. Je craignais de prendre la coqueluche qui, avec ma disposition aux étouffements, m'eût été fort pénible. Mais il mit sa gloire, comme un virtuose qui ne veut pas se faire porter malade, à parler et à cracher tout le temps. « Non, ça ne fait rien, dit-il (pour vous peut-être, pensai-je, mais pas pour moi). Du reste, je vais bientôt rentrer à Paris (tant mieux, pourvu qu'il ne me la passe pas avant). Il paraît, reprit-il, que Paris c'est très superbe. Cela doit être encore plus superbe qu'ici et qu'à Monte-Carlo, quoique des chasseurs, même des clients, et jusqu'à des maîtres d'hôtel qui allaient à Monte-Carlo pour la saison, m'aient souvent dit que Paris était moins superbe que Monte-Carlo. Ils se gouraient peut-être, et pourtant, pour être maître d'hôtel il ne faut pas être un imbécile ; pour prendre toutes les commandes, retenir les tables, il en faut une tête! On m'a dit que c'était encore plus terrible que d'écrire des pièces et des livres. » Nous étions presque arrivés à mon étage quand le lift me fit redescendre jusqu'en bas parce qu'il trouvait que le bouton fonctionnait mal, et en un clin d'œil il l'arrangea. Je lui dis que je préférais remonter à pied, ce qui voulait dire et cacher que je préférais ne pas prendre la coqueluche. Mais d'un accès de toux cordial et contagieux, le lift me rejeta dans l'ascenseur. « Ça ne risque plus rien, maintenant, j'ai arrangé le bouton. » Voyant qu'il ne cessait pas de parler, préférant connaître le nom du visiteur et la commission qu'il avait laissée au parallèle entre les beautés de Balbec, Paris et Monte-Carlo, je lui dis (comme à un ténor qui vous excède avec Benjamin Godard : « Chantez-moi de préférence du Debussy») : « Mais qui est-ce qui est venu pour me voir ? — C'est le monsieur avec qui vous êtes sorti hier. Je vais aller chercher sa carte qui est chez mon concierge. » Comme, la veille, j'avais déposé Robert de Saint-Loup à la station de Doncières avant d'aller chercher Albertine, je crus que le lift voulait parler de Saint-Loup, mais c'était le chauffeur. Et en le désignant par ces mots : « le monsieur avec qui vous êtes sorti », il m'apprenait par la même occasion qu'un ouvrier est tout aussi bien un monsieur que ne l'est un homme du monde. Leçon de mots seulement. Car, pour la chose, je n'avais jamais fait de distinction entre les classes. Et si j'avais, à entendre appeler un

31

chauffeur un monsieur, le même étonnement que le
comte X... qui ne l'était que depuis huit jours et à qui,
ayant dit : « La Comtesse a l'air fatigué », je fis tourner la
tête derrière lui pour voir de qui je voulais parler, c'était
simplement par manque d'habitude du vocabulaire ; je
n'avais jamais fait de différence entre les ouvriers, les
bourgeois et les grands seigneurs, et j'aurais pris indiffé-
remment les uns et les autres pour amis. Avec une certaine préférence pour les ouvriers, et après cela pour les
grands seigneurs, non par goût, mais sachant qu'on peut
exiger d'eux plus de politesse envers les ouvriers qu'on
ne l'obtient de la part des bourgeois, soit que les grands
seigneurs ne dédaignent pas les ouvriers comme font les
bourgeois, ou bien parce qu'ils sont volontiers polis
envers n'importe qui, comme les jolies femmes heureuses
de donner un sourire qu'elles savent accueilli avec tant
de joie. Je ne peux, du reste, pas dire que cette façon
que j'avais de mettre les gens du peuple sur le pied d'égalité avec les gens du monde, très bien admise de ceux-ci,
satisfît en revanche toujours pleinement ma mère. Non
qu'humainement elle fît une différence quelconque entre
les êtres, et si jamais Françoise avait du chagrin ou était
souffrante, elle était toujours consolée et soignée par
maman avec la même amitié, avec le même dévouement
que sa meilleure amie. Mais ma mère était trop la fille
de mon grand-père pour ne pas faire socialement acception des castes. Les gens de Combray avaient beau avoir
du cœur, de la sensibilité, acquérir les plus belles théories
sur l'égalité humaine, ma mère, quand un valet de chambre
s'émancipait, disait une fois « vous » et glissait insensiblement à ne plus me parler à la troisième personne, avait
de ces usurpations le même mécontentement qui éclate
dans les *Mémoires* de Saint-Simon chaque fois qu'un
seigneur qui n'y a pas droit saisit un prétexte de prendre
la qualité d'« Altesse » dans un acte authentique, ou de ne
pas rendre aux ducs ce qu'il leur devait et ce dont peu
à peu il se dispense. Il y avait un « esprit de Combray »
si réfractaire qu'il faudra des siècles de bonté (celle de

ma mère était infinie), de théories égalitaires, pour arriver à le dissoudre. Je ne peux pas dire que chez ma mère certaines parcelles de cet esprit ne fussent pas restées insolubles. Elle eût donné aussi difficilement la main à un valet de chambre qu'elle lui donnait aisément dix francs (Lesquels lui faisaient, du reste, beaucoup plus de plaisir). Pour elle, qu'elle l'avouât ou non, les maîtres étaient les maîtres et les domestiques étaient les gens qui mangeaient à la cuisine. Quand elle voyait un chauffeur d'automobile dîner avec moi dans la salle à manger, elle n'était pas absolument contente et me disait : « Il me semble que tu pourrais avoir mieux comme ami qu'un mécanicien », comme elle aurait dit, s'il se fût agi de mariage : « Tu pourrais trouver mieux comme parti. » Le chauffeur (heureusement je ne songeai jamais à inviter celui-là) était venu me dire que la Compagnie d'autos qui l'avait envoyé à Balbec pour la saison lui faisait rejoindre Paris dès le lendemain. Cette raison, d'autant plus que le chauffeur était charmant et s'exprimait si simplement qu'on eût toujours dit paroles d'Évangile, nous sembla devoir être conforme à la vérité. Elle ne l'était qu'à demi. Il n'y avait, en effet, plus rien à faire à Balbec. Et en tous cas, la Compagnie, n'ayant qu'à demi confiance dans la véracité du jeune évangéliste, appuyé sur sa roue de consécration, désirait qu'il revînt au plus vite à Paris. Et en effet, si le jeune apôtre accomplissait miraculeusement la multiplication des kilomètres quand il les comptait à M. de Charlus, en revanche, dès qu'il s'agissait de rendre compte à sa Compagnie, il divisait par 6 ce qu'il avait gagné. En conclusion de quoi la Compagnie, pensant, ou bien que personne ne faisait plus de promenades à Balbec, ce que la saison rendait vraisemblable, soit qu'elle était volée, trouvait dans l'une et l'autre hypothèse que le mieux était de le rappeler à Paris, où on ne faisait d'ailleurs pas grand'chose. Le désir du chauffeur était d'éviter, si possible, la morte saison. J'ai dit — ce que j'ignorais alors et ce dont la connaissance m'eût évité bien des chagrins — qu'il était

très lié (sans qu'ils eussent jamais l'air de se connaître
devant les autres) avec Morel. A partir du jour où il fut
rappelé, sans savoir encore qu'il avait un moyen de ne
pas partir, nous dûmes nous contenter pour nos promenades de louer une voiture, ou quelquefois, pour distraire Albertine et comme elle aimait l'équitation, des
chevaux de selle. Les voitures étaient mauvaises. « Quel
tacot! » disait Albertine. J'aurais d'ailleurs souvent aimé
d'y être seul. Sans vouloir me fixer une date, je souhaitais
que prît fin cette vie à laquelle je reprochais de me faire
renoncer, non pas même tant au travail qu'au plaisir.
Pourtant il arrivait aussi que les habitudes qui me retenaient fussent soudain abolies, le plus souvent quand
quelque ancien moi, plein du désir de vivre avec allégresse, remplaçait pour un instant le moi actuel. J'éprouvai notamment ce désir d'évasion un jour qu'ayant laissé
Albertine chez sa tante, j'étais allé à cheval voir les Verdurin où que j'avais pris dans les bois une route sauvage
dont ils m'avaient vanté la beauté. Épousant les formes
de la falaise, tour à tour elle montait, puis, resserrée entre
des bouquets d'arbres épais, elle s'enfonçait en gorges
sauvages. Un instant, les rochers dénudés dont j'étais
entouré, la mer qu'on apercevait par leurs déchirures,
flottèrent devant mes yeux comme des fragments d'un
autre univers : j'avais reconnu le paysage montagneux
et marin qu'Elstir a donné pour cadre à ces deux admirables aquarelles, *Poète rencontrant une Muse, Jeune
homme rencontrant un Centaure*, que j'avais vues chez la
duchesse de Guermantes. Leur souvenir replaçait les
lieux où je me trouvais tellement en dehors du monde
actuel que je n'aurais pas été étonné si, comme le jeune
homme de l'âge anté-historique que peint Elstir, j'avais,
au cours de ma promenade, croisé un personnage mythologique. Tous à coup mon cheval se cabra ; il avait
entendu un bruit singulier, j'eus peine à le maîtriser et à
ne pas être jeté à terre, puis je levai le point d'où semblait
venir ce bruit mes yeux pleins de larmes, et je vis à une
cinquantaine de mètre au-dessus de moi, dans le soleil,

entre deux grandes ailes d'acier étincelant qui l'emportaient, un être dont la figure peu distincte me parut ressembler à celle d'un homme. Je fus aussi ému que pouvait l'être un Grec qui voyait pour la première fois un demi-lieu. Je pleurais aussi, car j'étais prêt à pleurer du moment que j'avais reconnu que le bruit venait d'au-dessus de ma tête — les aéroplanes étaient encore rares à cette époque — à la pensée que ce que j'allais voir pour la première fois c'était un aéroplane. Alors, comme quand on sent venir dans un journal une parole émouvante, je n'attendais que d'avoir aperçu l'avion pour fondre en larmes. Cependant l'aviateur sembla hésiter sur sa voie ; je sentais ouvertes devant lui — devant moi, si l'habitude ne m'avait pas fait prisonnier — toutes les routes de l'espace, de la vie ; il poussa plus loin, plana quelques instants au-dessus de la mer, puis prenant brusquement son parti, semblant céder à quelque attraction inverse de celle de la pesanteur, comme retournant dans sa patrie, d'un léger mouvement de ses ailes d'or il piqua droit vers le ciel.

Pour revenir au mécanicien, il demanda non seulement à Morel que les Verdurin remplaçassent leur break par une auto (ce qui, étant donné la générosité des Verdurin à l'égard des fidèles, était relativement facile), mais, chose plus malaisée, leur principal cocher, le jeune homme sensible et porté aux idées noires, par lui, le chauffeur. Cela fut exécuté en quelques jours de la façon suivante. Morel avait commencé par faire voler au cocher tout ce qui lui était nécessaire pour atteler. Un jour il ne trouvait pas le mors, un jour la gourmette. D'autres fois, c'était son coussin de siège qui avait disparu, jusqu'à son fouet, sa couverture, le martinet, l'éponge, la peau de chamois. Mais il s'arrangea toujours avec des voisins ; seulement il arrivait en retard, ce qui agaçait contre lui M. Verdurin et le plongeait dans un état de tristesse et d'idées noires. Le chauffeur, pressé d'entrer, déclara à Morel qu'il allait revenir à Paris. Il fallait frapper un grand coup. Morel persuada aux domestiques de M. Verdurin que le

jeune cocher avait déclaré qu'il les ferait tous tomber
dans un guet-apens et se faisait fort d'avoir raison d'eux
six, et il leur dit qu'ils ne pouvaient pas laisser passer
cela. Pour sa part, il ne pouvait pas s'en mêler, mais les
prévenait afin qu'ils prissent les devants. Il fut convenu
que, pendant que M. et Mme Verdurin et leurs amis
seraient en promenade, ils tomberaient tous à l'écurie
sur le jeune homme. Je rapporterai, bien que ce ne fût
que l'occasion de ce qui allait avoir lieu, mais parce que
les personnages m'ont intéressé plus tard, qu'il y avait,
ce jour-là, un ami des Verdurin en villégiature chez eux
et à qui on voulait faire faire une promenade à pied avant
son départ, fixé au soir même.

Ce qui me surprit beaucoup quand on partit en promenade, c'est que, ce jour-là, Morel, qui venait avec
nous en promenade à pied, où il devait jouer du violon
dans les arbres, me dit : «Écoutez, j'ai mal au bras, je ne
veux pas le dire à Mme Verdurin, mais priez-là d'emmener un de ses valets, par exemple Howsler, il portera
mes instruments. — Je crois qu'un autre serait mieux
choisi, répondis-je. On a besoin de lui pour le dîner.»
Une expression de colère passa sur le visage de Morel.
« Mais non, je ne veux pas confier mon violon à n'importe
qui. » Je compris plus tard la raison de cette préférence.
Howsler était le frère très aimé du jeune cocher, et, s'il
était à la maison, aurait pu lui porter secours. Pendant la
promenade, assez bas pour que Howsler aîné ne pût
nous entendre : « Voilà un bon garçon, dit Morel. Du
reste, son frère l'est aussi. S'il n'avait pas cette funeste
habitude de boire... — Comment, boire ? dit Mme Verdurin, pâlissant à l'idée d'avoir un cocher qui buvait. —
Vous ne vous en apercevez pas. Je me dis toujours que c'est
un miracle qu'il ne lui soit pas arrivé d'accident pendant
qu'il vous conduisait. — Mais il conduit donc d'autres
personnes ? — Vous n'avez qu'à voir combien de fois
il a versé, il a aujourd'hui la figure pleine d'ecchymoses.
Je ne sais pas comment il ne s'est pas tué, il a cassé
ses brancards. — Je ne l'ai pas vu aujourd'hui, dit

Mme Verdurin tremblante à la pensée de ce qui aurait pu lui arriver à elle, vous me désolez. » Elle voulut abréger la promenade pour rentrer, Morel choisit un air de Bach avec des variations infinies pour la faire durer. Dès le retour elle alla à la remise, vit le brancard neuf et Howsler en sang. Elle allait lui dire, sans lui faire aucune observation, qu'elle n'avait plus besoin de cocher et lui remettre de l'argent, mais de lui-même, ne voulant pas accuser ses camarades à l'animosité de qui il attribuait rétrospectivement le vol quotidien de toutes les selles, etc., et voyant que sa patience ne conduisait qu'à se faire laisser pour mort sur le carreau, il demanda à s'en aller, ce qui arrangea tout. Le chauffeur entra le lendemain et, plus tard, Mme Verdurin (qui avait été obligée d'en prendre un autre) fut si satisfaite de lui, qu'elle me le recommanda chaleureusement comme homme d'absolue confiance. Moi qui ignorais tout, je le pris à la journée à Paris ; mais je n'ai que trop anticipé, tout cela se retrouvera dans l'histoire d'Albertine. En ce moment nous sommes à la Raspelière où je viens dîner pour la première fois avec mon amie, et M. de Charlus avec Morel, fils supposé d'un « intendant » qui gagnait trente mille francs par an de fixe, avait une voiture et nombre de majordomes subalternes, de jardiniers, de régisseurs et de fermiers sous ses ordres. Mais puisque j'ai tellement anticipé, je ne veux cependant pas laisser le lecteur sous l'impression d'une méchanceté absolue qu'aurait eue Morel. Il était plutôt plein de contradictions, capable à certains jours d'une gentillesse véritable.

Je fus naturellement bien étonné d'apprendre que le cocher avait été mis à la porte, et bien plus de reconnaître dans son remplaçant le chauffeur qui nous avait promenés, Albertine et moi. Mais il me débita une histoire compliquée, selon laquelle il était censé être rentré à Paris, d'où on l'avait demandé pour les Verdurin, et je n'eus pas une seconde de doute. Le renvoi du cocher fut cause que Morel causa un peu avec moi, afin de m'exprimer sa tristesse relativement au départ de ce brave garçon. Du reste,

même en dehors des moments où j'étais seul et où il
bondissait littéralement vers moi avec une expansion de
joie, Morel, voyant que tout le monde me faisait fête à la
Raspelière et sentant qu'il s'excluait volontairement de la
familiarité de quelqu'un qui était sans danger pour lui,
puisqu'il m'avait fait couper les ponts et ôté toute possibilité d'avoir envers lui des airs protecteurs (que je
n'avais, d'ailleurs, nullement songé à prendre), cessa
de se tenir éloigné de moi. J'attribuai son changement
d'attitude à l'influence de M. de Charlus, laquelle, en
effet, le rendait; sur certains points, moins borné, plus
artiste, mais sur d'autres, où il appliquait à la lettre les
formules éloquentes, mensongères, et d'ailleurs momen-
tanées, du maître, le bêtifiait encore davantage. Ce
qu'avait pu lui dire M. de Charlus, ce fut, en effet, la
seule chose que je supposai. Comment aurais-je pu
deviner alors ce qu'on me dit ensuite (et dont je n'ai
jamais été certain, les affirmations d'Andrée sur tout ce qui
touchait Albertine, surtout plus tard, m'ayant toujours
semblé fort sujettes à caution, car, comme nous l'avons
vu autrefois, elle n'aimait pas sincèrement mon amie et
était jalouse d'elle), ce qui en tous cas, si c'était vrai,
me fut remarquablement caché par tous les deux :
qu'Albertine connaissait beaucoup Morel ? La nouvelle
attitude que, vers ce moment du renvoi du cocher, Morel
adopta à mon égard me permit de changer d'avis sur son
compte. Je gardai de son caractère la vilaine idée que
m'en avait fait concevoir la bassesse que ce jeune homme
m'avait montrée quand il avait eu besoin de moi, suivie,
tout aussitôt le service rendu, d'un dédain jusqu'à sembler
ne pas me voir. A cela il fallait ajouter l'évidence de ses
rapports de vénalité avec M. de Charlus, et aussi des
instincts de bestialité sans suite dont la non satisfaction
(quand cela arrivait), ou les complications qu'ils entraî-
naient, causaient ses tristesses ; mais ce caractère n'était
pas si uniformément laid, et était plein de contradictions.
Il ressemblait à un vieux livre du Moyen Age, plein
d'erreurs, de traditions absurdes, d'obscénités, il était

extraordinairement composite. J'avais cru d'abord que son
art, où il était vraiment passé maître, lui avait donné des
supériorités qui dépassaient la virtuosité de l'exécutant.
Une fois que je disais mon désir de me mettre au travail :
« Travaillez, devenez illustre, me dit-il. — De qui est
cela ? lui demandai-je. — De Fontanes à Chateaubriand. »
Il connaissait aussi une correspondance amoureuse de
Napoléon. Bien, pensai-je, il est lettré. Mais cette phrase,
qu'il avait lue je ne sais pas où, était sans doute la seule
qu'il connût de toute la littérature ancienne et moderne,
car il me la répétait chaque soir. Une autre, qu'il répétait
davantage pour m'empêcher de rien dire de lui à personne,
c'était celle-ci, qu'il croyait également littéraire, qui est
à peine française ou du moins n'offre aucune espèce de
sens, sauf peut-être pour un domestique cachottier :
« Méfions-nous des méfiants. » Au fond, en allant de
cette stupide maxime jusqu'à la phrase de Fontanes à
Chateaubriand, on eût parcouru toute une partie, variée
mais moins contradictoire qu'il ne semble, du caractère
de Morel. Ce garçon qui, pour peu qu'il y trouvât de
l'argent, eût fait n'importe quoi, et sans remords —
peut-être pas sans une contrariété bizarre, allant jusqu'à
la surexcitation nerveuse, mais à laquelle le nom de remords
irait fort mal — qui eût, s'il y trouvait son intérêt, plongé
dans la peine, voire dans le deuil, des familles entières,
ce garçon qui mettait l'argent au-dessus de tout et, sans
parler de bonté, au-dessus des sentiments de simple
humanité les plus naturels, ce même garçon mettait
pourtant au-dessus de l'argent son diplôme de 1er
prix du Conservatoire et qu'on ne pût tenir aucun propos
désobligeant sur lui à la classe de flûte ou de contrepoint.
Aussi ses plus grandes colères, ses plus sombres et plus
injustifiables accès de mauvaise humeur venaient-ils de
ce qu'il appelait (en généralisant sans doute quelques cas
particuliers où il avait rencontré des malveillants) la
fourberie universelle. Il se flattait d'y échapper en ne
parlant jamais de personne, en cachant son jeu, en se
méfiant de tout le monde. (Pour mon malheur, à cause de

ce qui devait en résulter après mon retour à Paris, sa
méfiance n'avait pas « joué » à l'égard du chauffeur de
Balbec, en qui il avait sans doute reconnu un pareil,
c'est-à-dire, contrairement à sa maxime, une méfiance
dans la bonne acception du mot, un méfiant qui se tait
obstinément devant les honnêtes gens et a tout de suite
partie liée avec une crapule.) Il lui semblait — et ce
n'était pas absolument faux — que cette méfiance lui
permettait de tirer toujours son épingle du jeu, de glisser,
insaisissable, à travers les plus dangereuses aventures,
et sans qu'on pût rien, non pas même prouver, mais
avancer contre lui, dans l'établissement de la rue Bergère.
Il travaillerait, deviendrait illustre, serait peut-être un
jour, avec une respectabilité intacte, maître du jury
de violon aux concours de ce prestigieux Conservatoire.

Mais c'est peut-être encore trop de logique dans la
cervelle de Morel que d'y faire sortir les unes des autres
les contradictions. En réalité, sa nature était vraiment
comme un papier sur lequel on a fait tant de plis dans
tous les sens qu'il est impossible de s'y retrouver. Il
semblait avoir des principes assez élevés, et avec une
magnifique écriture, déparée par les plus grossières
fautes d'orthographe, passait des heures à écrire à son
frère qu'il avait mal agi avec ses sœurs, qu'il était leur
aîné, leur appui ; à ses sœurs qu'elles avaient commis
une inconvenance vis-à-vis de lui-même.

Bientôt même, l'été finissant, quand on descendait
du train à Douville, le soleil, amorti par la brume, n'était
déjà plus, dans le ciel uniformément mauve, qu'un bloc
rouge. A la grande paix qui descend, le soir, sur ces prés
drus et salins et qui avait conseillé à beaucoup de Parisiens,
peintres pour la plupart, d'aller villégiaturer à Douville,
s'ajoutait une humidité qui les faisait rentrer de bonne
heure dans les petits chalets. Dans plusieurs de ceux-ci
la lampe était déjà allumée. Seules quelques vaches restaient dehors à regarder la mer en meuglant, tandis que
d'autres, s'intéressant plus à l'humanité, tournaient

leur attention vers nos voitures. Seul un peintre qui avait dressé son chevalet sur une mince éminence travaillait à essayer de rendre ce grand calme, cette lumière apaisée. Peut-être les vaches allaient-elles lui servir inconsciemment et bénévolement de modèles, car leur air contemplatif et leur présence solitaire, quand les humains sont rentrés, contribuaient, à leur manière, à la puissante impression de repos que dégage le soir. Et quelques semaines plus tard, la transposition ne fut pas moins agréable quand, l'automne s'avançant, les jours devinrent tout à fait courts et qu'il fallut faire ce voyage dans la nuit. Si j'avais été faire un tour dans l'après-midi, il fallait rentrer au plus tard s'habiller à cinq heures, où maintenant le soleil rond et rouge était déjà descendu au milieu de la glace oblique, jadis détestée, et, comme quelque feu grégeois, incendiait la mer dans les vitres de toutes mes bibliothèques. Quelque geste incantateur ayant suscité, pendant que je passais mon smoking, le moi alerte et frivole qui était le mien quand j'allais avec Saint-Loup dîner à Rivebelle et le soir où j'avais cru emmener Mlle de Stermaria dîner dans l'île du Bois, je fredonnais inconsciemment le même air qu'alors ; et c'est seulement en m'en apercevant qu'à la chanson je reconnaissais le chanteur intermittent, lequel, en effet, ne savait que celle-là. La première fois que je l'avais chantée, je commençais d'aimer Albertine, mais je croyais que je ne la connaîtrais jamais. Plus tard, à Paris, c'était quand j'avais cessé de l'aimer et quelques jours après l'avoir possédée pour la première fois. Maintenant, c'était en l'aimant de nouveau et au moment d'aller dîner avec elle, au grand regret du directeur, qui croyait que je finirais par habiter la Raspelière et lâcher son hôtel, et qui assurait avoir entendu dire qu'il régnait par là des fièvres dues aux marais du Bec et à leurs eaux « accroupies ». J'étais heureux de cette multiplicité que je voyais ainsi à ma vie déployée sur trois plans ; et puis, quand on redevient pour un instant un homme ancien, c'est-à-dire différent de celui qu'on est depuis longtemps,

la sensibilité, n'étant plus amortie par l'habitude, reçoit
des moindres chocs des impressions si vives qui font
pâlir tout ce qui les a précédées et auxquelles, à cause
de leur intensité, nous nous attachons avec l'exaltation
passagère d'un ivrogne. Il faisait déjà nuit quand nous
montions dans l'omnibus ou la voiture qui allait nous
mener à la gare prendre le petit chemin de fer. Et dans le
hall, le premier président nous disait : « Ah! vous allez
à la Raspelière! Sapristi, elle a du toupet, Mme Verdurin,
de vous faire faire une heure de chemin de fer dans la
nuit, pour dîner seulement. Et puis recommencer le
trajet à dix heures du soir, dans un vent de tous les diables.
On voit bien qu'il faut que vous n'ayez rien à faire »,
ajoutait-il en se frottant les mains. Sans doute parlait-il
ainsi par mécontentement de ne pas être invité, et aussi
à cause de la satisfaction qu'ont les « hommes occupés »
— fût-ce par le travail le plus sot — « de ne pas avoir le
temps » de faire ce que vous faites.

Certes il est légitime que l'homme qui rédige des
rapports, aligne des chiffres, répond à des lettres d'affaires,
suit les cours de la Bourse, éprouve, quand il vous dit
en ricanant : « C'est bon pour vous qui n'avez rien à
faire », un agréable sentiment de sa supériorité. Mais
celle-ci s'affirmerait tout aussi dédaigneuse, davantage
même (car dîner en ville, l'homme occupé le fait aussi),
si votre divertissement était d'écrire *Hamlet* ou seulement
de le lire. En quoi les hommes occupés manquent de
réflexion. Car la culture désintéressée, qui leur paraît
comique passe-temps d'oisifs quand ils la surprennent
au moment qu'on la pratique, ils devraient songer que
c'est la même qui, dans leur propre métier, met hors de
pair des hommes qui ne sont peut-être pas meilleurs
magistrats ou administrateurs qu'eux, mais devant
l'avancement rapide desquels ils s'inclinent en disant :
« Il paraît que c'est un grand lettré, un individu tout à fait
distingué. » Mais surtout le premier président ne se
rendait pas compte que ce qui me plaisait dans ces dîners
à la Raspelière, c'est que, comme il le disait avec raison,

quoique par critique, ils « représentaient un vrai voyage »
un voyage dont le charme me paraissait d'autant plus vif
qu'il n'était pas son but à lui-même, qu'on n'y cherchait,
nullement le plaisir, celui-ci étant affecté à la réunion
vers laquelle on se rendait, et qui ne laissait pas d'être fort
modifié par toute l'atmosphère qui l'entourait. Il faisait
déjà nuit maintenant quand j'échangeais la chaleur de
l'hôtel — de l'hôtel devenu mon foyer — pour le wagon
où nous montions avec Albertine et où le reflet de la
lanterne sur la vitre apprenait, à certains arrêts du petit
train poussif, qu'on était arrivé à une gare. Pour ne pas
risquer que Cottard ne nous aperçut pas, et n'ayant pas
entendu crier la station, j'ouvrais la portière, mais ce qui
se précipitait dans le wagon, ce n'était pas les fidèles,
mais le vent, la pluie, le froid. Dans l'obscurité je distinguais les champs, j'entendais la mer, nous étions en rase
campagne. Albertine, avant que nous rejoignions le
petit noyau, se regardait dans un petit miroir extrait
d'un nécessaire en or qu'elle emportait avec elle. En effet,
les premières fois, Mme Verdurin l'ayant fait monter dans
son cabinet de toilette pour qu'elle s'arrangeât avant le
dîner, j'avais, au sein du calme profond où je vivais
depuis quelque temps, éprouvé un petit mouvement
d'inquiétude et de jalousie à être obligé de laisser Albertine au pied de l'escalier, et je m'étais senti si anxieux
pendant que j'étais seul au salon, au milieu du petit
clan, et me demandais ce que mon amie faisait en haut,
que j'avais le lendemain, par dépêche, après avoir demandé des indications à M. de Charlus sur ce qui se faisait
de plus élégant, commandé chez Cartier un nécessaire qui
était la joie d'Albertine et aussi la mienne. Il était pour
moi un gage de calme et aussi de la sollicitude de mon
amie. Car elle avait certainement deviné que je n'aimais
pas qu'elle restât sans moi chez Mme Verdurin et s'arrangeait à faire en wagon toute la toilette préalable au dîner.
   Au nombre des habitués de Mme Verdurin, et le plus
fidèle de tous, comptait maintenant, depuis plusieurs
mois, M. de Charlus. Régulièrement, trois fois par

semaine, les voyageurs qui stationnaient dans les salles
d'attente ou sur le quai de Doncières-Ouest voyaient
passer ce gros homme aux cheveux gris, aux moustaches
noires, les lèvres rougies d'un fard qui se remarque moins
à la fin de la saison que l'été, où le grand jour le rendait
plus cru et la chaleur à demi liquide. Tout en se dirigeant
vers le petit chemin de fer, il ne pouvait s'empêcher
(seulement par habitude de connaisseur, puisque maintenant il avait un sentiment qui le rendait chaste ou du
moins, la plupart du temps, fidèle) de jeter sur les
hommes de peine, les militaires, les jeunes gens en costume de tennis, un regard furtif, à la fois inquisitorial
et timoré, après lequel il baissait aussitôt ses paupières
sur ses yeux presque clos avec l'onction d'un ecclésiastique en train de dire son chapelet, avec la réserve
d'une épouse vouée à son unique amour ou d'une jeune
fille bien élevée. Les fidèles étaient d'autant plus persuadés qu'il ne les avait pas vus, qu'il montait dans un
compartiment autre que le leur (comme faisait souvent
aussi la princesse Sherbatoff), en homme qui ne sait
point si l'on sera content ou non d'être vu avec lui et qui
vous laisse la faculté de venir le trouver si vous en avez
l'envie. Celle-ci n'avait pas été éprouvée, les toutes
premières fois, par le docteur, qui avait voulu que nous le
laissions seul dans son compartiment. Portant beau son
caractère hésitant depuis qu'il avait une grande situation
médicale, c'est en souriant, en se renversant en arrière,
en regardant Ski par-dessus le lorgnon, qu'il dit par
malice ou pour surprendre de biais l'opinion des camarades : « Vous comprenez, si j'étais seul, garçon..., mais,
à cause de ma femme, je me demande si je peux le laisser
voyager avec nous après ce que vous m'avez dit, chuchota
le docteur. — Qu'est-ce que tu dis ? demanda Mme Cottard. — Rien, cela ne te regarde pas, ce n'est pas pour les
femmes », répondit en clignant de l'œil le docteur, avec
une majestueuse satisfaction de lui-même qui tenait le
milieu entre l'air pince-sans-rire qu'il gardait devant ses
élèves et ses malades et l'inquiétude qui accompagnait

jadis ses traits d'esprit chez les Verdurin, et il continua
à parler tout bas. Mme Cottard ne distingua que les mots
« de la confrérie » et « tapette », et comme dans le langage
du docteur le premier désignait la race juive et le second
les langues bien pendues, Mme Cottard conclut que
M. de Charlus devait être un Israélite bavard. Elle ne
comprit pas qu'on tînt le baron à l'écart à cause de cela,
trouva de son devoir de doyenne du clan d'exiger qu'on
ne le laissât pas seul et nous nous acheminâmes tous vers
le compartiment de M. de Charlus, guidés par Cottard
toujours perplexe. Du coin où il lisait un volume de Balzac
M. de Charlus perçut cette hésitation ; il n'avait pourtant
pas levé les yeux. Mais comme les sourds-muets reconnaissent à un courant d'air, insensible pour les autres,
que quelqu'un arrive derrière eux, il avait, pour être
averti de la froideur qu'on avait à son égard, une véritable
hyperacuité sensorielle. Celle-ci, comme elle a coutume
de faire dans tous les domaines, avait engendré chez M.
de Charlus des souffrances imaginaires. Comme ces
névropathes qui, sentant une légère fraîcheur, induisent
qu'il doit y avoir une fenêtre ouverte à l'étage au-dessus,
entrent en fureur et commencent à éternuer, M. de Charlus,
si une personne avait devant lui montré un air préoccupé,
concluait qu'on avait répété à cette personne un propos
qu'il avait tenu sur elle. Mais il n'y avait même pas besoin
qu'on eût l'air distrait, ou l'air sombre, ou l'air rieur, il les
inventait. En revanche la cordialité lui masquait aisément
les médisances qu'il ne connaissait pas. Ayant deviné
la première fois l'hésitation de Cottard, si, au grand
étonnement des fidèles qui ne se croyaient pas aperçus
encore par le liseur aux yeux baissés, il leur tendit la
main quand ils furent à distance convenable, il se
contenta d'une inclinaison de tout le corps, aussitôt
vivement redressé, pour Cottard, sans prendre avec sa
main gantée de suède la main que le docteur lui avait
tendue. « Nous avons tenu absolument à faire route
avec vous, Monsieur, et à ne pas vous laisser comme cela
seul dans votre petit coin. C'est un grand plaisir pour

nous, dit avec bonté Mme Cottard au baron. — Je suis
très honoré, récita le baron en s'inclinant d'un air froid.
— J'ai été très heureuse d'apprendre que vous aviez
définitivement choisi ce pays pour y fixer vos tabern... »
Elle allait dire tabernacles, mais ce mot lui sembla
hébraïque et désobligeant pour un Juif, qui pourrait y
voir une allusion. Aussi se reprit-elle pour choisir une
autre des expressions qui lui étaient familières, c'est-à-dire
une expression solennelle : « pour y fixer, je voulais dire
"vos pénates" (il est vrai que ces divinités n'appartiennent
pas à la religion chrétienne non plus, mais à une qui est
morte depuis si longtemps qu'elle n'a plus d'adeptes
qu'on puisse craindre de froisser). Nous, malheureusement, avec la rentrée des classes, le service d'hôpital
du docteur, nous ne pouvons jamais bien longtemps
élire domicile dans un même endroit. » Et lui montrant
un carton : « Voyez d'ailleurs comme nous autres femmes
nous sommes moins heureuses que le sexe fort ; pour
aller aussi près que chez nos amis Verdurin nous sommes
obligées d'emporter avec nous toute une gamme d'impe-
dimenta. » Moi je regardais pendant ce temps-là le
volume de Balzac du baron. Ce n'était pas un exemplaire
broché, acheté au hasard, comme le volume de Bergotte
qu'il m'avait prêté la première année. C'était un livre de
sa bibliothèque et, comme tel, portant la devise : « Je
suis au baron de Charlus », à laquelle faisaient place
parfois, pour montrer le goût studieux des Guermantes :
In prœliis non semper, et une autre encore : *Non sine
labore*. Mais nous les verrons bientôt remplacées par
d'autres, pour tâcher de plaire à Morel. Mme Cottard,
au bout d'un instant, prit un sujet qu'elle trouvait plus
personnel au baron. « Je ne sais pas si vous êtes de mon
avis, Monsieur, lui dit-elle au bout d'un instant, mais
je suis très large d'idées et, selon moi, pourvu qu'on les
pratique sincèrement, toutes les religions sont bonnes.
Je ne suis pas comme les gens que la vue d'un... protestant rend hydrophobes. — On m'a appris que la mienne
était la vraie », répondit M. de Charlus. « C'est un fana-

tique, pensa Mme Cottard ; Swann, sauf sur la fin, était
plus tolérant, il est vrai qu'il était converti. » Or, tout au
contraire, le baron était non seulement chrétien, comme
on le sait, mais pieux à la façon du Moyen Age. Pour lui,
comme pour les sculpteurs du XIIIe siècle, l'Église
chrétienne était, au sens vivant du mot, peuplée d'une
foule d'êtres, crus parfaitement réels : prophètes, apôtres,
anges, saints personnages de toute sorte, entourant le
Verbe incarné, sa mère et son époux, le Père Éternel,
tous les martyrs et docteurs, tels que leur peuple en plein
relief se presse au porche ou remplit le vaisseau des cathédrales. Entre eux tous M. de Charlus avait choisi comme
patrons intercesseurs les archanges Michel, Gabriel et
Raphaël, avec lesquels il avait de fréquents entretiens
pour qu'ils communiquassent ses prières au Père Éternel,
devant le trône de qui ils se tiennent. Aussi l'erreur de
Mme Cottard m'amusa-t-elle beaucoup.

Pour quitter le terrain religieux, disons que le docteur,
venu à Paris avec le maigre bagage de conseils d'une
mère paysanne, puis absorbé par les études, presque
purement matérielles, auxquelles ceux qui veulent
pousser loin leur carrière médicale sont obligés de se
consacrer pendant un grand nombre d'années, ne s'était
jamais cultivé ; il avait acquis plus d'autorité, mais non
pas d'expérience ; il prit à la lettre ce mot d'« honoré »,
en fut à la fois satisfait parce qu'il était vaniteux, et
affligé parce qu'il était bon garçon. « Ce pauvre de Charlus, dit-il le soir à sa femme, il m'a fait de la peine quand
il m'a dit qu'il était honoré de voyager avec nous. On
sent, le pauvre diable, qu'il n'a pas de relations, qu'il
s'humilie. »

Mais bientôt, sans avoir besoin d'être guidés par la
charitable Mme Cottard, les fidèles avaient réussi à
dominer la gêne qu'ils avaient tous plus ou moins éprouvée, au début, à se retrouver à côté de M. de Charlus.
Sans doute en sa présence ils gardaient sans cesse à
l'esprit le souvenir des révélations de Ski et l'idée de
l'étrangeté sexuelle qui était incluse en leur compagnon

de voyage. Mais cette étrangeté même exerçait sur eux
une espèce d'attrait. Elle donnait pour eux à la conversation du baron, d'ailleurs remarquable, mais en des
parties qu'ils ne pouvaient guère apprécier, une saveur
qui faisait paraître à côté la conversation des plus intéressants, de Brichot lui-même, comme un peu fade. Dès
le début d'ailleurs, on s'était plu à reconnaître qu'il était
intelligent. « Le génie peut être voisin de la folie », énonçait le docteur, et si la princesse, avide de s'instruire,
insistait, il n'en disait pas plus, cet axiome étant tout ce
qu'il savait sur le génie et ne lui paraissant pas, d'ailleurs,
aussi démontré que tout ce qui a trait à la fièvre typhoïde
et à l'arthritisme. Et comme il était devenu superbe et
resté mal élevé : « Pas de questions, princesse, ne m'inter-
rogez pas, je suis au bord de la mer pour me reposer.
D'ailleurs vous ne me comprendriez pas, vous ne savez
pas la médecine. » Et la princesse se taisait en s'excusant,
trouvant Cottard un homme charmant, et comprenant
que les célébrités ne sont pas toujours abordables.
À cette première période on avait donc fini par trouver
M. de Charlus intelligent malgré son vice (ou ce que l'on
nomme généralement ainsi). Maintenant, c'était, sans
s'en rendre compte, à cause de ce vice qu'on le trouvait
plus intelligent que les autres. Les maximes les plus
simples que, adroitement provoqué par l'universitaire
ou le sculpteur, M. de Charlus énonçait sur l'amour, la
jalousie, la beauté, à cause de l'expérience singulière,
secrète, raffinée et monstrueuse où il les avait puisées,
prenaient pour les fidèles ce charme du dépaysement
qu'une psychologie, analogue à celle que nous a offerte
de tout temps notre littérature dramatique, revêt dans
une pièce russe ou japonaise, jouée par des artistes de
là-bas. On risquait encore, quand il n'entendait pas, une
mauvaise plaisanterie : « Oh! chuchotait le sculpteur,
en voyant un jeune employé aux longs cils de bayadère
et que M. de Charlus n'avait pu s'empêcher de dévisager,
si le baron se met à faire de l'œil au contrôleur, nous ne
sommes pas près d'arriver, le train va aller à reculons.

Regardez-moi la manière dont il le regarde, ce n'est plus un petit chemin de fer où nous sommes, c'est un funiculeur. » Mais au fond, si M. de Charlus ne venait pas, on était presque déçu de voyager seulement entre gens comme tout le monde et de n'avoir pas auprès de soi ce personnage peinturluré, pansu et clos, semblable à quelque boîte de provenance exotique et suspecte qui laisse échapper la curieuse odeur de fruits auxquels l'idée de goûter seulement vous soulèverait le cœur. A ce point de vue, les fidèles de sexe masculin avaient des satisfactions plus vives, dans la courte partie du trajet qu'on faisait entre Saint-Martin-du-Chêne, où montait M. de Charlus, et Doncières, station où on était rejoint par Morel. Car tant que le violoniste n'était pas là (et si les dames et Albertine, faisant bande à part pour ne pas gêner la conversation, se tenaient éloignées), M. de Charlus ne se gênait pas pour ne pas avoir l'air de fuir certains sujets et parler de « ce qu'on est convenu d'appeler les mauvaises mœurs ». Albertine ne pouvait le gêner, car elle était toujours avec les dames, par grâce de jeune fille qui ne veut pas que sa présence restreigne la liberté de la conversation. Or je supportais aisément de ne pas l'avoir à côté de moi, à condition toutefois qu'elle restât dans le même wagon. Car moi qui n'éprouvais plus de jalousie ni guère d'amour pour elle, ne pensais pas à ce qu'elle faisait les jours où je ne la voyais pas, en revanche, quand j'étais là, une simple cloison, qui eût pu à la rigueur dissimuler une trahison, m'était insupportable, et si elle allait avec les dames dans le compartiment voisin, au bout d'un instant, ne pouvant plus tenir en place, au risque de froisser celui qui parlait, Brichot, Cottard ou Charlus, et à qui je ne pouvais expliquer la raison de ma fuite, je me levais, les plantais là et, pour voir s'il ne s'y faisait rien d'anormal, passais à côté. Et jusqu'à Doncières, M. de Charlus, ne craignant pas de choquer, parlait parfois fort crûment de mœurs qu'il déclarait ne trouver pour son compte ni bonnes ni mauvaises. Il le faisait par habileté, pour montrer sa largeur d'esprit, persuadé qu'il était que les siennes n'éveillaient guère de soupçon dans l'esprit des fidèles. Il pensait bien qu'il y avait dans l'univers quelques personnes qui étaient, selon une expression qui lui devint plus tard familière, « fixées sur son compte ». Mais il se figurait que ces personnes n'étaient pas plus de trois ou quatre et qu'il n'y en avait aucune sur la côte normande. Cette illusion peut étonner de la part de quelqu'un d'aussi fin, d'aussi inquiet. Même pour ceux qu'il croyait plus ou moins renseignés, il se flattait que ce ne fût que dans le vague, et avait la prétention, selon qu'il leur dirait telle ou telle chose, de mettre telle personne en dehors des suppositions d'un interlocuteur qui, par politesse, faisait semblant d'accepter ses dires. Même se doutant de ce que je pouvais savoir ou supposer sur lui, il se figurait que cette opinion, qu'il croyait beaucoup plus ancienne de ma part qu'elle ne l'était en réalité, était toute générale, et qu'il lui suffisait de nier tel ou tel détail pour être cru, alors qu'au contraire, si la connaissance de l'ensemble précède toujours celle des détails, elle facilite infiniment l'investigation de ceux-ci et, ayant détruit le pouvoir d'invisibilité, ne permet plus au dissimulateur de cacher ce qu'il lui plaît. Certes, quand M. de Charlus, invité à un dîner par tel fidèle ou tel ami des fidèles, prenait les détours les plus compliqués pour amener, au milieu des noms de dix personnes qu'il citait, le nom de Morel, il ne se doutait guère qu'aux raisons toujours différentes qu'il donnait du plaisir ou de la commodité qu'il pourrait trouver ce soir-là à être invité avec lui, ses hôtes, en ayant l'air de le croire parfaitement, en substituaient une seule, toujours la même, et qu'il croyait ignorée d'eux, à savoir qu'il l'aimait. De même Mme Verdurin, semblant toujours avoir l'air d'admettre entièrement les motifs mi-artistiques, mi-humanitaires, que M. de Charlus lui donnait de l'intérêt qu'il portait à Morel, ne cessait de remercier avec émotion le baron des bontés touchantes, disait-elle, qu'il avait pour le violoniste. Or quel étonnement aurait eu M. de Charlus si, un jour que Morel et

lui étaient en retard et n'étaient pas venus par le chemin
de fer, il avait entendu la Patronne dire : « Nous n'attendons plus que ces demoiselles ! » Le baron eût été d'autant
plus stupéfait que, ne bougeant guère de la Raspelière,
il y faisait figure de chapelain, d'abbé du répertoire, et
quelquefois (quand Morel avait quarante-huit heures de
permission) y couchait deux nuits de suite. Mᵐᵉ Verdurin leur donnait alors deux chambres communicantes
et, pour les mettre à l'aise, disait : « Si vous avez envie
de faire de la musique, ne vous gênez pas, les murs sont
comme ceux d'une forteresse, vous n'avez personne à
votre étage, et mon mari a un sommeil de plomb. » Ces
jours-là, M. de Charlus relayait la princesse en allant
chercher les nouveaux à la gare, excusait Mᵐᵉ Verdurin
de ne pas être venue à cause d'un état de santé qu'il
décrivait si bien que les invités entraient avec une figure
de circonstance et poussaient un cri d'étonnement en
trouvant la Patronne alerte et debout, en robe à demi
décolletée.

Car M. de Charlus était momentanément devenu, pour
Mᵐᵉ Verdurin, le fidèle des fidèles, une seconde princesse
Sherbatoff. De sa situation mondaine elle était beaucoup
moins sûre que de celle de la princesse, se figurant que,
si celle-ci ne voulait voir que le petit noyau, c'était par
mépris des autres et prédilection pour lui. Comme cette
feinte était justement le propre des Verdurin, lesquels
traitaient d'ennuyeux tous ceux qu'ils ne pouvaient fréquenter, il est incroyable que la Patronne pût croire la
princesse une âme d'acier, détestant le chic. Mais elle
n'en démordait pas et était persuadée que, pour la grande
dame aussi, c'était sincèrement et par goût d'intellectualité qu'elle ne fréquentait pas les ennuyeux. Le nombre de ceux-ci diminuait, du reste, à l'égard des Verdurin.
La vie de bains de mer ôtait à une présentation les conséquences pour l'avenir qu'on eût pu redouter à Paris.
Des hommes brillants, venus à Balbec sans leur femme,
ce qui facilitait tout, à la Raspelière faisaient des avances
et d'ennuyeux devenaient exquis. Ce fut le cas pour le

prince de Guermantes, que l'absence de la Princesse
n'aurait pourtant pas décidé à aller « en garçon » chez les
Verdurin, si l'aimant du dreyfusisme n'eût été si puissant
qu'il lui fit monter d'un seul trait les pentes qui mènent
à la Raspelière, malheureusement un jour où la Patronne
était sortie. Mme Verdurin, du reste, n'était pas certaine
que lui et M. de Charlus fussent du même monde. Le
baron avait bien dit que le duc de Guermantes était son
frère, mais c'était peut-être le mensonge d'un aventurier.
Si élégant se fût-il montré, si aimable, si « fidèle » envers
les Verdurin, la Patronne hésitait presque à l'inviter
avec le prince de Guermantes. Elle consulta Ski et Brichot : « Le baron et le prince de Guermantes, est-ce que
ça marche ? — Mon Dieu, Madame, pour l'un des deux
je crois pouvoir dire... — Mais l'un des deux, qu'est-ce
que ça peut me faire ? avait repris Mme Verdurin irritée.
Je vous demande s'ils marchent ensemble ? — Ah ! Madame, voilà des choses qui sont bien difficiles à savoir. »
Mme Verdurin n'y mettait aucune malice. Elle était
certaine des mœurs du baron, mais quand elle s'exprimait
ainsi elle n'y pensait nullement, mais seulement à savoir
si on pouvait inviter ensemble le prince et M. de Charlus,
si cela corderait. Elle ne mettait aucune intention malveillante dans l'emploi de ces expressions toutes faites
et que les « petits clans » artistiques favorisent. Pour se
parer de M. de Germantes, elle voulait l'emmener,
l'après-midi qui suivrait le déjeuner, à une fête de charité et où des marins de la côte figureraient un appa-
reillage. Mais n'ayant pas le temps de s'occuper de tout,
elle délégua ses fonctions au fidèle des fidèles, au baron.
« Vous comprenez, il ne faut pas qu'ils restent immobiles
comme des moules, il faut qu'ils aillent, qu'ils viennent,
qu'on voie le branle-bas, je ne sais pas le nom de tout
ça. Mais vous, qui allez souvent au port de Balbec-Plage,
vous pourriez bien faire faire une répétition sans vous
fatiguer. Vous devez vous y entendre mieux que moi,
M. de Charlus, à faire marcher des petits marins. Mais,
après tout, nous nous donnons bien du mal pour M. de

Guermantes. C'est peut-être un imbécile du Jockey. Oh!
mon Dieu, je dis du mal du Jockey, et il me semble me
rappeler que vous en êtes. Hé! baron, vous ne me répondez pas, est-ce que vous en êtes? Vous ne voulez pas
sortir avec nous? Tenez, voici un livre que j'ai reçu, je
pense qu'il vous intéressera. C'est de Roujon. Le titre
est joli : *Parmi les hommes.* »

Pour ma part, j'étais d'autant plus heureux que
M. de Charlus fût assez souvent substitué à la princesse
Sherbatoff, que j'étais très mal avec celle-ci, pour une
raison à la fois insignifiante et profonde. Un jour que
j'étais dans le petit train, comblant de mes prévenances,
comme toujours, la princesse Sherbatoff, j'y vis monter
Mᵐᵉ de Villeparisis. Elle était en effet venue passer quelques semaines chez la princesse de Luxembourg, mais,
enchaîné à ce besoin quotidien de voir Albertine, je
n'avais jamais répondu aux invitations multipliées de la
marquise et de son hôtesse royale. J'eus du remords en
voyant l'amie de ma grand'mère et, par pur devoir (sans
quitter la princesse Sherbatoff) je causai assez longtemps
avec elle. J'ignorais, du reste, absolument que Mᵐᵉ de Villeparisis savait très bien qui était ma voisine, mais ne
voulait pas la connaître. A la station suivante, Mᵐᵉ de Villeparisis quitta le wagon, je me reprochai même de ne
pas l'avoir aidée à descendre ; j'allai me rasseoir à côté
de la princesse. Mais on eût dit — cataclysme fréquent
chez les personnes dont la situation est peu solide et qui
craignent qu'on ait entendu parler d'elles en mal, qu'on
les méprise — qu'un changement à vue s'était opéré.
Plongée dans sa *Revue des Deux Mondes*, Mᵐᵉ Sherbatoff
répondit à peine du bout des lèvres à mes questions et
finit par me dire que je lui donnais la migraine. Je ne
comprenais rien à mon crime. Quand je dis au revoir à
la princesse, le sourire habituel n'éclaira pas son visage,
un salut sec abaissa son menton, elle ne me tendit même
pas la main et ne m'a jamais reparlé depuis. Mais elle dut
parler — mais je ne sais pas pour dire quoi — aux Verdurin, car dès que je demandais à ceux-ci si je ne ferais

pas bien de faire une politesse à la princesse Sherbatoff, tous en chœur se précipitaient : « Non! Non! Non! Surtout pas! Elle n'aime pas les amabilités! » On ne le faisait pas pour me brouiller avec elle, mais elle avait réussi à faire croire qu'elle était insensible aux prévenances, âme inaccessible aux vanités de ce monde. Il faut avoir vu l'homme politique qui passe pour le plus entier, le plus intransigeant, le plus inapprochable depuis qu'il est au pouvoir ; il faut l'avoir vu au temps de sa disgrâce, mendier timidement, avec un sourire brillant d'amoureux, le salut hautain d'un journaliste quelconque ; il faut avoir vu le redressement de Cottard (que ses nouveaux malades prenaient pour une barre de fer), et savoir de quels dépits amoureux, de quels échecs de snobisme étaient faits l'apparente hauteur, l'antisnobisme universellement admis de la princesse Sherbatoff, pour comprendre que dans l'humanité la règle — qui comporte des exceptions naturellement — est que les durs sont des faibles dont on n'a pas voulu, et que les forts, se souciant peu qu'on veuille ou non d'eux, ont seuls cette douceur que le vulgaire prend pour de la faiblesse.

Au reste, je ne dois pas juger sévèrement la princesse Sherbatoff. Son cas est si fréquent! Un jour, à l'enterrement d'un Guermantes, un homme remarquable placé à côté de moi me montra un monsieur élancé et pourvu d'une jolie figure. « De tous les Guermantes, me dit mon voisin, celui-là est le plus inouï, le plus singulier. C'est le frère du duc. » Je lui répondis imprudemment qu'il se trompait, que ce monsieur, sans parenté aucune avec les Guermantes, s'appelait Fournier-Sarlovèze. L'homme remarquable me tourna le dos et ne m'a plus jamais salué depuis.

Un grand musicien, membre de l'Institut, haut dignitaire officiel, et qui connaissait Ski, passa par Harambouville, où il avait une nièce, et vint à un mercredi des Verdurin. M. de Charlus fut particulièrement aimable avec lui (à la demande de Morel) et surtout pour qu'au retour à Paris, l'académicien lui permît d'assiter à diffé-

rentes séances privées, répétitions, etc., où jouait le violoniste. L'académicien flatté, et d'ailleurs homme charmant, promit et tint sa promesse. Le baron fut très touché
de toutes les amabilités que ce personnage (d'ailleurs,
en ce qui le concernait, aimant uniquement et profondément les femmes) eut pour lui, de toutes les facilités
qu'il procura pour voir Morel dans les lieux officiels où
les profanes n'entrent pas, de toutes les occasions données
par le célèbre artiste au jeune virtuose de se produire,
de se faire connaître, en le désignant, de préférence à
d'autres, à talent égal, pour des auditions qui devaient
avoir un retentissement particulier. Mais M. de Charlus
ne se doutait pas qu'il en devait au maître d'autant plus
de reconnaissance que celui-ci, doublement méritant,
ou, si l'on aime mieux, deux fois coupable, n'ignorait
rien des relations du violoniste et de son noble protecteur.
Il les favorisa, certes sans sympathie pour elles, ne pouvant comprendre d'autre amour que celui de la femme,
qui avait inspiré toute sa musique, mais par indifférence
morale, complaisance et serviabilité professionnelles,
amabilité mondaine, snobisme. Quant à des doutes sur
le caractère de ces relations, il en avait si peu que, dès
le premier dîner à la Raspelière, il avait demandé à Ski,
en parlant de M. de Charlus et de Morel comme il eût
fait d'un homme et de sa maîtresse : « Est-ce qu'il y a
longtemps qu'ils sont ensemble ? » Mais, trop homme
du monde pour en laisser rien voir aux intéressés, prêt,
si parmi les camarades de Morel il s'était produit quelques commérages, à les réprimer et à rassurer Morel en
lui disant paternellement : « On dit cela de tout le monde
aujourd'hui », il ne cessa de combler le baron de gentil-
lesses que celui-ci trouva charmantes, mais naturelles,
incapable de supposer chez l'illustre maître tant de vice
ou tant de vertu. Car les mots qu'on disait en l'absence
de M. de Charlus, les « à peu près » sur Morel, personne
n'avait l'âme assez basse pour les lui répéter. Et pourtant
cette simple situation suffit à montrer que même cette
chose universellement décriée, qui ne trouverait nulle

part un défenseur : « le potin », lui aussi, soit qu'il ait
pour objet nous-même et nous deviennent ainsi particulièrement désagréable, soit qu'il nous apprenne sur
un tiers quelque chose que nous ignorions, a sa valeur
psychologique. Il empêche l'esprit de s'endormir sur
la vue factice qu'il a de ce qu'il croit les choses et qui
n'est que leur apparence. Il retourne celle-ci avec la
dextérité magique d'un philosophe idéaliste et nous présente rapidement un coin insoupçonné du revers de
l'étoffe. M. de Charlus eût-il pu imaginer ces mots dits
par certaine tendre parente : « Comment veux-tu que
Mémé soit amoureux de moi ? tu oublies donc que je
suis une femme ! » Et pourtant elle avait un attachement
véritable, profond, pour M. de Charlus. Comment alors
s'étonner que, pour les Verdurin, sur l'affection et la
bonté desquels il n'avait aucun droit de compter, les
propos qu'ils disaient loin de lui (et ce ne furent pas seulement, on le verra, des propos) fussent si différents de
ce qu'il les imaginait être, c'est-à-dire du simple reflet
de ceux qu'il entendait quand il était là ? Ceux-là seuls
ornaient d'inscriptions affectueuses le petit pavillon idéal
où M. de Charlus venait parfois rêver seul, quand il
introduisait un instant son imagination dans l'idée que
les Verdurin avaient de lui. L'atmosphère y était si
sympathique, si cordiale, le repos si réconfortant, que,
quand M. de Charlus, avant de s'endormir, était venu
s'y délasser un instant de ses soucis, il n'en sortait jamais
sans un sourire. Mais, pour chacun de nous, ce genre de
pavillon est double : en face de celui que nous croyons
être l'unique, il y a l'autre, qui nous est habituellement
invisible, le vrai, symétrique avec celui que nous connaissons, mais bien différent et dont l'ornementation, où
nous ne reconnaîtrions rien de ce que nous nous attendions à voir, nous épouvanterait comme faite avec les
symboles odieux d'une hostilité insoupçonnée. Quelle
stupeur pour M. de Charlus, s'il avait pénétré dans un
de ces pavillons adverses, grâce à quelque potin, comme
par un de ces escaliers de service où des graffiti obscènes

sont charbonnés à la porte des appartements par des fournisseurs mécontents ou des domestiques renvoyés! Mais, tout autant que nous sommes privés de ce sens de l'orientation dont sont doués certains oiseaux, nous manquons du sens de la visibilité, comme nous manquons de celui des distances, nous imaginant toute proche l'attention intéressée des gens qui, au contraire, ne pensent jamais à nous, et ne soupçonnant pas que nous sommes, pendant ce temps-là, pour d'autres leur seul souci. Ainsi M. de Charlus vivait dupé comme le poisson qui croit que l'eau où il nage s'étend au delà du verre de son aquarium qui lui en présente le reflet, tandis qu'il ne voit pas à côté de lui, dans l'ombre, le promeneur amusé qui suit ses ébats ou le pisciculteur tout-puissant qui, au moment imprévu et fatal, différé en ce moment à l'égard du baron (pour qui le pisciculteur, à Paris, sera Mme Verdurin), le tirera sans pitié du milieu où il aimait vivre pour le rejeter dans un autre. Au surplus, les peuples, en tant qu'ils ne sont que des collections d'individus, peuvent offrir des exemples plus vastes, mais identiques en chacune de leurs parties, de cette cécité profonde, obstinée et déconcertante. Jusqu'ici, si elle était cause que M. de Charlus tenait, dans le petit clan, des propos d'une habileté inutile ou d'une audace qui faisait sourire en cachette, elle n'avait pas encore eu pour lui ni ne devait avoir, à Balbec, de graves inconvénients. Un peu d'albumine, de sucre, d'arythmie cardiaque, n'empêche pas la vie de continuer normale pour celui qui ne s'en aperçoit même pas, alors que seul le médecin y voit la prophétie de catastrophes. Actuellement le goût — platonique ou non — de M. de Charlus pour Morel poussait seulement le baron à dire volontiers, en l'absence de Morel, qu'il le trouvait très beau, pensant que cela serait entendu en toute innocence, et agissant en cela comme un homme fin qui, appelé à déposer devant un tribunal, ne craindra pas d'entrer dans des détails qui semblent en apparence désavantageux pour lui, mais qui, à cause de cela même, ont plus de naturel et moins de vulgarité

que les protestations conventionnelles d'un accusé de
théâtre. Avec la même liberté, toujours entre Doncières-
Ouest et Saint-Martin-du-Chêne — ou le contraire au
retour — M. de Charlus parlait volontiers de gens qui
ont, paraît-il, des mœurs très étranges, et ajoutait même :
« Après tout, je dis étranges, je ne sais pas pourquoi, car
cela n'a rien de si étrange », pour se montrer à soi-même
combien il était à l'aise avec son public. Et il l'était en
effet, à condition que ce fût lui qui eût l'initiative des
opérations et qu'il sût la galerie muette et souriante,
désarmée par la crédulité ou la bonne éducation.

Quand M. de Charlus ne parlait pas de son admiration
pour la beauté de Morel comme si elle n'eût eu aucun
rapport avec un goût appelé vice, il traitait de ce vice,
mais comme s'il n'avait été nullement le sien. Parfois
même il n'hésitait pas à l'appeler par son nom. Comme,
après avoir regardé la belle reliure de son Balzac, je
lui demandais ce qu'il préférait dans *la Comédie humaine*,
il me répondit, dirigeant sa pensée vers une idée fixe :
« Tout l'un ou tout l'autre, les petites miniatures comme
le Curé de Tours et *la Femme abandonnée*, ou les grandes
fresques comme la série des *Illusions perdues*. Comment !
vous ne connaissez pas *les Illusions perdues* ? C'est si beau,
le moment où Carlos Herrera demande le nom du château
devant lequel passe sa calèche : c'est Rastignac, la
demeure du jeune homme qu'il a aimé autrefois. Et l'abbé
alors de tomber dans une rêverie que Swann appelait,
ce qui était bien spirituel, la *Tristesse d'Olympio* de la
pédérastie. Et la mort de Lucien ! je ne me rappelle plus
quel homme de goût avait eu cette réponse, à qui lui
demandait quel événement l'avait le plus affligé dans sa
vie : « La mort de Lucien de Rubempré dans *Splendeurs
et Misères*. » — Je sais que Balzac se porte beaucoup cette
année, comme l'an passé le pessimisme, interrompit
Brichot. Mais, au risque de contrister les âmes en mal
de déférence balzacienne, sans prétendre, Dieu me
damne, au rôle de gendarme de lettres et dresser procès-
verbal pour fautes de grammaire, j'avoue que le copieux

improvisateur dont vous me semblez surfaire singulièrement les élucubrations effarantes, m'a toujours paru
un scribe insuffisamment méticuleux. J'ai lu ces *Illusions
perdues* dont vous nous parlez, baron, en me torturant
pour atteindre à une ferveur d'initié, et je confesse en
toute simplicité d'âme que ces romans feuilletons, rédigés
en pathos, en galimatias double et triple (*Esther heureuse,
Où mènent les mauvais chemins, A combien l'amour revient
aux vieillards*), m'ont toujours fait l'effet des mystères
de *Rocambole*, promu par inexplicable faveur à la situation précaire de chef-d'œuvre. — Vous dites cela parce
que vous ne connaissez pas la vie, dit le baron doublement agacé, car il sentait que Brichot ne comprendrait ni
ses raisons d'artiste, ni les autres. — J'entends bien,
répondit Brichot, que, pour parler comme Maître Fran-
çois Rabelais, vous voulez dire que je suis moult sorbo-
nagre, sorbonicole et sorboniforme. Pourtant, tout autant
que les camarades, j'aime qu'un livre donne l'impression
de la sincérité et de la vie, je ne suis pas de ces clercs... —
Le quart d'heure de Rabelais interrompit le docteur
Cottard avec un air non plus de doute, mais de spirituelle
assurance. — ... qui font vœu de littérature en suivant la
règle de l'Abbaye-aux-Bois dans l'obédience de
M. le vicomte de Chateaubriand, grand maître du
chiqué, selon la règle stricte des humanistes. M. le vicomte
de Chateaubriand... — Châteaubriant aux pommes ? interrompit le docteur Cottard. — C'est lui le patron de la
confrérie », continua Brichot sans relever la plaisanterie
du docteur, lequel, en revanche, alarmé par la phrase
de l'universitaire, regarda M. de Charlus avec inquiétude.
Brichot avait semblé manquer de tact à Cottard, duquel
le calembour avait amené un fin sourire sur les lèvres de
la princesse Sherbatoff. « Avec le professeur, l'ironie
mordante du parfait sceptique ne perd jamais ses droits,
dit-elle par amabilité et pour montrer que le « mot »
du médecin n'avait pas passé inaperçu pour elle. — Le
sage est forcément sceptique, répondit le docteur.
Que sais-je ? γνῶθι σεαυτόν, disait Socrate. C'est très

juste, l'excès en tout est un défaut. Mais je reste bleu
quand je pense que cela a suffi à faire durer le nom de
Socrate jusqu'à nos jours. Qu'est-ce qu'il y a dans cette
philosophie ? peu de chose en somme. Quand on pense
que Charcot et d'autres ont fait des travaux mille fois
plus remarquables et qui s'appuient, au moins, sur
quelque chose, sur la suppression du réflexe pupillaire
comme syndrome de la paralysie générale, et qu'ils sont
presque oubliés ! En somme, Socrate, ce n'est pas extraordinaire. Ce sont des gens qui n'avaient rien à faire, qui
passait toute leur journée à se promener, à discutailler.
C'est comme Jésus-Christ : Aimez-vous les uns les autres,
c'est très joli. — Mon ami..., pria Mme Cottard. — Naturellement, ma femme proteste, ce sont toutes des névrosées.
— Mais, mon petit docteur, je ne suis pas névrosée,
murmura Mme Cottard. — Comment, elle n'est pas
névrosée ? quand son fils est malade, elle présente des
phénomènes d'insomnie. Mais enfin, je reconnais que
Socrate, et le reste, c'est nécessaire pour une culture
supérieure, pour avoir des talents d'exposition. Je cite
toujours le γνῶθι σεαυτόν à mes élèves pour le premier
cours. Le père Bouchard, qui l'a su, m'en a félicité.—
Je ne suis pas des tenants de la forme pour la forme, pas
plus que je ne thésauriserais en poésie la rime million-
naire, reprit Brichot. Mais, tout de même, *la Comédie
humaine* — bien peu humaine — est par trop le contraire
de ces œuvres où l'art excède le fond, comme dit cette
bonne rosse d'Ovide. Et il est permis de préférer un
sentier à mi-côte, qui mène à la cure de Meudon ou à
l'ermitage de Ferney, à égale distance de la Vallée-aux-
Loups où René remplissait superbement les devoirs d'un
pontificat sans mansuétude, et des Jardies où Honoré
de Balzac, harcelé par les recors, ne s'arrêtait pas de caco-
graphier pour une Polonaise, en apôtre zélé du charabia. —
Chateaubriand est beaucoup plus vivant que vous ne
dites, et Balzac est tout de même un grand écrivain
répondit M. de Charlus, encore trop imprégné du goût
de Swann pour ne pas être irrité par Brichot, et Balzac

a connu jusqu'à ces passions que tout le monde ignore, ou n'étudie que pour les flétrir. Sans reparler des immortelles *Illusions perdues*, *Sarrazine*, *la Fille aux yeux d'or*, *Une passion dans le désert*, même l'assez énigmatique *Fausse Maîtresse*, viennent à l'appui de mon dire. Quand je parlais de ce côté " hors nature " de Balzac à Swann, il me disait : " Vous êtes du même avis que Taine. " Je n'avais pas l'honneur de connaître M. Taine, ajouta M. de Charlus (avec cette irritante habitude du « monsieur » inutile qu'ont les gens du monde, comme s'ils croyaient, en taxant de monsieur un grand écrivain, lui décerner un honneur, peut-être garder les distances, et bien faire savoir qu'ils ne le connaissent pas), je ne connaissais pas M. Taine, mais je me tenais pour fort honoré d'être du même avis que lui. » D'ailleurs, malgré ces habitudes mondaines ridicules, M. de Charlus était très intelligent, et il est probable que si quelque mariage ancien avait noué une parenté entre sa famille et celle de Balzac, il eût ressenti (non moins que Balzac d'ailleurs) une satisfaction dont il n'eût pu cependant s'empêcher de se targuer comme d'une marque de condescendance admirable.

Parfois, à la station qui suivait Saint-Martin-du-Chêne, des jeunes gens montaient dans le train. M. de Charlus ne pouvait pas s'empêcher de les regarder, mais, comme il abrégeait et dissimulait l'attention qu'il leur prêtait, elle prenait l'air de cacher un secret, plus particulier même que le véritable ; on aurait dit qu'il les connaissait, le laissait malgré lui paraître, après avoir accepté son sacrifice, avant de se retourner vers nous, comme font ces enfants à qui, à la suite d'une brouille entre parents, on a défendu de dire bonjour à des camarades, mais qui, lorsqu'ils les rencontrent, ne peuvent se priver de lever la tête avant de retomber sous la férule de leur précepteur.

Au mot tiré du grec dont M. de Charlus, parlant de Balzac, avait fait suivre l'allusion à la *Tristesse d'Olympio* dans *Splendeurs et Misères*, Ski, Brichot et Cottard s'étaient regardés avec un sourire peut-être moins iro-

nique qu'empreint de la satisfaction qu'auraient des
dîneurs qui réussiraient à faire parler Dreyfus de sa
propre affaire, ou l'Impératrice de son règne. On comptait
bien le pousser un peu sur ce sujet, mais c'était déjà
Doncières, où Morel nous rejoignait. Devant lui, M. de
Charlus surveillait soigneusement sa conversation, et
quand Ski voulut le ramener à l'amour de Carlos Herrera
pour Lucien de Rubempré, le baron prit l'air contrarié,
mystérieux, et finalement (voyant qu'on ne l'écoutait pas)
sévère et justicier d'un père qui entendrait dire des indé-
cences devant sa fille. Ski ayant mis quelque entêtement
à poursuivre, M. de Charlus, les yeux hors de la tête,
élevant la voix, dit d'un ton significatif, en montrant
Albertine qui pourtant ne pouvait nous entendre, occupée
à causer avec Mme Cottard et la princesse Sherbatoff,
et sur le ton à double sens de quelqu'un qui veut donner
une leçon à des gens mal élevés : « Je crois qu'il serait
temps de parler de choses qui puissent intéresser cette
jeune fille. » Mais je compris bien que, pour lui, la jeune
fille était non pas Albertine, mais Morel ; il témoigna, du
reste, plus tard, de l'exactitude de mon interprétation par
les expressions dont il se servit quand il demanda qu'on
n'eût plus de ces conversations devant Morel. « Vous
savez, me dit-il, en parlant du violoniste, qu'il n'est pas
du tout ce que vous pourriez croire, c'est un petit très
honnête, qui est toujours resté sage très sérieux. » Et
on sentait à ces mots que M. de Charlus considérait
l'inversion sexuelle comme un danger aussi menaçant
pour les jeunes gens que la prostitution pour les femmes,
et que, s'il se servait pour Morel de l'épithète de « sérieux »
c'était dans le sens qu'elle prend appliquée à une petite
ouvrière. Alors Brichot, pour changer la conversation, me
demanda si je comptais rester encore longtemps à Incarville. J'avais eu beau lui faire observer plusieurs fois que
j'habitais non pas Incarville mais Balbec, il retombait
toujours dans sa faute, car c'est sous le nom d'Incarville
ou de Balbec-Incarville qu'il désignait cette partie du
littoral. Il y a ainsi des gens qui parlent des mêmes choses

que nous en les appelant d'un nom un peu différent. Une certaine dame du faubourg Saint-Germain me demandait toujours, quand elle voulait parler de la duchesse de Guermantes, s'il y avait longtemps que je n'avais vu Zénaïde, ou Oriane-Zénaïde, ce qui fait qu'au premier moment je ne comprenais pas. Probablement il y avait eu un temps où, une parente de Mme de Guermantes s'appelant Oriane, on l'appelait, elle, pour éviter les confusions, Oriane-Zénaïde. Peut-être aussi y avait-il eu d'abord une gare seulement à Incarville, et allait-on de là en voiture à Balbec. « De quoi parliez-vous donc ? dit Albertine étonnée du ton solennel de père de famille que venait d'usurper M. de Charlus. — De Balzac, se hâta de répondre le baron, et vous avez justement ce soir la toilette de la princesse de Cadignan, pas la première, celle du dîner, mais la seconde. » Cette rencontre tenait à ce que, pour choisir des toilettes à Albertine, je m'inspirais du goût qu'elle s'était formé grâce à Elstir, lequel appréciait beaucoup une sobriété qu'on eût pu appeler britannique s'il ne s'y était allié plus de douceur, de mollesse française. Le plus souvent, les robes qu'il préférait offraient aux regards une harmonieuse combinaison de couleurs grises, comme celle de Diane de Cadignan. Il n'y avait guère que M. de Charlus pour savoir apprécier à leur véritable valeur les toilettes d'Albertine ; tout de suite ses yeux découvraient ce qui en faisait la rareté, le prix ; il n'aurait jamais dit le nom d'une étoffe pour une autre et reconnaissait le faiseur. Seulement il aimait mieux — pour les femmes — un peu plus d'éclat et de couleur que n'en tolérait Elstir. Aussi, ce soir-là, me lança-t-elle un regard moitié souriant, moitié inquiet, en courbant son petit nez rose de chatte. En effet, croisant sur sa jupe de crêpe de Chine gris, sa jaquette de cheviotte grise laissait croire qu'Albertine était tout en gris. Mais me faisant signe de l'aider, parce que ses manches bouffantes avaient besoin d'être aplaties ou relevées pour entrer ou retirer sa jaquette, elle ôta celle-ci et comme ces manches étaient d'un écossais très doux, rose, bleu pâle, verdâtre, gorge-de-pigeon, ce fut comme si dans un ciel gris s'était formé un arc-en-ciel. Et elle se demandait si cela allait plaire à M. de Charlus. « Ah! s'écria celui-ci ravi, voilà un rayon, un prisme de couleur. Je vous fais tous mes compliments. — Mais Monsieur seul en a mérité, répondit gentiment Albertine en me désignant, car elle aimait montrer ce qui lui venait de moi. — Il n'y a que les femmes qui ne savent pas s'habiller qui craignent la couleur, reprit M. de Charlus. On peut être éclatante sans vulgarité et douce sans fadeur. D'ailleurs vous n'avez pas les mêmes raisons que Mme de Cadignan de vouloir paraître détachée de la vie, car c'était l'idée qu'elle voulait inculquer à d'Arthez par cette toilette grise. » Albertine, qu'intéressait ce muet langage des robes, questionna M. de Charlus sur la princesse de Cadignan. « Oh! c'est une nouvelle exquise, dit le baron d'un ton rêveur. Je connais le petit jardin où Diane de Cadignan se promena avec Mme d'Espard. C'est celui d'une de mes cousines. — Toutes ces questions du jardin de sa cousine, murmura Brichot à Cottard, peuvent, de même que sa généalogie, avoir du prix pour cet excellent baron. Mais quel intérêt cela a-t-il pour nous qui n'avons pas le privilège de nous y promener, ne connaissons pas cette dame et ne possédons pas de titres de noblesse? » Car Brichot ne soupçonnait pas qu'on pût s'intéresser à une robe et à un jardin comme à une œuvre d'art, et que c'est comme dans Balzac que M. de Charlus revoyait les petites allées de Mme de Cadignan. Le baron poursuivit : « Mais vous la connaissez, me dit-il, en parlant de cette cousine et pour me flatter en s'adressant à moi comme à quelqu'un qui, exilé dans le petit clan, pour M. de Charlus sinon était de son monde, du moins allait dans son monde. En tous cas vous avez dû la voir chez Mme de Villeparisis. — La marquise de Villeparisis à qui appartient le château de Baucreux? demanda Brichot d'un air captivé. — Oui, vous la connaissez? demanda sèchement M. de Charlus. — Nullement, répondit Brichot, mais notre collègue Norpois passe tous les ans

une partie de ses vacances à Baucreux. J'ai eu l'occasion
de lui écrire là. » Je dis à Morel, pensant l'intéresser, que
M. de Norpois était ami de mon père. Mais pas un mouvement de son visage ne témoigna qu'il eût entendu,
tant il tenait mes parents pour gens de peu et n'approchant pas de bien loin de ce qu'avait été mon grand-oncle
chez qui son père avait été valet de chambre et qui, du
reste, contrairement au reste de la famille, aimant assez
« faire des embarras », avait laissé un souvenir ébloui à ses
domestiques. « Il paraît que Mme de Villeparisis est une
femme supérieure ; mais je n'ai jamais été admis à en
juger par moi-même, non plus, du reste que mes collègues.
Car Norpois, qui est d'ailleurs plein de courtoisie et
d'affabilité à l'Institut, n'a présenté aucun de nous à la
marquise. Je ne sais de reçu par elle que notre ami
Thureau-Dangin, qui avait avec elle d'anciennes relations
de famille, et aussi Gaston Boissier, qu'elle a désiré
connaître à la suite d'une étude qui l'intéressait tout
particulièrement. Il y a dîné une fois et est revenu sous
le charme. Encore Mme Boissier n'a-t-elle pas été invitée. »
A ces noms, Morel sourit d'attendrissement : « Ah!
Thureau-Dangin, me dit-il d'un air aussi intéressé que
celui qu'il avait montré en entendant parler du marquis
de Norpois et de mon père était resté indifférent. Thureau-
Dangin, c'était une paire d'amis avec votre oncle. Quand
une dame voulait une place de centre pour une réception
à l'Académie, votre oncle disait : " J'écrirai à Thureau-
Dangin. " Et naturellement la place était aussitôt envoyée,
car vous comprenez bien que M. Thureau-Dangin ne
se serait pas risqué de rien refuser à votre oncle, qui
l'aurait repincé au tournant. Cela m'amuse aussi d'entendre le nom de Boissier, car c'était là que votre grand-
oncle faisait faire toutes ses emplettes pour les dames
au moment du jour de l'an. Je le sais, car je connais la
personne qui était chargée de la commission. » Il faisait
plus que la connaître, c'était son père. Certaines de ces
allusions affectueuses de Morel à la mémoire de mon
oncle touchaient à ce que nous ne comptions pas rester

toujours dans l'hôtel de Guermantes, où nous n'étions
venus loger qu'à cause de ma grand'mère. On parlait
quelquefois d'un déménagement possible. Or, pour
comprendre les conseils que me donnait à cet égard
Charles Morel, il faut savoir qu'autrefois mon grand-
oncle demeurait 40 *bis* boulevard Malesherbes. Il en
était résulté que, dans la famille, comme nous allions
beaucoup chez mon oncle Adolphe jusqu'au jour fatal
où je brouillai mes parents avec lui en racontant l'histoire
de la dame en rose, au lieu de dire « chez votre oncle »,
on disait « au 40 *bis* ». Des cousines de maman lui disaient
le plus naturellement du monde : « Ah! dimanche on ne
peut pas vous avoir, vous dînez au 40 *bis*. » Si j'allais
voir une parente, on me recommandait d'aller d'abord
« au 40 *bis* », afin que mon oncle ne pût être froissé qu'on
n'eût commencé par lui. Il était propriétaire de la maison
et se montrait, à vrai dire, très difficile sur le choix des
locataires, qui étaient tous des amis, ou le devenaient.
Le colonel baron de Vatry venait tous les jours fumer
un cigare avec lui pour obtenir plus facilement des répa-
rations. La porte cochère était toujours fermée. Si à une
fenêtre mon oncle apercevait un linge, un tapis, il entrait
en fureur et les faisait retirer plus rapidement qu'aujourd'hui les agents de police. Mais enfin il n'en louait
pas moins une partie de la maison, n'ayant pour lui que
deux étages et les écuries. Malgré cela, sachant lui faire
plaisir en vantant le bon entretien de la maison, on célébrait le confort du « petit hôtel » comme si mon oncle en
avait été le seul occupant, et il laissait dire, sans opposer
le démenti formel qu'il aurait dû. Le « petit hôtel »
était assurément confortable (mon oncle y introduisant
toutes les inventions de l'époque). Mais il n'avait rien
d'extraordinaire. Seul mon oncle, tout en disant, avec
une modestie fausse, « mon petit taudis », était persuadé,
ou en tous cas avait inculqué à son valet de chambre, à la
femme de celui-ci, au cocher, à la cuisinière, l'idée que
rien n'existait à Paris qui, pour le confort, le luxe et
l'agrément, fût comparable au petit hôtel. Charles Morel

avait grandi dans cette foi. Il y était resté. Aussi, même les jours où il ne causait pas avec moi, si dans le train je parlais à quelqu'un de la possibilité d'un déménagement, aussitôt il me souriait et, clignant de l'œil d'un air entendu, me disait : « Ah! ce qu'il vous faudrait, c'est quelque chose dans le genre du *40 bis*! C'est là que vous seriez bien! On peut dire que votre oncle s'y entendait. Je suis bien sûr que dans tout Paris il n'existe rien qui vaille le *40 bis*. »

A l'air mélancolique qu'avait pris, en parlant de la princesse de Cadignan, M. de Charlus, j'avais bien senti que cette nouvelle ne le faisait pas penser qu'au petit jardin d'une cousine assez indifférente. Il tomba dans une songerie profonde, et comme se parlant à soi-même : « *Les Secrets de la princesse de Cadignan*! s'écria-t-il, quel chef-d'œuvre! comme c'est profond, comme c'est douloureux, cette mauvaise réputation de Diane qui craint tant que l'homme qu'elle aime ne l'apprenne! Quelle vérité éternelle, et plus générale que cela n'en a l'air! comme cela va loin! » M. de Charlus prononça ces mots avec une tristesse qu'on sentait pourtant qu'il ne trouvait pas sans charme. Certes M. de Charlus, ne sachant pas au juste dans quelle mesure ses mœurs étaient ou non connues, tremblait, depuis quelque temps, qu'une fois qu'il serait revenu à Paris et qu'on le verrait avec Morel, la famille de celui-ci n'intervînt et qu'ainsi son bonheur fût compromis. Cette éventualité ne lui était probablement apparu jusqu'ici que comme quelque chose de profondément désagréable et pénible. Mais le baron était fort artiste. Et maintenant que depuis un instant il confondait sa situation avec celle décrite par Balzac, il se réfugiait en quelque sorte dans la nouvelle, et à l'infortune qui le menaçait peut-être, et ne laissait pas en tous cas de l'effrayer, il avait cette consolation de trouver dans sa propre anxiété ce que Swann et aussi Saint-Loup eussent appelé quelque chose de « très balzacien ». Cette identification à la princesse de Cadignan avait été rendue facile pour M. de Charlus grâce à la transposition mentale qui lui devenait habituelle et dont il avait déjà donné divers exemples. Elle suffisait, d'ailleurs, pour que le seul remplacement de la femme, comme objet aimé, par un jeune homme, déclenchât aussitôt autour de celui-ci tout le processus de complications sociales qui se développent autour d'une liaison ordinaire. Quand, pour une raison quelconque, on introduit une fois pour toutes un changement dans le calendrier ou dans les horaires, si on fait commencer l'année quelques semaines plus tard ou si l'on fait sonner minuit un quart d'heure plus tôt, comme les journées auront tout de même vingt-quatre heures et les mois trente jours, tout ce qui découle de la mesure du temps restera identique. Tout peut avoir été changé sans amener aucun trouble, puisque les rapports entre les chiffres sont toujours pareils. Ainsi des vies qui adoptent « l'heure de l'Europe Centrale » ou les calendriers orientaux. Il semble même que l'amour-propre qu'on a à entretenir une actrice jouât un rôle dans cette liaison-ci. Quand, dès le premier jour, M. de Charlus s'était enquis de ce qu'était Morel, certes il avait appris qu'il était d'une humble extraction, mais une demi-mondaine que nous aimons ne perd pas pour nous de son prestige parce qu'elle est la fille de pauvres gens. En revanche, les musiciens connus à qui il avait fait écrire — même pas par intérêt, comme les amis qui, en présentant Swann à Odette, la lui avaient dépeinte comme plus difficile et plus recherchée qu'elle n'était — par simple banalité d'hommes en vue surfaisant un débutant, avaient répondu au baron : « Ah! grand talent, grosse situation, étant donné naturellement qu'il est un jeune, très apprécié des connaisseurs, fera son chemin. » Et, par la manie des gens qui ignorent l'inversion, à parler de la beauté masculine : « Et puis, il est joli à voir jouer ; il fait mieux que personne dans un concert ; il a de jolis cheveux, des poses distinguées ; la tête est ravissante, et il a l'air d'un violoniste de portrait. » Aussi M. de Charlus, surexcité d'ailleurs par Morel qui ne lui laissait pas ignorer de combien de propositions il était l'objet, était-il flatté de le ramener avec lui, de lui construire un pigeonnier où il revînt souvent. Car le reste du temps il le voulait libre, ce qui était rendu nécessaire par sa carrière que M. de Charlus désirait, tant d'argent qu'il dût lui donner, que Morel continuât, soit à cause de cette idée très Guermantes qu'il faut qu'un homme fasse quelque chose, qu'on ne vaut que par son talent, et que la noblesse ou l'argent sont simplement le zéro qui multiplie une valeur, soit qu'il eût peur qu'oisif et toujours auprès de lui le violoniste s'ennuyât. Enfin il ne voulait pas se priver du plaisir qu'il avait, lors de certains grands concerts, à se dire: « Celui qu'on acclame en ce moment sera chez moi cette nuit. » Les gens élégants, quand ils sont amoureux, et de quelque façon qu'ils le soient, mettent leur vanité à ce qui peut détruire les avantages antérieurs où leur vanité eût trouvé satisfaction.

Morel me sentant sans méchanceté pour lui, sincèrement attaché à M. de Charlus, et d'autre part d'une indifférence physique absolue à l'égard de tous les deux, finit par manifester à mon endroit les mêmes sentiments de chaleureuse sympathie qu'une cocotte qui sait qu'on ne la désire pas et que son amant a en vous un ami sincère qui ne cherchera pas à le brouiller avec elle. Non seulement il me parlait exactement comme autrefois Rachel la maîtresse de Saint-Loup, mais encore, d'après ce que me répétait M. de Charlus, lui disait de moi, en mon absence, les mêmes choses que Rachel disait de moi à Robert. Enfin M. de Charlus me disait : « Il vous aime beaucoup », comme Robert : « Elle t'aime beaucoup. » Et comme le neveu de la part de sa maîtresse, c'est de la part de Morel que l'oncle me demandait souvent de venir dîner avec eux. Il n'y avait, d'ailleurs, pas moins d'orages entre eux qu'entre Robert et Rachel. Certes, quand Charlie (Morel) était parti, M. de Charlus ne tarissait pas d'éloges sur lui, répétant, ce dont il était flatté, que le violoniste était si bon pour lui. Mais il était pourtant visible que souvent Charlie, même devant

tous les fidèles, avait l'air irrité au lieu de paraître toujours heureux et soumis, comme eût souhaité le baron.
Cette irritation alla même plus tard, par suite de la faiblesse qui poussait M. de Charlus à pardonner ses incon-
venances d'attitude à Morel, jusqu'au point que le violoniste ne cherchait pas à la cacher, ou même l'affectait.
J'ai vu M. de Charlus, entrant dans un wagon où Charlie
était avec des militaires de ses amis, accueilli par des
haussements d'épaules du musicien, accompagnés d'un
clignement d'yeux à ses camarades. Ou bien il faisait
semblant de dormir, comme quelqu'un que cette arrivée
excède d'ennui. Ou il se mettait à tousser, les autres
riaient, affectaient pour se moquer le parler mièvre des
hommes pareils à M. de Charlus, attiraient dans un coin
Charlie qui finissait par revenir, comme forcé, auprès de
M. de Charlus dont le cœur était percé par tous ces traits.
Il est inconcevable qu'il les ait supportés ; et ces formes,
chaque fois différentes, de souffrance posaient à nouveau
pour M. de Charlus le problème du bonheur, le forçaient
non seulement à demander davantage, mais à désirer
autre chose, la précédente combinaison se trouvant viciée
par un affreux souvenir. Et pourtant, si pénibles que
furent ensuite ces scènes, il faut reconnaître que, les
premiers temps, le génie de l'homme du peuple de France
dessinait pour Morel, lui faisait revêtir des formes charmantes de simplicité, de franchise apparente, même d'une
indépendante fierté qui semblait inspirée par le désinté-
ressement. Cela était faux, mais l'avantage de l'attitude
était d'autant plus en faveur de Morel que, tandis que
celui qui aime est toujours forcé de revenir à la charge,
d'enchérir, il est au contraire aisé pour celui qui n'aime
pas de suivre une ligne droite, inflexible et gracieuse.
Elle existait de par le privilège de la race dans le visage
si ouvert de ce Morel au cœur si fermé, ce visage paré
de la grâce néo-hellénique qui fleurit aux basiliques cham-
penoises. Malgré sa fierté factice, souvent, apercevant
M. de Charlus au moment où il ne s'y attendait pas, il
était gêné pour le petit clan, rougissait, baissait les yeux,

au ravissement du baron qui voyait là tout un roman.
C'était simplement un signe d'irritation et de honte. La
première s'exprimait parfois ; car, si calme et énergiquement décente que fût habituellement l'attitude de
Morel, elle n'allait pas sans se démentir souvent. Parfois
même, à quelque mot que lui disait le baron, éclatait,
de la part de Morel, sur un ton dur, une réplique insolente dont tout le monde était choqué. M. de Charlus
baissait la tête d'un air triste, ne répondait rien, et, avec
la faculté de croire que rien n'a été remarqué de la froideur, de la dureté de leurs enfants qu'ont les pères ido-
lâtres, n'en continuait pas moins à chanter les louanges
du violoniste. M. de Charlus n'était d'ailleurs pas toujours aussi soumis, mais ses rébellions n'atteignaient
généralement pas leur but, surtout parce qu'ayant vécu
avec des gens du monde, dans le calcul des réactions
qu'il pouvait éveiller il tenait compte de la bassesse,
sinon originelle, du moins acquise par l'éducation. Or,
à la place, il rencontrait chez Morel quelque velléité
plébéienne d'indifférence momentanée. Malheureusement pour M. de Charlus, il ne comprenait pas que,
pour Morel, tout cédait devant les questions où le Conservatoire et la bonne réputation au Conservatoire (mais
ceci, qui devait être plus grave, ne se posait pas pour le
moment) entraient en jeu. Ainsi, par exemple, les bourgeois changent aisément de nom par vanité, les grands
seigneurs par avantage. Pour le jeune violoniste, au
contraire, le nom de Morel était indissolublement lié à
son 1er prix de violon, donc impossible à modifier.
M. de Charlus aurait voulu que Morel tînt tout de lui,
même son nom. S'étant avisé que le prénom de Morel
était Charles, qui ressemblait à Charlus, et que la propriété où ils se voyaient s'appelait les Charmes, il voulut
persuader à Morel qu'un joli nom agréable à dire étant
la moitié d'une réputation artistique, le virtuose devait
sans hésiter prendre le nom de « Charmel », allusion
discrète au lieu de leurs rendez-vous. Morel haussa les
épaules. En dernier argument M. de Charlus eut la

malheureuse idée d'ajouter qu'il avait un valet de chambre qui s'appelait ainsi. Il ne fit qu'exciter la furieuse indignation du jeune homme. « Il y eut un temps où mes ancêtres étaient fiers du titre de valet de chambre, de maître d'hôtel du Roi. — Il y en eut un autre, répondit fièrement Morel, où mes ancêtres firent couper le cou aux vôtres. » M. de Charlus eût été bien étonné s'il eût pu supposer que, à défaut de « Charmel », résigné à adopter Morel et à lui donner un des titres de la famille de Guermantes desquels il disposait, mais que les circonstances, comme on le verra, ne lui permirent pas d'offrir au violoniste, celui-ci eût refusé en pensant à la réputation artistique attachée à son nom de Morel et aux commentaires qu'on eût faits à « la classe ». Tant au-dessus du faubourg Saint-Germain il plaçait la rue Bergère! Force fut à M. de Charlus de se contenter, pour l'instant, de faire faire à Morel des bagues symboliques portant l'antique inscription : PLVS VLTRA CAROL'S. Certes, devant un adversaire d'une sorte qu'il ne connaissait pas, M. de Charlus aurait dû changer de tactique. Mais qui en est capable? Du reste, si M. de Charlus avait des maladresses, il n'en manquait pas non plus à Morel. Bien plus que la circonstance même qui amena la rupture, ce qui devait, au moins provisoirement (mais ce provisoire se trouva être définitif), le perdre auprès de M. de Charlus, c'est qu'il n'y avait pas en lui que la bassesse qui le faisait être plat devant la dureté et répondre par l'insolence à la douceur. Parallèlement à cette bassesse de nature, il y avait une neurasthénie compliquée de mauvaise éducation, qui, s'éveillant dans toute circonstance où il était en faute ou devenait à charge, faisait qu'au moment même où il aurait eu besoin de toute sa gentillesse, de toute sa douceur, de toute sa gaîté pour désarmer le baron, il devenait sombre, hargneux, cherchait à entamer des discussions où il savait qu'on n'était pas d'accord avec lui, soutenait son point de vue hostile avec une faiblesse de raisons et une violence tranchante qui augmentaient cette faiblesse même. Car,

bien vite à court d'arguments, il en inventait quand
même, dans lesquels se déployait toute l'étendue de son
ignorance et de sa bêtise. Elles perçaient à peine quand
il était aimable et ne cherchait qu'à plaire. Au contraire,
on ne voyait plus qu'elles dans ses accès d'humeur
sombre, où d'inoffensives elles devenaient haïssables.
Alors M. de Charlus se sentait excédé, ne mettait son
espoir que dans un lendemain meilleur, tandis que
Morel, oubliant que le baron le faisait vivre fastueusement, avait un sourire ironique de pitié supérieure, et
disait : « Je n'ai jamais rien accepté de personne. Comme
cela je n'ai personne à qui je doive un seul merci. »

En attendant, et comme s'il eût eu affaire à un homme
du monde, M. de Charlus continuait à exercer ses colères,
vraies ou feintes, mais devenues inutiles. Elle ne l'étaient
pas toujours cependant. Ainsi, un jour (qui se place
d'ailleurs après cette première période) où le baron revenait avec Charlie et moi d'un déjeuner chez les Verdurin,
croyant passer la fin de l'après-midi et la soirée avec le
violoniste à Doncières, l'adieu de celui-ci, dès au sortir
du train, qui répondit : « Non, j'ai à faire », causa à
M. de Charlus une déception si forte que, bien qu'il eût
essayé de faire contre mauvaise fortune bon cœur, je
vis des larmes faire fondre le fard de ses cils, tandis qu'il
restait hébété devant le train. Cette douleur fut telle que,
comme nous comptions, elle et moi, finir la journée à
Doncières, je dis à Albertine, à l'oreille, que je voudrais
bien que nous ne laissions pas seul M. de Charlus qui me
semblait, je ne savais pourquoi, chagriné. La chère petite
accepta de grand cœur. Je demandai alors à M. de Charlus s'il ve voulait pas que je l'accompagnasse un peu.
Lui aussi accepta, mais refusa de déranger pour cela ma
cousine. Je trouvai une certaine douceur (et sans doute
pour une dernière fois, puisque j'étais résolu de rompre
avec elle) à lui ordonner doucement, comme si elle avait
été ma femme : « Rentre de ton côté, je te retrouverai
ce soir », et à l'entendre, comme une épouse aurait fait,
me donner la permission de faire comme je voudrais, et

m'approuver, si M. de Charlus, qu'elle aimait bien, avait besoin de moi, de me mettre à sa disposition. Nous allâmes, le baron et moi, lui dandinant son gros corps, ses yeux de jésuite baissés, moi le suivant, jusqu'à un café où on nous apporta de la bière. Je sentis les yeux de M. de Charlus attachés par l'inquiétude à quelque projet. Tout à coup il demanda du papier et de l'encre et se mit à écrire avec une vitesse singulière. Pendant qu'il couvrait feuille après feuille, ses yeux étincelaient d'une rêverie rageuse. Quand il eut écrit huit pages : « Puis-je vous demander un grand service ? me dit-il. Excusez-moi de fermer ce mot. Mais il le faut. Vous allez prendre une voiture, une auto si vous pouvez, pour aller plus vite. Vous trouverez certainement encore Morel dans sa chambre, où il est allé se changer. Pauvre garçon, il a voulu faire le fendant au moment de nous quitter, mais soyez sûr qu'il a le cœur plus gros que moi. Vous allez lui donner ce mot et, s'il vous demande où vous m'avez vu, vous lui direz que vous vous étiez arrêté à Doncières (ce qui est, du reste, la vérité) pour voir Robert, ce qui ne l'est peut-être pas, mais que vous m'avez rencontré avec quelqu'un que vous ne connaissez pas, que j'avais l'air très en colère, que vous avez cru surprendre les mots d'envoi de témoins (je me bats demain, en effet). Surtout ne lui dites pas que je le demande, ne cherchez pas à le ramenez, mais s'il veut venir avec vous, ne l'empêchez pas de le faire. Allez, mon enfant, c'est pour son bien, vous pouvez éviter un gros drame. Pendant que vous serez parti, je vais écrire à mes témoins. Je vous ai empêché de vous promener avec votre cousine. J'espère qu'elle ne m'en aura pas voulu, et même je le crois. Car c'est une âme noble et je sais qu'elle est de celles qui savent ne pas refuser la grandeur des circonstances. Il faudra que vous la remerciiez pour moi. Je lui suis personnellement redevable et il me plaît que ce soit ainsi. » J'avais grand'pitié de M. de Charlus ; il me semblait que Charlie aurait pu empêcher ce duel, dont il était peut-être la cause, et j'étais révolté, si cela était ainsi, qu'il fût parti

avec cette indifférence au lieu d'assister son protecteur.
Mon indignation fut plus grande quand, en arrivant à
la maison où logeait Morel, je reconnus la voix du violoniste, lequel, par le besoin qu'il avait d'épandre de la
gaîté, chantait de tout cœur : « Le samedi soir, après le
turbin! » Si le pauvre M. de Charlus l'avait entendu,
lui qui voulait qu'on crût, et croyait sans doute, que
Morel avait en ce moment le cœur gros! Charlie se mit
à danser de plaisir en m'apercevant. « Oh! mon vieux
(pardonnez-moi de vous appeler ainsi, avec cette sacrée
vie militaire on prend de sales habitudes), quelle veine
de vous voir! Je n'ai rien à faire de ma soirée. Je vous en
prie, passons-la ensemble. On restera ici si ça vous plaît,
on ira en canot si vous aimez mieux, on fera de la musique,
je n'ai aucune préférence. » Je lui dis que j'étais obligé
de dîner à Balbec, il avait bonne envie que je l'y invitasse,
mais je ne le voulais pas. « Mais si vous êtes si pressé,
pourquoi êtes-vous venu ? — Je vous apporte un mot de
M. de Charlus. » A ce nom toute sa gaîté disparut ; sa
figure se contracta. « Comment! il faut qu'il vienne me
relancer jusqu'ici! Alors je suis un esclave! Mon vieux,
soyez gentil. Je n'ouvre pas la lettre. Vous lui direz que
vous ne m'avez pas trouvé. — Ne feriez-vous pas mieux
d'ouvrir ? je me figure qu'il y a quelque chose de grave.
— Cent fois non, vous ne connaissez pas les mensonges,
les ruses infernales de ce vieux forban. C'est un truc
pour que j'aille le voir. Hé bien! je n'irai pas, je veux la
paix ce soir. — Mais est-ce qu'il n'y a pas un duel demain
demandai-je à Morel, que je supposais aussi au courant.
— Un duel ? me dit-il d'un air stupéfait. Je ne sais pas
un mot de ça. Après tout, je m'en fous, ce vieux dégoûtant
peut bien se faire zigouiller si ça lui plaît. Mais tenez,
vous m'intriguez, je vais tout de même voir sa lettre.
Vous lui direz que vous l'avez laissée à tout hasard pour
le cas où je rentrerais. » Tandis que Morel me parlait, je
regardais avec stupéfaction les admirables livres que lui
avait donnés M. de Charlus et qui encombraient la
chambre. Le violoniste ayant refusé ceux qui portaient :

« Je suis au baron, etc. » devise qui lui semblait insultante pour lui-même comme un signe d'appartenance,
le baron, avec l'ingéniosité sentimentale où se complaît
l'amour malheureux, en avait varié d'autres, provenant
d'ancêtres, mais commandés au relieur selon les circonstances d'une mélancolique amitié. Quelquefois elles
étaient brèves et confiantes, comme « *Spes mea* », ou
comme « *Exspectata non eludet* » ; quelquefois seulement
résignées, comme « J'attendrai » ; certaines galantes :
« Mesmes plaisir du mestre », ou conseillant la chasteté,
comme celle empruntée aux Simiane, semée de tours
d'azur et de fleurs de lis et détournée de son sens :
« *Sustentant lilia turres* » ; d'autres enfin, désespérées et
donnant rendez-vous au ciel à celui qui n'avait pas voulu
de lui sur la terre : « *Manet ultima caelo* » ; et, trouvant
trop verte la grappe qu'il ne pouvait atteindre, feignant
de n'avoir pas recherché ce qu'il n'avait pas obtenu,
M. de Charlus disait dans l'une : « *Non mortale quod
opto.* » Mais je n'eus pas le temps de les voir toutes.

Si M. de Charlus, en jetant sur le papier cette lettre,
avait paru en proie au démon de l'inspiration qui faisait
courir sa plume, dès que Morel eut ouvert le cachet :
Atavis et armis, chargé d'un léopard accompagné de deux
roses de gueules, il se mit à lire avec une fièvre aussi
grande qu'avait eue M. de Charlus en écrivant, et sur
ces pages noircies à la diable ses regards ne couraient
pas moins vite que la plume du baron. « Ah ! mon Dieu !
s'écria-t-il, il ne manquait plus que cela ! mais où le
trouver ? Dieu sait où il est maintenant. » J'insinuai
qu'en se pressant on le trouverait peut-être encore à une
brasserie où il avait demandé de la bière pour se remettre.
« Je ne sais pas si je reviendrai », dit-il à sa femme de
ménage, et il ajouta *in petto* : « Cela dépendra de la tournure que prendront les choses. » Quelques minutes après
nous arrivions au café. Je remarquai l'air de M. de Charlus au moment où il m'aperçut. En voyant que je ne
revenais pas seul, je sentis que la respiration, que la vie
lui étaient rendues. Étant d'humeur, ce soir-là, à ne

pouvoir se passer de Morel, il avait inventé qu'on lui avait rapporté que deux officiers du régiment avaient mal parlé de lui à propos du violoniste et qu'il allait leur envoyer des témoins. Morel avait vu le scandale, sa vie au régiment impossible, il était accouru. En quoi il n'avait pas absolument eu tort. Car pour rendre son mensonge plus vraisemblable, M. de Charlus avait déjà écrit à deux amis (l'un était Cottard) pour leur demander d'être ses témoins. Et si le violoniste n'était pas venu, il est certain que, fou comme était M. de Charlus (et pour changer sa tristesse en fureur), il les eût envoyés au hasard à un officier quelconque, avec lequel ce lui eût été un soulagement de se battre. Pendant ce temps, M. de Charlus, se rappelant qu'il était de race plus pure que la Maison de France, se disait qu'il était bien bon de se faire tant de mauvais sang pour le fils d'un maître d'hôtel, dont il n'eût pas daigné fréquenter le maître. D'autre part, s'il ne se plaisait plus guère que dans la fréquentation de la crapule, la profonde habitude qu'a celle-ci de ne pas répondre à une lettre, de manquer à un rendez-vous sans prévenir, sans s'excuser après, lui donnait, comme il s'agissait souvent d'amours, tant d'émotions et, le reste du temps, lui causait tant d'agacement, de gêne et de rage, qu'il en arrivait parfois à regretter la multiplicité de lettres pour un rien, l'exactitude scrupuleuse des ambassadeurs et des princes, lesquels, s'ils lui étaient malheureusement indifférents, lui donnaient malgré tout une espèce de repos. Habitué aux façons de Morel et sachant combien il avait peu de prise sur lui et était incapable de s'insinuer dans une vie où des camaraderies vulgaires, mais consacrées par l'habitude, prenaient trop de place et de temps, pour qu'on gardât une heure au grand seigneur évincé, orgueilleux et vainement implorant, M. de Charlus était tellement persuadé que le musicien ne viendrait pas, il avait tellement peur de s'être à jamais brouillé avec lui en allant trop loin, qu'il eut peine à retenir un cri en le voyant. Mais, se sentant vainqueur, il tint à dicter les

conditions de la paix et à en tirer lui-même les avantages qu'il pouvait. « Que venez-vous faire ici ? lui dit-il.
Et vous ? ajouta-t-il en me regardant, je vous avais
recommandé surtout de ne pas le ramener. — Il ne voulait pas me ramener, dit Morel (en roulant vers M. de Charlus, dans la naïveté de sa coquetterie, des regards conven-
tionnellement tristes et langoureusement démodés, avec
un air, jugé sans doute irrésistible, de vouloir embrasser
le baron et d'avoir envie de pleurer), c'est moi qui suis
venu malgré lui. Je viens au nom de notre amitié pour
vous supplier à deux genoux de ne pas faire cette folie. »
M. de Charlus délirait de joie. La réaction était bien
forte pour ses nerfs ; malgré cela il en resta le maître.
« L'amitié, que vous invoquez assez inopportunément,
répondit-il d'un ton sec, devrait au contraire me faire
approuver de vous quand je ne crois pas devoir laisser
passer les impertinences d'un sot. D'ailleurs, si je voulais
obéir aux prières d'une affection que j'ai connue mieux
inspirée, je n'en aurais plus le pouvoir, mes lettres pour
mes témoins sont parties et je ne doute pas de leur acceptation. Vous avez toujours agi avec moi comme un petit
imbécile et, au lieu de vous enorgueillir, comme vous en
aviez le droit, de la prédilection que je vous avais marquée, au lieu de faire comprendre à la tourbe d'adjudants
ou de domestiques au milieu desquels la loi militaire vous
force de vivre quel motif d'incomparable fierté était
pour vous une amitié comme la mienne, vous avez cherché
à vous excuser, presque à vous faire un mérite stupide
de ne pas être assez reconnaissant. Je sais qu'en cela,
ajouta-t-il, pour ne pas laisser voir combien certaines
scènes l'avaient humilié, vous n'êtes coupable que de
vous être laissé mener par la jalousie des autres. Mais
comment, à votre âge, êtes-vous assez enfant (et enfant
assez mal élevé) pour n'avoir pas deviné tout de suite
que votre élection par moi et tous les avantages qui
devaient en résulter pour vous allaient exciter des jalou-
sies ? que tous vos camarades, pendant qu'ils vous exci-
taient à vous brouiller avec moi, allaient travailler à

prendre votre place? Je n'ai pas cru devoir vous avertir
des lettres que j'ai reçues à cet égard de tous ceux à qui
vous vous fiez le plus. Je dédaigne autant les avances de
ces larbins que leurs inopérantes moqueries. La seule
personne dont je me soucie, c'est vous parce que je vous
aime bien, mais l'affection a des bornes et vous auriez
dû vous en douter. » Si dur que le mot de « larbin » pût
être aux oreilles de Morel, dont le père l'avait été, mais
justement parce que son père l'avait été, l'explication de
toutes les mésaventures sociales par la « jalousie », explication simpliste et absurde, mais inusable et qui, dans
une certaine classe, « prend » toujours d'une façon aussi
infaillible que les vieux trucs auprès du public des théâtres,
ou la menace du péril clérical dans les assemblées, trouvait chez lui une créance presque aussi forte que chez
Françoise ou les domestiques de Mme de Guermantes,
pour qui c'était la seule cause des malheurs de l'humanité.

Il ne douta pas que ses camarades n'eussent essayé de
lui chiper sa place et ne fut que plus malheureux de ce
duel calamiteux et d'ailleurs imaginaire. « Oh! quel
désespoir, s'écria Charlie. Je n'y survivrai pas. Mais ils
ne doivent pas vous voir avant d'aller trouver cet officier?
— Je ne sais pas, je pense que si. J'ai fait dire à l'un d'eux
que je resterais ici ce soir, et je lui donnerai mes instruc-
tions. — J'espère d'ici sa venue vous faire entendre raison;
permettez-moi seulement de rester auprès de vous », lui
demanda tendrement Morel. C'était tout ce que voulait
M. de Charlus. Il ne céda pas du premier coup. « Vous
auriez tort d'appliquer ici le " qui aime bien châtie bien "
du proverbe, car c'est vous que j'aimais bien, et j'entends
châtier, même après notre brouille, ceux qui ont lâche-
ment essayé de vous faire du tort. Jusqu'ici, à leurs
insinuations questionneuses, osant me demander
comment un homme comme moi pouvait frayer avec un
gigolo de votre espèce et sorti de rien, je n'ai répondu
que par la devise de mes cousins La Rochefoucauld :
" C'est mon plaisir." Je vous ai même marqué plusieurs
fois que ce plaisir était susceptible de devenir mon plus

grand plaisir, sans qu'il résultât de votre arbitraire élévation un abaissement pour moi. » Et dans un mouvement
d'orgueil presque fou, il s'écria en levant les bras :
« *Tantus ab uno splendor !* Condescendre n'est pas descendre, ajouta-t-il avec plus de calme, après ce délire de
fierté et de joie. J'espère au moins que mes deux adversaires, malgré leur rang inégal, sont d'un sang que je
peux faire couler sans honte. J'ai pris à cet égard quelques renseignements discrets qui m'ont rassuré. Si vous
gardiez pour moi quelque gratitude, vous devriez être
fier, au contraire, de voir qu'à cause de vous je reprends
l'humeur belliqueuse de mes ancêtres, disant comme
eux, au cas d'une issue fatale, maintenant que j'ai compris
le petit drôle que vous êtes : " Mort m'est vie. " » Et
M. de Charlus le disait sincèrement, non seulement
par amour pour Morel, mais parce qu'un goût batailleur,
qu'il croyait naïvement tenir de ses aïeux, lui donnait
tant d'allégresse à la pensée de se battre que, ce duel
machiné d'abord seulement pour faire venir Morel, il
eût éprouvé maintenant du regret à y renoncer. Il n'avait
jamais eu d'affaire sans se croire aussitôt valeureux et
identifié à l'illustre connétable de Guermantes, alors
que, pour tout autre, ce même acte d'aller sur le terrain
lui paraissait de la dernière insignifiance. « Je crois que
ce sera bien beau, nous dit-il sincèrement, en psalmo-
diant chaque terme. Voir Sarah Bernhardt dans *l'Aiglon*,
qu'est-ce que c'est ? du caca. Mounet-Sully dans *Œdipe* ?
caca. Tout au plus prend-il une certaine pâleur de transfiguration quand cela se passe dans les Arènes de Nîmes.
Mais qu'est-ce que c'est à côté de cette chose inouïe,
voir batailler le propre descendant du Connétable ? »
Et à cette seule pensée, M. de Charlus, ne se tenant pas
de joie, se mit à faire des contre-de-quarte qui rappelaient
Molière, nous firent rapprocher prudemment de nous
nos bocks, et craindre que les premiers croisements de
fer blessassent les adversaires, le médecin et les témoins.
« Quel spectacle tentant ce serait pour un peintre ! Vous
qui connaissez M. Elstir, me dit-il, vous devriez l'amener »

Je répondis qu'il n'était pas sur la côte. M. de Charlus m'insinua qu'on pourrait lui télégraphier. « Oh! je dis cela pour lui, ajouta-t-il devant mon silence. C'est toujours intéressant pour un maître — à mon avis il en est un — de fixer un exemple de pareille reviviscence ethnique. Et il n'y en a peut-être pas un par siècle. »

Mais si M. de Charlus s'enchantait à la pensée d'un combat qu'il avait cru d'abord tout fictif, Morel pensait avec terreur aux potins qui, de la «musique» du régiment, pouvaient être colportés, grâce au bruit que ferait ce duel, jusqu'au temple de la rue Bergère. Voyant déjà la « classe » informée de tout, il devenait de plus en plus pressant auprès de M. de Charlus, lequel continuait à gesticuler devant l'enivrante idée de se battre. Il supplia le baron de lui permettre de ne pas le quitter jusqu'au surlendemain, jour supposé du duel, pour le garder à vue et tâcher de lui faire entendre la voix de la raison. Une si tendre proposition triompha des dernières hésitations de M. de Charlus. Il dit qu'il allait essayer de trouver une échappatoire, qu'il ferait remettre au surlendemain une résolution définitive. De cette façon, en n'arrangeant pas l'affaire tout d'un coup, M. de Charlus savait garder Charlie au moins deux jours et en profiter pour obtenir de lui des engagements pour l'avenir en échange de sa renonciation au duel, exercice, disait-il, qui par soi-même l'enchantait, et dont il ne se priverait pas sans regret. Et en cela d'ailleurs il était sincère, car il avait toujours pris plaisir à aller sur le terrain quand il s'agissait de croiser le fer ou d'échanger des balles avec un adversaire. Cottard arriva enfin, quoique mis très en retard, car, ravi de servir de témoin mais plus ému encore, il avait été obligé de s'arrêter à tous les cafés ou fermes de la route, en demandant qu'on voulût bien lui indiquer « le n° 100 » ou « le petit endroit ». Aussitôt qu'il fut là, le baron l'emmena dans une pièce isolée, car il trouvait plus réglementaire que Charlie et moi n'assistions pas à l'entrevue, et il excellait à donner à une chambre quelconque l'affectation provisoire de salle du trône ou des

délibérations. Une fois seul avec Cottard, il le remercia
chaleureusement, mais lui déclara qu'il semblait probable
que le propos répété n'avait en réalité pas été tenu, et
que, dans ces conditions, le docteur voulût bien avertir
le second témoin que, sauf complications possibles,
l'incident était considéré comme clos. Le danger s'éloi-
gant, Cottard fut désappointé. Il voulut même un instant
manifester de la colère, mais il se rappela qu'un de ses
maîtres, qui avait fait la plus belle carrière médicale de
son temps, ayant échoué la première fois à l'Académie
pour deux voix seulement, avait fait contre mauvaise
fortune bon cœur et était allé serrer la main du concurrent
élu. Aussi le docteur se dispensa-t-il d'une expression
de dépit qui n'eût plus rien changé, et après avoir murmuré, lui, le plus peureux des hommes, qu'il y a certaines
choses qu'on ne peut laisser passer, il ajouta que c'était
mieux ainsi, que cette solution le réjouissait. M. de Charlus, désireux de témoigner sa reconnaissance au docteur,
de la même façon que M. le duc son frère eût arrangé
le col du paletot de mon père, comme une duchesse surtout eût tenu la taille à une plébéienne, approcha sa
chaise tout près de celle du docteur, malgré le dégoût
que celui-ci lui inspirait. Et non seulement sans plaisir
physique, mais surmontant une répulsion physique, en
Guermantes, non en inverti, pour dire adieu au docteur il
lui prit la main et la lui caressa un moment avec une bonté
de maître flattant le museau de son cheval et lui donnant
du sucre. Mais Cottard, qui n'avait jamais laissé voir au
baron qu'il eût même entendu courir de vagues mauvais
bruits sur ses mœurs, et ne l'en considérait pas moins,
dans son for intérieur, comme faisant partie de la classe
des « anormaux » (même, avec son habituelle impro-
priété de termes et sur le ton le plus sérieux, il disait d'un
valet de chambre de M. Verdurin : « Est-ce que ce n'est
pas la maîtresse du baron ? »), personnages dont il avait
peu l'expérience, se figura que cette caresse de la main
était le prélude immédiat d'un viol, pour l'accomplissement duquel il avait été, le duel n'ayant servi que de

prétexte, attiré dans un guet-apens et conduit par le
baron dans ce salon solitaire où il allait être pris de force.
N'osant quitter sa chaise, où la peur le tenait cloué, il
roulait des yeux d'épouvante, comme tombé aux mains
d'un sauvage dont il n'était pas bien assuré qu'il ne se
nourrît pas de chair humaine. Enfin M. de Charlus, lui
lâchant la main et voulant être aimable jusqu'au bout :
« Vous allez prendre quelque chose avec nous, comme on
dit, ce qu'on appelait autrefois un mazagran ou un
gloria, boissons qu'on ne trouve plus, comme curiosités
archéologiques, que dans les pièces de Labiche et les
cafés de Doncières. Un " gloria " serait assez convenable
au lieu, n'est-ce pas, et aux circonstances, qu'en dites-
vous ? — Je suis président de la ligue antialcoolique,
répondit Cottard. Il suffirait que quelque médicastre
de province passât, pour qu'on dise que je ne prêche
pas d'exemple. *Os homini sublime dedit cœlumque tueri* »,
ajouta-t-il, bien que cela n'eût aucun rapport — mais
parce que son stock de citations latines était assez pauvre, suffisant d'ailleurs pour émerveiller ses élèves.
M. de Charlus haussa les épaules et ramena Cottard
auprès de nous, après lui avoir demandé un secret qui lui
importait d'autant plus que, le motif du duel avorté
étant purement imaginaire, il fallait empêcher qu'il
parvînt aux oreilles de l'officier arbitrairement mis en
cause. Tandis que nous buvions tous quatre, Mme Cottard
qui attendait son mari dehors, devant la porte, et que
M. de Charlus avait très bien vue, mais qu'il ne se souciait pas d'attirer, entra et dit bonjour au baron, qui lui
tendit la main comme à une chambrière, sans bouger
de sa chaise, partie en roi qui reçoit des hommages,
partie en snob qui ne veut pas qu'une femme peu élégante
s'asseye à sa table, partie en égoïste qui a du plaisir à
être seul avec ses amis et ne veut pas être embêté.
Mme Cottard resta donc debout à parler à M. de Charlus
et à son mari. Mais peut-être parce que la politesse, ce
qu'on a « à faire », n'est pas le privilège exclusif des
Guermantes, et peut tout d'un coup illuminer et guider

les cerveaux les plus incertains, ou parce que, trompant
beaucoup sa femme, Cottard avait par moments, par une
espèce de revanche, le besoin de la protéger contre qui
lui manquait, brusquement le docteur fronça le sourcil,
ce que je ne lui avais jamais vu faire, et sans consulter
M. de Charlus, en maître : « Voyons, Léontine, ne reste
donc pas debout, assieds-toi. — Mais est-ce que je ne
vous dérange pas ? » demanda timidement Mme Cottard
à M. de Charlus, lequel, surpris du ton du docteur,
n'avait rien répondu. Et sans lui en donner, cette seconde
fois, le temps, Cottard reprit avec autorité : « Je t'ai dit
de t'asseoir. »

Au bout d'un instant on se dispersa et alors M. de Charlus dit à Morel : « Je conclus de toute cette histoire,
mieux terminée que vous ne méritiez, que vous ne savez
pas vous conduire et qu'à la fin de votre service militaire
je vous ramène moi-même à votre père, comme fit
l'archange Raphaël envoyé par Dieu au jeune Tobie. »
Et le baron se mit à sourire un air de grandeur et
une joie que Morel, à qui la perspective d'être ainsi
ramené ne plaisait guère, ne semblait pas partager. Dans
l'ivresse de se comparer à l'Archange, et Morel au fils
de Tobie, M. de Charlus ne pensait plus au but de sa
phrase, qui était de tâter le terrain pour savoir si, comme
il le désirait, Morel consentirait à venir avec lui à Paris.
Grisé par son amour, ou par son amour-propre, le baron
ne vit pas ou feignit de ne pas voir la moue que fit le
violoniste car, ayant laissé celui-ci seul dans le café, il
me dit avec un orgueilleux sourire : « Avez-vous remarqué,
quand je l'ai comparé au fils de Tobie, comme il délirait
de joie ? C'est parce que, comme il est très intelligent, il
a tout de suite compris que le Père auprès duquel il allait
désormais vivre, n'était pas son père selon la chair, qui
doit être un affreux valet de chambre à moustaches, mais
son père spirituel, c'est-à-dire Moi. Quel orgueil pour
lui ! Comme il redressait fièrement la tête ! Quelle joie
il ressentait d'avoir compris ! Je suis sûr qu'il va redire
tous les jours : " O Dieu qui avez donné le bienheureux

Archange Raphaël pour *guide* à votre serviteur Tobie
dans un long voyage, accordez-nous à nous, vos serviteurs, d'être toujours protégés par lui et munis de son
secours. " Je n'ai même pas eu besoin, ajouta le baron,
fort persuadé qu'il siégerait un jour devant le trône de
Dieu, de lui dire que j'étais l'envoyé céleste, il l'a compris
de lui-même et en était muet de bonheur ! » Et M. de Charlus (à qui au contraire le bonheur n'enlevait pas la parole),
peu soucieux des quelques passants qui se retournèrent,
croyant avoir affaire à un fou, s'écria tout seul et de toute
sa force, en levant les mains : « Alleluia ! »

Cette réconciliation ne mit fin que pour un temps aux
tourments de M. de Charlus ; souvent Morel, parti en
manœuvres trop loin pour que M. de Charlus pût aller
le voir ou m'envoyer lui parler, écrivait au baron des
lettres désespérées et tendres, où il lui assurait qu'il lui
en fallait finir avec la vie parce qu'il avait, pour une chose
affreuse, besoin de vingt-cinq mille francs. Il ne disait
pas quelle était la chose affreuse, l'eût-il dit qu'elle eût
sans doute été inventée. Pour l'argent même, M. de Charlus l'eût envoyé volontiers s'il n'eût senti que cela
donnait à Charlie les moyens de se passer de lui et aussi
d'avoir les faveurs de quelque autre. Aussi refusait-il,
et ses télégrammes avaient le ton sec et tranchant de sa
voix. Quand il était certain de leur effet, il souhaitait
que Morel fût à jamais brouillé avec lui, car, persuadé
que ce serait le contraire qui se réaliserait, il se rendait
compte de tous les inconvénients qui allaient renaître
de cette liaison inévitable. Mais si aucune réponse de
Morel ne venait, il ne dormait plus, il n'avait plus un
moment de calme, tant le nombre est grand, en effet,
des choses que nous vivons sans les connaître et des réa-
lités intérieures et profondes qui nous restent cachées.
Il formait alors toutes les suppositions sur cette énormité
qui faisait que Morel avait besoin de vingt-cinq mille
francs, il lui donnait toutes les formes, y attachait tour à
tour bien des noms propres. Je crois que, dans ces moments-là, M. de Charlus (et bien qu'à cette époque, son

snobisme, diminuant, eût été déjà au moins rejoint, sinon
dépassé, par la curiosité grandissante que le baron avait
du peuple) devait se rappeler avec quelque nostalgie
les gracieux tourbillons multicolores des réunions mondaines où les femmes et les hommes les plus charmants
ne le recherchaient que pour le plaisir désintéressé qu'il
leur donnait, où personne n'eût songé à lui « monter
le coup », à inventer une « chose affreuse » pour laquelle
on est prêt à se donner la mort si on ne reçoit pas tout
de suite vingt-cinq mille francs. Je crois qu'alors, et
peut-être parce qu'il était resté tout de même plus de
Combray que moi et avait enté la fierté féodale sur
l'orgueil allemand, il devait trouver qu'on n'est pas impunément l'amant de cœur d'un domestique, que le peuple
n'est pas tout à fait le monde : en somme il « ne faisait
pas confiance » au peuple comme je lui ai toujours fait.

La station suivante du petit train, Maineville, me
rappelle justement un incident relatif à Morel et à
M. de Charlus. Avant d'en parler, je dois dire que l'arrêt
à Maineville (quand on conduisait à Balbec un arrivant
élégant qui, pour ne pas gêner, préférait ne pas habiter
la Raspelière) était l'occasion de scènes moins pénibles
que celle que je vais raconter dans un instant. L'arrivant,
ayant ses menus bagages dans le train, trouvait généralement le Grand-Hôtel un peu éloigné, mais, comme il
n'y avait avant Balbec que de petites plages aux villas
inconfortables, était, par goût de luxe et de bien-être,
résigné au long trajet, quand, au moment où le train
stationnait à Maineville, il voyait brusquement se dresser
le Palace dont il ne pouvait pas se douter que c'était
une maison de prostitution. « Mais, n'allons pas plus
loin, disait-il infailliblement à Mme Cottard, femme
connue comme étant d'esprit pratique et de bon conseil.
Voilà tout à fait ce qu'il me faut. A quoi bon continuer
jusqu'à Balbec où ce ne sera certainement pas mieux ?
Rien qu'à l'aspect, je juge qu'il y a tout le confort ; je
pourrai parfaitement faire venir là Mme Verdurin, car
je compte, en échange de ses politesses, donner quelques

petites réunions en son honneur. Elle n'aura pas tant
de chemin à faire que si j'habite Balbec. Cela me semble
tout à fait bien pour elle, et pour votre femme, mon cher
professeur. Il doit y avoir des salons, nous y ferons venir
ces dames. Entre nous, je ne comprends pas pourquoi,
au lieu de louer la Raspelière, Mᵐᵉ Verdurin n'est pas
venue habiter ici. C'est beaucoup plus sain que de vieilles
maisons comme la Raspelière, qui est forcément humide,
sans être propre d'ailleurs ; ils n'ont pas l'eau chaude,
on ne peut pas se laver comme on veut. Maineville me
paraît bien plus agréable. Mᵐᵉ Verdurin y eût joué parfaitement son rôle de patronne. En tous cas chacun ses
goûts, moi je vais me fixer ici. Madame Cottard, ne
voulez-vous pas descendre avec moi ? en nous dépêchant,
car le train ne va pas tarder à repartir. Vous me piloteriez
dans cette maison, qui sera la vôtre et que vous devez
avoir fréquentée souvent. C'est tout à fait un cadre fait
pour vous. » On avait toutes les peines du monde à faire
taire, et surtout à empêcher de descendre, l'infortuné
arrivant, lequel, avec l'obstination qui émane souvent
des gaffes, insistait, prenait ses valises et ne voulait rien
entendre jusqu'à ce qu'on lui eût assuré que jamais
Mᵐᵉ Verdurin ni Mᵐᵉ Cottard ne viendraient le voir
là. « En tous cas je vais y élire domicile. Mᵐᵉ Verdurin
n'aura qu'à m'y écrire. »

Le souvenir relatif à Morel se rapporte à un incident
d'un ordre plus particulier. Il y en eut d'autres, mais je
me contente ici, au fur et à mesure que le tortillard
s'arrête et que l'employé crie Doncières, Grattevast,
Maineville, etc., de noter ce que la petite plage ou la
garnison m'évoquent. J'ai déjà parlé de Maineville
(*media villa*) et de l'importance qu'elle prenait à cause
de cette somptueuse maison de femmes qui y avait été
récemment construite, non sans éveiller les protestations
inutiles des mères de famille. Mais avant de dire en quoi
Maineville a quelque rapport dans ma mémoire avec
Morel et M. de Charlus, il me faut noter la disproportion
(que j'aurai plus tard à approfondir) entre l'importance

que Morel attachait à garder libres certaines heures et
l'insignifiance des occupations auxquelles il prétendait
les employer, cette même disproportion se retrouvant
au milieu des explications d'un autre genre qu'il donnait
à M. de Charlus. Lui qui jouait au désintéressé avec le
baron (et pouvait y jouer sans risques, vu la générosité
de son protecteur), quand il désirait passer la soirée de
son côté pour donner une leçon, etc., il ne manquait
pas d'ajouter à son prétexte ces mots dits avec un sourire
d'avidité : « Et puis, cela peut me faire gagner quarante
francs. Ce n'est pas rien. Permettez-moi d'y aller, car
vous voyez, c'est mon intérêt. Dame, je n'ai pas de rentes
comme vous, j'ai ma situation à faire, c'est le moment
de gagner des sous. » Morel n'était pas, en désirant
donner sa leçon, tout à fait insincère. D'une part, que
l'argent n'ait pas de couleur est faux. Une manière nouvelle de le gagner rend du neuf aux pièces que l'usage
a ternies. S'il était vraiment sorti pour une leçon, il est
possible que deux louis remis au départ par une élève
lui eussent produit un effet autre que deux louis tombés
de la main de M. de Charlus. Puis l'homme le plus riche
ferait pour deux louis des kilomètres qui deviennent des
lieues si l'on est fils d'un valet de chambre. Mais souvent
M. de Charlus avait, sur la réalité de la leçon de violon,
des doutes d'autant plus grands que souvent le musicien
invoquait des prétextes d'un autre genre, d'un ordre
entièrement désintéressé au point de vue matériel, et
d'ailleurs absurdes. Morel ne pouvait ainsi s'empêcher
de présenter une image de sa vie, mais volontairement,et
involontairement aussi, tellement enténébrée, que certaines parties seules se laissaient distinguer. Pendant un
mois il se mit à la disposition de M. de Charlus à condition de garder ses soirées libres, car il désirait suivre
avec continuité des cours d'algèbre. Venir voir après
M. de Charlus ? Ah ! c'était impossible, les cours duraient
parfois fort tard. « Même après deux heures du matin ?
demandait le baron. — Des fois. — Mais l'algèbre
s'apprend aussi facilement dans un livre. — Même

plus facilement, car je ne comprends pas grand'chose
aux cours. — Alors? D'ailleurs l'algèbre ne peut te
servir à rien. — J'aime bien cela. Ça dissipe ma neurasthénie. » « Cela ne peut pas être l'algèbre qui lui fait
demander des permissions de nuit, se disait M. de Charlus. Serait-il attaché à la police? » En tous cas Morel,
quelque objection qu'on fît, réservait certaines heures
tardives, que ce fût à cause de l'algèbre ou du violon.
Une fois ce ne fut ni l'un ni l'autre, mais le prince de
Guermantes qui, venu passer quelques jours sur cette
côte pour rendre visite à la duchesse de Luxembourg,
rencontra le musicien, sans savoir qui il était, sans être
davantage connu de lui, et lui offrit cinquante francs pour
passer la nuit ensemble dans la maison de femmes de
Maineville ; double plaisir pour Morel, du gain reçu
de M. de Guermantes et de la volupté d'être entouré
de femmes dont les seins bruns se montraient à découvert.
Je ne sais comment M. de Charlus eut l'idée de ce qui
s'était passé et de l'endroit, mais non du séducteur. Fou
de jalousie, et pour connaître celui-ci, il télégraphia à
Jupien, qui arriva deux jours après, et quand, au commencement de la semaine suivante, Morel annonça qu'il
serait encore absent, le baron demanda à Jupien s'il se
chargerait d'acheter la patronne de l'établissement et
d'obtenir qu'on les cachât, lui et Jupien, pour assister à
la scène. « C'est entendu. Je vais m'en occuper, ma
petite gueule », répondit Jupien au baron. On ne peut
comprendre à quel point cette inquiétude agitait, et par
là même avait momentanément enrichi, l'esprit de
M. de Charlus. L'amour cause ainsi de véritables soulè-
vements géologiques de la pensée. Dans celui de M. de
Charlus qui, il y a quelques jours, ressemblait à une
plaine si uniforme qu'au plus loin il n'aurait pu apercevoir une idée au ras du sol, s'étaient brusquement
deressées, dures comme la pierre, un massif de montagnes, mais de montagnes aussi sculptées que si quelque
statuaire, au lieu d'emporter le marbre, l'avait ciselé
sur place et où se tordaient, en groupes géants et tita-

niques, la Fureur, la Jalousie, la Curiosité, l'Envie, la Haine, la Souffrance, l'Orgueil, l'Épouvante et l'Amour.

Cependant le soir où Morel devait être absent était arrivé. La mission de Jupien avait réussi. Lui et le baron devaient venir vers onze heures du soir et on les cacherait. Trois rues avant d'arriver à cette magnifique maison de prostitution (où on venait de tous les environs élégants), M. de Charlus marchait sur la pointe des pieds, dissimulait sa voix, suppliait Jupien de parler moins fort, de peur que, de l'intérieur, Morel les entendît. Or, dès qu'il fut entré à pas de loup dans le vestibule, M. de Charlus, qui avait peu l'habitude de ce genre de lieux, à sa terreur et à sa stupéfaction se trouva dans un endroit plus bruyant que la Bourse ou l'Hôtel des Ventes. C'est en vain qu'il recommandait de parler plus bas à des soubrettes qui se pressaient autour de lui ; d'ailleurs leur voix même était couverte par le bruit de criées et d'adjudications que faisait une vieille « sous-maîtresse » à la perruque fort brune, au visage où craquelait la gravité d'un notaire ou d'un prêtre espagnol, et qui lançait à toutes minutes, avec un bruit de tonnerre, en laissant alternativement ouvrir et refermer les portes, comme on règle la circulation des voitures : « Mettez Monsieur au vingt-huit, dans la chambre espagnole. » « On ne passe plus. » « Rouvrez la porte, ces Messieurs demandent Mlle Noémie. Elle les attend dans le salon persan. » M. de Charlus était effrayé comme un provincial qui a à traverser les boulevards ; et, pour prendre une comparaison infiniment moins sacrilège que le sujet représenté dans les chapiteaux du porche de la vieille église de Couliville, les voix des jeunes bonnes répétaient en plus bas, sans se lasser, l'ordre de la sous-maîtresse, comme ces catéchismes qu'on entend les élèves psalmodier dans la sonorité d'une église de campagne. Si peur qu'il eût, M. de Charlus, qui, dans la rue, tremblait d'être entendu, se persuadant que Morel était à la fenêtre, ne fut peut-être pas tout de même aussi effrayé dans le

rugissement de ces escaliers immenses où on comprenait
que des chambres rien ne pouvait être aperçu. Enfin, au
terme de son calvaire, il trouva Mlle Noémie qui devait
les cacher avec Jupien, mais commença par l'enfermer
dans un salon persan fort somptueux d'où il ne voyait
rien. Elle lui dit que Morel avait demandé à prendre une
orangeade et que, dès qu'on la lui aurait servie, on condui-
rait les deux voyageurs dans un salon transparent. En
attendant, comme on la réclamait, elle leur promit,
comme dans un conte, que pour leur faire passer le
temps elle allait leur envoyer « une petite dame intelligente ». Car, elle, on l'appelait. La petite dame intelligente avait un peignoir persan, qu'elle voulait ôter.
M. de Charlus lui demanda de n'en rien faire, et elle se fit
monter du champagne qui coûtait 40 francs la bouteille.
Morel, en réalité, pendant ce temps, était avec le prince
de Guermantes ; il avait, pour la forme, fait semblant de se
tromper de chambre, était entré dans une où il y avait
deux femmes, lesquelles s'étaient empressées de laisser
seuls les deux messieurs. M. de Charlus ignorait tout
cela, mais pestait, voulait ouvrir les portes, fit redeman-
der Mlle Noémie, laquelle, ayant entendu la petite dame
intelligente donner à M. de Charlus des détails sur Morel
non concordants avec ceux qu'elle-même avait donnés à
Jupien, la fit déguerpir et envoya bientôt, pour remplacer
la petite dame intelligente, « une petite dame gentille »,
qui ne leur montra rien de plus, mais leur dit combien
la maison était sérieuse et demanda, elle aussi, du champagne. Le baron, écumant, fit revenir Mlle Noémie,
qui leur dit : « Oui, c'est un peu long, ces dames prennent
des poses, il n'a pas l'air d'avoir envie de rien faire. »
Enfin, devant les promesses du baron, ses menaces,
Mlle Noémie s'en alla d'un air contrarié, en les assurant
qu'ils n'attendraient pas plus de cinq minutes. Ces cinq
minutes durèrent une heure, après quoi Noémie conduisit
à pas de loup M. de Charlus ivre de fureur et Jupien désolé
vers une porte entrebâillée en leur disant : « Vous allez
très bien voir. Du reste, en ce moment ce n'est pas très

intéressant, il est avec trois dames, il leur raconte sa
vie de régiment. » Enfin le baron put voir par l'ouverture
de la porte et aussi dans les glaces. Mais une terreur
mortelle le força de s'appuyer au mur. C'était bien
Morel qu'il avait devant lui, mais, comme si les mystères
païens et les enchantements existaient encore, c'était
plutôt l'ombre de Morel, Morel embaumé, pas même
Morel ressuscité comme Lazare, une apparition de Morel,
un fantôme de Morel, Morel revenant ou évoqué dans
cette chambre (où, partout, les murs et les divans répétaient des emblèmes de sorcellerie), qui était à quelques
mètres de lui, de profil. Morel avait, comme après la
mort, perdu toute couleur ; entre ces femmes avec lesquelles il semblait qu'il eût dû s'ébattre joyeusement,
livide, il restait figé dans une immobilité artificielle ;
pour boire la coupe de champagne qui était devant lui,
son bras sans force essayait lentement de se tendre et
retombait. On avait l'impression de cette équivoque qui
fait qu'une religion parle d'immortalité, mais entend par
là quelque chose qui n'exclut pas le néant. Les femmes
le pressaient de questions : « Vous voyez, dit tout bas
Mlle Noémie au baron, elles lui parlent de sa vie de
régiment, c'est amusant, n'est-ce pas ? — et elle rit —
vous êtes content ? Il est calme, n'est-ce pas », ajouta-t-elle,
comme elle aurait dit d'un mourant. Les questions des
femmes se pressaient, mais Morel, inanimé, n'avait pas
la force de leur répondre. Le miracle même d'une parole
murmurée ne se produisait pas. M. de Charlus n'eut
qu'un instant d'hésitation, il comprit la vérité et que,
soit maladresse de Jupien quand il était allé s'entendre,
soit puissance expansive des secrets confiés qui fait qu'on
ne les garde jamais, soit caractère indiscret de ces femmes,
soit crainte de la police, on avait prévenu Morel que deux
messieurs avaient payé fort cher pour le voir, on avait
fait sortir le prince de Guermantes métamorphosé en
trois femmes, et placé le pauvre Morel tremblant, paralysé par la stupeur, de telle façon que, si M. de Charlus
le voyait mal, lui, terrorisé, sans paroles, n'osant pas

prendre son verre de peur de le laisser tomber, voyait en plein le baron.

L'histoire, au reste, ne finit pas mieux pour le prince de Guermantes. Quand on l'avait fait sortir pour que M. de Charlus ne le vît pas, furieux de sa déconvenue, sans soupçonner qui en était l'auteur, il avait supplié Morel, sans toujours vouloir lui faire connaître qui il était, de lui donner rendez-vous pour la nuit suivante dans la toute petite villa qu'il avait louée et que, malgré le peu de temps qu'il devait y rester, il avait, suivant la même maniaque habitude que nous avons autrefois remarquée chez Mme de Villeparisis, décorée de quantité de souvenirs de famille, pour se sentir plus chez soi. Donc le lendemain, Morel retournant la tête à toute minute, tremblant d'être suivi et épié par M. de Charlus, avait fini, n'ayant remarqué aucun passant suspect, par entrer dans la villa. Un valet le fit entrer au salon en lui disant qu'il allait prévenir Monsieur (son maître lui avait recommandé de ne pas prononcer le nom de prince de peur d'éveiller des soupçons). Mais quand Morel se trouva seul et voulut regarder dans la glace si sa mèche n'était pas dérangée, ce fut comme une hallucination. Sur la cheminée, les photographies, reconnaissables pour le violoniste, car il les avait vues chez M. de Charlus, de la princesse de Guermantes, de la duchesse de Luxembourg, de Mme de Villeparisis, le pétrifièrent d'abord d'effroi. Au même moment il aperçut celle de M. de Charlus, laquelle était un peu en retrait. Le baron semblait immobiliser sur Morel un regard étrange et fixe. Fou de terreur, Morel, revenant de sa stupeur première, ne doutant pas que ce ne fût un guet-apens où M. de Charlus l'avait fait tomber pour éprouver s'il était fidèle, dégringola quatre à quatre les quelques marches de la villa, se mit à courir à toutes jambes sur la route et quand le prince de Guermantes (après avoir cru faire faire à une connaissance de passage le stage nécessaire, non sans s'être demandé si c'était bien prudent et si l'individu n'était pas dangereux) entra dans son salon, il n'y trouva plus personne. Il eut beau, avec son valet, par crainte de cambriolage, et revolver au poing, explorer toute la maison, qui n'était pas grande, les recoins du jardinet, le sous-sol, le compagnon dont il avait cru la présence certaine avait disparu. Il le rencontra plusieurs fois au cours de la semaine suivante. Mais chaque fois c'était Morel, l'individu dangereux, qui se sauvait comme si le prince l'avait été plus encore. Buté dans ses soupçons, Morel ne les dissipa jamais, et, même à Paris, la vue du prince de Guermantes suffisait à le mettre en fuite. Par où M. de Charlus fut protégé d'une infidélité qui le désespérait, et vengé sans l'avoir jamais imaginé, ni surtout comment.

Mais déjà les souvenirs de ce qu'on m'avait raconté à ce sujet sont remplacés par d'autres, car le T. S. N., reprenant sa marche de « tacot », continue de déposer ou de prendre les voyageurs aux stations suivantes.

A Grattevast, où habitait sa sœur, avec laquelle il était allé passer l'après-midi, montait quelquefois M. Pierre de Verjus, comte de Crécy (qu'on appelait seulement le Comte de Crécy), gentilhomme pauvre mais d'une extrême distinction, que j'avais connu par les Cambremer, avec qui il était d'ailleurs peu lié. Réduit à une vie extrêmement modeste, presque misérable, je sentais qu'un cigare, une « consommation » étaient choses si agréables pour lui que je pris l'habitude, les jours où je ne pouvais voir Albertine, de l'inviter à Balbec. Très fin et s'exprimant à merveille, tout blanc, avec de charmants yeux bleus, il parlait surtout, du bout des lèvres, très délicatement, des conforts de la vie seigneuriale, qu'il avait évidemment connus, et aussi de généalogies. Comme je lui demandais ce qui était gravé sur sa bague, il me dit avec un sourire modeste : « C'est une branche de verjus. » Et il ajouta avec un plaisir dégustateur : « Nos armes sont une branche de verjus — symbolique puisque je m'appelle Verjus — tigellée et feuillée de sinople. » Mais je crois qu'il aurait eu une déception si à Balbec je ne lui avais offert à boire que du verjus. Il aimait les vins les plus coûteux, sans doute par privation, par connaissance approfondie de ce dont il était privé, par goût, peut-être aussi par penchant exagéré. Aussi quand je l'invitais à dîner à Balbec, il commandait le repas avec une science raffinée, mais mangeait un peu trop, et surtout buvait, faisant chambrer les vins qui doivent l'être, frapper ceux qui exigent d'être dans de la glace. Avant le dîner et après, il indiquait la date ou le numéro qu'il voulait pour un porto ou une fine, comme il eût fait pour l'érection, généralement ignorée, d'un marquisat, mais qu'il connaissait aussi bien.

Comme j'étais pour Aimé un client préféré, il était ravi que je donnasse de ces dîners extras et criait aux garçons : « Vite, dressez la table 25 » ; il ne disait même pas « dressez », mais « dressez-moi », comme si ç'avait été pour lui. Et comme le langage des maîtres d'hôtel n'est pas tout à fait le même que celui des chefs de rang, demi-chefs, commis, etc., au moment où je demandais l'addition, il disait au garçon qui nous avait servis, avec un geste répété et apaisant du revers de la main, comme s'il voulait calmer un cheval prêt à prendre le mors aux dents : « N'allez pas trop fort (pour l'addition), allez doucement, très doucement. » Puis, comme le garçon partait muni de cet aide-mémoire, Aimé, craignant que ses recommandations ne fussent pas exactement suivies, le rappelait : « Attendez, je vais chiffrer moi-même. » Et comme je lui disais que cela ne faisait rien : « J'ai pour principe que, comme on dit vulgairement, on ne doit pas estamper le client. » Quant au directeur, voyant les vêtements simples, toujours les mêmes, et assez usés de mon invité (et pourtant personne n'eût si bien pratiqué l'art de s'habiller fastueusement, comme un élégant de Balzac, s'il en avait eu les moyens), il se contentait, à cause de moi, d'inspecter de loin si tout allait bien, et d'un regard, de faire mettre une cale sous un pied de la table qui n'était pas d'aplomb. Ce n'est pas qu'il n'eût su, bien qu'il cachât ses débuts comme plongeur, mettre la main à la pâte comme un autre. Il fallut pourtant une circonstance exceptionnelle pour qu'un jour il découpât lui-même les dindonneaux. J'étais sorti, mais j'ai su qu'il l'avait fait avec une majesté sacerdotale, entouré, à distance respectueuse du dressoir, d'un cercle de garçons qui cherchaient, par là, moins à apprendre qu'à se faire bien voir et avaient un air béat d'admiration. Vus d'ailleurs par le directeur (plongeant d'un geste lent dans le flanc des victimes et n'en détachant pas plus ses yeux pénétrés de sa haute fonction que s'il avait dû y lire quelque augure), ils ne le furent nullement. Le sacrificateur ne s'aperçut même pas de mon absence. Quand il l'apprit, elle le désola. « Comment, vous ne m'avez pas vu découper moi-même les dindonneaux ? » Je lui répondis que, n'ayant pu voir jusqu'ici Rome, Venise, Sienne, le Prado, le musée de Dresde, les Indes, Sarah dans *Phèdre*, je connaissais la résignation et que j'ajouterais son découpage des dindonneaux à ma liste. La comparaison avec l'art dramatique (Sarah dans *Phèdre*) fut la seule qu'il parut comprendre, car il savait par moi que, les jours de grandes représentations, Coquelin aîné avait accepté des rôles de débutant, celui même d'un personnage qui ne dit qu'un mot ou ne dit rien. « C'est égal, je suis désolé pour vous. Quand est-ce que je découperai de nouveau ? Il faudrait un événement, il faudrait une guerre. » (Il fallut en effet l'armistice.) Depuis ce jour-là le calendrier fut changé, on compta ainsi : « C'est le lendemain du jour où j'ai découpé moi-même les dindonneaux. » « C'est juste huit jours après que le directeur a découpé lui-même les dindonneaux. » Ainsi cette prosectomie donna-t-elle, comme la naissance du Christ ou l'Hégire, le point de départ d'un calendrier différent des autres, mais qui ne prit pas leur extension et n'égala pas leur durée.

La tristesse de la vie de M. de Crécy venait, tout autant que de ne plus avoir de chevaux et une table succulente, de ne voisiner qu'avec des gens qui pouvaient croire que Cambremer et Guermantes étaient tout un. Quand il vit que je savais que Legrandin, lequel se faisait main-

tenant appeler Legrand de Méséglise, n'y avait aucune
espèce de droit, allumé d'ailleurs par le vin qu'il buvait,
il eut une espèce de transport de joie. Sa sœur me disait
d'un air entendu : « Mon frère n'est jamais si heureux
que quand il peut causer avec vous. » Il se sentait en effet
exister depuis qu'il avait découvert quelqu'un qui savait
la médiocrité des Cambremer et la grandeur des Guermantes, quelqu'un pour qui l'univers social existait. Tel,
après l'incendie de toutes les bibliothèques du globe et
l'ascension d'une race entièrement ignorante, un vieux
latiniste reprendrait pied et confiance dans la vie en
entendant quelqu'un lui citer un vers d'Horace. Aussi,
s'il ne quittait jamais le wagon sans me dire : « A quand
notre petite réunion ? » c'était, autant que par avidité de
parasite, par gourmandise d'érudit, et parce qu'il considérait les agapes de Balbec comme une occasion de
causer, en même temps, des sujets qui lui étaient chers
et dont il ne pouvait parler avec personne, et analogues
en cela à ces dîners où se réunit à dates fixes, devant la
table particulièrement succulente du Cercle de l'Union,
la Société des Bibliophiles. Très modeste en ce qui concernait sa propre famille, ce ne fut pas par M. de Crécy
que j'appris qu'elle était très grande et un authentique
rameau, détaché en France, de la famille anglaise qui
porte le titre de Crécy. Quand je sus qu'il était un vrai
Crécy, je lui racontai qu'une nièce de Mme de Guermantes
avait épousé un Américain du nom de Charles Crécy et
lui dis que je pensais qu'il n'avait aucun rapport avec
lui. « Aucun, me dit-il. Pas plus — bien, du reste, que ma
famille n'ait pas autant d'illustration — que beaucoup
d'Américains qui s'appellent Montgommery, Berry,
Chandos ou Capel, n'ont de rapport avec les familles de
Pembroke, de Buckingham, d'Essex, ou avec le duc de
Berry. » Je pensai plusieurs fois à lui dire, pour l'amuser,
que je connaissais Mme Swann qui, comme cocotte,
était connue autrefois sous le nom d'Odette de Crécy ;
mais, bien que le duc d'Alençon n'eût pu se froisser
qu'on parlât avec lui d'Émilienne d'Alençon, je ne me

sentis pas assez lié avec M. de Crécy pour conduire
avec lui la plaisanterie jusque-là. « Il est d'une très
grande famille, me dit un jour M. de Montsurvent.
Son patronyme est Saylor. » Et il ajouta que sur son vieux
castel au-dessus d'Incarville, d'ailleurs devenu presque
inhabitable et que, bien que né fort riche, il était aujour-
d'hui trop ruiné pour réparer, se lisait encore l'antique
devise de la famille. Je trouvai cette devise très belle,
qu'on l'appliquât soit à l'impatience d'une race de proie
nichée dans cette aire, d'où elle devait jadis prendre son
vol, soit, aujourd'hui, à la contemplation du déclin, à
l'attente de la mort prochaine dans cette retraite dominante et sauvage. C'est en ce double sens, en effet, que
joue avec le nom de Saylor cette devise qui est : « Ne
sçais l'heure. »

A Hermenonville montait quelquefois M. de Chevregny,
dont le nom, nous dit Brichot, signifiait, comme celui de
Mgr de Cabrières, « lieu où s'assemblent les chèvres ».
Il était parent des Cambremer et, à cause de cela et par
une fausse appréciation de l'élégance, ceux-ci l'invitaient
souvent à Féterne, mais seulement quand ils n'avaient
pas d'invités à éblouir. Vivant toute l'année à Beausoleil,
M. de Chevregny était resté plus provincial qu'eux.
Aussi, quand il allait passer quelques semaines à Paris,
il n'y avait pas un seul jour de perdu pour tout ce qu' « il
y avait à voir » ; c'était au point que parfois, un peu étourdi
par le nombre de spectacles trop rapidement digérés,
quand on lui demandait s'il avait vu une certaine pièce
il lui arrivait de n'en être plus sûr. Mais ce vague
était rare, car il connaissait les choses de Paris avec ce
détail particulier aux gens qui y viennent rarement. Il me
conseillait les « nouveautés » à aller voir (« Cela en vaut la
peine »), ne les considérant, du reste, qu'au point de vue
de la bonne soirée qu'elles font passer, et ignorant du
point de vue esthétique jusqu'à ne pas se douter qu'elles
pouvaient en effet constituer parfois une « nouveauté »
dans l'histoire de l'art. C'est ainsi que, parlant de tout sur
le même plan, il nous disait : « Nous sommes allés une

fois à l'Opéra-Comique, mais le spectacle n'est pas fameux. Cela s'appelle *Pelléas et Mélisande*. C'est insignifiant. Périer joue toujours bien, mais il vaut mieux le voir dans autre chose. En revanche, au Gymnase on donne *la Châtelaine*. Nous y sommes retournés deux fois ; ne manquez pas d'y aller, cela mérite d'être vu ; et puis, c'est joué à ravir ; vous avez Frévalles, Marie Magnier, Baron fils » ; il me citait même des noms d'acteurs que je n'avais jamais entendu prononcer, et sans les faire précéder de Monsieur, Madame ou Mademoiselle, comme eût fait le duc de Guermantes, lequel parlait du même ton cérémonieusement méprisant des « chansons de Mlle Yvette Guilbert » et des « expériences de M. Charcot ». M. de Chevregny n'en usait pas ainsi, il disait Cornaglia et Dehelly, comme il eût dit Voltaire et Montesquieu. Car chez lui, à l'égard des acteurs comme de tout ce qui était parisien, le désir de se montrer dédaigneux qu'avait l'aristocrate était vaincu par celui de paraître familier qu'avait le provincial.

Dès après le premier dîner que j'avais fait à la Raspelière avec ce qu'on appelait encore à Féterne « le jeune ménage », bien que M. et Mme de Cambremer ne fussent plus, tant s'en fallait, de la première jeunesse, la vieille marquise m'avait écrit une de ces lettres dont on reconnaît l'écriture entre des milliers. Elle me disait : « Amenez votre cousine délicieuse — charmante — agréable. Ce sera un enchantement, un plaisir », manquant toujours avec une telle infaillibilité la progression attendue par celui qui recevait sa lettre que je finis par changer d'avis sur la nature de ces *diminuendo*, par les croire voulus, et y trouver la même dépravation du goût — transposée dans l'ordre mondain — qui poussait Sainte-Beuve à briser toutes les alliances de mots, à altérer toute expression un peu habituelle. Deux méthodes, enseignées sans doute par des maîtres différents, se contrariaient dans ce style épistolaire, la deuxième faisant racheter à Mme de Cambremer la banalité des adjectifs multiples en les employant en gamme descendante, en évitant de finir

sur l'accord parfait. En revanche, je penchais à voir dans
ces gradations inverses, non plus du raffinement, comme
quand elles étaient l'œuvre de la marquise douairière,
mais de la maladresse toutes les fois qu'elles étaient
employées par le marquis son fils ou par ses cousines. Car
dans toute la famille, jusqu'à un degré assez éloigné,
et par une imitation admirative de tante Zélia, la règle
des trois adjectifs était très en honneur, de même qu'une
certaine manière enthousiaste de reprendre sa respiration
en parlant. Imitation passée dans le sang, d'ailleurs ; et
quand, dans la famille, une petite fille, dès son enfance,
s'arrêtait en parlant pour avaler sa salive, on disait : « Elle
tient de tante Zélia », on sentait que plus tard ses lèvres
tendraient assez vite à s'ombrager d'une légère moustache,
et on se promettait de cultiver chez elle les dispositions
qu'elle aurait pour la musique.

Les relations des Cambremer ne tardèrent pas à être
moins parfaites avec Mme Verdurin qu'avec moi, pour
différentes raisons. Ils voulaient inviter celle-ci. La
« jeune » marquise me disait dédaigneusement : « Je ne
vois pas pourquoi nous ne l'inviterions pas, cette femme ;
à la campagne on voit n'importe qui, ça ne tire pas à
conséquence. » Mais, au fond, assez impressionnés, ils ne
cessaient de me consulter sur la façon dont ils devaient
réaliser leur désir de politesse. Comme ils nous avaient
invités à dîner, Albertine et moi, avec des amis de Saint-
Loup, gens élégants de la région, propriétaires du château
de Gourville et qui représentaient un peu plus que le
gratin normand, dont Mme Verdurin, sans avoir l'air d'y
toucher, était friande, je conseillai aux Cambremer d'inviter avec eux la Patronne. Mais les châtelains de Féterne,
par crainte (tant ils étaient timides) de mécontenter leurs
nobles amis, ou (tant ils étaient naïfs) que M. et Mme Verdurin s'ennuyassent avec des gens qui n'étaient pas des
intellectuels, ou encore (comme ils étaient imprégnés d'un
esprit de routine que l'expérience n'avait pas fécondé) de
mêler les genres et de commettre un « impair », décla-
rèrent que cela ne corderait pas ensemble, que cela ne

« bicherait » pas et qu'il valait mieux réserver Mme Verdurin (qu'on inviterait avec tout son petit groupe) pour un autre dîner. Pour le prochain — l'élégant, avec les amis de Saint-Loup — ils ne convièrent du petit noyau que Morel, afin que M. de Charlus fût indirectement informé des gens brillants qu'ils recevaient, et aussi que le musicien fût un élément de distraction pour les invités, car on lui demanderait d'apporter son violon. On lui adjoignit Cottard, parce que M. de Cambremer déclara qu'il avait de l'entrain et « faisait bien » dans un dîner ; puis que cela pourrait être commode d'être en bons termes avec un médecin si on avait jamais quelqu'un de malade. Mais on l'invita seul, pour ne « rien commencer avec la femme ». Mme Verdurin fut outrée quand elle apprit que deux membres du petit groupe étaient invités sans elle à dîner à Féterne « en petit comité ». Elle dicta au docteur, dont le premier mouvement avait été d'accepter, une fière réponse où il disait : « *Nous* dînons ce soir-là chez Mme Verdurin », pluriel qui devait être une leçon pour les Cambremer et leur montrer qu'il n'était pas séparable de Mme Cottard. Quant à Morel, Mme Verdurin n'eut pas besoin de lui tracer une conduite impolie, qu'il tint spontanément, voici pourquoi. S'il avait, à l'égard de M. de Charlus, en ce qui concernait ses plaisirs, une indépendance qui affligeait le baron, nous avons vu que l'influence de ce dernier se faisait sentir davantage dans d'autres domaines et qu'il avait, par exemple, élargi les connaissances musicales et rendu plus pur le style du virtuose. Mais ce n'était encore, au moins à ce point de notre récit, qu'une influence. En revanche, il y avait un terrain sur lequel ce que disait M. de Charlus était aveuglément cru et exécuté par Morel. Aveuglément et follement, car non seulement les enseignements de M. de Charlus étaient faux, mais encore, eussent-ils été valables pour un grand seigneur, appliqués à la lettre par Morel ils devenaient burlesques. Le terrain où Morel devenait si crédule et était si docile à son maître, c'était le terrain mondain. Le violoniste, qui, avant de connaître M. de Charlus, n'avait

aucune notion du monde, avait pris à la lettre l'esquisse
hautaine et sommaire que lui en avait tracée le baron :
« Il y a un certain nombre de familles prépondérantes, lui
avait dit M. de Charlus, avant tout les Guermantes, qui
comptent quatorze alliances avec la Maison de France,
ce qui est d'ailleurs surtout flatteur pour la Maison de
France, car c'était à Aldonce de Guermantes et non à
Louis le Gros, son frère consanguin mais puîné, qu'aurait dû revenir le trône de France ; sous Louis XIV, nous
drapâmes à la mort de Monsieur, comme ayant la même
grand'mère que le Roi. Fort au-dessous des Guermantes,
on peut cependant citer les La Trémoïlle, descendants
des rois de Naples et des comtes de Poitiers ; les d'Uzès,
peu anciens comme famille mais qui sont les plus
anciens pairs ; les Luynes, tout à fait récents mais avec
l'éclat de grandes alliances ; les Choiseul, les Harcourt,
les La Rochefoucauld. Ajoutez encore les Noailles, malgré
le comte de Toulouse, les Montesquiou, les Castellane, et
sauf oubli, c'est tout. Quant à tous les petits messieurs qui
s'appellent marquis de Cambremerde ou de Vatefaire-
fiche, il n'y a aucune différence entre eux et le dernier
pioupiou de votre régiment. Que vous alliez faire pipi
chez la comtesse Caca, ou caca chez la baronne Pipi, c'est
la même chose, vous aurez compromis votre réputation et
pris un torchon breneux comme papier hygiénique. Ce
qui est malpropre. » Morel avait recueilli pieusement cette
leçon d'histoire, peut-être un peu sommaire ; il jugeait les
choses comme s'il était lui-même un Guermantes et
souhaitait une occasion de se trouver avec les faux La
Tour d'Auvergne pour leur faire sentir, par une poignée
de main dédaigneuse, qu'il ne les prenait guère au sérieux.
Quant aux Cambremer, justement voici qu'il pouvait leur
témoigner qu'ils n'étaient pas « plus que le dernier pioupiou de son régiment ». Il ne répondit pas à leur invitation,
et le soir du dîner s'excusa à la dernière heure par un
télégramme, ravi comme s'il venait d'agir en prince du
sang. Il faut, du reste, ajouter qu'on ne peut imaginer
combien, d'une façon plus générale, M. de Charlus pou-

vait être insupportable, tatillon, et même, lui si fin, bête, dans toutes les occasions où entraient en jeu les défauts de son caractère. On peut dire, en effet, que ceux-ci sont comme une maladie intermittente de l'esprit. Qui n'a remarqué le fait sur des femmes, et même des hommes, doués d'intelligence remarquable, mais affligés de nervosité ? Quand ils sont heureux, calmes, satisfaits de leur entourage, ils font admirer leurs dons précieux ; c'est, à la lettre, la vérité qui parle par leur bouche. Une migraine, une petite pique d'amour-propre suffit à tout changer. La lumineuse intelligence, brusque, convulsive et rétrécie, ne reflète plus qu'un moi irrité, soupçonneux, coquet, faisant tout ce qu'il faut pour déplaire.

La colère des Cambremer fut vive ; et, dans l'intervalle, d'autres incidents amenèrent une certaine tension dans leurs rapports avec le petit clan. Comme nous revenions, les Cottard, Charlus, Brichot, Morel et moi, d'un dîner à la Raspelière et que les Cambremer, qui avaient déjeuné chez des amis à Harambouville, avaient fait à l'aller une partie du trajet avec nous : « Vous qui aimez tant Balzac et savez le reconnaître dans la société contemporaine, avait-je dit à M. de Charlus, vous devez trouver que ces Cambremer sont échappés des *Scènes de la vie de Province.* » Mais M. de Charlus, absolument comme s'il avait été leur ami et si je l'eusse froissé par ma remarque, me coupa brusquement la parole : « Vous dites cela parce que la femme est supérieure au mari, me dit-il d'un ton sec. — Oh ! je ne voulais pas dire que c'était la Muse du département, ni Mme de Bargeton, bien que... » M. de Charlus m'interrompit encore : « Dites plutôt Mme de Mortsauf. » Le train s'arrêta et Brichot descendit. « Nous avions beau vous faire des signes, vous êtes terrible. — Comment cela ? — Voyons, ne vous êtes-vous pas aperçu que Brichot est amoureux fou de Mme de Cambremer ? » Je vis par l'attitude des Cottard et de Charlie que cela ne faisait pas l'ombre d'un doute dans le petit noyau. Je crus qu'il y avait de la malveillance de leur part. « Voyons, vous n'avez pas remarqué comme il a été troublé quand

vous avez parlé d'elle », reprit M. de Charlus, qui aimait
montrer qu'il avait l'expérience des femmes et parlait du
sentiment qu'elles inspirent d'un air naturel et comme si
ce sentiment était celui qu'il éprouvait lui-même habituellement. Mais un certain ton d'équivoque paternité
avec tous les jeunes gens — malgré son amour exclusif
pour Morel — démentit par le ton les vues d'homme à
femmes qu'il émettait : « Oh! ces enfants, dit-il, d'une
voix aiguë, mièvre et cadencée, il faut tout leur apprendre,
ils sont innocents comme l'enfant qui vient de naître, ils
ne savent pas reconnaître quand un homme est amoureux
d'une femme. A votre âge j'étais plus dessalé que cela »,
ajouta-t-il, car il aimait employer les expressions du
monde apache, peut-être par goût, peut-être pour ne pas
avoir l'air, en les évitant, d'avouer qu'il fréquentait ceux
dont c'était le vocabulaire courant. Quelques jours plus
tard, il fallut bien me rendre à l'évidence et reconnaître
que Brichot était épris de la marquise. Malheureusement
il accepta plusieurs déjeuners chez elle. Mme Verdurin
estima qu'il était temps de mettre le holà. En dehors de
l'utilité qu'elle voyait à une intervention pour la politique du petit noyau, elle prenait à ces sortes d'explications et aux drames qu'elles déchaînaient un goût de plus
en plus vif et que l'oisiveté fait naître, aussi bien que dans
le monde aristocratique, dans la bourgeoisie. Ce fut un
jour de grande émotion à la Raspelière quand on vit
Mme Verdurin disparaître pendant une heure avec Brichot, à qui on sut qu'elle avait dit que Mme de Cambremer se moquait de lui, qu'il était la fable de son salon,
qu'il allait déshonorer sa vieillesse, compromettre sa
situation dans l'enseignement. Elle alla jusqu'à lui parler
en termes touchants de la blanchisseuse avec qui il vivait à
Paris, et de leur petite fille. Elle l'emporta, Brichot cessa
d'aller à Féterne, mais son chagrin fut tel que pendant
deux jours on crut qu'il allait perdre complètement la vue,
et sa maladie, en tous cas, avait fait un bond en avant qui
resta acquis. Cependant les Cambremer, dont la colère
contre Morel était grande, invitèrent une fois, et tout

exprès, M. de Charlus, mais sans lui. Ne recevant pas de
réponse du baron, ils craignirent d'avoir fait une gaffe et,
trouvant que la rancune est mauvaise conseillère, écri-
virent un peu tardivement à Morel, platitude qui fit
sourire M. de Charlus en lui montrant son pouvoir. « Vous
répondrez pour nous deux que j'accepte », dit le baron à
Morel. Le jour du dîner venu, on attendait dans le grand
salon de Féterne. Les Cambremer donnaient en réalité
le dîner pour la fleur de chic qu'étaient M. et Mme Féré.
Mais ils craignaient tellement de déplaire à M. de Charlus
que, bien qu'ayant connu les Féré par M. de Chevregny,
Mme de Cambremer se sentit la fièvre quand, le jour du
dîner, elle vit celui-ci venir leur faire une visite à Féterne.
On inventa tous les prétextes pour le renvoyer à Beausoleil au plus vite, pas assez pourtant pour qu'il ne croisât
pas dans la cour les Féré, qui furent aussi choqués de le
voir chassé que lui honteux. Mais, coûte que coûte, les
Cambremer voulaient épargner à M. de Charlus la vue de
M. de Chevregny, jugeant celui-ci provincial à cause de
nuances qu'on néglige en famille, mais dont on ne tient
compte que vis-à-vis des étrangers, qui sont précisément
les seuls qui ne s'en apercevraient pas. Mais on n'aime pas
leur montrer les parents qui sont restés ce que l'on s'est
efforcé de cesser d'être. Quant à M. et Mme Féré, ils
étaient au plus haut degré ce qu'on appelle des gens
« très bien ». Aux yeux de ceux qui les qualifiaient ainsi,
sans doute les Guermantes, les Rohan et bien d'autres
étaient aussi des gens très bien, mais leur nom dispensait
de le dire. Comme tout le monde ne savait pas la grande
naissance de la mère de Mme Féré, et le cercle extraordinairement fermé qu'elle et son mari fréquentaient, quand
on venait de les nommer, pour expliquer on ajoutait
toujours que c'était des gens « tout ce qu'il y a de mieux ».
Leur nom obscur leur dictait-il une sorte de hautaine
réserve ? Toujours est-il que les Féré ne voyaient pas des
gens que les La Trémoïlle auraient fréquentés. Il avait
fallu la situation de reine du bord de la mer, que la vieille
marquise de Cambremer avait dans la Manche, pour que

les Féré vinssent à une de ses matinées chaque année. On les avait invités à dîner et on comptait beaucoup sur l'effet qu'allait produire sur eux M. de Charlus. On annonça discrètement qu'il était au nombre des convives. Par hasard Mme Féré ne le connaissait pas. Mme de Cambremer en ressentit une vive satisfaction, et le sourire du chimiste qui va mettre en rapport pour la première fois deux corps particulièrement importants erra sur son visage. La porte s'ouvrit et Mme de Cambremer faillit se trouver mal en voyant Morel entrer seul. Comme un secrétaire des commandements chargé d'excuser son ministre, comme une épouse morganatique qui exprime le regret qu'a le prince d'être souffrant (ainsi en usait Mme de Clinchamp à l'égard du duc d'Aumale), Morel dit du ton le plus léger : « Le baron ne pourra pas venir. Il est un peu indisposé, du moins je crois que c'est pour cela... Je ne l'ai pas rencontré cette semaine », ajouta-t-il, désespérant, jusque par ces dernières paroles, Mme de Cambremer qui avait dit à M. et Mme Féré que Morel voyait M. de Charlus à toutes les heures du jour. Les Cambremer feignirent que l'absence du baron était un agrément de plus à la réunion et, sans se laisser entendre de Morel, disaient à leurs invités : « Nous nous passerons de lui, n'est-ce pas, ce ne sera que plus agréable. » Mais ils étaient furieux, soupçonnèrent une cabale montée par Mme Verdurin, et, du tac au tac, quand celle-ci les réinvita à la Raspelière, M. de Cambremer, ne pouvant résister au plaisir de revoir sa maison et de se retrouver dans le petit groupe, vint, mais seul, en disant que la marquise était désolée, mais que son médecin lui avait ordonné de garder la chambre. Les Cambremer crurent, par cette demi-présence, à la fois donner une leçon à M. de Charlus et montrer aux Verdurin qu'ils n'étaient tenus envers eux qu'à une politesse limitée, comme les princesses du sang autrefois reconduisaient les duchesses, mais seulement jusqu'à la moitié de la seconde chambre. Au bout de quelques semaines ils étaient à peu près brouillés. M. de Cambremer m'en donnait ces explications : « Je vous dirai

qu'avec M. de Charlus c'était difficile. Il est extrêmement
dreyfusard... — Mais non! — Si..., en tous cas son cousin
le prince de Guermantes l'est, on leur jette assez la pierre
pour ça. J'ai des parents très à l'œil là-dessus. Je ne peux
pas fréquenter ces gens-là, je me brouillerais avec toute ma
famille. — Puisque le prince de Guermantes est dreyfusard, cela ira d'autant mieux, dit Mme de Cambremer,
que Saint-Loup, qui, dit-on, épouse sa nièce, l'est aussi.
C'est même peut-être la raison du mariage. — Voyons,
ma chère, ne dites pas que Saint-Loup, que nous aimons
beaucoup, est dreyfusard. On ne doit pas répandre ces
allégations à la légère, dit M. de Cambremer. Vous le
feriez bien voir dans l'armée! — Il l'a été, mais il ne l'est
plus, dis-je à M. de Cambremer. Quant à son mariage
avec Mlle de Guermantes-Brassac, est-ce vrai ? — On ne
parle que de ça, mais vous êtes bien placé pour le savoir.
— Mais je vous répète qu'il me l'a dit à moi-même qu'il
était dreyfusard, dit Mme de Cambremer. C'est, du reste,
très excusable, les Guermantes sont à moitié allemands.
—Pour les Guermantes de la rue de Varenne, vous pouvez
dire tout à fait, dit Cancan. Mais Saint-Loup, c'est une
autre paire de manches ; il a beau avoir toute une parenté
allemande, son père revendiquait avant tout son titre de
grand seigneur français, il a repris du service en 1871 et a
été tué pendant la guerre de la plus belle façon. J'ai beau
être très à cheval là-dessus, il ne faut pas faire d'exagération ni dans un sens ni dans l'autre. *In medio... vitus*, ah!
je ne peux pas me rappeler. C'est quelque chose que dit le
docteur Cottard. En voilà un qui a toujours le mot. Vous
devriez avoir ici un petit Larousse. » Pour éviter de se
prononcer sur la citation latine et abandonner le sujet de
Saint-Loup, où son mari semblait trouver qu'elle manquait de tact, Mme de Cambremer se rabattit sur la
Patronne, dont la brouille avec eux était encore plus
nécessaire à expliquer. « Nous avons loué volontiers la
Raspelière à Mme Verdurin, dit la marquise. Seulement
elle a eu l'air de croire qu'avec la maison et tout ce qu'elle
a trouvé le moyen de se faire attribuer, la jouissance du

pré, les vieilles tentures, toutes choses qui n'étaient nullement dans le bail, elle aurait en plus le droit d'être liée avec nous. Ce sont des choses absolument distinctes. Notre tort est de n'avoir pas fait faire les choses simplement par un gérant ou par une agence. A Féterne ça n'a pas d'importance, mais je vois d'ici la tête que ferait ma tante de Ch'nouville si elle voyait s'amener, à mon jour, la mère Verdurin avec ses cheveux en l'air. Pour M. de Charlus, naturellement, il connaît des gens très bien, mais il en connaît aussi de très mal. » Je demandai qui. Pressée de questions, Mᵐᵉ de Cambremer finit par dire : « On prétend que c'est lui qui faisait vivre un M. Moreau, Morille, Morue, je ne sais plus. Aucun rapport, bien entendu, avec Morel, le violoniste, ajouta-t-elle en rougissant. Quand j'ai senti que Mᵐᵉ Verdurin s'imaginait que, parce qu'elle était notre locataire dans la Manche, elle aurait le droit de me faire des visites à Paris, j'ai compris qu'il fallait couper le câble. »

Malgré cette brouille avec la Patronne, les Cambremer n'étaient pas mal avec les fidèles, et montaient volontiers dans notre wagon quand ils étaient sur la ligne. Quand on était sur le point d'arriver à Douville, Albertine, tirant une dernière fois son miroir, trouvait quelquefois utile de changer ses gants ou d'ôter un instant son chapeau et, avec le peigne d'écaille que je lui avais donné et qu'elle avait dans les cheveux, elle en lissait les coques, en relevait le bouffant, et, s'il était nécessaire, au-dessus des ondulations qui descendaient en vallées régulières jusqu'à la nuque, remontait son chignon. Une fois dans les voitures qui nous attendaient, on ne savait plus du tout où on se trouvait ; les routes n'étaient pas éclairées ; on reconnaissait au bruit plus fort des roues qu'on traversait un village, on se croyait arrivé, on se retrouvait en pleins champs, on entendait des cloches lointaines, on oubliait qu'on était en smoking, et on s'était presque assoupi quand, au bout de cette longue marge d'obscurité qui, à cause de la distance parcourue et des incidents caractéristiques de tout trajet en chemin de fer, semblait

nous avoir portés jusqu'à une heure avancée de la nuit
presque à moitié chemin d'un retour vers Paris, tout à
coup, après que le glissement de la voiture sur un sable
plus fin avait décelé qu'on venait d'entrer dans le parc,
explosaient, nous réintroduisant dans la vie mondaine,
les éclatantes lumières du salon, puis de la salle à manger,
où nous éprouvions un vif mouvement de recul en entendant sonner ces huit heures que nous croyions passées
depuis longtemps, tandis que les services nombreux et
les vins fins allaient se succéder autour des hommes en
frac et des femmes à demi décolletées, en un dîner ruti-
lant de clarté comme un véritable dîner en ville et qu'entourait seulement, changeant par là son caractère, la
double écharpe sombre et singulière qu'avaient tissée,
détournées par cette utilisation mondaine de leur solennité première, les heures nocturnes, champêtres et marines de l'aller et du retour. Celui-ci nous forçait, en
effet, à quitter la splendeur rayonnante et vite oubliée
du salon lumineux pour les voitures, où je m'arrangeais
à être avec Albertine afin que mon amie ne pût être avec
d'autres sans moi, et souvent pour une autre cause encore,
qui est que nous pouvions tous deux faire bien des choses
dans une voiture noire où les heurts de la descente nous
excusaient, d'ailleurs, au cas où un brusque rayon filtre-
rait, d'être cramponnés l'un à l'autre. Quand M. de Cambremer n'était pas encore brouillé avec les Verdurin, il
me demandait : « Vous ne croyez pas, avec ce brouillard-
là, que vous allez avoir vos étouffements ? Ma sœur en
a eu de terribles ce matin. Ah ! vous en avez aussi, disait-il
avec satisfaction. Je lui dirai ce soir. Je sais qu'en rentrant elle s'informera tout de suite s'il y a longtemps
que vous ne les avez pas eus. » Il ne me parlait, d'ailleurs,
des miens que pour arriver à ceux de sa sœur, et ne me
faisait décrire les particularités des premiers que pour
mieux marquer les différences qu'il y avait entre les deux.
Mais malgré celles-ci, comme les étouffements de sa
sœur lui paraissaient devoir faire autorité, il ne pouvait
croire que ce qui « réussissait » aux siens ne fût pas indi-

qué pour les miens, et il s'irritait que je n'en essayasse
pas, car il y a une chose plus difficile encore que de
s'astreindre à un régime, c'est de ne pas l'imposer aux
autres. « D'ailleurs, que dis-je, moi profane, quand vous
êtes ici devant l'aréopage, à la source. Qu'en pense le
professeur Cottard ? »

Je revis, du reste, sa femme une autre fois parce qu'elle
avait dit que ma « cousine » avait un drôle de genre et
que je voulus savoir ce qu'elle entendait par là. Elle
nia l'avoir dit, mais finit par avouer qu'elle avait parlé
d'une personne qu'elle avait cru rencontrer avec ma
cousine. Elle ne savait pas son nom et dit finalement
que, si elle ne se trompait pas, c'était la femme d'un
banquier, laquelle s'appelait Lina, Linette, Lisette, Lia,
enfin quelque chose de ce genre. Je pensais que « femme
d'un banquier » n'était mis que pour plus de démarquage.
Je voulus demander à Albertine si c'était vrai. Mais
j'aimais mieux avoir l'air de celui qui sait que de celui
qui questionne. D'ailleurs Albertine ne m'eût rien
répondu, ou un « non » dont le « n » eût été trop hésitant
et le « on » trop éclatant. Albertine ne racontait jamais
de faits pouvant lui faire du tort, mais d'autres qui ne
pouvaient s'expliquer que par les premiers, la vérité
étant plutôt un courant qui part de ce qu'on nous dit
et qu'on capte, tout invisible qu'il soit, que la chose
même qu'on nous a dite. Ainsi, quand je lui assurai
qu'une femme qu'elle avait connue à Vichy avait mauvais genre, elle me jura que cette femme n'était nullement ce que je croyais et n'avait jamais essayé de lui
faire le mal. Mais elle ajouta, un autre jour, comme je
parlais de ma curiosité de ce genre de personnes, que la
dame de Vichy avait une amie aussi, qu'elle, Albertine,
ne connaissait pas, mais que la dame lui avait « *promis*
de lui faire connaître ». Pour qu'elle le lui eût promis,
c'était donc qu'Albertine le désirait, ou que la dame avait,
en le lui offrant, su lui faire plaisir. Mais si je l'avais
objecté à Albertine, j'aurais eu l'air de ne tenir mes révélations que d'elle, je les aurais arrêtées aussitôt, je n'eusse

plus rien su, j'eusse cessé de me faire craindre. D'ailleurs, nous étions à Balbec, la dame de Vichy et son amie habitaient Menton ; l'éloignement, l'impossibilité du danger eut tôt fait de détruire mes soupçons.

Souvent, quand M. de Cambremer m'interpellait de la gare, je venais avec Albertine de profiter des ténèbres, et avec d'autant plus de peine que celle-ci s'était un peu débattue, craignant qu'elles ne fussent pas assez complètes. « Vous savez que je suis sûre que Cottard nous a vus ; du reste, même sans voir il a bien entendu votre voix étouffée, juste au moment où on parlait de vos étouffements d'un autre genre », me disait Albertine en arrivant à la gare de Douville où nous reprenions le petit chemin de fer pour le retour. Mais ce retour, de même que l'aller, si, en me donnant quelque impression de poésie, il réveillait en moi le désir de faire des voyages, de mener une vie nouvelle, et me faisait par là souhaiter d'abandonner tout projet de mariage avec Albertine, et même de rompre définitivement nos relations, me rendait aussi, et à cause même de leur nature contradictoire, cette rupture plus facile. Car, au retour aussi bien qu'à l'aller, à chaque station montaient avec nous ou nous disaient bonjour du quai des gens de connaissance ; sur les plaisirs furtifs de l'imagination dominaient ceux, continuels, de la sociabilité, qui sont si apaisants, si endormeurs. Déjà, avant les stations elles-mêmes, leurs noms (qui m'avaient tant fait rêver depuis le jour où je les avais entendus, le premier soir où j'avais voyagé avec ma grand'mère) s'étaient humanisés, avaient perdu leur singularité depuis le soir où Brichot, à la prière d'Albertine, nous en avait plus complètement expliqué les étymologies. J'avais trouvé charmant la fleur qui terminait certains noms, comme Fiquefleur, Honfleur, Flers, Barfleur, Harfleur, etc., et amusant le bœuf qu'il y a à la fin de Bricquebœuf. Mais la fleur disparut, et aussi le bœuf, quand Brichot (et cela, il me l'avait dit le premier jour dans le train) nous apprit que « fleur » veut dire « port » (comme *fiord*) et que « bœuf », en normand *budh*, signifie « cabane ». Comme il citait plusieurs exemples, ce qui m'avait paru particulier se généralisait : Bricquebœuf allait rejoindre Elbeuf, et même, dans un nom au premier abord aussi individuel que le lieu, comme le nom de Pennedepie, où les étrangetés les plus impossibles à élucider par la raison me semblaient amalgamées depuis un temps immémorial en un vocable vilain, savoureux et durci comme certain fromage normand, je fus désolé de retrouver le *pen* gaulois qui signifie « montagne » et se retrouve aussi bien dans Penmarch que dans les Apennins. Comme, à chaque arrêt du train, je sentais que nous aurions des mains amies à serrer, sinon des visites à recevoir, je disais à Albertine : « Dépêchez-vous de demander à Brichot les noms que vous voulez savoir. Vous m'aviez parlé de Marcouville l'Orgueilleuse. — Oui, j'aime beaucoup cet orgueil, c'est un village fier, dit Albertine. — Vous le trouveriez, répondit Brichot, plus fier encore si, au lieu de sa forme française ou même de basse latinité, telle qu'on la trouve dans le cartulaire de l'évêque de Bayeux, *Marcouvilla superba*, vous preniez la forme plus ancienne, plus voisine du normand *Marculphivilla superba*, le village, le domaine de Merculph. Dans presque tous ces noms qui se terminent en *ville*, vous pourriez voir encore dressé sur cette côte, le fantôme des rudes envahisseurs normands. A Harambouville, vous n'avez eu, debout à la portière du wagon, que notre excellent docteur qui, évidemment, n'a rien d'un chef norois. Mais en fermant les yeux vous pourriez voir l'illustre Herimund (*Herimundivilla*). Bien que, je ne sais pourquoi, on aille sur ces routes-ci, comprises entre Loigny et Balbec-Plage, plutôt que sur celles, fort pittoresques, qui conduisent de Loigny au vieux Balbec, Mme Verdurin vous a peut-être promenés de ce côté-là en voiture. Alors vous avez vu Incarville ou village de Wiscar, et Tourville, avant d'arriver chez Mme Verdurin, c'est le village de Turold. D'ailleurs il n'y eut pas que des Normands. Il semble que des Allemands soient venus jusqu'ici (Aumenancourt, *Ale-*

manicurtis) ; ne le disons pas à ce jeune officier que j'aper-
çois ; il serait capable de ne plus vouloir aller chez ses
cousins. Il y eut aussi des Saxons, comme en témoigne
la fontaine de Sissonne (un des buts de promenade
favoris de Mme Verdurin et à juste titre), aussi bien qu'en
Angleterre le Middlesex, le Wessex. Chose inexplicable,
il semble que des Goths, des « gueux » comme on disait,
soient venus jusqu'ici, et même les Maures, car Mor-
tagne vient de *Mauretania*. La trace en est restée à
Gourville (*Gothorumvilla*). Quelque vestige des Latins
subsiste d'ailleurs aussi, Lagny (*Latiniacum*). — Moi je
demande l'explication de Thorpehomme, dit M. de
Charlus. Je comprends « homme », ajouta-t-il, tandis que
le sculpteur et Cottard échangeaient un regard d'intelligence. Mais Thorph ? — « Homme » ne signifie nullement ce que vous êtes naturellement porté à croire,
baron, répondit Brichot, en regardant malicieusement
Cottard et le sculpteur. « Homme » n'a rien à voir ici
avec le sexe auquel je ne dois pas ma mère. « Homme »
c'est *Holm*, qui signifie « îlot », etc. Quant à *Thorph*, ou
« village », on le retrouve dans cent mots dont j'ai déjà
ennuyé notre jeune ami. Ainsi dans Thorpehomme il
n'y a pas de nom de chef normand, mais des mots de la
langue normande. Vous voyez comme tout ce pays a été
germanisé. — Je crois qu'il exagère, dit M. de Charlus.
J'ai été hier à Orgeville. — Cette fois-ci je vous rends
l'homme que je vous avais ôté dans Thorpehomme, baron.
Soit dit sans pédantisme, une charte de Robert Ier nous
donne pour Orgeville *Otgervilla*, le domaine d'Otger.
Tous ces noms sont ceux d'anciens seigneurs. Octeville
la Venelle est pour l'Avenel. Les Avenel étaient une
famille connue au Moyen Age. Bourguenolles, où
Mme Verdurin nous a emmenés l'autre jour, s'écrivait
« Bourg de Môles », car ce village appartint, au XIe siècle,
à Baudoin de Môles, ainsi que la Chaise-Baudoin ; mais
vous voici à Doncières. — Mon Dieu, que de lieutenants
vont essayer de monter ! dit M. de Charlus, avec un
effroi simulé. Je le dis pour vous, car moi cela ne me

gêne pas, puisque je descends. — Vous entendez,
docteur ? dit Brichot. Le baron a peur que des officiers
ne lui passent sur le corps. Et pourtant, ils sont dans leur
rôle en se trouvant massés ici, car Doncières, c'est
exactement Saint-Cyr, *Dominus Cyriacus*. Il y a beaucoup
de noms de villes où *sanctus* et *sancta* sont remplacés par
dominus et par *domina*. Du reste, cette ville calme et
militaire a parfois de faux airs de Saint-Cyr, de Versailles, et même de Fontainebleau. »

Pendant ces retours (comme à l'aller), je disais à Albertine de se vêtir, car je savais bien qu'à Amenoncourt,
à Doncières, à Épreville, à Saint-Vast, nous aurions de
courtes visites à recevoir. Elles ne m'étaient d'ailleurs
pas désagréables, que ce fût, à Hermenonville (le domaine d'Herimund), celle de M. de Chevregny, profitant de ce qu'il était venu chercher des invités pour me
demander de venir le lendemain déjeuner à Montsurvent, ou, à Doncières, la brusque invasion d'un des
charmants amis de Saint-Loup envoyé par lui (s'il n'était
pas libre) pour me transmettre une invitation du capitaine de Borodino, du mess des officiers au Coq Hardi,
ou des sous-officiers au Faisan Doré, Saint-Loup venait
souvent lui-même, et pendant tout le temps qu'il était
là, sans qu'on pût s'en apercevoir, je tenais Albertine
prisonnière sous mon regard, d'ailleurs inutilement vigi-
lant. Une fois pourtant j'interrompis ma garde. Comme il
y avait un long arrêt, Bloch, nous ayant salués, se sauva
presque aussitôt pour rejoindre son père, lequel venait
d'hériter de son oncle, et ayant loué un château qui s'appelait la Commanderie, trouvait grand seigneur de ne
circuler qu'en une chaise de poste, avec des postillons en
livrée. Bloch, me pria de l'accompagner jusqu'à la
voiture. « Mais hâte-toi, car ces quadrupèdes sont im-
patients ; viens, homme cher aux dieux, tu feras plaisir
à mon père. » Mais je souffrais trop de laisser Albertine
dans le train avec Saint-Loup, ils auraient pu, pendant
que j'avais le dos tourné, se parler, aller dans un autre
wagon, se sourire, se toucher ; mon regard adhérant à

Albertine ne pouvait se détacher d'elle tant que Saint-Loup serait là. Or je vis très bien que Bloch, qui m'avait demandé comme un service d'aller dire bonjour à son père, d'abord trouva peu gentil que je le lui refusasse quand rien ne m'en empêchait, les employés ayant prévenu que le train resterait encore au moins un quart d'heure en gare, et que presque tous les voyageurs, sans lesquels il ne repartirait pas, étaient descendus ; et ensuite ne douta pas que ce fût parce que décidément — ma conduite en cette occasion lui était une réponse décisive — j'étais snob. Car il n'ignorait pas le nom des personnes avec qui je me trouvais. En effet, M. de Charlus m'avait dit, quelque temps auparavant et sans se souvenir ou se soucier que cela eût jadis été fait, pour se rapprocher de lui : « Mais présentez-moi donc votre ami, ce que vous faites est un manque de respect pour moi », et il avait causé avec Bloch, qui avait paru lui plaire extrêmement au point qu'il l'avait gratifié d'un « j'espère vous revoir ». « Alors c'est irrévocable, tu ne veux pas faire ces cent mètres pour dire bonjour à mon père, à qui ça ferait tant de plaisir ? » me dit Bloch. J'étais malheureux d'avoir l'air de manquer à la bonne camaraderie, plus encore de la cause pour laquelle Bloch croyait que j'y manquais, et de sentir qu'il s'imaginait que je n'étais pas le même avec mes amis bourgeois quand il y avait des gens « nés ». De ce jour il cessa de me témoigner la même amitié, et, ce qui m'était plus pénible, n'eut plus pour mon caractère la même estime. Mais pour le détromper sur le motif qui m'avait fait rester dans le wagon, il m'eût fallu lui dire quelque chose — à savoir que j'étais jaloux d'Albertine — qui m'eût été encore plus doulou-reux que de le laisser croire que j'étais stupidement mondain. C'est ainsi que, théoriquement, on trouve qu'on devrait toujours s'expliquer franchement, éviter les malen-tendus. Mais bien souvent la vie les combine de telle manière que pour les dissiper, dans les rares circonstances où ce serait possible, il faudrait révéler ou bien — ce qui n'est pas le cas ici — quelque chose qui froisserait encore plus notre ami que le tort imaginaire qu'il nous impute, ou un secret dont la divulgation — et c'était ce qui venait de m'arriver — nous paraît pire encore que le malentendu. Et d'ailleurs, même sans expliquer à Bloch, puisque je ne le pouvais pas, la raison pour laquelle je ne l'avais pas accompagné, si je l'avais prié de ne pas être froissé je n'aurais fait que redoubler ce froissement en montrant que je m'en étais aperçu. Il n'y avait rien à faire qu'à s'incliner devant ce *fatum* qui avait voulu que la présence d'Albertine m'empêchât de le reconduire et qu'il pût croire que c'était au contraire celle de gens brillants, laquelle, l'eussent-ils été cent fois plus, n'aurait eu pour effet que de me faire occuper exclusivement de Bloch et réserver pour lui toute ma politesse. Il suffit, de la sorte, qu'accidentellement, absurdement, un incident (ici la mise en présence d'Albertine et de Saint-Loup) s'interpose entre deux destinées dont les lignes convergeaient l'une vers l'autre pour qu'elles soient déviées, s'écartent de plus en plus et ne se rapprochent jamais. Et il y a des amitiés plus belles que celle de Bloch pour moi, qui se sont trouvées détruites, sans que l'auteur involontaire de la brouille ait jamais pu expliquer au brouillé ce qui sans doute eût guéri son amour-propre et ramené sa sympathie fuyante.

Amitiés plus belles que celle de Bloch ne serait pas, du reste, beaucoup dire. Il avait tous les défauts qui me déplaisaient le plus. Ma tendresse pour Albertine se trouvait, par accident, les rendre tout à fait insupportables. Ainsi, dans ce simple moment où je causai avec lui tout en surveillant Robert de l'œil, Bloch me dit qu'il avait déjeuné chez Mme Bontemps et que chacun avait parlé de moi avec les plus grands éloges jusqu'au « déclin d'Hélios ». « Bon, pensai-je, comme Mme Bontemps croit Bloch un génie, le suffrage enthousiaste qu'il m'aura accordé fera plus que ce que tous les autres ont pu dire, cela reviendra à Albertine. D'un jour à l'autre elle ne peut manquer d'apprendre, et cela m'étonne que sa tante ne lui ait pas déjà redit, que je suis un homme

« supérieur ». « Oui, ajouta Bloch, tout le monde a fait
ton éloge. Moi seul j'ai gardé un silence aussi profond
que si j'eusse absorbé, au lieu du repas, d'ailleurs médiocre, qu'on nous servait, des pavots, chers au bienheureux frère de Tanathos et de Léthé, le divin Hypnos, qui
enveloppe de doux liens le corps et la langue. Ce n'est
pas que je t'admire moins que la bande de chiens avides
avec lesquels on m'avait invité. Mais moi, je t'admire
parce que je te comprends, et eux t'admirent sans te
comprendre. Pour bien dire, je t'admire trop pour parler
de toi ainsi en public, cela m'eût semblé une profanation
de louer à haute voix ce que je porte au plus profond
de mon cœur. On eut beau me questionner à ton sujet,
une Pudeur sacrée, fille du Kroniôn, me fit rester muet. »
Je n'eus pas le mauvais goût de paraître mécontent,
mais cette Pudeur-là me sembla apparentée — beaucoup
plus qu'au Kroniôn — à la pudeur qui empêche un critique qui vous admire de parler de vous parce que le
temple secret où vous trônez serait envahi par la tourbe
des lecteurs ignares et des journalistes ; à la pudeur de
l'homme d'État qui ne vous décore pas pour que vous
ne soyez pas confondu au milieu de gens qui ne vous
valent pas ; à la pudeur de l'académicien qui ne vote pas
pour vous, afin de vous épargner la honte d'être le
collègue de X... qui n'a pas de talent ; à la pudeur
enfin, plus respectable et plus criminelle pourtant, des
fils qui nous prient de ne pas écrire sur leur père défunt
qui fut plein de mérites, afin d'assurer le silence et le
repos, d'empêcher qu'on entretienne la vie et qu'on crée
de la gloire autour du pauvre mort, qui préférerait son
nom prononcé par les bouches des hommes aux couronnes, fort pieusement portées, d'ailleurs, sur son tombeau.

Si Bloch, tout en me désolant en ne pouvant comprendre
la raison qui m'empêchait d'aller saluer son père, m'avait
exaspéré en m'avouant qu'il m'avait déconsidéré chez
Mᵐᵉ Bontemps (je comprenais maintenant pourquoi
Albertine ne m'avait jamais fait allusion à ce déjeuner
et restait silencieuse quand je lui parlais de l'affection

de Bloch pour moi), le jeune Israélite avait produit
sur M. de Charlus une impression tout autre que l'agacement.

Certes, Bloch croyait maintenant que non seulement
je ne pouvais rester une seconde loin de gens élégants,
mais que, jaloux des avances qu'ils avaient pu lui faire
(comme M. de Charlus), je tâchais de mettre des bâtons
dans les roues et de l'empêcher de se lier avec eux ; mais
de son côté le baron regrettait de n'avoir pas vu davantage mon camarade. Selon son habitude, il se garda de le
montrer. Il commença par me poser, sans en avoir l'air,
quelques questions sur Bloch, mais d'un ton si noncha-
lant, avec un intérêt qui semblait tellement simulé,
qu'on n'aurait pas cru qu'il entendait les réponses. D'un
air de détachement, sur une mélopée qui exprimait plus
que l'indifférence, la distraction, et comme par simple
politesse pour moi : « Il a l'air intelligent, il a dit qu'il
écrivait, a-t-il du talent ? » Je dis à M. de Charlus qu'il
avait été bien aimable de lui dire qu'il espérait le revoir.
Pas un mouvement ne révéla chez le baron qu'il eût
entendu ma phrase, et comme je la répétai quatre fois
sans avoir de réponse, je finis par douter si je n'avais pas
été le jouet d'un mirage acoustique quand j'avais cru
entendre ce que M. de Charlus avait dit. « Il habite
Balbec ? » chantonna le baron, d'un air si peu questionneur qu'il est fâcheux que la langue française ne possède
pas un signe autre que le point d'interrogation pour
terminer ces phrases apparemment si peu interrogatives.
Il est vrai que ce signe ne servirait guère que pour M. de
Charlus. « Non, ils ont loué près d'ici "la Commanderie". »
Ayant appris ce qu'il désirait, M. de Charlus feignit de
mépriser Bloch. « Quelle horreur ! s'écria-t-il, en rendant
à sa voix toute sa vigueur claironnante. Toutes les localités ou propriétés appelées " la Commanderie " ont été
bâties ou possédées par les Chevaliers de l'Ordre de
Malte (dont je suis), comme les lieux dits le " Temple "
ou " la Cavalerie " par les Templiers. J'habiterais la
Commanderie que rien ne serait plus naturel. Mais un

Juif! Du reste, cela ne m'étonne pas ; cela tient à un curieux goût du sacrilège, particulier à cette race. Dès qu'un Juif a assez d'argent pour acheter un château, il en choisit toujours un qui s'appelle le Prieuré, l'Abbaye, le Monastère, la Maison-Dieu. J'ai eu affaire à un fonctionnaire juif, devinez où il résidait ? à Pont-l'Évêque. Mis en disgrâce, il se fit envoyer en Bretagne, à Pont-l'Abbé. Quand on donne, dans la Semaine Sainte, ces indécents spectacles qu'on appelle *la Passion*, la moitié de la salle est remplie de Juifs, exultant à la pensée qu'ils vont mettre une seconde fois le Christ sur la Croix, au moins en effigie. Au concert Lamoureux, j'avais pour voisin, un jour, un riche banquier juif. On joua *l'Enfance du Christ*, de Berlioz, il était consterné. Mais il retrouva bientôt l'expression de béatitude qui lui est habituelle en entendant *l'Enchantement du Vendredi-Saint.* Votre ami habite la Commanderie, le malheureux! Quel sadisme! Vous m'indiquerez le chemin, ajouta-t-il en reprenant l'air d'indifférence, pour que j'aille un jour voir comment nos antiques domaines supportent une pareille profanation. C'est malheureux, car il est poli, il semble fin. Il ne lui manquerait plus que de demeurer à Paris, rue du Temple! » M. de Charlus avait l'air, par ces mots, de vouloir seulement trouver, à l'appui de sa théorie, un nouvel exemple ; mais il me posait en réalité une question à deux fins, dont la principale était de savoir l'adresse de Bloch. « En effet, fit remarquer Brichot, la rue du Temple s'appelait rue de la Chevalerie-du-Temple. Et à ce propos, me permettez-vous une remarque, baron ? dit l'universitaire. — Quoi ? Qu'est-ce que c'est ? dit sèchement M. de Charlus, que cette observation empêchait d'avoir son renseignement. — Non, rien, répondit Brichot intimidé. C'était à propos de l'étymologie de Balbec qu'on m'avait demandée. La rue du Temple s'appelait autrefois la rue Barre-du-Bec, parce que l'Abbaye du Bec, en Normandie, avait là à Paris sa barre de justice. » M. de Charlus ne répondit rien et fit semblant de ne pas avoir entendu, ce qui était

chez lui une des formes de l'insolence. « Où votre ami
demeure-t-il à Paris ? Comme les trois quarts des rues
tirent leur nom d'une église ou d'une abbaye, il y a
chance pour que le sacrilège continue. On ne peut pas
empêcher des Juifs de demeurer boulevard de la Made-
leine, faubourg Saint-Honoré ou place Saint-Augustin.
Tant qu'ils ne raffinent pas par perfidie, en élisant domicile place du Parvis-Notre-Dame, quai de l'Archevêché,
rue Chanoinesse, ou rue de l'Ave-Maria, il faut leur tenir
compte des difficultés. » Nous ne pûmes renseigner M. de
Charlus, l'adresse actuelle de Bloch nous étant inconnue.
Mais je savais que les bureaux de son père étaient rue des
Blancs-Manteaux. « Oh ! quel comble de perversité,
s'écria M. de Charlus, en paraissant trouver, dans son
propre cri d'ironique indignation, une satisfaction profonde. Rue des Blancs-Manteaux, répéta-t-il en pressu-
rant chaque syllabe et en riant. Quel sacrilège ! Pensez
que ces Blancs-Manteaux pollués par M. Bloch étaient
ceux des frères mendiants, dits serfs de la Sainte-Vierge,
que saint Louis établit là. Et la rue a toujours été à des
ordres religieux. La profanation est d'autant plus diabolique qu'à deux pas de la rue des Blancs-Manteaux, il y
a une rue, dont le nom m'échappe, et qui est tout entière
concédée aux Juifs ; il y a des caractères hébreux sur les
boutiques, des fabriques de pains azymes, des boucheries
juives, c'est tout à fait la *Judengasse* de Paris. C'est là
que M. Bloch aurait dû demeurer. Naturellement,
reprit-il sur un ton assez emphatique et fier et, pour
tenir des propos esthétiques, donnant, par une réponse
que lui adressait malgré lui son hérédité, un air de vieux
mousquetaire Louis XIII à son visage redressé en arrière,
je ne m'occupe de tout cela qu'au point de vue de l'art.
La politique n'est pas de mon ressort et je ne peux pas
condamner en bloc, puisque Bloch il y a, une nation
qui compte Spinoza parmi ses enfants illustres. Et
j'admire trop Rembrandt pour ne pas savoir la beauté
qu'on peut tirer de la fréquentation de la synagogue.
Mais enfin un ghetto est d'autant plus beau qu'il est plus

homogène et plus complet. Soyez sûr, du reste, tant
l'instinct pratique et la cupidité se mêlent chez ce peuple
au sadisme, que la proximité de la rue hébraïque dont je
vous parle, la commodité d'avoir sous la main les boucheries d'Israël a fait choisir à votre ami la rue des Blancs-
Manteaux. Comme c'est curieux! C'est, du reste, par là
que demeurait un étrange Juif qui avait fait bouillir
des hosties, après quoi je pense qu'on le fit bouillir lui-
même, ce qui est plus étrange encore puisque cela a
l'air de signifier que le corps d'un Juif peut valoir autant
que le corps du Bon Dieu. Peut-être pourrait-on arranger
quelque chose avec votre ami pour qu'il nous mène voir
l'église des Blancs-Manteaux. Pensez que c'est là qu'on
déposa le corps de Louis d'Orléans après son assassinat
par Jean sans Peur, lequel malheureusement ne nous a
pas délivrés des Orléans. Je suis, d'ailleurs, personnellement très bien avec mon cousin le duc de Chartres, mais
enfin c'est une race d'usurpateurs, qui a fait assassiner
Louis XVI, dépouiller Charles X et Henri V. Ils ont, du
reste, de qui tenir, ayant pour ancêtres Monsieur, qu'on
appelait sans doute ainsi parce que c'était la plus étonnante des vieilles dames, et le Régent et le reste. Quelle
famille! » Ce discours antijuif ou prohébreu — selon
qu'on s'attachera à l'extérieur des phrases ou aux intentions qu'elles recelaient — avait été comiquement
coupé, pour moi, par une phrase que Morel me chuchota
et qui avait désespéré M. de Charlus. Morel, qui n'avait
pas été sans s'apercevoir de l'impression que Bloch
avait produite, me remerciait à l'oreille de l'avoir « expé-
dié », ajoutant cyniquement : « Il aurait voulu rester.
tout ça c'est la jalousie, il voudrait me prendre ma place
C'est bien d'un youpin! » « On aurait pu profiter de cet
arrêt, qui se prolonge, pour demander quelques explications rituelles à votre ami. Est-ce que vous ne pourriez
pas le rattraper? me demanda M. de Charlus, avec
l'anxiété du doute. — Non, c'est impossible, il est parti
en voiture et d'ailleurs fâché avec moi. — Merci, merci,
me souffla Morel. — La raison est absurde, on peut

toujours rejoindre une voiture, rien ne vous empêcherait de prendre une auto », répondit M. de Charlus, en homme habitué à ce que tout pliât devant lui. Mais remarquant mon silence : « Quelle est cette voiture plus ou moins imaginaire ? me dit-il avec insolence et un dernier espoir. — C'est une chaise de poste ouverte et qui doit être déjà arrivée à la Commanderie. » Devant l'impossible, M. de Charlus se résigna et affecta de plaisanter. « Je comprends qu'ils aient reculé devant le coupé superfétatoire. Ç'aurait été un recoupé. » Enfin on fut avisé que le train repartait et Saint-Loup nous quitta. Mais ce jour fut le seul où, en montant dans notre wagon, il me fit, à son insu, souffrir par la pensée que j'eus un instant de le laisser avec Albertine pour accompagner Bloch. Les autres fois sa présence ne me tortura pas. Car d'elle-même Albertine, pour m'éviter toute inquiétude, se plaçait, sous un prétexte quelconque, de telle façon qu'elle n'aurait pas, même involontairement, frôlé Robert, presque trop loin pour avoir même à lui tendre la main ; détournant de lui les yeux, elle se mettait, dès qu'il était là, à causer ostensiblement et presque avec affectation avec l'un quelconque des autres voyageurs, continuant ce jeu jusqu'à ce que Saint-Loup fût parti. De la sorte, les visites qu'il nous faisait à Doncières ne me causant aucune souffrance, même aucune gêne, ne mettaient pas une exception parmi les autres qui toutes m'étaient agréables, en m'apportant en quelque sorte l'hommage et l'invitation de cette terre. Déjà, dès la fin de l'été, dans notre trajet de Balbec à Douville, quand j'apercevais au loin cette station de Saint-Pierre-des-Ifs, où le soir, pendant un instant, la crête des falaises scintillait toute rose, comme au soleil couchant la neige d'une montagne, elle ne me faisait plus penser (je ne dis pas même à la tristesse que la vue de son étrange relèvement soudain m'avait causée le premier soir en me donnant si grande envie de reprendre le train pour Paris au lieu de continuer jusqu'à Balbec) au spectacle que, le matin, on pouvait avoir de là, m'avait dit Elstir, à l'heure qui

précède le soleil levé, où toutes les couleurs de l'arc-en-
ciel se réfractent sur les rochers, et où tant de fois il
avait réveillé le petit garçon qui, une année, lui avait
servi de modèle pour le peindre tout nu, sur le sable.
Le nom de Saint-Pierre-des-Ifs m'annonçait seulement
qu'allait apparaître un quinquagénaire étrange, spirituel
et fardé, avec qui je pourrais parler de Chateaubriand
et de Balzac. Et maintenant, dans les brumes du soir,
derrière cette falaise d'Incarville qui m'avait tant fait
rêver autrefois, ce que je voyais, comme si son grès antique était devenu transparent, c'était la belle maison
d'un oncle de M. de Cambremer et dans laquelle je
savais qu'on serait toujours content de me recueillir
si je ne voulais pas dîner à la Raspelière ou rentrer à
Balbec. Ainsi ce n'était pas seulement les noms des
lieux de ce pays qui avaient perdu leur mystère du début,
mais ces lieux eux-mêmes. Les noms, déjà vidés à demi
d'un mystère que l'étymologie avait remplacé par le
raisonnement, étaient encore descendus d'un degré.
Dans nos retours à Hermenonville, à Saint-Vast, à
Harambouville, au moment où le train s'arrêtait, nous
apercevions des ombres que nous ne reconnaissions
pas d'abord et que Brichot, qui n'y voyait goutte, aurait
peut-être pu prendre dans la nuit pour les fantômes
d'Hérimund, de Wiscar, et d'Herimbald. Mais elles
approchaient du wagon. C'était simplement M. de
Cambremer, tout à fait brouillé avec les Verdurin, qui
reconduisait des invités et qui, de la part de sa mère
et de sa femme, venait me demander si je ne voulais pas
qu'il « m'enlevât » pour me garder quelques jours à
Féterne où allaient se succéder une excellente musicienne
qui me chanterait tout Gluck et un joueur d'échecs
réputé avec qui je ferais d'excellentes parties qui ne
feraient pas tort à celles de pêche et de yachting dans la
baie, ni même aux dîners Verdurin, pour lesquels le
marquis s'engageait sur l'honneur à me « prêter », en me
faisant conduire et rechercher pour plus de facilité,
et de sûreté aussi. « Mais je ne peux pas croire que ce soit

bon pour vous d'aller si haut. Je sais que ma sœur ne pourrait pas le supporter. Elle reviendrait dans un état! Elle n'est, du reste, pas très bien fichue en ce moment... Vraiment, vous avez eu une crise si forte! Demain vous ne pourrez pas vous tenir debout! » Et il se tordait, non par méchanceté, mais pour la même raison qu'il ne pouvait sans rire voir dans la rue un boiteux qui s'étalait, ou causer avec un sourd. « Et avant? Comment, vous n'en avez pas eu depuis quinze jours? Savez-vous que c'est très beau! Vraiment vous devriez venir vous installer à Féterne, vous causeriez de vos étouffements avec ma sœur. » A Incarville c'était le marquis de Montpeyroux qui, n'ayant pas pu aller à Féterne, car il s'était absenté pour la chasse, était venu « au train », en bottes et le chapeau orné d'une plume de faisan, serrer la main des partants et à moi par la même occasion, en m'annonçant, pour le jour de la semaine qui ne me gênerait pas, la visite de son fils, qu'il me remerciait de recevoir et qu'il serait très heureux que je fisse un peu lire; ou bien M. de Crécy, venu faire sa digestion, disait-il, fumant sa pipe, acceptant un ou même plusieurs cigares, et qui me disait : « Hé bien! vous ne me dites pas de jour pour notre prochaine réunion à la Lucullus? Nous n'avons rien à nous dire? permettez-moi de vous rappeler que nous avons laissé en train la question des deux familles de Montgommery. Il faut que nous finissions cela. Je compte sur vous. » D'autres étaient venus seulement acheter leurs journaux. Et aussi beaucoup faisaient la causette avec nous, que j'ai toujours soupçonnés ne s'être trouvés sur le quai, à la station la plus proche de leur petit château, que parce qu'ils n'avaient rien d'autre à faire que de retrouver un moment des gens de connaissance. Un cadre de vie mondaine comme un autre, en somme, que ces arrêts du petit chemin de fer. Lui-même semblait avoir conscience de ce rôle qui lui était dévolu, avait contracté quelque amabilité humaine : patient, d'un caractère docile, il attendait aussi longtemps qu'on voulait les retardataires, et, même une fois parti,

s'arrêtait pour recueillir ceux qui lui faisaient signe ;
ils couraient alors après lui en soufflant, en quoi ils lui
ressemblaient, mais différaient de lui en ce qu'ils le
rattrapaient à toute vitesse, alors que lui n'usait que
d'une sage lenteur. Ainsi Hermenonville, Harambouville,
Incarville, ne m'évoquaient même plus les farouches
grandeurs de la conquête normande, non contents de
s'être entièrement dépouillés de la tristesse inexplicable
où je les avais vus baigner jadis dans l'humidité du soir.
Doncières ! Pour moi, même après l'avoir connu et
m'être éveillé de mon rêve, combien il était resté longtemps, dans ce nom, des rues agréablement glaciales,
des vitrines éclairées, des succulentes volailles ! Doncières !
Maintenant ce n'était plus que la station où montait
Morel ; Égleville (*Aquilaevilla*) ; celle où nous attendait
généralement la princesse Sherbatoff ; Maineville, la
station où descendait Albertine les soirs de beau temps,
quand, n'étant pas trop fatiguée, elle avait envie de prolonger encore un moment avec moi, n'ayant, par un raidil-
lon, guère plus à marcher que si elle était descendue à
Parville (*Paterni villa*). Non seulement je n'éprouvais
plus la crainte anxieuse d'isolement qui m'avait étreint
le premier soir, mais je n'avais plus à craindre qu'elle
se réveillât, ni de me sentir dépaysé ou de me trouver
seul sur cette terre productive non seulement de châtaigniers et de tamaris, mais d'amitiés qui tout le long
du parcours formaient une longue chaîne, interrompue
comme celle des collines bleuâtres, cachées parfois dans
l'anfractuosité du roc ou derrière les tilleuls de l'avenue,
mais déléguant à chaque relais un aimable gentilhomme
qui venait, d'une poignée de main cordiale, interrompre
ma route, m'empêcher d'en sentir la longueur, m'offrir
au besoin de la continuer avec moi. Un autre serait à la
gare suivante, si bien que le sifflet du petit train ne nous
faisait quitter un ami que pour nous permettre d'en
retrouver d'autres. Entre les châteaux les moins rapprochés et le chemin de fer qui les côtoyait presque au pas
d'une personne qui marche vite, la distance était si

faible qu'au moment où, sur le quai, devant la salle
d'attente, nous interpellaient leurs propriétaires, nous
aurions presque pu croire qu'ils le faisaient du seuil de
leur porte, de la fenêtre de leur chambre, comme si la
petite voie départementale n'avait été qu'une rue de
province et la gentilhommière isolée qu'un hôtel cita-
din ; et même aux rares stations où je n'entendais le
« bonsoir » de personne, le silence avait une plénitude
nourricière et calmante, parce que je le savais formé du
sommeil d'amis couchés tôt dans le manoir proche, où
mon arrivée eût été saluée avec joie si j'avais eu à les
réveiller pour leur demander quelque service d'hospitalité. Outre que l'habitude remplit tellement notre
temps qu'il ne nous reste plus, au bout de quelques mois,
un instant de libre dans une ville où, à l'arrivée, la journée
nous offrait la disponibilité de ses douze heures, si une
par hasard était devenue vacante, je n'aurais plus eu
l'idée de l'employer à voir quelque église pour laquelle
j'étais jadis venu à Balbec, ni même à confronter un site
peint par Elstir avec l'esquisse que j'en avais vue chez
lui, mais à aller faire une partie d'échecs de plus chez M.
Féré. C'était, en effet, la dégradante influence, comme le
charme aussi, qu'avait eus ce pays de Balbec de devenir
pour moi un vrai pays de connaissances ; si sa répartition
territoriale, son ensemencement extensif, tout le long
de la côte, en cultures diverses, donnaient forcément aux
visites que je faisais à ces différents amis la forme du
voyage, ils restreignaient aussi le voyage à n'avoir plus
que l'agrément social d'une suite de visites. Les mêmes
noms de lieux, si troublants pour moi jadis que le simple
Annuaire des Châteaux, feuilleté au chapitre du département de la Manche, me causait autant d'émotion que
l'Indicateur des chemins de fer, m'étaient devenus si
familiers que cet indicateur même, j'aurais pu le consulter,
à la page Balbec-Douville par Doncières, avec la même
heureuse tranquillité qu'un dictionnaire d'adresses.
Dans cette vallée trop sociale, aux flancs de laquelle je
sentais accrochée, visible ou non, une compagnie d'amis

nombreux, le poétique cri du soir n'était plus celui de
la chouette ou de la grenouille, mais le « Comment
va ? » de M. de Criquetot ou le « Khairé! » de Brichot.
L'atmosphère n'y éveillait plus d'angoisses, et, chargée
d'effluves purement humains, y était aisément respi-
rable, trop calmante même. Le bénéfice que j'en tirais,
au moins, était de ne plus voir les choses qu'au point de
vue pratique. Le mariage avec Albertine m'apparaissait
comme une folie.

CHAPITRE IV

*Brusque revirement vers Albertine. – Désolation au lever
du soleil. – Je pars immédiatement avec Albertine pour
Paris.*

Je n'attendais qu'une occasion pour la rupture définitive. Et, un soir, comme maman partait le lendemain pour
Combray, où elle allait assister dans sa dernière maladie
une sœur de sa mère, me laissant pour que je profitasse,
comme grand'mère aurait voulu, de l'air de la mer, je lui
avais annoncé qu'irrévocablement j'étais décidé à ne pas
épouser Albertine et allais cesser prochainement de la
voir. J'étais content d'avoir pu, par ces mots, donner
satisfaction à ma mère la veille de son départ. Elle ne
m'avait pas caché que c'en avait été, en effet, une très
vive pour elle. Il fallait aussi m'en expliquer avec Albertine. Comme je revenais avec elle de la Raspelière, les
fidèles étant descendus, tels à Saint-Mars-le-Vêtu, tels à
Saint-Pierre-des-Ifs, d'autres à Doncières, me sentant
particulièrement heureux et détaché d'elle, je m'étais
décidé, maintenant qu'il n'y avait plus que nous deux
dans le wagon, à aborder enfin cet entretien. La vérité,
d'ailleurs, est que celle des jeunes filles de Balbec que
j'aimais, bien qu'absente en ce moment ainsi que ses
amies, mais qui allait revenir (je me plaisais avec toutes,

parce que chacune avait pour moi, comme le premier jour,
quelque chose de l'essence des autres, était comme d'une
race à part), c'était Andrée. Puisqu'elle allait arriver de
nouveau, dans quelques jours, à Balbec, certes aussitôt
elle viendrait me voir, et alors, pour rester libre, ne pas
l'épouser si je ne voulais pas, pour pouvoir aller à Venise,
mais pourtant l'avoir d'ici là toute à moi, le moyen que je
prendrais ce serait de ne pas trop avoir l'air de venir à elle,
et dès son arrivée, quand nous causerions ensemble, je
lui dirais : « Quel dommage que je ne vous aie pas vue
quelques semaines plus tôt ! Je vous aurais aimée ; maintenant mon cœur est pris. Mais cela ne fait rien, nous nous
verrons souvent, car je suis triste de mon autre amour et
vous m'aiderez à me consoler. » Je souriais intérieurement
en pensant à cette conversation, car de cette façon je
donnerais à Andrée l'illusion que je ne l'aimais pas vraiment ; ainsi elle ne serait pas fatiguée de moi et je profiterais joyeusement et doucement de sa tendresse. Mais tout
cela ne faisait que rendre plus nécessaire de parler enfin
sérieusement à Albertine afin de ne pas agir indélicate-
ment, et puisque j'étais décidé à me consacrer à son amie,
il fallait qu'elle sût bien, elle, Albertine que je ne l'aimais
pas. Il fallait le lui dire tout de suite, Andrée pouvant
venir d'un jour à l'autre. Mais comme nous approchions
de Parville, je sentis que nous n'aurions pas le temps ce
soir-là et qu'il valait mieux remettre au lendemain ce qui
maintenant était irrévocablement résolu. Je me contentai
donc de parler avec elle du dîner que nous avions fait
chez les Verdurin. Au moment où elle remettait son
manteau, le train venant de quitter Incarville, dernière
station avant Parville, elle me dit : « Alors demain, re-
Verdurin, vous n'oubliez pas que c'est vous qui venez me
prendre. » Je ne pus m'empêcher de répondre assez
sèchement : « Oui, à moins que je ne "lâche", car je commence à trouver cette vie vraiment stupide. En tous cas,
si nous y allons, pour que mon temps à la Raspelière ne
soit pas du temps absolument perdu, il faudra que je
pense à demander à Mme Verdurin quelque chose qui

pourra m'intéresser beaucoup, être un objet d'études, et me donner du plaisir, car j'en ai vraiment bien peu cette année à Balbec. — Ce n'est pas aimable pour moi, mais je ne vous en veux pas, parce que je sens que vous êtes nerveux. Quel est ce plaisir ? — Que Mme Verdurin me fasse jouer des choses d'un musicien dont elle connaît très bien les œuvres. Moi aussi j'en connais une, mais il paraît qu'il y en a d'autres et j'aurais besoin de savoir si c'est édité, si cela diffère des premières. — Quel musicien ? — Ma petite chérie, quand je t'aurai dit qu'il s'appelle Vinteuil, en seras-tu beaucoup plus avancée ? » Nous pouvons avoir roulé toutes les idées possibles, la vérité n'y est jamais entrée, et c'est du dehors, quand on s'y attend le moins, qu'elle nous fait son affreuse piqûre et nous blesse pour toujours. « Vous ne savez pas comme vous m'amusez, me répondit Albertine en se levant, car le train allait s'arrêter. Non seulement cela me dit beaucoup plus que vous ne croyez, mais, même sans Mme Verdurin, je pourrai vous avoir tous les renseignements que vous voudrez. Vous vous rappelez que je vous ai parlé d'une amie plus âgée que moi, qui m'a servi de mère, de sœur, avec qui j'ai passé à Trieste mes meilleures années et que, d'ailleurs, je dois dans quelques semaines retrouver à Cherbourg, d'où nous voyagerons ensemble (c'est un peu baroque, mais vous savez comme j'aime la mer), hé bien! cette amie (oh! pas du tout le genre de femmes que vous pourriez croire!), regardez comme c'est extraordinaire, est justement la meilleure amie de la fille de ce Vinteuil, et je connais presque autant la fille de Vinteuil. Je ne les appelle jamais que mes deux grandes sœurs. Je ne suis pas fâchée de vous montrer que votre petite Albertine pourra vous être utile pour ces choses de musique, où vous dites, du reste avec raison, que je n'entends rien. » A ces mots prononcés comme nous entrions en gare de Parville, si loin de Combray et de Montjouvain, si longtemps après la mort de Vinteuil, une image s'agitait dans mon cœur, une image tenue en réserve pendant tant d'années que, même si j'avais pu deviner, en l'emmagasinant jadis,

qu'elle avait un pouvoir nocif, j'eusse cru qu'à la longue
elle l'avait entièrement perdu ; conservée vivante au fond
de moi — comme Oreste dont les Dieux avaient empêché
la mort pour qu'au jour désigné il revînt dans son pays
punir le meurtre d'Agamemnon — pour mon supplice,
pour mon châtiment, qui sait ? d'avoir laissé mourir ma
grand'mère ; peut-être surgissant tout à coup du fond de
la nuit où elle semblait à jamais ensevelie et frappant
comme un Vengeur, afin d'inaugurer pour moi une vie
terrible, méritée et nouvelle, peut-être aussi pour faire
éclater à mes yeux les funestes conséquences que les actes
mauvais engendrent indéfiniment, non pas seulement
pour ceux qui les ont commis, mais pour ceux qui n'ont
fait, qui n'ont cru, que contempler un spectacle curieux et
divertissant, comme moi, hélas! en cette fin de journée
lointaine à Montjouvain, caché derrière un buisson, où
(comme quand j'avais complaisamment écouté le récit
des amours de Swann) j'avais dangereusement laissé
s'élargir en moi la voie funeste et destinée à être douloureuse du Savoir. Et dans ce même temps, de ma plus
grande douleur j'eus un sentiment presque orgueilleux,
presque joyeux, celui d'un homme à qui le choc qu'il
aurait reçu aurait fait faire un bond tel qu'il serait parvenu
à un point où nul effort n'aurait pu le hisser. Albertine
amie de Mlle Vinteuil et de son amie, pratiquante professionnelle du saphisme, c'était, auprès de ce que j'avais
imaginé dans les plus grands doutes, ce qu'est au petit
acoustique de l'Exposition de 1889, dont on espérait à
peine qu'il pourrait aller du bout d'une maison à une
autre, les téléphones planant sur les rues, les villes,les
champs, les mers, reliant les pays. C'était une *terra inco-
gnita* terrible où je venais d'atterrir, une phase nouvelle
de souffrances insoupçonnées qui s'ouvrait. Et pourtant
ce déluge de la réalité qui nous submerge, s'il est énorme
auprès de nos timides et infimes suppositions, il était
pressenti par elles. C'est sans doute quelque chose comme
ce que je venais d'apprendre, c'était quelque chose comme
l'amitié d'Albertine et Mlle Vinteuil, quelque chose que

mon esprit n'aurait su inventer, mais que j'appréhendais
obscurément quand je m'inquiétais tant en voyant Albertine auprès d'Andrée. C'est souvent seulement par manque
d'esprit créateur qu'on ne va pas assez loin dans la
souffrance. Et la réalité la plus terrible donne, en même
temps que la souffrance, la joie d'une belle découverte,
parce qu'elle ne fait que donner une forme neuve et
claire à ce que nous remâchions depuis longtemps sans
nous en douter. Le train s'était arrêté à Parville, et comme
nous étions les seuls voyageurs qu'il y eût dedans, c'était
d'une voix amollie par le sentiment de l'inutilité de la
tâche, par la même habitude qui la lui faisait pourtant
remplir et lui inspirait à la fois l'exactitude et l'indolence,
et plus encore par l'envie de dormir, que l'employé cria :
« Parville! » Albertine, placée en face de moi et voyant
qu'elle était arrivée à destination, fit quelques pas du fond
du wagon où nous étions et ouvrit la portière. Mais ce
mouvement qu'elle accomplissait ainsi pour descendre
me déchirait intolérablement le cœur comme si, contrairement à la position indépendante de mon corps que, à
deux pas de lui, semblait occuper celui d'Albertine, cette
séparation spatiale, qu'un dessinateur véridique eût été
obligé de figurer entre nous, n'était qu'une apparence et
comme si, pour qui eût voulu, selon la réalité véritable,
redessiner les choses, il eût fallu placer maintenant Albertine, non pas à quelque distance de moi, mais en moi.
Elle me faisait si mal en s'éloignant que, la rattrapant, je
la tirai désespérément par le bras. « Est-ce qu'il serait
matériellement impossible, lui demandai-je, que vous
veniez coucher ce soir à Balbec ? — Matériellement, non.
Mais je tombe de sommeil. — Vous me rendriez un service immense... — Alors soit, quoique je ne comprenne
pas ; pourquoi ne l'avez-vous pas dit plus tôt ? Enfin je
reste. » Ma mère dormait quand, après avoir fait donner à
Albertine une chambre située à un autre étage, je rentrai
dans la mienne. Je m'assis près de la fenêtre, réprimant
mes sanglots pour que ma mère, qui n'était séparée de
moi que par une mince cloison, ne m'entendît pas. Je

n'avais même pas pensé à fermer les volets, car à un moment, levant les yeux, je vis, en face de moi, dans le ciel, cette même petite lueur d'un rouge éteint qu'on voyait au restaurant de Rivebelle dans une étude qu'Elstir avait faite d'un soleil couché. Je me rappelai l'exaltation que m'avait donnée, quand je l'avais aperçue du chemin de fer, le premier jour de mon arrivée à Balbec, cette même image d'un soir qui ne précédait pas la nuit, mais une nouvelle journée. Mais nulle journée maintenant ne serait plus pour moi nouvelle, n'éveillerait plus en moi le désir d'un bonheur inconnu, et prolongerait seulement mes souffrances, jusqu'à ce que je n'eusse plus la force de les supporter. La vérité de ce que Cottard m'avait dit au casino d'Incarville ne faisait plus de doute pour moi. Ce que j'avais redouté, vaguement soupçonné depuis longtemps d'Albertine, ce que mon instinct dégageait de tout son être, et ce que mes raisonnements dirigés par mon désir m'avaient peu à peu fait nier, c'était vrai! Derrière Albertine je ne voyais plus les montagnes bleues de la mer, mais la chambre de Montjouvain où elle tombait dans les bras de Mlle Vinteuil avec ce rire où elle faisait entendre comme le son inconnu de sa jouissance. Car, jolie comme était Albertine, comment Mlle Vinteuil, avec les goûts qu'elle avait, ne lui eût-elle pas demandé de les satisfaire? Et la preuve qu'Albertine n'en avait pas été choquée et avait consenti, c'est qu'elles ne s'étaient pas brouillées, mais que leur intimité n'avait pas cessé de grandir. Et ce mouvement gracieux d'Albertine posant son menton sur l'épaule de Rosemonde, la regardant en souriant et lui posant un baiser dans le cou, ce mouvement qui m'avait rappelé Mlle Vinteuil et pour l'interprétation duquel j'avais hésité pourtant à admettre qu'une même ligne tracée par un geste résultât forcément d'un même penchant, qui sait si Albertine ne l'avait pas tout simplement appris de Mlle Vinteuil? Peu à peu le ciel éteint s'allumait. Moi qui ne m'étais jusqu'ici jamais éveillé sans sourire aux choses les plus humbles, au bol de café au lait, au bruit de la pluie, au tonnerre du vent, je sentis que

le jour qui allait se lever dans un instant, et tous les jours
qui viendraient ensuite ne m'apporteraient plus jamais
l'espérance d'un bonheur inconnu, mais le prolongement
de mon martyre. Je tenais encore à la vie ; je savais que je
n'avais plus rien que de cruel à en attendre. Je courus à
l'ascenseur, malgré l'heure indue, sonner le lift qui
faisait fonction de veilleur de nuit, et je lui demandai
d'aller à la chambre d'Albertine, lui dire que j'avais quelque chose d'important à lui communiquer, si elle pourrait
me recevoir. « Mademoiselle aime mieux que ce soit elle
qui vienne, vint-il me répondre. Elle sera ici dans un
instant. » Et bientôt, en effet, Albertine entra en robe de
chambre. « Albertine, lui dis-je très bas et en lui recommandant de ne pas élever la voix pour ne pas éveiller ma
mère, de qui nous n'étions séparés que par cette cloison
dont la minceur aujourd'hui importune et qui forçait à
chuchoter, ressemblait jadis, quand s'y peignaient si bien
les intentions de ma grand'mère, à une sorte de diapha-
néité musicale, je suis honteux de vous déranger. Voici.
Pour que vous compreniez, il faut que je vous dise une
chose que vous ne savez pas. Quand je suis venu ici, j'ai
quitté une femme que j'ai dû épouser, qui était prête à
tout abandonner pour moi. Elle devait partir en voyage ce
matin, et depuis une semaine, tous les jours je me demandais si j'aurais le courage de ne pas lui télégraphier que je
revenais. J'ai eu ce courage, mais j'étais si malheureux
que j'ai cru que je me tuerais. C'est pour cela que je vous
ai demandé hier soir si vous ne pourriez pas venir coucher
à Balbec. Si j'avais dû mourir, j'aurais aimé vous dire
adieu. » Et je donnai libre cours aux larmes que ma fiction
rendait naturelles. « Mon pauvre petit, si j'avais su, j'aurais passé la nuit auprès de vous », s'écria Albertine, à
l'esprit de qui l'idée que j'épouserais peut-être cette
femme et que l'occasion de faire, elle, un « beau mariage »
s'évanouissait ne vint même pas, tant elle était sincèrement émue d'un chagrin dont je pouvais lui cacher la
cause, mais non la réalité et la force. « Du reste, me dit-elle,
hier, pendant tout le trajet depuis la Raspelière, j'avais

bien senti que vous étiez nerveux et triste, je craignais
quelque chose. » En réalité, mon chagrin n'avait commencé
qu'à Parville, et la nervosité, bien différente mais qu'heureusement Albertine confondait avec lui, venait de l'ennui
de vivre encore quelques jours avec elle. Elle ajouta :
« Je ne vous quitte plus, je vais rester tout le temps ici. »
Elle m'offrait justement — et elle seule pouvait me l'offrir
— l'unique remède contre le poison qui me brûlait,
homogène à lui d'ailleurs ; l'un doux, l'autre cruel, tous
deux étaient également dérivés d'Albertine. En ce moment
Albertine — mon mal — se relâchant de me causer des
souffrances, me laissait — elle, Albertine remède —
attendri comme un convalescent. Mais je pensais qu'elle
allait bientôt partir de Balbec pour Cherbourg et de là
pour Trieste. Ses habitudes d'autrefois allaient renaître.
Ce que je voulais avant tout, c'était empêcher Albertine de
prendre le bateau, tâcher de l'emmener à Paris. Certes, de
Paris, plus facilement encore que de Balbec, elle pourrait,
si elle le voulait, aller à Trieste, mais à Paris nous verrions;
peut-être je pourrais demander à Mme de Guermantes
d'agir indirectement sur l'amie de Mlle Vinteuil pour
qu'elle ne restât pas à Trieste, pour lui faire accepter une
situation ailleurs, peut-être chez le prince de... que j'avais
rencontré chez Mme de Villeparisis et chez Mme de Guermantes même. Et celui-ci, même si Albertine voulait aller
chez lui voir son amie, pourrait, prévenu par Mme de
Guermantes, les empêcher de se joindre. Certes, j'aurais
pu me dire qu'à Paris, si Albertine avait ces goûts, elle
trouverait bien d'autres personnes avec qui les assouvir.
Mais chaque mouvement de jalousie est particulier et
porte la marque de la créature — pour cette fois-ci l'amie
de Mlle Vinteuil — qui l'a suscité. C'était l'amie de
Mlle Vinteuil qui restait ma grande préoccupation. La
passion mystérieuse avec laquelle j'avais pensé autrefois
à l'Autriche parce que c'était le pays d'où venait Albertine
(son oncle y avait été conseiller d'ambassade), que sa
singularité géographique, la race qui l'habitait, ses monuments, ses paysages, je pouvais les considérer (ainsi que

dans un atlas, dans un recueil de vues) dans le sourire, dans les manières d'Albertine, cette passion mystérieuse, je l'éprouvais encore mais, par une intervertion de signes, dans le domaine de l'horreur. Oui, c'était de là qu'Albertine venait. C'était là que, dans chaque maison, elle était sûre de retrouver, soit l'amie de M¹¹ᵉ Vinteuil, soit d'autres. Les habitudes d'enfance allaient renaître, on se réunirait dans trois mois pour la Noël, puis le 1ᵉʳ janvier, dates qui m'étaient déjà tristes en elles-mêmes, de par le souvenir inconscient du chagrin que j'y avais ressenti quand, autrefois, elles me séparaient, tout le temps des vacances du jour de l'an, de Gilberte. Après les longs dîners, après les réveillons, quand tout le monde serait joyeux, animé, Albertine allait avoir, avec ses amies de là-bas, ces mêmes poses que je lui avais vu prendre avec Andrée, alors que l'amitié d'Albertine pour elle était innocente, qui sait ? peut-être celles qui avaient rapproché devant moi M¹¹ᵉ Vinteuil poursuivie par son amie, à Montjouvain. A M¹¹ᵉ Vinteuil maintenant, tandis que son amie la chatouillait avant de s'abattre sur elle, je donnais le visage enflammé d'Albertine, d'Albertine que j'entendis lancer en s'enfuyant, puis en s'abandonnant, son rire étrange et profond. Qu'était, à côté de la souffrance que je ressentais, la jalousie que j'avais pu éprouver le jour où Saint-Loup avait rencontré Albertine avec moi à Doncières et où elle lui avait fait des agaceries ? celle aussi que j'avais éprouvée en repensant à l'initiateur inconnu auquel j'avais pu devoir les premiers baisers qu'elle m'avait donnés à Paris, le jour où j'attendais la lettre de M¹¹ᵉ de Stermaria ? Cette autre jalousie, provoquée par Saint-Loup, par un jeune homme quelconque, n'était rien. J'aurais pu, dans ce cas, craindre tout au plus un rival sur lequel j'eusse essayé de l'emporter. Mais ici le rival n'était pas semblable à moi, ses armes étaient différentes, je ne pouvais pas lutter sur le même terrain, donner à Albertine les mêmes plaisirs, ni même les concevoir exactement. Dans bien des moments de notre vie nous troquerions tout l'avenir contre un pouvoir en soi-

même insignifiant. J'aurais jadis renoncé à tous les avantages de la vie pour connaître Mme Blatin, parce qu'elle
était une amie de Mme Swann. Aujourd'hui, pour qu'Albertine n'allât pas à Trieste, j'aurais supporté toutes les
souffrances, et si c'eût été insuffisant, je lui en aurais
infligé, je l'aurais isolée, enfermée, je lui eusse pris le peu
d'argent qu'elle avait pour que le dénûment l'empêchât
matériellement de faire le voyage. Comme jadis, quand je
voulais aller à Balbec, ce qui me poussait à partir c'était
le désir d'une église persane, d'une tempête à l'aube, ce
qui maintenant me déchirait le cœur en pensant qu'Albertine irait peut-être à Trieste, c'était qu'elle y passerait la
nuit de Noël avec l'amie de Mlle Vinteuil : car l'imagination, quand elle change de nature et se tourne en sensibilité, ne dispose pas pour cela d'un nombre plus grand
d'images simultanées. On m'aurait dit qu'elle ne se trouvait pas en ce moment à Cherbourg ou à Trieste, qu'elle
ne pourrait pas voir Albertine, comme j'aurais pleuré de
douceur et de joie! Comme ma vie et son avenir eussent
changé! Et pourtant je savais bien que cette localisation
de ma jalousie était arbitraire, que si Albertine avait ces
goûts elle pouvait les assouvir avec d'autres. D'ailleurs,
peut-être même ces mêmes jeunes filles, si elles avaient pu
la voir ailleurs, n'auraient pas tant torturé mon cœur.
C'était de Trieste, de ce monde inconnu où je sentais que
se plaisait Albertine, où étaient ses souvenirs, ses amitiés,
ses amours d'enfance, que s'exhalait cette atmosphère
hostile, inexplicable, comme celle qui montait jadis
jusqu'à ma chambre de Combray, de la salle à manger où
j'entendais causer et rire avec les étrangers, dans le bruit
des fourchettes, maman qui ne viendrait pas me dire
bonsoir ; comme celle qui avait rempli, pour Swann, les
maisons où Odette allait chercher en soirée d'inconce-
vables joies. Ce n'était plus comme vers un pays délicieux
où la race est pensive, les couchants dorés, les carillons
tristes, que je pensais maintenant à Trieste, mais comme
à une cité maudite que j'aurais voulu faire brûler sur-le-
champ et supprimer du monde réel. Cette ville était

enfoncée dans mon cœur comme une pointe permanente.
Laisser partir bientôt Albertine pour Cherbourg et Trieste
me faisait horreur ; et même rester à Balbec. Car maintenant que la révélation de l'intimité de mon amie avec
M¹¹ᵉ Vinteuil me devenait une quasi-certitude, il me
semblait que, dans tous les moments où Albertine n'était
pas avec moi (et il y avait des jours entiers où, à cause de
sa tante, je ne pouvais pas la voir), elle était livrée aux
cousines de Bloch, peut-être à d'autres. L'idée que ce
soir même elle pourrait voir les cousines de Bloch me
rendait fou. Aussi, après qu'elle m'eut dit que pendant
quelques jours elle ne me quitterait pas, je lui répondis :
« Mais c'est que je voudrais partir pour Paris. Ne parti-
riez-vous pas avec moi ? Et ne voudriez-vous pas venir
habiter un peu avec nous à Paris ? » A tout prix il fallait
l'empêcher d'être seule, au moins quelques jours, la
garder près de moi pour être sûr qu'elle ne pût voir
l'amie de M¹¹ᵉ Vinteuil. Ce serait, en réalité, habiter seule
avec moi, car ma mère, profitant d'un voyage d'inspection
qu'allait faire mon père, s'était prescrit comme un devoir
d'obéir à une volonté de ma grand'mère qui désirait qu'elle
allât quelques jours à Combray auprès d'une de ses sœurs.
Maman n'aimait par sa tante parce qu'elle n'avait pas été
pour grand'mère, si tendre pour elle, la sœur qu'elle
aurait dû. Ainsi, devenus grands, les enfants se rappellent
avec rancune ceux qui ont été mauvais pour eux. Mais,
devenue ma grand'mère, elle était incapable de rancune ;
la vie de sa mère était pour elle comme une pure et innocente enfance où elle allait puiser ces souvenirs dont la
douceur ou l'amertume réglait ses actions avec les uns et
les autres. Ma tante aurait pu fournir à maman certains
détails inestimables, mais maintenant elle les aurait
difficilement, sa tante était tombée très malade (on disait
d'un cancer), et elle, se reprochant de ne pas être allée la
voir plus tôt pour tenir compagnie à mon père, n'y trouvait qu'une raison de plus de faire ce que sa mère aurait
fait ; et, comme elle allait, à l'anniversaire du père de ma
grand'mère, lequel avait été si mauvais père, porter sur

sa tombe des fleurs que ma grand'mère avait l'habitude
d'y porter, ainsi, auprès de la tombe qui allait s'entr'ouvrir
ma mère voulait-elle apporter les doux entretiens que ma
tante n'était pas venue offrir à ma grand'mère. Pendant
qu'elle serait à Combray, ma mère s'occuperait de certains travaux que ma grand'mère avait toujours désirés,
mais si seulement ils étaient exécutés sous la surveillance
de sa fille. Aussi n'avaient-ils pas encore été commencés,
maman ne voulant pas, en quittant Paris avant mon père,
lui faire trop sentir le poids d'un deuil auquel il s'asso-
ciait, mais qui ne pouvait pas l'affliger autant qu'elle.
« Ah! ça ne serait pas possible en ce moment, me répondit
Albertine. D'ailleurs, quel besoin avez-vous de rentrer si
vite à Paris, puisque cette dame est partie? — Parce que
je serai plus calme dans un endroit où je l'ai connue,
plutôt qu'à Balbec qu'elle n'a jamais vu et que j'ai pris
en horreur. » Albertine a-t-elle compris plus tard que
cette autre femme n'existait pas, et que si, cette nuit-là,
j'avais parfaitement voulu mourir, c'est parce qu'elle
m'avait étourdiment révélé qu'elle était liée avec l'amie
de Mlle Vinteuil? C'est possible. Il y a des moments où
cela me paraît probable. En tous cas, ce matin-là, elle crut
à l'existence de cette femme. « Mais vous devriez épouser
cette dame, me dit-elle, mon petit, vous seriez heureux,
et elle sûrement aussi serait heureuse. » Je lui répondis
que l'idée que je pourrais rendre cette femme heureuse
avait, en effet, failli me décider; dernièrement, quand
j'avais fait un gros héritage qui me permettrait de donner
beaucoup de luxe, de plaisirs à ma femme, j'avais été sur
le point d'accepter le sacrifice de celle que j'aimais. Grisé
par la reconnaissance que m'inspirait la gentillesse d'Albertine si près de la souffrance atroce qu'elle m'avait causée,
de même qu'on promettrait volontiers une fortune au
garçon de café qui vous verse un sixième verre d'eau-de-
vie, je lui dis que ma femme aurait une auto, un yacht;
qu'à ce point de vue, puisque Albertine aimait tant faire
de l'auto et du yachting, il était malheureux qu'elle ne fût
pas celle que j'aimasse; que j'eusse été le mari parfait

pour elle, mais qu'on verrait, qu'on pourrait peut-être se voir agréablement. Malgré tout, comme dans l'ivresse même on se retient d'interpeller les passants par peur des coups, je ne commis pas l'imprudence (si c'en était une) que j'eusse commise au temps de Gilberte, en lui disant que c'était elle, Albertine, que j'aimais. « Vous voyez, j'ai failli l'épouser. Mais je n'ai pas osé le faire pourtant, je n'aurais pas voulu faire vivre une jeune femme auprès de quelqu'un de si souffrant et de si ennuyeux. — Mais vous êtes fou, tout le monde voudrait vivre auprès de vous, regardez comme tout le monde vous recherche. On ne parle que de vous chez Mme Verdurin, et dans le plus grand monde aussi, on me l'a dit. Elle n'a donc pas été gentille avec vous, cette dame, pour vous donner cette impression de doute sur vous-même ? Je vois ce que c'est, c'est une méchante, je la déteste, ah! si j'avais été à sa place... — Mais non, elle est très gentille, trop gentille. Quant aux Verdurin et au reste, je m'en moque bien. En dehors de celle que j'aime et à laquelle, du reste, j'ai renoncé, je ne tiens qu'à ma petite Albertine, il n'y a qu'elle, en me voyant beaucoup — du moins les premiers jours, ajoutais-je pour ne pas l'effrayer et pouvoir demander beaucoup ces jours-là — qui pourra un peu me consoler. » Je ne fis que vaguement allusion à une possibilité de mariage, tout en disant que c'était irréalisable parce que nos caractères ne concorderaient pas. Malgré moi, toujours poursuivi dans ma jalousie par le souvenir des relations de Saint-Loup avec « Rachel quand du Seigneur » et de Swann avec Odette, j'étais trop porté à croire que, du moment que j'aimais, je ne pouvais pas être aimé et que l'intérêt seul pouvait attacher à moi une femme. Sans doute c'était une folie de juger Albertine d'après Odette et Rachel. Mais ce n'était pas elle, c'était moi ; c'étaient les sentiments que je pouvais inspirer que ma jalousie me faisait trop sous-estimer. Et de ce jugement, peut-être erroné, naquirent sans doute bien des malheurs qui allaient fondre sur nous. « Alors, vous refusez mon invitation pour Paris ? — Ma tante ne voudrait pas que je

parte en ce moment. D'ailleurs, même si plus tard je
peux, est-que cela n'aurait pas l'air drôle que je descende
ainsi chez vous ? A Paris on saura bien que je ne suis pas
votre cousine. — Hé bien! nous dirons que nous sommes
un peu fiancés. Qu'est-ce que cela fait, puisque vous
savez que cela n'est pas vrai ? » Le cou d'Albertine, qui
sortait tout entier de sa chemise, était puissant, doré, à
gros grains. Je l'embrassai aussi purement que si j'avais
embrassé ma mère pour calmer un chagrin d'enfant que
je croyais alors ne pouvoir jamais arracher de mon cœur.
Albertine me quitta pour aller s'habiller. D'ailleurs son
dévouement fléchissait déjà ; tout à l'heure, elle m'avait
dit qu'elle ne me quitterait pas d'une seçonde. (Et je
sentais bien que sa résolution ne durerait pas puisque je
craignais, si nous restions à Balbec, qu'elle vît ce soir
même, sans moi, les cousines de Bloch.) Or elle venait
maintenant de me dire qu'elle voulait passer à Maineville et qu'elle reviendrait me voir dans l'après-midi. Elle
n'était pas rentrée la veille au soir, il pouvait y avoir des
lettres pour elle ; de plus, sa tante pouvait être inquiète.
J'avais répondu : « Si ce n'est que pour cela, on peut
envoyer le lift dire à votre tante que vous êtes ici et chercher vos lettres. » Et désireuse de se montrer gentille, mais
contrariée d'être asservie, elle avait plissé le front puis,
tout de suite, très gentiment, dit : « C'est cela », et elle
avait envoyé le lift. Albertine ne m'avait pas quitté depuis
un moment que le lift vint frapper légèrement. Je ne m'attendais pas à ce que, pendant que je causais avec Albertine, il eût eu le temps d'aller à Maineville et d'en revenir.
Il venait me dire qu'Albertine avait écrit un mot à sa
tante et qu'elle pouvait, si je voulais, venir à Paris le jour
même. Elle avait, du reste, eu tort de lui donner la commission de vive voix, car déjà, malgré l'heure matinale, le
directeur était au courant et, affolé, venait me demander
si j'étais mécontent de quelque chose, si vraiment je
partais, si je ne pourrais pas attendre au moins quelques
jours, le vent étant aujourd'hui assez craintif (à craindre).
Je ne voulais pas lui expliquer que je voulais à tout prix

qu'Albertine ne fût plus à Balbec à l'heure où les cousines de Bloch faisaient leur promenade, surtout Andrée, qui seule eût pu la protéger, n'étant pas là, et que Balbec était comme ces endroits où un malade qui n'y respire plus est décidé, dût-il mourir en route, à ne pas passer la nuit suivante. Du reste, j'allais avoir à lutter contre des prières du même genre, dans l'hôtel d'abord, où Marie Gineste et Céleste Albaret avaient les yeux rouges. (Marie, du reste, faisait entendre le sanglot pressé d'un torrent ; Céleste, plus molle, lui recommandait le calme ; mais Marie ayant murmuré les seuls vers qu'elle connût : *Ici-bas tous les lilas meurent*, Céleste ne put se retenir et une nappe de larmes s'épandit sur sa figure couleur de lilas ; je pense, du reste, qu'elles m'oublièrent dès le soir même.) Ensuite, dans le petit chemin de fer d'intérêt local, malgré toutes mes précautions pour ne pas être vu, je rencontrai M. de Cambremer qui, à la vue de mes malles, blêmit, car il comptait sur moi pour le surlendemain ; il m'exaspéra en voulant me persuader que mes étouffements tenaient au changement de temps et qu'octobre serait excellent pour eux, et il me demanda si, en tous cas, « je ne pourrais pas remettre mon départ à huitaine », expression dont la bêtise ne me mit peut-être en fureur que parce que ce qu'il me proposait me faisait mal. Et tandis qu'il me parlait dans le wagon, à chaque station je craignais de voir apparaître, plus terrible qu'Herimbald ou Guiscard, M. de Crécy implorant d'être invité, ou, plus redoutable encore, Mme Verdurin tenant à m'inviter. Mais cela ne devait arriver que dans quelques heures. Je n'en étais pas encore là. Je n'avais à faire face qu'aux plaintes désespérées du directeur. Je l'éconduisis, car je craignais que, tout en chuchotant, il ne finît par éveiller maman. Je restai seul dans la chambre, cette même chambre trop haute de plafond où j'avais été si malheureux à la première arrivée, où j'avais pensé avec tant de tendresse à Mlle de Stermaria, guetté le passage d'Albertine et de ses amies comme d'oiseaux migrateurs arrêtés sur la plage, où je l'avais possédée avec tant d'indifférence

quand je l'avais fait chercher par le lift, où j'avais connu la
bonté de ma grand'mère, puis appris qu'elle était morte ;
ces volets, au pied desquels tombait la lumière du matin,
je les avais ouverts la première fois pour apercevoir les
premiers contreforts de la mer (ces volets qu'Albertine
me faisait fermer pour qu'on ne nous vît pas nous embrasser). Je prenais conscience de mes propres transforma-
tions en les confrontant à l'identité des choses. On
s'habitue pourtant à elles comme aux personnes et quand,
tout d'un coup, on se rappelle la signification différente
qu'elles comportèrent, puis, quand elles eurent perdu
toute signification, les événements bien différents de ceux
d'aujourd'hui qu'elles encadrèrent, la diversité des actes
joués sous le même plafond, entre les mêmes bibliothèques
vitrées, le changement dans le cœur et dans la vie que
cette diversité implique, semble encore accru par la
permanence immuable du décor, renforcé par l'unité du
lieu.

Deux ou trois fois, pendant un instant, j'eus l'idée
que le monde où étaient cette chambre et ces bibliothèques, et dans lequel Albertine était si peu de chose,
était peut-être un monde intellectuel, qui était la seule
réalité, et mon chagrin, quelque chose comme celui
que donne la lecture d'un roman et dont un fou seul
pourrait faire un chagrin durable et permanent et se
prolongeant dans sa vie ; qu'il suffirait peut-être d'un
petit mouvement de ma volonté pour atteindre ce monde
réel, y rentrer en dépassant ma douleur comme un cer-
ceau de papier qu'on crève, et ne plus me soucier davantage de ce qu'avait fait Albertine que nous ne nous
soucions des actions de l'héroïne imaginaire d'un roman
après que nous en avons fini la lecture. Au reste, les
maîtresses que j'ai le plus aimées n'ont coïncidé jamais
avec mon amour pour elles. Cet amour était vrai, puisque
je subordonnais toutes choses à les voir, à les garder pour
moi seul, puisque je sanglotais si, un soir, je les avais
attendues. Mais elles avaient plutôt la propriété d'éveiller
cet amour, de le porter à son paroxysme, qu'elles n'en

étaient l'image. Quand je les voyais, quand je les entendais, je ne trouvais rien en elles qui ressemblât à mon amour et pût l'expliquer. Pourtant ma seule joie était de les voir, ma seule anxiété de les attendre. On aurait dit qu'une vertu n'ayant aucun rapport avec elles leur avait été accessoirement adjointe par la nature, et que cette vertu, ce pouvoir simili-électrique avait pour effet sur moi d'exciter mon amour, c'est-à-dire de diriger toutes mes actions et de causer toutes mes souffrances. Mais de cela la beauté, ou l'intelligence, ou la bonté de ces femmes étaient entièrement distinctes. Comme pour un courant électrique qui vous meut, j'ai été secoué par mes amours, je les ai vécus, je les ai sentis : jamais je n'ai pu arriver à les voir ou à les penser. J'incline même à croire que dans ces amours (je mets de côté le plaisir physique, qui les accompagne d'ailleurs habituellement, mais ne suffit pas à les constituer) sous l'apparence de la femme, c'est à ces forces invisibles dont elle est accessoirement accompagnée que nous nous adressons comme à d'obscures divinités. C'est elles dont la bienveillance nous est nécessaire, dont nous recherchons le contact sans y trouver de plaisir positif. Avec ces déesses, la femme, durant le rendez-vous, nous met en rapport et ne fait guère plus. Nous avons, comme des offrandes, promis des bijoux, des voyages, prononcé des formules qui signifient que nous adorons, et des formules contraires qui signifient que nous sommes indifférents. Nous avons disposé de tout notre pouvoir pour obtenir un nouveau rendez-vous, mais qui soit accordé sans ennui. Or, est-ce pour la femme elle-même, si elle n'était pas complétée de ces forces occultes, que nous prendrions tant de peine, alors que, quand elle est partie, nous ne saurions dire comment elle était habillée et que nous nous apercevons que nous ne l'avons même pas regardée ?

Comme la vue est un sens trompeur ! Un corps humain, même aimé, comme était celui d'Albertine, nous semble, à quelques mètres, à quelques centimètres, distant de nous. Et l'âme qui est à lui de même. Seule-

ment, que quelque chose change violemment la place
de cette âme par rapport à nous, nous montre qu'elle
aime d'autres êtres et pas nous, alors, aux battements
de notre cœur disloqué, nous sentons que c'est, non pas
à quelques pas de nous, mais en nous, qu'était la créature chérie. En nous, dans des régions plus ou moins
superficielles. Mais les mots : « Cette amie, c'est Mlle Vinteuil » avaient été le Sésame, que j'eusse été incapable
de trouver moi-même, qui avait fait entrer Albertine
dans la profondeur de mon cœur déchiré. Et la porte
qui s'était refermée sur elle, j'aurais pu chercher pendant cent ans sans savoir comment on pourrait la rouvrir.

Ces mots, j'avais cessé de les entendre un instant
pendant qu'Albertine était auprès de moi tout à l'heure.
En l'embrassant comme j'embrassais ma mère, à Combray, pour calmer mon angoisse, je croyais presque à
l'innocence d'Albertine ou, du moins, je ne pensais pas
avec continuité à la découverte que j'avais faite de son
vice. Mais maintenant que j'étais seul, les mots retentissaient à nouveau, comme ces bruits intérieurs de
l'oreille qu'on entend dès que quelqu'un cesse de vous
parler. Son vice maintenant ne faisait pas de doute pour
moi. La lumière du soleil qui allait se lever, en modifiant
les choses autour de moi, me fit prendre à nouveau,
comme en me déplaçant un instant par rapport à elle,
conscience plus cruelle encore de ma souffrance. Je
n'avais jamais vu commencer une matinée si belle ni si
douloureuse. En pensant à tous les paysages indifférents qui allaient s'illuminer et qui, la veille encore, ne
m'eussent rempli que du désir de les visiter, je ne pus
retenir un sanglot quand, dans un geste d'offertoire
mécaniquement accompli et qui me parut symboliser
le sanglant sacrifice que j'allais avoir à faire de toute
joie, chaque matin, jusqu'à la fin de ma vie, renouvellement solennellement célébré à chaque aurore de mon
chagrin quotidien et du sang de ma plaie, l'œuf d'or du
soleil, comme propulsé par la rupture d'équilibre
qu'amènerait au moment de la coagulation un change-

ment de densité, barbelé de flammes comme dans les
tableaux, creva d'un bond le rideau derrière lequel on le
sentait depuis un moment frémissant et prêt à entrer
en scène et à s'élancer, et dont il effaça sous des flots
de lumière la pourpre mystérieuse et figée. Je m'entendis
moi-même pleurer. Mais à ce moment, contre toute
attente, la porte s'ouvrit et, le cœur battant, il me
sembla voir ma grand'mère devant moi, comme en une
de ces apparitions que j'avais déjà eues, mais seulement
en dormant. Tout cela n'était-il donc qu'un rêve ?
Hélas, j'étais bien éveillé. « Tu trouves que je ressemble
à ta pauvre grand'mère », me dit maman — car c'était
elle — avec douceur, comme pour calmer mon effroi,
avouant, du reste, cette ressemblance, avec un beau
sourire de fierté modeste qui n'avait jamais connu la
coquetterie. Ses cheveux en désordre, où les mèches
grises n'étaient point cachées et serpentaient autour de
ses yeux inquiets, de ses joues vieillies, la robe de
chambre même de ma grand'mère qu'elle portait, tout
m'avait, pendant une seconde, empêché de la reconnaître et fait hésiter si je dormais ou si ma grand'mère était
ressuscitée. Depuis longtemps déjà ma mère ressemblait
à ma grand'mère bien plus qu'à la jeune et rieuse
maman qu'avait connue mon enfance. Mais je n'y avais
plus songé. Ainsi, quand on est resté longtemps à lire,
distrait, on ne s'est pas aperçu que passait l'heure, et
tout d'un coup on voit autour de soi le soleil, qu'il y avait
la veille à la même heure, éveiller autour de lui les mêmes
harmonies, les mêmes correspondances qui préparent
le couchant. Ce fut en souriant que ma mère me signala
à moi-même mon erreur, car il lui était doux d'avoir avec
sa mère une telle ressemblance. « Je suis venue, me dit
ma mère, parce qu'en dormant il me semblait entendre
quelqu'un qui pleurait. Cela m'a réveillée. Mais comment se fait-il que tu ne sois pas couché ? Et tu as les
yeux pleins de larmes. Qu'y a-t-il ? » Je pris sa tête dans
mes bras : « Maman, voilà, j'ai peur que tu me croies
bien changeant. Mais d'abord, hier je ne t'ai pas parlé

très gentiment d'Albertine ; ce que j'ai dit était injuste.
— Mais qu'est-ce que cela peut faire ? » me dit ma mère,
et, apercevant le soleil levant, elle sourit tristement en
pensant à sa mère, et pour que je ne perdisse pas le fruit
d'un spectacle que ma grand'mère regrettait que je ne
contemplasse jamais, elle me montra la fenêtre. Mais
derrière la plage de Balbec, la mer, le lever du soleil,
que maman me montrait, je voyais, avec des mouvements
de désespoir qui ne lui échappaient pas, la chambre de
Montjouvain où Albertine, rose, pelotonnée comme une
grosse chatte, le nez mutin, avait pris la place de l'amie de
M¹ˡᵉ Vinteuil et disait avec des éclats de son rire voluptueux : « Hé bien ! si on nous voit, ce n'en sera que meilleur. Moi ! je n'oserais pas cracher sur ce vieux singe ? »
C'est cette scène que je voyais derrière elle qui s'étendait
dans la fenêtre et qui n'était sur l'autre qu'un voile
morne, superposé comme un reflet. Elle semblait elle-
même, en effet, presque irréelle, comme une vue peinte.
En face de nous, à la saillie de la falaise de Parville, le
petit bois où nous avions joué au furet inclinait en pente
jusqu'à la mer, sous le vernis encore tout doré de l'eau,
le tableau de ses feuillages, comme à l'heure où souvent,
à la fin du jour, quand j'étais allé y faire une sieste avec
Albertine. nous nous étions levés en voyant le soleil
descendre. Dans le désordre des brouillards de la nuit
qui traînaient encore en loques roses et bleues sur les eaux
encombrées des débris de nacre de l'aurore, des bateaux
passaient en souriant à la lumière oblique qui jaunissait
leur voile et la pointe de leur beaupré comme quand ils
rentrent le soir : scène imaginaire, grelottante et déserte,
pure évocation du couchant, qui ne reposait pas, comme
le soir, sur la suite des heures du jour que j'avais l'habitude de voir le précéder, déliée, interpolée, plus incon-
sistante encore que l'image horrible de Montjouvain
qu'elle ne parvenait pas à annuler, à couvrir, à cacher —
poétique et vaine image du souvenir et du songe. « Mais
voyons, me dit ma mère, tu ne m'as dit aucun mal d'elle,
tu m'as dit qu'elle t'ennuyait un peu, que tu étais content

d'avoir renoncé à l'idée de l'épouser. Ce n'est pas une raison pour pleurer comme cela. Pense que ta maman part aujourd'hui et va être désolée de laisser son grand loup dans cet état-là. D'autant plus, pauvre petit, que je n'ai guère le temps de te consoler. Car mes affaires ont beau être prêtes, on n'a pas trop de temps un jour de départ. — Ce n'est pas cela. » Et alors, calculant l'avenir, pesant bien ma volonté, comprenant qu'une telle tendresse d'Albertine pour l'amie de Mlle Vinteuil, et pendant si longtemps, n'avait pu être innocente, qu'Albertine avait été initiée, et, autant que tous ses gestes me le montraient, était d'ailleurs née avec la prédisposition du vice que mes inquiétudes n'avaient que trop de fois pressenti, auquel elle n'avait jamais dû cesser de se livrer (auquel elle se livrait peut-être en ce moment profitant d'un instant où je n'étais pas là), je dis à ma mère, sachant la peine que je lui faisais, qu'elle ne me montra pas et qui se trahit seulement chez elle par cet air de sérieuse préoccupation qu'elle avait quand elle comparait la gravité de me faire du chagrin ou de me faire du mal, cet air qu'elle avait eu à Combray pour la première fois quand elle s'était résignée à passer la nuit auprès de moi, cet air qui en ce moment ressemblait extraordinairement à celui de ma grand'mère me permettant de boire du cognac, je dis à ma mère : « Je sais la peine que je vais te faire. D'abord, au lieu de rester ici comme tu le voulais, je vais partir en même temps que toi. Mais cela n'est encore rien. Je me porte mal ici, j'aime mieux rentrer. Mais écoute-moi, n'aie pas trop de chagrin. Voici. Je me suis trompé, je t'ai trompée de bonne foi hier, j'ai réfléchi toute la nuit. Il faut absolument, et décidons-le tout de suite, parce que je me rends bien compte maintenant, parce que je ne changerai plus, et que je ne pourrais pas vivre sans cela, il faut absolument que j'épouse Albertine. »

DU MÊME AUTEUR

nrf

A LA RECHERCHE DU TEMPS PERDU (15 vol.) :
DU CÔTÉ DE CHEZ SWANN (2 vol.).
A L'OMBRE DES JEUNES FILLES EN FLEURS (3 vol.).
LE CÔTÉ DE GUERMANTES (3 vol.).
SODOME ET GOMORRHE (2 vol.).
LA PRISONNIÈRE (2 vol.).
ALBERTINE DISPARUE.
LE TEMPS RETROUVÉ (2 vol.).

PASTICHES ET MÉLANGES.
LES PLAISIRS ET LES JOURS.
CHRONIQUES.
JEAN SANTEUIL (3 vol.).
CONTRE SAINTE-BEUVE *suivi de* NOUVEAUX MÉLANGES.
LETTRES A REYNALDO HAHN.
LETTRES A LA N. R. F.
MORCEAUX CHOISIS.
TEXTES RETROUVÉS, présentés par Philip Kolb (*Cahiers Marcel Proust*, III).

*

Bibliothèque de la Pléiade

A LA RECHERCHE DU TEMPS PERDU (3 vol.).
CONTRE SAINTE-BEUVE, *précédé de* PASTICHES ET MÉLANGES *et suivi de* ESSAIS ET ARTICLES.
JEAN SANTEUIL, *précédé de* LES PLAISIRS ET LES JOURS.

*

Cet ouvrage
a été achevé d'imprimer
sur les presses de l'Imprimerie Bussière
à Saint-Amand (Cher), le 6 novembre 1981.
Dépôt légal : 4ᵉ trimestre 1981.
Nº d'édition : 29549.
Imprimé en France.
(2281)